내게 빌어봐 2

내게 빌어봐 2 리베냐

마카롱

❖ 차례 ❖

내게 빌어봐 1

서장	7
샐리 브리스톨이라는 이름의 함정	9
윈스턴이라는 이름의 괴물	217
데이지라는 이름의 악몽	283
그레이스 리들이라는 이름의 재앙	337
그레이스 리들이라는 이름의 늪 I	473

내게 빌어봐 2

그레이스 리들이라는 이름의 늪 II	7
레온 윈스턴답지 않은 길	63
적을 무너뜨리는 가장 잔인한 방법	169
지옥행 특급 열차	245
내게 빌어 봐	337
이름 없는 아이	451
어느 하루	581

내게 빌어봐 3

어느 지독한 침정국	7
어린아이와 어른아이	61
성장통 I	233
성장통 II	321
최후의 승자	483
종장	599

내게 밀어와 4

초콜릿의 맛 외전1
　의미 없는 편지　　　◆◆ 9
　초콜릿의 맛　　　　◆◆ 19

손안의 신 외전2
　든든한 적군　　　　◆◆ 79
　그래도 사랑　　　　◆◆ 189

내 아이를 유괴하라 외전3
　내가 없는 지옥　　　◆◆ 291
　에버하트가의 비밀　　◆◆ 343
　후일담　　　　　　　◆◆ 403

　리베냐의 작업 일기　　◆◆ 421

일러두기

◆ 이 책은 웹소설 『내게 빌어봐』를 바탕으로 편집, 제작되었습니다.
◆ 지금은 사용하지 않거나 순화 대상인 차별적인 표현은 극 중 시대상을 보여 주고자 그대로 두었습니다.

그레이스 리들이라는 이름의 늪 II

VENGEANCE NAMED LOVE

"하웃! 정말 너 같은 미친놈은, 하아, 사회를 위해 평생 정신병원에 가둬야 해."

저 남자가 저질스러운 짓을 할 거란 예상은 틀리는 법이 없었다. 하지만 저질스러운 짓의 정도는 항상 그레이스의 상상을 뛰어넘었다.

"캔디 걸, 내 사탕이나 내놓으시죠."

그레이스는 시가를 든 남자를 노려보았다.

윈스턴은 의자에 다리를 꼰 채 앉아 있는 한편, 그녀는 테이블 끝에 걸터앉아 다리를 활짝 벌리고 있었다. 늘 그렇듯 저 남자는 그레이스 홀로 수치심을 느끼는 것으로 제 비틀린 욕구를 채웠다.

"돈은 이미 냈으니. 아, 거스름돈은 필요 없어."

시가 끝이 검은 스타킹의 밴드를 가리켰다. 밴드와 허벅지의 사이에는 빳빳한 지폐 한 장이 꽂혀 있었다. 지폐에 적힌 금액은 사탕 한 알 값이라기엔 지나치게 컸다.

카바레에서 사탕을 파는 캔디 걸이었다면 횡재라며 기뻐했을 것이다. 하지만 갇혀 사는 그레이스에게 거액의 돈은 필요 없을뿐더러 모욕적이기까지 했다.

게다가 캔디 걸이라고 부르지만 실은 자판기 취급이었다.

남자가 왼손에 찬 손목시계를 톡톡 두드리며 재촉했다. 그레이스는 그를 노려보며 다리 사이를 가린 손을 움직였다.

"훗…."

동그랗게 튀어나온 '자판기 버튼'을 손끝으로 누르자마자 몸이 튀어 올랐다. 아랫배가 조여들었다. 살 속에 파묻힌 사탕들이 달그락 부딪치는 느낌이 생생했다.

하지만 어느 것 하나 밖으로 나올 조짐은 없었다.

저 망할 개자식이 설명해 준 자판기의 작동 원리는 간단했다. 몸이 사탕을 뱉어 낼 때까지 버튼을 누르고 또 누르는 것이었다. 그러니까 한마디로 사탕의 개수만큼 절정을 느낄 때까지 앞에서 자위를 하란 뜻이었다.

그레이스는 마지못해 손가락을 놀리며 마주 앉은 남자를 노려보았다. 그녀의 다리 사이만 응시하던 윈스턴이 눈이 마주치는 순간 시가를 다시 물며 씩 웃었다. 꽤나 즐거워 보였다.

'그래, 원래 저런 놈이었지.'

조금 전엔 다정하게 굴어서 잠시 잊고 있었다.

윈스턴은 의자에 느긋하게 기대어 앉아 그녀를 구경했다. 자세만 보자면 싸구려 철제 의자가 아닌 고급스러운 가죽 의자에 몸을 파묻은 분위기를 풍겼다.

검은 모직 바지만 입은 반라였으나 저질스럽게 느껴지진 않았다. 넓게 벌어진 어깨부터 군살 하나 없는 아랫배까지 뚜렷하게 갈라진 근육이 도드라지며 오히려 웅장한 조각 같았다.

그래서 다리를 벌린 채 원초적인 쾌락에 신음하는 자신이 더욱 비천하게 느껴졌다.

남자는 그걸 누구보다 잘 알았으며 그녀를 조롱할 기회를 놓치지 않는 사람이었다.

"아, 흡…."

왼손으로 입을 가리고 고개를 숙인 채 다리 사이를 쑤석이는데 남자가 돌연 몸을 일으켰다. 그는 몸을 숙이며 입을 가린 그녀의 손등에 입술을 부드럽게 짓눌렀다.

숙녀의 손등에 하는 키스처럼 정중했으나 숨결이 맞닿는 거리에서 그녀를 바라보는 눈동자에는 존경 대신 조롱이 담겨 있었다.

"위대하신 총사령관의 여자이자 고귀하신 로열패밀리의 공주님께서 이 미천한 왕정의 돼지 새끼 앞에서 환락가의 퇴물 쇼걸처럼 자위 쇼를 하시는군요."

윈스턴이 다시 자리에 앉았다.

"안타까움을 금치 못하겠습니다."

안타깝다는 말을 저토록 비열하게 웃으며 하는 사람은 처음 보았다.

"퇴물은 제발 버려."

"아직도 헛된 꿈을 꾸는군."

남자는 픽 웃더니 그레이스의 다리 사이를 눈짓으로 가리켰다. 이 짓에서 벗어나려면 빨리 끝내는 수밖에 없었다. 그레이스는 이를 악물고 손을 놀렸다.

하지만 갈수록 집요해지는 눈빛이 너무도 견디기 힘들었다. 조롱기와 희열이 번뜩이는 눈을 마주하고 있자면 손끝에서 치솟는 쾌감이 찬물을 맞은 불씨처럼 사그라들었다.

부끄러움을 참다못해 다리를 오므리려 하자마자 윈스턴이 손을 뻗었다. 벌겋게 불이 붙은 시가 끝이 허벅지 안쪽의 여린 살에 닿기 직전에야 그는 손을 멈췄다.

"사탕 자판기가 싫으면 재떨이가 될래?"

그레이스는 살벌한 경고가 채 끝나기도 전에 다리를 벌렸다. 놈이 다시 시가를 입에 물고, 검은 구두코로 테이블 끝에 매달린 그녀의 종아리를 밀어 다리를 더욱 활짝 벌렸다.

"평소에 잘하잖아. 오늘은 왜 이래?"

그때와 지금은 달랐다. 배 속을 들쑤셔 대는 난폭한 쾌락에 제가 누군지도 잊었을 때와 지금이 같을 리 없다. 그리고 그레이스는 늘 그 찰나가 지나고 정신이 들면 수치심으로 새빨갛게 익은 얼굴을 감싸 쥐고 후회했다.

"훗, 죽여 버릴 줄, 알아…. 단두대로, 아훗!"

레온은 피식 웃었다. 여자는 고개를 푹 숙이고 살벌한 욕지거리를 중얼거렸다. 머리엔 그의 넥타이를 리본처럼 맨 꼴로.

무섭긴커녕 귀여웠다.

그가 앞에 있으면 집중이 안 되는지 눈을 질끈 감고 음핵을 성급하게 굴리는 모습도 귀여웠다.

혼자인 척하는 작전이 나름 통하는 모양이었다. 질구에서 애액이 조금씩 흘러나와 음부를 적신다 싶더니 속살이 벌어졌다. 불그스름한 살틈으로 새빨간 사탕이 빼꼼히 모습을 드러냈다.

"나오네. 조금만 더 힘줘, 자기야."

아이를 낳는 아내를 응원하는 듯이 굴자마자 사탕이 안으로 쏙 빨려 들어갔다.

"미친 새끼…."

여자가 욕설을 중얼거리고, 레온은 나직이 소리 내 웃었다.

"이런 간단한 일조차 제대로 못 하다니. 한심해."

그는 시가를 재떨이에 던지고 술병을 집었다. 독주를 한 모금 삼키자 크게 불거진 목울대가 들썩였다.

남자는 술병을 놓자마자 그레이스의 다리 사이로 고개를 숙였다. 술에 축축하게 젖은 입술이 질구에 밀착하는 낯선 느낌에 온몸에 소름이 돋아 올랐다.

"지금 뭐 하는, 하읏…."

말랑한 살덩이가 배 속으로 파고드는 느낌은 더욱더 낯설고 야릇했다. 혀끝이 질구의 여린 살을 한 바퀴 휘젓는 순간 그레이스는 자지러졌다.

"아흑, 그만!"

무지막지한 힘으로 밀어붙이던 성기와는 달랐다. 혀끝이 민감한 감각점을 하나하나 섬세하게 간질일 때마다 소름이 퍼지는 자리를 따라 온몸에 실금이 가는 것만 같았다. 그 은근한 쾌감이 두려웠다.

질구를 감질나게 빨던 혀가 깊이, 더욱 깊이 박혔다. 미끄덩한 살덩이가 안으로 스르륵 파고들어 오더니 불시에 쑥 뽑혀 나갔다.

맛을 보듯이 천천히 들락날락하기만 하던 혀가 돌연 빨라졌다. 찔걱찔걱, 젖은 마찰음이 적나라하게 새어 나오도록 속살을 쑤석댔다.

"하아, 더러워 진짜…."

몸이 발작적으로 들썩였다. 내벽이 주여들기까지 하며 안에 든 사탕이 달그락거렸다.

다리 사이에 묻힌 머리를 밀던 손에서 힘이 빠졌다. 아니, 실은 힘을 뺐다.

시야가 번쩍번쩍 점멸했다. 분명 아래를 휘젓는 혀는 부드럽기 그지없는데 숨이 걷잡을 수 없이 거칠어졌다. 이딴 해괴한 짓으로 느끼는 것도 모자라 그걸 즐기다니. 자신이 역겨워지는데 멈추란 말이 나오지 않았다.

살 틈을 유연하게 후벼 파던 혀가 결국 목표물을 찾아냈다. 혀끝이 안에서 둥글게 말리더니 사탕을 굴려 꺼냈다. 사탕은 질구 밖으로 나오자마자 남자의 입으로 굴러 들어갔다.

남자는 질구가 입술이라도 되는 양 키스를 하고서야 몸을 일으켰다. 그레이스의 지친 얼굴을 내려다보며 만족스러운 미소를 짓던 그가 고개를 숙였다.

입술이 포개어졌다. 그레이스의 배 속을 핥아 먹던 혀가 입술과 볼 안쪽을 긁었다. 입 속으로 체리와 럼의 맛이 퍼지며 코끝이 찡해졌다.

남자는 애액만 빨아 먹은 사탕을 그녀에게 넘겨주곤 입술을 뗐다. 어느새 이마까지 흘러내린 넥타이를 밀어 올려 흐트러진 머리칼을 세심하게 정리해 주는 건 꼭 연인을 대하는 것처럼 다정했다.

잔머리를 귀 뒤로 꼼꼼히 넘겨준 손이 그의 등 뒤로 향했다. 다시 나타난 손에는 지갑이 들려 있었다.

"하나 더."

또다시 창녀 취급이다. 빳빳한 지폐 한 장이 또 스타킹 밴드에 꽂혔다. 정말이지 좋아하려야 할 수 없는 인간이었다.

남자는 허벅지 안쪽에 걸쳐져 있던 그녀의 손을 친절하게 음부로 옮겨 주기까지 했다. 그레이스는 인간의 것이 아닌 것처럼 연한 눈동자를 노려보며 손가락을 흔들었다. 그는 사탕을 문 탓에 볼록하게 튀어나온 뺨에 가볍게 입을 맞추더니 목덜미의 살결을 따라 입술을 미끄러뜨렸다.

어깨를 덮고 있던 셔츠가 아래로 젖혀졌다. 밖으로 드러난 가슴을 입술이 지분거렸다. 뽀얀 살에 붉은 자국을 서명처럼 점점이 새기던 입술이 젖꼭지를 덥석 물었다.

"으응…."

분명 술에 취해 감각이 무뎌져 있었다. 하지만 살점이 세차게 빨릴 때마다 술기운이 걷히며 감각이 날카롭게 깨어났다. 그럴 때면 음핵을 소심하게 굴리는 제 손놀림조차도 지나치게 자극적이었다.

셔츠의 아랫단부터 단추가 툭툭 풀려 나갔다. 옷자락을 젖히며 납작한 아랫배를 거슬러 올라오던 손이 오목한 홈에 닿는 순간 멈췄다.

손바닥이 어깨를 지그시 눌렀다. 그레이스가 몸을 비스듬히 젖히자 쪽 소리가 나며 타액에 붉은 젖꼭지가 입술 사이로 빠져나왔다.

남자가 술병을 집어 들어 배꼽 위로 기울였다. 똑. 똑. 병 주둥이에서 한 방울씩 떨어진 캐러멜 빛 액체가 배꼽에 그득히 고이자 그는 병을 놓고 고개를 숙였다.

"변태…."

지능과 행동력, 그리고 비틀린 성욕을 함께 반죽해 빚은 괴물에 우아한 인간의 껍데기를 씌운다. 그게 레온 윈스턴이란 남자를 만드는 공식이었다.

"훗…."

혀가 배꼽으로 파고들었다. 말캉한 살덩어리가 독주를 할짝거릴 때마다 간질간질한 감각이 피어오르며 소름이 아스스하게 돋았다.

마지막 한 방울까지 남김없이 빨아 먹은 입술이 천천히 아래로 향했다. 다리 사이의 완만한 언덕에 이르자 남자가 고개를 들며 물었다.

"제가 도와 드려도 될까요, 리들 양?"

제가 직접 이곳에 놓았던 손을 치우기까지 했다. 속셈을 몰라 고개를 갸웃 기울이던 찰나, 입술이 살을 가르고 들어가 음핵을 머금었다.

"앗! 안 돼!"

미친놈. 변태. 그래, 도와준다는 말을 순수한 의도로 할 리가.

입술이 슬며시 벌어지며 음핵을 덮은 얇은 살을 젖혔다. 가장 예민한 감각점이 겉으로 드러나자마자 혀가 길게 핥아 올렸다.

"아흑, 이런, 식으로 도, 도와주지 말란, 하윽!"

그레이스는 허벅지 사이에 단단히 자리 잡은 금빛 머리를 밀어내려 안간힘을 썼지만 손에서 자꾸 힘이 빠졌다.

"가만히."

굵은 목소리가 음핵을 찡하게 울렸다. 그는 달달 떠는 허벅지 안쪽을 움켜쥐더니 엄지로 음순을 활짝 벌리기까지 했다.

여태 입으로 비부를 애무한 적은 없는 남자였다. 몸 구석구석 입을 대지 않는 곳이 없으면서도 다리 사이만은 피하기에 선택적 결벽증이라도 있는 건가 싶었다. 그래서 내심 안도했는데 오늘은 대체 왜 이러는 걸까.

겉은 멀쩡한데, 어지간히 취했나 보다.

"하읏, 제발…. 이, 이상해…."

손으로 느끼던 건 아무것도 아니었다.

너무도 예민해 손을 댈 때도 음순 한 겹으로 덮어 만지는 성감의 극점에 혀가 밀착했다. 보드라운 혀의 결이 생생히 느껴지는 것만 같았다. 벨벳의 올처럼 가늘고 매끄러운 미뢰가 돌기를 뒤덮어 치대기 시작하는 순간 숨이 턱 막혔다.

테이블 아래에 축 늘어져 있던 발끝이 저절로 위로 치솟으며 곱아들었다. 젖은 살끼리 스치는 소리는 점점 노골적이 되어 가는데 그레이스의 귀에는 아무것도 들리지 않기 시작했다.

"하읔…. 흐흑…."

말캉한 살덩이가 음핵을 무자비하게 굴렸다. 미쳐 버릴 것만 같았다.

찌르르 떨리는 살점 아래에 쌓이고 또 쌓이던 성감이 끝내 머리끝까지 치솟는 순간, 그레이스는 울음을 터트리며 절정을 느꼈다.

몸을 가누지 못해 뒤로 쓰러지는 그녀의 허리를 남자가 두 손으로 움켜쥐던 찰나였다.

툭.

사탕 하나가 테이블 위로 떨어졌다.

툭. 떼구루루.

그리고 또 하나. 사탕들이 당구공처럼 부딪히며 테이블 아래로 굴러떨어졌다.

"내 입에 뱉어야지."

남자가 미간을 구기며 몸을 일으켰다. 그녀의 다리 사이를 희롱하던 혀가 눈꼬리에 맺힌 눈물을 핥았다.

"우리 자기, 너무 좋아하는데? 자주 해 줘야겠네."

남자가 귓가에 입술을 대고 속삭이는 순간 그레이스의 귀 끝이 새빨갛게 달아올랐다.

"하, 하지 마. 절대 하지 마."

그는 피식, 비웃음을 남기고 몸을 일으켰다. 그레이스가 흐트러트린 머리를 한 손으로 가지런히 쓸어 넘긴 남자가 술병 옆에 쓰러져 있는 사탕 상자를 집었다.

"괜찮아. 사탕은 많으니까."

윈스턴은 새빨간 사탕 하나를 든 채 웃더니 그레이스의 다리 사이로 깊숙이 밀어 넣었다. 그 바람에 거의 밖으로 나와 있던 사탕마저 안으로 밀려들어 가자 짜증이 치밀었다.

"언제까지, 아흑!"

또다시 금빛 머리통이 그레이스의 다리 사이를 비집고 들어왔다. 혀가 질구를 둥글게 휘젓더니 어느새 축축하게 젖은 음순을 가르며 위로 올라왔다.

아직도 절정의 여운에 파르르 떠는 음핵을 혀끝이 잔인하리만치 거칠게 짓이기는 순간 그레이스는 참지 못하고 술병을 쥐었다.

촤륵. 캐러멜 빛 액체가 금발로 쏟아졌다.

그레이스는 방심하다 독주 세례를 맞은 남자를 내려다보며 깔깔 웃었다. 덕분에 제 다리 사이도 끈적한 술에 흠뻑 젖었지만 찝찝하긴커녕 시원하기만 했다.

음핵을 빨던 입술이 드디어 떨어지더니 남자가 고개를 들었다. 얼굴까지 푹 젖어 있었다. 이마에서 흐른 술이 날렵한 콧날을 타고 흐르고, 질끈 감은 눈꺼풀 사이에 자잘한 물방울이 맺혔다.

"하….""

남자는 커다란 손바닥으로 얼굴을 쓸어내리며 입꼬리를 휘었다. 웃는 건지 화가 난 건지 모호했다.

얼굴의 물기를 걷어 낸 남자가 눈을 뜨고 그레이스를 노려보았다. 손이 축축하게 젖은 머리를 천천히 쓸어 넘기고, 뒷덜미를 타고 흐른 물줄기가 선명히 도드라진 목 빗근을 따라 갈라진 가슴팍으로 미끄러졌다.

남자는 아무런 말 없이 몸을 일으켰다. 그가 여유롭게 손목에 찬 시계를 푸는 사이 그레이스의 심장이 쿵쿵 세차게 뛰기 시작했다.

"앗!"

시계를 테이블에 가지런히 놓은 남자가 손을 뻗어 오자마자 그레이스의 몸이 위로 떠올랐다. 윈스턴은 그레이스를 단숨에 어깨에 메곤 걸음을 옮겼다.

툭.

발버둥 치던 다리 사이에서 사탕 하나가 튀어나오더니 바닥으로 떨어졌다.

그가 그레이스를 던지듯 내려놓은 곳은 샤워 부스였다. 휘청하다 벽에 부딪힌 어깨가 아렸다.

쏴아아. 미지근한 물이 머리 위로 쏟아졌다. 남자는 순식간에 물에 빠진 생쥐 꼴이 된 그녀를 두고 부스 밖으로 나갔다.

그가 옷과 구두를 모조리 벗어 던지는 사이 그레이스는 제 다리 사이로 손을 넣었다. 손가락 두 개를 넣어 벌리자마자 질구에 걸려 있던 사탕 하나가 빠져나와 바닥으로 떨어졌다.

이제 남은 사탕은 하나뿐이었다. 얼마나 깊숙이 밀어 넣었는지 페서리의 옆에 박힌 걸 집으려 끙끙거리며 애를 쓰던 찰나였다.

"내 허락 없이 손을 넣으면 벌을 준다고 했을 텐데."

"읏…."

두 손을 한꺼번에 낚아채였다. 남자는 애액과 사탕으로 끈적해진 손끝을 핥아 먹더니 그레이스의 뒷머리를 당겨 거칠게 입술을 부딪쳤다.

두꺼운 혀가 잇새를 비집고 뱀처럼 파고들어 왔다. 입 안을 틀어막고 몸부림치는 살덩이 탓에 숨이 막혔다.

"으응…."

저항을 담은 신음이 맞붙은 입술 사이로 새어 나갔다. 점막을 긁어 대던 혀끝이 볼에 물고 있던 사탕을 굴려 빼내고서야 난폭한 키스가 끝을 맺었다.

"하아…."

숨을 몰아쉬느라 벌어진 입술에 손톱이 단정히 깎인 손끝이 닿았다.

화끈해질 정도로 뜨거웠다.

입술에서 턱 끝으로, 턱 끝에서 목덜미로 그 홧홧한 궤적이 이어졌다. 가슴뼈의 굴곡을 덧그리던 손끝이 멈췄다.

그의 가슴팍에 고정했던 시선을 들어 올렸다. 남자의 시선은 그녀의 가슴께에 박혀 있었다.

흠뻑 젖은 흰 셔츠 너머로 비치는 연분홍빛 살을 남자는 게걸스러운 시선으로 핥았다. 쉴 새 없이 쏟아지는 물줄기 속에 서 있으면서도 목이 말라 죽기 직전인 눈빛이었다.

젖은 몸 위를 정처 없이 배회하던 시선이 돌연 한 방향으로 움직이기 시작했다. 벌어진 셔츠 깃 사이로 흐르는 물줄기를 따라.

굵다란 물줄기가 맞붙은 두 쪽의 살덩이 사이로 사라졌다. 셔츠 자락이 걸친 배꼽께에서야 다시 모습을 드러낸 물줄기는 폭포수가 되어 뽀얀 언덕을 타고 넘었다. 그 한가운데의 갈라진 틈에서 다시 하나로 모인 줄기가 줄줄 흘러내려 바닥을 적셨다.

어째선지 실금이라도 한 것처럼 낯이 뜨거워졌다. 고개를 숙이는 순간 그레이스의 아랫배를 가리키던 성기가 더욱 높이 고개를 치켜들었다.

터질 듯 부푼 살덩이는 손끝보다도 뜨거울 게 분명했다. 굵다란 살 기둥에 부딪힌 물방울이 잘게 부서져 사방으로 퍼졌다. 지글지글 끓는 증기처럼 보였다.

"뒤로 돌아."

짤막한 명령에 무거운 위압감이 서려 있었다. 고개를 들었다. 까득. 남자의 턱선이 도드라지는 순간 사탕이 처참히 바스러지는 소리가 살벌하게 울렸다. 그레이스는 잠자코 뒤돌았다.

"벽 짚어."

차가운 회색 벽에 두 손을 대자마자 남자가 그레이스의 손을 짓누르며 귓가에 잔인한 말을 다정하게 속삭였다.

"머리 박기 싫으면 제대로 짚어."

대체 얼마나 세게 박으려는 걸까. 입술 사이로 터져 나오던 긴 한숨이 중간에 뚝 멎었다. 아직도 안에 사탕이 있다는 데에 생각이 미치는 순간 두 손이 허리를 억세게 잡아당겼다.

"숙여. 더."

"잠깐!"

"숙이라고 했어."

큼지막한 손바닥이 그레이스의 날개뼈 사이를 지그시 눌렀다. 그다지 힘을 주는 것 같지도 않은데 손이 주룩 미끄러져 내려가며 시야가 낮아졌다.

"사탕! 사탕은 빼 줘!"

"네가 명령할 처지가 아닐 텐데."

젖은 질구에 뜨거운 살덩이가 맞붙는 순간, 그레이스는 새파랗게 질려 다급히 외쳤다.

"이건 부탁이야!"

"부탁할 처지는 더더욱 아니고."

"히윽!"

힘주어 오므린 질구에 묵직한 선단이 콱 박혔다. 그나마 젖어 있는 게 다행이었다. 마른 살 틈을 이토록 무지막지한 힘으로 뚫고 들어왔더라면 어딘가 한 군데는 분명 찢어졌을 거다.

"윽, 왜 이렇게, 하아, 좁아."

절정의 팽팽한 긴장이 아직도 느껴진다. 안에서 애액이 울컥 넘칠 정도로 흥건히 젖었으니 살 기둥이 미끄러져 들어갈 법도 한데 오늘은 처음만큼이나 좁디좁았다.

달아오를 대로 달아오른 성기를 끈적한 속살이 꽉 물어 대자 레온은 이를 악물었다. 바짝 조여든 내벽을 사방으로 벌리며 몸을 꾸역꾸역 욱여넣은 끝에 여자의 말랑한 엉덩이가 그의 탄탄한 아랫배에 맞닿았다.

술 탓일까. 성기를 빈틈없이 휘감은 살이 여느 때보다 뜨끈해 몸이 녹아내릴 듯했다.

끝에서 단단한 것이 느껴지자 살 기둥을 슬쩍 뽑았다. 여자의 온도와 습기에 녹았는지 끈적한 사탕이 성기 끝에 찰싹 달라붙어 딸려 왔다.

"훗!"

성기가 다시 밀려 들어왔다. 사탕이 질 끝의 감각점을 꾹 짓누르는 순간 눈이 번쩍 뜨이도록 날카로운 쾌감이 치솟았다. 다리가 후들후들 떨리자 그레이스는 벽을 손톱으로 긁으며 버티려 안간힘을 썼다.

"아, 아훗, 제발!"

남자가 성기 끝으로 사탕을 빙글빙글 돌리며 물었다.

"흠… 이거?"

"그, 그거. 제발 빼, 아흑!"

그가 몸을 숙이자 단단한 구체가 감각점에 쿡 박혔다.

"맛있게 먹어."

바르르 떨며 신음하는 그레이스의 귓불을 그가 이로 가볍게 깨물더니 속삭였다.

"다 녹을 때까지."

남자는 그녀의 머리에서 어느 틈엔가 흘러내린 넥타이를 말의 고삐처럼 당기며 허리를 유연하게 흔들었다.

"아, 아아, 아앗!"

속을 부드럽게 치대기만 하는데 그레이스는 거칠게 박힐 때처럼 어쩔 줄 몰라 했다.

사탕은 고작 엄지손톱만 했다. 그다지 크지 않건만, 거기에 말도 안 되게 긴 물건이 더해지니 압박감이 엄청났다.

몸이 꿰뚫리는 듯한 충격이 무서우면서도….

"아흑, 싫어."

짜릿했다.

젖은 벽을 타고 손이 미끄러졌다. 물이 쉴 새 없이 쏟아지는 샤워 부스 바닥을 발끝으로만 짚고 버티는 여자가 위태로워 보였다.

여자는 이 자세를 유독 힘들어했다. 레온은 비틀거리는 여자에게로 몸을 숙였다.

젖은 셔츠가 찰싹 달라붙은 가슴을 움켜쥐자 여자가 그의 팔뚝에 몸을 기대었다. 아래로 미끄러지던 손은 결국 축 늘어졌다.

다른 손을 음부로 집어넣는 순간 여자가 고개를 번쩍 들었다.

"으응, 하지, 하지 마…."

그의 손목을 움켜쥐고 팔뚝을 긁는 손에 힘이라곤 없었다. 가슴을 쥔 손에 힘을 주었다. 검지와 중지 사이로 젖꼭지가 볼록 튀어나왔다. 아래의 속살을 까 활짝 벌렸다. 여기도 젖꼭지처럼 음핵이 볼록하게 도드라졌다.

통통하게 부푼 두 돌기를 검지와 중지 끝에 끼우는 순간….

"아!"

여자의 속살이 그를 꽉 움켜쥐었다. 물다 못해 꺾어 버리기라도 할 기세였다.

성감대를 쥔 손을 부드럽게 돌렸다. 바깥의 자극을 따라 내벽이 움찔

움찔 규칙적으로 조여들고 벌어지며 그를 빨아 댔다.

"아, 아훙…."

저항은 곧 멎었다. 이 정도로 애무해 주면 여자는 어떤 방향, 어떤 깊이로 찌르든 잘 받아먹었다. 이젠 그의 리듬에 맞춰 엉덩이를 흔들기까지 했다. 제가 누군지 드디어 잊은 것이다.

질 끝에서 굴러다니던 사탕이 선단의 굴곡에 걸렸다. 성기를 뽑아내는 순간 딸려 나오며 질구 밖으로 새빨간 알맹이가 모습을 빼꼼 비췄다.

각도를 아래로 틀어 성기를 내리꽂았다. 딱딱한 구체가 배 속에서 한 바퀴 구르자 여자의 교성이 달라졌다.

"아, 아훗! 거기는, 거긴 제발…."

잠시 넋을 놓고 있었던 그레이스가 다시 애걸했다. 단단한 살 기둥 아래에 낀 사탕이 하필이면 요도구와 맞닿은 질 벽을 짓눌렀다. 저곳을 계속 자극하면 어떤 일이 벌어지는지 이미 너무도 잘 알았다.

허리를 뒤틀어 봤지만 남자는 꿈쩍도 하지 않았다. 허리를 뺄 때마다 도리어 따라와서 성기를 더욱 집요하게 문질러 댔다. 딱딱한 알맹이가 속살을 마구잡이로 치대자 점점 정신이 혼미해졌다.

저 남자가 엄지로 살을 꾹꾹 누를 때와 다르지 않았다. 그럴 때마다 다리 사이에서 물이 찔끔찔끔 새어 나오는 게 생생히 느껴졌다. 숨이 턱턱 넘어가고, 음부가 움찔움찔 떨리더니 결국은 터졌다.

"하윽!"

남자의 손가락과 성기가 박힌 곳의 사이에서 물이 터져 나왔다.

부끄러워할 필요는 없었다. 어차피 말간 물은 머리 위에서 떨어지는 물에 섞여 흘러내려 갔을 것이다.

아니, 실은 부끄러워할 틈이 없었다. 순식간에 몰려온 절정의 해일에 휩쓸려 정신을 차릴 수가 없었으니까.

"아흐응…."

"하아…."

두 사람 모두 머리끝까지 뜨거운 쾌감에 흠뻑 젖은 채 신음했다.

아쉽게도 남자의 절정은 여자의 것보다 짧다. 먼저 정신을 차린 레온은 여자의 상체를 안아 세웠다. 그 바람에 뿌리 끝까지 박혀 있던 성기가 뽑혀 나왔다. 반동 탓에 성기 끝이 크게 솟구치며 애액과 정액을 여자의 뽀얀 엉덩이에 흩뿌렸다.

여자를 돌려세웠다. 눈에 지친 기색이 가득했다. 고작 한 번 만에.

가느다란 두 다리가 휘청하더니 여자가 벽을 짚고 섰다. 하지만 얼마 가지 못하고 다리의 힘이 완전히 풀리며 몸이 젖은 벽을 타고 주르륵 미끄러졌다.

적나라하게 벌어지는 다리 사이에서 동그란 것이 톡 튀어나와 바닥으로 떨어졌다. 또르르 구르는 새빨간 사탕에 엉겨 붙어 있던 우윳빛 체액이 순식간에 씻겨 내려가 수챗구멍으로 사라졌다.

레온은 사탕을 발로 차 걷어 내곤 여자에게 다가갔다. 바닥에 닿기 직전에 가볍게 안아 올리자마자 발름대는 구멍에 성기를 찔러 넣었다.

"아훗!"

여자는 정신을 차릴 새도 없이 다시 암고양이처럼 울기 시작했다. 허벅지 안쪽과 음부는 미처 씻겨 나가지 못한 정액이 덕지덕지 붙어 꽤 볼만한 꼴을 하고 있었다.

힘없이 늘어지는 허벅지를 팔뚝에 걸어 추켜올리고 여자를 벽에 박듯이 허리를 짓쳐 올렸다. 셔츠 너머로 비치는 뽀얀 살덩이 두 쪽이 위아래로 크게 출렁대고, 허공에 매달린 발끝이 달랑거렸다.

"즐거워, 자기야?"

"아흥…."

"나도 즐거워. 싫어하는 남자에게 박히면서 좋아 죽는 널 보고 있자면."

이젠 뻔하디뻔한 도발. 그레이스는 한쪽 입꼬리를 비틀어 웃었다.

넌 내 몸은 망가뜨려도 정신만은 망가뜨리지 못해.

이 남자의 손안에서 그레이스의 삶은 모순투성이였다. 가장 큰 고통을 안겨 주는 이 순간이 모순적이게도 고통에서 벗어날 유일한 탈출구였다.

자꾸만 금이 가는 정신을 지키고자 죄책감은 잠시 내려놓기로 했다.

'나중에, 언젠가 벗어나면 그때 괴로워하자.'

뒤늦게 몰려올 폭풍은 미래의 자신이 해결할 과제로 남겨 두었다.

허리 짓이 거칠어지며 두 몸뚱이로 떨어진 물방울이 사방으로 튀어 올랐다. 물방울을 따라가던 눈의 초점이 점차 흐려졌다.

악마가 선사하는 거짓된 천국이 보이기 시작했다. 가장 슬프면서도 기쁜 순간이었다.

"아!"

외마디 교성과 함께 그레이스의 몸과 마음을 순수한 쾌감이 휘감았다. 황홀경에 취해 미소 짓는 순간, 눈앞의 남자가 피식 웃더니 입술을 겹쳐 왔다.

한 대 때려 주고 싶었다. 하지만 지금은 입술로 때리는 것 외엔 아무것도 생각이 나지 않았다.

한참이 지나 입술이 떨어졌다. 맞붙은 아래는 떨어질 기미를 보이지 않았다.

새된 교성이 계속해서 좁은 부스를 울렸다. 거듭되는 허리 짓을 바들바들 떨리는 몸으로 받아 내던 그레이스가 다 쉬어 버린 목소리로 힘들게 속삭였다.

"언젠가 혁명에 성공하면 단두대에 널 세울 거야. 목을 자르기 전에 이것부터 잘라 주지."

얼마 없는 힘을 긁어모아 성기를 끊어 먹을 듯이 옥죄었다. 남자는 살벌한 위협이 깜찍한 애정 표현이라도 되는 양 웃음을 터트리더니 물었다.

"왜? 내 물건이 그리울 것 같아? 박제라도 해서 밤마다 외로운 구멍을 쑤시게?"

또 한 번의 도발에 그레이스는 조소로 응수했다.

"그래. 이건 그립겠지만 넌 안 그리울 거야."

"…."

아주 잠깐, 스치는 찰나에 남자의 얼굴이 딱딱하게 굳었다. 곧바로 태연한 척을 시작했으나 허리 짓을 한 박자 놓쳤다. 남자가 입매를 비틀어 조소했지만 텅 빈 미소였다.

미친놈. 나를 좋아하지 마.

내려놓았던 죄책감이 그레이스의 어깨를 무겁게 짓눌렀다. 천국으로의 탈출구는 다시 닫혔다. 또다시 지옥 속을 허덕일 시간이었다.

"오늘까지 꼭 서명하셔야 합니다."

국내정보과 사무실 책상 앞에 앉자마자 콜린스 중위가 다가와 하는 말이 기가 막혔다.

"상관에게 서명을 요청하는 태도에 문제가 있군."

"하지만 중령님께서 지시하신 건이라…."

중위는 고개를 숙이지 않고 꼿꼿이 서서 중령을 핑계로 댔다.

요즘 레온이 싱클레어라는 수렁을 피해 다니느라 과에 소홀했던 사이 콜린스 중위가 나서 그가 해야 했을 일을 처리했다. 그러니까 싱클레어의 고문과 허위 자백서 작성 같은, 자살행위 말이다.

저 뭣도 모르는 등신은 중령이 칭찬을 퍼부어 주니 제가 국내정보과 과장인 양 어깨에 힘이 잔뜩 들어가 있었다.

기강을 바로잡을 때였다.

레온은 반쯤 피운 시가를 재떨이에 짓눌러 비볐다. 억센 힘에 시가가 뭉개지며 바스러진 내용물이 쏟아져 나와 역한 냄새를 풍겼다. 그는 거기다 침까지 뱉은 후 눈짓으로 가리켰다.

"비워. 쓰레기통도."

이등병 아니면 청소부나 할 허드렛일을 시키자 오만함이 번들거리던 중위의 얼굴이 팍 구겨졌다.

"이쯤 해도 못 알아들으면 다음은 이렇게 가벼운 수준으로 끝나지 않을 거야."

군은 계급이 곧 법이다. 그 법을 무시하려면 적어도 윈스턴가를 넘는 부와 권력을 갖고 있어야 했다.

그 어느 것도 레온보다 나은 게 없는 중위는 결국 고개를 숙이며 재떨이와 쓰레기통을 가지고 밖으로 나갔다.

레온은 서류 보관함의 맨 위 칸에 놓인 종이 한 장을 거칠게 집어 앞에 놓았다. 그가 여태 서명을 미룬 제프리 싱클레어의 자백서였다.

펜 케이스를 열고 만년필을 꺼내 들었다. 뚜껑을 뽑는 순간 익숙한 목소리가 그에게 물었다.

"넌 그래서 방관만 할 거야?"

시무룩하던 청록빛 눈동자가 눈앞을 어른거리기 시작하자 레온은 이를 악물었다.

'내가 신인 줄 알아?'

탁. 만년필의 뚜껑이 닫혔다. 그는 다시 자리를 떴다. 덩그러니 남겨진 자백서에서 국내정보과장의 서명란은 여전히 빈칸이었다.

책상 서랍에 기대어 앉은 그레이스는 의자에 앉은 남자를 올려다보았다.

레온 윈스턴. 평소의 잔혹하고 냉철하며 비열한 그 레온 윈스턴으로 드디어 돌아와 있었다.

지난 일주일은 얼마나 조마조마했는지 모른다. 저 남자가 평소와 다르다고 왜 제가 불안했는지는 모르겠지만.

걱정?

미쳤지.

아니, 그저 심신이 불편했을 뿐이다.

윈스턴은 지난주 내내 고문실에서 살다시피 했다.

심지어 잠도 고문실에서 잤다. 그 1인용 침대는 저 거구 혼자 자기에도 비좁은데 둘이서 자는 게 말이나 될까. 어쩔 수 없이 몸을 포개고 안겨서 자야 하는 건 질색이었다.

그래서 저 남자가 잠든 후 몰래 빠져나가 잘 곳을 찾다가 눈에 띈 곳이 욕조였다. 딱딱하고 차가운 욕조 안으로 들어가 담요를 감고 누워 있자니 스스로가 처량하게 느껴졌다. 처지를 한탄하다 겨우 잠들었을 때였다.

촤륵.

얼굴로 차가운 물이 쏟아졌다. 물줄기가 멎은 후 눈을 떠 보니 윈스턴이 수도꼭지를 쥐고 서 있었다.

"아, 미안. 여기 있는 줄은 몰랐네."

아주 뻔뻔하기 짝이 없는 거짓말이었다.

아무튼, 지난 일주일은 덕분에 피곤했다. '레온 윈스턴과의 일주일'이 새로 개발한 고문 기법인가 싶을 정도로.

일은 안 하냐고 물었더니 휴가를 냈다는 대답이 돌아왔다. 여기서 하녀로 일했던 1년간 저 남자가 여름휴가나 가문의 중요한 행사가 있는 날을 제외하곤 개인 휴가를 내는 적을 본 일이 없었기에 헛것을 들었나 싶었다.

윈스턴이 고문실에 스스로를 가둬 두고 한 건 단 두 가지였다.

술과 섹스.

아무래도 수상쩍어서 무슨 일인지 물었지만 그랬다가 세 시간 동안 밑에 깔려 헐떡여야 했다. 그제야 직감이 말해 주었다. 싱클레어 건 때문이라고.

'저 남자도 양심이란 게 있나?'

그레이스는 문득 그가 술에 취해 던진 물음을 떠올렸다.

"그레이스 리들, 네가 아닌 삶을 상상해 본 적 있어?"

그 뒤 이어진 레온 윈스턴답지 않은 말을 떠올리던 찰나였다. 커다란 손이 책상 아래로 불쑥 내려왔다. 손바닥에는 새하얀 크림을 얹은 검붉은 체리 한 알이 얹혀 있었다.

이건 무슨 취급일까.

그레이스는 눈을 가늘게 뜨고 체리를 노려보았다.

개 취급을 할 거면 차라리 개 밥그릇에 줄 것이지. 이 남자는 집무실 '산책'을 시켜 주는 날이면 식사를 일일이 손으로 먹였다.

남자가 손을 재차 내밀자 그레이스는 마지못해 고개를 숙였다. 체리를 입에 물었지만 손은 물러나지 않았다. 남자는 오히려 손을 내밀어 손바닥에 묻은 크림을 그레이스의 입술에 짓뭉갰다.

손바닥도 깨끗이 핥아 먹으라는 뜻이었다. 아득. 이를 악물자 어금니 사이에 낀 체리가 팍 터지며 새콤한 과즙을 쏟아 냈다.

그레이스는 눈을 치뜨고 노려보며 손금이 선명히 팬 손바닥을 혀로 길게 핥았다. 체리 과즙으로 흠뻑 젖은 혀가 검붉은 궤적을 남겼다.

핏자국 같았다. 남자를 깨물어 피투성이로 만든 것만 같은 만족감이 들었다. 다 허상일 뿐이지만 말이다.

퉤.

레온은 미간을 구겼다. 여자가 체리 씨를 그의 손에 뱉었다. 고분고분 말을 듣나 싶더니 또 이렇게 그의 머리 꼭대기에 서려 했다.

"셔. 난 체리는 단 게 좋아."

그래, 늘 이런 식이었다. 제 아비처럼 쉬우면 좋으련만.

"주는 대로 먹어."

체리 씨가 접시에 던져지며 둔탁한 소리를 냈다.

"개 주제에 까다롭긴."

저렇게 퉁명스럽게 말해도 분명 내일 식탁에 오를 체리는 단 것이다. 그레이스는 이미 알고 있었다.

레온은 서러운 척 입매를 늘어뜨리며 여우짓을 하는 여자의 뺨에 손바닥을 꾹 눌러 문댔다.

"으…. 더럽게…."

얼굴에 체리 물이 든 여자가 소매로 뺨을 문질렀다. 서러워하던 입매가 짜증이 난 입매로 바뀌자 그는 웃었다.

점심시간은 지났으니 여자와 노닥거리는 시간도 끝이었다. 레온은 빈 접시를 옆으로 밀쳐 두고 두꺼운 서류 뭉치를 집었다.

제프리 싱클레어 건에 관한 모든 서류를 모은 것이었다. 여기엔 이 건이 날조되었다는 증거도 포함되어 있었다.

레온은 그 위에 오늘 아침의 신문 기사를 올렸다.

[제프리 싱클레어, 거번 수용소에 수감돼.]

싱클레어가의 명성을 박살 내기 위한 작전인 듯 신문 1면에는 죄수복을 입고 수갑을 찬 제프리 싱클레어의 사진이 대문짝만하게 박혀 있었다.

세련된 신사의 모습은 없었다. 누가 보아도 거칠고 초췌한 흉악범의 꼴이었다.

이 일이 잘못될 경우, 레온도 저 꼴이 될 수 있었다.

흑백 사진 속의 지친 눈을 응시하고 있자니 문득 중령이 아들을 데리고 나가려는 걸 말리며 그를 간절히 바라보던 눈빛이 떠올랐다.

레온은 한숨을 짧게 내쉬었다.

결국 서명하지 않고 일주일간 병가를 냈다. 그사이 국내정보과장 대리역인 콜린스 중위가 허위 자백서에 서명을 했다.

자백서에 끝내 레온 윈스턴의 서명은 담기지 않은 것이다. 대공과 국왕의 요구에 반하는 무모한 짓이었다.

그건 사실, 책상 밑의 여자를 제외한 모든 일을 손익으로 판단하는 레온 윈스턴이 할 수 있는 최선이자 최악의 선택이었다.

미래의 자신이 화를 피할 수 있다는 점에서 최선이지만, 현재의 자신은 탄압을 받을 테니 최악이었다. 왕정이 무너질 때까진 압박이 끊이지 않을 것이다.

레온은 자조적으로 웃었다.

왕정이 무너지길 바라야 하는 왕당파라. 내게 무슨 일이 일어난 걸까.

"대위의 요즘 행동을 이해할 수가 없어."

레온은 문득 일주일 만에 출근했던 날 중령이 했던 말을 떠올렸다.

"다른 사람이 된 것 같아."

그러게. 어쩌다 달라졌을까.

책상 아래로 시선을 던졌다. 서랍의 벽에 기대어 읽으라고 준 기밀 서류를 건성으로 넘기던 여자가 어리둥절한 눈으로 그를 바라보았다.

아무리 생각해 보아도 이유는 이 여자밖에 없었다.

그렇다고 이 여자를 죽이고 예전의 자신으로 돌아갈 수는 없다. 죽이는 것만이 유일한 방법이라면 돌아가고 싶지도 않았다.

여전히 제게 양심이 있다고는 생각하지 않는다. 이 일에 있어 영웅과 악당 사이의 어느 곳에 애매하게 선 자신은 그저 이기적인 인간일 뿐이었다.

자신의 손익만을 따지는 인간답게 레온은 왕국을 무너뜨릴 수도 있는 위험한 비밀을 손에 쥔 지금도 머릿속으로 계산을 하느라 바빴다.

수많은 갈림길과 그 종착점을 따져 보던 그의 시선이 자꾸만 여자에게로 향했다. 무수히 많은 길 중에서도 가장 비이성적이고 험난하며 '레온 윈스턴'답지 않은 좁은 길이 자꾸만 눈앞을 어른거렸다. 복수와 모든 의무를 거쳐 가는 그 험난한 길의 종착점에 서 있는 건 이 여자뿐이었다.

그것만으로도 충분히 유혹적이었다.

다행인지 불행인지. 이 여자의 세뇌를 깨기 전에는 어림도 없는 일이었다.

그는 차곡차곡 쌓아 정리한 서류를 커다란 갈색 봉투에 넣었다. 일단은 보류해 두기로 하고 책상 마지막 서랍에 넣고 잠그던 때였다.

밖에서 누군가가 문을 두드렸다. 여자가 반사적으로 책상 깊숙이 몸을 숨겼다.

"들어오도록."

점심을 치우러 온 하녀인 줄 알았으나 아니었다.

"레온."

흉물스러운 철조망으로 두른 별채를 끔찍이도 싫어하시는 엘리자베스 윈스턴 부인께서 여긴 어쩐 일일까.

"근무 중입니다."

책상 위에 쌓여 있던 서류철 중 하나를 꺼내 펼치는데 어머니가 맞은편의 의자에 앉으며 타박을 늘어놓았다.

"저택에 있으면 식사 정도는 같이할 수 있지 않니. 넌 무슨 일이 늘 그렇게 바쁘니? 세상 모든 일은 혼자 다 하는 척을 하는구나."

"가문의 거의 모든 일은 제가 혼자 하고 있죠."

그레이스는 쿠션을 끌어안고 웅크린 채 숨죽였다.

'윈스턴 부인, 오랜만이네.'

거듭 실패하고 나니 이젠 집무실에 누가 와도 탈출할 기회로 보이지 않았다. 눈앞에서 별채 문이 활짝 열리며 누가 도망치라고 등 떠밀지 않는 이상 용기가 나지 않는다.

감찰관이 왔던 날엔 심지어 죽을 뻔했다.

"내가 널 죽이지 못할 거라고 생각하지? 맞아, 난 널 죽이지 못해. 멀쩡한 정신으론. 하지만 널 빼앗기는 순간엔 어떻게 될까? 눈 돌아간 사람은 무슨 짓을 저지를지 모르는 거야. 조심해."

그것도 모자라 밤새 가혹하게 시달린 게 한몫했다. 꽤나 오랜만에 벽에 사지가 묶였고, 며칠간 몸에서 밧줄과 사슬 자국이 가시질 않았다.

저 남자와의 암묵적인 거래하에 유지되던 나름의 평화가 깨어진 순간이었다.

그레이스는 어느새 이 가짜 평화에 적응해 버렸다. 이젠 신문을 하지도 않는다. 몸만 쓰고 싶다는 대로 쓰게 해 주고 운신의 자유만 희생하면 저 남자는 만족했다. 기분이 정말 좋은 날에는 그레이스가 요구하는 걸 하나씩 들어주기도 했다.

하지만 여기서 들켜서 사령부나 수용소로 가게 된다면?

이 모순적인 평화를 얻기까지 윈스턴에게 당했던 걸 다른 남자들에게 똑같이 당하게 될 것이다. 아마 어쩌면 그걸 버틴 후에도 지금과 같은 평화는 영영 오지 않을지도 모른다.

호송될 때 누가 구해 줄 거란 기대는 저도 모르는 사이 접었다. 그사이 체득한 건 체념뿐이었다.

"레온, 내 말은 네 약혼식 준비에 성의를 좀 보이란 뜻이잖니."

약혼식? 약혼을 결국 하기로 했나?

본인에게선 전혀 듣지 못한 소리가 윈스턴 부인의 입에서 나오자 그레이스의 상념이 끊어졌다.

"약혼 당사자인 너보다 아무 관계 없는 제롬이 더 적극적인 게 말이 되니?"

과연 관계가 없을까.

레온은 서류를 넘기며 웃었다.

1년 가까이 지지부진하던 약혼 논의가 급작스럽게 마무리됐다.

제 비밀스러운 연인과 얼른 한 지붕 아래에서 살고 싶은 제롬의 열망

덕인지, 군에서 더 나은 꼭두각시를 찾지 못한 대공이 그의 사지에 줄을 달고 싶어 안달이 난 건지.

"정말 진심으로 드리는 말씀인데, 저도 제롬이 장남이 아니라 아쉽네요."

레온은 요즘 들어 하게 된 정신 나간 생각을 입 밖에 냈다.

"넌 아직도 그 이야길 꺼내는구나."

어머니는 오래전 자신의 입버릇을 들먹이며 빈정대는 줄 알고 샐쭉하게 굴었으나 레온은 오로지 진심뿐이었다. 제게 상처를 주던 말에 결국은 공감하게 되다니. 우스웠다.

늘 그렇듯 엘리자베스 윈스턴 부인은 팩 토라진 척을 하며 몸을 돌려 나가 버렸다. 레온은 저를 따라서 달래라는 무언의 협박을 무시하고 책상 아래로 고개를 숙였다.

"내가 결혼하면 널 놓아줄 거란 기대는 하지 않는 게 좋아."

결혼하고도 정부를 여기 두겠다니. 이미 그러리란 건 알았지만 아무리 생각해도 제정신이 아닌 인간이었다.

그레이스는 질린 눈으로 남자를 쏘아보다 한숨을 내쉬며 쿠션을 베고 누웠다.

"네 약혼녀에게 귀띔해 줘야겠어. 첫날밤 전까지 체력 단련을 열심히 해 두라고."

일주일 내내 시달린 몸이 아직도 욱신거렸다. 체력이 뛰어난 군인인 그레이스도 윈스턴은 감당하기 힘들었다.

"첫날밤?"

웅크린 무릎을 덮은 치맛자락을 구두코로 걷어 올리던 남자가 미간을 구겼다. 내가 대공녀와 왜 그런 짓을 하냐고 되묻는 듯한 눈이었다.

"후계자는 만들어야 하지 않아?"

"그걸 왜 네가 걱정하지?"

걱정이라니. 그저 귀족의 결혼이란 가장 큰 목적이 부와 권력을 물려줄 후계자 생산이기에 자연스레 생각이 미친 것뿐이었다.

그러다 문득 제게만 선다던 남자의 말에까지 생각이 미쳤다.

"이런, 윈스턴가의 대는 여기서 끊기겠네."

"대는 안 끊겨. 대책은 이미 마련해 뒀지."

"대책?"

방계에서 양자라도 들이려는 건가. 하지만 그런 일은 흔치 않았다. 특히나 가주가 건강한 청년일 때는 더더욱. 그렇다고 저 남자에게 사생아가 있을 리도 없고….

'설마 내게서 사생아를 보겠단 소린 아니겠지?'

레온은 의문을 그대로 내비치는 얼굴을 내려다보다 웃었다.

"그거 알아?"

아니, 상상도 못 했겠지.

"그 꽉 막혀서 재미없던 제롬 윈스턴이 형과 결혼할 여자와 부정을 저지르고 있다는 사실."

여자가 반쯤 감겨 있던 눈을 커다랗게 떴다. 레온은 여자의 뺨으로 손을 뻗었다.

"그러니까 대공녀는 윈스턴가의 아이를 언젠가 낳을 테고, 우리 자긴 죄책감 느낄 필요 없어."

"죄책감 따위를 느끼냐고 묻는 게 먼저지."

그레이스는 고개를 홱 돌려 손을 떼어 냈다.

"그 녀석, 대공녀를 로지라고 부르더군."

남자가 드러난 목덜미를 손끝으로 훑으며 물었다.

"너도 그렇게 불러 줘? 응? 그레이시?"

"구역질 나."

남자가 나직한 웃음을 흘렸다.

"하여튼 윈스턴가의 핏줄은 다 제정신이 아닌 것 같아."

"네 핏줄만 할까."

쏘아보았더니 큼지막한 손이 머리를 쓰다듬었다. 또 개 취급이었다.

"그나저나 착해. 이번엔 허튼짓하지 않고 얌전하게 굴다니."

남자의 기분이 좋아 보였다. 그레이스는 거래를 시도하기로 했다.

"그럼 나 착하게 굴었으니까…."

"이번엔 또 뭘 요구하려는지."

그레이스는 배시시 웃었다. 좁아 들었던 남자의 눈매가 느슨해졌다. 아무리 의도가 빤하다 해도 남자는 이 미소를 좋아했다.

그렇게 일부러 웃으며 뜸을 들였더니 남자는 말해 보라는 듯이 눈짓으로 재촉했다.

"그럼 밖에서 산책 한 번만…."

"그건 안 돼."

하지만 말을 끝맺기도 전에 단칼에 거절이 떨어졌다.

"족쇄를 채워 두면 되잖아."

"누가 보면?"

"그게 어때서?"

또 수작질. 그렇게 중얼거리며 남자가 그레이스의 코끝을 아이라도 꾸중하듯이 꼬집었다. 남의 눈에 띄어서 탈출할 의도가 아니었던 그레이스는 억울할 따름이었다.

"난 자기를 지켜 주는 거야. 네가 잡히면 강간하려는 놈들이 얼마나 많은지 알아? 네가 지금 가진 구멍으론 모자랄걸?"

"그러니까 너처럼?"

남자는 웃음을 터트렸다. 하지만 눈은 웃지 않고 그레이스를 날카롭게 노려보고 있었다.

"맞아. 사실은 나눠 쓰기 싫어서 그래."

손이 떨어져 나가고 남자가 상체를 바로 세웠다. 가증스러운 귀티가 흐르는 얼굴이 사라지자마자 엄한 명령이 떨어졌다.

"또 잠들 생각 하지 말고 그거나 마저 읽어."

검은 구두 끝이 닿아 둔 서류철을 찼다.

"저녁 식사 후에 시험을 볼 거야. 통과하면 오늘 밤은 일찍 재워 주지. 낙제면 오늘 밤 잘 생각은 하지 마."

요즘 저 남자는 잡지를 다 거둬 가고, 읽을거리라곤 혁명군과 관련된 보고서의 사본만 넣어 주었다. 보고서엔 죄다 말도 안 되는 모함뿐이었다.

찢으면 응징을 당할 테니 읽은 자국만 남기고 읽지는 않았다. 그랬더니 어떻게 알았는지 밖에 대기하는 여장교에게 보고서를 크게 소리 내 읽게 시켰다. 네다섯 시간 가까이 귀를 틀어막고 버티던 그레이스는 장교의 목소리가 점점 쉬다 못해 고통스럽게 갈라지는 지경이 되자 결국 포기하고 보고서를 읽을 수밖에 없었다.

이번에는 혁명군이 운영하다 압류된 어떤 고아원에 관한 보고서였다. 그곳의 고아들을 반정부 활동에 참여하도록 강요했다는 게 요지였다. 세뇌, 착취, 강제 동원, 그리고 그 결말은 동지나 왕당파의 손에 의한 비참한 최후. 보고서만 보자면 혁명군은 왕당파보다도 사악한 집단이었다.

정작 세뇌를 시도하는 건 누구인지. 그레이스는 역겹도록 반질반질한 구두코를 노려보았다.

고아원은 군자금 세탁처로 이용하기 위해 운영했다고 어른들에게서 들었다. 그걸로 고아를 착취했다고 몰아가는 건 정말 악랄한 모함이었다.

동지 중에는 고아를 입양해 자식처럼 키우는 이들이 꽤 있었다. 그렇게 큰 아이들이 양부모를 본받아 혁명의 뜻을 이어 가는 게 어떻게 착취인 걸까. 그레이스도 지미와 결혼하면 아이 한둘은 입양하고 싶었다.

"순 날조뿐인 헛소리."

조용히 중얼거린 걸 어떻게 들었는지 남자가 끼어들었다.

"전임 서부 사령관의 정부도 고아였어."

"그래서?"

"끝까지 입을 열지 않았다는군."

"자랑스러운 동지네."

"과연 충성심 때문일까?"

"너야 이해 못 하겠지."

"그 여자가 신문 중에 울며 하는 말이, 동생이 있으니 봐 달라고 하더라는 거야. 친동생과 함께 입양됐는데 반군에게 동생이 인질로 잡혀 있는 거나 마찬가지이니 입을 열고 싶어도 열 수 없었던 거지."

"소설 좀 써 봤네?"

책상 위에서 비웃는 소리가 들렸다.

"내가 왜 끝까지 입을 열지 않았다고 말한 줄 알아?"

"왜."

"그 여자, 수용소에서 살해당했어."

"…지금 혁명군에게 제거당했다고 모함하고 싶은 거지?"

"아니. 그건 아무도 몰라."

"그럼 대체 무슨 소리를 하고 싶은 거야?"

"궁금해. 왜 그 여자는 그 잘나신 블랜차드의 구조대가 구해 주지 않은 걸까."

"…"

"너처럼."

또 이런다. 지미와 혁명군을 향한 신뢰를 흔들려는 시도였다.

"…그딴 수작질에 내가 넘어갈 거면 진작에 넘어갔겠지. 윈스턴 대위님, 전술을 좀 바꿔 보시죠."

한숨 쉬는 소리가 들리더니 남자가 책상 아래를 내려다보았다. 피곤하단 얼굴이었다. 정작 덕분에 피곤한 사람이 누군데.

"언제까지 거기만 읽을 거야? 뒤로 넘겨. 내가 말한 신문 기록이 있으니까."

남자가 억지로 페이지를 넘기려 했다. 왜 그랬을까. 신문 기록을 본다고 달라질 것도 없는데 겁먹은 사람처럼 서류철을 손으로 꽉 쥐고 막았다.

"앗!"

그레이스는 따끔한 통증에 눈을 질끈 감았다. 날카로운 종이 날에 엄지와 검지 사이를 베였다

"아파…"

"아… 미안."

남자가 종이를 놓았다. 그레이스는 아픔보다는 진심으로 미안해하는 태도에 놀랐다.

'왜 이래, 이 남자?'

이상한 건 그뿐이 아니었다. 남자는 욕실에서 구급상자를 가져와 별것 아닌 상처를 치료해 주기까지 했다. 선홍빛의 피가 흐르는데도 예전처럼 흥분하지 않았다.

그러다 문득 깨달았다.

'요즘은 왜 피를 내려고 하지 않지?'

그녀의 피를 빨아 마시는 걸 즐기던 남자였다. 흡혈귀처럼.

그런 남자가 손가락 사이에 맺힌 피를 솜으로 닦아 냈다. 피로 젖은 솜은 곧장 쓰레기통으로 향했다.

제가 알던 레온 윈스턴과 어긋나는 행동에 또 가슴이 조마조마했다. 그레이스는 또다시 피가 배어 나오는 상처를 그의 입술로 내밀었다.

빨아. 피에 미친 흡혈귀답게 굴어. 이제 와서 감히 인간이 되려 하지 마.

남자의 시선이 붉은 핏방울이 굵게 맺힌 상처에 닿았다. 하지만 입을 벌리진 않았다.

어서. 제발.

남자는 불안하게 흔들리는 그레이스의 눈동자를 손 너머로 응시하기만 했다. 저 시리도록 푸른 눈동자에 담긴 부정적인 감정이 뭘 뜻하는지 도무지 알 수 없었다.

분명한 건 희열도 흥분도 아니란 사실이었다.

불안감을 참다못한 그레이스는 무모한 짓을 했다. 제 피를 손수 놈에게 문질렀다. 색이 옅던 입술이 선홍빛으로 물들었다.

핥아. 핥으란 말이야.

남자의 미간이 일그러졌다. 이를 악물기까지 하는지 턱선이 불끈 도드라졌다. 한마디로 역겹다는 표정이었다.

그는 붕대로 입술에 묻은 피를 닦아 내더니 중얼거렸다.

"제대로 미쳤군."

아니, 미친 건 너야.

상처를 솜으로 누르고 붕대를 감는 짓까지 하고서야 남자는 몸을 일으켰다.

"넘길 때 조심해."

저 남자의 인간적인 면모는 삼키기에 썼다. 비인간적인 짓보다 훨씬.

페이지를 넘길 때 조심할 필요는 없었다. 한 장도 넘기지 못했으니까. 그레이스는 멍하니 앉아 꼬리에 꼬리를 무는 생각을 따라 질주했다.

왜 저러지?

저를 죽이지 못하는 이유와 관련이 있을까. 그러다 피터가 죽은 날에까지 생각이 미친 순간 머리 위에서 언짢은 기색이 가득한 목소리가 들려왔다.

"계속 읽어."

"⋯저기, 나 궁금한 게 있어."

"뭔데."

"피터도 본거지의 위치를 알았어."

"피터?"

"그 우편배달부 말이야. 네가 죽인⋯."

"아⋯."

"그 녀석에게서 본거지의 위치를 알아냈으면 됐을 텐데 못 알아낸 거야, 안 알아낸 거야?"

피터가 이중 첩자였다는 사실을 안 순간부터 궁금했으나 입 밖에 내는 날에는 본거지가 어디 있는지 집요하게 물을 것 같아 속에 담아 두기만 했다. 하지만 이젠 거래를 했으니 용기 내 물었다.

"아, 이런…. 물어보는 걸 잊었네."

레온이 낭패라는 듯이 중얼거리자 책상 아래에서 여자가 투덜댔다. 그게 말이 되냐고.

레온은 아무 말 하지 않았다. 다시 펜을 잡고 그의 결재를 기다리는 보고서를 하나씩 읽어 내려갔으나 신경은 온통 책상 아래에 쏠려 있었다.

한 시간쯤 지났을까. 아래에서 이따금 들리던 사슬 소리와 종이 넘기는 소리가 완전히 멎었다.

발치를 내려다보았다. 아니나 다를까 여자는 쿠션을 베고 곤히 잠들어 있었다. 보라고 준 서류는 카펫 위에 내팽개쳐 두었다.

손마디로 얼굴을 만져도 거부하거나 찡그리지 않았다. 깊이 잠든 걸 확인한 그는 그제야 솔직한 대답을 내어놓았다.

"안 알아낸 거야. 쓸데없이 예리하긴."

군인이 적의 본거지를 알아낼 절호의 기회를 제 손으로 흘려보내다니. 이건 개인적인 욕망이 충돌한 결과였다.

본거지를 당장 찾아내 초토화하고 싶다. 그렇게 반군 세력을 무너뜨려 아버지의 복수를 하고 싶다.

복수심을 불태우는 그에게 또 다른 욕망이 은밀히 속삭였다.

여자가 제 손으로 동지들의 목을 바치게 해. 그럼 복수와 여자, 두 가지 모두를 얻을 수 있어.

그 달콤한 제안을 어떻게 거부할 수 있을까.

레온은 저 여자가 제 약혼자까지 손수 그에게 바치는 모습을 그렸다. 나를 배신한 이 개자식을 제발 죽여 줘, 라며.

걷잡을 수 없는 흥분이 인다. 감히 그의 것을 취하려 한 그 건방진 저능아의 피는 어떤 비린내를 풍길까. 상상할 때마다 짜릿한 희열이 온몸으로 퍼졌다.

그는 여자의 나신을 발아래에 둔 순간처럼 열기 어린 숨을 토하며 잠든 여자를 부드럽게 어루만졌다.

제가 아는 모두를 배신한 여자에겐 아무도 남지 않을 것이다. 단 한 사람만을 남긴 채.

그 열망을 이루려면 단단한 알처럼 여자를 둘러싼 거짓된 믿음을 깨는 것이 먼저였다.

여자에게 실은 너는 더러운 미인계의 부산물이며 동지들이 너를 아군으로 여긴 적이 없다는 증거를 보여 준다면 어떨까.

알을 단번에 부술 수 있을 것이다. 하지만 그러다 알 속의 연약한 새 또한 부서질지도 몰랐다.

무력감과 슬픔에 빠져 엉뚱하게 자신에게 화살을 돌릴지도 모른다. 즉, 자살을 택할 수도 있었다.

따라서 레온은 시간을 들여 알을 정교하게 깨트려 나가기로 했다.

"일어나."

"으응….".

여자를 깨워 보고서를 다시 손에 쥐여 주었다. 잠기운이 가득한 눈으로 노려보는 여자에게 그는 웃어 주었다.

"읽으라고 했잖아, 자기야."

서서히 의심을 심어 준다. 언젠가 진실을 알았을 때 그 모든 의심이 싹 터 복수심이란 꽃을 피울 것이다.

레온은 알처럼 단단하고 동그란 여자의 이마를 손끝으로 톡톡 쳤다.

여자도 모르는 사이 은밀히 퍼지던 균열이 결국엔 단단하던 알을 거미줄처럼 집어삼킬 것이다. 미미한 충격에도 여자의 세상은 형체도 없이 무너지겠지.

그렇게 낯선 세상에 나약하디나약한 존재로 다시 태어난다. 알을 깨고 나온 새끼 오리가 그러듯, 새로 태어난 여자는 저를 품어 주는 처음이자 유일한 존재에게 각인할 것이다.

레온 윈스턴에게.

싱클레어 사건이 정리되자마자 예상대로 탄압이 시작됐다.

왕도의 육군 본부에서 어느 장성의 전속 부관으로 위관급 장교를 보내 달라는 요청이 서부 사령부에 내려왔다. 인사이동 철도 아니었다.

능력, 경력 등 요구하는 자격 요건에 가장 부합하는 사람이 레온이란 건 놀랍지도 않았다.

전속 부관은 듣기에는 그럴싸하지만 비서나 마찬가지였다. 장성의 꽁무니를 졸졸 따라다니며 고위급 인사와 접촉할 기회가 많아 인맥을 쌓기는 좋으나 공은 절대로 쌓을 수 없었다. 게다가 고된 일이라 귀족이 맡는 경우는 드물었다.

반군 소탕의 선봉에 서서 수많은 공을 쌓아 온 그를 비서 따위로 좌천시키고 이번 일에 적극 협조한 콜린스 중위에게 국내정보과장 자리를 주려는 속셈인 게 뻔했다.

국왕이라면 그럴 만하다 싶어도 대공까지 이 일에 찬동한 눈치인 건 기가 막혔다. 굳이 이런 짓을 벌여 가며 제 식구가 될 사람의 발을 거는 건 말 안 듣는 개, 레온 윈스턴을 길들이려는 수작이었다.

멍청하긴. 개가 말을 듣지 않는 데는 다 믿는 구석이 있기 때문이다.

서부 사령관이 육군 본부의 노골적인 요구를 이해하지 못한 척하며 콜린스 중위를 전속 부관 자리에 보내 버렸다. 위에서 꽤나 당황했을 것이다.

"눈치 없는 노인네인 척하는 것도 한계가 있어."

"그러시겠죠."

사령관 집무실에 앉은 레온은 느긋하게 시가 연기를 뱉으며 대꾸했다. 반면 사령관은 뿌연 재가 앉기 무섭게 시가를 재떨이에 털고 또 털며 불안한 기색을 내비쳤다.

그럴 만도.

국왕이 가진 최후의 수단은 바로 사령관의 딸이었으니.

레온이 끝까지 복종하지 않으면 국왕은 그의 정부가 반군이란 사실로 협박할 것이다. 그러거나 말거나. 레온은 이제 그 여자가 살아서 제 손안에 있는 한 제 명예가 어찌 되든 상관없었다.

반면 국왕은 그 사실을 만천하에 드러내 봤자 제 얼굴에 침만 뱉는 꼴이 될 것이다. 레온 윈스턴 대위가 제 아버지를 죽인 여자의 딸을 정부로 삼았다는 기사가 나는 동시에 그 반군의 피에 왕가의 피가 섞여 있다는 소문이 퍼질 테니.

그때 가장 큰 손해를 보는 이는 바로 지금 손을 떨듯 시가를 터는 사령관이었다.

"이보게, 대위. 자꾸만 이렇게 마찰을 빚을 게 아니라 화해할 방법을 찾는 게 어떤가."

레온은 노망난 노인네라도 보듯 사령관을 향해 눈매를 구겼다.

"화해라뇨. 저쪽은 절대적인 복종을 바라지 않습니까."

화해는 동등한 입장일 때나 가능한 것이었다.

"방법이 하나 있어."

사령관이 시가를 짓이겨 끄더니 레온을 향해 몸을 숙였다.

"누구도 흠잡을 수 없는 공을 세우게. 국민도 왕실도 모두 만족할 그런 공 말일세."

"본거지 소탕을 말씀하시는 거군요."

진지하게 나오길래 아주 대단한 수라도 있는가 싶었던 레온이 곧바로 관심을 잃자 사령관이 급하게 덧붙였다.

"그게 이미 자네 임무이고 백방으로 노력하고 있는 건 알아. 그런데 이런 방법은 어떤가."

사령관이 나직이 목소리를 낮춰 길을 제시하고, 조용히 듣던 레온의 얼굴에 불편한 기색이 서서히 번졌다.

"그건 저도 생각해 본 바 있습니다."

"그럼 왜 당장 쓰지 않는 건가."

"그거야…."

느슨하던 그의 자세가 변했다. 불편한 심기가 팽팽하게 긴장된 목 빗근에서 그대로 드러났다.

"아무리 길든 개라도…."

그는 말을 하려다 말고 입을 다물었다. 시가가 재떨이에 짓뭉개졌다.

게다가 길이 들지도 않았지.

좀 더 제대로 된 목줄이 필요하겠어.

목줄을 채울 방법을 떠올린 그의 얼굴이 딱딱하게 굳었다.

'역겹기 짝이 없군.'

그는 그 역겨운 방법을 떠올린 제게 물었다. 이건 과연 이성의 소리일까, 야만적인 본능의 아우성일까.

❖ · ❖

"하아, 제발 좀…."

죽은 듯 누워 있던 그레이스는 벌떡 몸을 일으켰다. 거칠게 쓸어내린 얼굴이 새빨갛게 물들자마자 머리칼이 손에 쥐어뜯겨 헝클어졌다.

광란의 밤이 지나면 어김없이 찾아오는 수치의 시간이었다. 그러니까, 요즘은 매일 찾아오는 그 시간 말이다.

오늘은 '시간'이 아니라 '날'인가 보다. 어젯밤 제가 한 온갖 망측한 짓과 멍청한 짓이 비 온 후 버섯이 솟듯이 온종일 불쑥불쑥 의식 속으로 고개를 들이밀었으니까.

게다가 종일 숙취를 앓았다.

요즘 밤에 찾아오는 윈스턴의 손에는 거의 매일같이 술병이 들려 있었다. 그리고 어제도 어김없이 그레이스는 독주에 취해 후회할 짓을 했다.

이 좁은 땅 밑에 갇힌 암담한 현실을 잊으려고 퍼마실 땐 좋았지.

머리가 또 찡하게 울리자 그레이스는 발치로 손을 뻗었다. 테이블에 둔 물 잔을 비우고 다시 누우려던 찰나였다.

문밖에서 익숙한 발소리가 들렸다. 하지만 어딘가 묘하게 흐트러져 있었다.

철컥. 자물쇠가 풀리며 문이 열렸다. 오늘은 꽤 늦은 시각이었다.

"안녕."

늘 똑같은, 지겨운 인사.

"데이지."

하지만 오늘은 뒤에 따라붙는 이름이 달랐다.

'데이지?'

평소에는 말썽꾸러기 암캐 벨라. 밑에 깔아뭉갤 땐 샐리. 적으로 대할 땐 리들. 그게 나름의 규칙이었다.

하지만 여태 그 규칙에 데이지는 없었다.

어리둥절한 눈으로 쳐다보는 그녀에게 남자가 곧장 다가왔다.

'취했구나.'

자세는 평소처럼 자로 잰 듯 각이 잡혀 있었지만 거리가 좁혀질수록 위스키 냄새가 독해졌다. 침대 옆으로 바짝 다가오니 눈동자의 초점이 느슨히 풀린 게 똑똑히 보였다.

'여기 와서 취하던 남자가 오늘은 왜 벌써 취해서 왔지?'

고개를 비스듬히 기울이는 순간 남자가 입꼬리를 부드럽게 올렸다. 완벽한 대칭을 이룬 입매, 그리고 서글서글한 눈동자. 보기 힘든 진짜 미소였다.

얼이 빠진 그레이스에게 남자가 손을 내밀었다.

"가자."

"어딜?"

"내 방에서 놀기로 약속했잖아."

"내가 언제 그런 약속을, 엇!"

손을 잡지 않았더니 윈스턴은 그녀를 담요째로 들어 올렸다. 욕실로 데려가던 때처럼 어깨에 들쳐 멘 것도 아니고 공주님처럼 두 팔로 받쳐 든 채 그는 족쇄까지 풀어 버리고 고문실 밖으로 걸음을 옮겼다.

그레이스는 담요 자락을 여미며 주변을 초조히 곁눈질했다. 시각이 늦은 탓인지, 집무실 산책을 할 때처럼 그가 병사를 잠시 물려 둔 탓인지 불이 듬성듬성 밝혀진 복도와 계단에는 아무도 없었다. 다행히도 알몸에 담요와 스타킹, 개 목줄만 걸친 해괴한 꼴을 아무도 보지 못했다.

집무실이 있는 2층을 지나고도 계속해서 계단을 오르자 그레이스는 물었다.

"어디 가는 거야?"

"내 방에 간다니까?"

이미 한 말을 왜 성가시게 또 묻느냐는 투로 대답한 남자는 3층 복도를 걷기 시작했다.

이 시간에, 게다가 집무실도 아니고 침실에 가자니.

"내 침대는 네게 과분하지."

체포하던 날 한 말이 진심이었던 듯 침실엔 여태 한 번도 데려간 적 없었다.

'세상에, 얼마나 취한 거야?'

그 와중에도 넥타이가 반듯하게 매인 목덜미에 코를 묻고 킁킁 냄새를 맡았다. 웃는 숨결이 그레이스의 뺨을 스치더니 이마에 여느 때보다 뜨거운 입술이 닿았다.

간질간질한 애정 행각을 벌이자는 의도가 아니었던 그레이스는 곧바로 고개를 들었다. 남자는 그녀를 침실 앞에서야 내려놓더니 문을 열었다. 그는 그레이스의 손을 덥석 잡아 침대로 끌고 갔다.

"여긴 왜? 네 침댄 내게…."

과분하다고 하지 않았냐고 비아냥거리려던 찰나 그레이스의 눈동자가 흔들렸다.

"주고 싶은 게 있어."

시선의 끝, 침대 옆 협탁의 빈 찻잔에 비스듬히 꽂혀 있는 건 새빨간 캔디 애플이었다.

"내일은 내 별장에서 놀래?"

그제야 그레이스는 그가 십수 년 전의 빛바래다 못해 닳아 버린 약속을 말한다는 걸 깨달았다.

"대신 어른들한테 들키면 골치 아프니까 내 방에 숨어서 놀자."

"좋아."

지키지 못한 약속은 실은 십수 년 후를 보여 주는 예언이었다. 그 말대로 이 남자는 그레이스를 몰래 방에 숨겨 두고 놀잇감으로 삼고 있으니.

'저건 뭐에 쓰려고?'

그레이스의 표정은 달콤한 디저트를 바라보는 사람과는 거리가 멀었다. 이젠 그가 선물이라며 가져오는 것이 순수하게 보이지 않는다.

체리 사탕, 그리고….

"아이스크림을 사 준 보답으로 오늘은 나와 놀아 줘야지. 안 그래? 그게 우리 약속이잖아."

막대 아이스크림 또한 저 남자에겐 저질스러운 장난질의 도구일 뿐이었다.

체포된 지 얼마 되지 않아 그가 한창 고문에 열을 올릴 때였다. 어느 날 신문 시간에 찾아온 그의 손에 새빨간 딸기 맛 아이스크림이 들려 있었다. 그해 여름 그가 사 주었던 것과 똑같았다.

그렇게 첫사랑의 추억은 한층 더 더럽혀졌다.

"흐르잖아."

차가웠던 느낌이 아직도 생생했다. 그레이스는 그때처럼 몸을 파르르 떨며 새파랗게 질려 갔다.

캔디 애플은 뭐에 쓰려고? 겁이 덜컥 나 차마 묻지 못했다.

윈스턴은 멍하니 선 그레이스를 침대 가장자리에 앉히더니 발치에 앉았다. 검은 넥타이가 거칠게 풀려 맞은편의 의자로 던져졌다. 그는 군화의 끈도 풀어 벗어 던지곤 침대 한가운데에 털썩 누웠다.

"빌어먹을…."

거친 말이 나직이 흘러나오자 그레이스는 등 뒤로 고개를 돌렸다. 계단을 오를 때까진 멀쩡하더니 갑자기 취기가 몰려오는 건가. 남자의 굵다란 손끝이 셔츠 깃을 가로지른 핀의 끝을 놓쳤다.

일이 잘 풀리지 않아 겸연쩍을 때 그레이스가 그러듯 남자는 아랫입술을 슬쩍 내밀며 시무룩한 얼굴을 했다.

"데이지, 풀어 줘."

풀어 줘. 이 또한 그녀가 지겹도록 하는 말이었다.

그레이스는 행동부터 말까지 극악무도한 캠든의 흡혈귀와는 거리가 먼 남자를 기가 막힌 눈으로 내려다보다 물었다.

"내가 그 핀으로 널 찔러 죽이면 어쩌려고?"

남자의 눈빛이 순식간에 가라앉았다. 술에 취한 탓인지 울적한 심정을 숨기지 못하고 그대로 내비치는 눈으로 그녀를 응시하던 남자가 한쪽 입꼬리를 희미하게 비틀었다.

"아버지의 뒤를 이은 아들. 어머니의 뒤를 이은 딸. 뭐 그런 게 되겠지."

"…."

열의 없이 비틀린 미소가 체념 같기도 하단 생각은 착각이 아니었다. 그를 잠시 바라보던 그레이스는 목덜미로 손을 뻗었다.

'오늘 정말 왜 이러지?'

오늘 평소답지 않은 사람은 레온 윈스턴만이 아니었다.

핀을 뽑아 협탁에 놓고 셔츠 단추를 풀어 내리는 내내 그레이스는 제게 추궁하듯 물었다. 이게 뭐 하는 짓이냐고. 이 남자를 죽일 기회를 제 입으로 발설해 놓치곤 술에 취해 돌아온 남편을 보살피는 아내처럼 굴다니.

"입어."

남자가 셔츠를 벗어 내밀었지만 그레이스는 얼굴을 찡그리며 피했다.

"술 냄새 나. 시가 냄새도 지독해."

"배가 불렀군. 다른 놈들처럼 여자 향수 냄새를 묻혀 오지 않는 걸 다행으로 여겨야지."

그의 말대로 셔츠에서 여자의 냄새는 전혀 나지 않았다.

"제발 좀 그래 줄래?"

"첫사랑을 집에 두고 내가 왜? 내가 보기보다 고지식한 남자거든."

데이지도 모자라 제 입으로 첫사랑 운운이라니. 어느 카바레의 위스키를 모조리 들이붓고 온 모양이었다.

"아, 내 체취가 나지 않아서 싫어?"

그런 이유일 리가. 그레이스는 눈살을 한껏 구겼다. 그는 셔츠를 아무렇게나 구겨 침실 한구석으로 던지더니 몸을 반쯤 일으켰다.

"이리 와, 데이지."

남자가 캔디 애플을 집어 올리며 팔을 벌렸다. 대체 뭘 하려고. 그는 저항하는 그레이스를 기어코 끌어당겨 눕히더니 뜻밖의 행동을 했다.

"먹어."

그냥 먹으라고?

분명 난잡하고 잔인한 장난질에 쓸 줄 알았던 물건을 그는 그레이스의 입에 물려 주었다. 그러더니 나란히 누워 턱을 괸 채로 그녀가 초조한 얼굴로 사과를 베어 무는 걸 지켜보았다.

"맛있어?"

남자가 그레이스의 머리칼을 귀 뒤로 넘겨주며 물었다. 얼떨떨한 기분으로 고개를 끄덕이자 그의 얼굴에 애틋한 미소가 번졌다. 술에 취한 남자가 연인에게 시답잖은 선물을 충동적으로 사 주곤 흐뭇해하는 것만 같았다.

"이건 왜 사 왔어?"

"네 생각이 나서."

"그런 말, 살벌하게 듣는 게 맞는 거지?"

"뭐든, 네 가슴이 뛰면 맞는 거야."

그가 픽 웃으며 고개를 숙였다. 파삭. 남자의 잇새에서 설탕 막이 듣기 좋은 소리를 내며 부서졌다.

어릴 때보다 몸이 커 버린 탓에 그날과는 달리 작게만 느껴지는 사과 너머로 눈이 마주쳤다. 그 순간 모든 움직임이 멈췄다. 침묵 속에서 뒤섞이는 숨결이 갈수록 아슬아슬한 열기를 더해 갔다.

휙.

남자가 예고도 없이 그녀의 손에서 사과를 빼앗아 방 저편으로 던졌다. 그는 곧장 그레이스의 뒷머리를 잡아당겼다. 입술이 거칠게 부딪쳤다.

설탕 시럽 범벅이 된 두 입술이 찰싹 달라붙었다. 살갗이 붙고 떨어지는 소리가 한층 적나라해졌다. 키스 소리가 이토록 끈적할 수 있다니. 그레이스의 귀 끝이 뜨거워졌다.

'정신 차려.'

그녀는 쿵쾅거리는 심장을 어렵사리 진정시키며 이성을 붙들었다.

죽일 기회를 잡기 싫다면 탈출할 기회는 놓치지 마.

윈스턴과 눈을 마주한 채 그의 입술을 훔치며 등 뒤에 있는 문을 떠올렸다. 들어올 때 닫기만 했을 뿐, 열쇠로 잠그지 않았다. 수갑이나 족쇄를 가져오지도 않았다. 아마 병사들은 별채를 비웠거나 1층의 방에서 자고 있을 것이다. 담벼락은 또 넘으면 그만이었다.

그레이스는 눈을 살포시 감으며 고개를 기울였다. 슬쩍 벌린 잇새로 두꺼운 혀가 파고들어 왔다.

'이번은 꽤 확실해.'

늘 가지런히 개던 옷을 구겨 던지고 핀조차 뽑지 못할 정도로 취한 남자다. 아마 한 번만 몸을 섞어도 지쳐 곯아떨어질 것이다. 그사이 도망쳐야겠다고 그레이스는 마음을 먹었다.

그러려면 속내가 비치지 않도록 은근히 유혹하는 게 먼저였다.

"으응…."

키스를 받아 주긴 하지만 내키지 않는 척 이따금 피했다. 그러며 일부러 혀끝을 간질나게 스치고 몸을 비틀어 그의 맨살에 곤두선 젖꼭지를 문질렀다. 계획대로 남자가 더욱 격하게 덤볐다.

혁명군에 미인계 학교가 있어? 우스웠다. 정작 성에 무지하던 그레이스에게 미인계를 가르쳐 준 사람은 그녀의 공작 대상이었으니.

"하아…."

맞붙은 입 속에서 미처 씹어 넘기지 못한 과육이 격렬히 뒤섞이고, 과즙이 입가를 타고 흘렀다. 윈스턴은 그레이스의 턱을 핥아 올렸다. 입꼬리까지 밀려 올라온 살덩이가 거듭된 마찰로 부푼 입술 위에서 천천히 미끄러졌다.

그레이스가 원하는 방향으로 흘러가는 듯하던 키스가 돌변했다. 거칠던 것이 부드러워졌다. 과격하던 것이 수줍어졌다.

정욕에 흠뻑 취한 어른의 키스가 아니었다. 그녀에게 입 맞출 용기를 좀처럼 내지 못하고 저녁 내내 망설이던 그 소년의 키스였다.

놀란 그레이스는 속내를 들키지 않게 줄곧 감고 있었던 눈을 번쩍 떴다. 뜨겁게 불타던 눈빛은 온데간데없었다. 연푸른 눈동자가 눅눅한 안개

속에 잠긴 것처럼 흐릿했다.

애달픈 눈이 말했다.

'난 너를 진심으로 좋아했는데….'

하지 마.

'어떻게 내게 이럴 수가 있어.'

내게 이러지 마.

이를 악무는 순간 설탕 시럽을 입은 과육이 산산이 부서졌다. 혀를 휘감는 맛이 그 어떤 것보다 썼다.

부끄러워 얼굴이 뜨거워졌던 첫 키스와는 달리 이번엔 눈시울이 뜨거워졌다. 그걸 남자도 눈치챈 듯 손을 뻗어 눈꼬리를 엄지로 쓰다듬었다.

미인계는 정말이지 잔인한 고문이었다. 오래도록 응어리진 감정이 상대에게 있다면 더더욱.

그 단단하고 묵직한 응어리가 울컥 올라오려다 목구멍을 꽉 틀어막는 것만 같았다. 숨이 막혔다. 도저히 견딜 수가 없어 고개를 돌렸다.

얼굴 쓰다듬던 손이 멈칫했다. 손은 뺨을 타고 미끄러져 그레이스의 무릎으로 툭 떨어졌다. 손목시계가 자정을 가리키고 있었다.

"데이지."

"그렇게 부르지 마."

"오늘이 무슨 날인지 알아?"

"라디오도 신문도, 심지어 달력도 안 주는데 내가 어떻게…."

"우리 둘이 내 침실에 숨어서 시답잖은 영화나 봤어야 하는 날이야."

동요하지 않은 척 따지던 그레이스는 이어진 말에 머리를 얻어맞은 것처럼 멍해졌다.

"영화를 보다가 어쩌면 그 나이에 해선 안 될 일을 저질렀을지도 모르지."

남자는 뭐가 그렇게 즐거운지 웃음을 터트렸다.

"나라면 그러고도 남았을 거야."

하지만 곧바로 축 늘어지는 입꼬리는 전혀 즐거워 보이지 않았다.

"그 일이 없었더라면…."

이 남자가 오늘따라 그녀를 데이지라 부르며 이상하게 군 이유가 있었다.

오늘은 그의 아버지가 죽은 날이자 그의 순수함이 죽은 날이었다.

"데이지…."

그는 순수한 마음을 모조리 잃기 전 마지막으로 행복했던 순간을 되짚어 보는 중이었던 것이다.

그러나 그레이스의 눈앞에 있는 건 첫사랑의 황홀감에 취한 소년이 아닌, 증오와 의무의 무게에 짓눌린 남자였다.

고문실에 스스로를 가두어 두었던 어느 날, 이 남자는 지금처럼 술에 취해 지친 얼굴로 물었다.

"그레이스 리들, 네가 아닌 삶을 상상해 본 적 있어?"

애빙턴 비치에서의 끔찍했던 사건 후로 오로지 대의만을 바라보며 살아온 그레이스는 제 삶에 의문을 품어 본 적이 없었다. 고개를 젓는 그녀에게 그는 예상치 못한 소리를 했다.

"난 레온 윈스턴이 아닌 삶이 궁금해졌어."

못 가진 것이 없는 삶을 두고 다른 삶이 궁금하다니. 정말 레온 윈스턴답지 않은 말이라고 어처구니없게만 생각했다.

하지만 지금은 그가 레온 윈스턴이 아니길, 저도 모르게 바라게 되었다.

"무슨 생각 해?"

그 일이 없었더라면 넌 지금보다 나은 어른일 수 있었을까. 그 일이 없었더라면 우린 행복할 수 있었을까. 함께든, 각자의 길을 걷든.

그런 부질없는 생각을 했어.

점점 더 붉어져 가는 눈시울을 더듬던 남자가 그녀를 향해 몸을 기울였다.

"데이지, 솔직하게 대답해 줘."

말투에서 답을 꼭 알아야만 한다는 절박함을 읽을 수 있었다. 대체 뭘 물으려는 걸까.

하지만 어려운 질문인 듯 선뜻 나오지 않았다. 떼어진 입술이 다시 닫히더니 그가 표정을 가다듬었다.

"무슨 영화를 좋아해?"

어색하기 짝이 없는 미소였다. 원래 하려던 질문이 아닌 건 누가 봐도 알 수 있었다.

그가 무얼 물으려 했는지 알겠다.

정말 아무것도 몰랐어? 그 넓은 곳에서, 그 많고 많은 별장 중에서도 왜 하필 내 눈앞을 맴돌았어? 왜 하필 나였어?

아니야! 나는 널 속이지 않았어!

그 긴 세월, 누르고 살았던 억울한 마음이 오랜 잠에서 깨어난 화산처럼 부풀어 올라 터질 것만 같았다. 그레이스는 입술을 힘주어 깨물었다.

"응? 뭘 좋아해? 많이 늦었지만 같이 볼까?"

억지로 끌어 올린 그의 입가가 미세하게 떨렸다. 언제나 강인하던 남자가 내비치는 나약함이 결국 그녀를 처참하게 무너뜨렸다.

"레온."

충동을 못 이겨 이름을 부르는 순간 그의 눈이 커졌다.

"응, 데이지…."

팽팽히 긴장해 있던 그의 입가가 느슨해지더니 입술이 포개어졌다. 남자는 그레이스가 이 비참한 연극에 동참하는 줄 알았을 것이다.

"나, 난 정말 어른들이 무슨 일을 하려는지 몰랐어. 그 사람이 네 아버지인지도 몰랐어."

목소리를 볼썽사납게 떨며 결백을 주장하는 순간 뜨거운 키스가 멎었다.

"그 모든 게 다 속임수이고 연기였으면 내가 널 더러운 돼지 새끼라고 부르며 갑자기 도망쳤겠어?"

그 잔인한 말을 외쳤던 순간처럼 손이 파들파들 떨렸다. 그 시절의 소녀로 돌아가기라도 한 것처럼 덜컥 겁이 나 눈물이 차올랐다.

"너와 논 걸 들키면 부모님께 혼날까 봐 무서워서 그런 소릴 했어."

뒤늦은 변명을 늘어놓으며 이 남자에게 죄를 지은 기분을 떨치려 할수록 적과는 해선 안 되는 짓을 저지른다는 죄악감이 도리어 그레이스의 심장을 무겁게 짓눌렀다.

새벽 기차로 애빙턴 비치를 떠나던 때와 같았다. 이것이 과연 옳은 일인지, 혼란 속에서 갈피를 잡지 못했다.

"정말 미안해. 네게 그런 나쁜 말을 해서, 날 좋아하게 만들고는 비겁하게 도망쳐서, 그래서 널 괴롭게 해서 미안해. 나도 너를 진심으로…."

그러나 한번 터진 둑은 막을 길이 없었다.

"좋아했어."

결국엔 그렇게, 해선 안 될 고백까지 저질러 버렸다.

"…그레이스."

한참을 침묵하던 그가 깊이 잠긴 목소리로 이름을 불렀다. 좀처럼 부르지 않던 그 이름을.

"응?"

"넌 닥치고 다리나 벌려."

악문 잇새로 목소리가 거칠게 갈려 나왔다. 눈앞을 가린 눈물을 걷어내고서야 비로소 서릿발처럼 차갑고 날카로운 눈동자가 보였다. 서늘한 전율이 온몸을 훑으며 소름이 돋아 오르는 찰나였다.

"아흑!"

남자가 그레이스의 다리를 억지로 벌리더니 젖지도 않은 곳에 제 몸을 내리꽂았다.

"하읏, 제발, 흑, 지, 진정해…."

하지만 그 말이 더 남자를 자극하는 듯했다. 육중한 몸이 저에 비해 연약하기 짝이 없는 여체를 짓누르고 난폭하게 흔들었다.

그대로 으스러뜨려 죽이고 싶은 사람 같았다.

"내가 좋아했던 여잔 순수하고 솔직했던 데이지야. 거짓뿐인 그레이스 리들이 아니라고. 알겠어?"

"흑, 미안해…."

"네가 내게 진심으로 미안했다면 이곳에 오지 말았어야 해! 적어도 내 밑에 뻔뻔스럽게 잠입하지는 말았어야지!"

그레이스는 아무런 변명도 하지 못하고 눈물만 흘렸다.

"그거 알아? 난 그날 후로 저것만 보면 화를 참기 힘들었어."

그의 손끝이 방구석에 던져진 캔디 애플을 가리켰다.

"그러면서도 한편으론 자꾸만 생각나는 거야."

너처럼.

"빌어먹을…."

적어도 내 앞에 다시는 나타나지 말았어야지.

그는 그 말을 욕설을 섞어 가며 뱉고 또 뱉었다. 허리는 발정 난 개처럼 흔들었지만 얼굴은 전혀 쾌락에 미친 자의 것이 아니었다.

"제발! 그만!"

그레이스가 고문에 가까운 쾌락을 강제로 수도 없이 느끼는 사이 그는 단 한 번도 사정하지 못했다.

그러다 결국엔 그레이스에게로 무너졌다.

무쇠 덩어리 같은 몸 아래 짓눌려 숨을 할딱이는 사이 귓가로 쏟아지던 거친 숨소리가 서서히 부드러워졌다. 고개를 돌렸지만 목덜미에 파묻힌 얼굴은 보이지 않았다.

온몸에서 힘이 빠졌다. 그가 잠들면 하려던 일을 감당할 기력이 남아 있지 않았다. 어쩌면 핑계였을지도 모른다.

"흑…."

남자의 마음처럼 버겁기만 한 몸을 배 속 깊숙이 품은 채 그레이스는 조용히 흐느꼈다.

아프다.

몸과 마음 중 어디가 더 아픈 건지 알 수 없었다.

레온 윈스턴답지 않은
길

VENGEANCE NAMED LOVE

무더운 날이었다.

"하…."

하지만 그레이스의 몸이 진땀으로 젖어 가는 건 날씨 탓만은 아니었다.

"도대체 할 줄 아는 게 뭔지."

싸늘한 핀잔 탓에 뒷덜미가 화끈화끈 달아올랐다.

드레스 룸 끝의 활짝 열린 창문으로 산들바람이 불어 들어와 열이 오른 목덜미를 식혀 주었다. 창밖에서 여름새가 지저귀는 소리 사이로 사람의 말소리가 이따금 희미하게 들려왔다.

정원 어딘가에서 거행될 약혼식을 준비하는 고용인들의 목소리였다.

"창녀 짓도 내가 가르쳐 줘야 했어. 그러더니 이젠 보타이 매는 법도 가르쳐 줘야 하나?"

보타이를 쥐고 고전하던 그레이스는 발끈해 두 손에 힘을 주었다. 검은 띠가 굵은 목에 바짝 조여들며 구겨졌다.

남자의 미간 또한 구겨졌다. 목이 졸린 게 괴로운 표정은 전혀 아니었다.

"됐어. 가서 손수건이나 가져와."

그는 그레이스의 손에서 넥타이를 단숨에 뺏더니 드레스 룸 한가운데의 서랍장으로 눈짓했다.

그레이스는 멋쩍어졌다. 그녀가 하찮은 응징을 할 때마다 재밌어하던 남자였다. 하지만 그날 밤 후론 그녀의 도발을 귀찮아하기만 했다.

요즘은 이렇듯 개보다 못한 취급도 있다는 걸 실감하는 중이었다.

잘그락. 그레이스는 목에 걸려 성가시게 흔들리는 사슬을 손으로 휘감으며 서랍장으로 향했다. 서랍의 두 번째 칸을 열고 검은 연미복 재킷에 맞는 흰 손수건을 찾던 그레이스는 문득 열린 문 너머의 침실을 바라보았다.

"여기서… 뭐 하는 거지?"

그다음 날 아침, 잠에서 깬 레온 윈스턴의 얼굴은 볼만했다. 그레이스가 묶이지도 않은 채 제 침대에 누워 있는 걸 보고 어찌나 당혹스러워하던지. 전날 밤 일을 까맣게 잊었나 싶어 안도했지만 한순간에 그쳤다.

방바닥에 떨어진 캔디 애플에 시선이 닿는 순간 싸늘해진 얼굴로 보아, 그는 기억을 모두 찾은 게 분명했다.

그날 후로 다시는 술을 마시거나 가지고 오지 않은 것도, 그리고 그녀에게서 거리를 두기 시작한 것도 모두 기억한다는 증거였다.

'거리를 둘 거면 왜 약혼 예복을 입는 데 굳이 내게 시중을 들게 하는 걸까.'

그레이스가 흰 손수건을 건네자 보타이의 모양을 반듯하게 잡던 남자가 재킷의 가슴팍을 눈짓했다. 그녀는 아무 대꾸 없이 주머니에 손수건을 꽂아 넣고 모양을 잡았다.

'딴 여자와 약혼하러 가면서 단장을 정부에게 맡기다니. 넌 정말 인간 말종이야.'

그날 전이었다면 이렇게 비아냥대고도 남았을 것이다. 하지만 이제는 말을 극도로 아꼈다.

그날 밤엔 대체 왜 그랬을까. 소용돌이치는 이 남자의 감정에 함께 휩쓸려 허우적대다 두고두고 후회할 짓을 저질렀다.

사과도 모자라 진심으로 좋아했었다는 고백까지 뱉는 만행을 저지른 입을 꾹 다물었다. 이 남자가 그녀를 좋아하는 마음을 들키고 나서 했던 짓을 이젠 그레이스가 하고 있었다.

불협화음뿐이던 두 사람의 관계는 요즘 적막에 잠겼다. 음이 맞지 않아 거슬리는 화음이라도 현과 활이 마찰해야만 일으킬 수 있다. 하지만 이젠 마찰조차 서로 피하니 어떠한 소리도 나지 않는 적막만이 계속됐다. 평화로워야 할 것 같으나 불안하기만 했다.

서로가 불편하다면 보지 않으면 될 것을. 그레이스는 그럴 수 없지만 이 남자는 거리낌 없이 그럴 수 있었다.

'그런데도 약혼식 준비를 왜 별채에서 하는 거야?'

그레이스는 대공가에서 예물로 준 금빛 손목시계를 차는 남자를 뚱하니 바라보았다. 손목 안쪽의 버클을 채우던 그가 고개를 비스듬히 기울이더니 옆으로 시선만 돌렸다. 눈이 마주치는 순간 그레이스는 고개를 돌렸다.

그가 열어 둔 예물 상자를 치우며 바쁜 척하는데 문득 드레스 룸 구석의 오토만에 피라미드처럼 차곡차곡 쌓인 상자가 눈에 들어왔다. 하나같이 고급스러워 보였다. 그리고 저 남자의 것이라기엔 디자인이 지나치게 여성스러웠다.

'대공녀에게 줄 선물인가? 그런데 왜 여기 있지?'

내 알 바인가. 시선을 돌리던 찰나였다.

"광대가 따로 없군."

남자가 거울 앞에서 셔츠 깃의 모양을 바로잡으며 신랄하게 중얼거렸다. 뒤가 제비 꼬리처럼 길고 날렵한 연미복을 차려입은 제 모습이 마음에 들지 않는 모양이었다.

적어도 그레이스의 마음에는 들었다. 보기 좋아서라기보다는 보는 것만으로도 사람의 숨통을 조이는 위압감이 장교복보다는 덜했기 때문이었다.

하지만 오만함은 배가 되었다.

허리선을 강조하는 세련된 디자인 탓에 굵은 허리가 실제보다 잘록해 보였다. 그 바람에 두꺼운 흉통과 널찍한 어깨가 더욱 부각되었다. 거기다 깔보는 듯한 눈빛까지 더해지니 주먹을 한 대 꽂아 주고 싶을 정도로 윤기가 번드르르한 귀족 특유의 자태가 완성됐다.

게다가 장교복 재킷과는 달리 허리와 하체를 가리지 않다 보니 그렇지 않아도 늘씬하고 긴 다리가 더욱 길어 보였다. 무릎 뒤를 정강이로 확 차서 저 장대 같은 다리를 뚝 꺾어 버리고 싶었다. 하지만 그랬다가 꺾이는 건 그레이스의 다리일 것이다.

"하긴 오늘은 남들 눈앞에서 쇼를 벌여야 하니 광대나 마찬가지지."

날 선 중얼거림에 그레이스는 뾰족한 시선을 멀리 치웠다. 오늘따라 저 남자의 신경이 날카롭다 못해 눈빛만 닿아도 베일 것 같았다.

채비가 끝나자 남자는 그레이스의 목에 걸린 목줄을 당겼다. 그녀는 복도로 끌려 나가며 사슬을 손에 감아쥐었다. 복도에는 아무도 없었지만 그래도 이런 꼴은 치욕스러웠다.

"내가 알아서 걸어."

"네발로 기게 하지 않는 것만으로도 감사하게 생각해."

그는 퉁명스럽게 대꾸하고 계단을 향해 목줄을 당겼다. 그레이스는 하는 수 없이 끌려 내려가며 이를 갈았다.

오늘 개처럼 끌려다닐 사람은 저인 주제에.

그게 불만이라서 아침부터 종일 개처럼 으르렁대는 거였다.

"대위님!"

2층으로 내려와 계단참을 돌려던 찰나였다. 병사 하나가 별채 정문으로 뛰어 들어오며 윈스턴을 불렀다. 대낮에 유령이라도 나왔는지 얼굴이 새파랗게 질려 있었다.

정작 진짜 '고문실의 유령'은 다른 남자가 등장하자마자 윈스턴의 손에 떠밀려 2층 복도로 몸을 숨겨야 했다.

"허락이 떨어지기 전엔 들어오지 말라고 했을 텐데 무슨 일이지?"

"그게…."

레온이 변명을 들어 보려는 순간 정문이 벌컥 열렸다.

'사령관?'

여기 있어선 안 될 인물이 등장하자 레온은 별채 대문의 경비를 담당하는 상병을 노려보았다. 상병이 면목 없다는 낯으로 고개를 숙였다.

돈과 권력으로 아무리 입을 막고 포섭해 두어도 군인은 군에 귀속되어 있었다. 즉, 사령관이 문을 열라고 명령하면 일개 상병 따위는 거역할 수 없는 것이다.

'당장 교체해야겠군.'

감찰관이 난입했던 후로 군 소속 병사들을 치우고 사설 경비원을 고용할 마음을 먹었던 레온은 좀 더 빨리 조치를 취하지 않은 걸 후회했다.

"고문실은 어디지?"

대븐포트 사령관이 1층 복도로 걸어 들어오며 상병에게 물었다. 다행히 레온이 계단 위에 있다는 건 모르는 눈치였다. 그는 복도 벽에 기대어

선 여자에게 조용히 지시했다.

"침실로 가. 소리 내지 말고."

고문실 밖에선 절대 혼자 두지 않는 그가 혼자 방에 가 있으라고 한 게 뜻밖인지 여자는 눈만 크게 뜰 뿐 움직이지 않았다.

"얌전히 따르면 내일 밤엔 정원 산책을 시켜 주지."

채찍 대신 당근을 주자 여자가 그를 흘겨보면서도 목줄을 손에 주섬주섬 감았다. 여자가 발뒤꿈치를 든 채 도둑고양이처럼 위로 살금살금 올라가는 걸 보고서야 레온은 아래로 고개를 돌렸다. 때마침 사령관이 지하 계단으로 향하려는 차였다.

계단을 내려가며 인기척을 내자 불청객이 지하로 가려다 말고 멈칫했다.

"아, 대위. 마침 있었군."

사령관이 위로 고개를 들며 여유로운 척 웃었다. 그가 여기 있어서 잘됐다는 어투이나 속으론 낭패라고 생각한다는 걸 레온은 모르지 않았다.

"이르게 오셨군요."

사령관은 짙은 회색의 연미복 차림이었다. 약혼식의 하객으로 초대받았으니 저택 정문을 통과하는 데는 아무 제약이 없었을 것이다.

"그나저나 여긴 약혼식이 열리는 곳이 아닙니다만."

1층으로 내려와 마주 선 레온이 속내가 빤히 보인다는 눈빛을 보내자 사령관의 여유로운 미소가 허물어지며 한층 딱딱한 본심이 나타났다.

"그 아이를 보러 왔네."

"그러신가요? 뜻밖이군요."

누구보다도 그 여자를 고문실에 영영 묻어 버리고 없는 존재로 취급하고 싶을 사람이 굳이 제 눈으로 보러 온 이유는 단 하나였다.

"자네 주장이 사실인지 확인하러 왔지."

레온이 있지도 않은 그의 사생아를 들먹이며 협잡질을 하는 건 아닌지 의심하는 눈치이기는 했다.

"아무도 얼씬 못 하게 해."

레온은 먼저 복도에 멀뚱히 선 상병을 밖으로 내보냈다. 정문이 닫히고 둘만 남자 사령관이 지하로 안내해 보라는 듯이 눈짓을 했다. 레온은 발을 떼긴커녕 움직이지 않는다는 뜻으로 팔짱을 꼈다.

"사진을 조만간 보여 드리죠."

"흑백 사진 따위를! 자네 말대로 내 눈을 가졌는지는 확인할 수가 없지 않나."

사령관이 들고 있던 지팡이의 끝을 카펫에 쿵 찍었다.

"내 눈으로 잠깐 확인만 하겠다는 거야. 간단한 일을 두고 지나치게 경계하는군. 그럴수록 의심스러운 걸 자네는 모르나?"

"거짓이 들통날까 봐 경계하는 게 아닌 건 잘 아실 텐데요."

"이봐, 대위. 난 그 앨 제거하러 온 게 아니야. 좋아, 몸수색을 허락하지."

사령관이 두 팔을 활짝 벌렸다. 제 몸에 무기가 없다는 걸 직접 확인하게 해 주겠단 뜻이었다. 레온은 고개를 저어 거절했다.

"자네에게서 빼앗으러 온 것도 아니네. 난 그 아이를 데려갈 생각이 없어. 어떤 식으로든 연루되기 싫다는 건 자네가 더 잘 알지 않나. 잠깐 맞는지 확인만 하자는 거야."

"나가시죠."

레온은 그가 어떤 목적으로 왔건 여자를 보여 줄 생각이 없었다. 하지만 사령관은 막무가내였다.

'그 여자, 고집도 제 부친을 닮았나….'

초로의 남자는 다시 지하실로 내려가려는지 몸을 돌렸다. 어차피 여자는 거기 없었지만 레온은 이자를 어서 별채 밖으로 쫓아내고 싶었다. 침실에 혼자 남겨진 여자가 무슨 짓을 벌이고 있을지 몰랐다.

"눈동자 색, 확인하실 필요 없습니다. 사진으로도 충분할 겁니다."

그 이유는 사진만 봐도 알 것이다.

사령관이 멈춰 서더니 이를 악물었다. 화가 머리끝까지 난 얼굴로 뭔가 따지려던 자의 얼굴이 갑자기 멍해졌다. 시선은 레온이 아닌, 한참 뒤에 있었다.

"맙소사…."

순식간에 얼이 빠진 사령관의 시선을 따라가 본 레온의 눈빛이 살벌해졌다. 여자가 계단 위에 서서 두 사람을 내려다보고 있었다.

"올라가!"

저 도둑고양이 같은 여자. 다시 내려오는 소리를 전혀 듣지 못했다.

"가라고 했어, 당장!"

"조지아…."

레온이 요지부동으로 버티고 선 여자에게 윽박지르는 사이, 사령관의 입에서 엉뚱한 이름이 튀어나왔다. 조지아는 몇 년 전 요절한 사령관의 막내딸이었다.

사령관이 느닷없이 미쳐 죽은 딸의 유령을 보고 있는 건 아니었다. 이자의 뒷조사를 할 때 가족사진에서 본 죽은 여자가 그레이스 리들과 제법 닮았다는 건 기분 나쁘지만 레온도 인정할 수밖에 없었다.

'빌어먹을….'

보여 주지 않으려던 수많은 이유 중 하나가 지금 눈앞에서 펼쳐지고 있었다.

"내 딸아. 이리, 이리 오렴."

일면식도 없는 남자가 그레이스를 딸이라고 부르며 두 팔을 벌렸다. 분명 낯선데 낯이 익기도 했다. 남자는 그녀와 같은 다갈색 머리를 갖고 있었다. 묘하게 닮은 듯한 얼굴에선 그녀와 똑같은 청록색 눈동자가 눈물을 글썽이기 시작했다.

'이게 무슨….'

사고가 멈춰 버린 그레이스에게 두 남자가 동시에 정반대의 지시를 내렸다.

"조지아, 이 아비에게 오렴."

"리들, 당장 올라가!"

초로의 남자가 참다못해 위로 올라오려 하고, 윈스턴이 그를 막아섰다. 두 남자를 혼란스러운 눈으로 바라보던 그레이스는 바닥에 붙어 떨어지지 않던 발을 마침내 뗐다.

타다닥. 발소리가 3층으로 올라가는 계단을 울렸다. 레온은 망연자실한 사령관을 내려다보며 승자가 지을 수 있는 가장 거만한 미소를 지어 보였다.

"따님께선 싫으시다는군요. 확인은 충분히 하셨으니 이만 가시죠."

"자네, 감히 내 딸을 개 취급하는 건가."

사령관은 여자의 목에 걸려 있던 개 목걸이와 줄에 뒤늦게 집착하며 그를 질타했다. 여자의 얼굴을 본 순간 노망이 난 게 분명했다. 어떤 식으로든 그 여자와 엮이기 싫다던 조금 전의 말은 그새 잊다니.

"이건 나를 모욕….'

"사령관님의 인생을 끝장낼지도 모를 시한폭탄을 딸이라고 부르시다니."

"…."

"정신 차리시죠."

5분 만에 5년은 늙은 얼굴이 된 사령관을 밖으로 쫓아내는 내내 레온은 태연하게 굴었으나 속은 그렇지 못했다. 최후까지 아껴 두려 했던 출생의 비밀이란 카드를 이자가 그의 손에서 대뜸 빼앗아 멋대로 써 버린 셈이었으니.

가슴속에서 분노가 걷잡을 수 없이 휘몰아쳤다. 하지만 도망치던 여자를 떠올린 순간 그 거친 소용돌이 속에서 뜻밖의 희열이 솟구쳤다.

여자가 그의 명령에 따랐다.

비스듬히 올라가던 입꼬리가 돌연 굳었다.

아니지. 어쩌면 여자는 충격적인 진실에서 그저 도망친 건지도 모른다. 현실을 부정하는 일만은 기가 막히게 잘하는 여자이니까.

"내 말을 어긴 대가는 톡톡히 치러야 할 거야."

각오하란 협박은 그레이스에게 겁을 주긴커녕 의구심만 키웠다. 당장 벌을 주지는 않을 거란 소리였으니까.

평소엔 옷을 벗겨 모조리 빼앗은 다음 저속한 말이나 행동을 하며 그레이스를 갖고 놀다 나가던 남자였다. 하지만 그는 그레이스를 고문실로 끌고 오자마자 발목에 족쇄를 채우기만 하고 나가려 했다.

그녀를 피하고 싶어 하는 사람처럼.

그레이스는 두 남자 사이에 오가던 기묘한 대화를 머릿속에서 떨칠 수가 없었다.

"내 딸아. 이리, 이리 오렴."

거기다 낯선 남자의 이상한 말과 행동까지 얽혀 들며 그 모든 게 잘못 감은 실타래처럼 단단히 엉겼다. 그걸 풀어 줄 사람은 지금 문밖으로 도망치듯 나가려는 저 남자뿐이었다. 그레이스는 그를 다급히 붙잡아 세웠다.

"그 사람 누구야?"

그녀를 딸이라고 부르던 남자는 아버지가 아니었다. 하지만 부녀지간이라 해도 좋을 만큼 그녀와 닮았었다.

"노망난 노인네."

"아니잖아!"

제발 아니라고 해. 내 불길한 예감이 틀렸다고 말해 줘.

남자는 간절히 매달리는 그녀의 시선을 피하며 문고리를 쥐었다.

"지금은 가 봐야 해. 나중에 얘기해."

"약혼식은 아직 두 시간이나 남았잖아!"

뿌리치고 가려는 그를 여자가 온몸으로 막았다. 멱살을 억세게 잡기까지 했다. 보타이를 맬 줄은 모르는 주제에 푸는 건 기가 막히게 잘하는 여자였다.

현실 부정 또한 놀라우리만치 잘하는 여자가 왜 곱게 묻어 두었으면 하는 현실은 집요하게 파고들려는 걸까.

"손목 부러지기 싫으면 좋은 말로 할 때 놔."

"못 가! 말해 주고 가란 말이야! 그게 그렇게 어려워?"

"내 신경을 긁는 것과 다리를 벌리는 것 외엔 하는 일이 없는 너는 모르겠지만 난 굉장히 바쁜 사람이야."

흥분한 여자에게 레온은 느긋하게 조롱을 퍼부었다. 여자가 입가를 파르르 떨며 이를 악물었다.

"좋은 말은 여기서 끝이니까 그만 놓도록 해."

셔츠 깃을 움켜쥔 손목을 경고 삼아 잡았다. 하지만 여자는 겁을 먹고 손을 빼긴커녕 다른 손을 그의 얼굴에 휘둘렀다.

퍽 소리가 울리며 얼얼한 통증이 왼쪽 아래턱에서 파문처럼 퍼졌다. 작지만 단단한 손마디가 스치는 순간에는 입술에 따끔한 통증이 일기도 했다.

"하…."

레온은 턱을 움직여 보다 실소를 흘렸다.

"하여간에 손버릇 나쁜 여자."

똑같이 주먹질을 해 줄 수도 없고.

여자는 때리지 않는다. 한 대만 때려도 병원에 데려가야 할 테니.

분명 그걸 알고 자신만만하게 그에게 주먹을 휘두른 여자의 손버릇을 어떻게 고쳐야 하나 고심하는 찰나 비릿한 쇠 맛이 입 안으로 퍼졌다.

레온은 찢어진 입술을 훑어 보았다. 엄지가 붉은 피로 물들어 있었다.

쿵쿵 가슴을 난폭하게 두드리기 시작하는 심장을 누르듯 숨을 크게 들이켰다. 불길한 조짐을 느꼈는지 그를 노려보던 여자의 눈동자가 흔들리기 시작했다.

저 여자의 것이 아닌 피 냄새는 여전히 그의 피를 끓게 했다. 레온은 붉은색을 본 황소처럼 이성을 잃었다.

"읔!"

여자의 뒷머리를 한 손으로 세게 움켜쥐고 당겼다. 그는 옴짝달싹 못하게 된 여자를 태워 죽일 듯 불꽃이 이글거리는 눈으로 내려다보며 한 자 한 자 짓씹어 뱉었다.

"정말 그 남자의 정체를 알고 싶어?"

조금 전까진 알아야겠다며 고삐 풀린 망아지처럼 난동을 부리던 여자는 대답이 없었다. 청록빛 눈동자에 두려움이 새파랗게 서리기 시작하자 레온은 피를 핥아 마시며 찢어진 입술을 비틀어 올렸다.

네 정신이 무너지는 순간을 똑똑히 지켜봐야겠어.

"조지 대븐포트. 방계 왕족이자 신임 서부 사령관. 근위대 장교였던 젊은 시절에 네 모친이 접근했지."

"…."

"물론 육체적으로."

여자의 눈빛이 사납게 외쳤다. 거짓말 말라고. 제가 살아 있는 증거인 주제에.

"그렇게 몸을 팔아서 정보를 빼내다가 멍청하게 그자의 아이를 가져 버린 거야. 그 아이가 누굴까? 응? 누굴 것 같아?"

정답을 이미 아는 여자의 눈동자가 칼에 찔려 벌벌 떠는 몸뚱이처럼 경련했다. 얼굴도 죽음을 목전에 둔 듯 창백해져 갔다.

"딱하군. 네 몸에 네가 혐오해 마지않는 왕가의 피가 흐르고 있다니."

"아, 아니야…."

여자가 떨리는 목소리로 가느다랗게 속삭이는 순간 레온은 주먹보다 더 아픈 말을 날렸다.

"그레이스 리들, 네가 바로 블랜차드 반군이 더러운 미인계를 쓴다는 증거야."

그의 멱살을 여태 쥐고 있던 손에서 힘이 스르륵 빠졌다. 그를 또다시 때리려 할 줄 알았으나 여자는 휘청거리며 뒷걸음질 쳤다. 눈에 초점이 없었다.

"꺼져, 당장."

퍼걸러의 지붕을 덮은 흰 오르간자 천이 하늘하늘 휘날렸다. 탁 트인 정원 한가운데에 마련된 피로연장은 선선한 밤바람도 식히지 못하는 열기로 달아올라 있었다.

오로지 피로연장의 정면에 마련된 주빈 테이블만이 싸늘한 냉기를 풍겼다.

가문 어른들이 자리를 뜨자 테이블에 남은 세 명의 젊은 남녀는 감정을 더는 숨기지 않았다. 레온은 둥그런 테이블에서 대각선으로 마주 앉은 동생과 약혼녀의 얼굴에 시선을 던졌다. 두 사람 다 약혼식이 아닌 장례식에 온 얼굴이었다. 그의 얼굴도 별반 다르지 않을 것이다.

약혼녀라니.

쓴맛이 번지는 입을 샴페인으로 씻어 내리던 레온은 다시 얼굴을 딱딱히 굳혔다. 약혼녀라는 말에 거북스러워하다 끝내 다른 얼굴을 떠올리는 자신이 미쳤다는 생각밖에 들지 않았다.

결혼이란 세를 불리기 위한 사업일 뿐이다. 그렇게 따지고 보자면 그 빌어먹게 비천하고 성질머리 나쁜 여자와의 결혼은 자선 사업이었다. 그가 가진 걸 다 내어놓아야 할 테니.

'미친 거지.'

잘 알면서도 그를 원하지도 않는 여자와의 손해뿐인 결혼을 이따금 상상하는 제 머리에 총알을 박고 싶었다.

플로어에서 음악에 맞춰 춤을 추는 사람들을 레온은 심드렁한 눈으로 지켜보았다. 윈스턴 부인의 고리타분한 취향 탓에 재즈에 어울릴 복장을 한 사람들이 왈츠를 추고 있었다.

노란빛의 전구와 푸르른 덩굴이 휘감긴 들보 아래에서 샴페인 잔을 손에 든 사람들이 삼삼오오 모여 와자지껄하게 떠들었다. 고급스러운 정장과 드레스를 입은 인파를 칙칙한 장교복을 입은 젊은 여자가 헤치고 다가오기 시작하자 레온은 눈빛을 보냈다.

오늘 밤 고문실 감시를 담당한 인원 중 하나였다. 장교는 귓속말로 여자의 동향을 보고했다.

"한 시간째 누워 있습니다."

"식사는."

장교가 조마조마한 눈을 하곤 고개를 저었다. 레온은 짧게 한숨을 내쉬곤 부하를 돌려보냈다.

여자가 돌발 행동을 할지도 모르니 오늘 밤은 고문실 문을 열고 일거수일투족을 감시하도록 했다. 매시간 보고 또한 올리도록 한 덕에 약혼식이 그나마 덜 지루했으나 한편으론 자리를 박차고 일어나고 싶은 충동이 거세지기도 했다.

애초에 이 망할 광대 쇼가 아니었더라면 오늘 일이 벌어지지도 않았을 것이다.

레온은 결국 충동을 이기지 못하고 자리에서 일어섰다. 테이블 사이를 지나며 멀지 않은 곳에 앉은 사령관에게 시선을 던졌다. 그는 저녁 내내 어두운 얼굴로 술만 들이켜고 있었다. 판도라의 상자를 함부로 연 제 멍청한 실수를 후회하고 있길 레온은 바랐다.

그러나 멍청한 실수를 후회해야 하는 처지인 건 레온도 마찬가지였다.

하루 정도 후에 증거를 차근차근 보여 줄 생각이었다. 그 사이 여자 혼자 그 작은 머리통 속에서 이 일로 온갖 상상을 크게 부풀리도록.

그래서 그 단단한 알껍데기에 틈이 생기도록.

진실이 더욱 쉽게 스며들 수밖에 없게.

그렇게라도 허무하게 써 버린 카드를 살리려 했건만 피 냄새를 맡는 순간 이성을 잃고 진실을 토해 냈다. 그것도 최악의 방식으로.

머저리.

그러니까 결국 그 카드는 가진 힘을 제대로 발휘하지도 못하고 휴지 조각이 된 것이다.

하필이면 관계가 삐걱댈 때 일이 터진 것도 최악이었다.

'삐걱대는 관계?'

레온은 제게 축하 인사를 건네는 하객들을 헤치고 피로연장 밖으로 나서며 자조적으로 웃었다.

'우린 처음부터 삐걱대기만 했어.'

첫 단추부터 잘못 끼운 관계였다. 놓지 못하고 맞지도 않는 단추를 억지로 끼워 가며 여기까지 왔다. 도중에 바로잡았더라면 달라졌을까. 아니, 애초에 잘못 끼운 첫 단추부터 완전히 잘라 내는 것 외엔 고칠 방법이 없었다.

그걸 알면서도 버리지 못하고 그는 계속 잘못된 단추를 끼워 나가고 있었다.

"레온, 어딜 가는 거니?"

정원을 지나는데 새로 들인 조각품을 하객들에게 자랑하던 어머니가 쫓아와 그를 불러 세웠다.

"한 시간만 있으면 불꽃놀이가 시작될 텐데."

불꽃놀이가 지루한 자리에 엉덩이를 붙이고 앉아 있어야 할 미끼인 나이는 이미 지난 지 오래였다.

"곧 돌아올 겁니다."

어머니의 못마땅한 얼굴 뒤로 불을 환하게 밝힌 피로연장이 눈에 들어왔다. 정확히는 대공녀를 댄스 플로어로 이끄는 제롬의 모습에 시선이 박혔다. 두 사람 다 이제는 약혼식장에 걸맞은 얼굴을 하고 있었다.

레온은 돌아서서 별채로 계속 걸음을 옮겼다. 장례식장에서 벗어났지만 굳은 얼굴은 그대로였다.

"그러니까 내가 고아원에 보내자고 했잖아!"

새된 외침이 귓전을 날카롭게 울리자 그레이스는 귀를 틀어막았다. 하지만 귀를 틀어막아 봤자 머릿속을 울리는 소리에는 소용이 없었다.

"내 딸아. 이리, 이리 오렴."

"그레이스 리들, 네가 바로 블랜차드 반군이 더러운 미인계를 쓴다는 증거야."

아니야! 아니라고!

목이 쉬도록 절규를 내지르고 싶었으나 그러지 못했다. 활짝 열린 문밖을 지키고 선 여자들이 제 상관에게 일러바칠 것이다. 제가 동요하고 있다는 증거를 그 교활한 놈에게 보이고 싶지 않았다.

미인계라니. 몸을 팔아 정보를 얻다니. 긍지 높은 군인이었던 어머니가 저질스러운 수법을 썼을 리가 없었다. 게다가 항상 작전에 함께했던 아버지가 그걸 지시했다는 것도, 좌시했다는 것도 말이 되지 않았다.

윈스턴의 주장을 반박할 증거를 더 찾고자 머릿속을 샅샅이 뒤지던 그레이스는 머리를 움켜쥐며 신음했다.

저게 다였다. 윈스턴의 말이 틀렸다는 증거는 하나같이 빈약한데 그의 말이 맞다는 증거는 너무도 강력했다.

청록색 눈은 돌연변이가 우연히 두 사람에게 나타난 거라 우겨 볼 수 있겠지만 이 독특한 눈동자에 머리칼 색과 이목구비까지 흡사한 건 과연 우연이라 할 수 있을까.

거기다 제가 작전 중 실수로 태어난 사생아라고 한다면 부모님의 서먹했던 태도가 설명되었다. 고아원에 보내려고 했다는 말 또한 아귀가 맞았다.

아무리 그래도 존경해 마지않는 어머니, 제 삶의 목표였던 어머니가 스스로 그런 짓을 했다고는 도저히 생각할 수 없었다. 어쩌면 작전 중에 그 남자에게 억지로 당한 건지도 모른다. 왕당파란 하나같이 발정 난 돼지 새끼들이니까.

"세상에… 끔찍해…."

그래, 미인계라니 말도 안 되지. 이건 그 교활한 개자식의 수작일 뿐이다.

결국엔 그렇게 확실한 증거와 가장 쉬운 결론까지 모두 부정했다. 그레이스는 담요를 머리끝까지 뒤집어쓰고 윈스턴을 끝없이 헐뜯었다.

몸을 가지고 논 것도 모자라 정신까지 멋대로 유린하려는 극악무도한 인간. 아니, 인간의 탈을 쓴 추악한 악마.

'그 개자식이 다 꾸민 걸 거야. 믿지 마. 이딴 거짓말에 속아 넘어가지 마.'

그 소년이 나쁜 아이였을 거라고 믿다 그가 정말 나쁜 사람이 되었던 것처럼 거짓이라고 믿으면 거짓이 될 것 같았다. 무너지지 않으려면 윈스턴을 향한 증오에라도 악착같이 매달려야 했다. 굳건한 감정은 그뿐이었으니.

'내가 왕당파의 자식일 리가 없어. 더러워. 더러워.'

부정하는 동시에 긍정하며 그레이스는 제 팔뚝을 벅벅 긁었다. 손톱이 지나간 자리에 새빨갛게 자국이 남았다. 그걸로도 모자라 핏방울이 자잘하게 맺힐 때까지 살갗을 긁는데 밖에서 둔탁한 구둣발 소리가 들렸다. 그레이스는 담요 아래에서 이를 악물었다.

"지금부터 두 시간 동안 별채를 비우도록."

레온은 장교들을 쫓아내고 고문실 안으로 들어서자마자 짤막한 한숨을 내쉬었다. 침대 발치의 테이블에 놓인 은 쟁반은 덮개가 여전히 덮여 있었다. 한번 열어 보지도 않은 게 분명했다.

시궁창에 처박힌 것만 같은 지금의 기분대로 여자를 대하면 관계는 더욱 최악으로 치달을 것이다. 그는 화를 최대한 누그러뜨리고 부드럽게 물었다.

"배고프지 않아?"

예상대로 여자는 대답하지 않았다. 어깨로 보이는 걸 담요째로 쥐고 살짝 흔들자 그제야 퉁명스러운 목소리가 튀어나왔다.

"내버려 둬. 오늘 네 수작질에는 당할 만큼 당했어."

수작질이라니.

레온은 혀를 짧게 찼다.

여자는 제가 미인계의 증거란 진실을 그의 수작질로 치부했다. 알이 단번에 깨지며 그 안의 새가 다치진 않았을까 걱정했더니 알이 깨지긴커녕 여자는 그 두꺼운 막에 석고를 한 겹 더 발랐다.

"이것 봐. 완전히 휴지 조각이 됐잖아."

허탈할 지경이었다.

"일어나 봐. 줄 게 있으니까."

"필요 없어. 사탕이면 네 뒷구멍에나 쑤셔 넣고 캔디 애플이면 네 입에나 처넣어."

레온은 천박한 대꾸에 말문을 잃었다. 온종일 시달린 탓에 수숫대처럼 가느다래진 인내심이 꺾일 듯 말 듯 위태롭게 휘어졌다.

"입이 왜 이렇게 험해? 뒷골목에서 굴러먹던 버릇을 아직도 못 버렸군."

결국 참지 못하고 윽박질렀지만 실은 왕족이면 왕족답게 경박한 언행은 삼가라고 빈정대려다가 마지막 남은 한 가닥의 인내심을 발휘해 참은 것이었다.

레온은 여자의 머리를 덮은 담요를 걷어 냈다. 먹구름이 낀 얼굴을 보자마자 화가 좀 누그러진 그는 이성적인 대화를 해 보기로 했다.

"내게 화낼 일이 아니잖아. 난 네가 묻는 대로 진실을 말해 준 것뿐이야."

그가 그간 수작질을 셀 수 없이 벌인 건 사실이지만 이번만은 아니었다. 살다 살다 이렇게 억울한 적은 처음이었다.

"…그래, 네겐 모든 게 내 잘못이지."

여자는 끝까지 그와 눈을 맞추지도 대꾸하지도 않았다. 레온은 이 일을 잠시 제쳐 두기로 하고 여자의 목덜미로 손을 가져갔다. 개 목걸이가 단숨에 풀려나갔다.

"그러지 말고 따라와. 불꽃놀이가 곧 시작되니까."

그레이스는 또 속은 기분에 사로잡혔다.

불꽃놀이를 보여 준다기에 적어도 별채 후원까진 데려가 줄 줄 알았다. 하지만 남자가 그녀를 데려온 곳은 제 침실이었다. 항상 교묘하게 거짓이 아닌 듯한 거짓말을 하는 남자에게 일말의 기대를 한 게 멍청했다.

"불꽃놀이는 됐어. 피곤해."

남자의 침대가 제 침대인 양 파고들어 가려는데 그가 그레이스의 손목을 잡았다.

"잠깐. 줄 게 있다니까."

이끌려 간 곳은 드레스 룸이었다. 남자는 두꺼운 커튼을 창문에 단단히 치고서야 전등을 켰다.

"하나씩 풀어 봐."

드레스 룸에 차곡차곡 쌓여 있던 상자 더미는 대공녀가 아니라 그레이스의 것이었다. 요즘 냉대하더니 느닷없이 값비싼 선물을 산더미처럼 바치는 게 기가 막혔다. 어쩌면 이미 오래전에 주문해 두어서 물리지 못한 것일지도 몰랐다.

'애초에 내게 선물 같은 건 왜 사 주는 거야?'

또 변태적인 자기만족을 위한 건가. 그녀는 귀찮은 일을 떠맡은 사람처럼 마지못해 상자를 열어 보았다. 선물을 하나씩 확인할수록 그레이스의 낯빛이 어두워졌다.

야하기 짝이 없는 란제리는 놀랍지도, 불쾌하지도 않았다. 그녀의 허를 찌르고 불쾌하게 만든 건 여느 부자가 연인에게 흔히 선물할 법한, 꽤나 정상적인 물건들이었다.

갖가지 화장품, 금과 진주로 장식한 장신구, 자잘한 보석으로 치장된 실크 하이힐과 버드케이지 베일, 그리고 우아한 실크 드레스까지.

왜 제 약혼식에 개보다 못한 정부에게 값비싼 선물을, 그것도 몸단장에 쓸 선물을 주는 걸까.

조롱이라면 불쾌하고 진심이라면 거북했다.

상자를 모두 펼친 채 무표정하게 서 있기만 했다. 맞은편에서 바지 주머니에 손을 찔러 넣은 채 그녀를 구경하고 있던 남자가 방을 빙 돌아 등 뒤로 다가왔다.

베일이 달린 머리띠가 머리에 얹혔다. 얼굴의 반을 덮은 베일이 코끝을 간질이자 그레이스는 눈살을 찌푸렸다.

남자는 그레이스의 턱 끝을 들어 올려 거울을 마주 보게 했다. 은은한 미소가 번지는 그의 얼굴 옆에서 그레이스의 얼굴은 한층 딱딱하게 굳어 갔다.

"네게 주려고 내가 손수 고른 거야. 마음에 안 들어?"

마음에 들 리가. 갇힌 여자에게 날개 모양의 금붙이와 깃털로 장식된 머리띠를 주다니.

"이제부터 우리 둘이서 내 약혼을 축하하는 파티를 여는 거야."

남자는 싸늘하게 식은 뺨에 뜨거운 입술을 짓누르더니 제가 사 준 것만 걸치고 나오라는 지시를 내리고 침실로 가 버렸다.

'정작 광대 쇼는 내게 시키면서…….'

그레이스는 가장 큰 상자에서 연한 크림색을 띠는 실크 드레스를 들어 올리다 깊은 한숨을 내쉬었다.

"리들 양, 그 자식이 그대와 너그럽게 결혼해 준다고 하더라도 흰 웨딩드레스는 입지 마시길. 넌 이제 순결하지 않으니까. 그러면 내가 가서 새빨갛게 물들여 줄 거야. 알겠어?"

그녀에게 어울리는 흰색은 제 정액의 빛깔뿐이라며 모욕하던 남자가 흰 드레스를 입히려 한다. 그것도 웨딩드레스를 닮은 드레스를, 하필이면 다른 여자와 약혼하고 돌아와서.

그레이스는 불현듯 남자가 가장 작은 보석 상자는 주지 않고 숨겼다는 사실을 떠올렸다.

대체 무슨 짓을 하는 거야.

이건 마치 약혼 축하 파티로 결혼식을 하자는 것 같아 뒷덜미가 서늘해졌다.

"시중들 하녀를 불러 줘야 하나?"

침실에서 굵은 목소리가 흘러 들어와 그녀를 압박했다. 그레이스는 쓸데없는 생각을 관두고 옷을 벗기 시작했다.

저자가 무슨 짓을 하려 들든 어차피 그레이스는 막을 힘이 없었다.

불이 꺼진 침실, 유일하게 어스름한 빛이 드는 창가에서 남자는 빛을 등진 채 앉아 있었다.

"이리 와."

남자가 손을 내밀었다. 하이힐이 익숙하지 않아 불안하게 비틀거리는 걸음으로 한 발짝씩 다가갈수록 검게만 보이던 인영에서 명암이 뚜렷해지기 시작했다.

재킷은 어느새 벗고 흰 드레스 셔츠 위에 검은 베스트를 입은 모습이었다. 광대 같다던 보타이는 풀려나가 빳빳하게 세워진 셔츠 깃 둘레에 비스듬히 걸쳐져 있었다.

더는 다가가지 않고 침대와 창가의 사이에 멈춰 섰다. 남자가 손을 거두더니 고개를 비스듬히 기울여 길게 뻗은 검지에 관자놀이를 기댔다.

다리를 꼬고 앉은 바람에 위로 들린 검은 구두의 코가 창문에서 새어 들어온 빛을 받아 은빛으로 번뜩였다. 그녀를 감상하는 남자의 눈동자 또한 에리하게 번뜩였다.

그는 혀끝으로 마른 입술을 적시더니 갑갑한지 제 목덜미로 손을 가져갔다. 셔츠의 단추를 두어 개 푼 남자는 소맷부리의 커프스를 뺐다. 곧바로 소매를 접어 올리는 동작이 평소보다는 성마르게 보였다.

"한 바퀴 돌아 봐."

무표정한 얼굴로 그를 바라보던 여자가 천천히 제자리를 돌았다. 하늘

하늘한 드레스 자락이 군살 없는 허벅지와 부러질 듯 얇은 발목을 스치며 사락사락, 듣기 좋은 소리를 냈다.

흰 드레스는 가느다란 팔과 쇄골만을 노출한 채 아래로 길게 떨어지는 형태였다. 가운데에는 잎사귀와 나뭇가지 모양의 금빛 허리띠가 매여 잘록한 허리와 탐스럽게 불거진 골반의 굴곡을 한층 돋보이게 했다.

몸에 주렁주렁 매달린 보석과 고급스러운 실크가 창문 밖에서 새어 들어오는 희미한 불빛을 받아 은은히 반짝이며 여자 스스로 빛을 내는 것만 같은 착시를 불러일으켰다.

한마디로 여자는 신화 속의 여신 같았다.

이런 광경에 다른 이들은 혼자 보기 아깝다는 말을 할 것이다. 그러나 레온은 이 여자를 남에게 보여 주기 아깝다는 생각만 더욱 굳혔다.

"예쁘네."

씁쓸하게 들리는 목소리였다. 다시 손을 내밀자 여자가 마지못해 다가오기 시작했다.

다리를 굽힐 때마다 드레스 자락이 벌어졌다. 그 사이로 어울리지도 않는 검은 스타킹이 슬쩍 모습을 드러내며 우아함 그 자체인 여자가 퇴폐적인 분위기를 풍겼다.

양쪽 어깨를 고정한 금빛 장식 사이로 실크 자락이 깊은 포물선을 그렸다. 그 아래의 천은 여자의 몸에 착 달라붙어 윤곽을 적나라하게 드러냈다. 여자가 걸음을 옮길 때마다 풍만한 살덩이가 크게 흔들리며 그 정점에 곤두선 돌기가 천을 부드럽게 긁었다.

"우리 자기 추워?"

그가 사 준 속옷은 얇디얇은 레이스 조각일 뿐이었다. 가려야 할 곳을 전혀 가리지 못하는 탓에 젖꼭지가 옷감을 뚫고 나올 기세로 솟은 것이 똑똑히 보였다.

"아니면 날 봐서 기쁜 건가?"

입꼬리를 비틀어 웃자 여자가 입술을 깨물며 그를 노려보았다.

레온은 달뜬 한숨을 내쉬었다. 늘 벗겨 놓고 원할 때마다 거리낌 없이 보고 주무르던 몸이었다. 그 익숙하디익숙한 여체가 한두 겹의 얇은 천 뒤에 은근하게 숨겨진 모습이 색달라 보였다. 그간 한풀 꺾였던 정복욕이 오랜만에 끓어올랐다.

여자가 고작 한 걸음 남겨 두었을 때, 레온은 더는 참지 못했다. 부러질 듯 얇은 허리를 낚아채 허벅지 위에 앉히기 무섭게 뒷덜미를 움켜쥐고 입술을 집어삼켰다.

"흡…."

레온은 여자가 항복을 선언하고 그에게 얌전히 혀를 내어 줄 때까지 밀어붙였다. 은빛 실을 길게 늘어뜨리며 입술이 떨어지자마자 그는 픽, 웃음을 흘렸다.

고작 키스 한 번에 밤새 광란의 파티를 벌인 꼴이 되다니. 새빨간 립스틱이 뭉개져 입술 밖으로 이리저리 번져 있었다.

레온은 손수건을 꺼내 여자의 입가에 번진 립스틱을 닦아 주었다. 제 입술에도 분명 묻었을 화장품을 닦아 내는데 왼쪽 입꼬리에서 아릿한 통증이 일었다. 상처가 다시 터진 모양이었다

"자기야, 때리니까 속이 시원했어?"

여자가 여전히 인형처럼 무표정한 얼굴을 한 채로 고개를 끄덕였다.

"그래, 그랬으면 다행인데…."

그는 씁쓸하게 웃으며 손수건을 접어 바지 뒷주머니에 넣었다.

"오늘 보는 사람마다 입술은 어쩌다 터졌냐고 물어서 곤란했잖아. 내

가 다른 여자와 약혼하러 가는 걸 막으려고 정부가 때렸다는 걸 솔직하게 말할 수도 없고."

농담에도 여자는 웃지 않았다. 싸늘한 청록빛 눈동자와 뜨거운 선홍빛의 입술이 극명한 대비를 이뤘다. 여자의 얼굴은 강렬한 색으로 물들어 있음에도 생기가 느껴지지 않았다. 창백한 시체에 새빨간 립스틱을 발라 둔 것처럼 이질적이었다.

"좀 웃어 봐."

표정 탓이라 생각한 레온은 여자를 갖가지 달콤한 말로 달래 보았다. 하지만 흰 베일 너머의 눈동자가 차갑기만 하자 그는 짤막한 한숨에 실어 중얼거렸다.

"…그 망할 노인네."

그 순간 여자의 얼굴이 어렴풋이 일그러졌다.

"…피곤해. 파티든 뭐든, 하고 싶은 대로 하고 얼른 끝내 줘."

그의 귀에는 박고 싶은 만큼 박고 얼른 가란 말로 들렸다. 여자는 손님을 받자마자 내보내고 싶은 창녀처럼 굴었다. 오늘만은 숙녀로 대해 줄 생각이었으나 여자는 그의 인내심을 무너뜨리려 했다.

몸으로.

여자가 시키기도 전에 옷을 벗기 시작했다. 왼쪽 어깨를 감싼 옷자락을 팔꿈치 아래까지 끌어 내려 한쪽 가슴을 드러냈다. 어서 물고 빨고 덮치란 노골적인 요구였다.

하지만 그의 시선을 사로잡은 건 윤기 도는 분홍빛으로 정점이 물든 뽀얀 살덩이가 아니라 불그죽죽한 생채기가 길게 난 팔이었다.

"왜 이랬어?"

그는 상처가 난 안쪽이 잘 보이도록 여자의 오른팔을 돌렸다.

"네 몸은 내 거니까 허락 없이 상처 내지 말라고 했을 텐데."

남자는 욕실에서 연고를 가져와 그레이스의 팔에 발라 주었다. 그 자상한 행동도 그녀의 눈에는 솔기가 터진 인형을 꿰매는 짓으로만 보였다. 이 남자가 제게 아무리 비싸고 예쁜 것을 사다 바치고 저를 열렬히 원해 주더라도 장난감 취급으로만 느껴질 뿐이었다.

"오해하는 것 같은데…."

제가 마침 하던 생각을 반박하는 듯한 말에 그레이스는 생각의 고리를 뚝 끊고 남자를 응시했다.

"난 미인계가 더럽다고 했지 네가 더럽다고 하진 않았어."

남자는 이게 자해의 흔적이란 것도, 왜 그녀가 스스로를 아프게 했는지도 꿰뚫어 보고 있었다.

"그러니까 이런 짓 다신 하지 마."

그레이스의 고통이 곧 제 쾌락인 주제에 위로라도 건네는 양 안아 주려는 남자를 그녀는 밀쳐 냈다.

"넌 더러워."

진심으로 그녀를 걱정하기라도 했는지 어두워져 있던 얼굴이 금세 사나워졌다.

"자기야, 내가 지금 인내심을 최대한 끌어모아 가며 네 기분 풀어 주려고 애쓰는 거 안 보여?"

그는 여전히 인내심을 발휘해 화를 누르고 있단 걸 증명하듯 부드럽게 휘어 올린 입매 뒤로는 이를 악물었다.

"난 남의 비위 따위 절대 맞춰 주지 않아."

그럴 필요 없으며 그러고 싶지도 않으니까.

"내 상관도, 심지어 국왕도, 절대로."

남이 그를 싫어하건 미워하건 알 바 아니었다. 그는 타인에게 쓸모 있는 사람이 되고자 할 뿐, 사랑받는 사람이 되고자 한 적 없었다. 인간은 서로에게 체스 말일 뿐이니.

하지만 이 여자에게만은 체스 말 따위로 남고 싶지 않았다.

그레이스 리들은 그에게 체스 말이라는 수단이자, 가진 수단을 모두 동원해 얻고 싶은 목적 그 자체이기도 했다. 그리고 그는 여자 또한 저를 목적으로 여겨 주길, 어리석게도 바랐다.

그런 일은 영영 일어나지 않는다는 걸 알면서도.

빌어먹게 어리석었다.

"그런데도 네 비위만은 맞춰 주려고 노력하잖아. 이래도 내가 널 이 세상 무엇보다도 아낀다는 걸 모르겠어?"

마지막 말에 그레이스는 동의할 수 없었다. 하지만 이 남자가 오늘 밤 그녀의 심기를 살피며 달래 주려 하는 건 사실이었다. 물론 제 이기적이고 오만한 방식대로라 통하진 않지만.

"그것도 나를 두 번이나 뻔뻔스럽게 가지고 논 여자를. 세상에 나 같은 머저리도 없을 거야."

"마지막 말엔 동의해."

남자는 비틀린 입가로 픽, 바람 빠지는 소리를 내더니 거기까진 봐주겠다며 한숨처럼 중얼거렸다.

"오늘은 우리 둘 다 기분이 더러운 날이니까 너도 나도 선은 적당히 지키자는 거야. 제발 그래 줄래?"

그레이스는 대답하지 않았다. 입을 열어 봐야 튀어나오는 건, 그럼 뭐 하러 기분 더러운 사람끼리 얼굴을 마주하고 기분을 더 더럽혀야 하냐는 말뿐일 테니까.

대답을 기다리던 남자는 깊은 한숨을 내쉬더니 그레이스가 끌어 내려 둔 옷을 어깨로 올려 옷매무새를 정리해 주었다.

"목마르지 않아?"

화를 누그러뜨리는 건지 체념한 건지, 그는 까슬한 목소리로 나직이 묻더니 테이블에서 샴페인 잔을 집어 그레이스의 손에 쥐어 주었다.

연한 금빛의 액체에서 자잘한 기포가 보글보글 피어오르는 걸 멍하니 바라보던 그레이스는 윈스턴이 잔을 부딪치자마자 성급하게 술을 들이켰다. 잔을 기울이다 말고 걱정스러운 눈으로 저를 지켜보는 남자에게 그레이스는 마음속으로 물었다.

'너도 그랬던 거야?'

남자는 고문실에 스스로를 가두었을 때 무언가를 잊고 싶은 사람처럼 술과 섹스만을 탐닉했다.

그때의 너도 지금의 나처럼 신념이 위태롭게 기울고 발밑이 흔들리는 일을 겪은 걸까.

저 남자가 그랬듯 그레이스에게도 지금의 충격을 잊게 해 줄 건 술과 섹스뿐이었다.

'내가 언제 이렇게까지 타락했지?'

그중에서 그나마 죄책감이 덜 드는 건 술이었다.

"조금 천천히 마셔."

그레이스는 샴페인을 연거푸 들이켰다. 잔에서 입을 뗄 때마다 남자가 한입 크기로 자른 아몬드 케이크를 입에 넣어 주었다. 걱정하는 척하는 연기가 꽤 그럴듯해서 조금만 머리가 나빴어도 속아 넘어갔을 것이다.

"하아… 난 아무것도 모르겠어…."

"몰라도 돼. 잊어버려. 다 잊어버려."

레온은 술에 취해 가는 여자를 품에 안으며 같은 말만 귓가에 다정하게 속삭였다.

잊으라 해도 잊을 수 있을 리 없다는 거 잘 안다. 그는 오히려 잊으란 말로 상기시키고 감싸 주어서 연약하게 만들었다. 강철보다도 단단해진 알이 쉽게 부서지도록.

레온은 그의 유도대로 의기소침해진 여자를 안은 채 창밖에서 희미하게 들려오는 왈츠 소리를 따라 콧노래를 흥얼거렸다. 그러다 여자가 잠에 빠져드는지 눈을 감자 말을 걸었다.

"왈츠 출 줄 알아?"

그레이스는 고개를 가로저었다.

"가르쳐 줄게."

남자가 성가시게 그녀를 일으켜 세우려 하자 그레이스는 손을 뿌리치며 그의 어깨에 고집스럽게 얼굴을 묻었다.

"출 줄 알아. 너랑 추고 싶지 않은 것뿐이야."

함께 춤추고 싶지 않은 사람에게 잘도 안겨 있다는 사실은 술기운이 머리끝까지 오른 탓에 깨닫지 못했다.

"공주가 따로 없네…."

남자의 지친 한숨이 귓가를 스쳤다.

"마음에 안 들면 버리든가."

이번엔 기가 막힌 한숨이 쏟아졌다. 남자는 버리란 말에 대답하듯 그레이스의 몸을 감싼 팔을 더욱 조이더니 물었다.

"그래서 그 자식이랑은 약혼식 때 왈츠를 췄어?"

정말 별걸 다 질투한다. 실은 이 남자가 질투하는 건 왈츠가 아니라 약혼이라는 걸 그레이스가 모를 리 없었다.

"몰라. 오래돼서 기억 안 나."

"언제 했는데?"

"열아홉 살 때."

7년은 약혼식에서 있었던 일을 까맣게 잊을 정도로 긴 시간이 아니었다. 하지만 다른 데 신경이 쏠린 남자는 그 허점을 파고들지 않았다.

"뭐 하러 그렇게 일찍 했어?"

그즈음 아버지가 돌아가셨으니까.

수뇌부에서 리들가의 발언권이 약해지며 입지가 흔들리기 시작했다. 아버지의 뒤를 이어 원로들과 나란히 원탁에 앉게 된 오빠가 불안해하자 그레이스도 덩달아 불안해졌다.

이제야 돌아보자면 과연 모두가 평등했던 게 맞았을까, 하는 의문이 들었다.

'또 쓸데없는 생각.'

아버지가 돌아가시고 남은 식구들을 걱정하는 그레이스에게 이미 연인 사이였던 지미가 약혼을 제안했다. 모두에게 리들가는 블랜차드가와 한 가족이라는 메시지를 줄 수 있다나 뭐라나.

블랜차드가는 원탁에서 가장 많은 자리를 차지하고 있었다. 그레이스의 약혼이 오빠에게는 꽤 든든한 버팀목을 세워 주는 셈이었다.

어차피 그와 결혼하는 것도 나쁘지 않다고 생각했기에 고마운 마음으로 응했지만 지나고 보니 문득 이런 생각이 들었다.

'그러고 보니 지미가 대단한 선심이라도 쓰듯이 거들먹거리긴 했어.'

둘이서 손을 잡고 약혼 계획을 발표했을 때, 주변의 반응은 예상과 달랐다. 선뜻 축하해 주는 이가 별로 없었다. 크게 반대하지는 않지만 너무 이르지 않냐고 조심스럽게 말리는 사람이 대부분이었다.

심지어 어머니는 지미를 불러 한 시간 넘게 독대하기도 했다. 무슨 이야기가 오갔는지는 지미가 끝까지 말해 주지 않았다.

그리고 둘의 약혼을 열렬히 찬성하던 오빠도 결국엔 혁명군을 떠날 때 그레이스에게 약혼을 파기하고 함께 떠나자고 종용했다.

'잠깐, 그 모든 만류가 실은 내가 반쪽짜리 혁명군이라서…'

그레이스는 머리를 세차게 저어 끈덕지게 달라붙는 끔찍한 생각을 떨쳤다. 저도 모르게 또 윈스턴의 수작질에 놀아나고 있었다.

매끄러운 실크로 감싸인 등을 커다란 손바닥이 부드럽게 쓸어내리더니 뜨거운 입술이 베일을 사이에 두고 뺨에 닿았다. 무슨 생각을 했는지 알고 있었다는 듯 달래려 드는 게 불쾌했다.

뺨을 지분대는 입술을 손으로 밀어냈다. 겨우 떼어 낸 입술이 이번에는 손가락에 붙었다. 왼손 약지에.

남자는 약지의 끝부터 손등의 마디까지 입술로 더듬어 내려가더니 물었다.

"그 자식이 약혼반지는 줬어? 한 번도 못 본 것 같은데."

"그거야 여기 오기 전에 그 자식한테 맡기고…."

심드렁하게 대꾸하던 그레이스는 흠칫했다.

그 자식이라니.

단 한 번도 지미를 그런 식으로 나쁘게 불러 본 적 없었다. 제 입에서 튀어나온 험한 말에 아연해진 그레이스를 윈스턴이 더욱 세게 끌어안더니 웃음기 섞인 목소리로 귓가에 속삭였다.

"괜찮아, 자기야. 그 자식한텐 비밀로 해 줄게."

여자가 내내 꿍하게 굴어서 언짢았던 기분이 그 한마디에 단박에 풀렸다. 그는 몸을 비트는 여자를 두 팔로 억세게 붙잡고 그 끔찍한 말을 뱉은 입술을 잘근거렸다. 혀를 칭찬이라도 하듯 빨기도 했다.

"내가 재밌는 이야기를 해 줄까?"

그는 입술이 떨어지자 그레이스의 왼손에 제 손을 깍지 낀 채 물었다.

"대공녀에게 약혼반지를 끼워 주는데 멀찍이 선 제롬이 그 꼴을 보면서 어떤 표정을 지었는지 알아? 저 반지, 내가 끼워 줘야 하는 건데. 이런 눈을 하고 있었지."

어디가 재밌는지 모를 이야기였다.

남자는 그레이스의 뚱한 얼굴을 보며 씁쓸하게 웃더니 손 안쪽에 입술을 댔다.

"내가 끼워 줘야 하는 건데…."

살갗에 입술을 맞댄 채 중얼거리는 남자의 얼굴에서 미소가 서서히 사라졌다. 그제야 그의 입술이 지분거리는 곳이 약혼반지가 있어야 하는 자리라는 데 생각이 미친 그레이스는 손을 잡아 뺐다.

그의 속내를 알아챈 그레이스가 경멸과 두려움이 뒤섞인 눈으로 노려보자 남자가 일자로 굳은 입매 뒤에서 이를 악물었다. 그는 곧이어 어색하기 짝이 없는 비소를 지었다.

"물론, 네가 껴야 하는 건 따로 있어."

남자가 재킷 주머니에서 꺼내 든 건 상자였다.

반지가 아닌 피임 기구가 든 상자.

그레이스는 의자 팔걸이에 한쪽 발을 얹은 위태로운 자세로 섰다. 중심을 잡으려 애를 썼지만 얇디얇은 하이힐의 굽 탓에 여의치 않아 휘청이다 남자의 어깨를 짚어 버렸다.

"할 생각 하니까 벌써 다리에 힘이 안 들어가는 건가. 다 됐으니까 조금만 참아, 자기야.”

그녀를 범할 준비를 하느라 손을 바쁘게 놀리던 남자가 고개를 비틀더니 그녀의 손등에 입술을 눌렀다. 그레이스는 입술을 피해 그의 목덜미 쪽으로 손을 옮겼다.

'머리채를 확 움켜쥘걸.'

흐트러진 곳 하나 없이 완벽한 백금발을 엉망으로 만들고픈 충동이 일었다. 하지만 그랬다가 엉망으로 망가지는 건 그레이스의 몸일 거다.

하이힐을 신은 채로 팔걸이에 얹힌 발을 큼지막한 손이 가볍게 쥐더니 무릎 위까지 살갗을 부드럽게 쓸어 올렸다. 윈스턴은 검은 스타킹의 밴드에 눌린 허벅지 살이 보일 정도로 드레스 자락을 걷어 올리고서야 두 손을 치마 속으로 넣었다.

“훗….”

“가만히.”

음부를 가리는 거라곤 굵은 진주 한 줄뿐인 속옷을 남자가 옆으로 젖혔다. 음핵을 짓누르고 있던 딱딱한 덩어리가 옆으로 구르자 그레이스는 몸을 흠칫 떨었다. 그녀의 표정을 관찰하던 남자가 비스듬히 웃었다.

“조금만 더 벌려 봐.”

두 손이 허벅지 안쪽을 옆으로 밀어냈다. 그레이스는 넘어지지 않으려고 윈스턴의 어깨를 잡다 못해 그의 머리를 끌어안다시피 했다.

굳이 이런 꼴로 피임 기구를 넣을 필요가 있을까?

그레이스는 윈스턴의 뜨거운 숨이 가슴골을 파고드는 걸 느끼며 저 멀리 피로연장을 바라보다 이를 악물었다. 가슴 깊은 곳에서부터 수치심이 울컥 치솟았다. 이 망할 개자식의 목을 졸라 버리고 싶었다.

불시에 드레스 자락이 배꼽까지 걷혔다. 싸늘한 공기가 든다 싶더니 뜨거운 입김이 얇은 레이스 한 장을 사이에 두고 와 닿았다. 남자가 치마 속으로 머리를 넣은 것이다.

질구를 찾아 음부를 헤집어 대던 손이 그레이스의 둔부를 꽉 움켜쥐었다. 말랑한 살을 짓누르는 손끝이 벌써 애액으로 축축하게 젖어 불쾌했다.

"하읏!"

남자의 달뜬 숨이 다리 사이로 쏟아지자마자 미끌미끌한 혀가 살 속으로 파고들어 음핵을 길게 핥았다. 그레이스는 윈스턴의 머리를 끌어안은 채 허벅지를 파르르 떨었다.

"아, 읏…. 어서, 아흑, 넣기나, 해."

혀가 예민한 돌기를 치고 지나갈 때마다 딸꾹질이라도 하듯 말이 끊기고 몸이 들썩였다.

"침대에선 어서 넣어 주세요, 대위님이라고 좀 더 정중하게 부탁하면 좋겠어."

남자가 입술 사이에 음핵을 문 채 웅얼거리는 바람에 그레이스는 말이 끝날 때까지 감전당한 사람처럼 전율해야 했다.

"아훗…."

다리 사이에서 찔걱 소리가 나더니 질구가 벌어졌다. 드디어 페서리를 쥔 손가락 두 개가 몸속으로 파고들기 시작했다. 남자는 피임 기구를 넣으면서도 멈추지 않고 음핵을 빨아 젖혔다.

그레이스는 좀처럼 익숙해지지 않는 불쾌감에 몸을 움찔 떨며 창밖을 응시했다. 철조망이 높이 쳐진 담 너머 저 먼 곳은 대낮처럼 밝았다.

문득 유리창에 비친 제 모습이 눈에 들어왔다. 어둠 속에 갇힌 자신은 아무리 진한 화장과 값비싼 보석으로 화려하게 치장해도 초라하기 짝이 없었다.

그녀의 치마 속으로 파고든 남자가 미웠다. 마음에 없는 여자는 숙녀로 대접해 주면서 정작 좋아하는 여자는 창녀 취급하다니.

불현듯 이 남자를 유혹하라고 지시했던 약혼자도 별반 다르지 않다는 생각이 들었다. 그녀를 원한다는 남자 모두 그레이스를 창녀로 취급했다. 그 누구도 그레이스를 진정으로 사랑하는 사람은 없었다.

왈칵, 눈물이 쏟아질 것 같아 입술을 깨물었다.

남자는 그레이스를 두 팔로 안아 들어 침대로 옮겼다. 그가 몸 위로 올라탄 후 가장 먼저 한 일은 얼굴을 가린 베일을 걷어 내고 입술을 겹친 것이었다.

결혼식 후 첫날밤을 치르는 신랑이 할 법한 행동이었다.

'미친놈….'

신부 대접에도 기분은 전혀 나아지지 않았다. 이건 그저 이 남자의 이기적인 욕구를 채우는 연극일 뿐이니까.

레온 윈스턴은 그레이스 리들을 사랑하지 않는다. 설령 이게 뒤틀린 사랑이라 해도 그레이스가 감격에 겨워 넙죽 받을 이유는 없었다. 굶주렸다고 독약을 삼키는 사람은 없다.

"자기야."

질척하게 맞부딪치던 입술이 떨어지자 남자가 물었다.

"내 약혼 축하해 줄래?"

슬며시 휘어지는 눈매 사이의 눈동자를 노려보다 그레이스는 똑같이 눈매를 휘어 웃었다.

"대공가의 꼭두각시가 된 걸 축하해."

"고마워. 아군의 꼭두각시조차 못 되고 버려진 네게서 들으니 더욱 감격스럽군."

억지로 휜 그레이스의 눈꼬리가 파르르 떨렸다. 그걸 잔인하게 어루만지려는 남자의 손을 피해 고개를 돌렸다.

"걱정 마, 자기야. 난 결혼해도 널 버리지 않을 거라는 거 알잖아. 내 결혼식 날 밤에는 더 성대하게 축하하는 거야."

레온은 붉은 립스틱이 천박하게 번진 여자의 입가를 더듬었다. 키스가 얼마나 격했는지 턱 끝까지 길게 번진 자국이 남았다. 피라도 흘린 것 같았다.

그는 진주 목걸이를 목줄처럼 감아쥐고 여자의 목덜미에 얼굴을 묻었다.

"네게서 좋은 향기가 나."

그가 직접 고른 향수였다. 싱그러운 시트러스 향이 이 여자의 체향과 뒤섞여 레온의 숨길로 쏟아져 들어왔다. 오렌지 나무에서 떨어진 소녀를 받아 품에 안았던 순간이 문득 떠올랐다.

심장이 조여들었다.

"하지만 넌 고문실 냄새가 더 잘 어울려."

레온은 제 표정을 여자가 보지 못하도록 살갗에 얼굴을 맞댄 채 서서히 아래로 내려갔다. 어깨에 아슬아슬하게 걸쳐진 옷자락을 끌어 내리자 위아래가 붙은 흰 레이스 속옷이 나타났다.

속옷은 은밀한 부위를 가리는 역할을 다하지 못하고 도리어 노골적으로 드러내고 있었다. 저를 산 사람을 흥분시킨다는 역할은 아주 충실히 하는 셈이었다.

완만하게 퍼진 젖가슴의 절반만 겨우 덮은 탓에 레이스 띠 위로 분홍빛 유륜이 빼꼼히 튀어나와 왔다. 수평선 위로 떠오르는 태양 같았다. 정말 웃기는 비유가 아닐 수 없었다.

검지 끝으로 삐져나온 유륜을 문지르자 여자가 숨을 멈추며 몸을 비틀었다. 태양이 점점 위로 떠올랐다.

그 아래도 사정은 별반 다르지 않았다. 가느다란 실이 성기게 얽힌 천이 여자의 살을 가려 봐야 얼마나 가릴까.

레이스의 복잡한 문양 사이로 비치는 가슴을 감상하던 레온은 반쯤 곤두선 젖꼭지 하나를 손끝으로 천천히 굴렸다. 말랑한 살이 딱딱하게 뭉치는 느낌이 선명했다.

"훗…."

젖꼭지가 꼿꼿이 서며 천을 뚫고 나오려 했다. 하지만 정점을 가로지르는 올에 걸려 튀어나오지 못하고 짓눌렸다.

레온은 레이스의 틈을 벌리고 젖꼭지를 꺼내어 입에 물었다. 혀로 끝을 굴리자 여자의 마른 어깨가 움츠러들었다.

느릿한 혀 놀림을 따라 만져 주지도 않은 반대쪽이 서서히 솟아올랐다. 거칠거칠한 천에 덮인 그대로 정점을 긁어 주자 여자가 그의 손을 덥석 쥐며 막았다.

"으응, 그냥 해. 누가, 훗, 찾으러 오기 전에 끝내…."

레온이 꿈쩍도 하지 않고 애무를 이어 가자 여자가 그의 이마를 손바닥으로 짚었다. 머리칼 속으로 가느다란 손가락이 파고들어 왔.

여자가 그를 힘주어 밀수록 레온은 젖꼭지를 더욱 깊숙이 감싸 물었다. 고개가 뒤로 젖혀지며 퍼져 있던 살덩이가 볼록하게 솟고 가슴 끝이 열기에 녹은 마시멜로처럼 길쭉하게 늘어났다. 눈을 마주한 채 맛있다는 듯이 살을 빨아 먹었더니 여자가 눈을 질끈 감으며 손을 뗐다.

그의 아래에 깔린 몸이 자꾸만 뒤틀렸다. 여자가 다리를 바르작댈 때마다 그 사이에서 잘그락 소리가 울렸다.

치맛자락을 위로 들추고 뽀얀 허벅지 한쪽을 한껏 젖혔다. 분홍 속살 틈에 끼워진 한 줄의 진주가 애액으로 미끌미끌하게 젖어 있었다.

레온은 한쪽 가슴을 가린 여자의 손을 다리 사이로 끌어당겼다. 손을 겹친 채로 마구 흔들었다. 제 손끝에서 진주가 구르며 음핵을 자극하자 여자가 몸을 크게 들썩이며 흐느꼈다.

"누가 나를 찾으러 오기 전에 끝내고 싶어?"

그는 레이스 사이로 튀어나온 젖꼭지를 혀끝으로 길게 핥아 올리며 물었다. 여자가 숨을 할딱이며 고개를 끄덕이자 그는 명령했다.

"그럼 말해."

"아흑, 넣어 주세요, 대위님."

어쭙잖은 반항을 하다 더 심하게 당하느니 명령을 단번에 따르는 게 낫다는 걸 여자는 체득한 지 오래였다.

기특하다 싶으면서도 맥이 빠졌다. 여자의 목소리에는 체념뿐이었다. 그가 그토록 좋아하는 수치심이 전혀 느껴지지 않았다.

"어디에."

당연한 걸 묻는 이유를 모를 리 없는 여자가 이를 사리물었다. 대답이 없자 레온은 둔덕에 올려 둔 손을 아래로 미끄러트렸다. 줄줄이 이어진 진주를 손끝으로 톡톡 치며 내려가다 질구에서 멈추지 않고 그 아래의 좁다란 구멍 앞에서 멈췄다.

"여기?"

"앗! 거기가, 아훗, 아니야."

손끝에 힘을 주자 애액에 흠뻑 젖은 진주가 안으로 미끄러져 들어갔다. 저항하는 몸을 짓눌렀다. 여자의 얼굴이 모멸감에 울상이 되어 갔다.

그제야 여자가 움직였다. 제 손으로 진주 끈을 옆으로 젖히고 손가락을 질구에 얕게 박아 넣어 벌리는 모습을 레온은 눈 한 번 감지 않고 지켜보았다.

"여기, 넣어 주세요."

이제야 비로소 악문 잇새로 수치심이 쏟아져 나왔다. 그를 경멸한다고 외치는 눈동자의 가장자리에서 눈시울이 달아올랐다. 여자가 제 손으로 드러낸 속살만큼이나 붉게.

좋아. 그거야.

레온은 그제야 만족스러운 미소를 지으며 몸을 일으켰다. 몸을 활짝 열고 그를 기다리는 여자를 내려다보며 그는 천천히, 아주 천천히 성기를 꺼내 들었다.

남자의 손이 바지 앞섶을 헤치고 밑동을 쥐었다. 그래 봤자 그가 움켜쥔 건 살 기둥의 절반밖에 되지 않았다. 그레이스의 얼굴을 가리고도 남을 정도로 큰 손인데 말이다.

어쩌면 가장 무시무시한 괴물은 저 남자가 아니라 저 거대한 말뚝에 매일같이 꿰뚫리고도 살아 있는 자신일지도 모른다.

그레이스는 엉뚱한 생각을 하며 벌써 뻐근해지는 아랫배에서 긴장감을 풀어내려 애를 썼다. 가슴이 부풀어 오를 정도로 숨을 크게 들이쉬는 찰나 윈스턴이 그녀의 위로 올라왔다.

"고개 돌리지 마."

그레이스의 몸에 성기를 넣을 때면 반드시 눈을 마주해야 하는 남자였다. 무얼 보고 싶어 하는지 모르겠다.

하지만 무얼 보여 주든 비틀린 미소를 짓는 걸로 보아 무언가를 보고 싶다기보다는 보여 주고 싶은 게 분명했다. 지금 몸을 섞는 남자가 그라는 걸 말이다.

'뭐가 그렇게 불안해? 나를 가두는 것도 모자라 오로지 너만 볼 수 있게, 너만 만질 수 있게 만들어 두고도 그렇게 불안해?'

색소가 옅은 푸른 눈을 똑바로 바라보며 눈빛으로 추궁했다. 남자는 늘 그렇듯 그녀의 눈빛을 깡그리 무시하며 다리 사이를 끼워 맞췄다.

벌려 둔 살 틈에 뜨거운 살덩이가 박혔다. 손가락을 빼자 속살이 스르르 조여들며 성기 끝을 빠듯하게 물었다.

'하아… 맙소사.'

그레이스는 절망 섞인 한숨을 삼켰다.

이젠 삽입할 때의 온도나 부피감만으로도 이 남자가 얼마나 흥분했는지 알 수 있었다. 절대 얻고 싶지 않았던 능력이었다.

오늘 밤 무엇이 그를 성난 황소의 뿔처럼 세운 건지는 몰라도 쉽게 놓아주지 않을 거란 예감이 강하게 들었다. 피로연에서 빠져나가 정부나 박고 있는 정신 나간 예비 신랑을 누군가가 찾으러 오기만을 바라며 그레이스는 몸속으로 밀고 들어오는 성기를 꾸역꾸역 삼켰다.

"힘을 조금 더 풀어."

"아훗…."

"숨 크게 들이쉬고. 그렇지."

몸은 그가 가르친 대로 반응했다. 그레이스는 순식간에 제가 누군지 잊고 윈스턴의 허리 짓에 맞춰 아랫배를 조였다 풀었다.

긴 드레스는 어느새 허리에만 휘감겨 있었다. 머리끝부터 발끝까지 완벽히 차려입은 남자와 벗은 것도 입은 것도 아닌 꼴인 여자가 한 침대에서 뒤엉켰다.

남자는 섬세하고 값비싼 레이스를 입혀 두고도 사나운 손버릇을 자제할 줄 몰랐다. 가슴을 거머쥐고 비틀고 주물러 댄 끝에 속옷 곳곳에 구멍이 생겼다.

그는 그 틈으로 거리낌 없이 손가락을 집어넣고 살이 움푹 팰 정도로 힘을 주어 살덩이를 손안으로 집어삼켰다.

"이런, 하아, 새로 사 줄게."

"필요 없…."

필요 없으면 버려. 레온은 속옷을 단숨에 찢어 벌렸다. 가슴골부터 배꼽까지 뽀얀 살이 겉으로 드러났다. 너덜너덜해진 레이스 사이로 튀어나온 젖가슴이 그의 허리 짓을 따라 거칠게 출렁였다.

"웃…."

그 음탕한 꼴을 지켜보는 레온의 목구멍 깊은 곳에서 목이 졸리는 듯한 신음이 새어 나왔다. 그는 결국 이성을 잃었다. 침대에 널브러져 암고양이처럼 우는 여자를 번쩍 들어 안고 허리를 위로 거칠게 짓쳐 올렸다.

"아, 아흑…."

여자가 손톱을 세워 그의 등을 긁으며 애걸했다.

"제발, 빼. 너무, 훗, 깊어…."

끝까지 잘만 받아먹으면서 무슨 소리야?

핀잔을 입 밖에 내지 못했다. 위로 힘차게 튕겨 오르는 가슴 끝을 덥석 물고 빠느라 말 같은 걸 할 틈이 없었다.

살을 게걸스럽게 삼키고 빨아 먹고 씹어 댄다. 먹어도 먹어도 먹은 것 같지 않다. 이 여자는 가져도 가져도 온전히 가진 것 같지 않았다. 레온은 채워지지 않는 허기라는 저주를 받은 짐승이었다.

"윈스턴…."

여자가 가냘픈 목소리로 그를 불렀다. 가끔은 이 침대에서의 그날 밤처럼 레온이라고 부르는 걸 듣고 싶기도 했다. 그런 제가 우스웠다.

대꾸하지 않으니 여자가 더욱 딱딱한 호칭으로 그를 불렀다.

"대, 대위님…."

"왜?"

통통하게 부푼 젖꼭지를 뱉어 내고 대꾸해 주었더니 여자가 어깨에 걸쳐 두었던 손을 매끄러운 베스트를 따라 미끄러트렸다. 힘없이 떨어진 손이 맞물린 자리를 가리켰다.

"이건, 하읏, 치워 줘."

치골 사이에 낀 진주알을 말하는 것이었다. 음부를 치받을 때마다 여자가 고작 진주 한 알에 숨넘어가는 소리를 내며 그의 허리를 휘감은 허벅지를 파르르 떨었다. 성기를 꽉꽉 물어 대기까지 하며 깜찍한 짓을 하는데, 레온이 그걸 치워 줄 리가 없었다.

"헉!"

도리어 허리를 유연하게 돌리며 진주알을 음핵에 비벼 댔다. 여자가 그를 밀어내려 안간힘을 썼지만 허리를 감은 팔을 풀어 주지 않았다.

여잔 그러다 다리 사이로 손을 넣어 끈을 뜯어내려 했다. 레온은 여자의 두 팔을 등 뒤로 꺾어 한 손으로 한꺼번에 결박했다.

"아흑, 싫어!"

여자는 울부짖다시피 하며 몸을 좌우로 비틀고 위아래로 들썩였다. 뜨겁고 말캉한 속살이 예민한 살덩이를 치대고 빨아 대는 게 짜릿해 신음을 참을 수가 없었다.

"하아, 그렇지. 잘하네."

"빼, 빼 줘, 빼 주세요."

여자의 말끝이 점점 길어지며 그의 자비를 빌었지만 자비 같은 것을 모르는 남자에게 빌어 봤자였다.

"하윽!"

자제력을 잃고 성난 황소처럼 여자의 음부를 들이받고 또 들이받았다. 여자가 울부짖으며 가 버린 후에도 멈추지 않았다. 레온은 벼락이라도 맞은 사람처럼 자지러지는 여자를 으스러트릴 듯 끌어안았다.

"싫다면서? 하아, 아주 좋아 죽는데."

"흡, 흐읍…."

여자가 절정을 느끼는 동시에 둑이 터지듯 터져 나온 애액이 진주알을 타고 새하얀 침대 시트로 뚝뚝 떨어져 내렸다. 하지만 여자는 제가 탕녀처럼 쾌락에 굴복해 줄줄 싸 댔다는 건 안중에도 없었다. 그가 놓아 버린 손으로 입을 틀어막는 데 정신이 팔려 있었다.

창문이 활짝 열려 있었으니까.

"*불꽃놀이는 봐야지.*"

정사를 시작하기 전 그가 일부러 열어 둔 것이었다.

떠들썩한 말소리와 음악 소리가 이 먼 곳까지 흘러들어 왔다. 혹시 별채 후원에 누가 있다면 두 사람이 몸을 섞는 소리를 듣고도 남을 것이다.

얼굴의 반을 두 손으로 가리고 조마조마한 눈으로 창을 곁눈질하는 여자는 겁먹은 다람쥐 같았다. 가학심에 불이 붙었다.

여자를 남에게 보여 주며 흥분하는 성벽이 있었더라면 레온은 자제력을 완전히 놓고 돌이킬 수 없는 짓을 저질렀을지도 모른다.

피로연장 한가운데, 모두가 보는 앞에서 여자를 발가벗기고 덮친다. 여자의 머리부터 발끝까지 온몸이 모멸감으로 새빨개졌다가 공포심으로 새파래지겠지. 여자는 사람들의 육욕과 경멸이 어린 시선에서 제 몸을 숨기려 그에게로 더욱 파고들며 애원할 것이다. 도살장에 끌려온 가축처럼 울부짖고 그를 저주하다 결국엔 죽은 눈을 하고 시체처럼 흔들린다.

나를 쥐락펴락하는 여자의 기가 단번에 꺾일 테지.

꽤 재미있을 텐데.

아쉽게도 레온에게 그런 성벽은 없었다.

하지만 여자를 괴롭히는 방법은 수없이 많았다.

레온은 허리 짓을 멈추고 여자를 눕혔다. 다 끝난 줄 알았는지 발갛게 달아오른 얼굴에 안도의 기색이 스쳤다.

"좋아하긴 일러, 자기야."

여자의 귀에 나긋하게 속삭였다. 다시 흔들기 시작한 허리는 나긋함과 거리가 멀었다.

"흡… 아, 훗, 하지, 마."

입을 틀어막은 두 손을 떼어 내고 침대에 짓눌렀다. 하나씩 깍지를 끼자 여자의 손톱이 레온의 손등 마디 사이사이로 깊이 파고들었다. 날카로운 통증이 짜릿하기만 했다.

"놔, 줘, 흑…."

"소리 내. 피로연장까지 다 들리게. 아빠 구해 주세요. 윈스턴 대위가 저를 강간하고 있어요. 이렇게 비명이라도 질러."

여자의 얼굴이 새파랗게 질리더니 눈시울이 곧바로 새빨갛게 물들었.

'너도 이젠 부인하기 힘들지?'

제 가족과 동지를 향한 여자의 믿음에 서서히 금이 가고 있었다.

"네 생부는 아마…."

"그만해."

"네가 낮에 구해 달라고 외치면서 계단을 뛰어 내려왔더라면 널 여기서 데려 나가려 했을 거야. 우리 자긴 똑똑하니까 그 정도는 알았겠지.”

여자의 귓가에 대고 속삭였다. 맞닿은 가슴이 크게 부풀고, 여자의 숨소리가 거칠어졌다.

“알면서 왜 내 침실로 도망쳤어? 내 품에 숨은 거잖아. 레온, 나를 지켜줘, 이렇게.”

레온은 잘 안다. 여자는 그의 품을 떠나고 싶지 않았던 게 아니라 충격적인 진실로부터 도망치고 싶었을 뿐이란 걸.

하지만 맞는 말이 아니라 그럴듯한 말을 해 주는 것이 세뇌다. 레온은 반군이 이 여자에게 씌워 둔 세뇌를 세뇌로 벗기려 했다.

“잘 생각해 봐. 넌 내게서 벗어날 기회를 번번이 스스로 버리고 있어. 실은 도망치고 싶지 않은 거 다 알아.”

“헛소리 집어치워.”

여자가 사납게 일갈했다. 무서울수록 사납게 구는 여자였다.

레온은 벌써 겁을 집어먹은 여자에게 요즘 있었던 일을 조곤조곤 읊어 주었다. 집무실에 어머니가 찾아왔었던 일, 아버지의 기일에 여자가 술에 취한 그를 두고 도망치지 않았던 일. 모두 여자가 스스로 놓친 기회였다.

“너도 잘 알잖아. 나와 있는 게 안전하다는 거. 네 생부는 구해 주자마자 네 머리에 총알을 박을 거야. 수용소로 가면 미인계에 이용당하고 버려진 그 고아 꼴이 나겠지.”

네 동지는 너를 구해 주지 않을 테니.

문득 뇌리를 스친 생각에 레온은 천천히 고개를 들었다. 여자는 절규라도 지르고 싶은 눈으로 그를 노려보았다.

레온은 촉촉하게 젖은 눈동자를 슬프디슬픈 눈으로 내려다보았다. 머뭇거리던 입술 사이로 애끓는 심정이 절절히 묻어나는 목소리가 흘러나왔다.

"미안해, 그레이스. 사랑해."

여자의 눈이 커지더니 한가운데 박힌 청록빛 눈동자가 요동쳤다. 이 말이 레온의 진심이라고 생각하는 게 분명했다.

그가 저를 사랑한다는데 경멸을 퍼붓지 않은 것 뜻밖이었다. 감격스러울 지경이었으나 아쉽게도 레온은 진실을 말해 줘야만 했다.

"네 약혼자가 이렇게 전해 달라는군."

"…뭐? 지미를 만났어?"

레온은 낯빛을 어둡게 고치고 고개를 저었다.

"그자는 널 구하러 온 적이 없다고 몇 번을 말해."

그는 여자가 안타까워 견딜 수 없다는 듯 다정하게 쓰다듬으며 이를 갈았다.

"비열한 쥐새끼 같은 놈. 그 자식은 널 가질 자격이 없어."

"잠깐. 그러면 어떻게 그 말을 들었다는…."

"약혼녀를 버린 것도 모자라 죽으라고 명령하며 사랑한다니."

여자가 추궁을 뚝 멈췄다.

"그래, 네 약혼자가 네게 자살을 지시했어."

레온은 홀로 시간이 멈춰 버린 여자를 애틋하게 보듬으며 중얼거렸다.

"내 머리로는 도저히 이해가 안 되는군."

진심이었다. 사랑한다며 죽으라는 그놈부터 사랑하는 여자 하나 지키지 못하는 애송이에게 평생을 약속한 여자까지, 모두 이해할 수 없었다.

더불어 진심으로 불쾌했다. 그런 수준 낮은 놈이 연적이란 것부터가 레온 윈스턴에겐 불명예였다.

"넌 끝까지 모르게 하고 싶었는데…."

새파랗게 질린 눈동자에서 가느다란 핏발이 흰자위로 서서히 번져 나갔다. 금이 쩍쩍 가는 알껍데기를 닮아 있었다.

"미안해."

마음에도 없는 사과를 하며 여자의 목덜미에 얼굴을 묻었다. 피부가 싸늘하고 축축했다. 여자가 흘리는 식은땀이 상쾌하게만 느껴졌다. 그가 웃고 있다는 걸 여자는 알지 못할 것이다.

이제는 말할 수 있다.

레온은 오늘 밤 여자를 자세히 관찰하다 그런 결론을 내렸다.

왜 약혼을 일찍 했냐는 물음에 여자는 곰곰이 생각에 잠기더니 후회하는 표정을 지었다. 이제는 그놈에게 완전히 복종하지 않을 것이다. 그러니 죽으란 지령이 내려왔다고 전해 줘도 여자는 자살하지 않을 거라는 게 그의 계산이었다.

"개, 개수작 부리지 마."

여자가 뒤늦게 정신을 번쩍 차리더니 그를, 그리고 진실을 밀어내려 했다.

"나도 개수작이었으면 좋겠어."

레온은 파르르 떨리는 뺨을 안쓰럽다는 양 쓰다듬으며 눈을 마주했다.

"내 시가 상자에 들어 있던 상자를 봤잖아. 안에 청산가리와 네 약혼자의 편지가 들었어. 볼래?"

정말 가져와서 보여 줄 것처럼 몸을 일으키자 여자가 그의 옷자락을 다급히 움켜쥐며 막았다. 안 믿는다더니 실은 그의 말을 믿는 것이다.

"왜 그래? 응?"

"됐어. 왜 이제 와서…."

"미안. 내가 숨겼어. 네가 그놈 명령대로 죽을까 봐."

레온은 할 수 있는 한 가장 아픈 표정을 지었다. 지금 그를 노려보는 눈동자가 빛을 잃고 그의 몸을 감싼 여자의 속살이 싸늘하게 식는다고 상상해 보니 그런 표정을 짓는 건 생각보다 어렵지 않았다.

"숨기려면 끝까지 숨기지 왜 이제 와서 말해 주는 거야?"

"너도 진실을 알아야 하니까. 네가 아무것도 모른 채로 그 자식을 믿고 기다리는 걸 지켜보는 게 처음에는 재밌었지. 하지만 이젠 나도 괴로워."

그레이스, 이건 거짓말이야. 처음부터 괴로웠어.

레온은 혼란에 빠진 여자의 두 뺨을 부드럽게 감싸 쥐고 긴 이야기의 결론을 알아듣기 쉽게 정리해 주었다.

"그레이스 리들, 너를 지켜 주는 사람은 이 세상에 오직 나뿐이야."

여자가 이를 악물더니 굳게 다물려 있던 입술을 뗐다.

어디 반박해 봐. 못 할 거야.

예상대로 여자는 입술을 달싹거리기만 할 뿐이었다. 레온은 여자의 마음에 생긴 틈에 쐐기를 박았다.

"사랑해, 진심으로."

남자는 사랑한다는 말을 증오한다는 말처럼 씹어뱉었다.

조금 전의 그럴듯했던 연기와는 달리, 지금은 감정을 날것으로 뱉은 느낌이었다. 하지만 그 감정이 사랑인지 증오인지는 분간할 수 없었다. 그레이스는 그저 남자가 피처럼 토해 낸 감정 속에 깊이 잠겨 혼미해질 뿐이었다.

그사이 레온은 승리감에 도취해 갔다. 여자를 감싼 알이 서서히 부서져 간다. 성급한 말인 줄 알았으나 아니었다. 레온도 진실인지 거짓인지 알 수 없는 사랑 고백에 외로운 여자는 흔들렸다.

조금만 더. 그럼 넌 내 거야.

그러나 고지 앞에서 긴장의 끈을 놓으면 발을 헛디디기 쉬운 법이다.

"네 몫까지 내가 복수해 줄게."

남자가 복수를 입에 담는 순간 그레이스는 서서히 끓어 가는 물속에 잠겨 있다 건져진 것처럼 단번에 정신을 차렸다.

"복수? 누구를 위한 복수인데?"

그레이스는 코웃음을 쳤다.

"네 복수에 나를 이용해 먹는 거 모르는 줄 알아? 본거지가 어딘지 묻지 않겠다는 약속을 지키는 척, 내게 신뢰를 쌓으면서 결국엔 내 입으로 털어놓게 만들려는 수작을 쓰는 걸 내가 모를 줄 아는 거야?"

감히 사랑한다는 말을 네 이기적인 목적에 이용하다니. 비열하기 짝이 없는 협잡꾼.

남자가 일자로 다물린 입을 떼고 반박하려 했지만 그레이스는 틈을 주지 않았다.

"뭐? 네가 나를 지켜? 고양이가 생선을? 웃기지도 않네. 넌 내가 아니라 유일하게 네 물건을 세우는 창녀를 지키는 것뿐이야."

그레이스는 남자의 멱살을 움켜쥐고 악문 잇새로 거친 말을 쏘아 댔다.

"이봐, 윈스턴 대위. 썩은 내 나는 수작질은 집어치워. 왕정의 발정 난 돼지답게 얼른 싸고 꺼지기나 해."

여자의 입에서 천박한 말이 튀어나오는 순간 레온의 얼굴이 굳어졌다. 여자가 저 스스로를 창녀로 취급하는데, 일말의 수치심도 느껴지지 않았다. 도리어 그를 성불구자로 취급하며 모욕했다.

"정말 미안해. 네게 그런 나쁜 말을 해서."

웃기지도 않는군. 이제 보니 그건 거짓 사과였다.

수틀리자마자 조금의 가책도 없이 그에게 욕지거리를 퍼부으니 말이다. 포로 주제에 겁도 없이.

남자가 갑자기 몸을 일으켰다. 아직 사정도 하지 않은 성기를 뽑아내기까지 하자 그레이스는 불길한 예감에 숨을 죽였다.

예감이 맞았다. 협탁의 서랍으로 들어갔다 나온 손에 들린 물건은 어두워서 잘 보이지 않았으나 그 실루엣만으로도 그레이스는 새파랗게 질렸다.

'리볼버.'

똑똑히 보란 듯이 권총을 높이 치켜들고 그녀의 다리 사이에 무릎 꿇은 남자에게 그레이스는 눈을 맞췄다. 떨고 있다는 티를 내지 않기 위해 이를 악물어야 했다.

"넌 날 죽이지 못해."

"응, 맞아."

남자가 불현듯 몸을 겹치더니 입술을 맞댔다. 젖은 젖꼭지에 차가운 총구가 닿는 순간 그레이스는 떨림을 숨길 수 없었다. 그는 총구의 끝으로 젖꼭지를 느릿하게 돌리며 같은 박자로 속삭였다.

"그렇지만 난 변덕이 심한 인간이라 눈 돌아가면 무슨 짓을 할지 모르는 것도 맞지. 아, 이런…. 내일이면 네 시체를 끌어안고 눈물겹게 후회하겠군."

남자는 슬픈 듯이 입매를 축 늘어뜨리자마자 한쪽을 비틀어 올렸다.

"후회는 내일의 내게 맡기지."

총구가 갑작스레 위로 들리더니 다시 그레이스에게로 기울어졌다. 머리도, 심장도 아닌 음부를 향해.

"너만 보면 네 비좁은 국부에 내 권총을 쑤셔 넣어 휘젓고 싶었어."

남자가 어디에 무슨 짓을 하려는지 깨달은 그레이스의 심장이 철렁 내려앉았다.

허벅지를 접으려 하자마자 턱 잡혔다. 그레이스는 억센 손아귀에서 벗어나려 발길질을 하고 온몸을 뒤틀었다.

"이거 놔!"

남자는 너무도 쉽게 그레이스를 제압했다. 그저 제 몸으로 밀어붙이면 그만이었다.

묵직한 몸에 깔려 숨도 제대로 쉬지 못하는 그레이스의 다리를 남자가 한 손을 젖혀 벌리자마자 살 틈에 가느다란 물건이 닿았다. 차갑고 딱딱한 총구의 질감이 선연했다.

"그거 알아? 이거 네 거야. 제 총에 죽게 생겼군."

내 권총을 왜 침대 옆에 뒀을까.

변태 새끼.

분명 야심한 밤 홀로 이 총을 쥐고 그녀의 음부를 쑤시는 상상을 했을 것이다. 그레이스는 이 남자의 소름 끼치도록 잔인한 성벽을 잠재울 수만 있다면 어떤 일이든 할 수 있었다.

그녀는 윈스턴의 목덜미를 끌어안고 비틀린 입술에 제 입술을 성급하게 짓누르며 애걸했다.

"윈스턴, 제발 이러지 마. 미안해. 내가 자, 잘못했어."

아래로 손을 뻗어 그녀의 다리 사이에 길게 걸쳐진 살 기둥을 쥐었다. 성기는 조금 전보다 더욱 팽팽하게 흥분해 있었다.

"내가, 흑, 기분 좋게 해 줄게, 응?"

당장이라도 사정액을 내뿜을 것처럼 달아오른 몸을 손으로 달래듯이 쓰다듬어 주어도 남자는 코웃음만 쳤다. 차가운 총구가 살점을 헤집으며 더욱 적극적으로 질구를 찾기 시작했다.

"…빨아 줄까?"

대담한 제안을 하는 순간 남자의 입가에서 웃음기가 걷혔다. 그제야 그레이스는 깨달았다. 남자는 그녀를 창녀로 취급하는 건 좋아해도 그레이스가 스스로 창녀처럼 구는 건 싫어한다.

그레이스는 전략을 재빨리 바꿨다.

"부, 부끄러워서 말 못 했는데, 나 사실은 너무 우울해서 정말 하고 싶었어. 우리 둘 다 오늘은 힘든 날이잖아. 이러지 말고 계속 기분 좋게 사랑을 나누면 안 될까?"

자존심을 꺾고 연인처럼 굴며 성기를 안으로 넣으려는 찰나였다.

"사랑 같은 소리 하네."

질구에 겨우 끼운 살덩이가 튕겨 나가더니 막을 새도 없이 총구가 배 속으로 쑥 미끄러져 들어왔다.

"아악! 제발 빼!"

비명을 지르며 몸을 뒤트는 순간 남자가 그녀의 입을 틀어막으며 다급하게 경고했다.

"움직이지 마. 꽤 예민한 총이야. 작은 충격만으로도 격발될 수 있어."

단순한 위협이 아닌지 목소리가 자못 심각했다. 제 몸에 꽂힌 리볼버가 예민한 건 그 주인인 그레이스도 이미 아는 바였다. 몸부림을 뚝 멈추자 입을 막은 손에서 힘이 빠졌다.

"그럼 빼. 흑, 제발 빼 줘."

말 잘 듣는 개처럼 손바닥에 뺨을 문지르며 애걸하는 순간이었다. 철컥, 불길한 금속음이 들렸다. 작은 충격에도 총알이 튀어 나갈 수 있는 총이라더니, 잔인함의 끝을 모르는 악마가 그렇지 않아도 위험하기 짝이 없는 권총의 해머까지 당긴 것이다. 언제든 격발될 수 있게.

"제발, 흐흑…. 대, 대위님, 사, 살려 주세요. 해 달란 대로 다 해 드릴게요. 제발! 나 없으면 후회할 거잖아. 이렇게 허무하게 죽일 거면 뭐 하러 가둬 뒀어? 차라리, 흑, 바로 죽이지."

그레이스는 얼어붙은 채 울부짖기만 했다. 섣불리 움직이다 해머가 풀리는 순간 그녀는 죽은 목숨이었다.

오열하는 그레이스를 열에 달뜬 눈으로 지그시 내려다보던 남자가 귓가로 고개를 숙였다.

"한 번 가면 빼 줄게."

흥분 어린 목소리가 귓속으로 파고드는 동시에 다리 사이에 꽂힌 권총이 움직이기 시작했다. 딱딱한 금속 막대가 여린 살을 휘저어 벌리는 느낌이 섬찟했다.

"흑, 흐윽…."

윈스턴은 그레이스의 배 속에 제 성기를 비빌 때처럼 쾌락에 취해 느슨한 미소를 짓더니 물었다.

"왜 떨어? 차가워?"

총구가 그레이스의 뜨거운 체온으로 서서히 달궈지며 냉기는 사라진 지 오래였다. 남자도 차가워서 떠는 게 아니란 걸 알 것이다.

그레이스는 다리를 무력하게 벌리고 누워 저질스럽다는 말로는 부족한 짓을 순순히 당해야만 했다. 할 수 있는 건 애원뿐이었다.

"제, 제발 그만…."

"집중해."

"모, 못 가. 흑, 어떻게 가."

"왜 못 가?"

총구는 저 남자의 새끼손가락보다 짧고 얇았다. 그런 물건으로 쑤신다고 갈 수 있을 리가 없었다.

"이, 이걸로는 부족해."

절정을 느껴야만 살 수 있는 그레이스는 속에서 울컥 올라오는 굴욕감을 억누르며 제 입으로 더 강한 자극을 요구했다.

"처음부터 큰 걸 먹여 줬더니 욕심만 많아졌어."

그레이스는 그가 느슨한 틈을 보이는 듯하자 아래로 손을 뻗어 흉흉하게 발기한 성기를 붙잡았다.

"나 이젠, 흑, 네 거 아니면 아무것도 안 느껴져."

노골적인 말에 남자가 만족스러운 미소를 짓더니 부드럽게 입을 맞췄다. 거의 다 넘어온 거라고 희망을 품는 찰나 그가 입술을 맞댄 채 속삭였다.

"난 이젠 그런 깜찍한 거짓말에 속아 넘어가지 않아."

그레이스는 결국 남자의 성기를 쥐고 있던 손을 제 밑지로 옮겼다. 서럽게 울며 스스로 음핵을 문지르는 그녀를 윈스턴은 딱하다는 눈으로 내려다보았다. 그러나 눈물에 젖은 얼굴로 거칠게 쏟아지는 숨은 뜨겁기만 했다.

"하읏…."

뒤틀린 대로 뒤틀린 욕망을 마침내 채운 남자의 눈에 만족감이 서서히 차올랐다. 그녀를 즐겁게 감상하던 남자가 고개를 숙였다. 입술이 가슴을 오래도록 물고 빨더니 아래로 살결을 더듬어 내려갔다.

곧 그레이스의 손이 치워지고 남자의 입술이 그 자리에 묻혔다. 두꺼운 혀가 파고들어 와 돌기를 치댔다. 그 아래에서는 얇은 쇠막대가 좁은 내벽을 쉴 새 없이 쑤석거렸다. 총구 끝에서 튀어나온 반달 모양의 가늠

쇠가 자꾸만 내벽에서도 가장 예민한 곳을 노골적으로 스쳤다.

죽음의 공포 때문인지 몸에 익은 쾌감 때문인지 그레이스의 온몸이 파들파들 떨렸다.

속살이 질척이는 소리와 살을 빠는 소리, 그리고 남자의 흥분 어린 숨소리와 희미한 흐느낌만이 가득한 침실로 휙, 하늘을 가르는 소리가 침범하던 찰나였다.

"너무 조이지는 마. 총이 흥분해서 싸 버릴지도 모르니까."

남자의 경고는 너무 늦었다. 몸에서 끓어오르던 치명적인 열기가 폭발하는 순간 내벽이 총구를 꽉 붙들고 경련했다.

철컥.

해머가 풀려 공이를 치는 진동이 다리 사이를 울리자마자….

탕.

귀청을 찢는 격발음이 이어졌다. 그레이스는 허리를 뒤로 젖히며 절정을 느끼던 자세 그대로 얼어붙었다.

숨이 멎었다. 시간이 멈춘 것만 같은 적막이 이어졌다.

그레이스는 몸을 관통하는 고통을 기다리며 부디 자비로운 신이 그녀의 생명을 빠르게 거둬 가기만을 빌었다. 하지만 적막을 깨고 들린 건 신의 자비로운 음성이 아닌, 악마의 비웃음이었다.

총구가 배 속에서 단숨에 빠져나갔다.

휘익. 탕.

눈앞의 권총은 아무것도 내뿜지 않는데 격발음이 이어졌다. 그제야 그레이스는 깨달았다. 조금 전 들었던 총소리는 창밖에서 폭죽이 터지는 소리일 뿐이었다.

"흐흑…."

고개를 돌려 새카만 어둠을 찢어발기다 무력하게 산화하는 불꽃을 바라보던 그레이스가 서러운 울음을 터트렸다.

애액으로 젖은 총구를 핥아 올리던 남자가 한쪽 입꼬리를 비틀었다. 철컥 소리와 함께 리볼버의 약실이 열렸다. 총구가 천장으로 향했다. 약실에서 총알이 우수수 떨어져야 했지만 아무것도 떨어지지 않았다. 빈총이었다.

"리들 양, 형편없어. 군인이면 총이 장전됐는지 확인부터 하는 게 기본인 걸 모르나."

어두워서 약실에 총알이 들었는지를 볼 수 없었다. 그제야 완전히 속은 걸 깨달은 그레이스의 울음이 걷잡을 수 없이 커졌다.

"이런…. 자기야, 많이 놀랐어?"

윈스턴이 쓸모를 다한 총을 바닥에 내던지더니 그레이스를 끌어안았다. 아기라도 달래듯이 등을 다정하게 토닥거리는 가증스러운 악마를 밀어내려는 때였다.

"걱정 마. 네 자궁을 망가뜨리진 않을 테니."

이어서 남자가 죽음만큼이나 섬뜩한 말을 달콤하게 속삭였다.

"네가 혐오하는 왕정의 돼지의 새끼를 배야 하니까."

"…뭐?"

저 말, 내가 아는 그 의미가 맞는 걸까.

남자의 의도를 차마 곧바로 이해하지 못하고 멍해진 그레이스의 안으로 손가락이 두 개나 들어왔다. 깊숙이 박힌 손끝이 무언가를 찾아 더듬다 천천히 물러나는 순간에야 윈스턴이 짓궂은 농담을 하는 게 아니란 걸 깨달았다. 자궁구를 덮은 마개가 벗겨지는 느낌이 생생했던 것이다.

"안 돼. 그만해!"

다리 사이로 손을 뻗어 그의 손목을 쥐었지만 페서리를 빼내는 손가락을 막을 순 없었다. 몸부림치며 벗어나려 했으나 놈은 그레이스를 끌어안은 팔을 풀어 주지 않았다.

이윽고 안에 묻혀 있던 손가락이 빠져나왔다. 애액으로 미끌미끌하게 젖은 손가락의 끝에는 반으로 접힌 마개가 들려 있었다.

다시 넣어야 해.

그레이스가 잽싸게 손을 놀려 빼앗으려는 순간 남자가 마개를 침대 옆으로 던졌다. 통, 둔탁한 소리를 울리며 페서리가 쓰레기통에 처박혔다. 사색이 되어 피임 기구를 되찾으러 가려는 그레이스의 손목을 남자가 낚아챘다.

"거지도 아니고 더럽게 주워서 쑤셔 넣을 생각 마."

"이거 놔."

"왜? 넣기 끔찍하게 싫다며?"

남자는 잔악한 장난질이 끝나자마자 또 저지르려 했다. 대체 오늘은 어디까지 망가뜨리려야 속이 시원한 걸까. 오늘 종일 당하기만 한 건 나인데 왜 내가 보복을 당해야 하는 걸까. 그레이스는 머리끝까지 난 화를 참지 못하고 대꾸했다.

"네 아이를 갖는 것보단 나아."

"이런, 언젠가 태어날 우리 아이에게 엄마가 너를 끔찍하게 싫어했다는 말을 전해 주면 슬퍼하겠는걸."

윈스턴이 뒤에서 그녀를 끌어안으며 유감스럽다는 듯이 말꼬리를 늘어뜨렸다. 손바닥이 실크와 레이스로 가려진 아랫배를 이미 아이라도 들어선 양 애틋하게 쓰다듬었다. 소름이 끼쳤다.

"그러니 말조심해."

놈이 귓불을 살짝 깨물며 경고하자 그레이스는 멈췄던 숨을 깊이 들이켰다.

이건 협박일 것이다. 조금 전 죽이겠다고 한 것처럼 이번엔 임신시키겠다는 협박으로 겁을 주려는 것뿐이다. 그래야만 했다.

"아빠가 장난삼아 만든 아이라는 말도 애가 정말 기뻐하겠어."

"장난이라니. 난 어느 때보다 진지해."

윈스턴이 그레이스를 침대에 억지로 눕히더니 다리를 벌리고 그 사이로 올라타며 미소 지었다.

"사랑을 나누자며? 시도는 한번 해 볼 테니까 부디 협조해 줘. 우리 아이에겐 사랑으로 만들었다고 전하고 싶거든."

미친 새끼.

진심처럼 느껴져 뼛속까지 부들부들 떨렸다.

놈이 그녀의 무릎을 위로 접어 올리는 순간 그레이스는 재빠르게 발을 찼다. 하이힐의 날카로운 굽이 놈의 얼굴을 아슬아슬하게 스쳤다.

빗맞았으나 남자의 허를 찌르는 데는 성공했다. 그가 상체를 뒤로 젖히며 피하는 찰나 그레이스는 느슨해진 손아귀에서 벗어나 몸을 돌렸다.

"어디 가, 자기야?"

침대 밖으로 뛰쳐나가려 하자마자 발목을 덥석 잡혔다. 네발짐승처럼 엎드려 침대 가장자리를 움켜쥐고 끌려가지 않으려고 안간힘을 썼다. 몸부림을 치다 벗겨진 베일이 바닥으로 떨어졌다.

"선물로 준 걸 흉기로 쓰다니. 못됐어."

남자는 그레이스의 발에서 하이힐을 한 짝씩 느긋하게 벗겨 던졌다. 그레이스는 발목을 당기며 빠져나오려 안간힘을 썼다.

"이거 놔! 아악!"

"분부대로."

윈스턴이 발목을 불시에 놓아 버리자 그레이스는 제힘을 못 이겨 침대 밖으로 나동그라졌다. 손쓸 틈도 없이 머리부터 추락했다. 잽싸게 몸을 웅크리고 손을 뻗었으나 바닥에 이마 한 귀퉁이를 쿵 박아 버렸다.

"아, 흑…."

머리가 지끈거렸다. 침대 아래로 내려오는 발소리가 들리자 질끈 감았던 눈을 억지로 떴다. 핑핑 도는 시야 속에서 희고 커다란 손이 그레이스에게로 뻗어 왔다. 피할 틈이 없었다.

윈스턴은 그레이스를 단숨에 주워 들어 침대에 내팽개쳤다. 어지러워 토할 것 같았다.

그는 숨을 할딱이는 그녀의 얼굴을 깨지기 쉬운 달걀이라도 쥐듯 조심스러운 손길로 매만졌다. 그레이스를 꽤 오래도록 살피던 남자가 안도의 한숨을 길게 내쉬었다.

"예쁜 얼굴 다칠 뻔했네."

제가 다치게 할 뻔했다는 죄책감 따위는 없는 목소리였다.

"정말 왜 이러는 거야? 내게 불만이 있으면 말로 해."

"그럼 말로 할 때 듣지 그랬어?"

대화는 이미 시도했다.

"이봐, 윈스턴 대위. 썩은 내 나는 수작질은 집어치워. 왕정의 발정 난 돼지답게 얼른 싸고 꺼지기나 해."

그리고 보기 좋게 실패했다.

대화를 시도한 게 멍청했지.

후회하는 그에게 동물적인 본능이 이성의 목소리를 가장해 간사하게 속삭였다.

목줄. 더 굵은 목줄을 채워.

고민의 시간은 길었으나 결단의 순간은 짧았다.

그래, 네게 돌이킬 수 없는 목줄을 채워야겠어.

"너도 후회할 거야. 이러지 말고 정신 차리란 말이야!"

"가만히 있어. 다시 묶이고 싶어?"

"그만!"

비명과 고성이 오가는 몸싸움이 오래도록 이어졌으나 거듭해서 터지는 폭죽 소리에 묻혔다.

창밖에서 점멸하는 불꽃의 빛을 따라 남자의 눈동자가 물들었다. 붉게, 푸르게, 노랗게. 그 어떤 빛이든 인간의 머리로는 도저히 이해할 수 없는 악마의 눈으로 보였다.

"하윽!"

"하아…. 그래, 넌 이걸 꽂아 줘야 얌전해지지."

흰 베일과 하이힐이 바닥을 나뒹굴었다. 그 위로 찢어진 레이스 속옷이 툭 떨어지자마자 침대가 삐걱거리기 시작했다. 침대 가장자리에 흩어져 있던 진주 구슬이 바닥으로 하나씩 굴러떨어졌다.

윈스턴이 허리를 개처럼 튕기며 목에 걸려 있던 검은 넥타이를 당겼다. 그레이스는 제 두 손목을 모아 넥타이로 결박하는 남자에게 눈물을 섞어 가며 호소했다.

"아훗, 제발, 흑, 안에는 하지, 말아 줘."

"벌써 싸 달라고, 웃, 쥐어짜는군."

여자는 도망치는 걸 포기하고 얌전히 그의 물건을 받아먹었다. 작전을 바꿨는지 안에는 사정하지 말라는 말을 앵무새처럼 읊어 댔지만 레온은 듣지 않았다.

흰 드레스 한 장만을 걸친 채 암고양이처럼 신음하는 여자를 보고 있자니 벌써 사정감이 치밀어 아랫배가 뻐근해졌다. 드레스의 한쪽 어깨는 완전히 벗겨진 탓에 가슴 한쪽이 드러나 있었다.

야만스러운 교미에 걸맞은 야만스러운 꼴이었다. 덕분에 잠재워 뒀던 원시적인 욕구가 완전히 눈을 떴다.

너는 내 아이를 가져.

나는 그렇게 너를 가질 테니.

"제발, 하웃, 안에는 하지 마."

매끄러운 성기 끝이 자궁구에 직접 닿을 때마다 그레이스는 소스라치게 놀라 붙들린 하체를 비틀었다. 저항할수록 허리 짓이 더욱 거칠어지며 음낭이 찰싹 소리가 날 정도로 엉덩이를 세차게 난타했다.

"여기도 총알이 빈 게 아니라면 난 정말 임신하게 될 거야. 장난은 이쯤에서 관두는 게 네게도 좋아."

이를 악물고 이성에 호소했지만 남자는 정신을 차리지 못했다.

"장난 아니라고 이미 말했을 텐데."

"…정말 아이를 갖게 할 작정이야?"

"그래. 여러 번 말하게 하지 마."

멍해진 그레이스를 윈스턴이 사납게 치받았다.

"너는 내가 우습지?"

"하윽!"

"널 길들일 방법이 내게 없다고 생각하잖아. 그걸 믿고 건방지게 입을 놀리고 주먹을 휘두르는 거지."

그럴수록 너를 더 모욕하고 싶고 바닥으로 더욱 끌어내리고 싶어. 바닥을 기며 내게 완벽히 복종하도록.

하지만 그러려 할수록 그 꼴이 나는 건 자신이라는 불쾌한 깨달음만 얻었다.

여자를 더럽다고 하면 제가 더럽게 느껴졌다. 바보 취급하면 제가 바보가 되었으며 여자를 개처럼 다루다 돌아서 보면 정작 개처럼 길든 건 저였다.

그렇다고 여자와 대등한 관계를 쌓는 건 불가능했다. 그가 조금만 틈을 보여도 기어오르는 여자였다. 그리고 조금만 제 틈을 벌리려 해도 방어의 벽을 겹겹이 세우며 그를 밀쳐 내는 여자이기도 했다.

첫 단추부터 잘못 끼운 관계를 이제 와서 고칠 방법은 버리는 것 외엔 없었다. 그리고 레온은 미련하게도 이 빌어먹을 여자를 버리지 못했다.

"어떻게 해야 내 말을 들을 거야? 채찍도 당근도 다 써 봤어. 죽인다고 협박해도 넌 비웃지. 네겐 아무것도 안 통해."

성공의 가도만 달리는 삶을 살아온 그에게 이토록 지독한 좌절감을 느끼게 한 건 이 여자가 처음이었다.

"넌 최악의 수단까지 시도해 보고 싶게 만들어."

어차피 빛 따위 들지 않는 무저갱 속에 처박힌 관계였다. 망가뜨려서라도 손에 쥐고 싶을 뿐이었다.

"자, 잘못했어. 이제 말 잘 들을 테니 제발 이번 한 번만, 끅, 봐줘."

여자가 눈물을 흘리며 빌었다. 그가 화를 주체하지 못해 충동적으로 실수를 저지른다고 아직도 착각하는 모양이었다.

정반대거든.

레온은 애처롭게 우는 여자를 품에 안으며 다짐했다.

"그런 네 거짓말에 이젠 속아 넘어가지 않아."

"거짓이, 흑, 아니…."

"난 네게서 가질 수 있는 건 다 가져야겠어."

너는 내 아이를 가져.

나는 이제 그런 식으로 너를 가질 수밖에 없으니.

"약혼 축하 파티잖아, 자기야. 선물로 아이를 주는 거야."

그리고 내게 네 약혼자의 목을 바쳐.

그의 깊은 속내를 꿈에도 모르는 여자가 울먹이며 따졌다.

"정부에게 사생아를 약혼 선물로 달라는 남자가 어디 있어? 네가 그랬잖아. 윈스턴가의 귀한 씨를 뿌리기엔 내 몸은 너무 천하다고."

"천하다니요, 로체스터 왕가의 고귀한 피를 이어받으신 대븐포트 양."

상황이 차근차근 악화 일로를 걷다 예정에 없던 2세 계획까지 하게 된 계기를 일깨워 주자 여자가 절규했다.

"괜찮아. 울지 마."

레온은 여자를 달래며 거친 허리 짓을 이어 갔다. 여자는 겁에 새파랗게 질려 온몸을 파들파들 떨었다. 그 떨림은 배 속 깊은 곳까지 전해져 그를 기쁘게 했다.

여자가 꽤나 오랜만에 울고 불며 그의 자비를 비는 것 또한 기쁜 일이었다.

그래, 그렇게 빌어. 적어도 빌기라도 해.

레온은 다시 그를 무서워하기 시작한 여자를 끌어안고 미치광이처럼 웃었다.

모든 것이 너의 뜻대로 되리라.

눈앞이 아득해지는 희열 속에서 그는 계시를 받았다. 이제 거리낄 것이 없었다. 레온은 야만적인 욕망을 여자의 배 속으로 거침없이 토해 냈다.

허리 짓이 돌연 느려지더니 얕아졌다. 배 속 깊이 묻힌 선단이 뭔가를 삽처럼 퍼 올려 자궁구에 치덕치덕 바르듯이 움직이는 느낌에 그레이스는 돌처럼 굳었다.

"…정말, 정말 했어?"

진심이라는 걸 몇 번을 말해 줘도 믿지 않았는지 여자가 넋이 나간 얼굴을 했다. 레온은 싸늘하게 식은 입술에 다정하게 입을 맞추며 고개를 끄덕였다. 맞댄 입술이 벌어지더니 절규가 쏟아져 나왔다.

"아아악, 이 미치광이!"

레온은 짐승처럼 울부짖는 여자를 부둥켜안고 입꼬리부터 눈꼬리까지 혀를 미끄러트렸다. 순도 높은 절망과 공포를 담은 눈물방울이 그의 혀를 적셨다.

피의 맛에 견줄 만큼 짜릿했다.

"정말 아이가 생기면 어떡하려고! 어떡하려고 이런 짓을 해?"

입버릇부터 손버릇까지 모두 나쁜 여자가 험한 말을 쏟아 내다 못해 또 그에게 주먹을 휘둘렀다.

"얌전히."

"이거 놔!"

온몸을 비틀고 발길질을 하고서야 남자가 혀를 차며 떨어져 나갔다. 기다란 살 기둥이 단숨에 빠져나간 자리를 타고 따뜻한 체액이 주룩 흘러나와 시트 위로 떨어져 내렸다.

그것만으론 안도하긴 일렀다. 그레이스는 몸을 일으켜 앉자마자 비부에 손가락을 박아 넣고 미친 듯이 내벽을 긁어내렸다.

"뭐 하는 거야?"

"헉!"

다 빼내지도 못하고 거칠게 떠밀려 쓰러졌다. 윈스턴은 그레이스가 다시 일어나지 못하게 한 손으로 배를 짓누르더니 질구 바깥에 묻은 정액을 다시 배 속으로 밀어 넣었다.

"한 방울이라도 흘리면 처음부터 다시 넣어 줄 거야."

"왜, 왜 이런 짓까지…."

새파랗게 질려 울부짖는 그레이스의 앞에서 남자는 모든 짐을 내려놓은, 홀가분한 미소를 지었다.

"내 결혼식은 셋, 어쩌면 넷이서 축하하게 되겠군."

자정을 넘긴 시각에도 정원에서는 음악 소리가 끊이지 않았다. 레온은 인파를 피해 어두운 벤치에 앉아 시가에 불을 붙였다.

시가를 한 모금 길게 빨아들이던 그는 문득 실소했다.

그 여자에게 새끼를 심어 소유권을 주장하겠다는 역겨운 충동에 결국 굴복했다. 저지르고 나니 후회되기는커녕 속이 시원하기만 했다. 어차피 그 충동은 꽤 훌륭한 계획과 잇닿아 있었으니 후회할 것도 없었다.

레온은 반듯하게 다듬어진 관목 너머 저 멀리, 불이 꺼진 별채를 응시하며 쓰지도 않은 중절모를 벗어 감사를 표하는 시늉을 했다.

'네 덕에 어려운 고민을 쉽게 끝냈어. 아주 고마워.'

지금은 제 목숨이 걸린 것처럼 저항하는 여자도 결국엔 그의 결단을, 더 나아가 그를 받아들일 수밖에 없을 것이다.

부스럭. 풀을 밟는 소리가 들리자 레온은 소리가 나는 쪽으로 시선을 돌렸다. 대공이 손잡이가 금으로 된 지팡이를 까딱대며 다가와 그의 옆에 앉았다.

"저하, 입찰은 어떻게 되어 가십니까. 가장 유력한 경쟁자가 불미스러운 일로 손을 뗐으니 기쁘시겠군요."

싱클레어를 모략한 일을 두고 빈정대자 대공이 코웃음을 쳤다.
"물어봐 주어서 고맙…. 아니지, 자네에게 고마울 건 없군."
"그 점은 다행이군요."
그의 목은 멀쩡할 테니.
"그나저나 자네에게서 향수 냄새가 진동하는군."
"정확히는 여자 향수 냄새죠."
레온은 친절히 향수의 브랜드 이름까지 알려 주며 대공의 눈앞에서 태연하게 시가를 물었다. 이런 용건으로 쫓아온 걸 레온은 이미 알고 있었다. 일부러 시가를 쥔 손을 들어 손등에 난 손톱자국까지 기꺼이 보여 주자 대공이 입매를 굳혔다.
"그 여자를 당장 치우도록 해."
당신이 뭔데 내게 명령하는지. 레온은 가소롭다는 듯이 입매를 비틀어 웃었다.
"대위, 우린 이제 한배를 탄 사이일세. 자네의 실각이 곧 나의 실각이야."
앨드리치가에 관한 추문의 증거를 레온이 가지고 있어 억지로 한배에 태운 주제에 말은 참 번드르르하게 했다. 레온은 눈꼬리를 한껏 휘었다.
"그렇죠. 이제 한배를 탄 사이이니 실각당하지 않게 저하께서 잘 막아 주시리라 기대합니다."
속으로는 혀를 찼다. 애초에 왜 그가 반군을 정부로 삼았다는 사실을 왕에게 전했는지.
그런 식으로 나올 거면 그를 버리든가 할 것이지. 추문 때문에 버리진 못하고 엉성한 목줄을 채우려 전전긍긍하고 있는 게 우스웠다. 개를 다룰 줄 모르는 인간이었다.

레온은 시가 연기를 길게 내뿜으며 단언했다.

"여유를 가지고 기다려 보시죠. 치워질 테니."

그 여자가 아니라 당신이 가진 것이. 모조리.

수없이 고민했던 그 수많은 갈림길 중에서 레온은 결국 가장 레온 윈스턴답지 않은 좁은 길을 가기로 했다.

그 종착점에서 그를 기다릴 사람, 아니, 사람들을 떠올리며 레온은 웃었다.

그 후로 전쟁 같았던 정사는 전쟁이 되었다.

"자기야, 이리 와."

"꺼져, 이 개새끼야!"

"여기서 도망쳐 봤자잖아."

틀린 말이 아니다. 그레이스가 놈에게서 도망쳐 숨은 곳은 고작 침대 아래였으니까. 그래도 지금 침대 앞에 무릎을 굽히고 앉아 그녀를 귀여운 강아지 보듯 하는 남자는 몸집이 커서 들어오지 못할 것이다. 그렇지만….

"그만하고 좋은 말로 할 때 나와."

불길한 상상대로 남자가 침대 프레임 가운데를 한 손으로 쥐자마자 침대가 삐걱 비명을 지르며 위로 너무도 쉽게 기울어졌다. 남자는 책 커버를 들어 올리듯 침대를 비스듬히 들어 올린 채 그레이스에게 다른 손을 내밀었다.

"아흑, 이거, 놔!"

"네가 얌전하게 굴면 놓아주지."

침대 아래에서의 덧없는 저항은 곧 침대 위에서의 몸싸움으로 번졌다. 그레이스는 적당히 싸웠던 예전과는 다르게 목숨이 걸린 사람처럼 치열했다.

두 사람 사이의 거짓된 평화는 남자가 암묵적인 균형을 무너뜨렸을 때부터 깨어졌다.

남자가 몸을 침대에 짓누르고 다리를 벌리려 했다. 그레이스는 놈의 눈과 사타구니 같은 급소만을 집중적으로 노려 찌르고 찼다. 대부분은 닿기도 전에 막혔지만 고문실로 온 후 내내 웃음기를 띠고 있던 남자의 얼굴이 서서히 굳어 갔다.

"사지를 부러뜨려야 멈출 건가?"

"그럼 절대로 용서하지 않을 거야."

손목을 틀어쥐고 위협하는 남자에게 그레이스도 이를 악물고 경고했다. 남자는 멈칫하더니 당혹스러운 목소리로 물었다.

"날 용서할 생각이었어?"

"…"

그레이스는 멍해졌다. 윈스턴도 덩달아 혼란스러운 얼굴을 했다.

"…그럴 리가."

먼저 정신을 차린 그레이스는 남자가 어깨에 걸쳐 둔 발로 얼빠진 얼굴을 가격했다.

"없잖아!"

발꿈치가 얼굴을 정통으로 때렸다. 빠른 반사 신경 덕에 코뼈가 부러지는 일은 면한 레온은 얼굴을 가린 손을 뗐다. 여자는 어느새 그의 밑에서 빠져나가 고문실 저편에서 철제 의자를 뒤집어 들고 있었다.

"하, 이 빌어먹을 여자…."

"당장 나가!"

"적당히 해."

"너나 적당히 해. 대체 어디까지 날 괴롭혀야 직성이 풀리는 거야? 네게 창녀 취급에 개 취급까지 당해 줬어. 그것도 부족해서 이젠 씨암말 취급이야? 날 제발 내버려 두란 말이야!"

"씨암말이라니…."

역겹다는 투로 중얼거린 남자가 사납게 경고했다.

"이젠 진심으로 화가 나려고 해. 후회하기 싫으면 셋 셀 동안에 이리 와."

"…."

"셋."

그레이스가 욕실 쪽으로 뒷걸음질 치자 남자가 침대에서 몸을 일으키며 이쪽으로 한 발 내디뎠다.

"둘."

그녀는 몸을 낮추고 의자를 더욱 힘주어 움켜쥐었다.

"하나."

"…."

윈스턴이 그럴 줄 알았다는 듯 비소를 짓더니 그레이스에게로 다가왔다. 그녀는 막다른 길에 몰린 쥐처럼 사지가 달달 떨리는데 놈의 걸음걸이는 여유롭기 짝이 없어 부아가 치밀었다.

"위험하니까 내려놔."

위험하라고 들고 있는 거야. 그레이스는 남자가 겁도 없이 사정거리 안으로 들어온 순간 의자를 크게 휘둘렀다.

"악!"

 겁이 없었던 건 그레이스였다. 의자는 놈에게 닿기도 전에 빼앗겨 방 저편으로 던져졌다. 쾅, 철제 의자가 철문에 처박히며 귀청이 찢어지는 굉음을 냈다.

 힘을 주고 있다가 불시에 비틀린 손목이 얼얼했다. 손목을 붙잡고 신음하는 그레이스를 남자가 딱하다는 눈으로 바라보았다.

 "내가 뭐랬어, 자기야. 위험하댔잖아."

 그가 손을 뻗어 오는 순간 그레이스는 발을 놀렸다. 그 후론 사자가 쥐를 쫓는 형국이었다.

 넓지도 않은 공간에서 요리조리 쥐새끼처럼 잘만 빠져나가는 여자를 붙잡았을 땐 레온의 셔츠가 땀에 젖어 살갗에 붙을 정도였다.

 "아아악! 이거 놔! 내려놓으라고!"

 "하… 정말 사람 피곤하게 하는군."

 이제야 이 여자가 그동안은 진심으로 저항하지 않았다는 걸 깨달았다. 이건 어떻게 받아들여야 좋은 걸까. 여자가 그와의 정사를 즐기게 된 건 이미 알고 있었으면서도 일순 사고가 멎었다.

 그의 어깨에 메인 채 발버둥 치는 여자를 가까운 벽 앞에 내려놓는 순간 정신이 돌아왔다. 눈물로 흠뻑 젖은 얼굴이 새파랗게 질려 있었다. 형장에 선 사형수 같았다.

 여자가 그의 아이를 갖기 싫어하는 건 당연하다. 머리로는 이해하지만 가슴속에선 꽤나 불쾌한 감정이 들끓었다.

 이러다 나중엔 아이를 품에서 놓지 못하겠지.

 그렇게 만들 것이다. 레온은 다짐하며 벽에 걸린 수갑을 열었다. 온몸을 비틀며 빠져나가려는 여자를 묶기까지 또 시간이 제법 걸렸다.

"가끔은 네가 병약했으면 좋겠어. 그럼 훨씬 쉬웠을 텐데."

남자는 그레이스를 끌어안고 목덜미에 고개를 묻었다. 지친 한숨이 땀에 흥건히 젖은 살갗으로 쏟아졌다.

그레이스는 위로 막막한 시선을 던졌다. 머리 위에서 두 손이 한데 묶여 있었다. 가축 취급이 아닌 척하지만 매일 이렇게 반항하는 가축을 묶어 두고 강제로 교배하듯이 박아 댔다.

약혼식 다음 날은 훨씬 추악한 짓을 당했다.

그날, 서랍에서 여분의 페서리를 찾아 남자가 오기 전 미리 넣어 두었다. 제 손으로 넣어 본 건 처음이었다.

한참의 실랑이 끝에 삽입하자마자 남자는 허리 짓을 멈췄다. 하체를 가볍게 돌려 안을 치대어 본 그의 낯이 싸늘하게 굳었다. 저 예민한 자식이 둔하길 바란 게 어리석었다.

어떤 벌을 줘야 좋을지 고민하는 얼굴로 그녀를 지그시 내려다보던 남자가 돌연 웃었다.

"이거 좋은 생각이군."

그렇게 뜻 모를 소리를 하더니 기껏 어렵게 넣은 성기를 빼냈다.

저자는 한 발 후퇴하고 나면 열 발은 전진했다. 어떤 상상을 초월한 짓을 하려는 걸까. 그레이스가 공포에 새파랗게 질린 사이 윈스턴은 그녀의 몸에서 페서리를 빼내더니 여유롭게 욕실에 다녀오기까지 했다.

살정제가 깨끗하게 씻겨 나간 고무마개를 들고 돌아온 그는 그레이스의 하체가 아닌 상체에 올라탔다.

"다시 넣어 줘, 응? 이젠 내가 잘못했어."

"조금 있다가 넣어 줄게."

그는 완만하게 퍼져 있던 젖가슴을 두 손으로 모아 쥐고 그 사이에 성기를 끼웠다. 땀에 젖은 살덩이와 애액으로 미끌미끌한 살 기둥이 듣기 난잡한 소리를 내며 비벼졌다.

정말, 이 저질스러운 짓은 수없이 당해도 익숙해지지 않았다.

맞붙은 뽀얀 살덩어리 사이로 검붉은 성기 끝이 위협적으로 고개를 내밀 때마다 그레이스는 신음했다. 쾌락이 아닌 괴로움에 찬 신음이었다.

"역겨워."

"글쎄…."

윈스턴은 허리를 흔들며 뒤로 손을 뻗었다. 굵은 손가락 두 개가 그레이스의 밑지 깊숙이 미끄러져 들어갔다.

"여긴 다른 소리를 하는데."

질컥질컥, 물소리를 적나라하게 내다 나온 손가락은 축축하게 젖다 못해 투명한 물이 주르륵 흐르고 있었다. 그레이스는 눈을 질끈 감았다.

"잘 봐."

그는 그레이스의 볼을 애액에 젖은 손으로 쥐고 눈을 뜰 때까지 머리를 흔들었다. 손에서 나는 음탕한 체취가 코를 찔렀다.

못 이겨 눈을 떴을 땐 뒷머리를 받쳐 올려 그레이스가 그 변태적인 행위를 끝까지 똑똑히 지켜보게 했다. 이따금 끄트머리를 입에 물고 빨게 강요하기도 했다.

알고 보니 그건 아무것도 아니었다.

윈스턴은 곧 사정했다. 그러나 늘 하던 대로 그레이스의 얼굴이나 가슴에 정액을 뿌리지 않고 페서리의 우묵한 안쪽에 받았다.

"안 돼! 넣지 마!"

"왜? 넣어 달라며?"

무슨 짓을 하려는지 깨달은 그레이스는 몸부림쳤다. 하지만 사지가 침대 난간에 묶인 채 저항해 봤자였다.

엉덩이만이라도 들썩이며 손을 피했으나 윈스턴은 한 손으로 아랫배를 눌러 간단히 제압했다. 그는 그렇게 제 정액을 한가득 채운 마개를 그레이스의 자궁구에 씌운 채 여섯 시간을 보내게 했다.

그러니 어쩌면 이미 늦었을지도 모른다. 그래도 그레이스는 일말의 희망을 놓지 못하고 계속 저항했다. 늘 그렇듯 단 한 번도 성공하지 못했지만. 알몸에 닿은 빳빳한 셔츠가 시간이 지날수록 땀에 젖어 눅눅하게 느껴졌다. 어깨로 쏟아지는 숨도 눅눅했다.

"하아…."

남자가 그레이스의 목덜미에 코를 문지르기 시작했다. 어울리지도 않게 강아지처럼 굴던 놈이 한참 후에야 고개를 들었다.

그레이스를 끌어안은 팔이 하나로 줄었다. 아래로 향한 손이 벨트 버클을 풀면서 굵게 튀어나온 손마디가 그레이스의 음부를 자꾸만 툭툭 건드렸다. 종소리만 들어도 침을 흘리는 개처럼 훈련된 아랫입이 오물거리며 애액을 흘렸다.

옷 밖으로 꺼내어진 뜨거운 살덩이가 질구에 맞닿자마자 피식, 웃는 소리가 났다. 젖은 걸 느낀 남자가 얄밉다는 듯이 귓불을 깨무는 동시에 길쭉한 살 기둥이 힘주어 오므린 살을 찌르고 들어왔다.

"아훗…."

"친애하는 샐리 브리스톨 양."

남자가 뜨거운 숨결을 그레이스의 귓속에 흘려 넣으며 속삭였다.

"내가 원한다면 뭐든 해 줄 수 있다며? 네가 뱉은 말은 지켜야지."

그는 그레이스가 하녀인 척하던 시절 제게 했던 말을 또 올가미 삼아 입에 올렸다.

"난 네 배 속에 내 아이가 있었으면 해."

여기에. 그 자식더러 그 꼴을 똑똑히 보라지. 그때도 널 사랑한다는 가증스러운 소리를 그 자식이 지껄일 수 있을까. 아마 이성을 잃고 본색을 드러낼지도.

레온은 과실처럼 탐스럽게 부푼 자궁구를 위로 길게 밀어 올리며 웃었다.

그레이스는 끝까지 삽입하자마자 키스를 퍼붓는 남자를 노려보았다. 진심으로 즐거워 보이는 얼굴을 보자 부아가 치미는 동시에 걱정이 덜컥 들었다.

"생명이 장난이야? 이렇게 가볍게 만들 일은 아니잖아."

"가볍게 결정했다고 누가 그래?"

그래, 사실은 너무나 진지해 보여서 무서운 거야.

"제발 정신 차려. 낳으면 그 앤 누가 키워?"

"아이는 부모가 키우는 거지."

우리가. 남자는 그렇게 덧붙였다.

우리가 부모라니. 이 남자와 자신, 이 둘이 함께 한 아이의 부모가 된다는 건 상상만 해도 비극이었다.

기가 막혀 탄식하는 그레이스의 입술에 그는 쪽 소리가 부드럽게 울리도록 입을 맞추더니 중얼거렸다.

"물론 아버지가 레온 윈스턴이니 보모는 왕자만큼, 아니, 왕자보다 더 많을 거야. 그러니까 우리 자기 힘들까 봐 벌써 겁먹지 않아도 돼."

"그게, 흡, 문제가 아니잖아!"

그레이스는 입 속으로 파고드는 혀를 피해 고개를 돌리며 계속해서 따졌다.

"우리는 지은 죄가 많은 인간이라지만 죄 없는 아이는 왜 고통받아야 해?"

이 남자가 제게 잔인하게 구는 데는 그럴 만한 이유가 있지만 죄 없는 생명까지 만들어 잔인하게 굴 이유는 없었다.

"아이의 앞날은 생각하지 않는 거야?"

사생아, 그것도 반정부군인 평민과 그 반정부군 소탕으로 맹위를 떨치는 귀족 가문 사이의 사생아라니. 앞날이 순탄치 않을 건 불 보듯 뻔했다.

"하… 이 말을 또 하게 만드는군."

그레이스의 입술로 한숨이 쏟아졌다.

"아버지가 레온 윈스턴이니까 아이의 앞날은 대낮처럼 밝아. 걱정하지 마."

"말이 되는…."

따지고 드는 그레이스의 두 볼을 남자는 엄지와 검지로 짓눌렀다.

"그러니까 혀를 이딴 데 놀릴 게 아니라 내밀기나 해."

수태가 목적이면 어서 흔들다 싸 버리고 떨어질 것이지. 그레이스는 남자가 혀를 빠는 데 몰두하는 사이 곰곰이 생각에 잠겼다.

'도저히 이해가 안 돼.'

나는 악마가 아닌데 어떻게 악마를 이해할까.

그래도 저 남자의 민낯을 누구보다 많이 본 덕에 그레이스는 제가 세상에서 레온 윈스턴을 가장 잘 아는 사람일 거라 장담했다.

무모한 미치광이처럼 보여도 감당 못 할 파급을 일으킬 짓은 절대 저지르지 않는 남자였다. 그리고 그레이스가 보기에 적과의 사생아는 그가 감당하기 힘든 치명적인 추문이었다.

처음엔 충동적인 실수인 줄 알았다. 하지만 며칠째 이어지는 일이 실수일 리가 없다.

돌이켜 보면 약혼식 날 밤도 화가 난 것처럼 행동했지만 눈동자는 차분하기 그지없었다. 애원도, 저주도 다 통하지 않았다.

이성에 호소해도 정신을 차리지 못하는 이유를 이제는 알겠다. 이 남자는 지금 어느 때보다 이성적이다.

즉, 치밀한 계산하에 하는 행동이었다.

그래서 그레이스는 더욱 절망했다. 충동은 잠재워도 이성은 잠재울 길이 없었다.

'설마 마음이 바뀌어서 동생과 약혼녀의 사생아 대신 내가 낳은 사생아를 후계자로 삼으려는 건가?'

하지만 이 남자는 제 고귀한 혈통에 높은 긍지를 갖고 있으니 평민의 피가 섞인 아이를 윈스턴가의 후계자로 삼을 리가 없었다. 떳떳하게 밝힐 수도 없는 왕가의 피는 의미가 없었고.

'내게 왕가의 피가 섞인 게 사실이기는 하다면 말이지.'

이런 짓을 벌이는 본래의 목적을 그레이스는 좀처럼 헤아릴 수 없었다. 분명 그녀를 억압하려는 것 이상의 목적이 있었다.

"대체 왜 이러는 거야? 왜 미워하는 여자와, 원수와 아이를 가지려는 거야? 아이를 이용해서 대체 무슨 짓을 하려는 거야?"

하지만 아무리 물어도 남자는 말해 주지 않았다. 웃기만 할 뿐이었다. 그레이스는 그 냉철한 미소가 두려웠다.

"하아⋯."

곧 짐승처럼 야만스러운 신음이 귓가로 쏟아지며 몸이 흔들리기 시작했다. 성기가 질구까지 길게 빠져나갔다가 단번에 질 끝을 쳐올렸다. 그레이스가 단 한 번도 이겨 본 적 없는 쾌감이 아랫배에 차곡차곡 쌓이자 막막하다 못해 눈앞이 깜깜해졌다.

이러다 저질러 버릴 거야.

"으응…."

그레이스가 신음하자 남자가 위로 시선을 던졌다. 수갑이 손목으로 파고드는 걸 본 건지 입매가 비틀어졌다.

"아파?"

그는 그레이스의 둔부를 쥔 손에서 힘을 조금 뺐다. 몸이 아래로 처지며 쇠고리가 살갗을 더욱 세게 짓눌렀다.

"빌어 봐."

목을 매달았을 때처럼 더 세게, 더 거칠게, 더 빠르게 박아 달라고 빌라는 것이었다. 그레이스는 입을 꾹 다무는 것도 모자라 손을 도리어 아래로 당겼다. 살갗이 짓무르고 멍이 드는 아픔으로 고통보다 괴로운 쾌감을 묻어 버릴 생각이었다.

"고집하고는…."

레온은 여자의 저의를 모르는 채로 수갑을 풀어 주었다. 그의 몸에 꽂힌 채로는 도망칠 수도 없었다.

벽에서 반걸음 더 떨어졌다. 여자를 느슨하게 기대어 놓고 허리를 거칠게 짓쳐 올리자 예상대로 여자가 울먹이면서도 그의 목에 팔을 감아 몸을 밀착해 왔다. 떨어질까 무서워서 이러는 것이다. 힘없이 늘어뜨렸던 다리까지 그의 허리에 악착같이 감는 게 깜찍했다.

그제야 벽에 여자를 밀착시켰다. 벽과 그의 가슴팍 사이에 낀 몸이 흔들릴 때마다 뭉개진 젖가슴이 위아래로 격하게 출렁거리며 그를 자극했다.

"웃…."

인내심의 바닥이 벌써 보이는 듯했다. 나름 여자의 사정을 봐주며 쳐

올리던 몸짓이 변했다.

벽에 못 박듯 레온이 허리를 흔드는 내내 여자는 그에게 매달려 흐느꼈다. 셔츠 깃을 손에 쥐고 구기는 게 거슬리지만 마음대로 하도록 내버려 두었다. 그가 가진 것 중에서 이 여자가 여태 망가뜨린 그 모든 걸 떠올려 보면 셔츠는 아무것도 아니었다.

'느끼면 안 돼.'

그레이스는 아랫배에서 힘을 빼려 안간힘을 쓰고 있었다. 단단한 살기둥이 쉴 새 없이 치대어지는 내벽을 이완시키려 숨을 깊이 들이켜는 순간이었다.

질구에 턱이 걸쳐질 정도로 빠져나갔던 성기가 각도를 달리했다. 쩔걱, 젖은 소리를 크게 내며 단숨에 쑤시고 들어온 물건은 정확히 그레이스의 가장 민감한 지점을 강타했다. 불꽃같은 쾌감이 치솟았다.

"하윽!"

힘줄과 핏줄이 울룩불룩 도드라진 살갗이 성감대가 몰린 내벽의 한 면을 질구부터 자궁구 바로 앞까지 드르륵 긁고 올라가는 느낌이 지나치게 선명했다. 그레이스는 윈스턴의 품에 안긴 채 몸을 부르르 떨었다.

"하읏, 아, 안 돼…."

군인이 작전지의 지도를 외우듯 그녀의 몸을 구석구석 꿰고 있는 남자와 몸을 섞으며 느끼지 않는 건 불가능한 일이었다.

들락날락, 익숙한 리듬에 맞춰 내벽이 수축하며 굵다란 성기를 음탕하게 주물러 댔다. 맞물린 틈으로 흥분의 증거가 새어 나오다 못해 둔덕 위까지 흥건히 적셨다.

"그래, 읏, 그렇게…. 잘하고 있어."

전혀 잘하고 싶지 않은 그레이스를 조롱하며 남자는 엉덩이 두 쪽을 움켜쥔 손에 힘을 주었다. 몸이 위로 불쑥 들리며 몸 사이에 끼여 납작하게 짓눌려 있던 젖가슴이 통통한 제 모양을 되찾았다.

반동 탓에 젖꼭지가 크게 팅겨 오르자마자 윈스턴이 그걸 덥석 물고 당겼다.

"아훗…."

민감한 살점이 쭉, 세차게 빨릴 때마다 아릿한 쾌감이 전류처럼 아래로 짜르르하게 내달렸다. 젖꼭지가 스위치라도 되는 양, 속살은 주인의 명령을 무시하고 침입자의 혀 놀림에 복종했다.

한시도 멈추지 않는 허리 짓을 따라 들락날락하는 성기를 속살이 아프도록 물고 파르르 떨었다. 뜨겁고 단단한 말뚝이 밀려 들어왔다 뽑혀 나가며 살을 거칠게 치댈 때마다 아랫배에서 참기 힘든 열기가 이글이글 끓어올랐다. 절정의 전조였다.

그녀가 느끼는 순간 남자는 사정해 버릴 것이다. 요즘 윈스턴은 참지 않았다.

역시나, 그레이스가 한계에 달한 걸 느낀 남자의 반응이 변했다. 더욱 가빠지는 숨소리하며 불규칙해지는 허리 짓, 그리고 한층 단단하게 부풀어 내벽을 빠듯하게 벌리는 성기까지. 그레이스가 너무도 잘 아는 사정의 전조였다.

'가면 안 돼.'

겁에 질린 그레이스는 남자의 옷깃을 부여잡으며 아득해지는 정신을 붙잡으려 애를 썼다. 그래도 절정감을 좀처럼 떨치기 힘들었다. 허벅지 안쪽이 파르르 떨리기까지 하자 그레이스는 가늘게 떨리는 목소리로 애걸했다.

"대체, 뭘 하고 싶은 건지는, 하웃, 모르겠지만 아이는 없어도, 훗, 되는 식으로 해결하면, 안 돼? 아흑, 이제부턴 말 잘 들을게. 원하는 건 다 줄게."

본거지의 위치만 빼고.

"아이를 달라니까."

하지만 그는 고집을 꺾지 않았다. 울먹이며 사정하는 그레이스를 껴안고 개처럼 허리를 흔들며 거친 숨을 쏟아 낼 뿐이었다. 절정의 전조는 갈수록 들불처럼 번져 결국 그레이스의 이성을 집어삼켰다.

"읏, 참기 힘들군."

레온은 성기를 찔러 올릴 때마다 끄트머리에 탄력 있게 부딪쳐 오는 살덩이의 보드라운 감촉에 신음했다.

"그거 알아?"

"아, 아흥…."

그는 열락에 취해 정신을 차리지 못하는 여자의 귓가에 다정하게 속삭였다.

"네 자궁구, 정말 귀엽게 생겼어."

여자가 그에게 절대 내어 주지 않으려는 성소의 입구. 그 말랑한 살덩이를 성기 끝으로 쿡쿡 찌르며 그는 몸속 깊이 숨겨진 이곳을 제 눈으로 보았던 순간을 떠올렸다.

크기만 다를 뿐, 빛깔도, 동그랗게 톡 튀어나온 모양도 이 여자의 젖꼭지를 닮아 있었다. 레온은 빨아 볼 수 없는 그곳 대신 젖꼭지를 입에 물며 달뜬 숨을 쏟아 냈다.

"헉, 아, 안 돼."

여자가 절정에 도달했다. 연한 살이 단단한 성기를 끊어 먹을 듯이 움켜쥐고 경련했다.

"하아, 자기야…."

레온은 뒤로 뻣뻣하게 젖혀진 머리를 받쳐 들며 귓가에 애무하듯 속삭였다.

"난 항상 이 자그마한 분홍빛 살덩어리를 내 정액으로 혼탁하게 적셔주고 싶었어."

섬찟한 말이 채 끝나기도 전에 빠져나갔던 살 기둥이 안으로 푹 찌르고 들어왔다. 성기 끝이 자궁구를 바짝 위로 밀어 올리는 순간 성급하던 몸짓이 뚝 멎었다.

그레이스는 사색이 되었다. 이 남자가 허리를 흔들다 멈추면 안도하던 나날은 끝났다.

"하지 마! 하지 마!"

놈을 떼어 내려고 몸부림쳤다. 뺨을 때리고 두 손으로 넥타이를 조이고, 오죽하면 소용없는 줄 알면서도 허공을 발로 차기까지 했다.

하지만 남자는 목이 졸리면서도 무서우리만치 차분한 얼굴로 절정을 만끽했다. 깊숙이 찔러 넣은 성기가 빠져나가지 않게 그레이스의 엉덩이를 잡은 손에 힘을 주기까지 했다.

"하아…."

남자가 나른한 신음을 토해 내는 동시에 뻣뻣해져 있던 그의 등허리가 이완하는 게 느껴졌다. 곧이어 뜨듯하고 질척한 느낌이 배 속 깊은 곳에서 사르르 퍼졌다.

"흐흑, 도대체 왜 이런 짓을 하는 거야!"

레온은 오열하는 여자를 품에 안고 토닥였다.

"괜찮아."

난 계획이 있거든.

"다 잘될 거야."

물론 넌 날 믿지 않겠지만.

성기를 감싼 내벽이 움찔움찔하며 맞물린 틈으로 정액이 주룩 새어 나오기 시작했다. 한가롭게 여운을 즐기다 기껏 먹여 준 씨를 여자가 다 뱉어 낼 판이었다.

레온은 여자를 안은 채 침대로 다가갔다. 아기를 만들어 달라고 했더니 아기처럼 울기나 하는 여자를 눕혔다. 엉덩이 밑에 베개를 받치는 순간 여자가 저속한 욕설을 쏟아 냈다.

이젠 익숙한 일이었기에 레온은 눈썹 한번 움찔하지 않고 제 할 일을 했다. 깊숙이 파묻혀 있던 성기를 정액이 밀려 나오지 않게 조심스레 빼내고 여자의 무릎을 아래로 당겨 침대 난간에 걸쳤다.

밧줄로 난간에 다리를 묶고 두 손도 허벅지에 하나씩 묶는데 여자가 따졌다.

"이래도 가축 취급이 아니야?"

"자기야, 과학 시간에 졸지 않았다면 이종 교배는 불가능하단 걸 알 텐데? 어떻게 인간이 가축에게서 새끼를 보겠어."

"넌 인간이 아니거든."

"아, 맞아. 난 개새끼지."

레온은 저를 노려보는 눈빛에 담긴 증오를 즐기며 밧줄을 조였다.

"의사가 사정 후에 한동안은 움직이지 말고 엉덩이를 높게 하라고 했어."

"미친놈."

의사에게 수태하는 법을 물어볼 정도로 진심이라니 소름이 끼쳤다.

"그럼 풀어 줄 테니까 흘러나오지 않게 네 손으로 여길 막고 있을래?"

남자는 질구 밖으로 밀려 나온 정액을 손끝으로 훑어 안으로 밀어 넣으며 물었다.

"네가 하지 않으면 내가 해야지."

그러더니 가증스럽게도 후희를 즐기기 시작했다. 그는 아래를 전혀 건드리지 않고 허리 위만 아리도록 애무하다 샤워를 해야겠다며 욕실로 사라졌다.

그레이스는 제 비참한 꼴을 바라보며 이를 악물었다. 충분히 손을 풀고 정액을 빼낼 수 있었지만 무력하게 누워 있기만 했다.

며칠 전 놈이 샤워하러 간 사이 정액을 긁어냈다가 들켜서 곤욕을 치렀다.

"이 짓이 그렇게 좋았으면 말을 하지 그랬어?"

밤새 묶여서 침대 시트가 넘쳐흐른 정액으로 질척하게 젖을 때까지 당하고 또 당했다.

샤워 소리가 멎더니 곧 남자가 알몸에 수건만 두르고 욕실 밖으로 나왔다. 손에는 젖은 수건이 들려 있었다.

그는 따뜻한 물수건으로 땀에 젖은 그레이스의 몸을 구석구석 닦았다. 다리 사이는 물론 제외였다. 거긴 씻지 말라는 명령까지 내리고서야 남자는 손발을 묶은 밧줄을 풀어 주었다.

그레이스가 눈치를 보며 일어나지 못하는 사이 남자는 가지런히 벗어 둔 옷을 하나씩 차려입었다. 야심한 시각이었다. 이제 자러 갈 거면서 넥타이까지 빠짐없이 맨 남자가 팔에 재킷을 걸친 채 다가왔다.

"좋은 꿈 꾸고 내일 아침에 봐."

그는 그레이스에게 가볍게 입을 맞추더니 다정하게 속삭였다. 정사 후 연인처럼 구는 게 역겨웠다. 거기다 배 속에 시한폭탄을 심어 주고 좋은 꿈을 꾸라니.

그레이스는 이를 갈다 문으로 걸어가는 윈스턴의 뒤통수를 향해 외쳤다.

"혁명군이 네 아이를 낳으면 너는 무사할 것 같아?"

"쓸데없는 걱정 고마워, 자기야."

남자가 돌아보더니 태연하게 대꾸했다. 그가 무심하게 고개를 돌려 문을 여는 순간 그레이스는 울화를 참지 못하고 손에 잡히는 대로 아무거나 집어 던졌다.

퍽.

방을 가로질러 윈스턴의 등에 부딪힌 건 고작 베개였다. 아프긴커녕 간지럽지도 않았을 것이다.

남자가 뒤돌아보았다. 바닥에 떨어진 베개에 시선이 닿는 순간 무표정하던 그가 피식 웃었다.

그게 전부였다. 그는 응징도 핀잔도 없이 나가 버렸다.

"네 약혼자가 네게 자살을 지시했어."

지미가 정말 내게 죽으라고 했을까?

거품이 넘실대는 욕조 속에 앉은 그레이스는 멍하니 같은 말만 곱씹었다.

그것도 사랑한다는 말을 하면서? 어떻게 그렇게 악랄할 수가 있어. 저 남자는 몰라도 지미는 악랄한 사람이 아니야.

그런데 지미가 정말 내게 죽으라고 했을까?

말은 부메랑 같았다. 거짓말이라며 멀리 힘껏 던져 버릴수록 거세게 되돌아와 심장에 깊숙이 박혔다.

"하…."

긴 한숨을 내쉬며 눈을 감았다. 제가 죽기를 지미가 바랐다는 말이 또다시 심장에 콱 박히는 순간 그레이스는 물속에 얼굴을 처박았다.

하지만 처박자마자 머리채가 잡혀 물 밖으로 끄집어내졌다.

"왜 자진해서 물고문을 하고 그래?"

남자는 머리채를 놓더니 얼굴을 타고 흐르는 물과 거품을 수건으로 닦아 주었다. 저 남자, 머리채를 잡고 욕조에 넣어는 봤어도 꺼내 본 건 처음일 거란 데 생각이 미치자 실소가 나왔다.

"종일 한마디도 안 하더니 혼자 뭐가 그렇게 재밌는지…."

질끈 감고 있던 눈을 뜨자마자 걱정이 어렴풋이 감도는 눈동자를 마주했다.

걱정이라니. 기가 막혔다.

어처구니없는 행동은 그게 전부가 아니었다. 윈스턴은 그레이스를 씻겨 주는 것도 모자라 손톱을 직접 깎아 주고 있었다. 셔츠 소매를 걷어붙이고 포로의 시중을 드는 심문관이라니.

겉만 보자면 꽤 평범하게 다정한 연인에 가까웠다.

그런 평범한 모습이 그레이스의 눈에는 광기로만 보였다. 비정상이 저 남자에겐 정상이고 정상이 비정상이므로.

비틀릴 대로 비틀리다 못해 한 바퀴를 돌아 제자리로 돌아온 것처럼 보이는 것뿐이다. 그레이스는 속을 만큼 순진하지 않았다.

"사랑해, 진심으로."

이런 게 이 남자에게는 사랑이라면 그녀에게 죽으라는 지미의 명령도 사랑이라 할 수 있을 것이다.

그딴 걸 사랑이라고 받을 바에야 차라리 독을 삼키지.

'독을….'

문득 그 상자 안에 청산가리가 들어 있었단 말을 떠올리고 허탈하게 웃었다. 그레이스도 알고 있었다. 수뇌부에서 유사시를 대비해 청산가리 캡슐을 지급한다는 걸.

그러니까 내게…. 지미가….

"군인에게 상흔은 훈장이나 마찬가지지만…."

허공을 멍하니 바라보던 그레이스는 윈스턴에게로 시선을 옮겼다.

"적당히 해 줬으면 해. 하긴 네가 적당히 하기를 바라는 게 어리석지."

저 남자가 그레이스의 손톱을 다듬는 건 사실 제 체면이 곤란해지고 있기 때문이었다.

"한두 개는 그냥 넘겨도…. 이것 봐."

남자는 셔츠 깃을 아래로 내려 목덜미를 보여 주었다. 고양이한테 할퀴어진 것 같은 새빨간 생채기 세 개가 목 빗근을 길게 가로지르고 있었다.

"거기다 한여름에 장갑을 끼고 다닐 수도 없고…."

손등도 못지않게 엉망이었다. 그레이스는 짧은 손톱 끝을 파일로 매끄럽게 다듬기까지 하는 남자를 뚱한 얼굴로 지켜보다 오늘 처음으로 입을 열었다.

"차라리 뽑는 게 네겐 쉽지 않아?"

"아, 맞아. 그걸 생각 못 했군."

윈스턴이 손을 놓고 일어섰다. 하지만 니퍼를 가지러 가는 발소리는 들리지 않았다. 고장 난 수도꼭지에서 물방울 떨어지는 소리만이 규칙적으로 이어질 뿐이었다.

머리 위에서 관찰하는 시선이 느껴졌지만 그레이스는 고개를 들지 않았다. 정적이 계속되더니 불현듯 숨을 내쉬는 소리가 들렸다. 조소인지, 한숨인지 분간하기 힘들었다.

남자가 욕조 가장자리에 다시 걸터앉았다. 손톱 손질이 다시 시작되고 나서야 그녀는 참았던 숨을 몰래 내쉬었다.

"재밌는 이야기를 해 줄까?"

"아니."

그레이스는 무슨 이야긴지 듣지도 않고 거절부터 했다. 이 남자가 재미있는 이야기를 꺼내면 그레이스에겐 재미없는 일이 어김없이 생겼다.

하지만 늘 그렇듯 그녀의 의사 따위 관심 없는 남자는 잔인한 이야기를 웃으며 시작했다.

"동양에서는 여자를 어떻게 고문하는지 알아?"

"알고 싶지 않아."

"손가락만 한 민물고기로 한가득 채운 욕조에 여자를 발가벗겨서 넣는다는군. 그런데 이게 어째서 고문이냐면…."

그는 그레이스가 물속에 귀까지 푹 처박은 머리를 억지로 끄집어내며 나긋나긋한 목소리로 이야기를 이어 갔다.

"그것들, 따뜻하고 습한 구멍을 찾아 들어가는 습성이 있다는 거야. 그럼 그 많은 물고기가 여자의 어디로 파고들까?"

"…."

물 밖으로 튀어나온 무릎과 젖가슴 사이의 수면을 기다란 손가락이 물고기처럼 유영했다. 그는 거품을 휘저어 꺼트리며 나직이 웃었다.

"야만적이지."

그 따뜻하고 습한 구멍을 억지로 벌리고 들어와 멋대로 교미를 시도

하는 자신은 야만적이라고 생각하지 않는 걸까.

"그 물고기, 어디서 구해?"

"글쎄…. 동양에만 있다더군."

"아쉬워. 네 새끼를 배느니 차라리 물고기에게 뜯기는 게 나은데."

오른손 약지의 손톱 끝을 파일로 갈던 남자가 멈칫하더니 맥 빠진 웃음을 흘렸다.

"머리가 안 돌아가는 건가."

그는 혼잣말처럼 중얼거리곤 긴 한숨을 내쉬었다.

"잘 생각해 봐. 이건 네가 고문실에서 나갈 기회야."

그레이스는 코웃음으로만 대꾸했다.

"고문실에 요람은 안 어울리잖아? 게다가 아이를 낳으려면 병원에 가야 하겠지."

병원에 데려가지 않을 거니까 크게 다치는 건 안 된다던 남자의 입에서 나왔다곤 믿기 어려운 말이었다. 정말 여기까진 상상하고 싶지 않지만, 운이 나빠 아이를 가지고 산통이 시작되면 산파나 별채로 부르는 게 다일 거라고 생각했다.

"난 내 욕심과 스스로 정한 원칙까지 꺾으며 어려운 결심을 한 거야."

가증스러워. 힐난하는 눈으로 노려보자 남자가 눈꼬리를 얄궂게 휘어 웃었다.

"물론 나를 위한 결심이지. 그렇지만 네게도 손해는 아니란 거야. 새겨들어."

힘주어 말해도 시큰둥하기만 한 그레이스를 응시하던 남자가 덧붙였다.

"마지막 기회야."

기회라니. 웃기지도 않지. 지금까지 수도 없이 희망을 주었다가 잔인하게 빼앗아 간 남자의 말을 믿을 수 있을 리가 없었다.

"놓치지 마."

"차라리 나를…."

남자가 고개 들어 눈을 마주했다. 눈빛이 어서 말하라 재촉했지만, 속에서 북받쳐 올라온 말이 막상 혀끝에 달라붙어 떨어지지 않았다.

죽여. 차라리 나를 죽여.

차마 할 수 없었다. 이대로 죽을 순 없으니까.

그레이스는 입을 다물고 눈을 감았다. 심장이 꽉 조여 왔다. 살아서 풀어야 할 의문들이 그레이스의 심장에 가시처럼 박혀 있었다.

"아, 앗, 아훗…."

무려 귀족의 시중을 분에 넘치게 받으며 씻은 몸은 곧바로 땀투성이가 되었다. 그레이스는 침대에 누운 남자의 어깨를 두 손으로 짚은 채 가쁘게 헐떡였다.

찰싹.

"아!"

허리를 잡고 있던 손 하나가 엉덩이를 때리는 순간 그녀는 몸을 뒤로 젖히며 신음했다.

"멈추지 마."

남자를 노려보던 그레이스는 잠시 힘을 풀었던 아랫배를 다시 조이며 엉덩이를 흔들었다.

그레이스가 이 남자의 위에 올라타 스스로 허리를 돌릴 이유는 없었다. 그렇게 하면 오늘 밤엔 한 번만 하겠다는 말만 하지 않았어도.

본거지의 위치를 묻지 않겠다는 거래가 그랬듯, 이 남자는 거래를 하면 절반 정도는 정직하게 지켰다. 물론 나머지 절반은 지키는 척하다 비열한 수를 써서 어겼지만.

그레이스는 50 대 50의 확률에서 희망적인 쪽에 오늘 밤을 걸어 보았다. 어차피 거래에 응하지 않으면 100의 확률로 절망뿐이었으니.

"쥐고 끝까지 당겨, 읏…."

명령을 쏟아 내던 남자가 그레이스의 허리를 덥석 잡아 멈추며 하마터면 저지를 뻔했다고 중얼거렸다. 시키는 대로 해도 불만이었다.

오늘 밤엔 한 번밖에 하지 못하니 가능한 한 오래 즐기려고 사정을 참고 있는 듯했다. 약속을 지키려는 걸까.

깊이 패어 있던 남자의 미간이 펴지자 그레이스는 엉덩이를 다시 흔들기 시작했다. 이 남자와는 반대로, 빨리 끝내고 싶은 생각뿐이었다. 위에 앉아 있으니 그가 사정할 조짐이 보이면 실수인 척 빼는 건 어렵지 않을 것이다.

오늘은 피할 수 있을 거란 흥분이 몸의 흥분으로 이어졌다. 남자의 아랫배는 그레이스가 흘린 애액으로 흠뻑 젖어 미끌미끌했다. 덕분에 단단한 아랫배를 타고 엉덩이를 앞뒤로 사정없이 미끄러트리는 건 쉬웠다.

"으응, 아…."

그레이스는 탄성을 길게 늘어트리며 등허리를 잘게 떨었다. 성기가 들락날락하면서 속에 묻힌 굵다란 살덩이가 가장 민감한 지점을 짓쳐 올리고 긁어내렸다. 눈앞이 아찔했다.

엉덩이를 둥글게 돌려 각도를 틀어 보았지만 자극은 딱히 약해지지 않았다. 도리어 길쭉하고 단단한 기둥이 안을 크게 휘저으면서 내벽을 살살이 문지르기만 했다.

"으으응…."

그레이스는 제 손가락을 깨물며 신음했다. 이젠 어디든 닿기만 하면 흥분했다. 엉덩이를 놀릴 때마다 질컥질컥 물소리와 애액이 흘러나오는 느낌이 갈수록 생생해지는 게 그 증거였다.

빨리 끝내고 싶은 건지, 빨리 가고 싶은 건지. 이쯤 되니 모호해졌다. 사실 그 둘은 다르지 않았다.

육체적인 욕망이 결국 이성을 집어삼켰다. 그레이스는 곤봉처럼 단단한 성기를 속살로 꽉 쥐고 더욱더 빠르게 넣었다 빼며 음탕한 신음을 쏟아 냈다.

남자의 반응 또한 야해졌다. 허리 짓이 거칠어질수록 점점 참기 힘들어하는 얼굴이 되는 게 볼만했다. 거기다 손가락 하나 까닥하지 않고 누워만 있으면서 숨을 거칠게 몰아쉬기까지 했다.

크게 부풀어 올랐다 꺼지는 가슴팍을 두 손으로 짓누르며 엉덩이에 불붙은 망아지처럼, 탁탁탁 소리가 크게 울리도록 몸을 흔들었다.

마지막을 향해 사납게 몰아붙이는데 남자가 불현듯 엉덩이 한쪽을 움켜쥐었다. 그레이스는 고작 그것만으로 꿈쩍도 할 수 없게 되었다. 남자는 열이 올라 메마른 입술을 급히 적시며 핀잔을 던졌다.

"왜 이렇게 쫓기는 사람처럼 굴어?"

목구멍까지 말라 버렸는지 목소리가 거칠게 갈라졌다.

"천천히 흔들어. 하아, 멈추지는 말고."

좋으면서 왜 이래. 사실 너무 좋으니까 제동을 거는 걸 모르지 않았다. 그레이스는 그제야 저도 좋아서 색욕에 미친 요부처럼 엉덩이를 흔들었단 생각에 무안해졌다.

남자가 엉덩이를 놓아주자 그레이스는 화끈 달아오른 얼굴을 숨기려 고개를 푹 숙이곤 하체를 살살 움직였다.

'얼른 끝내 버릴 거야.'

속도는 시키는 대로 늦추되 꼼수를 쓰기로 했다. 그레이스는 두 손을 들어 남자에게 내밀었다. 그는 다 알면서 모르는 척 고개를 비스듬히 기울이며 눈썹을 들어 올렸다. 얄미워서 그대로 목을 조를까, 하다 참았다.

"…손잡아 줘."

그 순간 남자가 지은 미소는 애빙턴 비치의 소년이나 지을 법한, 맑은 미소였다. 그레이스의 심장이 철렁 내려앉았다.

남자는 두 손에 손가락을 얽어 깍지를 끼곤 그레이스가 몸을 지탱하기 쉽게 손을 밑에서 단단히 받쳤다.

"계속해."

멍해졌던 정신은 남자가 하체를 튕겨 올리며 재촉하고서야 돌아왔다. 저를 첫사랑이 아니라 가축 취급하는 이 추악한 개자식에게서 첫사랑을 떠올리다니. 심장 소리가 귓속을 크게 울리는 가운데 그레이스는 이를 악물었다.

손을 아프도록 힘주어 잡고 엉덩이를 들었다. 지금까진 앞뒤로 흔들던 몸을 이젠 위아래로 들썩거렸다.

성기 끝의 턱이 질구에 걸릴 때까지 엉덩이를 들어 올렸다가 털썩 주저앉았다. 퍽, 철벅. 살이 맞부딪히는 소리가 뺨을 치는 소리처럼 세차게 울렸다. 맞붙은 살 틈으로 애액이 튀는 게 눈에 보일 정도로 거친 움직임이었다.

그것도 모자라 그레이스는 주저앉는 그 짧은 찰나 밀려 들어오는 살 기둥을 재빠르게 놓았다 쥐며 윈스턴을 절정의 벼랑 끝까지 바짝 내몰았다.

"웃…."

상대의 반응은 즉각적이었다. 인상을 와락 구기며 깍지 낀 손을 풀었다. 그는 늘 잔머리 하나 없이 반듯하게 정돈해야만 직성이 풀리는 머리를 제 손으로 헝클어뜨리더니 안달 난 기색이 역력한 얼굴을 거칠게 쓸어내렸다.

남자를 만족시키는 기술이 나날이 좋아져 가다니. 씁쓸한 웃음이 절로 나왔다.

엉덩이를 들었다 내릴수록 남자의 눈빛이 변해 갔다. 손깍지를 낄 때만 해도 데이지를 보는 눈이었지만 지금은 알몸으로 욕조에 가둬 둔 샐리를 게걸스럽게 먹어 치우는 눈이었다.

"잡아 줘. 응?"

그레이스는 투정을 부리듯 입술을 비죽 내밀며 빈손을 내밀었다. 순순히 손을 잡아 주는 남자의 목울대가 크게 들썩이며 만족스러운 신음이 새어 나왔다.

이 깜찍한 짓은 사실 그레이스의 허리를 붙잡아 멈추지 못하도록 손을 묶어 두는 술수일 뿐이었다.

남자가 빨리 가 버리도록 그레이스는 제 사전에 없던 교태를 부리기 시작했다. 허리를 더욱 노골적으로 돌리고 출렁거리는 가슴이 한층 도드라지게 허리를 쭉 폈다. 교성에 콧소리를 섞고 말꼬리를 일부러 길게 빼기까지 했다.

저도 몰래 체득한 기술에 다시금 기가 막혔다.

"아, 아앗, 아흥⋯."

"기분 좋아, 자기야?"

레온은 제 것을 물고 기꺼이 허리를 흔드는 여자를 열이 오른 눈으로 바라보다 물었다.

"기분, 훗, 이상해….”

격한 키스 탓에 새빨갛게 부은 입술을 새하얀 이가 짓눌렀다. 그 사이로 연신 음탕한 소리가 튀어나왔다. 반쯤 뜬 눈꺼풀 사이로는 열이 뜨겁게 오른 청록빛 눈동자가 흔들렸다.

살점 한 곳 가리지 못한 나신, 그것도 어디든 잘못 쥐었다가는 뚝 부러질 것 같은 몸이었다. 그런 작은 몸뚱이로 그를 그악스럽게 잡아먹는 여자를 지켜보자니 레온도 기분이 이상해졌다.

"맛있어? 잘 먹네.”

그는 마른침을 삼키며 시선을 다리 사이로 미끄러트렸다. 마침 쫀쫀한 살이 레온의 성기를 힘주어 쭉 빨아올리는 중이었다.

선단의 턱이 다리 사이로 아슬아슬하게 보이자마자 여자가 멈췄다. 맑은 애액 한 방울이 흘러나와 구릿빛 기둥을 타고 흐르는 꼴을 보자니 목이 더욱 타들어 갔다.

말을 타듯이 엉덩이를 쉬지 않고 들었다 내리던 여자가 앙탈을 부렸다.

"으응, 아, 그만, 훗, 그만 봐.”

보지 말라면 더 보고 싶잖아. 여자의 음부가 그의 것을 먹었다 뱉는 모습을 홀린 듯이 지켜보던 레온은 만족감이 깃든 숨을 길게 내쉬었다.

벌써 등허리가 떨렸다. 음탕한 몸짓, 야릇한 소리, 그리고 정신을 아득하게 만드는 열기와 촉감까지, 원색적인 감각의 포화가 빗발처럼 쏟아졌다. 오늘 전투의 패배자는 그가 될 것만 같았다.

하지만 이 기나긴 전쟁이 끝났을 때, 최후의 승자는 그일 것이다.

"네가 발정 난 암컷처럼 내 위에서 허리를 돌리고 신음할 때 얼마나 야한지 아무도 모를 거야.”

레온은 이 여자의 은밀한 이면을 오로지 저만 안다는 정복감에 취했다.

몸을 흔드는 탓인지, 삽시간에 머리끝까지 차오른 열감 때문인지, 그레이스의 초점이 자꾸만 흐릿해졌다. 그녀는 사정없이 흔들리는 시선을 남자에게 맞추려 애썼다.

제대로 본 것이 맞다면 초점이 몽롱하게 풀린 저 연푸른 눈은 마약 중독자의 눈과 다를 게 없었다.

무방비 그 자체였다. 방심하는 사이에 죽일 수도 있을 것만 같았다.

애석하게도 손이 붙들려 있어 죽이지 못한다. 빤한 핑계를 자신에게 대자마자 남자가 손을 놓았다. 그는 무릎을 세워 그 위에 그레이스의 두 손을 얹었다.

"멈추지 말라고 했잖아."

레온이 질타하고 나서야 여자가 그의 무릎을 짚은 채 엉덩이를 흔들기 시작했다. 몸이 자연스레 활처럼 휘어지며 동그란 살덩이가 더욱 봉긋하게 솟았다.

여자가 몸을 들썩일 때마다 묵직한 젖가슴이 튕겨 오르고 내려앉는 건 참을 수 없이 유혹적이었다. 음란한 몸짓을 따라 이젠 제법 길어진 머리칼 또한 나풀거렸다. 분홍빛 젖꼭지를 간질이는 다갈색 머리칼 몇 가닥을 밧줄처럼 꼬아 톡 튀어나온 살점에 감았다.

이 정도는 변태적인 축에도 못 드는데, 여자가 머리칼을 그의 목에 감아 조이고 싶다는 눈으로 노려보았다. 레온은 피식 웃으며 젖꼭지에 감긴 머리칼을 풀어 어깨 뒤로 넘겨주었다.

그럼 네가 좋아하는 손장난을 해 주지.

동그란 어깨를 어루만지던 손을 미끄러트려 위로 튕겨 오르는 젖가슴을 쥐었다. 땀에 젖은 살이 손바닥에 찰싹 달라붙는 느낌은 늘 묘한 포만감을 일으켰다.

"얌전히."

"하윽!"

몸을 흔들어 손을 떼어 내려는 여자를 억지로 주저앉히고 두 손으로 말랑말랑한 살덩이를 마음껏 주물렀다. 이게 기분 좋은 걸 인정하긴 아직도 부끄러운 건가. 싫다며 몸부림치는 여자의 속살만은 솔직하기 짝이 없어서 그의 손짓을 노골적으로 따라 하며 성기를 주물럭거렸다.

위아래로 보드라운 살덩이의 감촉을 한꺼번에 만끽하고 있자니 가슴 깊은 곳에서 목이 졸리는 듯한 신음이 길게 울려 나왔다. 그와는 달리, 여자는 입술을 깨물고 신음을 삼켜 댔다.

그는 참을 수 없는데 여자는 아직도 참을 수 있다니, 심사가 뒤틀렸다. 레온은 윤기가 번들거리는 젖꼭지 양쪽을 손끝으로 톡 튕겼다.

"아훗!"

날카로운 교성이 터지고, 여자의 몸이 펄쩍 뛰어올랐다가 퍽 소리를 내며 내려앉았다. 레온은 여자가 가리기 전에 가슴을 두 손 가득 움켜쥐었다.

"가슴이 달라졌어."

매일같이 적어도 한두 시간은 만져 댄 곳이니만큼 미묘한 변화를 놓치려야 놓칠 수 없었다.

"더 커졌군."

크기를 재어 보듯이 살덩이를 손바닥으로 납작하게 눌러 뭉갰다. 얼마 전만 해도 그의 큰 손에 꼭 맞는 크기였다면 지금은 차고도 넘쳤다.

레온은 토실토실한 살을 짓누른 채 손바닥을 천천히 굴리며 입꼬리를 부드럽게 올렸다.

"촉감도 단단해졌고."

손을 아래로 훑어 내렸다. 습한 살갗을 쓸어 내려가던 손은 몸이 맞물린 자리에 닿기 직전 멈췄다.

레온은 아직 납작하기만 한 여자의 아랫배를 손끝으로 톡톡 두드렸다. 심장 박동처럼 규칙적이었다. 마치 이 속에 심장이 하나 더 숨어 있는 게 아니냐고 묻는 듯이.

"여기 내 아이가 있는 건가."

그레이스는 숨을 고르다 말고 남자를 죽일 듯이 노려보았다. 그의 손끝이 닿은 곳으로 심장이 추락하는 기분이었다.

아니야. 그럴 리 없어.

하지만 그럴 가능성이 더 크단 걸 그레이스도 모르지 않았다.

"아이를 가지면 몸이 달라진다던데 네 느낌은 어때?"

남자는 식은땀이 맺혀 가는 아랫배를 더듬으며 자꾸만 물었다. 확인 사살이라도 하듯이.

"응?"

"그만해."

"네 몸이니까 네가 알아야 하지 않아?"

뭐? 내 몸? 네가 손을 댄 후로 내 몸이 내 것이었던 적이 있었어?

순식간에 분노가 치솟아 이성을 집어삼켰다. 그레이스는 남자에게 달려들었다.

"죽어."

조금 전만 해도 연인처럼 맞잡고 있던 손으로 남자의 목을 졸랐다.

"맨손으로?"

윈스턴은 웃음을 터트릴 뿐이었다.

그레이스도 알았다. 맨손으로 이 남자를 죽이는 건 불가능하다. 하지만 손 닿는 곳에는 사슬도 밧줄도 없었다.

"헉!"

단숨에 제압당할 거라는 예상대로 남자가 그레이스의 몸을 한 팔로 휘감아 당겼다. 놈의 품에서 빠져나오려고 몸부림쳤다. 응징하려는 줄 알았으니까.

"적어도 이 정도는 해야 당해 주는 즐거움이 있지 않겠어?"

응징할 거란 예상은 틀렸다. 그는 그레이스의 팔을 당기더니 팔뚝으로 제 목을 누르게 했다. 그것도, 맥박이 뛰는 자리에 팔꿈치를 얹게 했다.

"나를 죽이고 싶은 거 이해해. 내가 생각해도 난 야만스러운 짐승으로 보일 거야."

아니, 오히려 계산적이기 짝이 없는 인간으로 보여. 그래서 더없이 미워. 윈스턴은 그녀를 여전히 가소롭게 여기고 있었다. 조롱이란 걸 알면서도 그레이스는 놈의 목덜미를 누른 팔에 체중을 실었다.

"당장 죽어 버려."

거친 숨이 느껴질 정도로 가까이 눈을 마주하곤, 악문 잇새로 저주를 퍼부었다. 이번엔 제대로 졸랐는지 남자의 옅은 눈동자 주변으로 새빨간 핏줄이 균열처럼 번져 나갔다. 팔 아래에서 팔딱팔딱 뛰던 맥박이 서서히 느려졌다.

"죽어, 흑…."

핏발 선 눈이 돌연 흐릿해졌다. 커다란 손이 다가오더니 그레이스의 눈가를 엄지로 훔쳤다. 제가 왜 우는지 그레이스는 도저히 이해할 수 없었다.

태연하게 눈물을 닦아 주던 남자가 이따금 고통스럽게 끊기는 목소리로 물었다.

"나를 정말 죽이고 싶은 거 맞아?"

"…."
"넌 날 죽이지 못해. 내가 널 죽이지 못하듯이."
"…허튼소리 집어치워!"
그레이스는 이를 악물고 놈의 목을 더욱 강하게 눌렀다.
"제발 죽여 달라는 거야, 뭐야?"
"좋을 대로. 그런데 적어도 이건 알아 둬. 남자는 질식사할 때 사정해."
그레이스가 그 의미를 미처 깨닫기도 전에 남자가 그녀의 허리를 덥석 잡았다.
"부디 우리 아이에게 아빠가 목숨 바쳐 너를 만들었다고 전해 줘."
"놔! 이거 놔!"
손을 뿌리치려 안간힘을 썼지만 역부족이었다. 그레이스를 붙든 두 손에는 마지막까지 그녀의 안에 제 것을 쏟아 내겠다는 남자의 의지가 가득했다.
"아흑!"
윈스턴은 그것도 모자라 허리를 쳐올리기까지 했다. 엉덩이를 뒤로 밀어 성기를 빼내려 했지만 어림도 없었다. 그는 피가 통하지 않아 얼얼할 정도로 허리를 꽉 움켜쥐고 퍽퍽 소리가 울리도록 난폭하게 짓쳐 올렸다.
"오늘따라 귀엽게 군다 싶더니. 네가 그럼 그렇지."
"하윽, 제발, 놔줘!"
몸부림치다 보니 목을 조르던 팔은 어느새 침대를 짚고 있었다. 그의 완벽한 승리였다.
돌연 그레이스의 몸이 뒤집히며 침대에 등이 닿았다. 남자는 그레이스를 깔아뭉갠 것으로도 모자라는지 살 기둥을 박아 넣은 채 그녀를 뒤집어엎었다. 성기가 배 속에서 한 바퀴 도는 순간 날카로운 쾌감이 치밀며 숨이 턱 막혔다.

"흑, 아, 아훗…."

남자는 정복자답게 그녀를 네 발로 엎드리게 했다. 그러곤 머리채를 고삐처럼 당겨 쥔 채 발정 난 개처럼 박아 댔다.

패배자를 모욕하는 수법이었다.

쉼 없이 쑤시고 들어오는 성기를 받아 내며 헐떡이길 얼마나 했을까. 절망스러운 쾌감이 예고도 없이 크게 솟구쳐 전신을 집어삼켰다. 그레이스는 원치도 않는 절정에 달하며 울부짖었다.

"아흐흑!"

"이게 네 운명이야. 느껴져?"

남자는 성기에 달라붙다시피 하는 속살을 달래듯이 치대며 물었다.

"네 몸은 나를 받아들이잖아. 너도 이제 그만 받아들여. 현명한 사람이라면 이미 그러고도 남았을 거야."

"흐윽…."

"포로는 간수의 호감을 사려고 애쓰는 게 기본이잖아. 그 점에서 넌 형편없어."

온몸에 끈질기게 맴도는 쾌감과 싸우던 그레이스는 이를 악물었다.

넌 이미 나를 좋아하면서도 잔인한 짓을 서슴없이 하잖아.

호감을 더욱 산다 한들 그레이스의 삶이 지금보다 나아질 리 없었다.

"아, 걱정 마. 네가 아무리 형편없는 포로라도 난 널 절대 포기하지 않아."

머지않아 네겐 오직 나만이 남게 될 테니. 그럼 넌 나를 받아들일 수밖에 없겠지.

레온은 둔부에 준 힘을 풀며 웃었다.

"흐흑…."

그레이스는 시트에 얼굴을 묻은 채 절망 어린 울음을 토해 냈다. 남자가 허리를 짧게 튕길 때마다 배 속이 질컥거렸다. 사정한 게 분명했다.

덧없는 짓인 줄 알면서도 성기를 빼려 엉덩이를 움직이자마자 허리를 틀어쥔 손에 힘이 들어왔다. 머리맡에서 드르륵, 서랍 여는 소리가 들렸다.

고개를 돌려 보자 남자는 침대 옆의 협탁에서 얼굴만 한 손거울을 꺼내고 있었다. 거울이 침대에 놓이는 순간 그녀의 몸이 위로 번쩍 들렸다.

"아흑!"

그레이스는 윈스턴의 허벅지 위에 다리를 벌리고 앉아 온몸을 바르르 떨었다. 살 기둥이 더욱 깊숙이 박히며 눈앞에서 불꽃이 튀었다.

"하아…."

그는 거울을 집어 들더니 뜨거운 숨을 그레이스의 귓가에 토해 냈다.

"잘 봐."

거울을 보라는 말이었다. 굵다란 성기가 꽂힌 음부를 비추는 거울을 말이다.

그레이스가 고개를 돌리자 남자는 턱을 틀어쥐고 거울을 정면으로 바라보게 했다. 음란한 모습을 참지 못하고 눈을 질끈 감았을 때엔 귓불을 깨물어 억지로 눈을 뜨게 하기까지 했다.

눈앞의 광경은 한마디로 엉망이었다.

붉게 부은 점막은 미끌미끌한 애액으로 푹 젖어 있었다. 아래쪽의 가운데에 꽂힌 성기는 각도 탓에 휘어지다 못해 당장이라도 튕겨 나갈 것만 같았다. 그가 숨을 크게 들이켤 때마다 성기 또한 살아 숨 쉬는 것처럼 불끈대며 질구를 벌렸다.

진득하게 뭉친 유백색의 액체가 그 틈에서 빠져나와 구릿빛 기둥을 천천히 타고 흘렀다.

그 야만적인 꼴을 견디지 못해 신음하는 그레이스의 귓가에 윈스턴이 속삭였다.

"이게 네 자궁 속으로 흘러들어 가서 네 것과 만나 우리 아이를 이룬다니. 아무리 생각해도 신기하지 않아?"

흥분이 잔뜩 어린 목소리였다.

"상상해 봐. 나를 닮은 아이가 너를 엄마라고 부르는 거야."

그레이스의 얼굴이 더욱 일그러졌다.

"싫어? 너 내 얼굴만큼은 좋아하잖아."

음부로 향하던 거울이 위로 들리더니 두 사람의 얼굴을 비췄다. 야만적인 짓을 일삼으면서도 고상해 보이기만 하는 낯짝에 시선이 닿는 순간 그녀는 이를 악물었다.

"그럴 일은 없을 거야. 네 새끼가 나를 엄마라고 부르기 전에 네 눈앞에서 죽여 버릴 테니까."

"네 모친은 너를 살려 뒀는데, 너무하는군."

그녀의 잔혹한 말에 남자는 더욱더 잔혹한 말로 응수했다.

"아악! 닥쳐, 제발!"

결국 그레이스는 마음의 고통을 참지 못하고 비명을 질렀다.

"쉿, 괜찮아."

윈스턴은 그런 그녀가 아기라도 되는 양 어르더니 거울을 바라보며 속삭였다.

"너와 나를 닮은 아이라니. 기대돼."

거울 속에서 남자가 벅찬 미소를 짓는 순간 그레이스는 몸서리쳤다. 아이를 기대하는 아버지의 미소와는 거리가 멀었다.

"궁금하지 않아, 자기야?"

가공할 실험으로 신이 진노할 피조물을 창조하는 미치광이 과학자의 미소를 닮았을 뿐.

"불과 얼음을 섞으면 뭐가 될까."

적을 무너뜨리는
가장 잔인한 방법

VENGEANCE NAMED LOVE

달칵.

문이 닫혔다.

축하합니다.

의사와 함께 사라진 말이 침실을 이명처럼 맴돌았다. 누군가에게는 폭탄이 터지며 남긴 반향이었으나 다른 누군가에게는 교회의 종소리가 남긴 울림이었다.

침대 끄트머리에 앉아 멍하니 허공을 바라보는 여자의 눈에 눈물이 차올랐다. 레온은 새하얗게 질린 얼굴을 가만히 내려다보다 무릎을 꿇었다.

누군가의 앞에서 무릎을 꿇은 건 난생처음이었다. 그렇다고 굴종을 뜻하는 건 아니었다.

오히려 정복자는 그였으니.

레온은 여자의 아랫배에 얼굴을 묻었다. 가볍게 다문 입술 사이로 억누르지 못한 웃음이 거듭 터져 나왔다.

이곳에 그의 아이가 있다.

이 여자에게 영영 벗지 못할 목줄을 채웠다.

그리고 또 한 가지.

블랜차드 '왕조'의 다음 후계자가 탄생할 성소에 왕정의 돼지인 그의 씨가 뿌리내렸다.

고작 성소로 향하는 길만을 범하고 그것도 정복이라며 으스댔던 게 우스워졌다. 제게 허락되지 않은 곳을 억지로 열고 들어간 희열은 압도적이었다. 심장이 터질 것만 같았다.

레온은 제임스 블랜차드 주니어의 얼굴이 궁금해졌다. 제 여자가 그의 아이를 배었다는 걸 알면 어떤 얼굴을 할지 무척이나 기대되었다.

아니지.

처음부터 이 여잔 그의 것이었다. 그 더러운 쥐새끼가 제 분수를 모르고 잠시 채어 간 것일 뿐. 그 빌어먹을 광신도 집단이 그의 여자를 세뇌시켜 빼앗아 갔던 것뿐이다.

숨을 크게 들이켠 레온은 내쉬는 숨에 희열을 토해 내며 선언했다.

"넌 내 거야."

수도 없이 했던 말. 하지만 단 한 번도 온전한 진실이 되지 못했던 말. 이제는 불변의 진실이 되리라 그는 굳게 믿었다.

"영원히."

여자의 아랫배에 파묻은 그의 얼굴로 미지근한 물방울이 떨어졌다. 고개를 든 그는 눈물에 젖은 창백한 얼굴을 마주했다.

왜 울어? 언젠가 그 자식과 하려던 짓 아니었어? 나랑 하자는데 뭐가 문제야. 나를 좋아했었다며. 좋아하던 남자의 아이를 가졌으니 웃어.

그러나 레온의 입에선 조롱 대신 웃음만 발작적으로 새어 나왔다. 여자는 입술을 깨물고 그를 죽일 듯 노려보더니 눈을 질끈 감았다.

고여 있던 눈물이 눈꺼풀 사이로 넘쳐흐르는 순간 레온은 여자의 얼굴을 덥석 쥐어 당겼다. 극한의 감정이 밴 눈물은 피만큼이나 달았다.

뺨을 타고 끝없이 흐르는 눈물을 핥아 올리는 그를 여자가 밀쳐 냈다.

짝.

남자는 뺨을 맞고도 웃었다. 머저리처럼.

도리어 고개를 틀어 반대쪽 뺨을 내어 주기까지 했다.

짝.

아무리 때려도 남자는 웃기만 했다. 손이 아프도록 때려도 그레이스는 웃을 수 없었다.

그를 아프게 해 봐야 그녀의 몸속에 뿌리내린 재앙의 씨앗은 사라지지 않으니.

결국 그레이스는 남자를 때리던 손에 제 얼굴을 파묻었다. 레온은 얼얼한 뺨을 여자의 아랫배에 묻으며 제게 물었다.

이것은 사랑의 결실일까, 증오의 결실일까.

뭐든.

모든 것을 손익으로 계산하는 그에겐 그 본질이 무엇이든 결실은 바람직한 것이었다.

두 사람의 어깨가 같은 박자로 들썩였다. 양극단에 선 감정에서 터져 나온 음은 불협화음만을 이룰 뿐이었다.

오늘 꼭 마무리하겠다던 논문은 오후 내내 한 자도 쓰이지 못했다.

"로지가 먼저 끊어요."

책상 앞에 앉은 저자가 오후 내내 전화기를 손에서 놓지 못했으니 말이다.

"그럼 하나, 둘, 셋 하면 동시에 끊는 거예요."

제롬은 손에 쥔 촛대형 송화기의 기둥을 연인이라도 되는 양 손끝으로 매만지며 머뭇거리다 물었다.

"로지가 셀래요?"

상대가 숫자를 세기 시작하고, 잠자코 듣고만 있던 그는 웃음을 터트렸다.

"왜 안 끊었어요?"

그러는 그는 왜 끊지 않았냐는 상대의 물음에 재치 있는 대답을 하려는 찰나였다.

문밖에서 둔탁한 발소리가 들렸다.

고용인들은 발소리를 내지 않는다. 게다가 복도에는 두꺼운 카펫이 깔려 있는데도 그의 연구실로 다가오는 자는 자로 잰 듯한 발소리를 내고 있었다. 다분히 의도적이었다.

"미안. 형이 찾아온 것 같아요. 그럼 먼저 끊을게요."

두 사람의 관계를 알더라도 형이 배신감 따위를 느낄 리 없다. 그렇지만 저 비열한 자식은 그걸 제게 유리하게 이용하려 들 것이다. 위험한 일이었다.

설마 벌써 눈치챈 건 아니겠지?

다급히 전화를 끊자마자 문 두드리는 소리가 연구실을 울렸다.

"어쩐 일이야? 살아 있었다니 놀랍군."

제롬은 문을 열고 들어오는 레온에게 비아냥댔다. 근래 은둔자처럼 별채에 틀어박혀 얼굴을 잘 내비치지 않는 인간이 어쩐 일인지 지하에 있는 그의 연구실까지 행차했다.

"살아 있었다니. 누가 할 소릴."

레온이 코웃음 쳤다. 느긋한 걸음으로도 그는 단숨에 책상 앞으로 다가왔다.

"낙엽처럼 누렇게 시들어 가는군."

그는 제롬더러 연구실에 틀어박혀 시들어 간다고 빈정댔다. 정작 가장 시들어 보이는 건 자신인 걸 모르는 건지.

제롬은 책상 너머에 선 형을 올려다보았다. 남다른 체구와 장교복 탓에 위압감은 여전하다만 굉장히 지쳐 보였다.

지치다니.

레온 윈스턴에게 쓰면 오답으로 처리될 단어다.

하지만 조금은 야윈 얼굴이며 퀭한 눈 등, 증거로 뒷받침된 엄연한 사실이었다.

'무슨 일이 있는 거지?'

한 달 전만 해도 작위라도 받은 사람처럼 즐거워 보이더니 삽시간에 수척해졌다.

몸에 밴 학자의 습관대로 유심히 관찰하는데 형이 옆구리에 끼고 있던 서류 묶음을 그의 책상 한가운데에 던지듯 놓았다.

"이건 뭐야."

"공붓벌레를 위해 새로운 공부거리를 내가 친히 가져왔지."

제롬은 눈썹을 구기며 서류를 넘겨보았다. 이사분기 재무제표와 해외 투자 수익 보고서 따위의 제목이 눈에 들어오자 그의 눈썹이 더욱 구겨졌다. 서류는 전부 가문의 재무 정보를 담고 있었다.

"공부 좋아하시는군. 제 일거리를 떠넘기려는 주제에."

"내 일거리라니. 이름 뒤에 윈스턴이란 성을 달고 그런 소릴 하면 뻔뻔스럽지."

"뻔뻔스러우니 윈스턴이겠지."

형은 그의 빈정거림에 대꾸하지 않고 귀찮다는 한숨을 짧게 내쉬었다. 이길 때까지 물고 늘어지던 한 달 전의 그 레온 윈스턴이 아니었다.

"글쎄, 내가 결혼하면서 독립하면 이 가문의 재산은 거의 네 거 아닌가? 그게 차남의 운명이니까."

제롬이 덧붙인 말에 레온은 코웃음만으로 대꾸했다.

대공녀를 두고 잘도 결혼 같은 걸 하겠군.

게다가 저 자식은 다른 여자에게 한눈을 팔려야 팔 수 없을 것이다. 저 꽉 막히고 지루한 책벌레를 남자로 봐줄 여자라곤 그 꽉 막히고 지루한 여자밖에 없을 테니.

"제롬 윈스턴, 언제까지 가문의 돈으로 염치없이 유희나 즐길 생각이야?"

연구와 언론사 경영을 유희라고 폄하하자 자존심이 상하는지 제롬의 낯빛이 사나워졌다.

"억울해? 그럼 돈이 되는 일을 하도록."

언론사는 그 특성상 다른 투자나 사업에 비해 수익이 현저히 낮은 것까지 꼬집자 동생의 얼굴이 눈에 띄게 붉으락푸르락해졌다.

"그걸 못 할 거면 적어도 가문에 도움이 될 일을 하든가."

"난 언제나 가문에 도움이 될 일만을 해."

쉬운 녀석. 그의 도발에 넘어오지 않는 적이 없었다.

레온은 조소를 속으로 삼키며 이 지하까지 찾아온 두 번째 목적을 마침내 꺼냈다.

"그래? 그럼 심층 분석 기사 하나 정도는 일도 아니겠군."

제롬이 길게 한숨을 내쉬더니 수첩을 펼쳤다.

"불러."

"싱클레어가의 갑작스러운 몰락 덕분에 브리아 다이아몬드광 채굴권의 유력 낙찰 후보로 떠오른 앨드리치 대공가와 채프먼 남작가."

제 연인이 속한 가문의 이름이 나오자 제롬이 펜을 놀리다 말고 멈칫했다. 대공녀에게 불리한 일일까 싶어 내키지 않지만, 그렇다고 거절하며 티를 낼 순 없어 고민하는 게 눈에 빤히 보였다.

"대공가와 남작가에게 우호적으로 내면 돼."

그제야 펜이 다시 움직이기 시작했다.

"반군 활동이라는 추악한 범죄에 가담한 싱클레어가와 극명히 대비되게. 다만 주관적인 찬양은 지양하고 철저히 객관적으로 보이도록. 그 적당한 선, 알고 있으리라 믿어."

제롬이 고개를 들더니 왜 이런 어려운 일을 시키냐고 눈으로 물었다. 레온은 입매를 비틀며 또 한 번 동생의 자존심을 긁었다.

"모르면 편집장 자격이 없지."

역시나. 제롬은 후우, 한숨을 내쉬며 그의 요구를 얌전히 받아 적었다.

"경제지?"

"그리고 종합지."

제롬은 멈칫하며 고개를 들었다.

"종합지?"

매일 발행되는 윈스포드 헤럴드지를 말하는 것이었다. 판매 부수가 가장 많기는 하다만, 경제에 큰 관심이 없는 이들도 읽는 종합 신문에 채굴권 입찰을 다룬 심층 분석 기사를 내라니.

"왜?"

그럼 나중에 벌어질 언론전이 쉬워질 테니. 이건 상대의 진영에 지뢰를 은밀히 심어 두는 전술이었다.

"묻지 말고 시키는 대로 해. 내가 언제 가문에 해가 되는 일을 시키는 거 봤어?"

물론 궁극적인 목적은 이기적이기 짝이 없지만, 가문에 해가 될 일은 절대 아니었다. 어찌 되었건 레온은 윈스턴으로서의 의무를 다할 생각이었으니.

충동이 앞선 결정이었으나 막상 결심한 후 그는 기다렸던 사람처럼 정해진 절차를 거침없이 밟아 나갔다.

의사는 길면 몇 년이 걸릴 수도 있다 했지만 그 여자는 고작 한 달 만에 아이를 가졌다. 그 또한 레온에게 확신을 더욱 실어 주었다.

지금까지는 모든 것이 그의 계획에 완벽하게 맞아떨어져 간다. 하지만 기대만큼 마음이 가볍지는 않았다. 늘 그렇듯 그 여자라는 변수가 있었으니.

"그나저나 무슨 일이 있는 거야?"

기자에게 전달할 메모를 마저 휘갈긴 제롬이 고개를 들며 물었다.

"너야말로 시들어 보여. 잠을 설친 사람처럼."

이런 소리, 요즘 레온은 캠벨부터 험프리 중령까지 매일같이 보는 이들에게서 지겨울 정도로 듣고 있었다.

"아, 이젠 의사 노릇도 하려는 건가."

"걱정돼서 하는 말이야."

"네가 내 걱정을? 내가 죽으면 가문은 네 차지일 텐데."

물론, 약혼녀도.

제롬은 질린다는 표정을 짓더니 재무 자료를 뒤적이기 시작했다. 그가 넘긴 보고서의 겉장에는 '신대륙 투자 수익 보고서'라는 제목이 크게 쓰여 있었다.

"컬럼비아 합중국 쪽은 최근 들어 유독 손해가 심각하군."

제롬이 트집을 잡으며 혀를 쯧쯧 찼다.

"투자 초기라 수익이 나지 않을 뿐이야. 난 너와는 달리 근시안적이지 않거든."

그 막대한 손해를 안겨 준 투자처는 실은 레온이 신대륙에 가명으로 세운 유령 회사였다. 달리 말해 그는 돈세탁을 벌이는 중이었지만 그간 가문의 재정에 관심이 전혀 없었던 제롬은 쉽게 눈치채지 못할 것이다.

"그러니 컬럼비아 쪽은 잊고 둬. 그건 내가 알아서 할 테니."

이래서 과연 너를 믿고 가문의 재산을 맡길 수 있겠냐는 둥, 제 감독이 필요하겠다며 재무 자료를 진지하게 살펴보기 시작하는 동생에게 레온은 조소를 보냈다.

멍청이. 네 좋을 대로 생각해.

"기사나 잊지 말고 내."

연구실 밖으로 나오자마자 레온은 본관을 떠나 별채로 향했다.

자갈이 곱게 깔린 길을 걷는 사이 푸른 잔디 위에 흩어진 낙엽을 갈퀴로 긁어모으던 정원사들이 모자챙을 들어 올리며 그에게 인사를 했다. 레온은 턱짓으로만 인사를 받아 주었을 뿐, 시선 한번 주지 않고 걸음을 옮겼다.

별채 안으로 들어와 향한 곳은 지하가 아닌 3층이었다. 아이를 가진 후 그의 침실로 여자의 거처를 옮겨 주었다.

그 여자가 그토록 원하던 창문이 있는 방이었다. 물론 탈출할 수 없게 창살을 설치해 두는 건 잊지 않았다.

흉물스럽긴 해도 창밖의 경치를 즐기는 데에는 무리가 없었다. 하지만 그 여자가 창가에 앉아 가을 풍경을 만끽하는 모습은 여태 보지 못했다.

"우욱…."

침실 문을 열자마자 토악질을 하는 소리가 들렸다. 곧장 욕실로 들어간 레온은 한 시간 전과 다를 바 없는 광경에 한숨을 내쉬었다.

여자는 욕실 바닥에 주저앉아 변기에 머리를 처박다시피 한 채 거듭 구역질을 했다. 여자의 뒤에 엉거주춤 서서 다갈색 머리칼을 한데 모아 쥐고 있던 하녀가 그와 눈이 마주치자 안절부절못했다.

똑같은 꼴이던 여자를 씻기고 겨우 재워 둔 지 고작 한 시간이 지났을 뿐이었다. 잠시 자리를 비운 사이 원점으로 돌아왔다.

"하아, 욱…."

여자는 숨을 들이켜나 싶더니 또 토했다. 먹은 것이 없으니 나올 것도 없을 텐데 발작적인 구토는 멈출 기미를 보이지 않았다.

"흑…."

레온이 욕실 안으로 발을 들이는 순간 여자가 러그 위로 힘없이 쓰러졌다. 그는 하녀에게서 여자를 받아 안았다.

창백한 눈꺼풀로 반쯤 가려진 청록빛 눈동자에는 초점이 없었다. 얼굴은 눈물과 위액으로 젖어 엉망이었다. 눈 뜨고 보기 힘든 이 광경을 그는 지난 한 달, 하루에도 몇 번씩 지켜보아야 했다.

"따뜻한 물수건."

레온이 익숙한 지시를 내리자 하녀가 말없이 일어나 세면대로 향했다.

"윈스턴…."

젖은 잠옷의 단추를 풀던 그는 저를 부르는 소리에 고개를 들었다. 여자가 핏기 없는 입술을 힘겹게 달싹였으나 목소리가 너무 작아 들리지 않았다.

귀를 가까이 대어 주자 여자가 지친 목소리로 속삭였다.
"이게 네 새로운 고문 기술이야?"
"…."
"축하해."
레온은 아무런 말도 하지 못했다.

새 잠옷으로 갈아입혀 침대에 앉혔다. 따뜻한 민트 차에 설탕을 잔뜩 타서 주었더니 여자는 몇 모금 넘기긴 했다. 하지만 비스킷은 입에 넣지도 못했다.
이젠 이 일에 이골이 난 하녀가 능숙하게 여자의 시중을 드는 사이, 레온은 침대 가장자리에 걸터앉아 같은 생각에 시달렸다.
너무 가볍다.
조금 전 안아 올린 여자는 지나치게 가벼웠다. 시체처럼 힘을 빼고 늘어지면 신체는 무거워지게 마련이다. 하지만 여자는 가볍기만 했다.
이런 생각, 한 달째였다. 그리고 여자는 날이 갈수록 더욱 야위어져 갔다.
임신을 확인한 날부터 여자가 단식 투쟁을 시작한 탓만은 아니었다. 그건 일주일도 가지 못했으니.
여자가 입덧을 시작한 첫 며칠은 매일같이 의사를 호출했다. 하지만 의사도 뾰족한 수가 없었다.
"아이를 가지면 다 이런 건가?"
그의 물음에 의사는 고개를 저었다. 유독 입덧이 심한 임신부가 있다는 것이었다. 하필 이 여자가 그런 경우일 줄이야.
"그래도 초기가 지나면 입덧은 자연히 사라지니 너무 걱정하지 않으셔도 됩니다. 오히려 배 속의 아이는 건강하다는 뜻이라 반드시 나쁜 것만은 아니랍니다."

과연 그럴까.

아이는 건강하나 엄마는 죽어 간다. 수단이 목적을 잡아먹으니 기꺼울 리 없었다.

의사는 별 도움이 되지 않을 임신과 출산에 관한 책 한 권을 그에게 주고 갔다. 그 두꺼운 책은 몇 주째 침대 옆의 협탁에 방치되어 있었다.

저런 것에 관심을 둘 사람으로 보였던 걸까. 책을 읽을 만큼 한가한 사람으로 보았다는 것도 우스웠다.

"추워."

여자가 침대에 누우며 몸을 웅크렸다. 레온은 두꺼운 담요를 덮어 주며 곁에 선 하녀에게 눈짓을 했다.

그의 지시를 알아들은 하녀가 환기 때문에 열어 둔 창을 모두 닫고 돌아왔다. 하녀가 또 침대 옆에 멀뚱히 서서 지시를 기다리기에 레온은 이번엔 문으로 눈짓을 했다.

"나가 봐."

중년의 여인은 말 한마디 없이 자리를 떴다.

하녀는 말을 하지 않는 게 아니라 하지 못했다. 여자를 돌볼 사람이 필요해지자 레온은 얼마 전 하녀장을 통해 말을 하지도, 글을 읽고 쓰지도 못하는 하녀를 구했다.

그와 동시에 별채에서 군 병력은 모두 제거했다. 이제 이곳의 경비는 사설 경비원들이 맡고 있었다.

어느새 그들의 주목적은 이 여자의 탈출을 막는 것이라기보단 저택 내외부의 침입을 막는 게 되었다. 이 여잔 이제 도망칠 힘이 없으니.

레온은 죽은 듯 눈을 감은 여자를 물끄러미 내려다보다 손을 뺐었다. 배를 만져도 거부하지 않는 걸로 보아 그새 잠이 든 모양이었다.

어쩌면 이젠 거부할 기력조차 없거나.

이 속에 든 아이, 가장 효과적인 족쇄가 맞긴 할지도. 이젠 목줄도 족쇄도 채우지 않건만 여자는 그에게서 도망치지 못했다.

이 여자를 무너뜨리고 싶었다. 그는 여태 어떠한 수를 써도 성공하지 못한 걸 아이는 이토록 쉽게 해냈다.

배 속에서부터 제 어미를 고문하다니. 그의 아이다웠다.

"적당히 해."

그는 배를 쓰다듬으며 아직은 느껴지지도 않는 아이를 나무랐다.

족쇄의 효과가 좋아도 너무 좋았다.

어느 새벽엔가 여자는 욕실까지 갈 힘도 내지 못해 침실 바닥에 주저앉아 속을 게워 냈다. 잠시 잠들었다 깬 그가 다급히 다가가자 여자가 물었다.

"행복해?"

지금 내가 행복한 사람으로 보이냐고 되물으려던 그에게 여자는 우는 건지 웃는 건지 모를 얼굴을 하곤 이런 말을 했다.

"내 고통이 곧 네 쾌락이잖아."

아니.

그땐 말문이 막혀 아무 말도 하지 못했지만, 또 한 번 같은 질문을 해 준다면 이젠 아니라고 대답할 것이다.

"가끔은 네가 병약했으면 좋겠어. 그럼 훨씬 쉬웠을 텐데."

아니, 전혀. 그는 과거의 자신에게도 그렇게 대답할 것이다.

며칠 전이었다.

"저기…."

출근을 준비하는 그에게 여자가 비틀거리며 다가오더니 조심스럽게 부탁했다.

"나 먹고 싶은 게 있는데…."

이 별채에 가둬 두고 계절이 두 번이나 바뀌도록 여자는 그에게 무언가를 먹고 싶다며 부탁을 한 일이 없었다. 아이를 가진 후 스스로 먹을 의지를 보인 것도 처음이었다.

레온은 출근을 미루고 문을 열지도 않은 카페를 억지로 열게 해 여자가 먹고 싶다고 한 것을 구해 왔다.

아몬드 케이크가 대체 뭐라고. 여자는 오랜만에 진심으로 웃더니 충격적인 말을 했다.

"고마워."

그러곤 몇 입 먹지도 못하고 게워 냈다. 토하다 토하다 지친 여자는 결국 그에게 저주를 퍼부었다.

하지만 그의 심장에 깊이 박힌 것은 날 선 욕설이 아니라 무르디무른 감사의 말이었다.

고맙다니. 저를 가둬 둔 것도 모자라 억지로 임신까지 시킨 남자에게 고맙다니. 그것도 고작 케이크 하나 때문에.

그의 감옥에 갇힌 죄수 주제에 늘 당당하던 여자는 그렇게 망가졌다.

염원대로 여자를 무너뜨리고서야 레온은 깨달았다. 실은 이렇게 되길 진심으로 원한 적 없다는 걸.

"어서 기운 차려. 넌 날 물어뜯어야지."

레온은 잠든 여자를 쓰다듬다 제 손등을 내려다보았다. 손톱자국이 사라진 지 오래인 손이 유난히 허전해 보였다.

❖ · ❖

 레온은 섬찟한 예감에 눈을 번쩍 떴다.

 그리고 그의 예감은 오늘 밤도 적중했다. 여자는 오늘 밤도 어김없이 침대 가장자리에 걸터앉아 있었다.

 보이는 건 그늘진 뒷모습뿐이라 여자가 어떤 표정을 짓고 있는지, 무엇을 바라보는지는 알 수 없었다. 야윈 몸이 바스러질 것처럼 위태로워 보였다.

 그는 조용히 한숨을 삼켰다.

 입덧에 이어 한밤중의 돌발 행동 또한 한 달째였다.

 이 짓이 막 시작되었을 때, 여자는 밤마다 울었다. 아이처럼. 전혀 그가 알던 이 여자답지 않았다.

 그렇게 홀로 훌쩍이다, 잠에서 깬 그가 달래려 하면 흐느끼며 매달렸다.

 "제발 나를 보내 줘."

 "내 아이를 데리고 어디로 가려고? 네 약혼자에게?"

 그런 애원은 통하지 않는다는 걸 이미 알고도 남는 여자였다. 제정신이 아니란 증거였다.

 여자는 곧 그럴 기력마저 사라졌는지 보내 달라는 말을 하지 않기 시작했다. 밤중의 울음도 애걸과 함께 멎었다.

 그러나 거기서 끝이 아니었다.

 한 번은 오늘과 같은 기분 나쁜 예감에 눈을 뜨니 여자가 옆에 앉아 그를 내려다보고 있었다. 텅 빈 눈이라 감정을 읽을 수 없었다.

 "나를 죽이고 싶어?"

 그렇게 물었지만 여자는 여느 때와 달리 아무런 반응도 보이지 않았다.

그다음부턴 저렇게 등을 보이고 우두커니 앉아 있기 시작했다. 말리지 않으면 몇 시간이나 앉아 있다가 구역질이 시작되고서야 관두곤 했다.

어젯밤은 그러다 돌연 각오라도 한 듯 일어서는 여자를 저도 모르게 덥석 안아 침대에 눕혀 버렸다. 그러곤 이런 생각을 밤새 하느라 한숨도 자지 못했다.

도망치려 한 걸까.

죽음으로 도망치려 하는 걸까.

입덧은 어쩌면 이런 식으로 죽어서라도 그에게서 벗어나고 싶다는 여자의 의지가 몸으로 나타난 걸지도 모른다.

커튼 틈으로 새어 들어온 푸르스름한 달빛이 여자를 비추기 시작했다. 파리한 여자는 유령 같았다. 이대로 달빛 속으로 흩어져 사라질 것만 같았다.

어젯밤 여자가 일어서던 순간처럼 레온의 심장이 거칠게 뛰기 시작했다.

가지 마.

그는 저도 모르게 손을 뻗어 여자의 손목을 붙잡았다. 뼈만 남은 손목을 아프도록 쥐어도 여자는 돌아보지 않았다.

문득 이 여자에게 매달리는 제 꼴이 눈에 들어왔다. 구차하기 짝이 없었다.

하다 하다 이젠 여자가 저를 돌아보지 않는다고 겁을 집어먹다니.

구차함을 넘어 미련하기까지 했다.

이 여자는 문밖으로 나갈 힘은커녕 목을 맬 올가미를 만들 기력조차 없는 걸 레온은 누구보다 잘 알고 있었다.

그러면서도 그는 매일 아침 여자에게 한 입만 먹고 다 게워 낼 케이크를 사다 주며 물었다.

내일은 어떤 걸로?

기쁘게 웃을 수 있는 이 단 한순간을 위해 지옥 같은 하루를 한 번 더 버텨 주길 바랐다.

그러니까 그와 아이 때문에 죽고 싶어 하는 여자가 고작 케이크 때문에 살고 싶어 하길 바란 것이다.

거기까지 생각이 미치자 레온은 문득 깨달았다.

애초에 여자는 죽고 싶다는 말을 한 적이 없었다. 죽고 싶어 한다는 것 또한 그의 망상일 뿐이었다.

망상에 사로잡힌 겁쟁이.

그게 지금 제 모습이었다.

권력, 돈, 협박. 어느 것 하나 무섭지 않은 그를 겁쟁이로 전락시킨 건 다름 아닌 저 보잘것없는 여자였다.

깨달음과 함께 분노가 갑작스레 치밀었다.

그가 요즘 하는 모든 짓은 과거의 자신과는 동떨어져 있었다. 그리고 이런 변화, 이번이 처음은 아니었다.

어린 시절, 순수하던 그가 피에 굶주린 미치광이로 돌변한 건 이 여자 탓이었다. 당당하던 자신을 잃고 구차한 머저리로 전락한 것 또한 이 여자의 탓이었다.

그를 변하게 만든 건 항상 이 여자였다.

네가 뭔데 나를 멋대로 휘둘러. 너 따위가 감히 뭐기에 나를 비참하게 망가뜨려.

한 달 가까이 제대로 쉬지 못해 뿌연 머릿속에서 정제되지 않은 감정들이 휘몰아쳤다. 결국 레온은 걷잡을 수 없이 끓어오르는 기이한 충동을 이기지 못하고 몸을 일으켰다.

찌르르르.

귀뚜라미 소리가 지끈거리는 그의 머리를 울리자 레온은 손끝으로 관자놀이를 지그시 눌렀다.

안개가 낀 것처럼 시야가 흐릿한데도 굳게 닫힌 철문 앞에 선 여자의 모습만은 또렷했다. 담벼락 양 끝에 설치된 조명이 스포트라이트처럼 여자에게로 쏟아지는 탓이었다.

레온은 당장이라도 쓰러질 것처럼 위태롭게 선 여자를 암담한 눈으로 응시했다.

얇은 잠옷 위에 그의 트렌치코트만 입혀 데리고 나왔다. 레온에겐 무릎까지 오는 코트의 끝자락이 여자의 발목 위에서 나풀거렸다. 코트 자락과 슬리퍼 사이로 드러난 발목이 유독 가늘고 창백해 보였다.

이 보잘것없는 여자는 조금 전부터 어리둥절한 눈을 하고 있었다. 저를 왜 갑자기 별채 정원으로, 그것도 별채의 유일한 탈출구 앞으로 데리고 나왔는지 묻는 눈빛이었다.

레온은 여자의 시선을 피하며 쇠창살 너머에 선 경비원에게 지시했다.

"열어."

철문이 거슬리는 쇳소리를 내며 서서히 열렸다. 여자의 퀭한 눈에 감돌던 의문이 자취를 감추고 생기가 조금씩 돌아왔다.

생기라니.

시체 같던 여자가 문이 열리자 살아나기 시작한다.

레온은 울컥 치미는 울화를 삼키며 여자에게서 한 발짝 뒤로 물러섰다.

"가."

그의 입에서 절대 나올 리 없던 말이 토해 내어진 순간, 여자가 그를 돌아보았다. 레온은 당혹감이 어린 청록빛 눈동자를 응시하다 눈을 질끈 감았다.

가 버려. 다신 내 앞에 나타나지 마. 제발.

어제 오후만 해도 굳건했던 확신이 흔들렸다. 완벽하게 맞아떨어져 간다고 믿었던 계획이 과연 자신의 것이 맞는가 하는 의문이 들기 시작한 것이다.

가장 레온 윈스턴답지 않은 이 길이 과연 스스로 선택한 자유의 길인 걸까, 어쩔 수 없이 내몰려 걷기 시작한 몰락의 길인 걸까.

조금 전 음산한 달빛 아래, 흰 잠옷을 입고 우두커니 앉아 있던 여자의 뒷모습에서 레온은 전설을 떠올렸다. 캄캄한 밤, 흰옷을 입은 여인이 나타나면 불행이 닥친다고 하던가.

그 옛날도, 지금도 완벽하던 그의 삶이 무너지는 순간에는 언제나 이 여자가 있었다.

데이지, 샐리, 그리고 그레이스.

내 불행의 전조.

제발 사라져 버려.

…가?

그레이스는 한참을 같은 자리에 서서 '가.'라는 말의 의미를 이해하려고 애썼다. 내가 아는 그 뜻이 맞는 걸까. 어쩌면 여기 갇혀 사는 사이 의미가 바뀌어 버렸는지도 모른다.

이건 무슨 수작일까.

그레이스는 저와 멀리 떨어져 선 남자를 멍하니 바라보았다. 물어보고 싶었다. 가라는 말, 대체 무슨 뜻이냐고.

하지만 남자는 눈을 감고 있었다. 지친 낯빛만 보자면 마치 그녀를 포기한 사람 같았다.

포기라니.

저 남자와 어울리지 않는 말이라고 생각하면서도 가슴이 두근거리기 시작했다.

그레이스는 정면으로 시선을 돌렸다. 제복을 갖춰 입은 사내들이 어리둥절한 얼굴로 그레이스와 남자를 지켜보고 있었다. 전부 못 보던 얼굴들이었다.

내가 꿈을 꾸는 걸까.

멍하니 눈을 깜빡이고 있자니 바람이 불어왔다. 시린 발목을 낙엽이 스치는 찰나 그레이스는 불현듯 정신을 차렸다.

이건 꿈이 아니었다. 저 남자, 정말 그녀를 놓아주려 한다.

자유야. 난 자유야.

그레이스는 파들파들 떨리는 손으로 찬 바람이 새어 들어오는 옷깃을 여몄다. 못지않게 떨리는 입술은 감격에 찬 울음이 새어 나오지 않게 꾹 다물었다.

제 배 속에 족쇄가 심어져 있다는 건 까맣게 잊은 채 그레이스는 자유를 향해 첫발을 뗐다.

철컥.

등 뒤에서 권총의 해머를 거는 소리가 들려온 순간 그레이스는 웃어 버렸다.

그래, 네가 나를 놓아줄 리 없지.

그녀는 멈추지 않았다. 후들거리는 다리를 질질 끌며 계속해서 걸음을 옮겼다.

악마의 품에 다시 안길 때까지.

남자는 그레이스가 스스로 돌아와 품에 안기고서야 옆에 선 경비원에게 권총을 돌려주었다.

겉으로 적나라하게 드러나는 감정을 감출 길이 없었다. 그레이스는 단단한 가슴팍에 얼굴을 묻어 숨긴 채 조금 전 제게 총을 겨누던 남자의 모습을 떠올렸다.

새빨갛게 충혈된 눈, 이를 악문 탓에 눈에 띄게 떨리던 뺨, 그리고 울컥하는 심정을 삼키는지 크게 들썩이던 목울대.

한마디로 울 것 같은 얼굴이었다.

이 냉혈한이 울 것 같은 얼굴을 하다니. 웃기지도 않지.

남자는 대체 어떠한 감정을 억누르는 건지 그녀가 얌전히 품에 안긴 지금도 숨을 크게 들이켜길 거듭했다. 실크 파자마 셔츠 너머의 심장이 그레이스의 뺨을 거칠게 때렸다.

"왜 떨어."

그렇게 묻는 남자의 목소리가 미세하게 떨렸다.

"추워."

아니, 실은 너무도 서럽고 화가 나서 온몸이 떨려.

그레이스의 심정을 꿈에도 모르는 남자는 그녀를 바짝 끌어안으며 이마에 키스를 새겼다. 입술이 얼음장처럼 차가웠다.

"그래, 들어가자."

남자는 그녀를 두 팔로 안아 들고 별채를 향해 걸음을 옮겼다.

"따뜻한 수프를 가져오라고 할까?"

그가 연인처럼 속삭였다. 그레이스는 그의 어깨에 머리를 기댄 채 고개를 끄덕였다. 절망 어린 시선은 어깨 너머, 다시 굳게 닫히는 철문에서 한시도 떨어지지 않았다.

이건 무슨 수작이었어?

쉴 새 없이 희망을 주었다가 뺏길 서슴지 않더니 나를 벼랑 끝까지 내몰고도 이런 짓을 해?

나를 언제까지 가지고 놀아야 만족할 거야!

그레이스는 이를 악물었다.

너도 가지고 놀아 줄게. 같은 꼴이 되어 봐. 아주 철저히 무너뜨려 줄 거야.

그녀는 이곳에 갇힌 후 악마의 속삭임처럼 성가시게 머릿속을 떠돌던 대화를 이번만은 기꺼이 되짚었다.

"그레이스."

"네?"

기억 속의 어머니가 와인 잔을 단숨에 비우더니 물었다.

"적을 무너뜨리는 가장 잔인한 방법이 뭔지 아니?"

고개를 갸웃하는 그레이스에게 어머니는 어째서인지 슬퍼 보이는 미소를 지으며 이렇게 말했다.

"바로 너를 사랑하게 만드는 거란다."

어떻게 사랑이 잔인한 무기가 될 수 있을까. 그땐 술에 취한 어머니의 허풍이라고 생각했다. 하지만 이제는 사랑이 무엇보다도 잔인한 무기가 될 수 있다는 걸 알아 버렸다.

그래. 끔찍하리만치 잔인하니까 이렇게까지 하고 싶진 않았어. 이 모든 악연의 시작은 내 잘못이라고 생각했으니까.

하지만 이렇게까지 치달은 건 네 잘못이야. 네가 날 잔인한 인간으로 만든 거야.

레온 윈스턴.

네가 나를 진심으로 사랑하게 만들 거야. 그러곤 영영 사라져 줄게.

아무리 외쳐 보아야 메아리가 돌아오지 않는 무저갱 속에서, 보답 없는 사랑이라는 이름의 저주 속에서 평생 고통받아.

난 그렇게 널 고문할 거야. 영원히.

"궁금하지 않아, 자기야? 불과 얼음을 섞으면 뭐가 될까."

불과 얼음을 말하더니, 아이를 가진 후 그레이스의 몸과 마음은 정말 불과 얼음을 함께 품은 것처럼 뜨겁게 타오르다 차갑게 식기를 거듭했다.

그에 반해 작은 테이블을 사이에 두고 마주 앉은 남자는 지난주의 일은 다 잊은 사람처럼 미지근해 보였다.

남자는 오늘 아침에도 어김없이 윈스포드 헤럴드지를 읽었다. 턱 끝을 들고 눈을 내리깐 채 비스듬히 기울인 신문을 보는 모습이 마치 세상을 내려다보는 신 같았다.

저토록 오만한 남자가 머지않아 바닥을 기며 저를 올려다보게 될 거라고 생각하니 군침이 돌았다. 그레이스는 또다시 저를 훑고 지나가는 시선을 모른 척하며 포크를 놀렸다.

아몬드 케이크의 바삭바삭한 겉면이 입 안에서 바스러졌다. 캐러멜을 입힌 아몬드의 고소한 단맛에 이어 부드러운 시트 사이에서 터져 나온 크림의 촉촉한 단맛이 혀를 휘감았다.

케이크를 목구멍으로 무사히 넘긴 그레이스는 안도의 한숨을 내쉬었다. 그녀를 생지옥으로 몰아넣었던 입덧이 요즘은 꽤 잦아들었다.
　이제 때가 되었다. 그레이스의 머리는 맑아졌으나 저 남자는 아직 피로에 시달리는 지금이 작전을 개시하기 좋은 때였다.
　너무 뜨겁지도 너무 차갑지도 않게. 그래, 불과 얼음이 섞인 미지근한 물처럼.
　전술을 다시금 되새긴 그레이스는 포크로 케이크를 크게 떠서 남자에게 내밀었다.
　"먹어 봐."
　하지 않던 짓을 했더니 남자는 미심쩍은 눈으로 그녀와 포크를 번갈아 바라보았다.
　"내가 제일 좋아하는 거야."
　"네가 제일 좋아하는 걸 내게 줘?"
　남자는 신문으로 다시 시선을 돌리더니 심드렁한 목소리로 빈정거렸다.
　"싫으면 말아."
　그레이스는 입술을 삐죽 내밀었다. 포크를 제 입가로 천천히 가져갔더니 신문 뒤에서 한숨 소리가 들렸다.
　신문이 순식간에 치워졌다. 남자가 불쑥 손을 뻗어 그레이스의 손을 붙잡았다. 그녀의 입으로 들어가려던 케이크는 남자의 입으로 들어갔다.
　그레이스는 재빠르게 손을 놓고 다시 신문을 집어 드는 남자를 의아한 눈으로 바라보았다.
　정말 먹었잖아.
　결벽증이 심한 남자면서 그녀가 쓰던 포크를 입에 넣었다.
　하긴 그게 키스와 뭐가 다를까.
　그것보단 다른 점에 주목할 때였다. 제일 좋아하는 걸 어째서 제게 주나는 빈정거림에서 저 남자의 심적인 동요가 느껴졌다.

그래, 넌 나를 좋아해. 하지만 사랑할까? 사랑한다면 대체 얼마나 사랑하는 걸까.

지금 제가 목표 지점에서 얼마나 멀리 떨어져 있는지 미리 파악할 필요가 있었다.

"윈스턴."

남자는 신문에 시선을 고정한 채 눈썹만 까딱 들어 올렸다.

"나를 정말 사랑해?"

그제야 옅은 빛의 눈동자가 회색빛 종이 너머로 그녀를 응시했다. 잠시 집요하게 관찰하던 남자는 고개를 짧게 끄덕이더니 지면으로 다시 눈을 돌렸다.

사랑에 빠진 남자의 태도가 아니었다.

"데이지, 샐리, 그레이스. 이 셋 중에 네가 사랑하는 건 누구야."

남자는 미간을 구기더니 신문을 한 장 넘기고서야 비웃음을 섞어 가며 되물었다.

"그런 게 중요한가?"

이 괴상한 질문을 이해하지 못하겠다는 투이지만 실은 대답하기 곤란한 질문이라 말을 돌리는 것이었다.

데이지, 샐리, 그레이스. 모두 같은 사람이다.

하지만 남자는 그 사실을 아직도 인정하지 못했다.

대체 네게 난 뭐야?

저 남자는 단 한 번도 그녀를 그레이스라고 제대로 불러 준 적이 없었다.

이름을 불러야 하는 일을 정말이지 고집스럽게 피했다. 피할 수 없을 때에는 굳이 불필요한 빈정거림을 섞어 가며 애칭이나 가명으로 부르는 게 다였다.

그레이스 리들. 오로지 적일 뿐인 그 이름을 사랑하기는 힘들 것이다. 그러나 그 말은 곧 그녀를 있는 그대로 사랑하지 않는다는 것과 같았다.

그레이스는 느닷없이 치미는 서러움을 삼키며 이를 악물었다.

두고 봐. 진심으로 사랑하게 만들어 줄 테니.

신문을 또 한 장 넘기던 남자가 무심한 투로 물었다.

"왜 갑자기 그런 걸 묻지?"

"거짓말하지 마. 넌 날 사랑하지 않아."

그레이스는 남자가 저의를 파고들려 하자 공격으로 방어했다. 그리고 거기에 약간의 눈물을 곁들였다.

그레이스, 늘 하던 대로 굴어.

대담한 도발, 그리고 비굴한 애원. 그간 보였던 행동 양식과 어긋나면 육감이 뛰어난 놈의 의심을 살 것이다. 곧바로 유순하게 굴거나 아양을 떠는 건 멍청하기 짝이 없는 짓이었다. 게다가 저자는 마찰이 있어야 뜨거워지는 남자였다.

"거짓말이라니."

남자는 신경질적으로 신문을 넘기며 한숨을 내쉬었다.

"내 감정을 왜 네가 멋대로 재단하지?"

"사랑하는 사람처럼 굴지 않으니까."

"각자의 방식이 있는 거야, 자기야."

그는 어서 먹기나 하라는 듯 그레이스의 앞에 놓인 디저트 접시를 눈짓하더니 다시 기사를 읽기 시작했다.

하지만 얼마 지나지 않아 종이 너머에서 불만에 차 중얼거리는 소리가 들려왔다.

"어떤 점에서 이게 사랑이 아닌 걸로 보인다는지 모르겠군. 세상에 어느 남자가 사랑하지도 않는 정부에게 아침을 먹이겠다며 출근을 미룬다는 건지."

"금방 네 말에 답이 있어."

남자가 신문을 조금 젖히더니 그레이스에게 시선을 던졌다.

"난 네 정부일 뿐이야. 그것도 네가 잡아 수용소에 넣어야 했을 적이고. 한마디로 언제든 너를 실각으로 몰아갈 수 있는 시한폭탄 같은 존재이지. 평생 숨겨야만 하는 이 성가신 존재를⋯."

그레이스는 포크의 끝으로 제 얼굴을 가리켰다.

"네가 잘도 사랑하겠어."

남자의 눈빛이 어두워졌다. 그 의미를 알지 못한 채 그레이스는 계속 작전을 밀어붙였다.

"네가 정말 나를 사랑한다면 여기 가둬 두고 괴롭히지 말았어야 해."

남자가 적잖이 화가 난 얼굴로 무어라 반박하려 했다. 그러나 그레이스는 끼어들 틈을 주지 않고 말을 쏟아 냈다.

"아, 그래. 네 논리론 그게 네 식의 사랑이자 보호였겠지. 그런데 평생 철저히 숨겨야 할 존재에게 아이를 가지게 해? 별채 밖에서 다 들리도록 시끄럽게 울어 댈 아이를? 앞뒤가 전혀 맞지 않아."

탁. 반으로 접힌 신문이 테이블에 거칠게 내려앉았다.

"자기야, 대체 뭘 바라는 거야? 빙빙 돌려 가며 내 신경 긁지 말고 네가 원하는 걸 똑바로 말해."

"뭘 바라냐니. 그건 내가 묻고 싶어."

그레이스도 남자를 따라 포크를 소리 나게 놓았다.

"어떻게 할 생각이야?"

그녀의 손이 이제 조금씩 나오기 시작한 배를 가리켰다.

"도대체 네가 원하는 게 뭐야. 남들처럼 평범하게 살고 싶은 거야?"

"질문은 내가 먼저 했어. 원하는 게 있어서 시비를 건 사람은 너고."

저렇게 방어적으로 굴 줄 알았다. 그레이스는 잠시 감정을 정하느라 뜸을 들이다 대답했다.

"이렇게 살고 싶지 않아."

울분을 참는 표정을 지으며 약간의 울먹임을 곁들였다.

"난 아직도 내가 이 꼴이 된 게 끔찍하게 싫어."

그의 아이를 가진 게 끔찍하다고 하자 남자의 눈빛이 미묘하게 싸늘해졌다.

"그렇지만 이미 저질러진 일이고 돌이킬 수 없는 거 나도 알아."

"네 처지를 받아들이겠다니, 늦은 감이 있지만 잘 생각했군."

그레이스도 똑같이 싸늘한 눈으로 남자를 노려보다 체념한 척 한숨을 내쉬며 말을 이었다.

"아이는 죄가 없잖아. 사랑 없는 부모 밑에서 눈치를 보며 크는 게 얼마나 힘든 일인지 알아? 나처럼…."

덧붙인 말에 남자의 눈빛이 조금 누그러졌다. 흥미 또한 엿보였다.

관심을 제대로 끌었구나. 그레이스는 그의 관심을 완전히 붙들 만한 사적인 이야기를 꺼냈다.

"사실 우리 부모님은 사이가 별로 좋지 않으셨어. 동지로선 훌륭했다고 생각하지만 부부로서는…. 글쎄?"

아무리 저 남자를 속이는 데 필요하다지만 제 입으로 이런 말까지 하게 될 줄은 몰랐다. 그레이스가 잠시 양심의 가책을 느끼며 머뭇거리자 남자가 테이블을 손끝으로 두드려 재촉했다.

"계속해."

"내 말은, 이제 이런 소모적인 싸움은 관두고 현명하게 앞날을 생각하는 게 어떠냐는 거야."

"이젠 내 옆에 얌전히 붙어 있겠단 건가."

"그게 네가 원하는 거야?"

남자가 고개를 느릿하게 끄덕였다. 그레이스는 일부러 한숨을 폭 내쉬며 머뭇거리다 마지못한 듯 조건을 내걸었다.

"네가 날 인간으로 취급해 준다면."

당연한 말에 남자는 기가 막힌다는 듯 코웃음을 쳤다.

"자기야, 난 개에게 케이크를 주지 않아. 실크를 입히지도 않고 내 침대를 쓰게 해 주지도 않지."

고작 그게 네가 생각하는 인간 취급이냐고 따지고 싶었지만 그레이스는 참았다. 어차피 정말 인간으로 취급해 달라고 꺼낸 제안도 아니었다.

"좋아. 그럼 네가 원하는 대로 하면 넌 내게 뭘 해 줄 거야?"

"이렇게 살고 싶지 않다며? 네가 원하는 대로 살게 해 줄게. 다만 내 옆에서."

"난 평범하게 살고 싶어."

남자는 거래가 성사되었다고 판단했는지 신문을 다시 펼치며 고개를 끄덕였다.

"그렇게 해 주지."

"어떻게?"

"계획이 있어."

"뭔데."

"그건 때가 되면 알게 될 거야."

미심쩍다는 눈빛을 여과 없이 보냈더니 남자가 신문에 시선을 둔 채 미간을 좁혔다.

"난 내가 저지른 일의 책임은 확실하게 지는 사람이야. 무턱대고 저질러 놓고 도망치는 너와는 달리."

그레이스는 눈매를 좁히며 입술을 뾰로통하게 내밀었다.

"넌 내 케이크 먹지 마."

화가 난 척, 남자의 앞에 놓인 디저트 접시를 제 쪽으로 가져오기까지 했다.

"네 케이크? 누가 사다 준 건데."

남자는 황당하다는 눈으로 그레이스를 바라보더니 코웃음을 쳤다.

"또 겁 없이 머리 꼭대기에 서려 하다니. 요즘 살 만한가 보군."

핀잔을 주는 남자의 입꼬리가 조금 전보다 올라가 있었다. 계속해서 토라진 척을 하며 케이크를 입에 욱여넣는데 피식 웃는 소리가 이따금 들려왔다.

기사가 재밌어 웃는 건 아니었다. 남자의 시선은 신문보다는 그 너머의 그레이스에게 붙어 있는 시간이 더 길었다.

그녀가 제 접시부터 남자의 접시까지 모조리 비우자 기다렸다는 듯 케이크 조각 하나가 빈 접시에 놓였다. 그레이스는 케이크 서버를 트레이에 반듯하게 돌려놓는 남자를 힐끔거리며 속으로 웃었다.

벌써 통한다.

몸으로 그를 유혹해 살아남았던 것처럼 마음으로 유혹해 복수하는 작전 또한 반드시 통할 것이다. 그런 예감이 들었다.

❖ · ❖

"하아…."

신선한 가을 공기를 크게 들이켠다. 그러곤 따사로운 햇살 아래에서 환하게 웃는다.

거의 반년 만에 처음인 산책 덕분에 행복한 척은 이렇게 하면 될까?

아니, 사실 그런 척할 필요 없었다. 정말로 행복했으니. 배 속에 든 추의 무게를 잠시나마 잊을 정도였다.

그레이스는 별채 후원을 산책하는 내내 뒤에서 느긋한 걸음으로 따라오는 남자에게 눈길을 주었다.

"진작에 데리고 나와 줬으면 좋았잖아."

"진작에 내 말을 잘 들었으면 좋았겠지."

도토리를 입에 잔뜩 욱여넣은 다람쥐처럼 볼을 부풀렸더니 남자의 입꼬리가 슬며시 위로 휘었다. 겉으로 보기에는 미묘하기 짝이 없는 변화이나 속에선 훨씬 큰 파문이 일었을 것이다.

"이젠 제법 쌀쌀해."

그는 그레이스를 돌려세우곤 모직 코트의 옷깃을 더욱 단단히 여며 주었다.

남자의 코트는 두껍고 따뜻했지만 그녀에겐 너무 컸다. 낡고 얇긴 하지만 몸에 딱 맞는 제 것을 입지 못하는 건 단추를 채울 수 없는 탓이었다.

'이 남자, 구두쇠는 전혀 아닌데….'

그레이스는 옷깃을 세워 목을 감싸 주기까지 하는 남자를 뾰로통한 눈으로 바라보며 생각에 잠겼다.

다른 옷은 모두 새로 사 주었다. 그것도 모두 유명 부티크에서 말이다.

갇혀 있는 여자에게 입힐 옷에 거금을 들이다니. 대부호의 인형 놀이란 이런 것일까.

그러면서 코트만 사 주지 않는 이유는 도무지 알 수가 없었다. 도망치지 못하도록? 도망칠 거면 벌거벗고도 도망칠 생각인 거, 누구보다 잘 알 텐데 말이다.

그레이스는 마주 선 남자를 머리부터 발끝까지 눈으로 훑었다.

일요일.

이젠 그럴 필요 없는데, 고문실에서 살던 때의 습관대로 남자의 옷차림을 보고 오늘이 무슨 요일인지를 추측했다.

주중에는 장교복, 주말에는 세련된 정장 혹은 단정한 폴로셔츠. 남자는 이 공식에서 한 번도 벗어나는 적이 없었다.

기온이 낮아진 탓인지 오늘은 청회색 스웨터와 회색 모직 바지를 입고 있었다. 얇게 파인 브이넥 스웨터의 안에 입은 흰 셔츠는 단추가 두어 개 풀린 채였다.

파자마 셔츠조차 단추를 끝까지 채우는 남자가 꽤 느슨해 보이는 모습을 하고 있다니. 별일이 다 있구나 싶었다.

어울리지도 않게 일요일 아침이면 가족과 함께 교회에 가는 남자였다. 저런 악마가 신성한 신의 전당에 발을 들이도록 두다니. 신은 없거나, 있어도 가진 자의 편인 게 분명했다.

아마 이 남자에게 교회는 신을 섬기는 곳이 아니라 사교의 장일 것이다. 그러곤 점심 전에 돌아와 가족과 주말 오후를 보내는 가장처럼 그레이스와 시간을 보내고 있었다.

옷깃을 놓아주길래 돌아섰다. 길을 따라 다시 걸음을 옮기려 하자마자 붙잡혔다. 뒤에 선 남자는 혼자 픽 웃더니 그레이스의 머리칼을 매만졌다.

"낙엽 더미 위에서 밀회라도 가진 줄 알겠어."

그가 그레이스의 어깨 너머로 내민 건 끝이 붉게 물들다 만 노란 낙엽이었다.

저기서 떨어진 건가? 저게 무슨 나무였더라.

잎사귀를 받아 쥐고 담벼락 너머의 키 큰 나무를 올려다보는데 등에 단단한 몸이 닿았다. 남자는 그레이스를 끌어안고 배를 쓰다듬기 시작했다.

이젠 배가 제법 나왔다. 항상 낙낙한 옷을 입기에 평소에는 눈에 잘 띄지 않지만 지금처럼 손으로 옷자락을 누르면 확연히 티가 났다.

남자는 틈만 나면 배를 어루만졌다. 배가 커 갈수록 괴로움도 커져 갔지만 그레이스는 그의 손길을 거부하지 않았다.

요즘 체념한 척을 꽤 훌륭하게 해낸 덕인지 남자가 변했다. 잔인한 장난을 치지 않은 지 오래였다. 심지어 몇 달째 몸을 요구하지도 않았다. 아이와 그녀의 건강을 진심으로 걱정하는 사람처럼 말이다.

이런 말 우습지만, 자상하다고 해도 무리 없을 정도였다.

심지어 요즘 입덧 대신 식욕에 시달리는 그레이스가 밤마다 침대에서 군것질을 하는데도 아무 말 하지 않았다.

그러니까, 이 결벽증 심한 남자가 말이다.

놀라운 일은 거기서 그치지 않았다.

어제 오후엔 정기 검진을 위해 의사가 다녀갔다. 이젠 안정기에 접어들었으니 햇볕도 쬐고 산책을 자주 하는 게 좋다는 조언을 들었다. 이 남자라면 가볍게 무시할 줄 알았더니 정말 산책을 시켜 줄 줄이야.

그래, 이렇게 조금씩 경계를 늦춰. 그 느슨해진 틈으로 내가 비집고 들어갈 거야.

난 그렇게 네 마음에서 크나큰 자리를 차지할 테고, 내가 사라진 후 그 자리엔 커다란 구멍만이 남겠지. 그 평생 아물지 않는 상처에서 넌 피를 흘려.

"무슨 생각 해?"

남자가 그레이스의 귓가에 불현듯 속삭였다.

이 남자가 내 생각을 궁금해하다니.

"네가 또 무슨 변덕을 부리는 걸까, 하는 생각."

픽, 웃는 소리가 귀를 스쳤다.

"넌?"

그레이스는 남자를 향해 고개를 돌리며 물었다. 연하늘빛 눈동자에 맺힌 제 얼굴이 또렷하게 보일 정도로 얼굴이 가까웠다.

"무슨 생각 해?"

남자는 감정이 담기지 않은 눈으로 그녀를 오래도록 응시하다 답을 내어놓았다.

"네가 무슨 생각을 하는지 궁금하단 생각."

목덜미에 소름이 아스스하게 돋아 올랐다. 남자가 친절히 세워 준 옷깃이 그 적나라한 반응을 가려 주길 바랄 뿐이었다.

감정이 철저히 배제된 저 눈빛을 보니 질문의 의미를 알겠다.

처음엔 제게 애정과 관심이 깊어져 생각을 궁금해하는 줄 알았다. 하지만 지금은 무슨 생각을 하냐는 질문이 무슨 흉계를 꾸미냐는 추궁으로 들렸다.

"한마디로 우리 둘 다 서로를 못 믿겠다는 생각을 하고 있었다는 거네."

그레이스는 또 한 번 공격으로 방어했다. 남자는 별수 있냐는 듯 어렴풋이 웃더니….

"우린 운명인가 봐. 극과 극에 서서도 똑같은 생각을 하잖아."

가증스러운 말을 속삭이며 입술을 겹쳤다.

"내가 널 사랑한다는 말은 믿어?"

그가 입술을 맞댄 채 물었다. 그레이스는 남자를 지그시 바라보다 차가운 입술에 답을 새겼다.

"아니."

남자가 입술을 떼어 내며 가볍게 실소했다.

"널 못 믿는데 그 말을 믿을 수 있을 리가. 그리고 보통은 늘 가둬 두다 한 번 데리고 나온 걸로 사랑의 증거라고 우기진 않거든."

아냐, 윈스턴. 사실 넌 잘하고 있어. 그러니까 지금보다 더 틈을 벌려 봐.

그레이스의 도발이 통하는지 남자가 조금은 분한 얼굴을 하더니 퉁명스럽게 물었다.

"그럼 내가 어떻게 해야 믿을 거야?"

"다른 남자들처럼 평범하게 사랑해 줘."

남자의 눈빛이 싸늘해졌다. 그 당연한 요구가 이 남자에겐 왜 불쾌한지, 그레이스는 모르지 않았다.

시작도 헤어짐도 재회도, 그 어느 한순간도 평범했던 적 없었다. 보통의 연인은 죽음과 배신과 음모와 증오가 들끓는 늪을 걷지 않는다.

모든 것이 뒤틀린 관계에선 뒤틀린 사랑이야말로 평범할 것이다. 평범한 사랑이야말로 지독히 뒤틀린 것이었다.

잠시 말이 없던 남자는 그야말로 심사가 뒤틀린 얼굴로 빈정대기 시작했다.

"아, 지미처럼? 평범하게 독약을 주며 사랑한다고 하면 믿을 건가?"

이젠 그레이스의 심사마저 뒤틀렸다.

"다 지난 이야기는 왜 계속 꺼내는 거야?"

"정말 다 지난 건지 궁금하거든."

"그러는 너도 약혼녀…."

"철저한 손익 계산에 따른 거래일 뿐인 걸 누구보다 잘 알면서, 네 것과는 근본부터 다른 내 약혼을 들먹이며 말 돌리려 하지 마."

그레이스는 지친 한숨을 참지 못했다.

까다롭고 예민한 것도 모자라 집요하기까지 한 인간. 처음부터 이자에게 심리적인 작전을 쓰지 않은 건 쉽게 통하지 않을 게 뻔했기 때문이었다.

그레이스는 화제를 돌리는 걸 포기하고 여태 눈 닿는 것조차 끔찍하게 여기던 배를 제 손으로 쓸어내렸다.

"네가 다 지난 일로 만들었잖아?"

울지 않으려고 눈을 부릅떴다. 눈에 물기가 조금이라도 맺히면 저 남잔 그녀가 지미에게 깊은 감정이 남아 있다고 생각할 게 분명했다. 그럼 지금까지의 노력이 모두 허사가 될 것이다.

완만한 굴곡을 따라 내려가던 손이 남자의 손에 닿았다. 그는 손을 겹치더니 손가락을 하나씩 얽었다. 부푼 배와 커다란 손 사이에 낀 제 손이 마치 아이와 이 남자에게 붙들려 옴짝달싹하지 못하는 제 모습 같았다.

"난 네가 체념하는 것만으로는 부족해."

"욕심이 많아. 이제 기댈 데라곤 너밖에 없도록 만들어 놓고…."

"정말 그렇게 생각하는 건가? 난 그것도 궁금하거든."

당연히, 전혀 그렇게 생각하지 않아. 그레이스는 머릿속으로 제게 기꺼이 도움을 줄 이들의 얼굴을 하나씩 되짚었다.

"잘 생각해 봐, 자기야."

남자가 귓가에 속삭였다.

"적에게 고작 한 번 붙잡혔다고 죽으라는 남자. 그리고 네게 수없이 배신당하고도 널 지키는 데 모든 걸 거는 남자."

"……."

"둘 중 누가 널 사랑하는 것 같아?"

지키다. 모든 걸 걸다. 하나같이 틀린 말뿐이었다.

하지만 그레이스는 그 말에 흔들리는 척, 눈을 질끈 감고 한숨을 내쉬었다.

"그래 봤자 너도 지미처럼 변할 거잖아."

도발처럼 느껴지지 않게, 음울하기 짝이 없는 말투로 중얼거렸다.

그러나 속으로는 다른 소리를 되뇌었다.

아니야. 지미는 변한 적 없어. 변하지 않았을 거야. 아닐 거야.

마음을 다잡은 그레이스는 눈을 뜨고 남자를 곁눈질했다. 그녀가 제 설득에 넘어갔다고 생각하는지 눈빛이 한층 누그러져 있었다.

"어차피 평생 한 여자만 사랑하는 남자는 없는걸. 네게도 그런 기대는 하지 않아."

"평생 한 여자에게만 세 번이나 빠져 허우적대는 내게 잘도 그런 소리를 하는군."

그레이스가 풋 웃어 버리자 윈스턴도 따라 웃었다. 자조적이면서도 가벼운 웃음이었다. 얄밉다는 듯 그녀의 귓바퀴를 살짝 깨문 남자가 나긋하게 속삭였다.

"우린 이렇게 될 운명이었어."

겹쳐진 두 손이 그레이스의 배를 천천히 쓰다듬었다.

"어긋나던 걸 내가 바로 잡은 거지. 비록 방법이 과격했지만 너도 나중엔 이해할 거야."

때마침 세찬 바람이 불어와 머리칼을 흩날렸다. 그레이스는 바람 탓인 척, 눈을 질끈 감고 이를 악문 채 치미는 분노를 삭였다.

두고 봐. 우리가 끝내 어떤 운명을 맞이할진 내가 정해.

"바람이 차. 이제 그만 들어가."

남자의 손에 이끌려 다시 별채의 후문으로 향하는 길, 그레이스는 구름 한 점 없이 맑은 하늘과 우수수 떨어지는 낙엽에서 눈을 떼지 못했다.

"나, 이거 가져갈래."

안으로 들어서기 직전, 손에 여태 쥐고 있던 노란 낙엽을 보란 듯 들어 올렸다. 예상대로 남자는 미간을 구겼다.

"네가 거지야, 다람쥐야? 아니, 이런 건 거지도, 다람쥐도 안 주워."

그레이스는 뺏으려는 손을 피해 등 뒤로 낙엽을 숨기며 투덜댔다.

"그렇지만 오랜만에 나와 본 기념으로 기념품 하나 정도는 간직하고 싶은걸."

남자는 여전히 궁상맞아 못 견디겠다는 눈으로 바라보다가 졌다는 투로 말했다.

"산책은 이제 언제든 할 수 있어."

"그래? 좋아."

그레이스는 원하는 말을 듣자마자 낙엽을 가차 없이 버렸다. 마시멜로를 잔뜩 넣은 코코아를 마시고 싶다고 중얼거리며 먼저 안으로 들어가 버리자 뒤에서 실소가 들려왔다.

"어릴 때도 느꼈지만, 넌 정말 엉뚱해."

건물 밖으로 나가도 좋다는 허락은 오늘에야 떨어졌지만 건물 안은 마음껏 돌아다닌 지 꽤 되었다.

물론 이 남자를 꼬리처럼 붙이고 다녀야 했지만 말이다.

그레이스는 테이블을 사이에 두고 마주 앉은 남자를 턱을 괸 채 물끄러미 바라보았다. 조금 전 퀸을 잃은 그는 꽤나 심각한 얼굴을 하곤 체스판을 응시하고 있었다.

지루하다.

거기다 벽난로의 온기까지 가세하니 아늑함을 넘어 졸음이 몰려오기까지 했다.

병사도 없고 말을 못 하는 하녀 한 명뿐인 별채는 유령 저택처럼 적막하기 짝이 없었다. 이런 곳에서 굳이 가장 얌전하고 조용한 오락 거리를 고른 남자를 바라보는 시선이 곱지 않았다.

그레이스가 고른 건 당구였다. 하지만 저 남자는 서재 문을 여는 그녀에게 그 몸으로 무슨 당구냐는 핀잔을 주더니 집무실로 데려왔다.

"임신과 당구가 대체 무슨 상관이야."

"당구만 칠 것 같지 않거든."

윈스턴이 체스판에 시선을 둔 채 심드렁하게 대꾸한 순간 그레이스는 서재에서 있었던 일을 기억해 냈다. 그러니까 저 남자는 당구대 위에서 또 그녀를 덮칠 것 같아서 그곳을 피했던 거다.

'임신했으니 봐준다는 건지. 누구 때문인데 가증스럽게 배려하는 척은….'

인상을 구기던 그레이스는 이어진 기억에 웃음을 터트려 버렸다.

"왜? 내가 당구공만이 아니라 네 머리도 칠까 봐 무서웠어? 하긴 난 이런 몸으로도 네 머릴 박살 낼 수 있으니까."

"어련하시겠어."

남자가 입매를 비틀며 나이트를 집어 들었다. 그레이스는 제 퀸이 잡히는 와중에도 키득거리며 초콜릿 한 조각을 입에 넣었다.

테이블에 놓인 크리스털 그릇에는 온갖 종류의 초콜릿이 수북이 쌓여 있었다. 그레이스는 하트 모양의 초콜릿을 집으며 며칠 전 일을 떠올렸다.

"네게 준 초콜릿은 먹었어?"

애빙턴 비치에서 줬던 초콜릿은 어쨌냐는 질문으로 옛이야기를 꺼냈다.

데이지는 그의 심장을 훔쳤다가 처참히 부수고 영영 사라져 버린 미지의 소녀가 아니라 그의 아이를 품은 채 같은 침대에 누운 여자라는 걸 인정할 수밖에 없도록, 일부러 아픈 추억을 건드리기로 한 것이다.

데이지와 샐리, 그리고 그레이스가 다른 사람이라는 거짓말로 그가 세운 방벽을 무너뜨려야만 했다.

게다가 그가 데이지에게 느끼는 순수한 애정이라도 이용하고 싶을 정도로 그레이스는 절실했다.

날 괴물로 만든 건 너야.

아픈 곳을 건드리는 건 잔인한 짓인 거 안다. 그래서 저 남자는 이미 제게 더한 짓을 했다는 걸, 부른 배를 내려다보며 되새겨야 했다.

사실 그레이스가 가장 묻고 싶은 건 따로 있었다.

내가 얼떨결에 버리고 간 돌고래 인형은 어쨌냐고. 그 인형이 대체 뭐기에, 십수 년이 지난 지금도 이따금 그 행방이 궁금해졌다.

그러나 저번처럼 저 남자의 분노를 돋우게 될까 봐 무서웠다. 그래서 그나마 무난하다고 생각한 초콜릿을 화제로 올렸으나 그는 그것도 충분히 아픈 이야기인지 서릿발처럼 굴었다.

"그런 건 왜 묻지?"

"그냥 갑자기 생각나서 어떻게 했나 싶…."

"왜? 이제 와서 생각해 보니 내게 준 게 아까워?"

"어떤 맛이었을지 궁금해서! 못 먹어 봤거든?"

어릴 적 이야기를 꺼냈다가 저 남자도, 그레이스도 모두 그 순간은 철없는 아이로 돌아갔다.

"그거 내가 심부름으로 번 돈을 모아서 산 건데…. 아끼느라 한 입도 못 먹어 본 걸 선물로 줬더니…."

돌아누워 이불 속에서 뾰로통하게 중얼거렸더니 남자는 잠시 말이 없어졌다.

"싸구려 초콜릿조차 사 주지 않는 부모라니 아주 좋은 부모를 뒀군."

물론 아무 말 없었던 건 잠시뿐이었다.

"수뇌부면 착복해 둔 재산도 제법 될 텐데. 그런 모친과 양부도 존경스럽다며 아직도 믿고 따르다니…."

그는 계속해서 그녀의 부모님을 헐뜯었다. 게다가 '양부'란 표현으로 그레이스가 잊으려 애쓰던 이야기를 은근슬쩍 꺼내기까지 했다.

하지만 그녀는 이를 악물고 도발에 넘어가지 않았다. 도리어 멋대로 생각하게 내버려 뒀다. 저 남자가 저를 측은하게 여기도록.

부모님이 서로를 연인으로 사랑하지 않았다며 약한 모습을 보인 게 뜻밖의 효과가 있었다.

"그런 환경에서 아이를 키우기 싫은 건 나도 마찬가지야."

저도 그런 부모님 밑에서 자랐기에 그게 어떤지 잘 안다고, 남자가 제 사적인 이야기를 꺼내기 시작한 것이었다.

제 벽을 허무는 척했더니 남자의 벽이 허물어졌다.

그 후로 그레이스는 약한 모습을 조금씩 드러냈다. 그래서 초콜릿 얘기가 부모님의 비난으로 이어진 날도 시무룩한 척만 하다 자 버렸다.

그러곤 다음 날이었다.

남자가 출근하기 전 여전히 이불 속에서 꾸물거리던 그레이스에게 물었다.

"상표 기억나?"

내내 마음에 걸렸던 건지. 그는 이미 오래전에 단종됐을지도 모르는 싸구려 초콜릿의 상표를 물었다.

"아니."

실은 기억하고 있었다. 그걸 잊을 수 있을 리가.

하지만 본거지가 있는 지역에서만 팔던 물건이기에 기억나지 않는 척했다.

그랬더니 그날부로 그레이스의 곁에는 이 크리스털 그릇이 항상 놓였다. 그 안에 든 초콜릿은 매일매일 바뀌었다.

그레이스는 하트 모양의 초콜릿을 윈스턴에게 내밀었다. 그는 눈을 살짝 치뜨고 그녀를 바라보나 싶더니 굳게 닫혀 있던 입을 열었다. 요즘 남자는 그레이스가 주는 걸 별다른 말 없이 받아먹었다.

심장은 보기보다 쉬운 남자구나.

그러나 두뇌 싸움은 쉽지 않았다.

윈스턴은 폰을 체스판 끝으로 기어코 보내 퀸으로 승격시켰다. 앞서 퀸을 빼앗은 게 무의미해진 순간이었다.

하지만 남자는 가장 강력한 말을 기껏 살리고도 방어적으로 굴며 아끼기만 했다. 승부욕이 불타오른 그레이스가 공격적으로 밀어붙이며 전세가 기우는 상황인데도 킹이 아니라 퀸을 지키는 사람처럼 굴었다.

퀸을 왜 지켜?

체스의 목적은 상대의 킹을 잡는 것이다. 퀸은 그저 그 수단일 뿐, 목적이 아니었다.

그러나 지루해진 그레이스가 다른 쪽으로 공격의 초점을 옮기는 순간 남자는 돌변했다. 극도로 아끼던 퀸을 무모하다 싶을 정도로 공격적으로 쓰더니….

"체크메이트."

결국 그레이스의 킹을 제 손에 넣었다.

그러나 남자의 눈빛은 승자의 것이 아니었다. 그는 제가 쓰러트린 킹이 아니라 킹을 몰아세우다 그레이스에게 다시 빼앗긴 퀸을 언짢은 눈으로 응시했다.

어째서일까. 그날 내내 그 눈빛이 그레이스의 뇌리에서 떨쳐지지 않았다.

레온 윈스턴의 머릿속을 들여다본 기분이었다.

어느덧 낙엽은 모두 지고, 파란만장하기 그지없었던 한 해의 끝자락이 성큼 다가왔다.

아기 구세주가 죄 많은 인류를 구원하고자 이 땅에 온 날을 겨우 며칠 앞둔 어느 아침이었다. 그레이스는 처음으로 태동을 느꼈다.

처음엔 몰랐다. 배 속에서 거품이 보글거리는 것만 같은 그 생소한 감각이 바로 아이가 움직이는 느낌이라는 걸, 오후에 정기 검진을 위해 찾아온 의사가 말해 주고서야 알았다.

살아 있다.

그레이스는 침대 끝에 걸터앉아 제 배를 떨리는 손으로 더듬었다.

여기, 이 속에서 무언가가 살아 움직이고 있다.

커져 가는 배는 외면할 수 있었다. 하지만 불시에 찾아오는 움직임은 외면할 길이 없었다.

이 낯선 존재는 잊지 말라는 듯 온몸에 울리도록 아우성쳤다.

너는 레온 윈스턴의 아이를 가졌어.

저 남자의 앞에서만 그런 척했을 뿐, 제 처지를 진심으로 받아들인 적 없었다. 스스로에게 거짓말을 일삼는 그레이스를 미약한 움직임이 그렇게 궁지로 몰았다.

그레이스는 맞은편에 서서 의사와 이야기를 나누는 윈스턴을 응시했다. 이제 제 감정을 숨기고 체념한 척하는 데 익숙하다 생각했지만 지금 이 순간만큼은 눈빛에서 원망을 도저히 숨길 수가 없었다.

저 남자가 저를 사랑하게 만들겠다는 결심을 내팽개치고 싶은 충동마저 치밀었다. 너무 미워서. 그리고 너무 버거워서.

절망의 무게를 버티지 못해 무너지는 마음을 어딘가에 기대고 싶었다. 하지만 그녀에게 기댈 곳이라곤 이 절망을 손수 심어 준 악마뿐이었다.

그에게 어처구니없게도 나약하게 매달려 엉엉 울고 싶어지는 것이었다.

네가 너무 미워! 네가 어떻게 내게 이럴 수가 있어! 당장 무릎 꿇고 용서를 빌어!

소리 없이 절규하던 그레이스는 맥 빠진 웃음을 조용히 흘렸다.

용서를 빌라니. 이건 빈다고 용서해 줄 만큼 가벼운 죄도 아닌걸.

저 남자도 똑같은, 아니, 더한 고통을 겪는 꼴을 보아야만 그레이스는 원망을 떨칠 수 있을 것이다.

다만, 용서는 어림도 없었다.

그래, 미울수록 사랑하게 만들어야만 해. 저 남자에게 복수할 길은 오로지 그뿐이었다.

"…얼마나 커야 장거리 여행이 가능하지?"

"장거리 여행이라 하시면…."

그레이스는 의사에게 계속해서 질문을 던지는 남자를 응시하며 흔들리는 의지를 다잡았다.

늦은 밤의 욕실은 전등을 켜지 않았는데도 글자를 분간할 수 있을 정도로 환했다. 욕조 가장자리와 선반 곳곳에서 향초가 은은히 불을 밝힌 덕이었다.

찰박. 부스럭.

습기를 머금은 타일 벽에 물소리와 책장을 넘기는 소리가 이따금 부딪쳤다. 욕실을 맴도는 건 잔잔한 소음만이 아니었다.

숨을 크게 들이켜자 달콤한 냄새가 콧속으로 쏟아져 들어왔다. 촉촉한 공기에 향초와 비누 거품의 향, 그리고 그레이스의 손에 들린 파르페의 향기가 뒤섞여 있었다.

거품 목욕에 파르페는 지금 그녀와 몸을 겹치고 욕조에 기대어 있는 남자의 발상이었다. 제가 어울리지도 않게 어린아이가 된 기분이었다.

남자도 어울리지 않는 짓을 하고 있었다. 거품 목욕에 독서라니 말이다. 욕조를 가로지르는 트레이에 비스듬히 세워진 책은 더 어울리지 않았다.

임신, 출산, 육아에 관한 상식 백과.

남자가 매일 밤 이 책을 읽을 때마다 제 눈을 믿을 수가 없었다. 정작 수작을 부리는 건 저면서 남자에게 무슨 수작이냐고 묻고 싶을 정도였다.

펼쳐진 책장을 노려보다 눈을 돌리는 찰나였다. 배 속에서 또 무언가가 보글거리는 느낌이 들었다.

그 순간 입 안에 든 크림과 초콜릿이 역하게 느껴졌다.

적과 적이 만든 아이. 절대로 잉태되지 말았어야 하는 금지된 존재.

마치 나처럼.

아니야. 난 아니야.

그레이스는 입에 든 걸 억지로 삼키고 윈스턴에게 물었다.

"넌 언제쯤이면 태동을 느낄 수 있대?"

"글쎄. 그런 건 아직 책에 안 나왔는데."

"너도 얼른 아기를 느껴 볼 수 있으면 좋을 텐데."

이 고통을 나 혼자 감당하긴 억울하니까.

그는 그레이스가 무슨 의도로 그런 말을 했는지 모르는 게 분명했다. 수면 아래로 손을 넣더니 태동을 느껴 보고 싶은 사람처럼 배를 천천히 어루만지기 시작했으니.

"책에서 그러던데…. 아이의 입맛에 맞는 걸 먹으면 태동이 활발해진다고."

"그래서 자꾸 움직이는 건가. 내가 좋아하는 건 아이도 좋아하나 봐"

그레이스가 파르페 잔을 들어 보이며 억지로 웃던 찰나였다.

"그럼 아이가 나를 좋아하겠군."

그레이스의 미소에 설핏 금이 갔다.

"좋아하는 만큼 미워할지도 모르지."

"아무것도 아닐 바에야 미워하는 사람이라도 되는 게 낫지."

동요를 숨기고자 얄밉게 군 게 통했는지 남자는 더 깊이 파고들지 않았다. 그가 다시 책으로 시선을 돌리는 순간 배 속에서 또 불쾌한 움직임이 시작됐다.

"지금 막 움직였어. 너도 느껴 봐."

그레이스는 남자의 손을 당겨 태동이 느껴지는 곳에 얹었다.

"흠… 신기하네."

"느껴져?"

"아니."

"그럼 뭐가 신기…."

"난 네가 아기 때문에 오늘 종일 우울한 줄 알았거든."

그레이스는 잠시 숨을 멈췄다. 우울하지 않은 척, 종일 평소처럼 굴었는데. 예리한 남자는 그녀의 기분은 물론, 기분이 저조했던 이유까지 꿰뚫어 보고 있었다.

"어떻게 알았어?"

곧바로 인정하는 길을 택했다. 이미 다 알고 꺼낸 말을 부인하는 건 멍청한 짓이었으니.

"난 이번 한 해를 너라는 여자를 분석하는 데 바친 사람이니까."

섬찟할 수도 있는 말을 애써 농담처럼 여기며 웃었다. 여유를 부린 게 통했는지 남자가 입술을 겹쳐 왔다. 그레이스는 기꺼이 키스를 주고받는 것도 모자라 혀로 짓궂은 장난까지 치며 그를 속이려 했다.

그러곤 남자의 목덜미에 어리광을 부리는 연인처럼 뺨을 문지르며 푸념했다.

"그냥… 이제 아이가 느껴지니까 실감이 나서 울적해. 어떻게 키워야 하나 막막하잖아."

솔직한 감상에 거짓된 이유를 섞었다. 남자가 깊이 파고들기 전에 그에게로 초점을 돌려 버리기까지 했다.

"넌 막막하지도 않아?"

그는 망설임 없이 고개를 저었다.

"걱정할 필요 없어."

그레이스는 뺨에 길고 긴 키스를 받으며 불과 두어 달 전을 떠올렸다.

"난 내가 저지른 일의 책임은 확실하게 지는 사람이야. 무턱대고 저질러 놓고 도망치는 너와는 달리."

똑같은 화제를 처음 꺼냈던 날, 남자는 날카롭게 굴었다. 하지만 지금은 그 순간이 꿈처럼 느껴질 만큼 다정했다. 애빙턴 비치의 소년에 견줘도 될 정도였다.

넌 잘하고 있어.

고개를 든 그레이스는 파르페를 한 스푼 떠 남자에게 내밀었다. 그는 주저 없이 그걸 받아먹곤 수면 위로 드러난 그레이스의 어깨에 점점이 키스를 새겼다.

물 밖으로 나와 있던 왼손이 그레이스의 어깨부터 욕조 가장자리에 걸쳐 둔 팔꿈치까지 부드럽게 쓸어내렸다. 그는 물기로 젖은 손을 트레이에 반듯하게 개어 둔 수건에 닦더니 다시 책장을 넘기기 시작했다.

"으응…."

그레이스는 몸을 비틀며 윈스턴을 올려다보았다. 그는 그녀가 아무리 곤란한 표정을 지어도 책에서 시선을 떼지 않았다.

이 남자, 수면 위에선 고상하기 그지없는데 수면 아래에선 천박하기 짝이 없었다.

구름처럼 두꺼운 거품이 크게 넘실거렸다. 남자가 두 다리를 그레이스에게 얽어 다리를 벌리게 한 탓이었다. 배를 점잖게 쓰다듬던 오른손은 아래로 향할수록 음란해졌다.

그는 그간 억눌렀던 성욕을 요즘 들어 조금씩, 조심스럽게 풀기 시작했다. 그리고 레온 윈스턴은 침대 밖만이 아니라 침대 안에서도 달라졌다.

부드러운 손길 아래에서 온몸이 녹아내리는 것만 같은 황홀감에 취해 있는데 남자가 물었다.

"궁금한 게 있어."

"훗, 으응?"

"그날 왜 내 욕조를 쓰고 있었지?"

남자가 그날을 입에 올리는 순간, 이 욕실에서 있었던 일이 유성 영화처럼 생생하게 떠올랐다.

"미인계였나 싶었는데 그것도 아니라니. 넌 앞뒤가 맞지 않는 짓을 자주 해. 어려워. 세상에서 제일 어려운… 여자야."

남자가 잠시 멈칫하다 말을 끝맺었다. 원래는 그녀를 무어라 부르려 했던 걸까.

"내가 쉽지 않은 건 잘 알지."

얄밉게 굴자마자 다리 사이를 파고든 남자의 손이 한층 짓궂어졌다. 그레이스는 잠시 숨을 헐떡이다 말을 이었다.

"하지만 어려운 문제에선 가장 단순한 답이 정답일 때도 있는 법이거든."

"그래서, 정답은?"

그레이스가 말을 빙빙 돌리자 남자가 인내심이 바닥난 듯한 말투로 재촉했다.

"하녀 방 욕실에선 뜨거운 물이 잘 나오지 않는 거 알아? 난 그저 얼음장 같은 찬물을 뒤집어쓰고 싶지 않았을 뿐이야."

"고작 그런 이유라니 기가 막히는군."

"그날은 네가 오지 않을 줄 알았단 말이야."

"허술하기 짝이 없어. 하긴 그토록 허술하니 결국 이렇게 잡혔지."

"발각된 건, 아훗, 내 실수가 아니었잖아."

"아, 그렇지. 프레드인지 뭔지 그 얼간이를 너와 함께 내 밑으로 넣은 게 누구였더라?"

또 수작질.

"하아, 너 지금 내가 지미를 떠올리며 가 버리길 바라는 거야?"

툭하면 그녀에게 지미에 대한 나쁜 생각을 심으려는 남자가 이제야 입을 다물었다. 물 밖으로 나와 있던 손이 그레이스의 턱 끝을 들어 올려 고개를 뒤로 젖히게 했다.

점점 몽롱해지는 시야 속에서 남자가 그녀를 집요하게 내려다보았다. 지금 그녀를 열락으로 몰아넣는 자가 누구인지 똑똑히 보라는 뜻이었다. 그레이스가 한 말이 뇌리에서 떨쳐지지 않는 모양이었다.

기분 좋은 웃음을 가장해 남자를 비웃던 그녀는 얼굴을 찡그렸다.

"아훗!"

몸을 저도 모르게 들썩이는 순간 넘실대는 거품 위로 분홍빛 젖꼭지가 세차게 튕겨 올랐다. 도톰한 모양이어야 하는 살점이 납작하게 눌려 있는 건 남자의 손가락 탓이었다.

비틀고 누르고 굴리고 간지럽히고. 그는 요즘 들어 더욱 예민해진 곳을 갖가지 방법으로 괴롭혔다.

"하윽!"

물속에선 다른 손이 같은 움직임으로 음핵을 자극했다. 욕조에 든 물이 출렁이다 못해 바깥으로 넘치기 시작하고, 복숭앗빛으로 물든 무릎

이 수면 위로 솟아오르며 오므라들자마자 활짝 벌어지더니 물속으로 끌려들어 갔다.

파르페 잔을 쥔 왼손이 파들파들 떨렸다. 그레이스는 오른손으로 물속에 처박힌 굵은 팔뚝을 붙잡았다.

"으응, 의사가, 격한 운동은 삼가라고 한 거, 아흑, 못, 들었어?"

"이 정도쯤은 네게 아무것도 아닌 거 잘 알아."

붙들린 팔이 쉴 새 없이 손안에서 불끈거렸다. 절정의 경계까지 내몰려 숨을 할딱이는 그레이스의 귓가에 남자가 속삭였다.

"그날 넌 이 파르페 위의 체리보다도 탐스러웠어. 물론 지금도. 내겐 너만큼 군침이 도는 존재도 없어."

귓불이 거칠게 빨리는 순간 그레이스의 입술 사이로 신음이 터져 나왔다.

"그날 여길 얼마나 빨고 싶었는지 알아?"

그가 빨고 싶었던 것이 귓불 따위는 아니라는 걸 똑똑히 보여 주듯, 수면 아래의 손가락이 젖꼭지를 크게 굴렸다.

"난 샐리 브리스톨을 마주칠 때마다 상상했어. 저 단정한 하녀복 속에 숨은 이곳은 얼마나 부드럽고 도톰할까."

그레이스는 문득 하녀였던 시절 그가 시가 끝을 잘근잘근 깨물 때 가슴 끝이 따끔했었던 일을 떠올렸다. 그가 더러운 생각을 하는 중이었다는 제 예감은 틀리지 않았다.

"그런데 내 욕조에 알몸으로 앉은 샐리 브리스톨이라니. 성탄절 선물을 일찍 받은 기분이었지."

"으응…."

"그날 당장 꺼내서 이렇게 가지고 놀고 싶은 걸 참느라 얼마나 힘들었는지 알아?"

그는 집요하게 애무하던 가슴을 갑자기 놓더니 부푼 배로 손을 미끄러트렸다.

"그걸 잘 참고 묵혔더니 내 성탄절 선물이 이렇게 새끼를 칠 줄이야."

남자의 얼굴에 질 나쁜 미소가 새겨졌다. 그레이스는 저 비열한 낯짝에 주먹을 휘두르고 싶은 걸 온 힘을 다해 참았다.

그래, 지금은 이 빈 껍데기뿐인 정복감을 마음껏 만끽해. 언젠가 혼자 버려진 채 이날을 떠올리며 울게 만들어 줄 테니.

"아훗!"

"그날, 네 몸속은 얼마나 뜨거울지 궁금했어."

바깥을 지분거리던 손가락이 끝내 안으로 들어왔다.

"네 속이 이 물속보다 뜨거워."

그녀의 등에 맞닿은 가슴팍이 크게 부풀고, 마른침을 삼키는 소리가 유난히 적나라하게 울렸다.

"넣고 싶어 미치겠군."

남자는 목이 졸린 사람처럼 깊게 잠긴 목소리로 중얼거렸다. 그의 성기는 목욕을 시작했을 때부터 그레이스의 등허리를 묵직하게 짓눌렀다. 이토록 발정 난 몸으로 책을 읽는 여유를 부린 것이 신기했을 정도였다.

그레이스가 안을 쑤석이는 그의 손짓을 따라 몸을 들썩이면서 두 몸뚱이 사이에 낀 성기가 거칠게 치대어졌다. 그럴 때마다 뺨으로 쏟아지는 숨도, 등을 스치는 살덩이도 너무도 뜨거워 몸이 익어 가는 것만 같았다.

"…넣어 줘."

할딱거리는 숨소리를 섞어 속삭이는 찰나, 남자가 또 한 번 목이 졸리는 듯한 신음을 냈다.

"그땐 만지지 못하게 하려고 애를 쓰더니, 지금은 넣어 달라고 애걸하는군."

널 착각에 빠지게 하는 덴, 자진해서 몸을 섞는 것만큼 좋은 수도 없거든.

"자기야, 어쩌다 이렇게 된 거야? 응?"

"네가 날 이렇게, 훗, 만들었잖아."

네가 날 이토록 지독한 인간으로 만들었어.

"으응… 제발…."

애걸하는 그레이스의 귓가에 남자가 흥분 어린 목소리로 거듭 속삭였다.

잘 봐. 넌 날 원해. 넌 내가 없으면 안 돼. 네겐 나뿐이야. 잊지 마.

이따위의 말들을. 그레이스가 도리어 그에게 해야 할 말들을 말이다.

난 널 원하지 않아. 절대로. 절대로, 아니야.

하지만 몸은 전혀 다른 소리를 했다.

남자는 그녀를 절정의 경계까지 밀어붙이고는 옴짝달싹 못 하도록 그 자리에 붙들어 두었다. 한 발짝 성큼 디뎌 모든 걸 잊게 해 줄 천국 속으로 추락하고 싶은 그레이스는 그에게 보내 달라고 애원했다.

보내 줘. 대체 어디로 보내 달라는 걸까. 내가 가야 할 곳은 그 거짓된 천국이 아닌 이 지긋지긋한 감옥 너머인데.

"하읏!"

그는 그레이스가 한참을 조르고서야 원하는 것을 주었다. 온몸이 뻣뻣하게 굳으며 파르르 경련하는 순간 손에서 파르페 잔이 떨어졌다.

"헉, 안…."

풍덩 소리는 들리지 않았다.

남자는 여유로운 손짓으로 잔을 트레이에 놓았다. 절정에 취해 축 늘어진 그레이스의 뺨에 뜨거운 입술이 내려앉았다. 남자가 무어라 중얼거리는 소리가 점점 흐릿해졌다.

"으응…."

정신을 차렸을 땐 벌써 침대로 자리를 옮긴 후였다. 눈을 뜨고 아래를 내려다보았더니 남자가 그녀의 몸을 감싼 목욕 가운을 벌리고 있었다.

"훗!"

그새 완만히 퍼져 있던 젖꼭지가 촉촉한 입 속으로 쪽 빨려 들어가는 순간 아릿한 쾌감이 치밀었다. 겨우 평온해졌던 숨이 다시 가빠졌.

그레이스는 몸을 뒤틀며 신음했다. 남자의 입 안에서 살점이 단단히 곤두서는 게 생생히 느껴졌다.

살을 빨고 치대는 소리가 요란했다. 이리저리 삐져나오는 살을 움켜쥐려 애쓰며 살덩이를 둥글리는 손놀림이 탐욕스러워 보였다. 남자는 제 커다란 손으로도 다 쥐지 못할 만큼 커져 버린 가슴에 유난히 집착했다.

"하아…."

드디어 남자의 입이 가슴 끝에서 떨어져 나갔다. 그레이스만큼이나 남자도 가쁘게 숨을 몰아쉬더니 불만스러운 목소리로 중얼거렸다.

"같이 쓰고 싶지 않아."

그의 손이 말랑한 살덩이를 한껏 쥐고 젖꼭지를 향해 밀어 올렸다. 젖이라도 짜는 듯한 동작이었다. 수치스러워진 그레이스가 손을 떼어 내려 했지만 그는 막무가내였다.

"한쪽 정도는 양보해야 하나. 어느 쪽이 더 좋은지 고르기 힘든데 말이지."

남자가 불시에 고개를 숙였다.

"으응… 하지 마."

젖꼭지를 빨리는 건 이제 익숙하건만, 그레이스는 부끄러움을 참지 못하고 그를 밀어내려 했다. 이 남자가 무슨 의도로 이곳을 빨아 대는지 알기에 참을 수 없는 것이었다.

그는 그레이스가 싫어하건 말건 여유롭게 한쪽씩 번갈아 빨아 보더니 젖은 입술을 핥으며 중얼거렸다.

"역시 분유를 먹이는 게 좋겠어."

두 손으로 욕심껏 모아 쥐자 말랑한 살 두 쪽이 그의 손 모양을 따라 이지러졌다.

"넌 나 하나만으로도 벅찰 테니."

그레이스는 역겹다는 속내를 감추지 않았다.

"넌 정말 구제 불가능한 변태야."

"쉿, 아기가 듣잖아. 아이 앞에서 아버지를 헐뜯는 건 교육상 좋지 않아."

남자는 근엄한 얼굴로 그레이스를 꾸짖는 동시에 그녀의 허벅지를 좌우로 크게 벌렸다.

시선이 자연히 손길이 느껴지는 곳으로 향했다. 이젠 아래를 내려다보아도 제 다리 사이가 보이지 않았다. 동그랗게 솟은 배를 차마 눈 뜨고 볼 수 없었던 그레이스가 옷자락을 여몄지만 곧바로 제지당했다.

"예뻐."

남자는 가운을 벌리더니 배에 키스를 점점이 새겼다.

"아니, 아름다워."

고개를 든 그가 그레이스를 내려다보며 웃었다. 조금 전 질 나쁜 미소를 짓던 악마는 어디로 사라진 걸까. 애정 어린 미소에 그녀는 흠칫했다.

레온 윈스턴이 사랑에 빠진 남자처럼 군다. 작전이 통한 걸까. 기쁘게 웃어야 할 일이었지만 그레이스는 그러지 못하며 시선을 돌려 버렸다.

안 돼. 그레이스, 제발 네 목표를 잊지 마.

남자를 속이려면 먼저 저부터 속여야 했다.

사랑하는 것처럼. 사랑하는 것처럼.

그녀는 같은 말을 되뇌며 남자의 목덜미에 팔을 감았다. 의도를 알아들은 그가 고개를 숙여 입술을 포갰다. 그레이스는 계속해서 사랑을 나누는 연인을 연기하며 부드러운 키스를 주고받았다.

그사이 손이 다리 사이로 파고들었다. 남자는 그녀가 충분히 젖을 때까지 공들여 애무를 하더니 가쁘게 숨을 몰아쉬며 물었다.

"넣어도 돼?"

허락을 구하다니. 그레이스는 잠시 멈칫했다. 제게 정복당한 여자를 잔인하게 조롱하느라 허락을 구하던 때의 말투도 아니었다.

설마, 정말로, 진심으로 묻는 건가?

이 남자, 그레이스의 연기에 동화된 걸까. 조금 전까지만 해도 그녀를 가볍게 가지고 놀듯 굴더니 지금은 전혀 다른 사람이었다.

심지어 그는 멍하니 바라만 보는 그레이스를 재촉하지 않고 기다려 주기까지 했다.

"…넣어도 된다고 했잖아."

욕조에서 넣어 달라고 애걸했던 걸 상기시켜 주며 그의 목에 두 팔을 더욱 단단히 감았다.

"두 번 말하게 하다니 짓궂어."

부끄럽게 왜 다시 묻냐며 입술을 삐죽 내미는 순간 굵다란 것이 다리 사이를 가르고 들어오더니….

"아, 흡…."

교성을 토해 내느라 벌어졌던 입에 입술이 포개어졌다.

젖은 살이 부딪치는 소리가 침실을 울리기 시작하고, 가느다란 신음에 거친 숨소리가 쉴 새 없이 얽혀 들었다.

그레이스가 호흡의 리듬을 찾기까지는 시간이 제법 걸렸다. 이 남자의 버거운 성기가 제 몸속을 들락날락하는 감각, 예전엔 하루에도 수없이 느꼈던 이 감각이 너무도 오랜만이었다.

"아흐…."

남자의 몸이 가볍게 치받아 올 때마다 사지에서 힘이 조금씩, 조금씩 빠졌다. 결국 목을 휘감고 있던 팔이 하나씩 힘없이 침대 위로 툭, 툭 떨어졌다.

몸을 비틀고 팔다리를 하느작대며 신음하는데 불현듯 남자가 물었다.

"괜찮아?"

그 순간 그레이스는 제 귀를 의심하며 반쯤 감고 있던 눈을 번쩍 떴다. 걱정과 격정을 한데 담은 눈이 그녀를 지그시 내려다보고 있었다.

사랑에 빠진 사람의 눈이었다.

그래, 저 남잔 잘하고 있어. 그레이스, 너도 어서 사랑하는 것처럼 굴어야지.

"으응…. 괜찮아."

갑작스레 뜨거워지는 두 뺨을 손등으로 가리며 배시시 웃는 찰나, 남자가 따라 웃었다. 심장이 덜컥 내려앉았다.

열이 오른 탓인 걸까. 머릿속이 혼란스러운 가운데 남자가 자꾸만 다정한 고문을 가했다.

"너무 힘들면 참지 말고 말해."

격정을 한껏 참는 목소리였다. 그레이스의 옆을 짚고 있던 손이 다가와 얼굴을 어루만지더니 땀에 젖어 뺨에 붙은 머리칼을 넘겨주었다. 그러며 또 그가 생긋 웃는 순간, 그레이스는 참지 못하고 눈을 질끈 감아 버렸다.

잠시 멈췄던 허리 짓이 다시 시작됐다. 남자는 제 몸을 지탱하지 못하는 그레이스의 허리를 한 손으로 받쳐 들고 유연하게 허리를 놀렸다.

침대 위의 몸이 바다 위의 조각배처럼 출렁였다. 여느 때처럼 거친 풍랑에 휘말린 느낌은 아니었다. 잔잔한 물결 위에 누워 넘실거리는 것만 같았다.

이 남자가 진심으로 참고 있다. 그게 몸짓에서부터 전해졌다.

아기를 위해 조심하려는 건가.

잠시 멍해졌던 그레이스는 이를 악물었다.

아기를 위하다니, 말도 안 되는 소릴.

계산적인 목적에 따라 만든 아이다. 살아 있어야 제 목적을 다하기 때문에 조심하는 것뿐이다.

제 생각을 하고 있다는 걸 어떻게 알았는지 잠잠하던 아이가 움직였다. 굵다란 기둥이 몸을 들쑤시는 와중에도 태동은 무서우리만치 생생했다.

겁에 질린 그레이스는 간신히 붙들고 있던 이성을 잃고 제게 이 저주 같은 생명을 심은 악마에게 매달렸다.

"더 세게, 더 빠르게 해 줘."

"괜찮겠어?"

"해 줘, 제발."

이 고통을 잊게 해 줄 수만 있다면 저질스러운 쾌락이라 할지라도 기꺼웠다. 자신을 비참하게 망가뜨릴 것을 알면서도 마약을 찾는 이들의 심정을 이해할 수 있을 것만 같았다.

"아, 아흣…."

그레이스가 다시금 애걸하고서야 남자의 허리 짓에 속도가 붙었다. 곧 저를 붙들고 몸속을 헤집어 대는 남자 외엔 모든 것이 아득하게만 느껴지기 시작했다.

예전에 비하면 부드럽기 짝이 없었지만 예민한 곳만을 겨냥해 찔러 대는 덕에 순식간에 압도적인 절정감이 그녀를 집어삼켰다.

"헉, 아흑!"

시야가 새하얗게 밝아졌다. 그 한가운데에서 누군가가 그녀를 내려다보고 있었다.

악마는 없었다.

지키지 못한 약속과 어긋난 마음이 망령처럼 떠돌던 어느 여름밤, 이 침대에서 고통스러운 얼굴로 그녀를 범하던 남자도 없었다.

오직 애빙턴 비치의 소년이 있을 뿐.

첫사랑의 설렘에 견줄 만한 황홀감 속에서 저도 모르게 미소 짓는 순간 소년이 따라 웃었다.

그레이스는 소년에게 손을 뻗었다. 그가 뺨을 기대어 오더니 그녀의 손바닥에 정중하고도 애정 어린 키스를 남겼다.

괜찮아.

우린 그때 잊으니지 않은 거야.

제가 속여야 하는 건 저 남자인데, 그레이스는 어리석게도 자신을 속여 버렸다.

지금 이 순간이 계략으로 얼룩진 기만의 시간이 아니라 진실된 사랑의 시간이라는 착각에 빠져 실수를 저질렀다.

"레온."

소년의 이름을 부르는 제 목소리가 들리는 순간, 찬물을 맞은 것처럼 정신이 번쩍 들었다.

지난번, 저 남자의 이름을 불렀을 때 벌어졌던 일이 머릿속에서 재빠르게 되풀이됐다.

망했어. 내가 다 망쳐 버린 거야.

지난 몇 달의 노력이 이 단 한마디 때문에 수포로 돌아갔다는 절망에 빠진 그레이스는 곧 제게 닥칠 비극을 기다리며 눈을 감았다.

하지만 그녀를 덮친 건 비극이 아니었다.

뜨거운 입술이 포개어지는 순간 그레이스는 눈을 번쩍 떴다. 남자는 여전히 소년의 얼굴을 한 채 그녀에게 열렬한 키스를 퍼부었다.

얼떨떨한 심정으로 애무를 받던 그레이스는 재빠르게 마음을 다잡았다. 이건 실수를 이용할 기회였다.

"레온…."

이 남자가 제게 푹 빠져 허우적대도록, 또다시 그를 사랑하는 척하려는 찰나였다. 남자가 그녀를 불렀다.

"데이지."

아니, 남자는 그녀를 부르지 않았다.

도무지 이해할 수 없는 절망이 엄습해 왔다. 그레이스의 마음은 그 순간에 멈춰 버렸는데 몸은 다시 흔들리기 시작했다.

한참을 인형처럼 흔들리던 그녀가 마침내 굳게 다물고 있던 입을 열었다.

"내 이름은 그레이스야."

십수 년은 늦어 버린 고백이었다. 하지만 남자는 아무런 말이 없었다. 뺨에 입술을 짓누르는 게 다였다.

이 남자에게서 받은 그 수많은 키스 중에서도 단연 가장 잔인한 키스였다.

결국 그녀를 덮친 건 비극이었다.

내가 언제부터 연기를 이토록 잘한 걸까.

"브리스톨 양, 잘리면 배우를 해 보는 게 어때?"

그러게, 내게 배우의 재능이 있었을 줄이야. 그것도 자신까지 속일 정도로 천재적인 연기력이라니.

"괜찮아?"

그녀의 뒤에서 젖은 머리를 수건으로 닦아 주던 남자가 묻는 순간 그레이스는 화들짝 정신을 차렸다.

"넋을 빼놓을 만큼 세게 하진 않았는데."

짓궂은 소리에 그레이스는 눈을 흘기며 수건을 빼앗았다.

그나저나 남자는 오늘 좀 이상했다.

그는 정사가 끝나자 원래의 그 능글맞은 인간으로 돌아왔다. 그러니까 여기서 이상한 점은 정사가 '끝났다'는 사실이었다. 단 한 번 만에.

절정에, 후희까지 끝난 후 욕실로 데려오길래 샤워를 하며 또 집적댈 줄 알았다. 하지만 질척해진 몸을 씻기만 하고 끝이었다.

정말 이렇게 끝?

그레이스는 욕실에서 나와 침대에 가지런히 놓인 잠옷을 입으며 남자를 곁눈질했다. 그는 잠옷을 입자마자 드레스 룸으로 사라졌다.

믿을 수가 없었다. 저 남자, 몇 달이나 굶었으니 굉장히 허기졌을 텐데.

그래서 예전처럼 밤새 시달리는 것도 각오했다. 아무리 임신했기 때문에 자제한다고 해도 두 번은 할 줄 알았다.

참는 건가?

하지만 남자는 그레이스를 씻겨 주는 내내 참는 게 아니라 만족한 얼굴을 하고 있었다.

싱클레어에 관한 서류를 가져왔던, 그 이상했던 날처럼.

멍하니 생각에 잠겨 이불 속으로 들어가던 때였다.

꼬르륵.

그 순간 드레스 룸에서 폭소가 터져 나왔다.

알고 보니 허기진 건 저였을 줄이야. 옆방까지 울리도록 소리를 낸 게 민망해 이불을 뒤집어쓰려는데 남자가 침실로 돌아왔다.

그는 하녀를 호출하는 줄을 당기는 순간에도 웃음을 멈추지 않았다. 얄미워서 꼬집어 주고 싶었다.

애플비 부인이 만든 백조 프로피트롤은 고급 레스토랑에 견줘도 지지 않을 것이다.

그레이스가 베드 트레이에 불필요할 정도로 세련되게 차려진 커스터드 슈를 음미하는 사이, 남자는 침대 헤드 보드에 기대어 앉아 그녀의 머리칼을 브러시로 빗어 내렸다.

날개 모양의 슈 조각에 크림을 한껏 떠서 남자에게 내밀었다. 그는 고개를 저어 거절하더니 받지도 않은 것에 보답이라도 하듯 그레이스의 입술에 제 입술을 가볍게 짓눌렀다.

이 남자, 그녀가 저를 사랑한다고 착각하는 게 분명했다.

그래, 그렇게 믿어 줘. 내가 사라진 후에도.

단 한 번도 가지지 못한 것보다 가졌다가 영영 잃는 것이 더욱더 아픈 법이다.

빗질을 끝낸 남자가 그녀의 배를 어루만지기 시작했다.

"지금도 움직여?"

"아니, 자나 봐."

"우리가 너무 괴롭혀서 피곤했나?"

"으, 역겨워."

그레이스의 얼굴이 일그러지고, 남자는 홀로 장난스레 웃어 대더니 느닷없이 물었다.

"딸을 원해, 아들을 원해?"

"글쎄."

그런 생각을 해 봤을 리가 없다.

"너만 닮지 않으면 되는 거 아닐까?"

"이런, 너 지금 큰 실수 했어."

"실수?"

"엘리자베스 윈스턴 부인께서 나를 가지셨을 때 그런 말을 기도문처럼 외우고 다니셨다지. 제 아비만 닮지 않았으면. 그리고 그 결과는 지금 네가 보다시피."

남자가 가증스러운 미소를 짓자 그레이스는 눈을 한번 흘겨 주곤 고개를 돌렸다.

"그럼 넌 딸이면 좋겠어, 아들이면 좋겠어?"

어느 쪽이든 안아 보지 못할 가능성이 크지만.

"상관없어."

하긴 상관없겠지.

"내 곁에만 있으면 돼."

그녀를 제 곁에 묶어 둘 닻 삼아 만든 아이일 뿐이다. 배의 닻이 파란

색인지 분홍색인지를 중요하게 생각하는 선주는 없다.

허기졌던 것이 무색하게 순식간에 입맛이 떨어졌다. 트레이를 치워 달라고 하려고 돌아본 그레이스는 얼어붙었다.

남자의 손에 네이비색 가죽 상자가 들려 있었다. 그는 그레이스의 얼굴을 물끄러미 보더니 픽 웃었다.

"뭔지 벌써 아는 눈치네."

그래, 유감스럽게도. 저건 누가 보아도 반지 상자였으니.

그레이스는 문득 떠올렸다. 그의 약혼식 날, 이 남자는 다른 상자는 모두 열어 보게 하곤 저 상자만 몰래 숨겼다.

난 지금 어떤 심경을 연기해야 하는 걸까.

그레이스가 방향을 정하지 못하고 갈팡질팡하는 사이 상자가 열렸다.

어째서일까. 남자가 제 눈앞에서 권총의 해머를 당기던 순간처럼 심장이 철렁 내려앉았다.

금빛 쿠션 가운데에 자리한 건 역시나 반지였다. 그것도 그레이스의 예상을 훨씬 뛰어넘는 고가의 물건이었다.

상자의 안쪽에 적힌 브랜드 이름에 눈길이 닿았다. 부나 사치와는 거리가 먼 그녀도 알아볼 정도로 유명한 보석 아틀리에였다.

온 대륙에 이름난 브랜드로, 국왕이 왕비의 약혼반지를 주문했던 곳이다. 그러니 저건 아무리 대부호라도 심심풀이로 사지 않을 사치품이었다.

왕족이나 쓸 법한 티아라를 닮은 백금 반지에는 다이아몬드가 빈틈없이 장식되어 있었다. 거기다 공작이 깃을 펼친 모양새인 윗부분에는 그레이스의 엄지손톱보다도 큰 물방울 다이아몬드가 거꾸로 박혀 있었다.

그러니까, 이건 누가 보아도 약혼반지였다.

넌 대체 무슨 생각으로 날 위해 이런 걸 주문한 거야?

결국 그레이스는 제 배역을 잊고 혼란스러운 심정을 얼굴에 그대로 드러내 버렸다. 남자는 분명 다 보았을 텐데 아무런 말 없이 그녀의 왼손 약지에 반지를 끼웠다.

아무런 말 없이.

달리 말해 결혼 같은 말조차도 전혀 꺼내지 않았다.

그는 그레이스의 몸을 차지했을 때처럼 이미 주인이 있는 자리에 제멋대로 반지를 끼우곤 너무도 당당하게 웃었다.

"잘 맞네."

결국은 정복욕의 발로일 뿐인 건가. 남자는 그레이스의 뒷덜미를 당겨 입술을 탐욕스럽게 삼키다 요구했다.

"항상 끼고 있어."

그러곤 침실 한쪽의 콘솔에서 서류 봉투 두 개를 가져와 건넸다.

"열어 봐."

내용물을 꺼내어 본 그레이스는 또 한 번 말을 잃었다. 안에 든 건 건물 내부를 찍은 사진과 도면이었다.

"…이건 뭐야?"

"펜트하우스."

설마, 정말로 이 별채에서 내보내 줄 생각인 건가.

그레이스는 마른침을 삼키며 첫 봉투의 내용물을 뒤적였다. 모두 윈스포드 시내의 마천루에 자리한 펜트하우스였다.

두 번째 봉투의 내용물도 같겠거니 싶어 대수롭지 않게 열어 보았다. 역시나 예상대로 펜트하우스의 카탈로그였다.

하지만 카탈로그에 적힌 주소에 시선이 닿는 순간 사고가 멎었다.

이건 대체 무슨 수작이야?

그동안 이 남자의 수를 온갖 방면으로 예측해 두었지만 그중에 이런 건 없었다. 예상외의 변수가 나타나자 그레이스가 공들여 세워 둔 전략이 휘청거렸다.

놀란 눈으로 올려다보는 그레이스에게 남자는 대수롭지 않다는 듯 웃었다.

"내 계획, 궁금해했잖아."

말투는 가벼웠으나 눈빛은 진지하기 이를 데 없었다.

아니야. 네가 이럴 리가 없어. 누구보다 탐욕스럽고 계산적인 네가? 이건 말도 안 돼.

잊지 마. 이 남자, 희망을 주었다가 빼앗기를 서슴지 않으며 널 여태 조롱한 남자야.

속지 마. 이것도 그런 수작질일 뿐이야. 결국은 가짜 미끼에 지나지 않아. 저 남자는 다시 널 가둘 거야. 평생.

"하나씩 골라 둬. 어차피 다 내 소유이니 네가 전부 원한다면 굳이 고를 필요도 없지만."

그레이스는 시트 위에 펼쳐진 사진과 도면을 내려다보며 같은 말을 주문처럼 되뇌었다.

이건 더 큰 감옥일 뿐이야.

"마음에 들지 않으면 말해. 다른 곳으로 알아볼 테니."

내 꿈과 자유를 전부 앗아 가곤 자비로운 구원자처럼 굴다니 역겨워.

흔들리는 마음을 다잡아야 했다. 그레이스는 흉하게 부푼 배로 시선을 떨어트렸다가 여전히 우아하기 짝이 없는 남자의 얼굴을 응시했다.

그레이스, 잘 봐.

넌 지금 이토록 비참한 꼴인데 저 남잔 언제나 백조처럼 고고해. 첫 만 남부터 지금까지, 언제나 이랬어. 앞으로도 이럴 거야.

커스터드에 우아하게 꽂힌 백조의 목이 뚝 꺾이더니 그레이스에게 먹혔다. 그녀는 백조를 잘근잘근 씹어 먹으며 되뇌었다.

우리의 미래는 이것뿐이야.

겨울새가 우는 소리에 눈을 뜨자마자 익숙한 얼굴이 보였다. 눈이 마주치는 순간 굳어 있던 얼굴이 부드러워졌다.

이 남자, 대체 언제부터 지켜보고 있었던 걸까.

그는 곧바로 그레이스의 이마에 키스를 하더니 깊이 잠긴 목소리로 물었다.

"잘 잤어?"

"으응…."

그레이스는 졸린 척 눈을 비벼 시야를 흐리게 만들었다.

잘 잤냐는 아침 인사를 조롱기 없이 하는 윈스턴. 제 침대를 남과 같이 쓰는 윈스턴. 밤새 그녀에게 제 팔을 베개 삼아 빌려주는 윈스턴. 키스로 잠에서 깨워 주는 윈스턴.

제가 그렇게 만들었으면서도 다정한 연인인 레온 윈스턴은 여전히 낯설기만 했다.

그래서 침대에서 오래 뒹굴지 않고 곧바로 몸을 일으켰다. 그 후론 여느 때와 다를 바 없이 하루가 시작되었다.

두 사람은 간단히 씻은 후 창가에 마주 앉아 아침 식사를 했다.

"이것도 들도록 해."

어젯밤이 힘들었을 거라고 생각하는 건지, 남자는 평소보다 많은 양을 권했다.

그레이스는 주는 대로 먹으며 멍하니 생각에 잠겼다. 식사가 끝나면 남자는 일을 하러 갈 것이다. 그는 요즘 사령부로 출근했다.

그가 떠나고 나면 그레이스는 적막한 별채에 말을 하지 못하는 하녀와 단둘이 남겨졌다. 오전이나 오후 중 딱 한 번 하녀의 감시하에 별채 후원을 산책하는 건 허락됐다. 그러곤 남자가 퇴근할 때까지 종일 침실에 갇혀 있어야 했다.

고문실에 갇혀 살 때보다 크게 나아진 것이 없는, 정말 지루하기 짝이 없는 일상이었다.

"원한다면 윈스포드에 있는 물건은 직접 가서 볼 수도 있어."

식사가 끝나자 남자는 펜트하우스의 카탈로그를 가져와 그레이스의 앞에 놓았다. 그러곤 옷을 갈아입으러 드레스 룸으로 사라졌다.

홀로 남겨지고서야 그레이스는 얼굴에서 미소를 지웠다.

난 이런 걸 원한 적 없어. 난 저 남자를 원하지 않아.

호화로운 펜트하우스의 사진을 내려다보는 눈동자가 점차 흔들렸다. 그러다 시선이 왼손 약지의 화려한 반지에 닿는 순간 그레이스는 눈을 질끈 감았다.

잊지 마. 부패한 왕정을 무너뜨리고 모두가 더욱 평등하고 공평한 세상을 누리도록 하는 게 네 목표야. 왕정의 돼지와 한패가 되기 위해 살아 있는 게 아니야.

그녀는 눈을 가늘게 뜨고 제 몸을 내려다보았다.

이런 수모까지 당하면서도 뜻을 꺾지 않고 잘 버텼잖아. 고작 이딴 것에 흔들리지 마. 그레이스, 넌 속물이 아니야.

저 남자, 그저 내게서 본거지의 위치를 알아내려고 수작을 부리는 것뿐인 거 너도 잘 알잖아.

내가 원하는 건, 우리가 원하는 건 이런 게 아니야. 흔들리지 마. 이건 동지들을 배신하는 짓이야.

프레드, 그리고 피터처럼 추악한 배신자로 전락하고 싶지 않았다.

지미를 생각해.

다른 남자가 끼운 반지의 무게가 약지를 누르는 가운데 그레이스는 약혼자를 떠올렸다.

지미가 제게 자살을 지시했다는 윈스턴의 말은 여전히 믿지 않았다. 아니, 설령 사실이라 해도 지미에겐 분명 피치 못할 사정이 있었을 것이다.

'구하려고 애를 썼지만 잘 안 되었다거나…'

그랬던 걸, 별채 지하에 갇혀 있었던 제가 모르는 것뿐이다.

게다가 지미는 혁명군의 수장이었다. 지도자라면 때론 뼈아픈 결정을 내려야 할 때도 있는 법이었다. 분명 눈물을 머금고 한 결정일 것이다.

그러니까, 내가 살아 돌아가면 기뻐할 거야.

지미와 그녀의 사이에는 남녀 간의 사랑을 초월하는 동지애가 있었다. 그러니 고작 다른 남자의 아이를, 그것도 다른 동지들을 지키려다 억지로 가졌다고 해서 버리지는 않을 것이다.

그레이스는 다시 눈을 질끈 감았다

'우리는 모두의 삶을 평등하고 윤택하게 하겠다는 대의를 위해…'

같은 말이 그녀의 머릿속에서 기도문처럼 되풀이됐다.

소매 끝에 커프스를 채우던 남자가 거울에 비친 그레이스를 발견하곤 눈썹을 들어 올렸다. 무슨 용건이냐는 무언의 물음에 그녀는 답하지 않고 안으로 발을 들였다.

옷장을 열고 넥타이 걸이에서 검은 넥타이를 꺼내어 들었다. 남자가 달라고 손을 내밀었으나 주지 않았다. 발뒤꿈치를 들어 가며 목에 직접 걸어 주었더니 그가 휘청하는 그레이스를 붙잡아 주며 의아한 투로 물었다.

"맬 줄 알아?"

"아니."

동시에 짤막한 웃음이 터졌다. 남자는 타이의 끝을 붙잡은 그레이스의 손에 제 손을 겹치며 제안했다.

"가르쳐 줄게."

약혼식이 있던 날에는 무작정 보타이를 매라고 시키곤 할 줄 모른다며 핀잔을 주더니, 오늘은 전혀 다른 사람이 되어 차근차근 가르쳐 주었다.

"이제 한 바퀴 둘러서…. 아니, 그쪽 말고 이쪽."

그는 그레이스가 실수를 해도 웃었다. 귀한 출근 시간을 낭비하며 거슬리는 실수를 계속 저지르는데도 즐거워 보였다.

심지어는….

"앗, 잘못 맨 것 같은데…. 다시. 아, 아니야. 그냥 네가 다시 매는 게 나을 것 같아."

"됐어. 난 마음에 들어."

매듭이 비뚤어졌는데도 그대로 매고 가겠다는 것이었다.

매듭이 대칭을 이루지 않으면 안 되며 짧은 쪽과 긴 쪽의 길이까지 정확히 맞춰야만 하는 남자가 저런 바보 같은 꼴로.

"*남자는 사랑에 빠지면 바보가 된단다.*"

네, 어머니 말씀이 맞았네요.

그레이스는 장교복 재킷 위에 검은 코트를 걸치고 밖으로 향하는 남자를 멍하니 따라갔다. 침실 문 앞에 이르자 남자가 돌아섰다.

키스를 하려는지 그는 기껏 반듯하게 쓴 정모를 살짝 들어 올리며 고개를 기울였다.

그레이스가 뜻밖의 행동을 하는 순간 나른히 감겨 있던 그의 눈이 번쩍 뜨였다. 넥타이를 당겨서 먼저 입술을 겹쳤다. 비뚤어진 넥타이가 더욱 비뚤어지도록.

"오늘따라 기분이 좋아 보여."

입술이 떨어지자 남자가 눈을 가늘게 뜨며 고개를 비스듬히 기울였다.

"당연히 좋지 않겠어?"

그레이스는 삐져나온 넥타이를 재킷 속으로 넣어 주며 반지가 잘 보이도록 손의 각도를 틀었다.

"펜트하우스는 언제 구경시켜 줄 거야?"

"네가 피곤하지 않다면 오늘 저녁은 어때?"

예상보다도 과감한 제안에 웃고 싶어지는 걸 그레이스는 애써 참았다.

"전혀 피곤하지 않아. 그럼 오랜만에 외출한 김에 식사는? 사람들 눈이 있으니 좀 그런가?"

"네가 원한다면 뭐든."

남자는 활짝 웃는 그녀의 이마에 입술을 짓누르더니 물었다.

"저번의 그 유람선은 어때?"

"좋아. 이번엔 반드시 네 시간이 여덟 시간처럼 느껴지도록 해 줄 테니 각오해."

남자가 웃음을 터트렸다. 진심으로 행복해 보이는 미소였다.

그는 산책하러 나갈 때 옷을 반드시 두껍게 입으라는 둥, 이런저런 당부를 하고서야 복도로 나갔다.

"레온."

충동적으로 그의 이름을 부르는 순간 남자가 계단 앞에서 멈춰 서더니 그레이스를 돌아보았다.

"행복해?"

그가 대답 대신 웃자 그레이스도 똑같은 미소를 지었다. 그러나 남자가 계단 아래로 사라지자마자 미소는 자취를 감췄다.

지금의 이 행복이 네 불행의 씨앗이 될 거야.

뜻밖의 기회가 생겼다.

밖으로 데리고 나가겠다니. 머릿속으로 온갖 각본을 짜며 탈출 방법을 상상해 보는데 드레스 룸에서 부스럭대던 하녀가 품에 옷가지를 잔뜩 안고 침실로 돌아왔다.

"아, 벌써 산책할 시간인가?"

오늘은 날이 유난히 춥기라도 한 건지, 하녀는 그레이스에게 스웨터를 입히고 두꺼운 양말까지 신기고서야 갈색 코트를 입혀 주었다.

배가 꽤 나온 데에다 옷을 두껍게 입었는데도 그 남자의 코트는 여전히 컸다.

거기다 하녀는 두꺼운 스카프까지 목에 칭칭 감았다. 실내라 벌써 땀이 흐르기 시작했다.

장갑을 끼느라 뺀 반지를 상자에 넣으려는데 하녀가 기어코 그녀의 손에 다시 끼웠다. 아무리 그 남자가 항상 끼고 있으라 했다지만 잠깐 산책을 다녀오면서까지 꾸역꾸역 껴야 하는 이유는 뭔지.

하녀는 막무가내였다. 장갑이 두꺼워 약지에 들어가지 않자 새끼손가락에 끼우고는 그레이스의 손을 잡아끌었다.

계단을 내려가던 그녀는 멈칫했다. 걸을 때마다 코트 주머니에서 묵직한 것이 흔들리는 느낌이 났다.

주머니에 손을 넣어 만져 보았다.

지폐 몇 장과 동전 몇 개. 그리고···.

'권총?'

손에 닿는 이 단단하고 차가운 느낌, 그리고 이 무게감과 모양새는 틀림없는 권총이었다.

굳이 저녁까지 기다릴 것도 없어.

재빠르게 상황을 파악한 그레이스는 1층에 발을 딛자마자 후문으로 가는 하녀를 붙잡았다.

"아니, 오늘은 정문으로 갈 거야."

안 된다며 고개를 저으려던 하녀는 새카만 권총에 시선이 닿자 순순히 그녀의 지시에 따랐다.

그레이스는 하녀를 인질 삼아 앞세운 채 별채의 철문으로 다가갔다. 밖에 서 있던 경비원 둘이 발소리를 듣고 돌아보는 순간 그녀는 권총이 똑똑히 보이도록 몸을 틀고 요구했다.

"열어."

두 사내가 당황하는 꼴이 우스웠다.

"당장."

그러나 놈들은 바보가 아닌 건지, 아니면 지시와 훈련을 철저히 받은 건지 문을 선뜻 열지 않았다.

아, 그렇지.

저들이 지켜야 하는 목숨은 이 하녀가 아니라 그레이스였다.

열 수밖에 없도록 만들어 줘야겠지.

"열지 않으면 쏠 거야."

그레이스는 하녀를 놓아주고 총구를 제게로 돌렸다. 그제야 놈들이 사색이 되어 허둥지둥 문을 열었다.

우스워.

권총을 제 턱 아래에 겨누고 밖으로 빠져나오는 내내 아무도 그녀를 붙잡지 않았다.

정말 우스워.

부른 배를 안고 저택의 정원을 가로지르는 사이, 온 저택에 울리도록 크게 소리 내 비웃어 주고 싶은 걸 그레이스는 꾹 참아야만 했다.

무사히 후문을 넘어 이 지긋지긋한 저택의 밖으로 탈출하는 데는 그리 오래 걸리지 않았다.

그렇게 그레이스는 도망쳤다.

담벼락 너머로 사라지는 그녀의 뒷모습을 한 쌍의 망원경 뒤에서 연푸른 눈동자가 지켜보았다.

지옥행 특급 열차

VENGEANCE NAMED LOVE

저택 최상층의 발코니에서는 사방이 한눈에 보였다. 캠벨은 난간 앞에 선 상관의 뒷모습을 지켜보며 숨을 죽였다.

등 뒤의 실내에서는 병사들이 분주히 움직였다. 모두 예전에 별채 경비를 담당해 고문실의 유령에 대해 알고 있는 자들이었다.

그중 하나가 바깥에 대기 중인 인원에게 전화로 다급히 상황을 전달했다.

"벨라가 탈출했다."

캠벨은 겸연쩍어졌다. 작전 대상에게 아름다운 여자라는 뜻의 암호명을 붙이다니. 상관의 속내가 너무도 적나라하게 드러난 탓이었다.

그는 상관의 옆으로 다가가 발코니 아래를 내려다보았다. 아래에선 작전 계획에 따라 저택 정원과 별채에 배치했던 인원들이 움직이고 있었다.

별채의 하녀와 경비원들은 정해진 각본대로 행동했으며 정원도 미리 지시한 대로 텅 비워졌다. 현재까진 모든 것이 계획대로 완벽히 돌아가는 셈이었다.

그러나 상관의 심기는 저 비뚤어진 넥타이 매듭만큼이나 뒤틀려 보였다.

단순히 위험도와 중요도가 높은 작전이 진행되는 중이라 예민한 것이라고 하기에는 그 결이 무척이나 달랐다. 상관을 오래 지켜본 캠벨이 그 이유를 모를 리 없었다.

'저 여자, 끝내 도망치는 길을 택했군.'

담벼락 너머의 길을 따라 걷던 여자가 완전히 보이지 않게 되자 레온은 쌍안경을 캠벨에게 넘기고 실내로 들어섰다. 그는 전화기를 붙잡고 떠드는 병사들을 지나 계단으로 향했다.

그래, 역시 그건 연기였다.

사랑하는 척하면 이 남자가 방심할지도 몰라. 여자는 그런 생각을 한 게 분명했다.

넌 지금 네 작전이 통했다고 착각하고 있겠지.

레온은 나직이 조소했다.

기력을 되찾자마자 머리를 굴리다니, 그 여자다웠다. 물론 그 머리를 굴려 봤자였다.

그는 처음부터 여자의 수를 꿰고 있었다. 손해 볼 것 없었기에 그 여자의 깜찍한 짓에 손발을 맞춰 사랑하는 척해 주었다.

그에게 재능이 있었던 건 뜻밖이었다. 사랑에 빠진 연기가 그토록 쉬울 줄이야.

레온은 문득 궁금해졌다. 기만으로 점철된 이 치정 스릴러 영화의 최우수 주연상은 과연 누구에게로 돌아갈까.

그 여자, 꽤나 쟁쟁한 경쟁자였다. 이따금 흔들리는 모습을 보였으나 제 배역을 제법 그럴듯하게 연기해 냈다.

그래, 연기였을 뿐이다. 그런데 이 씁쓸한 뒷맛은 뭘까.

그 의미를 그는 모르고 싶어도 그럴 수 없었다.

사랑하는 척하면 이 여자가 나를 떠나지 않을지도 몰라. 그런 아둔한 기대를 저도 모르게 키우고 있었던 걸, 여자가 권총을 뽑아 든 채 별채 밖으로 나오는 순간에야 깨달았다.

어쩌면 그 여자가 그의 마음을 가지고 노는 일은 이제 하지 않을 거란 일말의 믿음마저 있었는지도 모른다. 머저리같이.

또 한 번 배신당한 기분을 느끼며 건물 밖으로 나온 그는 대기 중인 차에 몸을 실었다. 저택 정문을 빠져나온 검정 세단이 길을 빙 돌아 가장 가까운 마을인 헤일우드의 중심가로 향했다.

세단은 대로를 피해 비좁은 뒷골목을 따라가다 어느 허름한 2층 건물의 뒤편에 멈춰 섰다. 캠벨이 문을 열자 레온은 곧장 밖으로 나와 건물 1층으로 향했다.

문을 굳게 닫은 상점 안에서 대기 중이던 병사들이 일제히 일어서며 경례를 올렸다. 레온은 그중 가장 계급이 높은 자에게 시선을 던졌다.

"작전 대상이 1분 전 목표 지점에 도착했습니다."

보고를 듣자마자 그는 커튼이 쳐진 창가로 향했다. 좁은 틈으로 내다보았더니 길 건너편, 전차 정거장에 선 여자가 보였다.

"배치해."

"네!"

레온이 명령하자 상점 구석에서 사복을 입은 채 대기하던 일병이 뒷문으로 나갔다. 그는 곧 길을 건너 정거장에 섰다.

여자는 멀찍이 떨어져 선 낯선 청년이 저를 미행할 군인인 줄도 모르고 흘끔대더니 머리와 얼굴의 절반을 칭칭 감은 스카프를 더욱 여몄다.

그러곤 도로의 끝을 자꾸만 내다보고 같은 자리를 서성였다. 누가 쫓아올까 봐 초조해하는 걸 보니 이게 함정인 걸 눈치채지는 못한 듯했다.

"누구도 흠잡을 수 없는 공을 세우게. 국민도 왕실도 모두 만족할 그런 공 말일세."

레온은 지난여름, 사령관과 나눴던 대화를 떠올렸다.

"본거지 소탕을 말씀하시는 거군요."

"그게 이미 자네 임무이고 백방으로 노력하고 있는 건 알아. 그런데 이런 방법은 어떤가."

그가 미처 생각지 못한 대단한 수라도 있나 싶었더니 아니었다.

"그 아이를 풀어 주는 척하고 미행하는 거야. 물론 풀어 주자마자 바보처럼 본거지로 달려가진 않겠지. 그곳으로 갈 수밖에 없는 이유를 어떻게든 만들어서 보내면 되지 않겠나."

"그건 저도 생각해 본 바 있습니다."

"그럼 왜 당장 쓰지 않는 건가."

그거야 아무리 길든 개라도 풀어 두면 잃게 될지도 모르니까.

게다가 길이 들지도 않았다.

좀 더 제대로 된 목줄이 필요하다는 생각을 떠올리자마자 머릿속의 목소리가 그에게 속삭였다.

아이를 가지게 해.

곧이어 그의 아이를 가져 배가 부른 여자의 모습이 눈앞에 선하게 그려졌다. 기이한 희열이 심장으로 뜨겁게 스며들었다.

'역겹기 짝이 없군.'

그렇게 본능의 아우성을 외면했으나 약혼식이 있던 밤, 고집스럽게 약혼자와 반군에 대한 믿음을 버리지 않는 여자를 보자 자제력을 놓아 버렸다.

그 야만적인 충동은 사실 이성적인 근거를 탄탄히 갖추고 있었다. 왕당파의 아이는 제임스 블랜차드 주니어가 제 약혼녀를 철저하고도 잔인하게 배신할 계기이자, 동지에게서 버림받은 여자가 그에게 돌아와야만 하는 이유였다.

"대위, 자네나 나나 그 애의 모친이 누군지 밝혀지면 실각할 운명이지. 내 이 건은 최우선으로 지원해 줄 테니 부디 목표를 완수하게."

사령관도 이번 작전에 동의하며 그에게 지휘권을 완전히 넘겨주었다.

"뭐? 자네 제정신이 아니군."

다만, 사전 준비의 일환으로 아이를 가지게 했다는 점은 끝까지 이해하지 못했다. 그러나 그건 타인의 이해가 필요한 영역이 아니었다.

"이번 작전이 무사히 완료되면 내가 무슨 수를 써서라도 그 아이의 신원을 새로 만들어 줄 테니…."

그쯤은 사령관의 손을 굳이 빌리지 않아도 레온이 할 수 있는 일이었다.

"제발 그 아이를 멀쩡하게, 사람 취급은 해 주면서 살게."

다시 곱씹어 봐도 불쾌한 발언이었다. 제가 사랑하는 건 그레이스 리들이 아닌 죽은 딸이면서 고작 닮았다는 이유로 아버지 노릇이라니.

그러나 저 기이한 애착이 한편으로는 다행이기도 했다. 여자가 윈스턴 저 밖으로 나오는 순간 사령관의 총탄에 목숨을 잃는 일은 없을 테니 말이다.

길 끝에서 전차가 오는 소리가 들리자 레온의 심장이 거칠게 뛰기 시작했다.

그래, 가. 내게서 달아날 거면 그 자식에게로 돌아가. 리틀 지미인지 뭔지 그 얼간이에게 네 모습을 보여 주면 꽤 볼만한 얼굴을 하겠군.

저 여자가 아무리 반군에겐 중요한 정보를 많이 아는 시한폭탄이라 해도 그자에겐 결혼을 약속한 여자였다.

사랑하는 여자에게 자살을 지시한 게 과연 오로지 대의 때문일까?

레온은 아니라고 믿었다. 아마 그가 저 여자를 범하지 않았더라면 자살을 지시하기 전에 적어도 한두 번은 구하려 애썼을 것이다.

그토록 속이 좁은 자인데 약혼녀가 다른 남자의 아이를 배다니. 여자가 살아 돌아온다고 해도 배신할 것이다.

그럼 그제야 저 꽉 막힌 여자는 깨닫겠지. 제가 평생을 동지들에게 속았다는 것을, 그리고 그는 오로지 진실만을 말했다는 걸.

그렇게 여자는 저를 감싼 단단한 알을 스스로 깨고 새로이 태어날 것이다. 그 순간 그가 인내심을 갖고 꾸준히 심어 준 그 모든 의심이 싹을 틔워 복수심이란 꽃을 피우리란 걸 레온은 믿어 의심치 않았다.

전차가 도착했다. 잠시 멈춰 섰던 차가 덜커덩 소리를 내며 다시 움직이기 시작했다. 여자가 서 있던 자리는 텅 비어 있었다.

폭탄을 매단 줄도 모르고 쥐구멍으로 돌아가는 쥐새끼를 태운 전차가 시야 밖으로 사라지고도 레온은 그 자리에서 눈을 떼지 못했다.

두고 봐. 넌 돌아올 거야.

그러기 전에 네 손으로 네 세상을 무너뜨려 내게 바쳐. 그럼 오늘의 배신쯤은 너그럽게 용서해 주지.

나도 널 위해 가장 나답지 않은 길을 기꺼이 가 줄 테니.

그레이스는 저택 담장 밖으로 탈출하는 순간 더는 참지 못했다.

오늘이다. 오늘이구나. 그래, 오늘이었어.

자꾸만 웃음이 터졌다. 아니, 울음 같기도 했다.

들뜬 마음과 달리 걸음걸이는 차분하기 짝이 없었다. 어차피 느리게 걸어도 상관없다. 아무도 잡으러 오지 않을 테니.

그레이스는 남자가 출근하며 했던 수많은 당부 중 하나를 떠올렸다.

"땅이 얼어서 미끄러워. 산책할 때 넘어지지 않게 천천히 걸어."

응, 그래. 나 말 잘 듣지 않아? 잘 보고 있어?

어제오늘, 왜 그토록 다정하게 구나 했더니 오늘이 작전 개시일이었구나.

또 웃음이 나왔다.

헤일우드가 가까워지자 그레이스는 스카프를 머리에 뒤집어쓰고 얼굴을 가렸다. 샐리 브리스톨을 알아보는 이를 만나는 건 곤란했으니.

운이 좋았다. 한 시간에 한 번 오는 전차가 기다린 지 얼마 되지 않아 왔다.

전차 안은 출퇴근 시간이 지난 평일 오전이라 한산했다. 그레이스는 맨 끝의 구석 자리에 앉고서야 주머니 속에서 줄곧 쥐고 있던 권총을 꺼내 보았다.

권총의 탄창을 뽑아 보고 슬라이드를 당겨 약실까지 확인하고 나니 웃음이 절로 터져 나왔다. 탄창도, 약실도 죄다 비어 있었다.

그러니까 그 남자, 그레이스에게 빈총을 주었다.

게다가 주머니에 있는 돈은 윈스포드에 있는 안가까지 갈 정도밖에 되지 않았다. 돈을 과하게 주면 동지들의 도움을 구하지 않고 홀로 도망칠지도 모른단 계산을 했던 거다.

지독하게 철저한 개새끼.

거기다 제 아이를 가진 여자까지도 기꺼이 이용하는 냉혈한.

그 남자가 아이를 이용하기 위해 만든 건 이미 눈치채고 있었다. 하지만 어디에 이용하려는지를 깨달은 건 불과 한 달여 전이었다.

안정기에 접어들고부터 그는 그레이스를 잘 먹이고 꾸준히 산책을 시키는 데 집중했다. 군견이라도 훈련하듯이 말이다.

풀어 주면 내가 당장 지미에게 달려갈 줄 안 거지.

개새끼. 냉혈한. 사랑하면서도 이용하는, 끔찍하리만치 계산적인 놈. 지금 내가 도망치는 걸 똑똑히 보며 버림받았다고 아파하길 바라.

그레이스는 차창 너머 점차 가까워지는 도시를 바라보며 이를 악물었다.

이미 계획은 다방면으로 세워 두었다. 본거지의 위치를 알려 주지 않고 영영 사라질 계획 말이다.

레온 윈스턴, 계산은 너만 할 줄 아는 게 아니야.

윈스포드 오페라 극장 앞에서 내려 곧장 백화점으로 향했다. 안으로 들어서자마자 그레이스는 멈칫했다. 내부는 성탄절 장식으로 천장까지 휘황찬란하게 꾸며져 있었다.

문득, 이곳에 마지막으로 왔던 날에는 저 자리에 부활절 장식이 있었다는 데에 생각이 미쳤다. 갇혀 있었던 시간이 새삼 사무치게 실감 났다.

그 시간을 실감한 건 지금 이 순간이 처음은 아니었다. 헤일우드에서 전차에 탈 때 그새 요금이 오른 걸 몰라 잠시 허둥대기도 했으니.

인파가 드문 밖과 달리 백화점 안은 북적거렸다. 성탄절이 이틀밖에 남지 않아 급히 선물을 사거나 주문한 물건을 찾으러 온 사람들이 그레이스의 앞을 바쁘게 스쳐 지나갔다.

너무 오랜만에 세상 밖으로 나온 탓일까. 모든 것이 이상하리만치 낯설게 느껴졌다. 지나치는 사람들도, 귀를 스치는 말소리도 모두 영화를 보는 것처럼 비현실적이었다.

설마 꿈은 아니겠지?

입구에 멈춰 선 채로 멍하니 주변을 둘러보던 그레이스는 갑작스러운 인기척이 뒤에서 느껴지자 화들짝 놀랐다.

"부인, 도움이 필요하신가요?"

돌아보았더니 머리에 실크해트를 쓰고 제복을 입은 도어맨이 친절한 미소를 지으며 그녀를 바라보고 있었다.

부인?

그제야 그레이스는 제 꼴을 기억해 냈다. 배가 나온 데에다 손에 값비싼 반지를 끼고 있으니 당연히 기혼자로 보일 것이다.

"아뇨, 괜찮아요."

정신을 차린 그레이스는 백화점을 재빠르게 가로질러 가며 손에서 반지를 빼 코트 안주머니에 넣었다. 이런 고가의 물건을 낸시가 본다면 오해를 살 게 분명했다.

[누구세요?]

인터폰 너머로 낸시의 목소리가 들리는 순간, 그레이스는 안도하면서도 기가 막혔다.

안가가 아직도 이 자리에 있다니.

윈스턴의 책상을 몰래 뒤지다가 윈스포드 안가의 동향 보고서를 우연히 본 적이 있었다. 즉, 안가의 위치를 윈스턴에게 들켜도 진작에 들켰는데 아직도 모르는 모양이었다.

그레이스가 그 보고서에서 알게 된 건 그뿐이 아니었다. 낸시는 이중 첩자가 아니다. 이미 피터에게 뼈아픈 배신을 당한 그레이스는 이번엔 도움을 구할 곳을 신중하게 골랐다.

"나야."

[…세상에, 살아 있었어?]

분명 놀라움과 반가움의 표현일 텐데 그레이스는 묘하게 불편해졌다. 낸시는 잠시 말이 없더니 재빠르게 속삭였다.

[잠깐, 여기로 오면 어떡해?]

불편한 첫마디에 이어 두 번째 마디는 냉정한 소리라니. 섭섭했지만 안가를 들키지 않은 줄로만 아는 낸시에게는 보안이 무엇보다 중요한 일이니 그럴 만도 했다.

"괜찮아. 미행은 없어."

[확실해?]

"확실해. 낸시, 계속 이렇게 지체하다간 미행이 아니라 군부대를 걱정해야 할 거야."

그제야 인터폰의 잡음이 끊기더니 1층으로 내려오는 발소리가 들렸다. 문이 열리는 순간, 오랜만에 보는 반가운 얼굴에 그레이스는 웃었지만 낸시는 그러지 못했다.

"오… 맙소사…."

배에 시선이 닿자마자 낸시는 경악하며 그 자리에 얼음처럼 굳었다.

"도와줘."

낸시는 잠시 입만 쩍 벌린 채 아무런 말도 하지 못하더니 방법을 모색하는 듯 눈을 좌우로 굴리다 중얼거렸다.

"당장 마을로 돌아가는 건 위험해."

"그건 나도 알아. 내게 필요한 건 돈과 45 구경용 탄환, 그리고 숨어 지낼 안가뿐이야. 안가는 되도록이면 대도시에 이민자가 많은 곳으로 알아

봐 줘. 추적을 따돌리고 안가까지 가는 건 내가 알아서 할게."

이곳으로 오는 길에 세워 둔 계획을 재빠르게 속삭인 그레이스는 잠시 머뭇거리다 덧붙였다.

"이 문제만 해결하면 돌아갈 거야."

부른 배에 또다시 시선이 닿자 낸시가 한숨을 길게 내쉬었다.

"백화점 건너편에 우체국이 있어. 전화 부스 앞에서 기다려. 먼저 보고부터 하고 연락할게."

"안 돼."

그레이스는 안으로 들어가려는 낸시를 다급히 붙잡았다.

"간부들에게 알리지 마."

제가 적의 아이를 가졌다는 걸 다른 사람들이 알게 된다니. 생각만 해도 치욕스러워서 벌써 손이 떨렸다.

낸시는 그레이스의 간절한 얼굴을 물끄러미 바라보더니 짧은 한숨을 토하며 물었다.

"탄약, 자금, 안가. 이 세 가지면 되지?"

"맞아."

"알았으니 우체국에서 기다리고 있어."

우체국 역시 성탄절을 앞둔 탓에 붐볐다. 그레이스는 일렬로 늘어선 전화 부스 근처의 벤치에 앉아 로비 건너편을 몰래 곁눈질했다.

저 멀리 어느 벤치에서 젊은 남자가 다리를 꼬고 앉아 신문을 읽고 있었다.

개새끼. 내가 순순히 이용당해 줄 줄 알아?

그레이스는 머릿속으로 계획을 거듭 되짚어 보았다. 일단 낸시에게서 필요한 걸 받으면 안가가 발각되었다고 넌지시 알려 줄 것이다. 그러곤 곧장 여기에서 나가 기차역으로 가는 거다.

일단 기차 시간표부터 구해서 적당히 허름한 호텔로 들어갈까?

어차피 하루 정도 늑장을 부려도 놈들은 가만히 지켜볼 것이다. 그러니 호텔에 숨어서 탈출 작전을 좀 더 촘촘하게 짜면서 잠시 쉬는 건 어떨까 하는 생각이 들었다.

아, 그렇지만 여유를 부리면 함정인 걸 알아챈 게 너무 티가 나려나?

그레이스는 한숨을 푹 내쉬며 주머니를 뒤졌다. 점심시간이 지난 탓에 허기졌다. 잔돈을 긁어모아 뭐라도 사 먹으려는데 안주머니에서 가장 고가이면서도 당장 돈은 안 되는 물건이 잡혔다.

무슨 생각으로 약혼반지를 준 걸까.

아직도 의문이었다. 그저 미끼라기엔 지나치게 고가이다.

문득 그런 생각이 들었다. 어쩌면 그 남자가 손수 제시한 갈림길에서 그레이스가 자유 대신 그를 택하길 바라 이런 물건을 준 걸지도 모른다.

갑자기 허기가 자취를 감췄다. 그녀는 주머니를 뒤지다 말고 제 구두코를 물끄러미 내려다보았다.

사랑하는 척이었다는 거, 이젠 들켰겠지. 다시 잡히면 또 갇힐 것이다. 그 남자가 약속한 미래 따위는 이미 백지가 되었을지도 모른다.

약속이라니.

그레이스는 맥 빠진 웃음을 흘렸다.

그것도 함정이었을 텐데.

"헉…."

깊은 생각에 잠긴 그레이스의 어깨를 누군가가 붙잡았다. 흠칫 놀라 올려다보았더니 낸시가 초조한 얼굴로 내려다보고 있었다.

휴, 난 또 누구라고.

그 남자가 본거지를 찾겠단 제 야심을 버리고 그녀를 당장 잡으러 올 리도 없는데 말이다.

둘은 곧장 가장 구석진 전화 부스로 들어갔다. 날씬한 여자 둘은 충분히 들어가고도 남는 곳이었지만 그레이스의 배가 나온 탓에 아슬아슬했다.

문을 굳게 닫자마자 낸시가 유리창을 가리고 선 채로 핸드백을 열었다.

"먼저 이거 받아."

그레이스는 꽤 두꺼운 지폐 묶음 두 개를 주머니에 넣고 탄환이 든 상자를 열며 물었다.

"안가는?"

탄창에 총알을 채우는 사이 낸시는 아무런 말이 없었다. 약실에도 총알을 넣고 슬라이드를 닫는 순간에야 낸시가 말문을 열었다.

"그레이스."

어려운 말이라도 꺼내려는 듯 무거운 목소리였다. 고개를 들고 의아한 눈으로 바라보았더니 낸시가 입술을 한번 꽉 깨물고서야 충격적인 말을 꺼냈다.

"조에게 가는 게 어때?"

"…뭐?"

혁명군을 등진 지 오래인 오빠에게 가라는 말이었다.

그건 윈스턴에게로 되돌아가는 것과 다를 바 없어. 그 남자, 오빠를 감시 중이니까.

낸시는 까맣게 모를 것이다. 그러니 윈스턴에게 돌아가라는 뜻으로 한 말이 아니었다. 정말로 충격적인 저의는 따로 있었다.

"그 말은 지금 나더러 동지들을 영영 떠나라는 거야?"

"나도 어쩔 수 없어. 위에서 내린 결정이야."

"간부들한테 보고하지 말랬잖아."

"그레이스, 난 빠짐없이 보고해야 하는 의무가 있어. 그래도 간부들은 몰라. 지미에게만 전했으니까."

제가 윈스턴의 아이를 가진 걸 지미가 알게 되었다는 사실에 그레이스의 심장이 덜컥 내려앉았다. 그리고 곧이어 든 깨달음에 심장이 바닥으로 완전히 추락했다.

"…그러니까 지미가 내게 떠나라고 했다는 거네."

지미. 평생을 가족처럼 지내 온 지미가. 그리고 언젠가 정말 가족이 될 사이였던 지미가.

"지미도 어렵게 내린 결정이야. 간부들은 네가 죽은 걸로 알고 있어. 살아 돌아가면 여러모로 너도 곤란해질 거야."

"왜? 대체 왜?"

"그걸 내가 어떻게 알아. 지미는 그게 널 위하는 길이라고 했어. 특히나 네가 왕당파의 아이를 가졌다면."

지미가 어떤 의미로 그런 말을 했는지는 모른다. 그저 그레이스의 귀에는 적의 아이를 가졌기에 동지들과 어깨를 나란히 할 자격을 잃었다는 말로 들릴 뿐이었다.

"날 위하는 길? 고작 이 푼돈만 주면서 날 버리는 게 아니고?"

그레이스는 주머니에 넣어 뒀던 지폐 뭉치를 꺼내 흔들며 따졌다.

"난 대의만을 위해 평생 살아왔어. 혁명군이 곧 내 가족이야. 그걸 지미도 알면서 어떻게…."

"후우…. 제발 진정해, 그레이스. 지미도 어쩔 수 없었…."

그레이스는 낸시의 말을 자르고 물었다.

"지미는 내가 잡힌 걸 알았을 때 뭐라고 했어?"

"내가 어떻게 알겠어. 그때 난 프레드의 장례식을 준비하느라 제정신이 아니었단 말이야."

"…뭐? 프레드가 죽었어?"

"세상에, 넌 몰랐어?"

프레드를 풀어 줬다는 말 외엔 그 남자에게서 아무것도 듣지 못한 그레이스가 멍해진 사이, 낸시는 눈물을 참는 얼굴로 프레드에게 일어난 일을 이야기했다.

"우리 가족은 아직도 고통에서 헤어 나오지 못하고 있는 거 알아? 내 동생은 잔인하게 고문당한 것도 모자라 차마 눈 뜨고 못 볼 끔찍한 꼴로 죽었는데…."

말문을 잃은 채 듣기만 하던 그레이스는 낸시가 입술을 꽉 깨물며 덧붙인 말에 정신이 번쩍 들었다.

"그런데 넌 살아 있다는 게 이해가 안 돼."

"그 말 무슨 의미야?"

"넌 다친 데 하나 없이 탈출했잖아."

"뭐?"

설마 윈스턴이 보낸 이중 첩자라고 생각하는 걸까. 그래서 버리려는 건지도 모른다.

이중 첩자이든 아니든, 윈스턴이 함정을 파 두고 일부러 풀어 준 것이라고 추측했다면 지미와 낸시는 정확했다고 할 수밖에 없었다. 그러나 그레이스는 그 사실을 본능적으로 숨겼다. 그저 버리는 걸 넘어 영구적으로 제거하려 할지도 몰랐다.

"난 윈스턴의 첩자가 아니야!"

그레이스의 항변에 낸시의 표정은 더욱 일그러지기만 했다. 울분을 터트리고 싶은 걸 참는 얼굴에서 사적인 앙금이 보이는 순간 그레이스는 깨달았다.

"잠깐, 너 설마 내가 프레드를 윈스턴에게 넘겼다고 생각하는 거야?"

"헤일우드에 배치된 셋 중 둘이 죽었어. 너만 살아 있잖아. 그것도 아주 멀쩡하게. 아니, 멀쩡한 것 이상이야. 모르는 사람이 보면 네가 대부호의 부인인 줄 알겠어."

비난의 기색이 가득한 눈이 그레이스를 머리부터 발끝까지 훑었다. 좋은 혈색과 윈스턴의 값비싼 모직 코트, 그리고 유명 부티크의 로고가 금장으로 부착된 구두만 보면 고문실에 갇혀 인간 이하의 취급을 받은 사람으로 보이지 않을 것이다.

그 개자식, 왜 값비싼 것만 입히나 했더니.

"이게, 이게 멀쩡해 보여?"

부들부들 떨리는 손으로 배를 가리켰지만 낸시의 눈빛은 더욱 싸늘해지기만 했다.

"미인계가 안 통하기로 유명한 윈스턴을 유혹하는 데 성공하다니 정말 대단해. 무슨 짓을 해서 살아남았을지는 상상하고 싶지 않아. 널 순수하게 좋아했던 내 동생이 가여워질 뿐이야."

지금 내가 살아남기 위해 한 짓을 비난하는 거야?

그 일을 두고 스스로 죄악감을 느끼는 것과 타인이 비난하는 건 다르다. 더욱이 프레드의 누나인 낸시에게는 그녀를 비난할 권리가 없었다.

눈앞이 흐릿해지려 했다.

프레드를 살려 줬으니 낸시에게 저는 은인일 거라고 은연중에 믿었다. 그러나 낸시는 그날 윈스턴 저에서 무슨 일이 벌어졌는지 전혀 모르고 있었으며, 그 미치광이는 프레드를 기어코 죽여 그녀를 난처하게 만들었다.

"내가 왜 그 개자식에게 다리를 벌린 줄 알아? 프레드를 살리려고!"

그레이스는 저를 창녀이자 배신자 취급하는 동지의 멱살을 잡고 소리쳤다.

"뭐? 나를 순수하게 좋아했어? 고문을 당하기도 전에 내 이름을 털어 놓은 게 애정이야?"

낸시의 얼굴이 일그러지자 그레이스는 이를 악물고 진실을 외쳤다.

"그래! 피터와 내 정체를 윈스턴에게 팔아넘긴 건 네 동생이야!"

충격을 받았는지 얼굴에서 핏기가 가신 낸시의 멱살을 밀치듯 놓은 그레이스는 화를 억누르며 요구했다.

"이제 내게 사과해."

하지만 낸시는 제 동생의 잘못을 쉽게 수긍하지 않았다.

"그 말을 증거도 없이 나더러 믿으라고? 항변도 할 수 없는 죽은 자에게 누명을 뒤집어씌우는 건 쉬워. 적당히 해, 그레이스."

누명이라니. 그레이스는 울분을 삼키고 애써 비틀린 미소를 지었다.

"아, 증거? 네 동생의 시체를 봤겠지? 사타구니에 자상이 있을 거야. 윈스턴이 친히 거기다 단검을 꽂아 줬지. 왜 그랬는지 알아? 자기를 구하려고 적에게 몸을 바치는 아군에게 발정하다니. 그 악마가 봐도 기가 막혔던 거야. 못 믿겠으면 윈스턴에게 직접 물어봐."

제 동생과 윈스턴, 어느 쪽이 역겨운 건지 낸시는 당장이라도 토악질을 할 것 같은 얼굴을 했다.

"들었어? 네 동생, 내가 겁탈당하는 소리를 들으며 발정했어. 더럽게.

아주 비겁하게."

"그만해. 듣고 싶지 않아."

낸시가 두 손으로 귀를 틀어막자 그레이스는 손을 떼어 내며 뇌리에 박히도록 귓가에 속삭였다.

"말해 봐. 내가 그 악마에게 당하는 소리를 들으며 더러운 성기나 세운 게 순수한 애정일까? 응? 말해 보라고!"

"그만!"

이젠 두 손에 얼굴을 묻은 채 현실을 외면하는 낸시에게 그레이스는 한 자 한 자 또박또박 짚어 주었다.

"낸시 윌킨스, 네 동생이야말로 비겁한 배신자야."

불현듯 낸시가 고개를 들더니 그레이스에게 덤벼들었다.

"감히 내 동생을 모욕하지 마!"

모욕이라니. 사실일 뿐인데.

그레이스는 먹살을 잡힌 채 이를 악물었다.

프레드는 심약하기 짝이 없어 그 자리에 맞지 않는 걸 저도 인정했던 주제에 가족이라고 감싸 주는 건가.

"네 아버지의 욕심 때문에 내가 얼마나 고통스러운 대가를 치렀는지 넌 모르겠지. 아니, 관심조차 없겠지!"

저를 감싸 줄 가족이 없어 억울하게 배신자로 몰리고 끝내 버림받게 되었다는 데 생각이 미치는 찰나 그레이스의 안에서 무언가가 뚝 끊어졌다.

"네 동생, 고통스럽게 죽었어?"

낸시의 눈동자에 아픔이 차오르는 것이 똑똑히 보이자 그레이스는 눈꼬리를 휘어 웃었다.

"그랬길 바라."

멱살을 잡고 있던 손 하나가 불시에 떨어져 나가더니 그레이스의 뺨을 향해 날아왔다.

"윽…."

하지만 고통에 찬 신음을 낸 건 그레이스가 아닌 낸시였다. 그녀는 낸시의 손목을 억세게 틀어쥔 채 실소를 흘렸다.

"놔, 읏, 이거 놔!"

갇혀 살면서 약해졌을 줄 알았더니. 그 남자와 매일같이 몸싸움을 한 덕분에 악력이 더 좋아졌다. 정말이지 기가 막혔다.

그레이스는 옷깃을 움켜쥔 손마저 털어 내듯이 떼어 버리고 낸시를 뒤로 밀쳤다.

"꺼져. 네겐 이제 볼일 없어."

하지만 낸시는 부스에서 나가지 않고 수화기를 집어 드는 그레이스의 손목을 붙잡았다.

"지미에게 전화하거나 갈 생각 마. 당장 조에게로 가."

수화기를 빼앗아 가려는 낸시에게 그레이스는 막 장전한 권총을 겨눴다.

"꺼지라고 했어. 당장."

이제 두 사람은 동지가 아닌 적을 보는 눈으로 서로를 노려보기 시작했다. 이러다 낸시가 저를 제거하려 할지도 모른다는 생각이 들었다. 그거야 그런 짓을 할 여유 따위 없게 만들어 주면 그만이었다.

"아, 그거 알아? 윈스포드 안가는 네 동생이 멍청하게 찾아간 순간 발각됐어."

역시나. 낸시의 얼굴이 사색이 되었다.

"체포되어서 내 꼴 나기 싫으면 여기서 당장 꺼지는 게 좋을 거야. 잘 생각해. 내가 배신자면 이런 소리를 해 주겠어?"

그리고 예상대로. 낸시는 수화기를 당장에 놓더니 쫓기는 사람처럼 부스 밖으로, 그러곤 곧장 우체국 밖으로 사라졌다.

캠든의 흡혈귀만큼이나 악독해졌다는 낸시의 악담이 좁은 부스 안을 아직도 망령처럼 떠도는 가운데 그레이스는 전화를 걸기 시작했다.

"브레이턴의 크로포드 1499번으로…. 아, 제 이름은…."

교환수에게 전한 건 자신이 아닌 낸시의 가명이었다. 저인 줄 알면 지미가 전화를 피할지도 모른단 생각이 든 탓이었다.

[어떻게 됐어?]

"지미, 나야."

그 생각이 맞았던 걸까? 지미는 그레이스의 목소리를 들은 후 잠시 아무런 말도 없었다. 오랜만에 약혼자의 목소리를 듣고도 반가움보다 다른 감정이 먼저 드는 건 그레이스도 마찬가지였다.

"묻고 싶은 게 있어."

말문을 다시 열기 전 그레이스는 눈을 질끈 감았다. 어둠 속에서 윈스턴의 가증스럽도록 애달픈 얼굴이 어른거렸다.

"네 약혼자가 네게 자살을 지시했어."

그녀는 북받치는 울분과 두려움을 억누르느라 볼품없이 떨리는 목소리로 물었다.

"내게 자살을 명령하면서 청산가리를 보낸 게 사실이야?"

[…미안해.]

그레이스는 터져 나오려는 울음을 애써 삼켰다. 힘주어 깨문 입술보다 마음이 더 아팠다.

그 남자의 말이 맞았어. 가증스러운 거짓말이라고 믿고 싶었지만 더는 그럴 수 없었다.

아니야. 지미도 다른 방법이 없어서, 어쩔 수 없어서….

[나도 어쩔 수 없었어.]

그렇지만 네가 감히 그런 말을 해?

그레이스는 조금 전과는 전혀 다른 감정을 실어 입술을 더욱더 세게 깨물었다.

[이 자리에 앉아 있다 보면 어렵고 때로는 비정한 결단을 내려야 할 때도 있다는 거 너도 알잖아. 네게 그걸 보내고 내 마음은 편했을 것 같아? 그래도….]

"너 나를 구하려고 하긴 했어?"

그레이스는 분노를 도저히 참지 못하고 끼어들어 물었다.

[그런 생각이야 당연히….]

"생각 말고 행동을 했냐고 묻는 거야!"

그를 추궁하고 얻은 답은 침묵뿐이었다.

어떻게, 어떻게 네가 내게 이럴 수가 있어.

고통스러운 적막이 이어지는 가운데 하얗게 질리도록 깨문 입술 사이로 흐느낌이 새어 나왔다.

"너도, 흑, 내가 살아 있어서 당황스러워?"

그녀가 살아 있었다는 걸 알고 낸시가 처음으로 보인 반응이 왜 불편하게 느껴졌는지 그레이스는 완벽히 이해해 버렸다.

살아 돌아온 게 반갑지 않았구나. 오히려 부담스러웠구나.

[그런 게 아니….]

"내가 네 명령을 따르지 않아서 실망스럽지? 안 따른 게 아니라 못 따랐어. 윈스턴이 중간에서 가로챘거든."

나더러 죽지 말라고.

"어떻게 그 악마가 날 살리려 하고 약혼자라는 사람이 나를 죽이려 할 수 있어?"

제가 가진 모든 것을 걸고 그녀를 살려 두려는 악마가 차라리 천사로 보일 지경이었다.

수화기 너머로 긴 한숨 소리가 들려왔다.

[그레이스, 그런 식으로 말하면 내가 그놈보다 더 악랄한 인간 같잖아….]

그레이스는 흐느끼다 말고 코웃음을 쳤다. 과연 아니라고 할 수 있을까. 적어도 그 악마는 제가 사악하단 걸 안다. 자타가 인정하는 악마, 그리고 제가 천사라고 믿으며 선을 가장해 악을 행하는 자. 과연 이 둘에 어떤 차이가 있을까.

[솔직히 말하자면….]

지미는 목소리를 한껏 낮추더니 속삭였다.

[그건 원로들 결정이었어. 네가 너무 많은 걸 알고 있다고….]

"나 여덟 달을 갇혀 있으면서 아무것도 발설하지 않았어! 내가 프레드와 피터를 판 것도 아니야. 그건 프레드가 한 짓이었다고!"

[그건 알아. 나도 알아, 그레이스… 제발 울지 마.]

"흑…."

그가 진실을 안다고 해 봐야 전혀 위로가 되지 않았다.

[제발 믿어 줘. 나도 후회해. 그래도 네가 이렇게 살아 돌아와서 내가 얼마나 기쁜지….]

"그래, 기쁘지만 내가 그 자식의 아이를 가져서 받아 줄 순 없어. 그렇지?"

[하… 그런 뜻이 아니야.]

"내가 왜 이 꼴이 된 줄 알아? 변절하지 않아서! 그랬는데 내게 어떻게 이래! 구하려는 시도조차 하지 않고! 겨우 스스로 빠져나왔더니! 네가 나를 버려?"

[버리는 게 아니라고 했잖아!]

"그럼 우리 약혼 아직도 유효해?"

수화기 너머로 적막이 이어지자 그레이스는 참지 못했다.

"흐흑…."

윈스턴의 품에서 지미에게 죄책감을 느꼈던 자신이 한심하게 느껴지기 시작했다.

한 손에 얼굴을 묻고 설움을 토해 내기 시작하는 그레이스의 머릿속에서 그 남자가 딱하다는 듯 속삭였다.

"그런 무책임한 남자의 어떤 면이 좋아서 결혼까지 약속한 건지 모르겠군. 리틀 양, 한심해 보여."

닥쳐, 윈스턴. 제발, 닥쳐.

[그레이스, 난 해야 할 일이 있어서 가장으로선….]

"됐어. 더는 듣고 싶지 않아."

변명이 길어질수록 버림받은 제 처지만 더욱 비참해질 뿐이었다.

[정말 미안해. 하… 나도 일이 이렇게 되어 버린 게 고통스러워.]

네가 나만큼 고통스러울까.

이를 악물고 있는 사이 여태 입을 거의 다물고 있던 지미가 빨리 통화를 끝내고 싶은 사람처럼 떠들기 시작했다.

[네 물건과 돈은 정리해서 적당한 때에 보내 줄게. 자금이 필요하면 언제든 마련해 줄 테니 망설이지 말고 연락해. 그레이스, 나도 우리 길이 이

렇게 엇갈리게 된 게 괴로워. 그렇지만 네가 돌아와서 또다시 이용당하느니….]

돌아가면 이용당할 수도 있다는 말에 그레이스는 정신을 번쩍 차렸다. 또 윈스턴을 잡는 데 이용할 거란 뜻인가. 하지만 그레이스를 다시 첩자로 심는 건 불가능하다.

그럼 미끼로?

그 순간 제가 아니라 배 속의 아이를 윈스턴과의 협상을 위한 미끼로 삼을 수도 있다는 생각이 덜컥 들었다. 왕당파의 아이였으니.

왕당파의 아이.

거기까지 생각이 미친 순간 어떤 의심이 벼락처럼 뇌리를 스쳤다.

"어떻게 이용한다는 거야? 호, 혹시 내게 숨겨진 역할이라도 있는 거야? 원로들이 오래전부터 생각해 둔…."

[아니야. 그런 게 어딨어.]

그레이스의 직감이 말했다. 이건 거짓말이야. 뭔가 있어. 그리고 지미는 그 뭔가를 내게 숨기고 있어.

[그냥 네가 또 이번처럼 고생하는 게 싫어서 그래. 그레이스, 난 널 지켜 주려는 거야.]

그 남자도 그런 말을 했다.

한 남자는 가두는 걸, 또 다른 남자는 쫓아내는 걸 지키는 거라고 우겼다. 어느 쪽이든 그레이스의 의사는 철저히 무시당했다.

[잊지 마. 난 널 버리는 게 아니야. 정말 보고 싶어. 나중에 조용해지면 찾아갈 테니 조에게 가 있어. 제발, 부탁이야.]

그레이스의 직감이 또 한 번 말했다. 이건 모두 빈말이라고.

이미 다른 생각으로 머릿속이 꽉 차 있었던 그레이스는 수화기를 귓가에서 떼며 힘없이 대답했다.

"그래, 조에게 갈게."

송화기 너머의 상대에겐 완벽한 체념처럼 들렸을 것이다.

그레이스는 윈스포드 중앙역으로 들어서자마자 매점으로 향했다. 크래커 한 상자와 사과 한 알, 소다수 두 병을 고른 후 서적 판매대로 향했다.

매표소에서는 중앙역발 열차의 시간표를 무료로 나눠 준다. 하지만 그레이스는 굳이 돈을 주고 전국의 열차 시간을 안내하는 책자를 샀다.

매점의 주인이 그녀의 얼굴을 보더니 계산하는 내내 호기심 어린 눈으로 흘끔댔다. 제 꼴이 어떨지 이미 잘 아는 그레이스는 시선을 피했다.

푹 젖다 못해 짜면 물이 뚝뚝 떨어질 것만 같은 손수건으로 눈가를 계속해서 누르는데 주인이 계산대 뒤의 매대를 뒤지다 무언가를 책자 위에 놓았다.

"열차 시간표를 사면 드리는 겁니다."

얄따란 종이 상자로 포장된 건 손수건이었다.

"…감사합니다."

매점에서 나온 그레이스는 열차표를 사려는 기나긴 행렬의 맨 끝에 섰다. 물건이 담긴 종이봉투를 안고 한 손으로 열차 시간표를 뒤적였다.

2시 15분 걸 타면 4시 30분에 체스터필드에 정차, 4시 35분에 출발, 그리고 8시 45분 도착.

그러곤 지역 열차 시간표까지 책장을 넘겨 바쁘게 머리를 굴리는 가운데 그 남자가 자꾸만 머릿속을 헤집었다.

"너도 진실을 알아야 하니까. 네가 아무것도 모른 채로 그 자식을 믿고 기다리는 걸 지켜보는 게 처음에는 재밌었지. 하지만 이젠 나도 괴로워."

닥쳐. 제발 닥치라고 했잖아.

매표소 앞에 섰을 때에는 새 손수건마저 축축이 젖어 있었다. 습관대로 삼등석 표를 사려 했지만 성탄절 직전이라 매진이었다. 남은 건 일등석뿐이었다.

그레이스는 높다란 천장 탓에 인파의 목소리와 발소리가 동굴처럼 메아리치는 로비를 가로질러 플랫폼으로 들어섰다. 객실과 짐칸에 분주히 짐을 싣는 사람들과 작별 인사를 나누는 사람들 사이에 서서 지옥행 특급 열차를 바라보는 눈으로 열차를 응시하고 있었더니 어느 역무원이 다가와 물었다.

"부인, 어디까지 가십니까?"

임신한 여자가 눈물이 글썽글썽한 눈으로 길 잃은 얼굴을 하고 있으니 딱해 보였던 걸까. 역무원은 과장되리만치 쾌활한 태도로 구겨진 종이봉투를 대신 들어 주며 일등석으로 안내했다.

평소라면 스스로 할 수 있는 일에는 남의 도움을 받지 않는 그레이스였다. 그러나 지금은 처음 보는 이의 호의에라도 기대고 싶은 마음이라 기꺼이 따라갔다.

역무원은 숫자 1이 크게 적힌 어느 객실의 문을 열며 정중하게 손을 내밀었다. 숙녀 대접을 받으며 좌석에 앉자 역무원이 옆자리에 봉투를 놓아 주었다.

"고마워요."

"도와 드릴 수 있어 제가 더 기쁜걸요."

남자가 모자챙을 살짝 들며 인사를 했다.

"행복과 사랑으로 가득한 성탄절이 되기를 바랍니다."

명절 인사가 이토록 공허하게 들린 적이 있었을까. 그녀의 성탄절은 이미 슬픔과 배신으로 얼룩져 있었으니.

억지로라도 입꼬리를 끌어 올리며 웃는 순간 객실의 문이 닫혔다.

"하…."

곧바로 긴 한숨 소리가 단조롭지만 고급스럽게 꾸며진 6인용 객실을 울렸다.

그레이스는 기차역으로 오는 내내 자꾸만 딱딱하게 뭉치는 느낌이 들던 배를 쓸어내렸다.

'이 아이도 힘든 건가.'

태동이 잦았다.

그레이스는 구두를 벗었다. 복도 쪽 벽에 등을 기대고 긴 좌석에 다리를 쭉 뻗고 앉아 버렸다. 푹신한 곳에 앉으니 몸은 곧 편안해졌지만 마음은 그렇지 못했다.

인파가 바쁘게 오가는 플랫폼을 초점 없는 눈으로 바라보며 숨을 크게 들이쉬었다. 감정을 추스르려고 애를 썼지만 이따금 실패하고 어깨를 들썩였다.

어릴 적부터 형제처럼 함께 커 온 사람들이 남보다 매몰차게 변할 수도 있다는 걸 생생히 겪고도 여전히 믿기지 않았다.

불현듯 또 한 번 태동이 느껴졌다.

한숨을 길게 내쉬며 배를 쓸어내리자 암적색 스웨터의 올에 엉겨 있던 눈물방울이 손을 적셨다.

그레이스는 저도 모르게 픽 웃었다. 한숨처럼 들리는 실소였다.

달갑지 않던 이 아이에게 고마워해야 하는 걸까. 아이를 가지지 않았더라면 저들의 진면모를 영원히 몰랐을지도 모르니까.

이 모든 배신의 원흉인 윈스턴을 탓하고 싶어도 그럴 수 없었다. 그자가 어떠한 영향을 끼쳤건, 결국 그녀를 버리겠다는 결단은 지미가 내린 것이었다.

직감이 줄곧 속삭였다. 지미가 그녀를 버리려는 이유에는 사적인 감정 이상이 담겨 있다고.

블랜차드 혁명군은 붙잡힌 동지를 끝까지 버리지 않는다. 그 약속을 그레이스는 여태 믿고 위험한 작전에도 겁 없이 뛰어들었다.

그런데 다른 동지들에게는 지켰던 약속을 그녀에게는 처음부터 어겼다.

"그자는 널 구하러 온 적이 없다고 몇 번을 말해."

"네 약혼자가 네게 자살을 지시했어."

결국 윈스턴이 한 그 수많은 거짓말 중 두 가지는 진실이었던 셈이다. 나머지도 진실인지 알고 싶어졌다.

정말 그래서, 그 남자의 말이 사실이라서 나를 버리는 거야?

평생을 해소되지 않은 의심에 시달리느니, 설령 그 끝에 어떤 지옥이 있더라도 마주할 것이다.

[그렇지만 네가 돌아와서 또다시 이용당하느니….]

이용, 이용이라….

그레이스는 열차표에 적힌 종착점을 내려다보며 결연하게 입술을 깨물었다. 이 기나긴 선로의 끝에선 모든 걸 순순히 털어놓을 사람을 만날 수 있을 것이다.

그러고 보니, 윈스턴에게서 도망쳐야 한다는 생각은 어느새 뒷전이 되었다.

허탈하게 웃는데 창밖을 막 지나친 중년의 여인이 되돌아오더니 객실의 문을 열었다. 매표소에서 그레이스의 바로 뒤에 줄을 섰던 사람이었다.

아주머니는 눈인사를 하며 들어와 맞은편에 앉았다. 그레이스도 알은 체를 가볍게 한 후 창밖으로 시선을 돌렸다.

실은 창밖을 보는 척하며 여자를 관찰했다. 애플비 부인처럼 푸근해 보이지만 묘하게 독불장군의 기질이 있을 것 같은 인상이었다. 복장은 나중에 묘사해 보라고 하면 기억나는 게 없을 거란 생각이 들 정도로 검소하고 단순했다.

삐익.

기나긴 플랫폼을 날카로운 호루라기 소리가 가로질렀다. 뒤이어 이 지옥행 특급 열차의 발차가 머지않았으니 어서 승차하라는 차장의 외침이 들려왔다.

발 디딜 틈 없던 플랫폼이 순식간에 한산해지며 다른 칸에서 문을 닫는 소리가 줄지어 울렸다. 다른 이들에게는 명절의 시작을 알리는 폭죽 소리처럼 들릴지 몰라도 그레이스에게는 전쟁의 서막을 알리는 총성이었다.

곧 열차가 기적을 길게 늘어뜨리며 움직이기 시작했다. 손을 흔드는 역무원들과 회색빛 플랫폼이 천천히 멀어지더니 마천루의 숲이 눈앞을 재빠르게 스쳐 지나갔다.

건물의 높이가 점점 낮아졌다. 열차는 공장 지대를 지나 헐벗은 들판을 달렸다. 드디어 이 지긋지긋한 도시를 벗어났지만 윈스턴의 손아귀에서 빠져나왔다는 기분은 들지 않았다.

"자, 이것도 받아요."

자신을 메리 베이커라고 소개한 여자가 가방에서 먹을 걸 잔뜩 꺼내더니 그레이스에게 자꾸만 권했다.

"기차 여행은 항상 설레지 않나요?"

그레이스는 베이커 부인이 내미는 초콜릿 상자를 받으며 고개를 끄덕었다.

실은 그저 예의 바른 거짓말일 뿐이었다. 새벽 기차로 애빙턴 비치에서 도망쳤던 그날 이후로 기차 여행이 설렜던 적은 없었다.

베이커 부인은 수다스러웠다. 어느 저택의 하녀로 일하다 고향에 가는 길이라던 부인은 표를 급하게 구하다 보니 일등석밖에 남지 않았다며 익살스럽게 푸념했다.

확실히 일등석 표를 살 형편으로는 보이지 않는다는 생각을 그레이스도 했었다.

"샐리는 어디로 가는 길이죠?"

부인이 그레이스가 습관적으로 댄 가명을 부르며 물었다.

"가족을 만나러 가요."

그레이스는 종착지 대신 목적을 댔다.

"남편을 두고 임신부 혼자서 먼 길을 가다니…. 쯧쯧….”

보통은 남편을 만나러 가는 길이라고 생각할 수도 있는 거 아닐까. 그러나 베이커 부인은 당연히 '샐리'의 '남편'이 윈스포드에 있을 거라고 가정했다.

그레이스는 여태 멍하니 들고만 있던 초콜릿 상자를 물끄러미 내려다보았다. 가격은 적혀 있지 않았지만 꽤 비싸 보였다.

상자를 들어 코에 대어 본 그레이스는 웃어 버렸다. 귀퉁이에서 그 남자의 향수 냄새가 어렴풋이 났다.

그녀는 상자를 열어 초콜릿을 입에 넣으며 베이커 부인에게 웃어 주었다. 고맙다는 인사는 당연히 필요 없었다.

이럴 줄 알았어.

하녀는 무슨. 군인이겠지.

실은 기차역의 로비에서부터 의심스러웠다. 그레이스가 매표소의 줄 끝에 서자 매점 옆에 서 있다가 다가오는데 보폭이며 걷는 박자가 자로 잰 듯 일정했다. 마치 훈련이 몸에 밴 사람처럼.

게다가 오랜만에 고향에 간다는 사람이 선물도, 커다란 짐 가방도 없이 핸드백만 들고 있다니. 물론 미행에는 최적이겠지만 작전 대상을 속이기엔 너무 허술한 것 아닐까.

'베이커 부인'은 그레이스의 속내를 모른 채 인자하게 웃으며 물었다.

"첫 아이인가요?"

"네, 맞아요."

"나도 첫 아이를 가졌을 때가 생각나네…."

"설레기도 두렵기도 하네요."

그레이스는 일부러 미소를 지으며 친근하게 굴었다.

"그런데 낳을 때 엄청나게 아프다던데 진짜인가요?"

"어… 아프죠. 아프긴 한데 기쁨이 워낙에 커서…."

거기다 조금은 맹하게 굴기도 했다. 상대가 경계를 늦추도록.

"힘들진 않은가 모르겠네요. 아직 만삭은 아니라고 해도 그 몸으로 멀리 가는 게 쉬운 일은 아닌데."

"그러게요. 오늘 배가 자꾸 뻐근하게 뭉치는데 걱정이 되네요."

사실 배는 괜찮아진 지 오래였다.

여자의 낯빛이 삽시간에 어두워지더니 속옷에 피가 비치지는 않는지, 태동은 느껴지는지 이것저것 물어보았다.

"그렇다면 피곤해서 일시적으로 그런 걸 거예요. 무리하지 말고 안정을 취해야 할 텐데…."

여자의 질문에서도, 조언에서도 전문가의 냄새가 묘하게 풍겼다.

역시나 간호 장교인가. 저 정도의 나이에도 아직 군에 있는 여군은 보통 간호 장교이기에 미끼를 던져 보았는데 여자가 덥석 물었다.

그 남자, 설마 이 열차 어딘가에 있으려나.

문득 든 생각에 그레이스는 좌석에 편하게 누우라는 여자의 권유를 뿌리치고 일어섰다.

"화장실을 좀…."

무작정 복도로 나온 그레이스는 멈칫했다.

마주치면 어쩔 거야.

객차를 끝에서 끝까지 훑고 다니다 정말 윈스턴과 눈이 마주치는 순간엔 둘 다 곤란해질 것이다.

그 남자는 아직 그녀를 잡을 수 없지만 잡는 척이라도 해야 할 테고, 그럼 남자의 작전을 모르는 척해야 하는 그레이스는 그럴듯하게 도망쳐 줘야 했다.

"아, 저…."

때마침 차장이 일등석 객차의 문을 열고 들어오자 그레이스는 덜컹거리는 기차의 벽을 짚으며 다가가 부탁했다.

"작전 중인 서부 사령부 소속 장교입니다. 당장 레온 윈스턴 대위님께 보고를 올려야 하는데 어느 객실에 계신지 모르겠네요."

젊은 임신부가 장교라니, 믿지 않을까 싶어 군인처럼 딱딱한 말투를 썼다.

"그런데 객차를 뒤지며 돌아다니기엔 제가 지금 몸이 좀 불편해서…."

배를 눈짓하자 차장이 이해한다는 듯 고개를 크게 끄덕였다.

"그럼 제가 당장 알아봐 드리죠."

"아, 잠시만요."

그레이스는 당장 눈앞의 객실부터 들여다보려는 차장을 붙잡았다.

"객실 번호를 잊어버린 걸 알면 대위님께서 질책을 하실 텐데…. 정말 가차 없으신 분이거든요. 제가 찾는다는 말은 하지 마시고 알아봐 주시면 안 될까요?"

"네, 네. 그러죠."

화장실 옆의 간이 의자에 앉아 창밖을 바라본 지 얼마나 되었을까. 차장이 모든 객차를 확인하고 돌아왔다. 난처해하는 얼굴을 보자마자 올라가려는 입꼬리를 애써 눌러야 했다.

"아… 이 일을 어쩌면 좋을까요. 그런 분은 안 계시는군요."

열차에는 타지 않았구나.

그레이스는 속내를 숨기고 곤란한 척 어깨를 축 늘어뜨렸다.

"아, 이런…. 어쩌지…."

"혹시 열차를 잘못 타셨다면…."

"아, 아니에요. 이 열차가 맞는데 대위님께서 놓치셨나 봐요."

차장에게 감사 인사를 하고 객실로 돌아간 그레이스는 좌석에 무릎을 세우고 누워 자는 척 눈을 감았다.

그 남자가 서부 사령부에 가만히 앉아 있을 리가 없는데….

어쩌면 다른 수단으로 따라오고 있을지도. '베이커 부인'에게서 대략적으로나마 알아낸 종착지로 먼저 가 있으려는 건지도 모른다.

아니지. 그가 종착지를 정확하게 안다면 굳이 거기까지 따라오진 않을 것이다. 그럴 필요가 없는 곳이니까.

그녀가 언제 어디로 도망치든지 쫓아가기 쉬운 곳에서 기다릴 것이란 예감이 문득 들었다.

일단 풀어 놓고 관망하겠다는 건가.

언젠 몇 발짝 되지 않는 별채 정원에도 못 나가게 하더니. 그녀를 절대로 풀어 주지 않으려던 남자가 대단한 인내심을 발휘하고 있겠구나 싶어 웃음이 절로 나왔다.

"재미있는 일이라도 있나요?"

맞은편에서 잡지를 보던 베이커 부인이 물었다. 그레이스는 줄곧 감고 있던 눈을 뜨고 여자를 바라보며 웃었다.

"아뇨, 그냥…. 부인께는 별로 재미없는 이야기예요."

예의 바르게 굴었지만 속으론 성가시단 생각뿐이었다.

열차를 바꿔 탈 때도 계속 아는 척을 하며 따라오겠지? 목적지에 도착해서도 걸리적거릴지도 모른다.

게다가 저 여자처럼 밀착 감시를 하는 인원 외에도 그녀를 미행하는 사람이 더 있을지도 몰랐다.

오늘 밤 벌어질 매우 사적이고도 적이 알아서는 안 될 대화를 누가 엿들을지도 모른다고 생각하니 정신이 번쩍 들었다.

그 후의 계획까지 이리저리 짚어 보자니 미행하는 자들을 떼어 놓는 건 언젠가는 반드시 해야 할 일이었다. 결국 그레이스는 남자의 작전을 모르는 척하는 걸 이쯤에서 관두기로 했다.

"베이커 부인, 지금 몇 시죠?"

여자는 손목시계를 보더니 대답했다.

"4시 28분이네요."

이 열차는 동서남북의 선로가 교차하는 중부의 관문인 체스터필드에 4시 30분에 도착해 4시 35분에 다시 출발한다. 현재까지 연착은 없었다.

혹시 몰라 윈스포드 중앙역에서부터 세워 뒀던 작전을 실행으로 옮기기까지 고작 2분밖에 남지 않았다는 뜻이었다. 그레이스는 몸을 일으켰다.

"또 화장실을 좀…."

"아이를 가지면 자주 신호가 오게 마련이죠."

여자가 인자하게 웃었다. 똑같이 눈웃음을 지어 준 그레이스는 복도로 나오자마자 미소를 지웠다.

일단은 화장실이 있는 오른쪽으로 향했다. 제 차례를 기다리는 척 간이 의자에 앉아 밖으로 난 문만 응시했다.

머지않아 열차는 속도를 줄이더니 체스터필드역으로 들어섰다. 플랫폼만을 보고 있던 그레이스는 무심결에 고개를 돌려 반대편 선로에 눈길을 주었다가 좋은 생각을 번뜩 떠올렸다.

'이게 더 나을지도 몰라.'

옆 선로에는 열차가 서 있었다.

플랫폼보다는 기차가 함정을 눈치채기 어려울 것 같았다. 게다가 플랫폼 쪽은 열차에서 열리는 문이 많은 데다 오가는 게 한눈에 너무 잘 보이는 게 흠이었다.

체스터필드가 시발점인 듯 다른 열차는 드문드문 비어 있었고 동글납작한 모자를 쓴 짐꾼들이 열차에 올라 있었다.

출발까진 시간이 있다는 뜻이었다.

그러나 지금 이 열차에 주어진 시간은 5분. 즉, 작전 시간은 단 5분이었다.

열차가 멈춰 서자마자 그레이스는 일어나 문을 열었다. 옆 열차의 닫힌 문 너머로 마침 짐꾼 하나와 눈이 마주쳤다. 열어 달라고 손짓을 했더니 남자가 의아한 눈을 하면서도 곧바로 문을 열어 주었다.

열차 사이의 간격이 좁지는 않았지만 혼자서 충분히 뛰어넘을 수 있는 거리였다. 그래도 무리할 필요는 없었다. 그레이스는 짐꾼이 친절하게 내미는 손을 잡고 옆 열차로 훌쩍 건너갔다.

복도로 들어가자마자 그레이스는 짐꾼에게 지폐 한 장을 건넸다. 액수를 본 남자의 눈이 휘둥그레졌다.

"플랫폼에 서 있다가 사람들이 뛰어나와 임신한 여자가 어디로 갔냐고 물으면 저기…."

그녀는 플랫폼 건너편의 우편 열차를 가리켰다.

"저 열차로 뛰어 들어가더라고 말해 주세요."

"네, 맡겨만 주시죠."

남자는 씩 웃으며 돈을 낚아채더니 제가 맡은 짐은 뒷전으로 하고 플랫폼으로 나갔다.

그레이스는 곧바로 객차의 복도를 따라 왼쪽으로 걸었다. 화장실, 그리고 객실 세 개만 지나면 그녀의 자리가 있었던 곳과 마주 보게 된다.

'좋았어.'

계획대로였다. 감시 대상의 동태를 살피느라 마침 객실 문을 열고 나오던 베이커 부인과 창문 두 개를 사이에 두고 눈이 마주쳤다. 그 찰나 그레이스는 놀란 척 입을 크게 벌리곤 부른 배를 감싸며 허둥지둥 앞으로 걸어갔다.

맹한 척해 둔 게 통했나. 여자는 의심 한번 없이 함정에 발을 들였다.

복도 끝에 숨어 창문 가장자리로 몰래 보았더니 여자는 바로 옆 칸의 문을 두드리며 무어라 소리쳤다. 그와 동시에 젊은 남자 넷이 객실에서 우르르 빠져나와 객차 끝으로 뛰어갔다.

역시나. 그자가 한 명만 붙여 뒀을 리가 없지.

그레이스는 지체 없이 다음 객차로 넘어갔다. 복도를 반쯤 지났을 때 그녀가 조금 전 지나 온 문이 벌컥 열리며 여자가 외쳤다.

"이봐! 거기 서!"

내 이름을 모르나? 보통은 이름을 부르며 추격하기 마련이었다.

그레이스는 멈추지 않고 계속해서 객차 끝으로 향했다. 아무리 비좁은 복도라도 저들은 뛰는데 그레이스는 빠르게 걷기만 할 뿐이니 곧바로 따라잡혔다.

하지만 그것도 결국은 계략인 걸 저들은 모를 것이다.

놈들이 객차 중간에 다다른 순간 그레이스는 돌아섰다. 항복이라도 하듯 두 손을 번쩍 들었지만 손에 들린 물건은 항복의 상징과는 거리가 멀었다.

오른손에 들린 권총에 눈길이 닿자 추격자들이 멈칫했다. 그레이스는 다른 손에 든 탄환을 보란 듯 흔들었다.

"이젠 빈총이 아니야."

천장에 한 발 쏘는 것만큼 확실한 경고도 없었지만 그랬다가는 모든 열차의 운행이 중지될 것이다.

"엎드려, 당장!"

윈스턴이 누구를 붙이든 약점은 똑같다. 그레이스가 죽어선 안 된다는 것.

별채에서 그랬듯이 총구를 제 목 아래에 겨누자 추격자들이 서로 눈짓을 주고받더니 복도에 순순히 엎드렸다.

그녀는 여전히 제 목에 총을 겨눈 채 옆문을 열고 밖으로 나갔다. 스치듯 본 플랫폼의 시계는 33분을 가리키고 있었다. 그레이스는 그렇게 플랫폼으로 도망치는 척만 하고 몸을 돌려 다음 객차의 문을 열고 들어가 버렸다.

문을 닫고 바닥에 웅크리고 앉아 귀를 기울였다. 역시나 플랫폼으로 뛰쳐나가는 발소리가 들렸다.

"어디 갔어? 어느 쪽이야?"

당황해 지르는 소리에 이어 누군가가 저기로 갔다고 외치는 목소리가 들리자 그레이스는 몸을 최대한 숙인 채 반대편 문으로 향했다.

출발이 임박했음을 알리는 호루라기 소리가 들리는 찰나 그레이스는 이 열차로 뛰어들었을 때처럼 건너편 열차로 돌아왔다.

"하아… 아슬아슬했네."

열차가 서서히 움직이기 시작했다. 그녀는 곧장 객실로 가지 않고 화장실에 숨었다.

"아… 배고프다."

그것 조금 돌아다녔다고 꼬르륵거리는 윗배를 누르며 잠긴 문 너머의 복도로 귀를 기울였다. 자그마한 창문 밖의 풍경이 회색빛에서 푸른빛으로 바뀌도록 복도에서는 그녀를 찾는 소리가 들리지 않았다. 이 열차에 다시 탄 추격자는 없다는 뜻이었다.

그제야 그레이스는 텅 빈 객실로 돌아왔다.

"온 가족이 모이는 성탄절에 불청객이라니, 안 될 말이지."

봉투에서 소다수 병을 꺼내어 마개를 따곤 좌석에 다리를 쭉 뻗고 앉았다. 창밖으로 펼쳐진 체스터필드 강의 절경과 홀로 남은 자유를 만끽하며 시원한 소다수를 들이켜던 그레이스는 돌연 웃음을 터트렸다.

오랜만에 임무를 맡아 성공적으로 해낸 것만 같은, 짜릿한 쾌감이 일었다.

별다른 자극 없이 갇혀 사느라 몸도 머리도 둔해졌을 줄 알았더니.

"와, 나 여전히 쓸 만하잖아?"

그러나 상쾌한 웃음은 곧 시들었다.

나 아직도 이렇게 쓸 만한데….

❖ · ❖

어둠과 적막에 잠긴 체스터필드 중앙역의 플랫폼이 한눈에 내려다보이는 어느 사무실은 대낮의 기차역을 방불케 했다.

임시 작전 본부가 차려진 이곳에선 10여 명의 군인들이 전화기를 붙잡고 떠드는 소리가 끊이지 않았다. 그들은 모두 앵무새처럼 같은 말만 반복했다.

"네, 다갈색 머리, 청록색 눈에 연갈색 코트를 입은 임신부를 본 차장이나 역무원이 있는지…."

전국 곳곳의 역에 전화를 걸어 작전 대상이 탄 기차를 수소문하는 중이었지만 몇 시간째 이렇다 할 소득이 없었다.

밖에선 중부 사령부에서 동원한 사병들이 기차역과 도시를 밤늦도록 수색 중이었다. 고작 여자 하나를 찾으려고 말이다.

이번 작전에 긴급히 투입된 인원의 대부분은 그 여자의 신원을 전혀 알지 못했다. 다만 최근에 체포된 요주의 인물로, 반군에 관한 중요한 기밀을 알고 있다는 점만 들었을 뿐이었다.

문이 벌컥 열리는 순간, 귀를 먹먹하게 하던 소음이 뚝 멎었다. 모두가 하던 일을 멈추고 일제히 일어서 경례를 올렸지만 그 예의 바른 행동은 지휘관의 심기를 거스르기만 했다.

"자리에서 일어설 여유가 있는 걸 보니 집 나간 벨라를 찾았나 보군."

모두의 얼굴이 잿빛이 되자 대위는 싸늘한 태도로 몸을 돌려 회의실로 향했다. 여자의 행방을 수소문하는 목소리들이 다시 어지럽게 얽히는 가운데, 대위가 캠벨에게 지시를 내렸다.

"맥길 중위를 호출하도록."

"네."

캠벨은 대기 중인 이등병에게 지시를 전달하고 어느 책상 앞에 앉은 낯익은 얼굴을 향해 손끝을 까딱였다. 헤일우드부터 윈스포드까지 그 여자의 미행을 담당했던 일병이 곧바로 자리에서 일어나 그에게로 뛰어왔다.

"낸시 윌킨스는?"

그 여자의 대화를 엿들어 알아낸 반군의 본명을 입에 올렸다. 윌킨스의 행방에 대해 파악한 게 있는지 묻자 일병의 낯이 어두워졌다.

"현재까지는 새로 입수된 정보가 없습니다."

그레이스 리들이 윈스포드 거점을 감시 중이란 사실을 어떻게 눈치챘는지 그걸 제 동료에게 알렸다. 그리고 윌킨스는 제게 붙은 미행을 감쪽같이 따돌리고 사라졌다.

"그럼 크로포드 사 쪽은?"

"연휴를 앞두고 있어 확인에 시일이 걸린다고 전달받았습니다."

"얼마나?"

"내년 초로 예상하고…."

일병이 목소리를 한껏 낮춰 보고하며 회의실 쪽을 흘끔거렸다. 회의실 문 너머에는 추적 현황이 적힌 블랙 보드가 세워져 있었다. 그 앞에 선 대위의 눈빛에서 살기가 느껴졌다.

미행 조에게 거짓말을 한 짐꾼을 겨우 찾아 신문하고 오는 길이었다. 짐꾼은 그 여자가 그저 인신매매단 같은 데 붙들린 줄로만 알고 도와준 것뿐이라 했다.

그러나 대위가 듣고 싶었던 건 도와준 동기 따위가 아니었다. 그레이스 리들이 교활한 수를 썼으리라는 건 그 여자를 아는 누구나 짐작한 바였다.

알고 싶었던 건 그 여자의 행방이었으나 그자도 여자가 어디로 사라졌는지는 모른다고 했다.

캠벨은 보고를 마친 일병을 제자리로 돌려보내고 품에서 담배를 꺼내 물었다.

쥐새끼가 목에 매달린 폭탄을 끊고 도망쳤다.

"젠장할…."

국내정보과가 몇 달을 공들여 준비한 작전이었다.

그러니 이런 돌발 상황을 예상하지 못했을 리 없다. 그 몇 달의 시간 동안 이런저런 변수에 맞춰 작전을 유연하게 짜 놓았고, 지금도 여자가 이동 중 사라졌을 시의 계획안에 따르고 있었다.

하지만 그걸 '계획대로 되어 간다.'라고 부를 순 없었다. 여자가 멀어질수록 최종 목적지 또한 멀어지니.

캠벨은 라이터의 톱니를 돌리다 저도 모르게 실소했다.

아니, 임신한 여자가 어떻게 군인 다섯을 따돌려?

게다가 윈스포드에서 동지와 접선한 후 위축된 모습만 줄곧 보여서 엉덩이에 불붙은 망아지처럼 도망칠 거라곤 상상도 못 했다.

캠벨은 웃자마자 입을 꾹 다물며 회의실을 곁눈질했다. 다행히 상관은 눈을 질끈 감은 채 손끝으로 미간을 누르고 있어 그가 웃는 걸 보지 못했다.

오전에는 대위의 심기가 저 넥타이 매듭만큼 비뚤어져 있다고 생각했다. 하지만 하루도 채 지나지 않아 저 매듭보다도 훨씬 비뚤어졌다.

이 작전에 무엇이 걸려 있는지 캠벨은 잘 알았다.

윈스턴가의 미래.

싱클레어가의 몰락에 가담하지 않아 국왕의 눈 밖에 난 대위에겐 이번 작전이 형국을 절대적으로 뒤집을 기회였다.

물론 대위는 그 이상의 목적이 있는 게 분명했다.

그 쥐새끼들의 소굴을 찾아낼 실마리는 이미 얻었으면서도 여자를 그곳으로 보내는 데 집착하는 걸 보면 말이다.

창가로 자리를 옮겨 불을 붙이는 찰나, 사무실의 문이 열리며 중년의 간호 장교가 여전히 사복 차림을 한 채 들어왔다.

'시체 같군.'

회의실로 향하는 맥길 중위의 창백한 얼굴을 캠벨은 딱하다는 눈으로 좇았다.

그레이스 리들은 인간의 탈을 쓴 검은 고양이일지도. 그 교활한 여자와 엮이는 이는 모두 불운해지니 말이다.

"대위님, 부르셨습니까."

블랙 보드를 응시하고 있던 대위가 이쪽으로 고개를 돌렸다. 그 순간 맥길 중위는 상관의 눈을 피해선 안 된다는 걸 알면서도 흠칫 놀라 눈을 돌렸다.

찰나가 남긴 잔상은 지독했다. 정모가 드리운 그늘 속에서 서슬 퍼렇게 번뜩이던 푸른 눈동자가 계속해서 눈앞을 어른거렸다.

오래전 실수로 막혔던 진급의 길이 열릴 수도 있다기에 이번 작전에 참여한 지 이제 석 달째. 그간 딱딱하고 무례한 간부들만 보던 중위는 윈스턴 대위의 세련된 용모와 기품 있는 태도를 보며 군에 이토록 어울리지 않는 군인도 없을 거라 생각했다.

그러나 그는 작전이 시작되는 순간 그 누구보다도 딱딱한 군인으로 돌변했다.

그리고 지금은 분명 과장일 거라고 믿었던 캠든의 흡혈귀로 돌변하지는 않을까 두려워졌다.

"문 닫아."

중위는 한 발짝 안으로 들어와 문을 닫으며 숨을 깊이 들이켰다. 다시 뒤돌았더니 대위가 이젠 이쪽으로 완전히 몸을 돌려 그녀를 추궁하듯 바라보고 있었다.

회의실이 조사실로 느껴지기 시작했다.

사태를 처음 보고했을 때 대위는 일촉즉발의 분위기를 풍겼으나 미행조를 질책하지 않고 곧바로 변경된 작전을 지휘하는 데 몰두했다.

그러니 미뤄 두었던 문책을 하려고 부른 걸지도. 위압감에 숨을 쉬기 어려워졌다. 등줄기를 타고 식은땀이 흐르던 순간이었다.

"맥길 중위."

"네, 대위님."

"작전 대상과 나눈 대화, 빠짐없이 보고해."

중위는 표정과 토씨 하나까지 기억해 내려 애쓰며 그 여자와 나눈 대화를 보고했다. 그러다 어느 순간, 대위의 미간이 구겨졌다. 그제야 그녀는 제가 어디서 실수를 했는지를 어렴풋이나마 깨달았다.

레온은 지친 한숨을 내쉬었다.

간호 장교를 쓴 것이 패인이었다. 지난 석 달간 강도 높은 훈련을 거쳤다지만 현장 경험의 부재는 이처럼 중요한 순간에 실수로 이어졌다.

레온에겐 선택지가 많지 않았다. 여군은 흔치 않다. 그리고 쓸 만한 인원의 대부분은 고문실의 경비를 섰던지라 그 여자가 목소리를 알고 있을 가능성이 컸다.

몇 되지 않는 후보 중에서 그나마 그 여자가 경계심을 덜 느낄 인상과 나이대만을 남기고, 여자의 상태가 나빠질 때를 대비해 간호 장교를 선발했더니 이런 실수를.

"내가 분명 말했지 않나? 그 여자, 눈치가 굉장히 빠르니 말조심, 행동 조심하라고. 대체 어디로 들은 거야."

"죄송합니다."

"보고나 계속해."

"네, 그 후론 첫 아이냐고 제가 물었고 여자가 그렇다며 설레기도, 두렵기도 하다고…."

레온은 실소를 참지 못했다.

아이를 가져서 설렌다, 라니.

체념한 척만 했을 뿐, 아이를 여전히 기꺼워하지 않는 여자가 굳이 필요 없는 거짓말까지 하며 무해하고 평범한 여자를 연기했다.

그 여자, 이게 함정인 걸 알고 있었군.

언제부터 알고 있었던 건지. 중위의 말실수 때문인가. 어쩌면 그 전부터….

저택에서 도망치자마자 윈스포드의 안가로 간다. 거기서 여행 자금을 얻어 제 약혼자에게로 향한다. 그곳에서 약혼자에게 배신당하고 반군의 추악한 진면모를 목격한다. 그리고 그는 세뇌에서 완전히 벗어난 여자를 되찾으며 본거지를 소탕한다.

이것이 그가 가장 바라는 전개였다.

그러나 그 여자는 이번 작전에서 가장 큰 변수라는 제 역할을 아주 훌륭하게 해냈다.

레온은 우체국 전화 부스의 옆 칸에서 여자의 대화를 어렴풋이나마 엿들은 일병의 보고를 되짚어 보았다.

한시가 다급한 와중에 안가의 쥐새끼와 싸울 줄이야. 거기서부터 모든 것이 틀어지기 시작했다. 그다음에는 제 약혼자와 전화로 싸우며 레온의 예상보다 훨씬 이르게 배신당해 버렸다.

그건 본거지에서 당했어야지.

이젠 배신감이 복수심으로 발전하길 기대하는 수밖에 없었다.

그런데 그 꽉 막힌 여자, 제 오빠에게 간다고 저를 배신한 약혼자에게 대답하더니 정말로 조나단 리들 주니어가 사는 동쪽으로 가는 기차에 올라탔다.

본거지는 북쪽인 브레이턴 주에 있다. 그건 여자의 허술한 행동에서 얻은 뜻밖의 수확이었다.

브레이턴 지역의 크로포드 1499번.

여자의 통화를 연결해 주었던 교환수에게서 지역명과 전화 회사명, 그리고 번호를 얻어 내는 건 간단한 일이었다.

크로포드 사에서 연결을 제공하는 1499번 전화의 위치는 아직 파악되지 않았으나 시간이 해결해 줄 것이다. 그러니 그건 그에게 문제가 아니었다.

레온에게 가장 중요한 건 본거지를 찾는 것이 아니라 그 여자가 본거지로 군을 끌고 가는 것이었다. 자의로 하든, 멋도 모르고 미행을 달고 가든, 반군의 눈에는 그 여자가 배신자로 보일 테니.

배신당한 여자가 동지를 직접 배신하는 것이 가장 이상적이지만 거기까지는 바라지도 않았다. 그저 그 여자와 반군 집단이 서로에게 배신자로 낙인찍히기만 하면 그는 목적을 달성하는 셈이었다.

그러나 이 모든 게 틀어진 건 어쩌면 그 여자가 그의 계획을 처음부터 알고 있었기 때문일지도.

그렇다면 제 오빠에게 갈 이유가 없잖아?

그 여자, 그 정도로 바보는 아니었으니.

"그러곤 배가 자꾸만 뻐근하게 뭉친다고 한 게 전부였습니다."

중위의 말을 듣는 순간 생각의 사슬이 뚝 끊어졌다.

"그래도 저희를 따돌리고 도망쳤던 걸 보면 멀쩡한 것 같으니 걱정하지 않으셔도…"

중위가 그의 낯빛을 살피며 다급히 덧붙였다.

"도망친 후에도 멀쩡했나."

"…"

"모르면서 걱정할 것 없다는 소리를 당당히 지껄이는군."

"죄송합니다."

"당장 나가서 캠벨 소위에게 규모에 상관없이 각 병원과 조산원 또한 수색하라고 전해."

"네, 알겠습니다."

중위가 나가며 문을 닫는 순간 레온은 넥타이 매듭을 당기려다 멈칫했다. 매듭에 닿은 검지 끝이 미세하게 떨렸다.

아무 일 없었던 것처럼 재킷 안쪽으로 미끄러져 들어간 손이 또 멈췄다. 레온은 한숨을 길게 내쉬었다.

속이 갑갑할 때에는 시가를 무는 게 습관이었다. 하지만 그 여자가 시가 냄새를 맡을 때마다 입덧을 한 후로 시가 케이스를 치워 버렸다.

대신 창가로 가 창문을 열어젖혔다. 차가운 밤공기를 아무리 들이마셔도 끓어오르는 분노와 불안감은 식지 않았다.

책에서 읽은 구절이 머릿속을 맴돌았다. 배가 뭉치는 건 심적인 충격이 원인이 될 수도 있다고 했던가.

레온은 여자에게 충격을 준 쥐새끼들을 떠올리며 이를 악물었다.

내 계산대로 움직여 준 건 고맙지만 적당히 했어야지.

머지않아 그 배에 든 아이의 아버지는 자신들보다도 적당히를 모르는 인간이라는 걸 몸소 겪게 될 것이다.

의사에게서 여자가 건강하다는 확답을 여러 차례 받고도 직전까지 작전 개시를 망설였다.

파리하게 말라비틀어져 가던 걸 지켜본 후로, 레온은 무슨 짓을 해도 여자가 망가지지 않는다는 착각을 버렸다. 저는 그 여자가 망가지길 바란다는 착각 또한 버린 지 오래였다.

그러나 결국엔 작전을 밀어붙였다. 극약 처방이 필요했으니.

그대로 두면 그와 여자의 사이에는 미래가 없다. 그가 당장 증오의 찌꺼기를 버리고 변한다 해도 헛된 믿음에 빠진 여자는 변하지 않을 것이다. 그렇게 평생을 똑같은 애증의 쳇바퀴만 돌 수는 없었다.

레온은 창 너머 저 까마득한 암흑과도 같은 그 여자의 머릿속을 들여다보려 애썼다.

동지에게서 도주 자금과 무기를 구했다. 내가 지켜보고 있으니 본거지로는 가지 않는다. 그래서 오빠에게 가는 기차를 탔지만 중간에 감시자를 따돌렸다.

여기서 선택지는 두 가지.

하나, 본거지로 간다.

이미 배신당하고도 그곳으로 가는 이유는 뭘까.

미련? 복수?

그 자식에게 복수하고 싶다면 나를 이용해. 혼자 할 생각 말고.

일단 브레이턴 쪽으로 향한 열차들부터 추적하고 있으나 몇 시간이 지나도록 여자를 목격했다는 제보는 없었다.

그렇다면 두 번째 선택지, 제3의 위치로 향한다.

레온에겐 최악의 경우였다. 그가 아는 한 여자에게 다른 연고지는 없다. 아무런 연고도 없는 곳에 여자가 숨는다면 그는 지푸라기 더미에서 바늘 하나를 찾아 뒤지듯 온 왕국을, 아니, 온 대륙을 뒤져야 할지도 모른다.

그가 믿을 단서는 여자가 어떠한 노력을 해도 바꿀 수 없는 눈동자, 그것뿐이었다.

어젯밤 그의 밑에서 수많은 감정을 내비치던 청록빛 눈동자가 떠오르는 순간, 레온은 얼굴을 거칠게 쓸어내렸다. 종잡을 수 없는 여자. 어젯밤의 애틋했던 시간이 꿈처럼 느껴질 정도로 얄미웠다.

어디로. 대체 어디로.

그 여자가 자취를 감춘 플랫폼을 내려다보며 오늘 낮 벌어진 상황을 시간 순으로 낱낱이 분해해 곱씹어 보던 레온은 문득 고개를 들었다.

아니지. 선택지는 세 가지다.

곧장 문을 열고 나온 그는 명령했다.

"그 여자가 원래 탔던 열차, 원래의 종착역에 당장 연락해! 캠벨, 레드힐 농장의 감시 인원에게 지금 즉시 조나단 리들 주니어의 미행을 재개하라고 지시하도록."

세 번째 선택지, 오빠에게로 가는 기차를 다시 탄다.

"어려운 문제에선 가장 단순한 답이 정답일 때도 있는 법이거든."

그 여자의 맹랑한 목소리를 다시금 떠올린 그는 피식 웃었다. 그래, 단순히 미행이 성가셨던 걸지도.

❖ • ❖

선술집의 문이 벌컥 열리는 순간 와자지껄한 소음이 텅 빈 밤길로 터져 나왔다. 곧바로 거나하게 취한 한 무리의 사내들이 비틀거리며 밖으로 나오더니 마을 변두리의 농장 지대로 향했다.

동료들이 여전히 오늘의 복싱 경기 중계를 두고 떠드는 가운데, 20대 후반으로 보이는 어느 사내만이 이따금 뒤를 흘끔댔다.

열 걸음 정도 뒤에서 누군가가 따라오고 있다. 그저 길이 겹치는 걸지도 모르지만 따라온다고 판단을 내린 덴 그럴 만한 근거가 있었다.

이런 촌구석에서 자정이 다 되어 가는 야심한 시각에 젊은 여자 혼자 걷다니.

어두워서 실루엣만 겨우 볼 수 있었으나 여자의 걸음걸이에서는 밤길을 홀로 걷는 여자들이 흔히 풍기는 초조함이 느껴지지 않았다.

'군인지, 블랜차드인지.'

사내들이 하나둘 갈림길에서 흩어졌다. 마지막으로 나란히 걷던 동료마저 어느 허름한 건물 앞에서 그에게 손을 흔들었다.

"찰리, 성탄절 즐겁게 보내게."

"자네도."

그는 마주 성탄절 인사를 해 주고 계속해서 어두운 흙길을 따라 걸음을 옮겼다. 그새 꽁꽁 언 코끝을 장갑 낀 손으로 비비며 농장 입구로 향하는 길모퉁이를 돌려던 찰나였다.

"조."

누군가가 그를 가명이 아닌 본명으로 불렀다.

"…그레이스?"

조는 깜짝 놀라 뒤돌았다. 여태 그를 따라오던 여자가 동생이었을 줄이야. 분명 서부에서 작전을 수행 중이라던 녀석이 이 동부에는 어쩐 일일까.

"말도 없이 언제 왔…."

"말해 줘."

그레이스가 그의 앞으로 재빠르게 다가왔다. 구름이 달을 가린 탓에 고작 한 걸음을 사이에 두고도 동생의 얼굴이 보이지 않았으나 심상치 않은 목소리만은 선명했다.

"…뭘?"

"네가 아는 것 전부. 빠짐없이. 거짓 없이."

올 것이 왔다. 이제야, 겨우.

그것이 진실을 요구하는 동생을 마주한 조의 첫 생각이었다.

긴 이야기가 될 게 분명했다. 춥고 어두운 데서 이럴 게 아니라 집으로 들어가자고 했더니 동생은 막무가내였다. 조는 하는 수 없이 그레이스를 외딴 창고로 데려왔다.

그는 테이블에 놓인 오일 램프에 성냥으로 불을 붙이곤 낡은 나무 의자에 앉았다.

"너도 앉…."

위로 향하던 그의 시선이 그레이스의 배를 스치는 순간 멈췄다.

"맙소사, 너 그동안 무슨 일이 있었던 거야? 지미의 아이야? 언제 말도 없이 결혼했어? 이거 꽤 섭섭한데. 잠깐. 혼자 왔어? 임신한 사람이 이 추운 밤에 혼자 돌아다녀? 아, 안 되겠어. 당장 집으로 가자. 저녁은 먹었어?"

조는 사정을 전혀 모른 채 혼자 상황을 이해하려 애쓰더니 자리에서 일어서며 그레이스를 붙잡았다.

"이건 나중에 이야기해."

그녀는 오빠를 다시 자리에 앉히며 맞은편에 앉았다.

"그보다 묻고 싶은 게 있어."

동생의 고집을 잘 알기에 조는 포기하고 고개를 끄덕였다. 그레이스는 결연한 얼굴로 숨을 들이켜더니 한숨처럼 내쉬며 물었다.

"나, 아버지의 친자가 맞아?"

넌 이미 다 알고 묻는 거구나. 조는 굳게 다물고 있던 입을 열었다. 하지만 대답은 선뜻 나오지 않았다. 이날이 올 것을 예상해 그동안 수없이 머릿속에서 연습했건만 막상 닥치니 말이 혀끝에서 떨어지지 않았다.

"제발, 솔직하게 대답해 줘."

조는 결국 어렵사리 고개를 저었다. 곧바로 동생의 얼굴이 울음을 참는 듯 울상이 되었다.

"…네 친부는 따로 있어."

그랬구나. 결국은 윈스턴의 말이 맞았구나. 그레이스는 차오르는 눈물을 삼키며 고개를 어렴풋이 끄덕였다.

"나도 누군지는 몰라. 미안해."

그건 내가 이미 알고 있어. 차마 할 수 없는 말이었다.

"그럼 날 어떻게… 가지게 된 건지는 알아?"

그래도 여전히 제가 더러운 미인계의 산물이라는 윈스턴의 말은 믿지 못해 묻자 마주 앉은 오빠의 얼굴에서 괴로운 기색이 한층 짙어졌다.

"이런 얘긴 취한 나도 힘든데 맨 정신인 넌…."

그는 두 손에 얼굴을 묻고 한숨을 크게 내쉬더니 자리에서 일어섰다.

"이건 차마 내 입으로 말 못 하겠어. 어머니께 들어."

집에 다녀온 오빠의 손에는 낡은 일기장과 색이 바랜 편지 봉투 하나가 들려 있었다. 그는 일기장만 그레이스에게 주더니 다시 밖으로 나갔다.

담배를 피우는지 문밖에서 성냥을 긋는 소리와 욕지거리가 나직이 울리는 가운데, 그레이스는 오래전 죽은 어머니의 묘지를 파헤쳐 관 뚜껑을 여는 심정으로 일기장을 열었다.

처음은 평범했다. 아버지, 아니, 이제 그녀에겐 양부인 조나단 '조니' 리들과의 신혼에 관한 시시콜콜한 이야기뿐이었다.

그러나 어느 순간부터 세상의 불공평함과 왕정에 대한 비판을 휘갈긴 글이 조금씩 나오더니 대의를 이루기 위한 목표와 헌신을 또박또박 적은 글이 이어졌다.

제 일기장과 다를 게 없는 페이지를 재빠르게 넘긴 그레이스는 문득 손을 멈췄다.

『처음엔 단순한 잠입 임무인 줄 알았더니 조니가 자꾸만 더한 요구를 한다. 수뇌부가 모범을 보여야 한다고 말하니 어떻게 해야 할지 모르겠다. 신이시여, 이게 진정 옳은 길인가요.』

『더러운 왕당파들의 비위를 맞춰 주며 정부 역할을 해야 하는 건 여전히 구역질 나지만 그래도 내 희생이 결국 저들의 몰락을 가져올 거라고 생각하면 버틸 만하다.』

『내가 다른 남자와 사는 걸 조니는 대체 무슨 심정으로 지켜보는 걸까.』

그 후론 그레이스가 자주 외우던 혁명군의 신조가 한 장을 빽빽이 채우고 있었다.

『계획에 없던 둘째가 생겼다. 그래도 아이는 언제나 축복이다. 그럼 이제 한동안은 그 임무를 맡지 않아도 되려나?』

『신이시여, 왜 제게 이런 시련을 주시나이까.

분명 태어났을 땐 어두운 파란색이던 그 아이의 눈동자가 청록색으로 변했다.

조니에게 공작 대상의 아이를 가진 줄도 몰랐다니 멍청하다는 욕설을 듣고 온종일 울었다. 이 끔찍한 실수를 어쩌면 좋지?

저 아이의 절반은 왕당파라니. 천사 같았던 아이가 이젠 더러운 괴물로 보인다.』

『그 아이를 고아원에 주자고 했지만 모두가 반대한다. 심지어 처음엔 찬성하던 조니도 제임스 블랜차드와 독대를 하고 나오더니 돌변했다.

추악한 왕당파의 자식인데 왜 키우길 강요하는 걸까. 괴로워.』

『그 아이를 고아원에 버리려 했는데 도중에 붙잡혔다.

원탁의 모두에게서 세 시간 넘게 호되게 질타를 당했다. 그들은 내가 한 번만 더 도망치려 하거나 규율을 어기면 내 아들을 다른 부부에게 주겠다고 했다. 제발, 그건 안 돼.』

그 후로 이어진 토로를 그레이스는 도저히 버틸 수 없어 재빠르게 넘겼다.

『그래서, 왕정은 언제 무너뜨리겠다는 거야?

블랜차드는 아무래도 자신이 왕인 줄 아는 것 같다. 아니, 신이라고 생각하려나?』

『그레이스가 학교에 가기 시작했다. 블랜차드가의 지하실에서 소수의 수녀부 아이만 가르치다니. 사실 학교가 아니라 광신도의 교회 같다.

어젯밤에야 조니가 이유를 말해 줬다. 간부들이 그레이스를 키우라고 했던 이유 말이다.

그걸 듣고 나니 그 아이가 가엾어져 오늘 아침엔 머리를 직접 땋아 주었다. 그랬더니 그레이스가 집 앞에서 마주친 친구들에게 오늘은 내가 제 머리를 땋아 주면서 예쁘다고 해 주었다고 신이 난 목소리로 자랑했다.

아이의 친부가 누구인지 아는 이들에게서 눈총을 받았다. 멍청한 짓이었다.

그나저나 개가 개를 잡아먹고 돼지가 돼지를 잡아먹게 하는 작전이라니 곱씹을수록 역겹다. 왕당파가 멋도 모르고 아군을 죽이는 게 무슨 의미가 있는 작전이라고.

아무래도 그자들은 거기서 변태적인 희열을 느끼는 것 같다.

게다가 그 아이를 언젠가 왕당파를 흔드는 데 쓰겠다는 심산이라니. 기가 막힌다. 왕족이 적과 만든 사생아라 그자의 명예를 실추시키고 왕족의 내부 분열을 꾀하는 용도가 있다는 것이다.

이건 아무래도 블랜차드의 발상인 것 같다.

왕당파와 협상을 할 필요가 있을 때 아이의 친부를 압박할 카드가 될 수 있다는 건 나도 공감했다.

그런데 선전용이라는 건 도저히 이해가 안 된다.

왕당파의 딸이자 왕실의 핏줄인 여자가 혁명에 가담한다. 왕족조차도 타락한 왕정에 환멸을 느끼고 혁명에 가담한다.

이런 식으로 선전하면 왕당파는 명예에 타격을 입긴 하겠지.

그런데 그러려면 결국 그 애에게 제 친부에 대해 알려 줘야 하지 않나? 그렇게 물었더니 조니의 대답이 가관이었다.
 그래서 아이에게 혁명군의 밝고 희망찬 면모만 보여 주어야 한단다. 제 비밀을 알아도 아이가 우리를 배신하지 않도록.
 그게 과연 가능할까.
 조니는 철저하게 숨기고 가르치면 될 거라고 했지만 그 말이 내 귀엔 '세뇌한다'로 들렸다.
 학교에 가면 더 많은 친구를 사귈 수 있을 거라고 기대했던 그 아이가 딱하다. 수뇌부에서는 아이가 통제 밖으로 벗어나는 걸 경계했다. '완성' 되기 전에 외부 사람들에게서 부적절한 정보를 주입받아선 안 된다며 진짜 학교에 가는 걸 허락하지 않았다.
 이 자그마한 아이가 뭐라고. 비밀 병기라도 대하는 것 같아 어처구니가 없다.
 결국 괴물은 아이가 아니라 그들이었다.』
『내가 하는 일을 아이들이 아는 건 절대로 원치 않는다. 특히 그레이스가 너무 어릴 때 알게 되어 여자 동지라면 당연히 하는 일로 여기게 될까 봐 걱정이기도 하다.
 남자아이였으면 좋았을걸. 아니면 적어도 보기 흉한 외모였어야 했는데.』
『열한 살이나 된 아이를 대체 언제까지 마을에만 가둬 키우려고 하는 건지.
 이번 작전에 조를 데리고 가자는 걸 우겨서 그레이스를 데리고 왔다. 저 애도 바깥세상은 알아야 하지 않겠냐고. 기차 타는 법조차 모르는 바보를 어디에 써먹으려 하냐며. 이번엔 설득이 통했다.
 그나저나 아무것도 모르고 난생처음 떠나는 여행이라고 들떠 있는 걸 보니 마음이 불편하다.

　사실 난 그런 마음이다. 저 아이가 이대로 사라져 버렸으면. 애빙턴 비치에 휴양하러 온 어느 마음씨 좋은 가족이 저 아이를 데려가 버렸으면.

　어쩐지 저 아이, 나와 같은 운명을 맞이할 것 같아 갈수록 초조해진다.』

『애빙턴 비치로 데려갔던 건 아무래도 실수였다. 이렇게 되어 버릴 줄은….

　그레이스가 변했다. 맹목적으로. 조나단 리들이라는 이름의 괴물을 따라 이곳에 막 발을 들였을 때의 내 눈빛 같아서 가슴이 답답해진다.』

『이젠 나도 다를 바 없는 괴물일지도 몰라. 화장품을 덕지덕지 바른 거울 속 내 얼굴이 그렇게 추해 보일 수가 없다.

　블랜차드가 아들에게 내가 하는 일을 결국 말했나 보다. 그 녀석, 오늘 나를 묘한 눈으로 뚫어져라 쳐다보는데 기분이 더러웠다.

　내 아이들이 알게 될까 두렵다. 그럼 나를 뭐라고 생각할까.』

『그레이스는 고작 열네 살이다. 그런데 그 악마가 작전에 데리고 나가 사람을 쏘아 죽이게 했다. 그 아이가 자리를 비운 사이 조니는 돼지 새끼가 돼지 새끼를 죽였다며 술에 취해 통쾌하게 웃었다.

　역겨워.』

『그레이스, 제발. 그 녀석은 절대 좋은 남자가 못 될 거야.』

『빌어먹을. 조니가 그레이스의 생일에 립스틱을 선물했다. 그것도 창부나 바를 새빨간 립스틱을.

　죽여 버릴 거야.』

『그 악마가 드디어 죽었다! 하하!』

탁. 더는 볼 수 없어 덮어 버렸다.

"그래, 나도 그 일기장을 처음 봤을 때 그랬었지."

그레이스는 힘겹게 고개를 들었다. 찬 바람이 부는 문간에 선 조가 담배꽁초를 바닥에 거칠게 던지더니 발로 짓이겼다.

멍하니 허공을 바라보던 그레이스는 돌연 일어섰다. 저도 왜 갑자기 일어섰는지 알 수 없었다. 소름이 돋은 팔뚝을 문지르고, 갑자기 치미는 토기에 입을 틀어막다가 일그러지는 얼굴을 두 손으로 감싸 쥐곤 테이블 앞을 실성한 것처럼 서성이기만 했다.

너무도 많은 감정이 한꺼번에 몰려와 그 모든 것이 상쇄된 느낌이었다. 마비되어 버린 감정보다 이성이 먼저 돌아왔다.

그레이스는 일기장을 들어 오빠에게 내밀었다. 손이 적나라하게 떨리고 있었다.

"어, 언제부터 알았어?"

"어떤 걸?"

그는 쓸쓸한 얼굴로 웃으며 되물었다.

"네가 아버지의 아이가 아닌 건 내가 다섯 살 때. 아직도 기억해. 그때 한 살배기였던 네 눈동자 색은 무슨 크레용으로 칠해야 하냐고 물었다가 집이 발칵 뒤집혔거든."

조는 한숨을 크게 내쉬더니 문을 닫고 안으로 들어왔다.

"어른들이 네가 알면 상처받는다면서 반드시 비밀로 하라길래 숨겼어. 그런데…."

조가 기가 찬다는 듯 코웃음을 쳤다.

"그런 시커먼 목적이 있었을 줄이야."

"그래서 그건 언제 안 거야?"

"네 역할, 어머니의 역할…. 그런 건 전부 어머니의 유품을 정리하다가 일기장을 발견했을 때."

오빠는 한 발짝 더 다가오더니 한 손으로 뺨을 거칠게 문지르며 그레이스를 응시했다. 마치 어려운 말을 꺼내려는 사람처럼.

"그레이스, 이제야 말해서 미안하지만 어머니는 작전 중에 돌아가신 게 아니야."

끝이 없는 폭로에 그레이스는 또다시 멍해졌다.

"술에 의존하시는 게 날이 갈수록 심해져서 내가 병원에 보냈어."

"뭐? 왜 내겐 말 안 했어?"

"네가 너무 실망할까 봐. 넌 항상 어머니를 영웅이라고 생각했고 멋진 모습만 보려 했잖아. 그리고 어머니도 널 보기 민망하셨는지 말하지 말라고 하셨어."

"아무리 그래도…."

그레이스는 울컥하는 감정을 참으며 물었다.

"하, 그래서 어떻게 돌아가셨다는 거야?"

조가 입을 다물었다. 입매가 아래로 처지고, 눈시울이 서서히 젖어 갔다.

"…스스로?"

그가 고개를 희미하게 끄덕이자 그레이스는 파르르 떨리는 손에 얼굴을 묻었다.

어머니는 평생 그녀의 목표였다. 그 위대한 영웅의 말이라면 그레이스에겐 곧 법이자 성서였다.

그런데 실은 너무도 비참하게 착취당하다 비참하게 최후를 맞이했을 줄이야.

목이 메어 울음조차 나오지 않았다.

"이걸 보고 결심했어."

조는 그레이스의 손에서 떨어진 일기장을 주워 먼지를 털며 말을 이었다.

"떠나야겠구나. 어머니가 받았던 압박이 나와 마사에게 오기 전에."

"그, 그래서 그랬던 거였어. 난 또, 네가 사랑에 빠지더니 대의와 동지를 배신했다고…."

오빠가 추한 현실에 굴복했다고 오해하고 실망했다. 그레이스는 더는 말을 잇지 못했다.

"그래, 그래서 넌 데려가지 못했어. 아직도 기억하지?"

"…그래."

그레이스는 생생히 기억했다. 그가 연인이었던 마사와 함께 떠나겠다고 했을 때, 제가 그를 비난하며 얼마나 감정적으로 굴었는지를.

자신이 얼마나 멍청했는지를 깨닫자 또 수많은 감정이 치밀며 속에서 뒤엉켰다. 이젠 사지만이 아니라 온몸이 파들파들 떨렸다.

"진실을 말해 줄까 싶기도 했는데 네가 스스로 어느 정도 의심을 할 때까지 기다릴 수밖에 없겠단 생각이 들었어."

"하필이면 내 약혼자가 지미였으니까."

조가 고개를 끄덕였다.

"네가 알면 이 모든 걸 지미에게 그대로 전할 것 같았어. 그럼 우린 어머니가 어렵게 남겨 주신 유산까지 모두 블랜차드의 무리에게 빼앗기고 평생 붙잡혀 살거나, 운이 나쁘면 제거됐겠지."

그레이스는 고개를 들고 조를 의아한 눈으로 바라보았다.

"그리고 넌 유산을 줘 봐야 네 손으로 지미에게 군자금으로 쓰라며 바칠 것 같았거든."

"유산?"

조가 낡은 코트의 안주머니를 뒤지더니 무언가를 건네주었다. 조금 전 그가 일기장과 함께 가져왔던 편지 봉투였다.

"아버지, 아니지. 조나단 리들, 그 악마가 죽은 뒤에 어머니께서 그 자식이 숨긴 재산을 찾아 빼돌려 두셨어. 우리에게 주려고."

그레이스는 다급히 편지를 뜯어 보았다. 반듯하게 접힌 편지를 펼친 손이 시간이 흐를수록 더욱 떨리기 시작했다.

"그레이스…."

눈을 부릅뜨고 입술을 깨무는 동생을 지켜보던 조가 다가와 어깨에 손을 얹었다. 다독이는 손길에 안타까움과 미안함이 묻어났다.

"나, 난 괜찮아."

떨리는 목소리로 괜찮다고 말하다니. 이보다 믿음이 가지 않는 말도 없을 것이다.

"괜찮을 리가 없잖아. 나도 그땐 정말 세상이 발밑에서 무너지는 기분이었는데 너는 더할 거야. 하필이면…."

조의 시선이 그레이스의 배에 닿았다. 그는 한숨을 길게 내쉬더니 욕설과 함께 그때 그냥 말해 줄걸 그랬다는 소리를 중얼거렸다.

"그레이스."

그는 편지를 계속 읽어 내리는 그녀에게 물었다.

"지미를 떠날 거지?"

제발 떠나라는 간절함이 담긴 물음이었다. 그레이스가 고개를 끄덕이자 그는 안도의 한숨을 내쉬었다.

실은 떠나는 게 아니라 이미 버림받았다는 말은 차마 하지 못했다. 그러나 언제까지고 숨길 순 없었다.

"아이는 어떻게 할 생각이야?"

"이 아이, 지미의 아이가 아니야."

그레이스는 끝까지 읽은 편지를 급히 접어 봉투에 다시 넣으며 진실을 털어놓았다. 봉투를 코트 주머니에 넣고 고개를 들자 조가 혼란스러운 눈으로 그녀를 내려다보고 있었다.

"그, 그럼 누구의…."

불길한 예감이 들었는지 조가 떨리는 목소리로 물었다. 아마 그의 감은 정확할 것이다. 그레이스는 숨기지 않고 그간 있었던 일을 간략히 쏟아 냈다.

어느 군 장교의 저택에 잠입했으며 그가 이성으로서 그녀에게 관심을 보이자 지미와 간부들이 미인계를 명령했던 일부터 시작해 프레드의 배반, 그리고 오늘 있었던 일들까지.

저택에 갇혀 있는 사이 무슨 일이 있었는지는 말하지 않았다. 그리고 그 장교와의 과거도 오빠는 알지 못했다.

그러나 이것만으로도 충분한 답이 되었을 것이다. 조의 얼굴이 점점 일그러지더니, 마디가 창백해지도록 쥔 주먹이 부들부들 떨렸다.

쾅. 주먹이 내려앉은 테이블이 크게 들썩이며 램프의 불빛이 거칠게 흔들렸다.

"지옥에나 떨어져야 할 개자식!"

조가 저주하는 이는 한때 친동생처럼 아꼈던 지미였다.

"그 빌어먹을 자식이 뭐라고 약속했는지 알아?"

그제야 그는 털어놓았다. 혁명군을 떠나기 전 지미에게서 약속을 받아 냈다고. 그레이스를 어른들의 추악한 계획대로 이용하지 않고, 미인계에도 절대로 동원하지 않는다고.

미인계를 입에 올렸을 때 지미는 터무니없는 걱정을 한다며 조금은 불쾌한 얼굴을 했다.

"사랑하는 여자, 그것도 내 아이들의 엄마가 될 여자에게 내가 왜 그런 짓을 시키겠어? 그건 누구보다 내가 싫으니까 걱정하지 마."

그렇게, 그레이스를 반드시 지키겠다는 약속을 받아 냈다. 쉽게. 너무도 쉽게.

"난 그걸 믿고 널 두고 왔는데…."

조는 얼굴을 감싸 쥐곤 고통스럽게 되뇌었다. 죽여 버릴 거야. 그 개자식, 갈기갈기 찢어 죽여 버릴 거야.

그러나 이미 지미에 대한 기대가 없는 그레이스는 슬프지도, 놀랍지도 않았다.

"미안해. 정말, 내가 너무 어리석었어. 정말 미안해."

"네 잘못이 아니야. 미안해할 필요 없어."

그레이스는 도리어 그를 위로하곤 옷깃을 바짝 여몄다.

"더 머물고 싶은데 난 가 봐야 해. 조카들도 마사도 못 봐서 아쉽지만 부디 행복하게 지내. 항상 고마웠어."

마지막 인사처럼 들리자 조는 사색이 되어 창고 밖으로 나가려는 동생을 붙잡았다.

"어딜 가려고? 곧 성탄절이잖아. 마사가 네가 온 걸 알면 정말 기뻐할 거야. 어디 가지 말고 우리랑 같이 살아, 응? 감시가 잠잠해지면 우린 신대륙으로 떠날 거야. 그때 같이 가. 그러니까 가지 마, 제발."

그의 헤이즐빛 눈동자가 초조하게 떨렸다. 조가 무슨 상상을 하고 있는지 잘 안다. 그레이스가 죽으러 간다고 믿는 것이다.

저 절박한 얼굴을 보니 마음이 아프면서도 한구석이 뜨거워졌다. 그래도 제 안위를 생각해 주는 가족이 있구나, 싶었으니까.

'그래, 나도 함께 떠나고 싶어. 하지만 아직은 아니야.'

그레이스는 흔들리는 마음을 다잡으며 오빠의 손을 떼어 냈다.

"조, 난 여기 있으면 다시 붙잡힐 거야. 그리고 난 죽지 않아. 아직 할 일이 있어."

눈물로 젖어 가는 오빠의 얼굴을 뒤로하고 밖으로 나가 어둠 속으로 들어선 그녀는 불현듯 돌아섰다.

"늦어도 한 달 안에 서부 사령부 정보국의 레온 윈스턴 대위가 너를 찾아올 거야."

그 악명 높은 이름을 듣자마자 조는 사색이 되었다.

"내가 찾아왔었다고 솔직하게 말해. 그자에게 거짓말해서 곤란해질 필요 없어. 어차피 다 알고 있을 테니."

나보다 더 잘 아는 남자이니까.

"모든 게 끝나면 그때 바다 건너에서 만나."

그레이스는 애써 웃으며 작별을 고했다.

그레이스에게.

네가 이 편지를 읽을 즈음이면 난 이미 이 세상을 떠난 후겠지.

고통에서 도망치는 주제에 네게 이런 고통을 남기고 가게 되어 미안하다는 말을 먼저 하고 싶구나.

사실은 지금도 자신이 없어. 진실을 알면 네가 받을 충격을 생각하자니 이게 올바른 짓인지 모르겠다. 그렇다 해도 너를 그자들의 손아귀에 계속 두는 건, 어찌 생각해 보아도 잘못된 일이라 이렇게 용기 내어 밝힌다.

조에게 남긴 편지에 내 일기장이 숨겨진 곳을 적어 두었으니 그 아이에게 물어보렴. 그 안에 네가 알아야 할 진실이 담겨 있어.

너희들에게 그간 숨기려 갖은 수를 썼던 내 치부를 결국은 스스로 밝히게 되다니. 부끄러워 얼굴을 들지 못하겠구나.

항상 네게 멋지고 존경스러운 사람으로 남고 싶었는데 말이야. 그렇지만 네가 눈을 뜨고 진실을 보게 하려면 그 허상을 깨트리는 게 먼저이겠지.

그레이스, 난 세상을 구하는 영웅이 아니라 비겁한 바보일 뿐이야.

죄 없는 너를 미워하고 버거워했던, 그 어른스럽지 못했던 시간이 후회되는구나. 그 시간이 지난 후에는 네게 정을 주고 싶어도 주변의 눈이 무서워 그러지 못했어. 어리석었지.

진작에 바로 잡았어야 했는데 네가 어른이 될 때까지 진실을 말해 주지 않은 것도 참 비겁하기 짝이 없다.

나이만 먹었다고 어른이 아니란 걸 난 내 지나온 시간을 돌이켜 볼 때마다 절감하는구나.

그레이스, 네가 무슨 생각을 하든 네겐 아무 잘못이 없어. 미안하다. 정말 미안해.

부디 네 몸을 소중히 해. 그 더러운 개자식들에게 함부로 내어 주지 마. 그 악마의 무리가 네 '희생'을 고마워해 줄 거라고 절대로 기대하지 마.

그들에게 넌 수단일 뿐이야.

그러니 제발, 제발 떠나렴.

그렇다고 네 아버지가 누구인지 찾아볼 생각은 하지 말아. 네게 상처만 더 될까 걱정이다.

그저 지난 일은 지난 일로 여기고 네 삶을 살아.

난 비록 어머니라고 불릴 자격도 없는 몹쓸 인간이지만 마지막으로 네가 이 모든 걸 뒤로하고 오로지 네 행복을 위해 살 수 있도록 도움이 되고 싶구나.

수도로 가. 로열 헤리티지 은행의 본점에 네 출생 신고서에 적힌 이름으로 된 금고가 있어. 거기 든 물건을 찾으렴.

그렇다고 돈으로 그간 내가 저지른 잘못을 무마하려는 건 아니야. 네가 그곳을 떠나 새로운 삶을 시작하는 데 밑거름이 되었으면 하고 바랄 뿐이란다.

그레이스, 어릴 때 본 플로렌스 이모를 기억하니? 컬럼비아 합중국에 사는 내 동생 말이다.

플로렌스에게 말해 뒀어. 네가 거기서 자리를 잡고 싶어 하거든 언제든 도와주라고.

네가 이 땅에 있는 한 그들은 너를 계속해서 이용하려 할 거야. 그러니 멀리 떠나.

그리고 한 가지 더 당부하고 싶단다.

넌 부디 너를 수단이 아니라 목적으로 여길 남자를 만나렴. 모든 걸 잊고 평범한 행복을 누리는 거야.

> 이제 와 후회하는 것도 우습지만 난 잘못 살아도 너무 잘못 살았어.
>
> 모두가 평등한 삶이라는 이념은 훌륭하지.
>
> 그래, 이념은 잘못이 없어. 잘못은 언제나 인간이 저지른단다.
>
> 인간은 그 숭고한 대의를 이루기엔 너무 탐욕스럽지 않니? 그 탐욕으로 대의를 무기 삼아 다른 인간을 착취하는, 소위 깨어 있는 자보다 거지에게 제가 가진 푼돈이라도 아낌없이 주는 무지한 자로 사는 게 세상에는 더 이롭지 않을까 싶구나.
>
> 나도 참…. 쓸데없이 말이 많아지네. 이만 줄이마.
>
> 네게 사랑한다는 말을 뻔뻔스럽게 할 수 있을 만큼 염치없지는 않아.
>
> 그저 네가 행복을 찾기를, 영원히, 지옥에서 기원하마.
>
> 안젤라

진실만큼이나 매서운 겨울바람을 마주한 채 쉼 없이 걸었다. 바람이 채 흩뿌리지 못한 눈물이 이따금 무거운 배 위로 떨어졌다.

"흑…."

바퀴에 마모된 철로가 어스름한 달빛을 받아 어렴풋이 빛났다. 그걸 길잡이 삼아 그레이스는 걷고 또 걸었다.

열차가 모두 끊긴 야심한 시각이었다. 심연처럼 어두운 선로의 끝에서는 아무런 소리도 들려오지 않았다.

그러나 그레이스의 머릿속에서는 한낮의 기차역처럼 수없이 많은 목소리들이 끝없이 메아리쳤다.

"그레이스 리들, 네가 바로 블랜차드 반군이 더러운 미인계를 쓴다는 증거야."

처음엔 단순한 잠입 임무인 줄 알았더니 조니가 자꾸만 더한 요구를 한다. 수뇌부가 모범을 보여야 한다고 말하니 어떻게 해야 할지 모르겠다.

"수뇌부가 모범을 보여야 해."

"너, 네 약혼자에게서 나를 유혹하란 지령을 받았다고 했잖아."

"지옥에나 떨어져야 할 개자식! 그 빌어먹을 자식이 뭐라고 약속했는지 알아?"

"리들 양, 포주 따위와 약혼을 하니까 창녀로 전락하는 거야."

"너 설마 이걸 과한 희생이라고 생각하는 건 아니지?"

그 악마의 무리가 네 '희생'을 고마워해 줄 거라고 절대로 기대하지 마. 그들에게 넌 수단일 뿐이야.

"그 이상향은 혁명군의 피를 먹고 자라나 열매를 맺을 것이다."

나는 무엇을 위해 피를 흘렸나. 어머니, 수용소에서 죽은 그 고아, 그리고 이름 모를 그 수많은 여자들. 우리는 모두 무엇을, 누구의 이상향을 위해 피를 흘렸을까.

숭고한 대의도, 피보다 진한 전우애도 모두 허상이었다. 태어나 평생을 살아온 세상, 그레이스가 유일하게 아는 그 세상은 모두 허상이었다.

새가 눈을 떴다. 거짓과 위선으로 이루어진 세상을 직시하자 간과했던 그 모든 모순이 선명히 보이기 시작했다. 균열이었다.

"흐흑…"

발을 질질 끄는 소리 사이로 이따금 들리던 흐느낌이 점차 길어지더니 고통에 찬 울음으로 변해 갔다.

태어나는 일에는 고통, 그리고 파괴가 수반된다. 새는 스스로 알을 파괴해야만 태어날 수 있다.

"모두 지옥에나 떨어져!"

제 세상을 제 손으로 무너뜨려 다시 태어나기로 각오한 여자의 절규가 밤의 적막을 찢어발겼다.

성탄절을 하루 앞둔 아침, 체스터필드 임시 작전 본부는 어젯밤보다 훨씬 침착한 분위기였다.

전화벨이 울리고 여자의 행방을 묻는 목소리가 이어지는 건 여전했으나 추적 범위가 좁혀진 덕에 그 빈도가 줄었다.

하지만 팽팽한 긴장감은 여전했다.

캠벨은 서부 사령부에 보고할 사항을 정리하다 문득 창가에 선 상관에게 시선을 던졌다. 대위는 재킷을 벗고 셔츠 소매를 걷어 올린 채였다.

누군가를 고문하려는 것처럼.

지금 그가 거꾸로 매달고 싶어 할 사람들의 명단이 캠벨의 머릿속을 줄줄이 스쳐 지나갔다. 그러나 지금 정작 고문을 당하고 있는 이는 대위일 것이다.

그는 여전히 위압적이나 위태로워 보였다.

대위는 그 여자를 찾을 때까지 먹지도, 자지도 않을 사람처럼 굴며 밤새 이 사무실을 지켰다.

그러다 아침에 잠시 호텔에 들러 샤워에 면도도 하고 옷을 갈아입었을 텐데….

캠벨은 의아한 눈으로 상관의 셔츠 깃 사이를 뚫어져라 바라보았다.

그러니까 분명 옷을 갈아입었을 텐데, 넥타이의 비뚤어진 매듭만은 똑같았다.

옷차림에 강박적일 정도로 규칙을 정해 두는 대위가 다시 저런 모양새로 넥타이를 맸을 리는 없다. 그 말은 옷을 벗을 때 끈만 살짝 당겨 고리를 느슨히 만들어서 벗었다가 목에 올가미라도 걸듯이 다시 걸어 매듭을 조였다는 뜻이다.

설마 그 여자 작품인가.

캠벨은 눈매를 구겼다.

도망치기 전에 올가미를 걸어 주고 가다니. 지독한 여자군.

총 여덟 곳의 플랫폼에는 그 여자의 인상착의를 전달받은 사병 수십 명이 배치되어 있었다.

그렇게 사람을 풀어놓고도 레온은 모든 플랫폼이 한눈에 내려다보이는 창가에서 떠나지 못했다.

그 여자가 탔던 열차, 그리고 조나단 리들이 사는 곳으로 향하는 지역 열차 편, 거기다 환승역과 종착역까지. 샅샅이 수소문한 결과 그의 추측이 맞았다.

기차에서 여자를 보았다고 어느 차장이 증언했다. 레드힐 농장과 가장 가까운 시골 역의 역장 또한 몸에 맞지 않게 큰 코트를 입은 임신부가 어젯밤 마지막 열차에서 내리는 걸 보았다고 했다.

그러나 그 여자가 다시 역에 나타났는지, 열차 운행이 재개된 시각부터 매시간 전화로 확인하고 있으나 매번 보지 못했단 대답만 들었다.

조나단 리들의 밀착 감시를 너무 늦게 재개한 걸까. 감시자는 그자나 그자의 거주지에서 여자의 흔적을 찾지 못했다고 보고했다.

몰래 숨겨 놓았을지도 모르니 인원을 추가해 그쪽을 수색하도록 지시했다. 조나단 리들의 동태를 24시간 주시하되 아직은 접근하지 말도록 했다.

'그러다 언젠가 다른 곳으로 빼돌리는 날에….'

멀리서 열차가 곧 철도 건널목을 지나 기차역으로 들어올 예정이라는 걸 알리는 종이 울리자 레온은 지끈거리는 미간을 검지 끝으로 짓눌렀다. 18번째 듣는 소리였다. 즉, 이 자리에 선 후 17번 좌절했다.

"하…."

멍청한 짓이었다. 열차의 시간표를 모르지 않는데.

그 여자는 분명 제 오빠에게 갔다. 그곳으로 도망치면 그에게 잡힐 걸 알고 있을 것이다. 그런데도 가야만 한다는 건 그자에게 용건이 있다는 뜻이다.

무슨 용건일지 추측하는 건 어렵지 않았다. 거기까지 생각이 미친 끝에 어젯밤 그는 결론을 내렸다.

그 여자, 이곳으로 돌아올 거야.

그러나 첫차를 탔다면 체스터필드로 돌아오고도 남았을 시각은 훌쩍 지났다.

1초가 1분처럼, 1분이 한 시간처럼 느껴진다.

얼마나 더 기다려야 하는 걸까. 아니, 제발 오늘의 마지막 열차마저 떠나기 전에는 나타나 주길.

눈을 질끈 감았다 뜨는 순간, 8번 플랫폼으로 열차가 천천히 들어오는 것이 보였다. 열차가 완전히 멈춰 서자 수십 개의 문이 열리기 시작하고 플랫폼에 일정 간격을 두고 선 사병들이 고개를 좌우로 돌리며 객차에서 내리는 이들을 확인했다.
 가장 가까운 객차부터 눈으로 훑던 레온의 시선이 어느 이등석 객차에서 멈췄다. 익숙한 옷차림에 이어 익숙한 얼굴이 세 번째 객실 밖으로 나타나자 심장이 크게 뛰기 시작했다.
 돌아왔다.
 그 순간부터 1분이 1초처럼 느껴졌다.
 여자를 알아본 사병 둘이 조심스레 뒤를 밟기 시작했다. 그러나 몇 걸음 못 가 멈춰야 했다. 여자가 벤치에 앉아 버렸으니.
 마치 누군가를 기다리는 사람처럼.
 "맥길!"
 레온이 호명하자 구석에서 사복 차림으로 대기 중이던 중위가 벌떡 일어섰다.
 "작전 대상이 8번 플랫폼에 대기 중이니 당장 제 위치로 복귀하도록."
 맥길은 재깍 대답하지 못하고 멈칫했다.
 제 위치라니. 그녀의 역할은 저 여자의 밀착 감시 및 미행이었다.
 "대위님, 작전 대상은 제 얼굴과 정체를 이미 알지 않습⋯."
 "저 여자, 작전도 이미 알고 있어. 미행을 붙이려고 돌아온 거니 당장 가서 다음 목적지를 알아내도록!"
 "네, 대위님!"
 중위가 사무실 밖으로 뛰어나가자 레온은 창밖으로 시선을 돌렸다. 쌍안경으로 살펴본 여자의 표정은 살벌하기 짝이 없었다.
 내 예측대로 움직이는군.

여자는 어제와 다를 바 없는 모습이었다. 그런데도 어딘가 변한 느낌인 건, 맥길의 착각일지도 몰랐다.

시치미를 떼며 옆에 앉자 여자가 줄곧 플랫폼을 노려보던 시선을 그녀에게로 돌렸다.

"또 보네요, 베이커 부인."

여자는 쾌활한 목소리로 웃으며 그녀를 반겼으나 어째서인지 소름이 돋았다. 맥길이 겸연쩍게 웃는 걸로 대답을 대신하는 찰나 여자가 자리에서 일어서더니 걸음을 옮겼다.

도망치는 건 아니었다. 여자는 오히려 그녀를 어딘가로 안내하듯이 여유롭게 걸었다.

그렇게 도착한 곳은 북부로 향하는 열차가 떠나는 3번 플랫폼이었다. 여자는 플랫폼 한가운데의 대기실로 들어가 앉았다.

그레이스는 윈스턴의 끄나풀을 올려다보며 숨을 크게 들이쉬었다. 조금 전부터 지미의 목소리가 머릿속에서 메아리쳤다.

"네가 돌아와서 또다시 이용당하느니…."

기꺼이 이용당해 주지. 적어도 누구에게 이용당할지는 내가 정하겠어.

그녀는 눈꼬리를 한껏 휘어 웃으며 여덟 달의 고난 속에서도 지켰던 침묵을 스스로 깼다.

"저는 블랙번 마을로 가요. 브레이튼 주에 있는 제 고향인데 주민이 300명도 안 되는 시골 마을이죠. 위더릿지역에서 내려야 하니 제가 잠들면 깨워 주시겠어요?"

"그, 그렇게 하죠."

맥길은 얼떨떨하게 대꾸하고 돌아섰다. 대기실 밖으로 나가 입구에 선 병사에게 여자를 감시하라고 눈짓을 주곤 임시 작전 본부로 돌아갔다.

"본거지의 위치는 브레이턴 주, 위더릿지역 근교의 블랙번 마을. 적의 규모는 최대 300명."

맥길이 보고하자마자 임시 작전 본부는 반군 소탕 작전 준비에 본격적으로 돌입했다.

"지도를 가져와!"

캠벨의 외침에 사병들이 벽에 걸려 있던 대형 지도를 떼어 회의실의 테이블에 펼쳤다. 곧 북부의 어느 숲 한가운데, 강과 산으로 둘러싸인 작은 마을에 작전지를 상징하는 깃발이 꽂혔다.

"위더릿지행 열차는 43분 후 출발합니다."

열차 시간표를 확인한 어느 사병이 보고하자 레온은 물었다.

"도착 시각."

"위더릿지 역에 16시 28분 도착입니다."

작전 준비 1단계에 주어진 시간은 43분, 그리고 소탕 작전 개시까지 남은 시간은 대략 여섯 시간 반가량이었다.

레온은 멈추지 않고 지시를 쏟아 냈다.

"캠벨."

"네."

"당장 체스터필드 공군 기지에 전화해. 3인 정도 실을 수송기를 조달하도록."

작전 지휘관인 그는 그 여자보다 먼저 작전지에 도착해야 했다. 그러려면 항공로를 이용하는 수밖에 없었다.

캠벨이 회의실 밖으로 나가자 레온은 대기 중인 장교 중 아무에게나 지시했다.

"열차에 객차를 한두 량 정도 추가해야겠어. 당장 역장을 불러와."

기차로 다섯 시간 이상 걸리는 거리이다. 군용 트럭으로 병력을 수송하는 건 무리였다.

그런데 그 여자 간밤에 잠은 잔 걸까. 이 추운 날 대체 어디를 헤매다 온 걸까. 식사를 하긴 한 걸까. 아이는 멀쩡한 걸까.

신경의 절반이 창밖의 여자에게 쏠린 채 레온은 명령했다.

"전화기, 이쪽으로 가져와!"

이곳에 배치된 서부 사령부의 병력만으로 300명을 포위 및 체포하는 건 불가능했다. 북부 사령부의 지원이 필요하다는 뜻이었다. 누군가가 가져온 전화기에서 수화기를 들고 교환수에게 서부 사령관의 번호를 댄 그는 지도에 시선을 고정한 채 뒤에 선 장교를 불렀다.

"맥길."

중위에게 내민 손의 끝에는 지폐 한 장이 끼워져 있었다.

"체스터필드 리젠시 호텔 레스토랑. 디저트를 잊지 말도록."

열차는 출발 시각보다 훨씬 일찍 플랫폼으로 들어왔다. 그레이스는 아무 일등석의 문을 열고 들어가 누웠다. 표는 없었지만 차장은 그녀를 내쫓지 않을 것이다.

문득 어제 열차를 타며 지옥행 특급 열차라고 불렀던 게 생각났다. 지옥을 몰고 가는 열차는 뭐라고 불러야 하는 걸까.

풋 웃는 찰나, 객실의 문이 열렸다. 인사 따위는 필요 없으니 눈을 감으려는데 여자가 커다란 종이봉투 하나를 내밀었다.

"식사를 가져왔습니다. 따뜻할 때 드세요."

상관에게나 쓸 법한 경어를 반군에게 쓰다니. 저 여잔 제 상관과 그녀의 사이가 심상치 않다는 걸 눈치챈 것 같았다.

그레이스는 몸을 일으켰다. 봉투에 든 상자를 꺼내 옆 좌석에 놓았다. 벌써 음식 냄새가 객실에 진동했다.

어느 호텔의 로고가 금박으로 새겨진 상자의 뚜껑을 연 그레이스는 저도 모르게 씁쓸한 웃음을 흘렸다.

크랜베리 소스와 구운 채소, 송로버섯이 들어간 그레이비소스를 끼얹은 칠면조 구이, 그리고 슈가 파우더를 뿌린 민스파이와 딸기가 층층이 쌓인 트라이플.

성탄절 저녁에나 어울리는 식사였다.

"이렇게 호화로운 전투 식량은 처음이네요."

뻣뻣한 자세로 마주 앉은 여자는 아무런 말도 하지 않았다.

분명 종일 굶었는데도 배가 고프지 않았다. 식사를 뜨는 둥 마는 둥 하다 치우자 여자가 그레이스와 아이의 상태에 대해 이것저것 물으며 확인하려 했다. 귀찮아서 거절하며 누웠더니 여자가 곤란한 얼굴을 했다.

그 남자가 시킨 거겠지.

쓸데없이 마음이 무거워지자 그레이스는 눈을 감고 플랫폼의 소음에 귀를 기울였다. 기차는 정해진 시각이 훨씬 지나서야 출발했다.

이제부터 어제 못지않은 강행군이 그녀를 기다리고 있었다. 지금이 그나마 편히 쉴 수 있는 유일한 시간이었지만 그레이스는 다섯 시간이 넘도록 한숨도 자지 못했다.

"위더릿지역에 진입합니다."

그녀는 장교의 말에 몸을 일으켰다. 창밖으로 익숙한 풍경이 스쳐 지나갔다. 오랜만이었다. 아마 마지막이 될 것이다.

문득 이 역에 처음 왔던 날이 떠오르자 그레이스는 복도 쪽 창문으로 고개를 돌렸다. 건너편의 하행선 플랫폼에는 열차를 기다리는 이들이 드문드문 서 있었다.
그리고 그 사이에서 그레이스는 소녀를 보았다. 난생처음 기차를 탄다, 바다를 보러 간다며 들떠 어른들에게 조잘대는 열한 살 소녀의 환영이 보이자 참지 못하고 고개를 돌려 버렸다.
열차가 멈추자 망설임 없이 밖으로 나왔다. 시골 역이라 내리는 승객은 많지 않았다.
그래도 이 외진 곳치고는 붐비는 역을 빠져나온 그레이스는 역 앞을 잠시 둘러보았다. 위더릿지의 중심가는 2년여 전과 크게 달라진 게 없었다. 버스 정류장도 기차역 앞 그 자리에 그대로 있었다.
"블랙번, 한 장요."
정류장 길가의 간이매점에서 마을로 가는 버스표를 사던 그레이스의 시선이 가판대에 놓인 어느 초콜릿에 닿았다.
아직도 있구나.
심부름 값을 모아 사고는 아끼고 아끼다 난생처음 본 예쁜 소년에게 저도 모르게 선물로 주어 버렸던 그 초콜릿이었다.
그리고 집으로 돌아왔을 때 다시 샀어도 됐을 텐데. 여태 그 맛을 모르는 건, 애빙턴 비치에서의 그날 후로 저걸 볼 때마다 소년의 얼굴이 떠올랐기 때문이었다.
오늘도 살 용기를 내지 못하고 돌아섰다. 아마 그레이스는 평생 저 초콜릿의 맛을 모르게 될 것이다.
이젠 알고 싶지도 않아.
그날 밤 그 소년은 죽었으니까.
울컥 치미는 감정을 억누르며 길가에 섰다. 그녀의 몇 발짝 뒤에 있던 간호 장교가 같은 표를 사는 소리가 들렸다.

발끝만 내려다보던 고개를 들었다. 낮은 건물들 위로 붉은 석양이 지고 있었다. 핏빛 같기도 했다.

숨을 크게 들이켰다. 주먹을 세게 쥐자 버스표가 구겨졌다. 그레이스는 눈동자만 옆으로 돌려 저 멀리 길 아래에 정차한 검은 세단을 훔쳐보았다.

저 남자도 지금 그녀를 훔쳐보고 있을 것이다.

개새끼. 그렇지만 쓸모 있는 개새끼.

버스가 도착했다. 여자가 버스 안으로 사라지고 맥길이 뒤따라 타는 걸 레온은 차창 너머로 지켜보았다.

"따라가."

그의 지시에 운전수가 버스를 따라 차를 몰기 시작했다. 레온은 구불구불한 시골길을 따라가는 버스에서 시선을 떼지 않으며 생각에 잠겼다.

오늘은 역사적인 날이다. 블랜차드 반군의 본거지가 함락된 날로 세상의 역사에 기록될 것이며, 레온 윈스턴의 역사에는 그레이스 리들이라는 이름의 요새를 영원히 정복한 날로 기록될 것이다.

레온은 미리 근처의 호텔 스위트룸을 빌려 두었다. 지치고 춥고 힘든 이틀을 보낸 여자가 푹 쉴 수 있도록. 그는 오늘 밤 여자를 품에 안은 채 샴페인을 딴 것이다.

병력 배치는 이미 끝났다. 블랙번 마을은 포위된 것이나 마찬가지였다. 병사 일부를 여행객으로 변장시켜 내부 동태 파악도 완료했다. 마을은 성탄절 전야를 앞두고 축제 분위기였다. 놈들은 완전히 방심하고 있었다. 군에는 여자의 인상착의를 배포해 이중 첩자이니 공격해선 안 되며 발견 즉시 최우선으로 보호하도록 지시해 두었다.

그렇게 만반의 준비가 끝났다. 이제 소탕 작전을 개시하기 전 마지막 단계만이 남았다.

그레이스 리들의 배신.

수백에 달하는 동지의 눈앞에서 저 여자가 배신자로 전락하는 순간을 레온은 줄곧 고대해 왔다.

네가 날 사랑하든 아니든, 네게 남은 건 오로지 내가 될 테니.

그 순간이 점차 가까워질수록 레온은 웃음을 참기 힘들어졌다.

그레이스. 그레이스. 한때는 재앙이었으나 이제는 그 이름대로 은총인 여자.

최고의 성탄절 선물을 안겨 준 여자에게 레온은 제가 가진 모든 걸 기쁘게 바치리라 다짐하며 미소 지었다. 아직은 이른 승자의 미소였다.

우거진 전나무 숲, 지붕에 이끼가 낀 농가와 산비탈에서 풀을 뜯는 양 떼, 그리고 노을빛이 넘실대는 강.

버스는 익숙한 풍경을 가로질러 거침없이 나아갔다.

낡은 철교를 넘어 강을 건넌 지 얼마 되지 않아 숲 너머로 뾰족한 교회 첨탑이 보이기 시작했다. 그레이스가 거의 평생을 지겹도록 보았던 곳이었다.

버스가 멈춰 섰다. 인적 하나 없는 외진 정류장에서 내린 승객은 두 명이 전부였다.

[블랙번으로 어서 오세요]

그레이스는 마을의 입구에 세워진 낡은 표지판을 지나 망설임 없이 걸음을 옮겼다.

멀리서 어렴풋이 종소리와 캐럴 소리가 들려왔다. 인가가 나타나기 시작하자 머리 위를 색색의 헝겊 조각을 매단 줄이 가로질렀다. 차가운 바람에는 쿠키와 와인의 향기가 옅게 실려 왔다. 언제나 그리워했던 명절의 정취였다.

교회가 있는 광장이 가까워지며 마을 사람을 하나둘 마주쳤다. 다들 하던 일을 멈추고 그녀를 놀란 눈으로 바라볼 뿐이었다.

모두가 고향으로 돌아오는 명절이었다. 그러나 살아 돌아온 그레이스를 반기는 이는 없었다.

고향?

그레이스는 돌연 웃음을 터트렸다.

웃기는 소리. 아무도 나를 가족으로, 동지로 여기지 않았는걸.

문득, 동지라는 호칭이 우스워져 또 웃음을 터트렸다.

모두가 평등한 세상을 만드는 것이 목표이니 혁명군 내부에서부터 평등을 추구하자며 서로를 동지라고 불렀다.

그러나 모두가 평등하다는 집단 안에서 수뇌부의 원탁에 앉을 자격은 과거 혁명의 주축이었던 일부 가문에게만 돌아갔다. 달리 말해, 세습제였다.

계급을 타파하자며 계급을 만든다. 평등하자며 차별한다.

그런 모순이 이제야 눈에 보였다. 26년을 그렇게 눈먼 자로 살아왔다.

"왕가는 부패했지만 적어도 제가 부패한 걸 알아. 부패했지만 청렴하다고 믿는 너희 반군의 쥐새끼들이 더 더러워."

맞아. 그래, 네 말이 맞아.

속에서부터 부패한 주제에 겉으로는 깨끗한 척하다니, 위선자들.

"난 미인계가 더럽다고 했지 네가 더럽다고 하진 않았어."

그래, 그 말도 맞아. 디리운 건 저들이지.

결국 레온 윈스턴은 오로지 진실만을 말했다.

우스워. 정말 우스워.

적의 말에 공감하는 자신이 우스워지는 찰나 깨달았다.

적이라니. 난 이제 혁명군이 아니야.

아니, 저들도 혁명군이 아니다.

그 남자의 말이 옳았다. 국민의 지지 없이, 소수가 주도하는 혁명은 그저 반란일 뿐이다.

이런, 난 내가 정의의 사도인 줄 알았잖아.

평생 몸 바친 곳이 정의인 줄 알았으나 불의였다.

눈물이 섞인 웃음을 터트리자 마주 오던 마을 아주머니들이 그녀를 미친 여자 보듯 했다.

내가 고작 이런 위선자들을 지키려고 그 수두룩한 고난을 감내하다니. 멍청하기 짝이 없었지.

"이건 다 너희 동지들을 위한 거야. 세뇌를 하루빨리 풀고 쓸모없는 희생을 멈춰야 하지 않겠어?"

그래, 그 말도 맞아. 네 말이 모두 맞아.

눈앞이 탁 트였다. 마침내 마을 광장으로 들어선 것이다.

광장 가운데로 향할수록 캐럴 소리가 한층 선명해졌다. 들뜬 목소리들 또한 또렷이 귀에 박혔다.

교회 앞, 광장의 한가운데에는 거대한 전나무가 세워져 있었다. 꼭대기에 커다란 별을 달고 색색의 리본과 불을 환히 밝힌 초로 장식된 나무의 앞에는 갓난아기를 품에 안은 성모상이 세워져 있었다.

그 앞에 모여 있던 사람들이 하나둘 그레이스를 알아보고는 멈칫하더니 쑥덕대기 시작했다. 일부러 코트 자락을 열어 똑똑히 드러낸 배를 본 것이었다.

충격을 받은 얼굴인 사람들 사이로 몇몇은 힐난의 눈빛을 보냈다. 동정녀의 몸에서 태어난 아기 구세주를 기리는 날, 저를 지키려다 사생아를 밴 처녀를 창부 보듯 하다니.

그레이스는 그들을 마주 노려보다 주먹을 쥐고 있던 손을 들어 올렸다. 단죄함으로써 속죄할 시간이었다.

죄지은 자들을 한 명씩 손가락으로 가리키며 온 마을에 울리도록, 아니, 지옥을 몰고 올 자가 똑똑히 듣도록 외쳤다.

"위선자들! 너도, 너도, 너도! 이 마을의 모두가 공범이야!"

위선자들의 얼굴에 새겨진 놀라움이 서서히 적대감과 불쾌감으로 변해 갔다. 불편한 정적이 이어지는 가운데, 등 뒤에서는 다급히 뛰어가는 발소리가 울렸다.

돌아보자 그녀를 따라오던 간호 장교가 목에 걸고 있던 호루라기를 입에 물며 구석진 건물 사이로 뛰어갔다. 심판의 날에 찾아온다는 묵시록의 기사라도 기다리듯 여자가 사라진 자리를 차분히 응시하는 그레이스를 뒤에서 누군가가 낚아채듯 붙잡았다.

"그레이스!"

지미였다.

그는 창백하게 질린 얼굴로 그레이스를 내려다보고 있었다.

"하….."

저 얼굴을 보면 화가 날 줄 알았더니 웃음이 먼저 나왔다. 2년 전과 다를 바 없는 얼굴이라니.

넌 변한 게 없네. 난 이토록 망가졌는데.

날카로운 호루라기 소리가 하늘을 가르는 사이, 지미는 그레이스를 다

짜고짜 가장 가까운 건물인 마을 회관으로 끌고 갔다. 그녀는 얌전히 따라갔다. 계산한 바였으니.

"젠장할…."

그레이스를 안으로 데려와 문을 닫자마자 지미는 얼굴을 감싸 쥐며 신음했다.

낸시의 말대로였다. 그레이스는 왕정의 돼지우리에서 안락하게 지낸 듯 옷차림도, 혈색도 지나치게 좋았다.

'게다가 그 왕정의 돼지 새끼와….'

분명 그 탐욕스러운 악마의 것일 게 분명한 남성용 코트 자락 사이로 악마의 자식이 든 배가 보이자 지미는 눈을 질끈 감았다. 저 꼴만큼은 도저히 보고 싶지 않았다.

괴로움을 참을 수가 없어 눈을 감은 채 그레이스를 나무라는 찰나였다.

"내가 돌아오지 말랬잖아. 간부들이 알면…."

짝! 뺨에 불벼락이 세차게 내려쳤다.

"비열한 개새끼."

붉게 부어오르는 뺨을 더듬으며 그녀를 멍하니 내려다보는 지미의 멱살을 그레이스는 두 손으로 힘껏 움켜쥐었다.

"내게 그랬듯이 다른 여자들에게도 적을 유혹하라고 강요했겠지."

그녀의 힐난에 지미는 한숨을 푹 내쉬더니 히스테리를 부리는 여자를 타이르는 투로 변명을 늘어놓았다.

"그레이스, 우리 일은 네 생각보다 훨씬 더럽고 치욕스러운 일이라고 내가 그랬잖아. 불가피한 희생도 있는 법이야."

"아, 그래. 그럼 네 역할은 이 구석진 마을에 안전하고 평화롭게 숨어서 다른 사람들에게 불가피한 희생을 강요하는 것이고. 안 그래? 아니지,

희생이라니! 이건 착취야!"

그러나 지미는 반성하는 기색이 없었다. 그레이스에게 미인계를 강요하다시피 한 주제에 다들 자의로 헌신했다고 주장하더니 저는 수장으로서 어쩔 수 없었다는 변명을 시작했다. 역겹기 짝이 없었다.

"맞아. 이젠 원로들이 시켜서 어쩔 수 없었다고 변명할 차례이지 않아? 그러고도 네가 수장이야?"

"그레이스, 제발 진정…."

"괴물."

"…."

지미는 제가 그런 말을 들을 거라고 평생 상상조차 못 해 본 사람처럼 멍한 눈으로 그레이스를 내려다보았다. 더러운 짓을 일삼으면서도 제가 정의의 사도라고 착각하고 살아온 게 분명했다.

"너야말로 괴물이야. 이 더러운 괴물의 소굴은 존재해선 안 돼."

악문 잇새로 심판을 내리는 순간, 문밖에서 자동차 바퀴가 도로를 거칠게 긁는 소리가 말의 새된 울음처럼 울렸다. 끝이 나지 않을 것만 같던 캐럴이 뚝 멎더니 비명이 그 자리를 대신 차지했다.

곧이어 총성이 메아리쳤다.

"지미, 군대야!"

문밖에서 다급히 그를 부르는 소리가 들렸다. 그레이스는 사색이 되어 회관 안쪽으로 뛰어가는 지미를 느긋하게 따라가며 웃었다.

레온 윈스턴, 그 개새끼. 내 복수를 해 줄 테니 쓸모 있는 개새끼.

지미는 낡은 원탁이 놓인 회의실로 들어가 카펫을 젖히더니 열쇠를 꺼내 바닥의 비밀 공간을 열었다. 지하로 향하는 계단을 내려갔다 온 그의 손에는 소총과 탄창 여러 개가 들려 있었다.

"넌 여기 있어."

그는 아직도 상황을 이해하지 못했는지, 그레이스를 두고 회관 밖으로 뛰쳐나갔다.

제임스 블랜차드 주니어, 부디 행운을 빌어. 내가 겪은 고통을 너도 겪게 될 테니.

그녀는 문밖으로 사라지는 괴물을 싸늘한 눈으로 응시하다 그가 잠그지 않고 간 비밀 문을 내려다보았다.

저항은 순식간에 진압됐다.

레온은 차에서 내려 광장 한가운데에 서며 입매를 비틀어 웃었다.

"시시하기 짝이 없군."

그것도 결국은 그의 탓이었다. 준비가 완벽하게 이뤄진 작전일수록 실전은 시시하게 마련이니.

"완벽해도 너무 완벽했어."

그는 주변을 한 바퀴 둘러보았다. 소총을 든 병사들이 머리 위로 손을 번쩍 든 포로들을 군용 트럭으로 몰아넣고 있었다. 소 떼를 축사에 몰아넣는 꼴이었다.

트럭에서 옮겨 간 시선은 깨진 창문에서 연기가 새어 나오는 교회로 향했다. 꽤나 끈질긴 저항이 벌어질 것으로 예상했던 교회는 예배당 창문으로 던져 넣은 수류탄 몇 개에 쉽사리 함락됐다.

레온은 부상을 입은 이들이 신음하는 소리와 어느 겁쟁이의 훌쩍임이 거듭 이어지는 쪽으로 고개를 돌렸다.

광장 한쪽의 마을 회관으로 보이는 건물 앞에는 임시 바리케이드가 허술하기 짝이 없게 세워져 있었다. 그 주변엔 마지막까지 저항하다 체포

된 이들이 무릎을 꿇고 있거나 머리를 총구로 짓눌린 채 바닥에 엎드려 있었다.

 군화가 돌바닥을 느긋하게 때리는 소리가 점점 가까워지자 사람들이 고개를 들었다. 그들의 눈에는 검푸른 어둠 속에서 채찍을 든 채 검은 트렌치코트를 휘날리며 다가오는 장신의 사내가 죽음의 사신으로 보였다.

 레온은 두려움이 가득한 눈으로 저를 올려다보는 이들을 응시하다 미간을 구겼다.

 모두 하나같이 너무나도 평범한 시골 사람으로 보였다. 이토록 시시한 자들 때문에 그의 아버지가 비참하게 죽고 수많은 이들이 수십 년간 골머리를 앓았다니 믿을 수가 없었다.

 하지만 지금은 한가하게 감상에 빠져 있을 때가 아니었다. 그는 한 손에 든 승마용 채찍으로 놈들을 가리키며 물었다.

 "너희 총사령관은 어디 있지? 얼굴을 좀 보고 싶은데."

 그러자 바리케이드의 뒤에 무릎을 꿇고 있던 젊은 남자가 이를 악문 채 천천히 일어섰다.

 "제임스, 블랜차드, 주니어."

 레온은 두 팔을 벌리고 검은 가죽 장갑을 낀 손을 높이 들며 감탄했다. 스타라도 만난 양 굴자 놈이 그를 경멸과 분노가 이글거리는 눈으로 노려보았다.

 "네가 어떻게 생겼을지 항상 궁금했어."

 마침내 놈의 얼굴을 본 레온은 실소했다.

 저자, 그 여자의 눈도 세뇌했나 보군.

 "캠벨."

 레온이 눈짓을 하자 캠벨이 리틀 지미를 제압하고 있던 사병에게서 놈을 인계받아 그의 앞까지 끌고 왔다.

"아, 그러고 보니 내 소개를 잊을 뻔했군. 난 레온 윈스턴. 서부 사령부의 국내정보과 소속 대위이자 네 약혼녀의 배 속에 든 아이의 아버지이지. 아, 이젠 전 약혼녀인가?"

레온이 눈꼬리를 휘어 웃어 주는 순간 블랜차드가 포로 주제에 겁도 없이 그에게 침을 뱉으려 했다. 물론, 목적을 달성하기도 전에 레온의 발에 차여 돌바닥으로 쓰러졌다.

"이런, 환영 인사가 너무 과해. 마침내 이렇게 만나게 되어 난 기쁜데 넌 그렇지 않나?"

휙휙. 채찍이 허공을 가르다 가죽 장갑을 내려치는 소리가 살벌했다.

"친히 내 저택으로 오라고 초대장까지 보냈는데 오지 않더니, 못 오겠다는 답장조차 주지 않고. 그러다 기껏 보내온 게 남의 여자에게 주는 연서라니. 그것도 독약이 담긴. 무례하기 짝이 없어."

바닥을 개처럼 두 손으로 짚으며 몸을 일으키던 블랜차드가 그를 씹어 죽일 듯이 노려보았다. 그 순간 무언가를 포착한 레온은 채찍 끝으로 놈의 턱을 밀어 올리며 픽 웃었다.

"그나저나 이 얼굴, 그 여자 짓인가 보군."

뺨 한쪽이 빨갛게 부어 있었다. 아직도 제 처지를 모르는 놈이 채찍을 쳐 내며 고개를 돌리려 하자 레온은 녀석의 머리채를 휘어잡아 눈을 마주하게 했다.

불과 몇 분 전만 해도 온 왕국에 악명을 떨치던 반란군 세력의 수장이었다는 게 믿기지 않을 정도로 초라한 꼴이 된 사내를 내려다보고 있자니 저도 모르게 혀를 차게 됐다.

"왜 너처럼 보잘것없는 걸 그 여자가 끝까지 믿었는지 궁금해지는

군. 어떻게 세뇌한 거지? 말해 봐. 아니지. 그건 앞으로 차차 들으면 되겠고….”

그는 놈의 머리채를 던지듯이 놓았다. 주변을 훑어본 눈동자가 다시 지미에게로 향했다.

"말해. 내 여자는 지금 어디 있지."

또다시 눈꼬리를 휘어 웃으며 묻는 순간이었다.

쾅!

지축을 흔드는 굉음이 검게 물든 하늘로 울려 퍼졌다.

점점 멀어지는 총성에 저도 모르게 귀를 기울였다.

악과 악이 싸운다. 아니, 인간이 싸운다. 탐욕스러운 인간이.

그레이스는 문득 깨달았다. 세상에는 절대 선도 절대 악도 없다. 인간의 탐욕만이 있을 뿐이다.

그러니 그녀는 앞으로 누구의 편에도 서지 않기로 했다. 이젠 어머니의 유언대로 오로지 자신만의 행복을 위해 살 것이다.

한 손에는 불이 밝혀진 오일 랜턴을, 다른 손에는 묵직한 짐 가방을 들고 캄캄한 숲길을 걷던 그레이스가 돌연 멈춰 섰다.

"흐음….”

못마땅하다는 콧수리를 내며 뒤돌아보는 순간이었다.

쾅!

어둠에 잠긴 숲 저 멀리 어딘가에서 폭발음이 들리더니 무언가가 땅 밑에서 와르르 무너지는 듯, 진동이 발아래를 울렸다.

"나 아직 쓸 만하네."

풋, 웃어 버린 그레이스는 다시 뒤돌아 걸음을 옮겼다. 머지않아 숲길이 끊어지고 눈앞에 넓은 강이 펼쳐졌다.

강변을 따라 남쪽으로 걷자 작은 선착장이 나타났다. 그 끝에는 시골 마을에 어울리지 않게 고가인 모터보트가 정박해 있었다.

그레이스는 4인승 보트에 씌워진 커버를 벗겨 내고 뒷좌석에 짐을 던져 넣었다. 가방에 든 건 지하 금고에서 훔친 돈, 그리고 권총, 단검, 탄약 등의 무기였다.

허술한 자식.

그 개자식이 열쇠를 제 책상 서랍에 넣어 두는 습관을 버리지 않아 다행이었다. 선착장에 매인 밧줄을 단숨에 풀고 마호가니 보트에 올라탄 그레이스는 운전석에 앉으며 열쇠를 꽂아 넣었다. 시동이 곧바로 걸리며 모터음이 요란하게 울렸다.

지미가 아끼는 보트다웠다. 최근에도 관리한 듯 연료 게이지의 바늘이 끝까지 올라가 있었다.

"좋아…."

도망칠 준비를 마친 그레이스는 태동이 선명히 느껴지는 배를 쓸어내리며 한숨을 푹 내쉬었다.

"넌 일단 나와 함께 가자."

보름달이 뜨는 밤이었다. 은빛으로 반짝이는 강의 보이지 않는 끝을 막막하게만 바라보던 눈빛이 서서히 결연해졌다.

짐승들이 겨울잠을 자고 철새가 남쪽으로 떠난 겨울의 강가는 고요했다. 어느새 총성은 멎었는지 들리지 않고 희미한 캐럴 소리만 이어졌다.

한쪽이 전쟁을 치르는 사이, 강 너머 어느 마을에서는 성탄절 전야 예배가 한창인 듯했다. 구세주를 찬양하는, 그 익숙한 노랫말을 그레이스는 어렴풋한 멜로디를 따라 흥얼거렸다.

"불쌍히 여기시어 우리의 모든 죄를 사하여 주시고…."

경건한 말을 그려 내던 입술이 돌연 비틀렸다.

죄는 값을 치러야 사해지는 법이지.

그리고 또 한 명, 죗값을 치러야 하는 사람이 있었다.

레온 윈스턴, 이젠 네가 지옥 속을 허덕일 차례야.

사랑에 빠지게 하는 것이 복수의 시작이었다면 영원히 사라지는 것으로 그 남자를 향한 그레이스의 복수는 완성됐다.

그리고 그 복수에 마침표는 없을 것이다.

그레이스는 망설임 없이 기어를 꺾었다. 보트가 굉음을 내며 달빛이 넘실대는 강물을 거침없이 가르고 나아갔다.

신의 은총이라는 이름의 여자는 죄지은 자 모두에게 지옥을 선사했다.

그리고 사라졌다.

내게 빌어 봐

VENGEANCE NAMED LOVE

한 해의 마지막 날을 기념하는 노래를 불러야 하는 밤이었다. 그러나 위더릿지 수용소에서는 소름 끼치는 비명만이 밤늦도록 복도를 울렸다.

"지겹군. 지겨워."

1층 휴게실의 원탁에 둘러앉아 카드놀이를 하던 장교 중 하나가 일어서더니 라디오의 볼륨을 높였다. 목청을 찢는 듯한 가수의 목소리가 비명을 덮고서야 네 장교의 표정이 한결 느슨해졌다.

연말연시에 갑작스럽게 비상사태가 발령되는 바람에 고향으로 돌아가지 못하고 당직을 서는 장교들은 모두 북부 사령부 소속이었다. 서부 사령부 소속 장교들은 조사실이 있는 지하 1층의 휴게실을 점령했다.

요즘 두 사령부 사이에서 신경전이 벌어지는지라 장교들 사이에서도 은근히 불편한 기류가 돌았다.

북부 사령부는 반군의 본거지가 북부에 수십 년간 숨겨져 있었던 탓에 관할지조차 제대로 단속하지 못했다는 질타를 받을까 전전긍긍했다. 한편 서부 사령부는 북부의 적극적인 개입을 기꺼워하지 않았다. 공을 채어 갈까 봐 경계하는 것이다.

뻔한 이야기였다.

얼마 지나지 않아 라디오에서는 노래가 멎더니 시사 대담이 시작됐다.

[전국의 청취자분들에게도 그렇지만 로체스터 왕가에는 이보다 더 감격스러운 성탄절 선물도 없겠군요.]

[당연히 그렇지 않겠습니까.]

캠든의 흡혈귀가 성탄절의 영웅이 되었다.

구세주를 찬양하는 주간이건만 오로지 윈스턴 찬양뿐이었다. 이것도 비명만큼이나 지겨웠다.

채널을 돌려 봐야 사정이 달라지지 않으니 아무도 일어서지 않았다. 라디오뿐만이 아니라 신문, 잡지 여기저기서 블랜차드 반군 소탕을 일주일이 넘어가도록 대서특필했다.

테이블에 놓인 오늘 자 신문의 1면에는 죄수복을 입은 '리틀 지미'의 사진이 크게 실리기까지 했다. 악마의 얼굴이 드디어 드러났다는 헤드라인과 함께. 사실 저건 체포 직후의 얼굴이며 지금은 전혀 다르다는 걸 민간인들은 모를 것이다.

그 옆에 나란히 실린 대위의 번드르르한 얼굴을 내려다보던 장교가 코웃음 쳤다.

"이러다 몇 달 뒤엔 영화까지 나오겠군."

"벌써 포스터가 눈에 선한걸. 제목은 '성탄절의 기적' 뭐 이딴 걸로."

장교들이 각자의 패를 뒤적이며 심드렁하게 잡담을 주고받는 사이 라디오 속의 대담은 계속됐다.

[그럼 왕실도 윈스턴 대위에게 줄 선물을 준비하지 않을까 싶습니다만 왕실 출입 기자셨던 교수님께서는 어떻게 보십니까.]

[실은 오래전 일입니다만, 리처드 윈스턴 소령. 아, 중령으로 추서되었으니 중령이 맞겠군요. 윈스턴 중령의 순직 당시에도 작위가 수여되지 않

아 아쉽다는 여론이 있었던 것으로 기억합니다.]

[이번에야말로 윈스턴가가 작위를 돌려받을 수 있을지 모두가 촉각을 곤두세우고 있지요. 그렇지 않아도 오늘도 방송국에 청취자들의 엽서와 전화가 쇄도했습니다. 모두 한마음으로 특진이나 작위를 언급한 건 당연하고요.]

[이번에는 확실하다는 이야기가 왕실 소식통을 통해 들려오고 있는데요. 비밀로 할까 하다가 오늘 이 자리에서 처음 드리는 말씀입니다만….]

[오, 이거 기대되는군요.]

[내일 국왕 전하의 신년 연설에 이번 일을 넣느라 연설문을 급히 수정했다는 소문이 돌고 있습니다. 다들 작위 수여라는 깜짝 발표가 있지는 않을까 기대 중이죠.]

"생각보다 빠르군…."

"여론을 생각하지 않을 순 없겠지."

"신년 연설이라…. 훌륭한 쇼를 연출하기 좋은 무대이기도 하고."

모두가 쓴웃음을 지었다. 윈스턴 대위에게로 집중되는 이목을 왕이 탐내고 있다는 게 빤히 보이는 탓이었다. 오늘까진 윈스턴 찬양 주간이었으나 내일부터는 언론의 찬양을 윈스턴과 국왕이 나눠 받게 될 것이다.

작위 수여는 조금 전까진 기정사실이 아니었다만 특진은 이미 군 내부에서 기정사실이었다.

"대위로도 이른 나이인데, 벌써 소령 계급장을 달겠군."

아직 수사가 일단락된 것도 아닌데 서부 사령부에서 윈스턴 대위의 1계급 특진을 요청했고 육군 본부에서 허가했다는 소문이 돌았다.

본거지 소탕 및 우두머리의 체포만으로도 충분한 특진감이긴 했다. 그러니 그 까다로운 본부에서도 이견이 없었을 것이다.

"그나저나 성탄절 주간에 작전을 진행하다니."

모두가 휴가를 내고 고향으로 가는 때에 말이다. 엄청난 폐가 아닐 수 없었다.

"처음에 들었을 땐 제정신인가 했다니까. 밑의 녀석들 불만은 둘째 치고 위에서 그걸 허락해 줬단 말이야? 어처구니가 없었지."

그런데 알고 보니 모두가 휴가를 내고 고향으로 가는 주간이라 이 시기에 소탕 작전을 개시했다니.

"마을이라는 걸 이미 알고 있었던 거지. 성탄절이라 외지로 나가 있던 반군들까지 죄다 돌아올 거라고 계산한 거고."

그 덕에 본거지와는 인연이 없는 권력 피라미드 밑바닥의 잔챙이들만 남기고 반군 핵심 인물들을 한꺼번에 체포할 수 있었다.

"원래도 무서운 인간이라고 들었지만 알면 알수록 무서운 인간이야."

고개를 끄덕이며 패를 테이블에 놓은 한 장교가 문득 생각났다는 듯 물었다.

"그래서 그 이중 첩자는 어떻게 됐대?"

동료들을 둘러보았지만 다들 모른다는 듯 어깨만 으쓱거렸다.

"공을 세웠으니 처벌은 면제해 주지 않았을까?"

"그나저나 어떻게 설득한 걸까?"

여태 반군이 잡힐 때마다 회유를 시도했지만 태반은 본거지의 위치를 몰랐다. 가끔 거물이 잡혀도 놈들이 호송 중에나 수용소에서 습격해 빼가거나 죽을 때까지 입을 열지 않는 등, 여러모로 지독한 새끼들이었다.

"누가 알겠어. 사실 물어보려고 했는데 서부 쪽 분위기가 살벌해서 말도 못 꺼냈어."

"하여튼 그 여잔 그렇게 대놓고 아군을 배신했으니 평생 숨어 살아야겠는데?"

"그 여자, 남편도 반군인지는 모르겠지만 가족 모두 신분 세탁까지 보장해 주고 투입한 거 아닐까, 하는 게 내 추측…."

창밖에서 타이어가 지면을 거칠게 긁는 소리가 들려온 순간 잡담이 뚝 멎었다. 창가로 다가가 건물의 정문 쪽을 내다본 장교가 중얼거렸다.

"또 왔네."

이 늦은 밤에 윈스턴 대위가 또 수용소를 찾아왔다. 어느 장교가 카드를 놓고 자리에서 일어서며 혀를 찼다.

"내가 윈스턴이었으면 이런 삭막한 수용소 따위 부하들에게 맡기고 종일 파티나 벌였을 텐데. 카바레 하나를 통째로 빌려서 가장 비싼 샴페인을 따고 미녀들을 옆에 끼고 말이야."

요즘 대위는 여기서 살다시피 했다. 아직도 현장에서 지휘할 게 남았는지 매일같이 블랙번 마을을 오가긴 하지만 말이다.

"일 중독자. 그래서 무서운 거야. 능력 좋으면서 부지런하기까지 하다니."

저자의 밑에 있는 장교들은 얼마나 힘들까. 그렇지만 그만큼 진급 기회가 열린단 소리니 다들 은근슬쩍 대위에게 눈도장을 찍으러 복도로 우르르 나갔다.

복도에 일렬로 도열하는 순간 정문으로 들어온 대위가 이쪽으로 방향을 틀었다. 깊이 눌러쓴 정모 아래의 눈빛은 오늘도 살벌했다.

남들은 축제 분위기에 빠져 있을 때 정작 이 축제를 연 자는 장례식에 온 얼굴이었다.

첫날에는 누가 저자에게 축하한다는 말을 했다가 저 살벌한 눈빛을 정통으로 받았다. 그 후로 아무도 축하의 말을 꺼내지 않았다.

도저히 이해할 수 없는 반응이었다. 왕정복고 이래 최고의 전공을 세우고 부친의 복수까지 해냈으면서 그는 줄곧 작전을 처참하게 망친 사람처럼 굴었다.

대위의 심기를 두고 추측이 난무했다.

복수해도 죽은 아버지는 돌아오지 않는다는 통속 소설의 뻔한 결말 같은 소리를 하는 사람이 있는가 하면, 그 사건의 공범으로 새로이 밝혀진 패트릭 풀먼이 이미 사망했다는 게 밝혀졌기 때문이라고 믿는 사람도 있었다.

'눈도장은 이번에도 실패했군.'

대위는 오로지 앞만 보고 걷더니 경례를 하는 그들에게 눈길 한번 주지 않고 지하로 곧장 향했다.

그를 뒤따라오던 캠벨 소위만이 줄곧 눈빛을 보냈을 뿐이었다.

'대위님께 말 걸지 마십시오.'

캠벨은 북부 사령부의 위관급 장교들에게 눈으로 경고하고 대위를 따라 계단을 내려갔다.

윈스턴 대위는 최고의 시간이자 최악의 시간을 보내는 중이었다. 아니, 최고의 시간은 전혀 아닐지도. 적 수백을 잡고도 놓친 여자 하나만을 보고 있으니.

결과적으로 대위에게 이번 작전은 참패였다.

캠벨은 거침없이 지하 1층의 모퉁이를 도는 대위의 뒷모습을 숨죽여 관찰했다. 누구보다도 강인하고 굳건해 보이지만 사관학교 시절부터 곁에서 보아 온 캠벨은 대위를 달리 정의했다.

깃털만 닿아도 폭발하는 나이트로글리세린.

대위를 보좌한 이래 가장 불안정한 상태였다. 그는 그래서 평소보다 더욱 촉각을 곤두세우고 언행을 각별히 조심했다.

쇠창살이 쳐진 보안 구역이 보이기 시작하자 그 앞에서 보초를 서던 사병들이 지시하기 전에 재깍 철문을 열었다. 저들도 여러 번 겪었으니 대위의 심기를 잘 알 것이다.

걸음 한번 멈추지 않고 대위가 향한 곳은 몰락한 반군의 총사령관이 수감되어 있는 방이었다.

문이 열리자 구석의 침대에 누워 있던 블랜차드가 이쪽으로 고개를 돌렸다. 대위에게 시선이 닿는 순간 성한 곳이 없는 놈의 얼굴에서 핏기가 가셨다.

안으로 들어선 대위가 가운데에 놓인 테이블을 매섭게 눈짓하자 보초를 서던 병사들이 블랜차드에게 달려가 일으켜 세웠다.

"으…."

얼굴만큼이나 몸도 성한 곳이 없는 놈은 의자에 앉고도 계속 신음했다. 옷은 오전 신문 후로 갈아입히지 않은 건지 쥐색 죄수복에 갈색 얼룩이 크게 져 있었다. 아침만 해도 얼룩은 붉은색이었다.

그에 비해 대위의 셔츠에는 얼룩 하나 없었다. 캠벨은 그가 벗어 내미는 재킷을 지체 없이 받으며 손에 들고 있던 서류철을 요구하기도 전에 테이블에 놓았다.

병사들이 나가고 방에는 셋만이 남았다. 종이 넘기는 소리가 유달리 살벌하게 이어지다 대위가 사진 두 장을 돌려 블랜차드의 앞으로 밀었다.

그중 모터보트의 후미를 찍은 사진은 이스케이프라는 보트 이름에 초점이 놓여 있었다.

탈출호라니.

여느 때라면 그 기막힌 우연을 두고 냉소적인 농담을 던지고도 남았을 대위이지만 오늘은 '여느 때'가 아니었다.

"카스티엘 사에서 제작한 M1001 모델."

레온은 보트의 모델명을 대며 마주 앉은 놈의 눈빛을 집요하게 관찰했다.

"네 것이 맞군."

그의 단정에 놈이 터진 입술을 잘근 씹었다. 흠잡을 데 없는 긍정이었다.

"앤더튼 시의 마리나에 버려져 있는 걸 오늘 저녁 발견했지."

겨우 오늘에야.

일주일 내내 강의 상하류를 샅샅이 수색한 끝에 겨우 오늘에야 여자가 도주에 쓴 보트를 찾았다. 그건 저 빌어먹을 쥐새끼가 입을 다물었기 때문이었다.

저를 배신한 여자를 감싸려고 입을 다무는 건 아닐 게 분명했다. 그에게 얻어맞으며 이따금 '빌어먹을, 그레이스.' 같은 저주를 신음과 피에 섞어 내뱉곤 했으니.

이건 순전히 그를 향한 증오가 훨씬 큰 탓이다.

증오는 이쪽도 못지않다. 처음 그 여자가 증발한 걸 알았을 때 그는 이성을 잃고 저놈을 죽이기 직전까지 갔다.

그 짧은 시간 안에 빼돌려 마을 어딘가에 숨겨 두었을 거라 생각했다. 그러나 아무리 마을을 수색해도 여자를 찾지 못하자 죽였을지도 모른다는 최악의 상상까지 하게 됐다.

그날, 지축을 뒤흔들었던 정체 모를 폭발이 그 여자의 짓이었던 걸 알게 되기 전까진 말이다.

마을 회관을 수색하던 병사가 회의실 원탁 아래에서 지하로 이어지는 입구를 발견했다. 그 아래에는 유사시를 대비한 벙커가 자리했으며 어딘가로 이어지는 통로 또한 있었다.

어디로 이어지는지를 당장에 알 수 없었던 건 무너져 막다른 길이 되어 있었기 때문이었다.

벙커의 금고는 누가 돈과 무기를 급히 털어 간 건지 자리가 군데군데 비어 있었다. 통로를 치우고 보니 다이너마이트를 터트린 흔적이 드러났다.

군을 피해 탈출하는 게 시급한 때에 폭탄을 터트려 가며 동지의 탈출을 막아야 한다.

누가 보아도 그 여자의 짓이었다.

여자의 예상은 정확히 맞아떨어졌다. 지하 벙커에는 젊은이들을 싸움터로 내몰고는 도망치려다 폭발에 휘말려 부상당한 늙은 수뇌부 몇몇이 숨어 있었다.

"이 길은 마을 서쪽의 강가로 이어집니다. 그레이스 리들은 그쪽으로 도망갔을 겁니다."

녀석들은 통로를 무너뜨린 게 누구인지 이미 알아채곤 그가 묻기도 전에 어디로 이어지는지를 털어놓았다.

아니, 자백이라기보단 고자질이었다.

탐지견을 풀어 여자를 추적하는 건 쉬운 일이었다. 그러나 체취가 선착장에서 끊겼을 때부터 어려워졌다.

강의 상류는 이웃 나라로, 하류는 바다로 이어졌다. 즉, 단번에 해외 도피가 가능했다.

그 사이에 있는 도시와 마을만 수십 곳이었으며 어디서든 철도를 이용하면 수천 곳으로 이어진다.

그러니까 이론적으로 그 여잔 못 갈 곳이 없었다.

수색 범위를 좁혀야만 했다. 하지만 그러자면 여자가 탄 보트의 모델명이나 연료 탱크 용량 등의 정보가 있어야 했으나 블랜차드는 전혀 협조하지 않았다.

믿을 건 다른 포로들에게서 얻은 부정확한 정보뿐이었다.

"마호가니 재질이었는데…."

어느 선착장을 가든 레저용 보트의 절반은 요즘 가장 유행하는 마호가니 재질이었다. 이건 강도가 남자였다고 증언하는 것만큼이나 쓸모가 없었다.

거기다 보트 이름을 다들 제대로 기억하지 못해 서로 다른 이름을 댄 것도 수색에 혼선을 빚었다.

'이따위로 혁명을 한다 할 때부터 뇌가 없는 건 알았다만 이렇게 멍청한 인간들일 줄이야….'

결국 범위를 제대로 좁히지 못해 그 빌어먹을 보트 한 척을 찾는 데 일주일이나 걸린 것이다.

덕분에 귀한 시간을 허비한 레온은 당장 저 자식을 가장 고통스럽게 죽여 버리고 싶었다. 그러지 못하는 건 정보가 필요하기 때문이었다.

레온은 충동을 억누르며 지도를 펼쳤다. 하류에 있는 앤더튼에는 이미 붉은색으로 동그라미가 그려져 있었다.

보트가 발견됐다는 소식을 듣자마자 배를 빌려 앤더튼 마리나로 달려갔다. 그 주변을 샅샅이 수색하고 탐문했으나 성탄절 날 아침부터 그 보트가 텅 빈 채 정박해 있더라는 증언만 얻었을 뿐이었다.

하필이면 성탄절 전야에 정박한지라 그 여자를 목격한 자가 없었다.

연료 탱크는 거의 바닥나 있었다. 그 여자, 탱크를 다시 채우고 바다로 나갈 수도 있었는데 그러지 않고 보트를 버린 이유를 알 수가 없었다.

설마 근처에 갈 곳이 있었던 걸까.

"앤더튼 시와 그 부근에 위치한 거점의 주소."

레온은 만년필을 블랜차드의 앞에 던지듯 놓았다. 캠벨에게서 시가를 받아 무는 사이 그를 노려보기만 하던 놈이 천천히 고개를 저었다.

"없어."

레온의 인내심이 시가 끝처럼 타들어 갔다.

조나단 리들 주니어를 제외한 그 여자의 친척이나 지인, 혹은 갈 만한 곳을 모조리 대라는 질문에도 놈은 이따위로 응수했다.

레온은 시가 한 모금이 준 옅은 인내심이 바닥날 때까지만 참아 보기로 했다.

"이봐, 난 네게 기회를 주는 거야. 오늘 아침에 두 눈으로 똑똑히 보지 않았나?"

마침 수용소에서 총살형 집행이 예정되어 있길래 창문 하나 없는 독방에 갇혀 지루하게 지낼 놈에게 좋은 구경을 시켜 주었다.

"너도 너덜너덜한 꼴이 될 걸 모르지 않을 텐데."

그 장면이 기억났는지 놈이 눈을 질끈 감았다.

"내 요지는, 그 여자를 찾는 데 협조하면 사형은 면할 수 있도록 해 준다는 거지."

놈이 눈을 감은 채 한숨을 길게 내쉬었다. 제 나름 호두만 한 뇌를 써 가며 계산 중인 건지. 흔들리는 기미가 조금이나마 보이자 레온은 꽤나 너그러운 투로 한마디 덧붙였다.

"대위라니 우스워 보이는지는 몰라도 내게 그 정도의 능력은 있어. 그러니 잘 생각해."

그러나 지놈의 호두만 한 뇌는 느려 터지기까지 한 건지 블랜차드는 시가가 삼분의 일 가까이 타들어 가도록 말이 없었다.

"네가 살기 싫다면 난 다른 녀석들에게 물어도 돼. 네 동지들은 어떻게 구는 줄 아냐? 리들이란 이름만 나와도 묻지 않은 것까지 술술 불더군."

모두 하나같이 복수심에 불타고 있었다. 그의 의도대로.

게다가 제 살길을 찾으려고 혈안이 된 자들에겐 그레이스 리들이야말로 동지를 배신하지 않으면서 군에 조력할 절호의 기회였다.

문제는 그자들이 그 여자와 그다지 가깝지 않다는 데 있었다.

놈들은 아는 정보가 바닥나면 여자의 죄상을 쓸데없이 읊어 댔다. 그 여자까지 함께 지옥으로 끌고 가려는 속셈이 뻔했다.

대체 그중에서 진실은 얼마나 될지.

공문서 위조에 정부 기관 잠입부터 폭탄 테러에 암살까지. 무턱대고 듣다 보면 그 여자 혼자 수십 명 몫의 '혁명'을 해낸 격이었다.

놈들의 그딴 '적극적 협조'는 오히려 그의 화만 돋울 뿐이었다. 국왕의 별장에서 뭘 털었는지는 알 바 아니었다. 그가 알고 싶은 건 여자의 행방뿐이다.

기다림 끝에 블랜차드가 드디어 눈을 떴다.

"그럼 내가 아는 유일한 곳을 말해 주지."

지금껏 훼방을 놓은 건 제 몸값을 높이기 위한 작전이었던 건가. 거래에 응하기로 한 건지 놈이 만년필을 집어 들었다.

시가의 재를 터는 것도 잊고 만년필 끝을 응시하던 레온의 얼굴이 돌연 딱딱하게 굳었다. 지도 한가운데에 놈이 크게 휘갈긴 글자는 누군가의 이름도, 주소도 아니었다.

지옥.

"그레이스가 갈 곳은 이곳뿐이야."

시가를 으스러트릴 듯 깨문 잇새로 실소가 짤막하게 터져 나왔다.

"착각하는 것 같은데…."

레온은 시가를 왼손으로 옮기고 오른손을 놈에게 뻗었다. 그가 낚아챈 건 제 분수도 모르고 건방진 소리를 하는 쥐새끼가 아니라 만년필이었다.

"윽…."

"여기선 내가 신이야."

펜촉의 날카로운 끝이 놈의 손등으로 파고들었다.

"지옥은 지금 네가 있는 이곳이고…."

억눌린 신음과 펜촉이 살갗을 긁는 소리가 끊임없이 이어졌다.

"난 세상 모두를 지옥으로 보내도 그 여자만은 보내지 않아."

놈은 묶이지 않았으면서도 그가 느긋하게 글씨를 쓰는 내내 이를 악물고 버텼다.

웃기는 자식.

이딴 집념은 그 여자를 지키는 데 보여 주지 그랬어? 그에게 이미 지고도 더 지기 싫은지 뒤늦은 자존심 싸움을 벌였다.

사형수.

레온이 블랜차드의 손등에 붉은 피와 검은 잉크로 새긴 글자였다.

만년필의 뚜껑을 닫아 서류철 위에 놓았다. 캠벨이 테이블에 흩어진 사진과 지도를 서류철에 정리해 갈무리하는 사이 레온은 시가를 한 모금 길게 빨아들였다. 다시 일말의 인내심을 찾고서야 놈에게 물었다.

"오기는 적당히 부리고 솔직하게 말해 봐. 대체 뭐가 문제지? 네 인생이 끝장났으니 내 인생도 끝장나 보란 건가?"

블랜차드가 핏발 선 눈으로 레온을 노려보았다.

"아니면 설마 아직도 그 여자를 사랑한다고 우기고 싶은 건가?"
"아니, 이젠 그레이스를 사랑한 걸 후회해."
놈이 악문 잇새로 건방진 소리를 뱉어 낸 순간 레온의 인내심은 끝내 전소됐다.
네가 뭔데.
그레이스를 사랑했다. 이젠 아니다. 그리고 후회한다.
텅 비어 버린 그의 머릿속에서 같은 말이 거듭 메아리쳤다. 시가 끝으로 이가 파고들며 입 속으로 떫은맛이 퍼졌다.
시건방진 새끼, 네가 뭔데.
레온은 시가를 테이블 모서리에 놓았다. 소매 끝을 고정한 커프스를 하나씩 빼 테이블에 가지런히 놓기 시작하자 시가와 같은 빛깔인 블랜차드의 눈동자가 흔들리기 시작했다.
양쪽의 소매를 반듯하게 접어 걷어 올리는 사이 모서리에 아슬아슬하게 걸쳐진 시가는 바닥으로 굵은 재를 툭 떨어트렸다. 저 재의 빛깔이 지금 놈의 낯빛이었다.
"지미…."
소매를 팔꿈치 위까지 걷어 올린 그는 검은 가죽 장갑을 끼고서야 시가를 집어 들었다. 한 번 길게 빨아들이자 꺼져 가던 불씨가 다시 번지며 시가의 끝이 놈의 손등에서 굳어 가는 피만큼 붉게 타올랐다.
"그 여자와 키스해 본 적 있나."
뻐근하도록 눈꼬리를 휘어 가며 묻는 순간 놈의 눈빛에서 경계심이 날을 세웠다.
솔직하게 대답하면 어떻게 되는지는 저 호두만 한 뇌로도 알 것이다. 여태 배짱 좋게 테이블에 올려 두었던 손을 걷어 가며 방어적인 태도를 취하기까지 했다.

"…없어."

"이런, 누가 거짓말을 하는 걸까. 그 여자는 해 봤다던데."

물론, 그 여자는 그런 말을 한 적 없었다.

보트로 유도 신문을 했을 때처럼 놈이 또 아랫입술을 깨물었다. 그 여자에게 키스를 한 적이 있다는 뜻이었다.

저 입술로 그 여자, 아니, 내 여자에게.

쾅. 그가 자리에서 일어서는 순간 의자가 뒤로 넘어가며 굉음을 냈다.

"머리를 잡아."

기류가 돌변하자 흠칫 몸을 피하려는 블랜차드를 캠벨이 뒤에서 붙잡았다. 레온은 놈의 턱을 한 손으로 움켜쥐고 벌리지 못하게 위로 밀어 올렸다.

"읍! 으으읍!"

곧 시가가 놈의 입술에 짓이겨졌다.

답을 이미 예상했음에도 레온은 이성을 잃었다. 자신이 놓은 덫에 빠져 허우적대는 꼴이었다.

살이 타는 악취가 퍼지는 가운데 캠벨은 시선을 돌렸다.

윈스턴 대위는 날이 갈수록 잔학해졌다.

예전에는 웬만한 일이 아니라면 손톱을 뽑았다. 뽑아도 다시 나니까. 그 정도의 자제력은 있었던 것이다.

하지만 그마저 자취를 감춘 지금은 포로들의 신체를 영구적으로 훼손하는 데 거리낌이 없었다.

그리고 또 한 가지 변한 게 있었다. 캠벨은 시선을 대위의 얼굴에 고정했다. 희열, 쾌감. 이런 건 이제 보이지 않았다.

위태롭기 짝이 없었다.

그 여자를 치워 버리길 바라기만 했지 다시 찾길 바라게 될 줄이야.

"왜 네 방엔 재떨이가 없는지. 손님맞이가 부실해."

"하아, 읍, 우욱…."

레온은 불이 꺼진 시가를 놈의 입 속으로 욱여넣었다. 손을 떼자 놈이 처참하게 바스러진 담뱃잎과 토막을 뱉어 내며 구역질을 했다.

그는 성한 곳을 또 하나 잃어버린 블랜차드의 턱 아래를 왼손으로 움켜쥐고 올렸다.

"윽…."

"제임스 블랜차드 주니어."

낯짝을 눈높이까지 들어 올리자 삽시간에 창백해졌다. 놈이 그의 손을 떼어 내려 했지만 닿기도 전에 캠벨에게 붙들려 두 손을 등 뒤로 결박당했다.

"다시는 이 악취 나는 주둥이에 그 여자의 이름을 올리지 마. 한 번만 더 그러면 혀를 잘라 버릴 테니."

그는 오른손을 놈의 눈앞으로 들어 가위질하는 시늉을 했다.

"세로로."

블랜차드의 눈동자가 요동쳤다. 레온은 입매를 비틀어 웃으며 놈을 던지듯 놓았다.

느긋한 동작으로 소매를 내려 커프스를 채웠다. 재킷을 걸치고 들어올 때와 다름없는 모습이 된 그를 블랜차드가 들어올 때보다 겁에 질린 눈으로 노려보았다. 비웃어 주며 나가려던 레온은 문득 멈춰 섰다.

"아, 올해의 마지막 밤이군. 인사를 잊지 말아야겠지. 난 너와는 달리 예의를 아는 사람이니까."

레온은 눈꼬리를 휘어 웃으며 블랜차드에게 덕담을 해 주었다.

"내년은 올해보다 더욱 희망찬 한 해가 되길. 그 부질없는 희망만이 네게 남은 전부일 테니."

복도로 나가자마자 레온의 낯에서 웃음기가 사라졌다. 등 뒤에서는 의사를 부르라고 당번병에게 지시하는 캠벨의 목소리가 희미하게 들렸다.

도움도 안 되는 새끼를 살려 둬야 하는 이유가 뭔지.

그 이유를 모르고 하는 생각은 아니었다. 왕실과 군부 모두 블랜차드를 생포한 공을 유달리 크게 샀다. 잔당을 소탕하고 미제로 남은 사건들을 해결하려면 저자가 가진 정보가 필요했다. 즉, 저자가 살아 있는 시간이 길어질수록 그의 공은 몸집을 불려 나갈 것이므로 레온 개인과 가문 모두에 큰 힘이 될 것이다.

그러나 지금 그의 눈에는 죄다 하찮아 보일 뿐이었다.

저 시건방진 쥐새끼를 죽이는 즉시 그 여자가 돌아온다면 레온은 공사의 이해관계를 모조리 무시하고 한 치의 망설임 없이 놈을 죽일 것이다.

"하…."

레온은 스위트룸의 거실에 홀로 앉아 지친 한숨을 내쉬었다.

창을 닫아도, 두꺼운 커튼을 쳐도 밖에서 떠들썩하게 파티를 벌이는 소음이 새어 들어왔다. 라디오를 틀더라도 사정은 별반 나아지지 않는다. 스피커에서 흘러나오는 경쾌한 노랫소리와 그에게 퍼붓는 찬사 모두 조롱으로만 들릴 뿐이었으니.

레온은 다 읽은 편지를 다시 접어 봉투에 넣고 커피 테이블 한구석의 상자 속으로 던졌다. 그 옆에는 편지 봉투와 엽서, 영수증, 가짜 신분증 같은 것들이 무더기를 이루고 있었다.

그는 오늘 밤도 어김없이 여자의 하숙방에서 가져온 물건을 뒤지고 또 뒤졌다. 지난 한 주 동안 신물이 나도록 봤지만 멍청하게 놓친 게 있을지도 모른다는 불안감이 자꾸만 들었기 때문이었다.

그 여자를 놓쳤듯이.

이번엔 테이블 반대편에 차곡차곡 쌓인 일기장 중 하나를 펼쳐 첫 장부터 꼼꼼히 읽어 내려갔다. 그 여자가 갈 만한 곳, 그 여자가 의지할 만한 사람을 찾아.

여태 건진 소득이라곤 신대륙에 플로렌스라는 이름의 이모가 산다는 것뿐이었다.

이 꽉 막힌 여잔 그 사람을 제외하곤 반군 밖의 인간관계가 전무했다.

"하….”

이것도 틀렸다. 그는 지금 완전히 엉뚱한 방향을 보고 있었다. 쓸데없는 시간 낭비일 뿐이라는 예감이 들자 레온은 일기장을 내려놓았다.

문제는 이 빌어먹을 직감이 어디가 옳은 방향인지는 알려 주지 않는다는 사실이었다.

한시도 눈을 떼지 않았어야 했는데.

그는 그날만을 머릿속으로 끝없이 되짚었다. 처음 본거지 한가운데에 발을 디딘 순간엔 환희뿐이었으나 지금은 돌아볼수록 후회뿐이었다.

그는 두 손에 얼굴을 묻었다. 눈을 감자 그 여자의 얼굴이 어른거렸다.

그를 비웃는 얼굴이.

그 빌어먹을 쥐새끼 같은 여자. 정말 쥐새끼처럼 포위망을 잘도 뚫고 빠져나갔다. 이게 대체 몇 번째인지.

하지만 원망은 곧 걱정으로 변했다.

윈스포드역으로 가며 훌쩍이던 모습, 플랫폼에 갈 곳을 잃은 사람처럼 멍하니 서 있던 모습, 그리고 체스터필드역에서 본 눈에 띄게 초췌했던 얼굴까지 하나씩 눈앞을 스쳐 지나갔다.

모두 지금 그의 앞에서 벌어지는 것처럼 생생해 괴롭기 짝이 없었다. 정말 지금 이 순간 일어나는 일이라면 다른 선택을 할 수 있을 테니.

이 추운 겨울에 홑몸도 아니고 마음도 엉망일 텐데, 그런 상태로 대체 어디를 헤매는 걸까.

네가 있어야 할 곳은 저기인데.

고개를 들자 문이 활짝 열린 침실이 보였다. 그 여자와 함께 누웠어야 할 침대는 시트에 주름 하나 없이 텅 비어 있었다. 샴페인은 결국 따지 못했다.

다시 눈을 감은 그는 신음 같은 한숨을 내쉬며 몸을 일으켰다. 장교복 재킷과 코트를 집어 든 그는 스위트룸 밖으로 나섰다.

자정이 다가오는 시각이었다.

새해 전야임에도 고요하기만 한 유령 마을의 광장에 차를 세운 레온은 곧장 한 귀퉁이의 허름한 3층 건물로 향했다.

하숙집 건물의 1층에서 경비를 서던 사병들이 경례를 올리자 레온은 그들에게 무성의한 고갯짓만 해 주곤 3층으로 올라갔다.

유일하게 출입 금지 표시가 붙은 문으로 다가가 코트 주머니에서 꺼낸 열쇠를 꽂아 넣었다. 끼익, 음울한 신음과 함께 문이 열리자 보이는 광경은 어제와 다를 바 없었다.

비좁은 하숙방. 매트리스만 덩그러니 놓인 1인용 침대. 옷장과 책상, 그리고 잡다한 물건들.

안으로 들어가 문을 닫았다. 책상 위의 램프만 켜도 환해질 만큼 이

방은 빌어먹게 작았다. 책상과 침대 사이에 혼자 서 있기만 해도 방이 꽉 차 갑갑하게 느껴질 정도였다. 오래도록 환기를 하지 않은 방에서는 눅눅한 곰팡내가 나기까지 했다.

여자의 방보다 고문실이 훨씬 쾌적하고 넓다니. 여전히 기가 막힌 일이었다.

찬물 샤워가 싫어 주인의 욕실을 멋대로 쓴 일이나 체리가 시다며 까탈스럽게 군 일 등, 그 여자가 콧대 높게 구는 걸 보며 나름의 추측을 했었다. 적어도 중산층 정도의 생활은 했을 것이라고.

게다가 혁명을 주도했던 로열패밀리의 일원이었다. 사생아여서 이런 취급을 받았다고 하기엔 아귀가 맞지 않았다. 그 여자, 버림받기 전까진 수장의 약혼녀이기까지 했다. 그럼 적어도 공주 대접은 받고 컸어야 하는 거 아닌가.

"무슨 왕궁이 이래?"

이런 촌구석에서, 그것도 곰팡이가 핀 하숙집에서 살았을 거라곤 상상조차 하지 못했다.

이건 말이 되지 않는다.

이 방을 처음 보았을 때, 그리고 그 여자의 일기장을 읽어 보았을 때 그는 강한 위화감을 느꼈다.

그 여자의 흔적을 눈으로 직접 확인하며 추정해 본 삶은 여러모로 '혁명의 공주님', 그리고 '블랜차드 왕조의 차기 왕비'와는 거리가 멀어 보였다.

"몰락한 로열패밀리 취급 한번 고약하군. 그 어리석은 여자…. 이런 걸 참고 지냈다니."

이곳에 있자면 몇 번이고 그를 농락했던 교활한 여자가 안타까워지는 것이다. 레온은 좁은 방을 다시금 둘러보다 한숨을 내쉬었다.

먼지가 쌓인 바닥에는 오로지 그의 발자국뿐이었다. 그 여자가 마지막으로 목격된 마을 회관과 그다지 멀지도 않은데 여자는 제 짐을 찾으러 오지 않았다.

과거를 모두 버리고 간 것이다. 일말의 미련도 없이.

그 마음, 충분히 이해할 수 있었다. 믿었던 이들이 제 생부와 모친의 정체를 숨겨 왔다니. 충격적이겠지. 제 과거까지 거짓으로 느껴질 만했다.

하지만 그날 그 여자의 행동이 예상보다 과격했다는 느낌을 지울 수 없었다.

설마 제 오빠에게서 그 이상의 이야기를 들은 건가.

당장이라도 조나단 리들 주니어를 신문 테이블에 앉히고 싶었으나 아직은 그럴 수 없었다. 덫을 파 놓고 기다리는 중이니.

레온은 별 의미가 없는 줄 알면서도 방을 다시 뒤져 보았다.

책상 서랍에 들어 있던 앨범을 꺼내 넘겨 보았다. 사진은 몇 장 되지도 않았다. 애빙턴 비치 기차역 앞에서 환하게 웃으며 찍은 사진 외엔 모두 그가 모르는 모습이라고 생각하자 블랜차드를 마주할 때마다 속에서 치미는 무언가가 목 끝까지 차올랐다.

탁.

그는 앨범을 닫아 제자리에 넣어 버리곤 다른 서랍을 뒤지기 시작했다. 맨 위 칸의 사딩 갠에시 신분증용 사진 다섯 장이 나왔디. 레온은 그걸 물끄러미 내려다보다 모두 제 지갑에 넣었다.

점점 방을 뒤지는 손이 광적으로 변했다. 무언가를 찾으려 혈안이 되어 있었으나 그게 무엇인지는 몰랐다.

아니, 알지만 여기 없다.

그 여자를 찾으려면 무엇을 더 해야 하는지 모른다. 할 수 있는 일은 다 했다. 더 할 수 있는 일이 아무것도 없다는 뜻이기도 했다. 그 사실을 도저히 견딜 수 없어 그는 의미 없는 수색을 거듭했다.

그러다 침대 아래에 있던 낡은 여행용 트렁크를 연 순간 시간이 멈췄다.

아니, 어쩌면 시간이 되돌아간 걸지도.

레온은 잡다한 물건들로 둘러싸인 밀짚모자를 유물이라도 발굴하듯이 조심스럽게 꺼내어 들었다.

이건 대체 왜.

그가 사 주었던 밀짚모자는 왜 아직도 간직하고 있었던 걸까.

"나도 너를 진심으로… 좋아했어."

설마 그랬기 때문이었을까. 아니, 말도 안 된다.

부인하던 레온은 사관학교를 졸업하고 저택으로 돌아왔던 때, 기억도 희미한 그 옛날 일을 문득 떠올렸다.

"이건 어떻게 할까요?"

창고에 쌓여 있는 그의 어릴 적 물건을 정리하던 하녀가 돌고래 인형을 가져와 물었다. 여태 가지고 있었는지도 몰랐던 물건이었다.

당시 그에겐 불쾌한 기억의 기폭제일 뿐이었다. 그런데도 버리라는 말 대신 다시 창고에 두라는 말이 튀어나왔다.

완전히 잊는 길을 두고 우린 왜 그랬을까.

휘익. 탕.

밀짚모자를 손에 쥐고 물끄러미 내려다보던 그는 폭죽 소리에 고개를 들었다. 창밖에서는 새로운 해를 기념하는 색색의 폭죽이 검은 하늘을 물들이기 시작했다.

샴페인과 키스와 파티, 그리고 폭죽이 상징하는 또 다른 날을 레온은 문득 떠올렸다. 그의 약혼식이 있던 밤, 그가 결국 이곳까지 오게 된 전환

점이 된 밤이었다.

탕.

폭죽이 터지는 소리를 총성으로 착각하고 겁에 새파랗게 질렸던 여자, 그리고 그 모습을 지켜보며 비웃었던 자신이 눈앞에 어른거렸다.

그 환영 너머 창문에 비친 그의 얼굴은 웃음기 하나 없이 처참하게 일그러져 있었다. 레온은 눈을 지그시 감았다.

이 길을 걷기로 결심한 순간에는 그렇게 믿었다. 여자가 아이를 갖게 하고 세뇌만 푼다면 모든 것이 그의 뜻대로 될 것이라고. 불과 두 계절 전의 자신은 얼마나 어리석었나.

"내년은 올해보다 더욱 희망찬 한 해가 되길. 그 부질없는 희망만이 네게 남은 전부일 테니."

도대체 누구에게 하는 말인 건지.

탕.

모두가 행운을 기원하는 순간, 레온은 행복한 불행을 부질없이 희망했다. 저 소리가 제게 박히는 탄환의 소리이길. 그리고 이번엔 그 여자가 비웃어 주길.

그의 앞에서.

철커덕철커덕.

기차 바퀴가 철로를 따라 달리는 소리에 귀를 기울이던 레온은 다른 소리가 섞여 들기 시작하자 눈을 떴다.

노을이 지는 가운데 굵은 빗방울이 창을 때리고 있었다. 사선으로 주르륵 흐르는 빗물을 물끄러미 바라보던 그는 돌연 맥 빠진 웃음을 흘렸다.

구질구질하군.

회색과 붉은빛으로 물든 하늘을 배경으로 익숙한 도시의 전경이 보이기 시작하자 기차가 속도를 늦췄다.

윈스포드로 돌아왔다. 그 여자가 사라진 지 정확히 한 달째 되는 날, 그 여자 없이.

레온은 테이블에 놓인 냅킨에 만년필로 끄적였다.

한 달.

31일.

744시간.

44,640분.

2,678,400초.

의미가 없으며 고통만을 더하는 계산인 걸 알면서도 멈추지 못했다.

2,678,401초. 2,678,402초. 2,678,403초….

"하…."

한숨과 함께 만년필을 테이블에 놓는 소리가 텅 빈 일등석 객실에 거칠게 울렸다.

모든 경우를 생각해 두었으나 혼자 돌아오리라는 예측은 전혀 하지 않았다. 그 모든 경우는 그 여자 없이 돌아오는 일을 막기 위해 생각해 둔 것이었으니.

그렇다고 그 여자가 사라진 자리에서 기약 없이 기다릴 수도 없고 그럴 이유도 없었다. 그걸 알면서도 포로 신문 및 조사를 핑계로 북부에서 버티다 작위 수여식이 코앞으로 다가오고서야 떠났다.

왕실의 행사 일정이란 적어도 반년은 빈틈없이 짜여 있게 마련이었다.

그런데도 신년 연설에서 작위 수여를 공표한 지 한 달도 되지 않아 수여식을 열겠다는 통보를 왕실에서 해 온 것이다.

근래 왕실에 부정적인 여론을 달래는 데 그를 이용하는 것이 분명했다.

작전을 앞둔 작년 말, 때마침 브리아 다이아몬드 광의 채굴권을 따낸 합작 사업체의 실소유주가 국왕이라는 소문이 금융가에 돌다 결국 타블로이드지까지 퍼졌다.

물론 레온이 그 여자가 이 시기에 제 옆에 있을 거라는 확신하에 퍼트린 소문이었기에 때가 맞아떨어진 거였다.

왕실의 은밀한 차명 투자에 대한 여론은 당연히 좋지 않았다. 직접 나서서 아니라는 해명을 했다간 음지의 소문이 양지의 기정사실이 될 테니, 왕실은 '익명의 왕실 소식통'을 언론에 내세워 헛소문이라고 일축하고 뒤에서 여론을 조작하는 음험한 짓을 일삼았다.

그러다 때마침 그가 반군을 소탕해 이목을 단번에 끌어갔다.

왕은 레온이 저를 물에 빠트린 원수인지도 모르고 건져 줘서 고마워했을 것이다.

아무튼 그 빌어먹을 광대 쇼 때문에 왕도에서 일주일을 머물다 돌아오는 길이었다. 작위 수여식이며 왕궁이며 그를 보는 국왕의 눈빛이 어땠는지는 전혀 기억나지 않았다.

수많은 이가 모인 홀에서 지루한 식이 거행되는 동안 그는 지리멸렬하고 꼴사나운 생각에만 빠져 있었다.

라디오 중계를 그 여자가 어디선가 듣고 있진 않을까. 신문에 실릴 내 사진을 그 여자가 분명 보겠지.

그리고 이따금 인파를 돌아보며 있을 리 없는 얼굴을 찾고 싶은 충동에 시달렸다.

똑똑.

돌연 옆 칸의 문을 두드리는 소리가 벽을 울렸다. 얇은 벽 너머에서 몇 시간째 끝없이 이어지던 목소리가 뚝 멎었다. 그리고 머지않아 누군가가 이 객실의 문을 두드렸다.

"각하."

병사들이 밖에서 지키고 선 문을 열고 얼굴을 비친 건 그의 개인 수행원인 피어스였다.

"곧 윈스포드 중앙역에 도착합니다. 안전을 위해 하차는 모든 승객이 내린 후로…."

레온은 이미 다 아는 소리를 떠드는 피어스에게 손을 내저으며 고개를 창 쪽으로 돌렸다. 잠시 머뭇대던 수행원이 나가며 문을 닫자마자 기차가 느려지더니 회색빛 플랫폼이 보이기 시작했다.

플랫폼에는 사령부에서 경호를 위해 보낸 사병들이 도열해 있었다. 열차가 멈추자 그중 대여섯 명이 이쪽으로 뛰어왔다. 윈스턴 백작가가 탄 객실의 문 앞을 병사들이 지키는 사이, 승객들이 타고 내리며 플랫폼이 발 디딜 틈 없이 북적해졌다.

10여 분 정도가 지나고서야 호루라기 소리가 들리고 다른 객실의 문이 닫히는 소리가 일제히 울렸다. 그제야 밖에 선 병사가 정중히 문을 두드리자 백작가는 열차 밖으로 모습을 드러냈다.

제롬을 따라 내리려던 엘리자베스는 입술을 잔뜩 오므렸다. 못마땅할 때면 나오는 습관이었다.

일을 해야 한다며 옆 칸에 혼자 탔던 레온은 이미 밖으로 나와 플랫폼에 서 있었다.

'저 아이는 신사답게 제 어미의 손을 잡아 줄 줄도 모르고…. 하여튼

군인들이란.'

백작이 된 장남의 손을 잡고 기차에서 내리는 장면을 하필이면 플랫폼에 모여든 사진 기자들에게 포착당해 내일 자 신문에 실리다니. 그런 우연을 내심 기대하고 있었던 엘리자베스는 기분이 꽤나 상했다.

그녀의 눈치 없는 아들은 저 홀로 카메라의 플래시 세례 속에 서 있었다. 그런데 뭘 하는 건지. 레온의 시선은 카메라가 아니라 엉뚱한 곳에 있었다.

실종자.

레온은 그 세 글자에서 눈을 떼지 못했다. 플랫폼 기둥에는 실종자 전단이 블랜차드 반군의 잔당에 대한 제보를 받는다는 전단과 나란히 붙어 있었다.

20대 중후반. 청록색 눈동자. 왼쪽 눈 밑의 작은 점. 마른 체형. 5월경 출산을 앞둔 임신부.

여자를 찾는 전단은 기둥마다 붙어 있었다. 왕국 곳곳에 살포라고 해도 좋을 정도로 뿌리게 했으니 당연한 일이었다.

길거리에는 이처럼 개인적으로 실종자 전단을 붙였으나 국경 지대의 검문소와 항구에는 실종 당일 육군 본부의 이름으로 수배령을 내렸다. 그 여자가 해외에 있는 이모에게 가려 할지도 모르니.

아마 꽤 조만간.

수뇌부의 증언을 바탕으로 여자가 금고에서 털어 간 액수를 추정해 냈다. 연고지나 조력자 없이 홀로 도주한다면 몇 달 못 가 바닥날 돈이었다. 그리고 늦봄엔 그 여자, 꽤나 큰돈이 필요할 것이다.

그래서 전당포와 보석상, 심지어 장물업자들에게까지 수배령을 내렸다. 여자가 아니라 반지의 수배령을.

해외 도피에 실패한 여자는 출산 비용을 마련하기 위해 그가 준 반지를 팔려 할 거란 계산이었다. 만삭이라 멀리 가지 못할 테니 그 부근으로 포위망을 좁히고 병원과 조산원을 샅샅이 뒤지면 잡을 수 있을 것이다.

그는 전단에서 이름도, 사진도 아닌 청록색 눈동자라는 단어에 시선을 고정한 채 머릿속의 여자에게 경고했다.

어차피 몇 달 안에 잡힐 걸 너도 모르지 않을 텐데. 쓸데없는 고생은 관둬. 고집은 적당히 꺾고 얌전히 돌아와.

어쩌면 그가 가할 응징이 무서워서 숨은 걸지도 모른다는 데 생각이 미쳤다. 전단에 다정한 한마디라도 써 두었어야 했을까.

평소라면 조소가 나올 순간이었으나 레온의 얼굴은 딱딱하기만 했다.

한 달이나 흐른 만큼 배가 더 나왔을 테고, 그만큼 몸은 무거워졌을 것이다. 무게 탓에 힘들어지기 시작하는 때라는 걸 책에서 읽은 기억이 어렴풋이 났다.

그리고 그가 이미 태동을 느껴 보고도 남았을 시기라는 것도.

의아한 시선이 느껴지기 시작했다. 레온은 글자뿐인 전단에서 시선을 떼고 기차역 내로 걸음을 옮겼다. 하지만 생각은 여전히 그 보잘것없는 종이 한 장에 머물러 있었다.

빌어먹을 전단에는 인상착의뿐, 이름도 사진도 없었다. 혹시나 그 여자가 도주 중인 걸 잔당이 알면 위험해질까 봐 어쩔 수 없이 한 선택이었다.

대중의 관심을 별로 끌지 못하는 걸 알면서도 범죄자가 아니라 실종자로 전단을 배포한 것도 순전히 그 여자의 안전을 위해서였다. 그 여자가 도주 중인 반군인 걸 알면 불필요한 정의감을 불태우는 멍청이들이 그 여자를 해칠지도 모르니까.

전단에서 가장 눈에 띄게 쓰인 건 현상금이었다. 중산층 가장의 2년치 봉급에 해당하는 액수를 내걸었지만 어째서인지 아직도 믿을 만한 제보는 단 한 건도 없었다.

수행원과 사병들에게 둘러싸여 기차역 로비로 향하던 레온은 돌연 눈을 질끈 감았다.

살아 있는 건 맞는지.

레온은 그 여자가 스스로 목숨을 끊을 리 없다는 걸 잘 알았다. 목숨에 대한 집착이 유별나던 여자였다. 돈과 무기를 챙겨 도망친 것만 봐도 삶을 포기할 생각은 없는 거다.

그런데 어째서 살아 있다는 흔적조차 없는 걸까.

그 여자를 찾겠다는 집념이 어느새 흔적이라도 찾겠다는 절박감으로 변했다. 시간이 갈수록 그의 바람은 그토록 소박해졌다.

로비로 들어서는 순간 카메라의 셔터 소리와 환호성이 포화처럼 쏟아졌다.

"백작 각하, 이쪽도 좀 봐 주십쇼!"

"밀지 맙시다! 뒤로 가요!"

기차역 로비에도 시민과 기자들이 개미 떼처럼 새카맣게 몰려와 있었다. 자꾸만 몰려드는 인파를 경호 인력이 밀어내며 윈스턴가가 지나갈 길을 텄다.

광대가 된 기분임에도 레온은 딱히 걸음을 재촉하지 않았다. 오히려 이따금 플래시의 세례 속에 멈춰 서서 시야가 새카맣게 타들어 가도록 카메라를 응시했다.

속으로는 그날부터 지금까지 카메라 앞에만 서면 지겹도록 했던 생각을 반복했다.

이 사진, 신문에서 그 여자가 보겠지.

난 웃어야 할까, 웃지 말아야 할까. 어떤 표정을 지어야 네가 돌아올까. 불쌍한 척이라도 해야 하나? 눈물이라도 흘려 줘야 할까. 오기는 적당히 부리고 당장 돌아오라는 글이라도 써서 들고 있어야 하는 건가.

그는 아직도 답을 찾지 못했다. 이젠 그 여자를 모르겠다.

기차역 앞의 광장에는 흰색 리무진이 서 있었다. 불과 두 달 전 검은색으로 주문했던 새 차를 눈에 띄는 색으로 다시 도색한 건 모친의 허영에서 나온 발상인 게 분명했다.

게다가 차를 리본과 깃발로 장식한 건 또 무슨 짓인지. 퍼레이드라도 벌인다고 착각하는 모양이었다.

'쓸데없는 짓을 하는군.'

우스꽝스럽기 짝이 없는 리무진을 타고 윈스포드 시내를 통과하는 건 고역이었다. 저녁 시간에 극장가를 오가는 인파의 시선이 이쪽으로 쏠렸다. 앞서가던 마차가 길가에 서더니 레온의 차가 스쳐 지나가는 순간 마부가 모자를 들어 올리며 그에게 경의를 표했다.

레온은 맞은편에 앉은 제롬에게서 지팡이를 빼앗았다. 상아로 장식된 끄트머리를 운전석과 뒷좌석 사이의 창문에 두드리자 조금 전부터 과시하듯이 경적을 울려 대던 운전수가 뒤돌아보았다.

"그만둬."

곧바로 조용해지자 레온은 지팡이를 동생에게 던지듯 돌려주고 눈을 감았다.

"넌 표정이 왜 그렇니? 하여간에 군인들이란…."

차를 타고 가는 길이 고역스러운 이유는 하나 더 있었다. 기차는 일을 핑계로 어머니와 다른 칸에 타더라도 차는 같이 탈 수밖에 없었으니.

"개선장군답게 굴어 보렴."

레온의 미간이 구겨졌다. 개선이란 말은 싸움에서 이기고 귀환했다는 뜻이다. 그는 졌다. 처참하게. 그러니 성대한 환영은 조롱으로 느껴질 뿐이었다.

"장군이 되려면 아직 멀었죠."

"어머나. 그런 불길한 말은 하지 말렴, 제롬. 네 형이 장군 소리를 들을 때까지 군복을 입는 건 상상만 해도 끔찍하구나."

여전히 눈을 감고 침묵하는 레온을 옆에 앉은 어머니가 불렀다.

"레온, 작위를 돌려받았고 네 아버지의 복수도 했으면 충분하잖니. 이제 군은 관두렴."

"그 이야기, 더는 꺼내지 않기로 하셨잖습니까."

"다 널 생각해서 하는 말 아니니."

어머니는 뾰로통한 목소리로 한마디를 덧붙였다.

"원래 박수 칠 때 떠나는 법이란다."

그 말에 레온은 이를 악물었다.

누가 그걸 몰라. 나야말로 그러고 싶었어.

그가 분노와 자기혐오를 조용히 삭이는 사이 어머니는 푸념을 과장한 과시를 시작했다.

"왕도에 머무는 내내 신경 쓸 일이 많았더니 피곤하구나. 왕궁 출입이며 파티도 하루 이틀이지…."

"이제 한동안 시골에 틀어박혀 요양한다고 생각하시면 되겠어요."

"제롬, 나도 그러고 싶은 마음이 간절하단다. 그렇지만 헤일우드로 돌아가면 산더미처럼 쌓인 초대장이 날 반기겠지. 성가셔."

그러니까 윈스턴 '대부인'은 이번 달 내내 왕도에 머물며 작위 수여식 준비를 조율한 공을 과시했다.

공이라니. 정형화된 행사엔 사실 조율할 것이 별로 없다. 실은 어머니가 매일같이 왕실 측근들을 돌아가며 들쑤셔 청탁을 하느라 바빴다는 걸 옆에서 지켜본 제롬도, 멀리 있던 레온도 모르지 않았다.

이미 작위 수여가 확정된 후였으니 작위를 위한 청탁은 아니었다. 돌아가신 아버지의 이름에도 작위를 붙일 수 있게 해 달라는 청탁이었지. 순전히 자신이 윈스턴 부인이 아니라 윈스턴 대부인이라는, 선대 백작의 미망인에게 붙는 칭호를 받을 수 있도록.

그런데 그러고 나니 앨드리치 대공녀가 자신은 듣지 못한 백작 부인 소리를 언젠가 듣게 될 거란 사실이 질투가 나는 모양이었다. 어머니는 작위 수여 발표 후로 줄곧 떠들었던 말을 또 꺼냈다.

"아무리 생각해도 아쉬워. 레온, 네 약혼을 너무 서두른 것 같구나. 솔직히 말하자면 네가 작위를 받는 데 힘을 실어 준다기에 손해를 보면서도 대공가의 제의를 받아들였다만…."

어머니는 못마땅하다는 듯 눈을 굴렸다.

"대공가가 대체 한 게 무엇이 있는지 모르겠구나. 다 레온, 네 힘으로 얻어 낸 작위 아니니."

맞는 말의 끝에는 언제나 함정이 기다리고 있었다.

"물론 널 낳아 키운 건 나란다. 잊지 말렴."

윈스포드 시내를 벗어나 교외를 달리는 와중에도 어머니의 대공가 헐뜯기는 계속되었다.

"이제 와 이런 말 하기는 그렇다만 실은 대공녀도 그다지 탐탁지는 않았어. 남편이 될 사람과 가까워지려는 노력을 전혀 하지 않잖니. 레온, 대공녀가 네게 안부 전화라도 한 적 있니? 내가 알기로는 없구나. 어쩜 사근사근한 구석이 없는지…."

결국 듣다 못 한 제롬이 끼어들었다.

"그런 점은 형이 더할 텐데요. 사실 저하만큼 우리 가문의 격에 맞는 신붓감도 없다고 봐요."

엘리자베스는 뾰로통한 눈으로 마주 앉은 차남을 흘겨보다 쏘아붙였다.

"너는 어째서 사랑하는 형이 아니라 대공녀의 편을 드는 거니?"

그야 제롬이 사랑하는 건 내가 아니라 대공녀일 테니. 잠자코 듣던 레온은 조용히 코웃음 쳤다.

"이젠 우리 가문의 격이 달라졌잖니. 아니다. 원래의 격을 되찾은 거지. 아, 아무리 생각해도 너무 서둘렀어. 더 좋은 혼처를 찾을 수 있었을 텐데. 대공가와 혼맥을 맺더라도 훨씬 유리한 조건으로 성사시킬 수 있었겠지."

두 형제는 지겹도록 들은 말에 대꾸하지 않고 각자 창밖만 바라보았다.

"대공도 눈치가 있으니 이젠 입장이 달라진 걸 아는 것 같더구나. 작년만 해도 결혼식은 미루고 싶어 하더니 이젠 뻔뻔스레 서둘러 날짜를 잡자고 하다니. 그래서 내가 딱 잘라 거절했단다. 잘하지 않았니?"

대공이 화제로 오르자 레온은 다시금 이를 악물었다. 작위 수여식 후 열린 축하 파티에서 대공이 건배사라며 했던 말이 문득 떠오른 까닭이었다.

"모든 과거의 얼룩을 비로소 털어 버린 윈스턴 백작이 간밤에 내린 눈처럼 깨끗한 새 출발을 하기를 진심으로 기원하는 바이네."

대공은 그 여자가 사라진 걸 알고 있었다. 사라져서 기쁘다는 티를 낸 것도 모자라 그 여자와 아이를 더러운 얼룩으로 취급했다.

그 자리에서 권총을 뽑아 벌집으로 만들고 싶은 충동을 참아야 했다. 그건 레온의 몫이 아니었으니.

두고 봐. 언젠가. 그 여자만 돌아오면.

"각하, 축하드립니다."
저택 본관 앞에 차가 멈추자마자 집사가 환한 얼굴로 문을 열었다.
"모두 기다리고 있었습니다. 어서 들어가시죠."
집사는 활짝 열린 본관 입구를 손짓했다. 1층 홀은 계단으로 이어지는 카펫을 제외하면 발 디딜 틈 없어 보였다. 똑같은 근무복을 입은 저택의 고용인들이 주인을 맞이하고자 기다리고 있었으나 레온은 제롬의 등을 대신 떠밀었다.
"짐은?"
그는 집사의 옆에 선 하녀장에게 물었다. 벨모어 부인이 두 손을 공손히 모은 채 고개를 끄덕였다.
"지시하신 대로 정리해 두었습니다."
블랙번의 하숙집에 있던 여자의 짐은 벨모어 부인을 불러 저택으로 옮겨 두었다. 지하 창고에 있는 리들가의 물건도 함께 별채로 옮겼다. 군에 귀속되는 증거품이지만 어차피 현장에선 그의 말이 곧 법이었다.
원하는 대답을 들은 레온은 곧바로 몸을 돌려 걸음을 옮겼다. 기분 탓일까. 오랜만에 본 별채는 관을 안치하는 영묘처럼 을씨년스러운 분위기를 풍겼다. 예전엔 별채를 보며 떠올린 적 없는 느낌이었다.
이제는 아무도 지키지 않는 철문을 지나 건물의 정문을 열었다. 끼익, 문이 열리는 소리와 계단을 오르는 발소리가 불과 한 달 전에도 이토록 공허하게 울렸을까.
레온은 3층으로 향하며 머리를 바쁘게 굴렸다. 여자의 물건을 다시 뒤져 봐야겠다. 새로운 장소에서 새로운 눈으로 보면 새로운 게 보일지도 몰랐다.

우선 그 전에 여행의 피로와 불쾌감을 씻어 내려는 생각이었던 레온은 습관대로 제 방문을 연 순간 헛숨을 들이켰다.

"레온, 행복해?"

이곳에서 마지막으로 나가던 순간 여자가 던졌던 교활한 물음이 이젠 환청이 되어 그의 뇌리를 관통한 탓이었다.

그는 이를 으득 악물었다.

이젠 환영까지 보이기 시작했다. 여자는 배에 한 손을 얹은 채 입꼬리를 부드럽게 올려 웃었다. 그날 아침처럼.

저 애틋한 미소 뒤에서는 나를 비웃고 있었겠지.

손을 뻗어 환영을 붙잡으려 할 정도로 실성하진 않았다. 레온은 여자의 환영을 그대로 지나쳐 침실로 들어갔다.

텅 빈 침실에서 가장 먼저 그의 눈길을 붙잡은 건 여자가 두고 간 물건들이었다.

그 여자가 자는 자리의 발치에 가지런히 놓인 슬리퍼, 짜다 만 양털 모자, 반지 상자, 초콜릿이 든 크리스털 그릇, 그리고 펜트하우스의 카탈로그까지.

"빌어먹을…."

청각과 시각의 다음은 후각이었다.

여자의 익숙한 체향이 그가 사 주었던 향수의 시트러스 향과 섞여 레온에게로 쏟아져 들어왔다. 그 순간 숨길을 무언가가 틀어막은 양 가슴이 답답해졌다.

그는 제 침실에서 도망치듯이 욕실로 향했다. 욕실에서마저 다시금 급습해 오는 그 여자의 흔적을 애써 무시하며 옷을 벗고 샤워 부스로 들어

갔다.

폭우처럼 쏟아지는 물소리가 희미할 정도로 심장 소리가 귀를 쿵쿵 울리는 가운데, 레온은 자꾸만 뒤돌아보고 싶은 충동과 싸웠다.

뒤돌아보면 여자가 있을 것 같다. 뻔뻔스럽게 그의 욕조에서 홀로 거품 목욕을 즐기는 여자가.

실은 침실 문을 열던 순간 저도 모르게 어리석은 기대를 했다. 이 문을 열면 그 여자가 있을지도 모른다고.

아니, 별채의 문을 열던 순간부터 그런 생각을 했다. 그 여자는 이 별채 어딘가에 분명 있을 거라고.

어느 때부터인가 레온에게 별채란 그 여자가 있는 공간이었다. 그 여자가 없는 이곳은 존재하지 않았다.

그는 지하의 고문실부터 다락의 하녀 방까지 온 별채를 뒤지고 싶은 충동과 싸우는 중이었다.

없다는 걸, 굳이 그렇게 확인해야만 하나?

사서 절망하는 격이었다.

미친놈. 머저리. 환영을 진짜라고 믿을 정도는 아니라도 실성하긴 한 건지, 뭔지.

애써 조소하며 샤워 부스 밖으로 나간 때였다.

거울에 비친 여자와 눈이 마주쳤다. 그가 젖은 머리를 말려 주는 사이 멍하니 생각에 잠겨 있던 여자가 눈을 흘기더니 그에게서 수건을 빼앗아 갔다.

아니, 그의 손에는 애초에 수건이 들려 있지 않았다.

쨍그랑.

크고 작은 거울 파편이 새하얀 세면대 속으로 쏟아져 내리고, 뒤이어

선홍빛 핏방울이 뚝, 뚝, 떨어져 파편을 물들였다.

레온은 두 손으로 세면대의 가장자리를 움켜쥔 채 흩뿌려진 핏방울과 파편을 내려다보며 거칠게 숨을 몰아쉬었다. 하지만 아무리 심호흡을 해도 호흡은 안정되지 않았다.

그는 정말로 미쳐 가고 있었다. 그리고 더 미쳐 버리기 전에 현실을 인정해야만 했다.

나는 틀렸어.

처음부터 자신이 완전히 틀렸다는 걸 인정해야만 한다. 그레이스 리들과 엮일 때면 일이 어김없이 그의 계획대로 흘러가지 않는 건 그 여자가 교활해서가 아니라 그가 교만한 탓이었다.

첫째, 그 미련한 하녀는 첩자일 리 없다.

둘째, 그 여자를 길들일 수 있을 것이다.

셋째, 그의 아이가 여자를 붙드는 목줄이 되어 줄 것이다.

넷째, 동지에게서 버림받은 여자는 그에게 돌아올 것이다.

다섯째, 이 빌어먹을 세상이 그들의 사이에 퇴적해 둔 증오의 찌꺼기를 걷어 낸다면 어긋난 관계를 바로잡을 수 있을 것이다.

그리고 여섯째, 일곱째, 끝없이 이어지는 오만은 수많은 오판으로 이어졌다.

오로지 제 욕심에 눈이 멀어 그 여자를 잘 안다고 자만했다. 그렇다면 욕심을 내려놓을 때, 비로소 그 여자가 보일까.

아니, 그렇게는 되지 않을 것이다. 그는 다른 욕심은 모두 버려도 그 여자를 향한 욕심만은 끝내 버리지 못할 테니.

욕심에 여전히 눈이 먼 탓에 지금 그 여자를 찾기 위해 하는 수많은 계산과 추측도 모조리 틀렸을 것이다. 레온은 그걸 알면서도 그 여자가 돌아오는 날까지 이 미련한 짓을 멈추지 못할 걸 이미 예감했다.

"하…."

그는 돌연 실소했다.

그 여자가 돌아오는 날? 돌아온다, 라니. 미친 거지.

이제 그만 이 또한 인정해야만 한다.

그 여잔 돌아오지 않을 것이다. 그를 버렸으니.

그 여잔 사라진 게 아니다. 그를 버렸다.

치명적인 독약을 마시라고 강요받기라도 한 양, 거듭된 종용에도 진실을 받아들이기를 거부하는 레온을 머릿속의 블랜차드가 비웃었다.

"아니, 이젠 그레이스를 사랑한 걸 후회해."

그 여자를 사랑하는 것. 그 여자를 사랑하는 일을 관두는 것. 사랑했던 일을 후회하는 것. 그리고 심지어는 그 여자의 이름을 마음껏 불러 대는 것까지.

레온은 그 어느 것도 쉽게 할 수 없는데 놈은 그 모든 걸 거리낌 없이 했다. 마치 그럴 자격이 제게는 있는 것처럼 그의 앞에서 으스댔던 것이다.

시건방진 새끼, 네가 뭔데.

그러나 그때에도 레온은 알았다. 그자나 저나 똑같이 버림받은 처지이건만 자신은 그레이스를 사랑한 것을 후회한다는 말을 평생토록 하지 못할 것이다.

결국 아무것도 아닌 건 그였다.

그 여자에게 오로지 진실만을 보여 주었다. 게다가 세뇌를 풀어 준 사람은 결과적으론 그였다. 그런데도 레온은 그 여자에게 배신자보다 못한 취급을 받았다.

심지어는 그가 가진 모든 걸 그 여자의 손에 맡기겠다고 미래를 약속한 후에도 여자는 떠났다. 아니, 그는 버림받았다.

어깨에 짊어진 과업을 모두 완수하고 지난 세월 그 여자가 제게 가한 잔인한 조롱과 농락과 배신을 과거에 버리고 가려 했더니, 여자는 그를 버렸다.

그래, 넌 여전히 그런 식이지.

그 여잔 여전히 그를 쉽게 버린다. 그는 부서진 거울조차 버리지 못하는데.

파편이 찢은 건 손등이 아닌 심장이었나.

고개를 든 레온은 산산이 부서진 거울을 응시하며 후회했다. 고작 거울 하나, 그 여자의 것도 아니고 그 여자가 아끼던 것도 아니다. 그저 이따금 여자를 비추곤 했던 게 전부인 물건을 망가뜨렸다는, 말도 안 되는 이유로 그는 자신을 원망했다.

여자가 있었던 그대로, 이곳의 모든 것을 그대로 두고 싶었다는 걸 거울을 깬 찰나에야 깨달았다. 그토록 미련한 생각을 한 자신이 머저리 같았다.

그 여자의 손길이 스쳤을 모든 것이 그에겐 영원히 보존해야 하는 유물이 되어 버렸다. 그것도 모자라 그 여자가 버린 물건까지 주워 와 들여놓다니. 뭘 하든 머저리 같은 짓뿐이었다.

금이 간 얼굴이 거울 속에서 자조적인 웃음을 흘렸다. 간헐적으로 디지던 웃음은 점차 시들어 가다 결국 자취를 감췄다.

그도 다를 바 없다. 레온 윈스턴은 그 여자가 버린 과거의 잡동사니 중 하나일 뿐이었다.

일그러진 얼굴을 피로 물든 손이 감싸 쥐었다. 선홍빛 눈물이 뺨을 타고 흘렀다.

이곳이 영묘로 느껴졌던 건 결코 기분 탓이 아니었다. 이 별채는 그레이스 리들이 버린 과거의 무덤이다.

레온 윈스턴은 그레이스 리들이 버린 과거와 함께 이 관 속에서 썩어 갈 것이다.

❖ · ❖

티타임을 한 시간여 앞둔 평일의 카페는 꽤 한산했다.

"그래서 어젯밤엔 말이야…."

라디오를 틀어 놓은 채 카운터에 모여 잡담을 나누던 웨이터들은 문이 활짝 열리자 일제히 입구로 시선을 돌렸다.

"어서 오십시오."

서로 의아한 눈빛을 주고받던 이들 중 하나가 손님을 향해 다가갔다. 의아했던 건 평일 이 시간에는 카페를 좀처럼 찾지 않는 유형의 손님이기 때문이었다.

얼핏 보아도 노동자 계급으로 보이는 중년의 남자는 바가 아니라 테이블 하나를 차지했다. 그 또한 홀로 온 남자 손님치고는 의외였다.

"커피."

"네, 커피 한 잔. 곧바로 가져다 드리죠."

평범하게 주문을 받고 카운터로 돌아오자마자 또 문이 열렸다.

"어서 오세요."

이번에는 평일 이 시간대에 흔하디흔한 손님이었다.

검은 리본으로 장식된 레드와인색 클로시 모자를 쓰고 끝단에 모피 트림이 달린 검은 케이프를 입은 젊은 여자가 입구에 멈춰 서더니 안을 둘러보았다.

여자는 한눈에 봐도 부유해 보였다. 부티크 거리가 멀지 않은 이 카페에는 이 시간쯤이면 쇼핑을 끝낸 부인들이 차 한 잔의 여유를 즐기거나 친구와 수다를 떨러 찾아오는 게 일상이었다.

"일행이 있으신가요?"

웨이터가 가까이 다가가 묻자 여자는 고개를 저으며 모자와 같은 색의 장갑을 벗었다. 얇은 금반지가 왼손 약지에서 반짝이자 웨이터는 호칭을 덧붙이며 실내를 정중히 가리켰다.

"부인, 편하신 자리에 앉으시면 됩니다."

많고 많은 자리 중에서 여자가 택한 곳은 조금 전 들어왔던 남자의 바로 뒷자리였다. 여자가 의자에 앉을 때에야 웨이터는 케이프 앞섶이 불룩해 보였던 것이 착시가 아니었다는 걸 깨달았다.

"괜찮으시겠습니까?"

"네, 괜찮아요."

임신한 여자는 불편할 게 분명한데도 낯선 남자와 겨우 한 뼘 거리에 등을 돌리고 앉았다. 그러곤 선글라스를 벗지도 않고 테이블에 놓인 메뉴판을 훑어보았다.

선글라스에 가려 눈이 잘 보이지 않지만 새빨간 립스틱이 촌스럽게 느껴지지 않고 잘 어울리는 걸로 보아 여자는 미인일 게 분명했다.

"음…."

여자는 목덜미의 가운데까지 오는 검은 머리칼을 귀 뒤로 넘기며 잠시 고민하나 싶더니 주문했다.

"크림 티로 주세요."

"네, 크림 티 하나. 곧바로 가져다 드리겠습니다."

웨이터가 멀어지자 그레이스는 한숨을 내쉬며 배를 쓸어내렸다.

"그래, 나도 배고파. 조금만 참아."

전차역에서 걸어오는 내내 배를 발로 찬 아기에게 하는 말이었다.

6개월이 넘어가면서부터 아기는 움직임이 훨씬 뚜렷하고도 활발해졌다. 제 의사가 생긴 건지 뭔지, 한결같이 발버둥으로 표현하는데 덕분에 자다 깨는 게 몇 번인지 몰랐다.

종일 힘이 넘치는 걸 보니 남자아이인가?

솔직히 성별은 궁금하지 않았다. 무겁고 성가셔서 얼른 쫓아내고 싶은 마음뿐이었다.

[왕실의 새 식구는 과연 왕자일지 공주일지….]

부러워라.

그레이스는 왕비의 세 번째 출산이 6주 정도밖에 남지 않았다는 라디오 뉴스를 듣다 한숨을 푹 내쉬었다. 그녀는 적어도 5월까진 이 상태로 지내야 했다.

차와 스콘이 나오길 기다리는 일이 벌써 지루해졌다. 그레이스는 옆자리에 둔 핸드백을 열고 차곡차곡 포개어 넣어 둔 신문 여러 개 중 하나를 꺼내 테이블에 펼쳤다.

또야?

첫 장을 넘기자마자 눈살을 찌푸렸다. 그 남자와 눈이 마주친 탓이었다.

짜증이 치밀었다. 겨우 벗어나고도 매일같이 그 남자를 보게 될 줄이야.

소탕 직후 기사가 쏟아질 거야 예상했다. 그래 봐야 연말이라 곧 소강 상태로 접어들 줄 알았더니 작위 수여 깜짝 발표에, 특진에, 그리고 며칠 전의 작위 수여식까지. 그 남자는 한 달 내내 끝없이 화제를 몰고 다니며 공중파와 지면을 차지했다.

1면, 정치면, 경제면, 사회면에 칼럼, 분석 기사, 4컷 만화, 심지어 연예면에는 왜 오르는지.

대 스타 나셨어, 아주.

그래도 작위 수여식 다음 날에 1면을 장식한 후론 기사가 슬슬 줄어드나 했더니. 이젠 고작 레온 윈스턴이 윈스포드로 돌아갔단 기사가 '영웅의 귀환' 이딴 제목을 사진 밑에 달고 3면에 실려 있었다.

'해냈네. 작위에 특진에 복수까지. 네 부친이 자랑스러워하겠어.'

그레이스는 남자를 향해 여유롭게 웃어 주었다. 양쪽 입꼬리가 파르르 떨렸다.

사진 속 레온 윈스턴은 여전히 백조처럼 고고하고 신처럼 완벽했다. 그녀가 사라지는 순간 처참하게 망가질 거라고 기대했는데 어째서.

아니야. 아직도 나를 찾아 대는 걸 보면 저 가면 뒤의 얼굴은 또 모르는 거지.

그레이스는 어느새 내려가 버린 입꼬리를 다시 활짝 당겨 웃었다. 이번엔 눈꼬리까지 가세했다.

'안녕, 자기야. 나 없이 잘 지내?'

전화해서 이렇게 놀려 줄까?

어린아이도 아니고, 정말. 그레이스는 한숨을 작게 내쉬곤 신문 몇 장을 뭉텅 집어 한꺼번에 넘겼다. 생활 광고면이 보이자 구인 구직 광고를 하나씩 읽어 내려갔다.

그레이스가 그 수많은 광고에서 찾는 단어는 딱 하나였다.

도축업자.

블랜차드 혁명군이 비밀리에 스스로를 지칭할 때 쓰는 단어였다. 왕정의 돼지 새끼를 잡는 자신들을 도축업자에 비유한 것이다.

블랙번 습격 후로 도축업자를 찾거나 도축업자가 일자리를 구하는 신문 광고가 늘었다. 그런 구인 광고에 의미를 알 수 없는 숫자가 전화번호를 가장해 적혀 있거나 도살장이 있을 리 없는 시내를 대략적인 위치로써 놓았다면 그건 자칭 혁명군의 잔당이 실은 암호였다.

소탕당한 본거지나 왕국 곳곳의 안가에서 가까스로 도망친 이들이 모여 새로운 은신처를 마련하고는 다른 잔당들을 모으는 것이다.

아직 전화 회선을 들이지는 못했고, 또 그러기에는 새 은신처마저 언제 옮겨야 할지 모르니 신문 광고에 도축업자가 도살장을 찾는다는 광고가 나면 근처에서 이미 은신처를 구한 이들이 구인 광고를 올려 접선 일자와 장소를 알려 주는 식이었다.

그리고 지난주에 본 광고에는 이런 암호가 쓰여 있었다.

수요일 오후 2시 던위치 카페 달리아.

그레이스는 카페 달리아를 찾으려고 중부의 던위치 시로 며칠 전부터 와 있었다. 택시 기사들에게 묻고 다니는 것도 모자라 지역 전화번호부까지 사서 수소문했는데 제대로 찾은 모양이었다.

그녀의 뒤에 앉은 중년의 남자는 이런 도심지 카페와는 어울리지 않았다. 초면이지만 벌써 '동지'의 냄새가 풀풀 났다.

그레이스는 등 뒤의 남자가 내는 소음에 귀를 기울이며 조용히 한숨을 내쉬었다.

피라미드의 꼭대기는 이미 무너졌는데 그 밑에선 아직도 속고 속이려 한다. 도망친 수뇌부의 일원들이 피라미드를 다시 세우려 하는 걸지도 몰랐다. 알면 알수록 정말 어머니의 말대로였다.

광신도 집단이 따로 없어.

눈으로는 계속 신문을 훑던 그녀가 멈칫했다. 도축업자를 찾는 수상한 광고를 또 하나 찾았다. 그레이스는 핸드백에서 연필과 수첩을 꺼냈다.

'목…. 오전 10시….'

광고 마지막에는 전화번호 여러 개가 적혀 있었다. 이건 숫자마다 철자가 할당되어 있는 암호였다. 예전에 지겹도록 썼던 덕에 암호 해독표를 외우고 있었던 그레이스는 곧바로 암호를 풀어 나갔다.

"후…."

위치를 해독하는 순간 입에서 한숨이 새어 나왔다.

'정말… 이번엔 거기까지 가야 해?'

기차를 네 시간 넘게 타야 하는 거리였다.

'제발 한곳에 모여, 응?'

속으로 푸념하는 찰나 웨이터가 크림 티 세트가 담긴 쟁반을 한 손에 들고 다가왔다. 그레이스는 얼른 신문과 수첩을 핸드백 속으로 치웠다.

"주문하신 크림 티입니다. 부족한 것이 있으면 편하게 말씀해 주세요."

"고마워요."

웨이터가 친절하게도 따라 주고 간 차는 딱 알맞게 붉은색을 띠고 있었다. 크리머에 담긴 우유를 부어 넣자 붉은 찻잔 속에서 흰 구름이 뭉게뭉게 피어올랐다.

'찻잎을 좋은 걸 쓰네.'

설탕을 듬뿍 넣고 저은 밀크 티를 한 모금 마시고는 접시에 놓인 스콘을 집어 들었다. 고소한 냄새가 환상적이었다. 따끈따끈한 스콘을 반으로 갈라 한쪽에 딸기잼을 바르기 시작하는데 단것만 먹으면 춤을 추는 아이가 또 배 속에서 소란을 떨기 시작했다.

'알았어. 기다려 봐.'

딸기잼 위에 클로티드 크림을 두껍게 얹고 스콘을 한 입 베어 물던 순간이었다.

"어서 오십시오."

등 뒤에서 문 여는 소리가 들렸다. 슬쩍 고개를 돌려 보니 역시나, 이런 자리에는 어울리지 않는 복장의 청년이 문 앞에 서서 안을 두리번거렸다.

'왔네.'

웨이터가 다가가자 청년이 고개를 젓더니 이쪽으로 걸어왔다. 그레이스는 다시 고개를 돌리고 스콘을 한 입 더 베어 물었다. 등 뒤에서는 도축업자를 찾는 분이냐는 대화가 짧게 오가더니 의자를 드르륵 끄는 소리가 들렸다.

두 사람은 목소리를 낮춰 속닥대다 점점 경계가 느슨해지는지 그레이스에게 충분히 들리고도 남는 목소리로 대화를 주고받았다.

'스콘을 입에 문 배고픈 임산부는 전혀 의심스럽지도 무섭지도 않겠지.'

그레이스가 스콘의 나머지 반쪽에 잼과 크림을 바를 즈음 대화는 접선의 목적으로 다가가고 있었다.

"저희 쪽은 저까지 포함해서 셋입니다."

"비좁아서 불편하긴 하겠지만 셋까지는 감당할 수 있어. 나머지 둘은 지금 어딨나."

"여기서 전차로 한 시간 정도 떨어진…."

두 사람은 나머지 일행까지 데려와 밤에 이 부근에서 다시 만날 계획을 세우고는 접선을 마무리 지으려 했다. 그레이스는 찻잔을 급히 비우곤 지갑에서 금빛 동전 네 개를 꺼내 테이블에 놓았다.

두 사람보다 그레이스가 먼저 자리를 떴다. 밖으로 나간 그녀는 두 건물 떨어진 모퉁이 뒤에 서서 카페 입구를 주시했다. 얼마 후 젊은 남자가 먼저 나오더니 반대편으로 걸어가 사라졌다.

2분 정도 흐른 후에 드디어 중년의 사내가 카페 밖으로 모습을 드러냈다. 하필이면 남자가 이쪽으로 걸어오자 그레이스는 가방을 열어 잽싸게 무언가를 꺼냈다.

남자가 모퉁이를 돌아 그녀를 스쳐 지나가는 사이 그레이스는 등을 돌리고 화장을 고치는 척했다.

'화장은 성가셔서, 정말.'

콤팩트의 거울에 비친 입술에서 립스틱이 군데군데 지워져 있는 게 눈에 띄었다. 그레이스는 립스틱을 꺼내 재빨리 빈자리를 채우며 골목길의 끝을 곁눈질했다. 남자는 제게 미행이 붙은 줄도 모르는지 유유히 어딘가로 걷고 있었다.

그레이스는 간격을 넉넉히 둔 채 남자를 따라갔다. 상점이 점점 드물어지더니 건물 사이에 걸린 빨랫줄이 머리 위를 가로지르기 시작했다. 예상대로 남자는 근처의 빈민가로 향했다.

"후우…."

그녀는 한숨을 내쉬며 멈춰 섰다. 계속 따라가는 건 위험했다. 값비싼 옷차림은 윈스턴의 추적을 따돌리기엔 효과적이지만 미행을, 그것도 빈민가에서 하기에는 무리였다.

그레이스는 골목 한쪽에 옹기종기 모여 앉은 꼬마들에게로 눈길을 돌렸다.

"얘들아."

손에 쥔 분필 토막으로 길바닥에 무언가를 그리고 놀던 아이들이 이쪽으로 고개를 들었다.

"금방 지나간 아저씨 봤지?"

"네."

꼬마 중 제일 나이가 많아 보이는 소년이 대답했다.

"어디 사는지 알아?"

"저어기 모퉁이에서 맨날 왔다 갔다 하던걸요."

아이는 조금 전 사내가 사라진 모퉁이를 가리켰다. 그 이상은 모르는 모양이었다.

"쫓아가서 어디로 들어가는지 보고 와 줄래? 너무 가까이 가거나 말 걸진 말고."

은빛 동전 하나를 꺼내 들어 올리자 소년이 벌떡 일어서서 손을 털더니 모퉁이를 향해 달려갔다.

소년은 얼마 지나지 않아 돌아와서는 신이 나 설명했다.

"저쪽 골목 끝에 파란 건물이 있거든요. 거기로 들어갔어요. 근데 거기서 몇 층으로 갔는지는 보지 못했어요."

거기까진 필요 없었다. 어차피 군에서 알아서 쥐 잡듯 뒤질 테니.

그레이스는 눈을 반짝이는 소년에게 동전을 주곤 부러운 눈으로 바라보는 아이들에게는 가방에 든 초콜릿을 꺼내 하나씩 나눠 주었다.

"누가 물어봤다고 얘기하지 마."

그녀는 고개를 끄덕이는 아이들을 뒤로하고 번화가로 나왔다. 눈에 보이는 아무 은행으로 가 전화 부스로 들어갔다. 월말이라 은행이 북적여서 아무도 이 시간에 전화를 쓴 여자의 인상착의를 기억하지 못할 것이다.

"윈스포드의 버크셔 웨스트 5214로 연결해 주세요."

그레이스는 익숙한 전화번호를 대고는 아무 이름이나 되는 대로 덧붙였다.

"브리지트 데이비스예요."

얼마 지나지 않아 상대의 목소리가 들렸다.

[제1특수임무단입니다. 무엇을 도와 드릴까요.]

늘 그렇듯 군기가 잔뜩 들어간 말투였다.

"안녕하세요. 수배 전단에 있는 번호를 보고 걸었어요. 거기가 반군 제보를 받는 곳이 맞나요?"

그레이스는 제보가 처음인 척 다 아는 걸 물었다.

[네, 맞습니다.]

"그게, 제가 아는 사람이 반군인 것 같아서요."

그 후로 그녀는 카페에서 본 두 남자의 인상착의와 은신처의 위치, 그리고 그들이 오늘 밤 접선할 시각 및 장소를 전해 주었다.

그렇게 던위치로 온 목적을 무사히 달성하자마자 한숨 돌릴 틈도 없이 떠나야 했다. 제1특수임무단의 그 눈치 빠른 지휘관이 제보자의 정체를 알아채는 건 시간문제였으니까.

곧장 묵고 있던 호텔로 가 컨시어지에 맡겨 둔 짐을 택시에 싣고 기차역으로 향했다. 그러곤 다음 목적지로 향하는 열차표를 샀다. 열차는 30분 후 도착 예정이었다.

밖에서 기다리긴 추워 플랫폼의 대기실로 들어갔다. 드문드문 비어 있는 자리를 둘러보던 그레이스는 어느 기둥 앞의 벤치에 앉았다.

"여기 놓아 드리겠습니다."

"고마워요."

택시에서 내릴 때부터 짐 가방을 들어 주었던 짐꾼이 가방을 발치에 반듯하게 놓아 주었다. 금빛 동전 하나를 주자 남자가 정중하게 인사를 하고는 밖으로 나갔다.

그녀가 가진 짐이라곤 몸통만 한 가방 하나가 전부였다. 홀몸이었다면 남의 도움 없이 가뿐히 들고도 남았을 거다.

"휴…."

그레이스는 발끝을 위로 당겨 저린 종아리를 풀며 눈앞의 기둥을 노려보았다.

20대 중후반. 청록색 눈동자. 왼쪽 눈 밑의 작은 점. 마른 체형. 5월경 출산을 앞둔 임신부.

기둥에는 그녀를 찾는 전단이 붙어 있었다.

그레이스는 콧잔등에 얹힌 선글라스를 슬쩍 밀어 올리며 주변을 돌아보았다. 수다를 떠는 노부인들, 그리고 출장을 가는 듯 서류를 뒤적이는 중년의 사내, 모두 그레이스에게 관심이 없었다.

"이런… 무슨 사연일까."

한 자리 건너 옆에 앉은 젊은 여자가 전단을 읽어 보다 고개를 갸우뚱했지만 그 사연을 같은 벤치에 앉은 임신부에게 물어보면 된다는 건 전혀 짐작도 못 하는 얼굴이었다.

비싼 옷을 입고 화장을 화려하게 하는 건 이 때문이었다. 가난해 보이면 전단 속의 여자일 거라는 의심을 받기 쉽다. 그러나 부유한 여자라면 대개 떠올리는 실종자의 인상과는 거리가 멀었다.

'이래서 나를 찾겠어? 이젠 돈 낭비를 전국적으로 하네?'

굳이 저를 찾는 전단 앞에 앉은 건 일종의 조롱이었다. 어차피 그 남자는 알지도 못하겠지만.

그레이스는 돌연 씁쓸한 웃음을 흘렸다.

그 남자는 그녀를 찾는 전단에서조차 이름을 불러 주지 않았다.

'이름이 불려서 뭘 하려고.'

그레이스는 쓸데없는 생각을 떨치려 더 쓸데없는 생각을 펼쳤다.

맨 아래에 적힌 전화번호는 처음 본다. 전용으로 새로 개설한 건가. 가끔은 걸어 보고 싶은 충동을 느꼈다. 누가 받는 건지 궁금하긴 했으니까. 저택인가? 설마, 말도 안 되지. 그럼 사령부? 아니야. 아무리 공사 구분을 못 해도 그렇지….

그러다 시선은 큼지막하게 적힌 현상금으로 거슬러 올라갔다.

세상에, 액수 좀 봐. 나를 그렇게나 찾고 싶어?

그레이스는 가방에서 신문 하나를 꺼내 펼쳤다. 그러곤 사진 속의 '완벽한' 남자를 똑바로 바라보며 눈꼬리를 휘었다.

지금 네 속은 새카맣게 타들어 가고 있어, 그렇지?

빗줄기가 흐르는 창문에 비친 제 모습을 레온은 무감한 눈으로 응시했다.

훈장이 또 늘었다. 훈장에서 피 냄새가 나는 것 같다고 질색하는 얼굴이 눈앞을 어른거리자 그는 눈을 질끈 감고 고개를 돌렸다. 그의 머릿속에 들러붙어 있는 환영인데 눈을 감고 고개를 돌리다니. 의미 없는 짓이었다.

"아, 윈스턴 소령."

저를 부르는 소리에 레온은 뒤돌았다. 대븐포트 사령관이 사령관 비서실로 들어오고 있었다.

"기다리고 있었군."

그쪽이 불렀으니 당연한 일이다. 레온은 사령관을 따라 집무실로 들어갔다. 책상 뒤에 앉아 그에게 자리를 권하던 사령관이 돌연 눈매를 구겼다.

"자네, 손은 어쩌다 그렇게 됐나?"

그의 오른손에 감긴 붕대를 보고 묻는 것이었다. 레온은 대꾸 없이 책상 앞의 의자에 앉았다. 딱딱하게 굳은 표정만으로도 충분한 대답이 되었는지 사령관은 시가 상자에서 짙은 캐러멜빛의 시가 하나를 꺼내 그에게 내밀었다. 레온은 사양하지 않고 받았다.

"사령부에는 작전 후 처음으로 출근하는 날이었겠군."

시야를 자욱하게 가렸던 연기가 옅어지고서야 사령관이 다시 말문을 열었다.

"어땠나. 자네의 전용 집무실은 마음에 드나?"

레온은 흰 연기를 길게 뱉어 내며 성의 없이 고개를 끄덕였다.

"나쁘진 않습니다."

올해부터 레온은 서부 사령부 국내정보과 과장이 아닌, 제1특수임무단의 단장이었다.

블랜차드 반군을 잔당까지 완전히 뿌리 뽑기 위해서는 관할권을 초월하는 지휘권과 병력을 가진 특수 부대가 필요했다. 이러한 요구에 따라 육군 본부가 국왕과 의회의 승인을 얻어 창설한 대반란 작전 부대가 바로 제1특수임무단이었다.

물론 그런 요구를 한 사람은 레온이었다. 잔당을 소탕한다는 핑계로 전국을 들쑤시고 다니며 여자를 추적하기 좋을 테니. 순전히 그런 사적인 욕심으로 특수 부대를 요구했다는 건 높으신 분들 중에선 대븐포트 사령관밖에 모를 것이다.

"이보게, 그 아이의 일은 나도 유감이네."

레온의 얼굴을 응시하던 사령관이 쓸데없는 소리를 꺼냈다.

"나도 한땐 자네 같았어. 그 사건 후로 수습하느라 이리저리 뛰어다니는 사이에 그 아이의 모친이 사라져서 한동안 방황했네. 그렇지만 그 여자가 떠나지 않았고 내가 모든 걸 알게 됐다면 더 큰 비극이 일어났겠지."

그는 목소리를 한껏 낮추더니 위로를 하는 건지, 약을 올리는 건지 모를 소리를 이어 갔다.

"사랑은 식고 상처는 아물게 마련이야. 그 아이도, 자네도 이제는 각자의 길을 가야 할 때인 걸세. 자네는 미래가 창창한 사람 아닌가. 잃은 것 하나 때문에 가진 것 모두를 잃을 순 없는 법이지."

"사령관님."

레온은 시가를 재떨이에 짓이기며 침묵을 깼다.

"정말 그렇게 생각하시는 게 맞습니까. 사라져서 유감이라고 말입니다."

비단 그 여자가 사라진 것만을 두고 묻는 건 아니었다. 레온은 수사를 진행하며 그레이스 리들의 기록 및 증언이 나오는 족족 말소했다.

그 여자의 죄상을 떠벌리지 못해 안달하던 블랜차드의 쥐새끼들은 묻기 전에 그 이름을 입에 올리는 즉시 혀를 시가로 지져 버리겠다고 했더니 곧바로 입을 다물었다.

그는 그것도 모자라 여자에 관한 기록부터 신원까지 모조리 말소했다. 반군 소탕의 지휘권을 완전히 가져온 후 그가 가장 먼저 내린 지시는 진국에 흩어져 있는 빈곤 관련 자료 및 기록을 모두 제1특인단에 넘기도록 한 것이었다. 그는 거기서 '리틀 리들'과 관련된 내용을 모두 없애 애초에 안젤라 리들에게는 딸이 없었던 것처럼 보이게 만들었다.

거기다 여자의 짐에서 찾은 출생증명서에 적힌 신원은 오래전 죽은 것으로 사망 신고를 해 이 세상에 없는 사람으로 만들어 놓았다.

그 여자의 정보를 말소하는 건 사령관도 원한 일이었다. 기록과 증언에 제 이야기가 섞여 있지 않을까 싶어 가시덤불 위에 앉은 기분이었을 거다.

"비위의 증거가 사라졌으니 저라면 도리어 후련하겠군요."

그의 빈정거림에 사령관이 불쾌한 듯 미간을 구겼다.

"하긴, 그 여자가 사라진 게 무턱대고 즐겁지만은 않으시겠죠."

모든 증거가 깔끔히 파괴되었다면 좋았으련만, 저자가 저지른 비위의 가장 큰 증거이자 증인인 여자가 세상 밖 어딘가를 활보하고 있다. 언제 터질지 모르는 시한폭탄을 안고 사는 사령관에겐 기폭 장치를 잃어버린 기분일 것이다.

"윈스턴 소령."

사령관은 표정을 가다듬더니 화제를 바꿨다.

"내가 오늘 자네를 부른 건 다른 이유 때문이라는 걸 모르지 않겠지."

그거야 물론. 레온은 이번 거래의 조건을 잊지 않았다. 그는 의자의 다리에 기대어 두었던 서류 봉투를 사령관의 책상에 놓았다.

사령관이 봉투를 열어 내용물을 찬찬히 확인했다. 원하던 걸 얻고도 저자의 표정은 밝아지지 않았다. 그럴 수밖에. 봉투에 든 건 본거지에서 입수한 선왕 시해 작전 기록 및 증거 중에서도 사령관과 직간접적으로 관련된 것이었다.

"사본은 없길 바라네."

레온은 없다는 뜻으로 고개를 저었다. 사본은 없다. 물론, 다른 건 있지만.

용건을 마치자마자 그는 한 층 아래에 자리한 제1특임단의 본부로 돌아갔다. 30분 전과 달리 사무실의 분위기가 어수선했다. 사병들이 바쁘게 돌아다니고 장교 몇몇이 누군가와 열띤 통화를 벌이고 있었다.

"소령님, 오셨습니까."

지도 앞에 모여 심각한 대화를 나누던 장교들 중 레온을 가장 먼저 발견한 대위 하나가 경례를 올렸다.

"무슨 일이지?"

"조금 전 또 제보가 들어왔습니다."

대위가 대답하는 순간 그의 안색이 미묘하게 변하는 걸 놓치지 않은 캠벨이 재빠르게 덧붙였다.

"잔당 은신처 관련 제보입니다."

"작전은 정해진 대로. 수고해."

레온은 곧바로 흥미를 잃고 본부 안쪽에 자리 잡은 제 집무실로 향했다. 그 앞의 보좌관실을 지나며 그는 캠벨의 책상에 시선을 던졌다. 전화기 두 개 중 하나는 그 여자의 제보만을 받는 전화였다. 다른 전화는 온종일 쉴 새 없이 울려도 저 전화는 거의 울리지 않는 모양이었다.

또 시가 생각이 간절해지던 찰나였다.

"닐스, 이번에도 제보자가 여자였나?"

"네, 대위님."

"오, 이거 감이 좋아. 제보가 정확하겠군. 또 다른 명예 단원이 탄생하겠어."

등 뒤에서 들려오는 대화에 집무실 문을 열던 레온은 멈칫했다.

여자. 제보. 정확한 제보. 이번에도 여자.

묘한 육감이 발동하기 시작했다.

"그게 무슨 소리지?"

그는 다시 사무실로 나가 자세히 물었다.

"아, 별것 아닙니다만 요즘 사무실에 제보자가 젊은 여자면 무조건 소탕 성공이라는 미신이 돌고 있습니다."

"제보가 정확해서겠지?"

"네, 소령님."

한 달 내내 죽어 있던 레온의 눈동자에 다시 활기가 돌기 시작했다.

"제보 접수 기록 가져와, 당장!"

"으으…."

그레이스는 호텔 방으로 들어오자마자 구두와 모자만 벗어 던지고 침대에 발라당 누워 버렸다.

"하아… 이제 좀 살 것 같네."

앓는 신음이 절로 나왔다. 다리며 허리며 뻐근하지 않은 곳이 없었다. 예전이었다면 기차로 네 시간 거리를 이동했다고 이 정도로 녹초가 되진 않았을 텐데 말이다.

벗지도 씻지도 않고 침대에 눕는 것 또한 절대 없었던 일이었다.

"잠깐만 쉬다가…."

그레이스는 기혼인 척하느라 끼고 다니는 얇은 금반지를 빼서 협탁에 놓다가 한숨을 내쉬었다. 협탁 위의 시계가 밤 9시를 가리키고 있었다.

적어도 화장은 지워야 하는데….

이대로 누워 있으면 잠들 게 뻔했다. 그럼 '잠깐'은 내일 해가 뜨고야 끝날 것이다.

열차에 타고 있을 때만 해도 호텔로 가면 욕조에 물을 받아 목욕을 하겠다고 야심 찬 계획을 세웠다만 이젠 잠깐 일어나 옷을 벗을 힘조차 없었다. 그레이스는 누운 채로 꾸물거리며 코트와 옷을 하나씩 벗어 침대 한쪽에 대충 쌓아 두었다. 이걸 보면 그 결벽증 심한 남자가 기겁하겠지.

"아… 푹신하네."

그녀는 두 다리를 쭉 뻗으며 기분 좋은 신음을 흘렸다. 오는 길에 같은 칸에 탄 사업가가 이 호텔이 숙박료가 저렴하고 시설도 좋다고 추천하더니 정말이었다.

"후우…."

블랙번에서 도망친 후로 줄곧 이렇게 호텔을 전전하는 신세였다. 처음에는 이럴 생각이 아니었다. 앤더튼에서 곧바로 왕도로 가 어머니의 유산을 찾은 다음 가짜 여권을 만들어 남부의 항구에서 이 나라를 떠나는 배를 타려는 계획이었다.

그런데 마음이 급해 잊은 게 있었으니, 성탄절은 공휴일이란 사실이었다.

그것도 모자라 하필 금요일이었던 건 뭘까. 거기다 성탄절 다음 날도 공휴일이었다.

그러니까 로열 헤리티지 은행은 그보다 사흘이 지난 28일에야 문을 열었고, 그레이스가 유산을 찾았을 때에는 벌써 왕도 곳곳에 그녀를 찾는 전단이 붙고 있었다.

그즈음엔 이미 국경 지대와 항구에 수배령을 빠짐없이 내렸겠지 싶어서 해외 도피를 포기했다.

적어도 지금은.

아이를 낳은 후에 다시 시도해 볼 생각이었다. 국경을 넘는 임신부는 흔치 않지만 평범한 젊은 여자는 흔하니까. 눈동자 색은 눈이 먼 척이라도 해서 속여 볼 생각이었다.

문제는 아이를 낳을 때까지 쓸 도주 자금이 필요하다는 거였다. 낸시 윌킨스에게서 받은 돈과 지하 금고에서 훔친 것만으로는 아이를 낳을 때까지 호텔 생활을 하는 건 무리였다.

지금으로선 방을 빌려 한곳에 오래 머무는 건 위험했다. 물자를 지원해 주는 사람이 없으니 사람들 눈에 띄지 않고 조용히 틀어박혀 있는 건 불가능하다. 들락날락하다 보면 주민들의 관심을 끌게 마련이고 그러다 그 남자에게 잡힐 확률이 높았다.

그래서 사람들이 전단을 지겹게 느끼기 시작하고 관심을 완전히 끊을 때까지 기다렸다가 대도시에 머물 곳을 구해 볼 생각이었다.

결국 그때까지 답은 호텔뿐이란 건데, 받은 유산이 있어서 얼마나 다행인지.

어머니가 남긴 유산은 2캐럿 다이아몬드 서른 개와 1트로이온스짜리 금괴 20개였다. 도합 1kg도 안 되는 이 현물은 돈으로 환산하면 대도시 근교의 신식 주택을 여섯 채까지 살 수 있을 정도로 어마어마했다.

지금 가진 현금에 금괴를 판 돈까지 합하면 해외로 갈 때까지 도주 자금으로는 충분했다. 몇 년 새 경기가 호황을 이루며 금값이 폭등한 게 뜻밖의 행운이었다.

그렇게 어쩔 수 없이 전국을 떠돌아야 하는 김에 그레이스는 좀 더 생산적인 일을 하기로 했다.

잔당의 은신처를 찾아 제보하는 일 말이다.

그저 지난 일은 지난 일로 여기고 네 삶을 살아.

조금만 더 할게요.

이젠 누구의 편에도 서지 않고 오로지 자신만 위해 살려고 했었지만, 신문 광고로 잔당들이 연락을 주고받으며 세력을 다시 일으키려 하는 걸 보니 도저히 참을 수가 없었다.

이걸 막을 사람은 그들의 행동 양식을 가장 잘 아는 자신뿐이었다. 그러니 떠나기 전까지만 레온 윈스턴 그 개자식을 돕겠다는 생각이었다.

"젠장할…."

그레이스는 크게 솟은 배를 내려다보며 한숨을 내쉬었다.

'얼른 좀 나왔으면….'

아이는 두고 갈 것이다.

아무리 비교해 봐도 두고 가야 하는 이유가 데려가야 하는 이유보다 많았다. 사실 데려가야 하는 이유라곤 '내가 낳았으니까…?'라는, 확신도 논리도 없는 명제 하나뿐이었다.

어디서 생겨난 건지 모를 그 기묘한 책임감은 거북스러울 뿐이었다. 애초에 그레이스의 의지로 만들어서 낳게 된 아이도 아닌데 말이다.

책임은 제 의지로 만든 사람이 져야지.

낳으면 그 남자에게 주고 갈 생각도 막연히 하고 있었다. 게다가 벌써 제가 감당하긴 힘든 아이일 거라는 예감이 들었다.

아이는 오늘 점심으로 값싼 칠면조 샌드위치를 사 먹었을 땐 조용하더니 열차 식당 칸에서 비싼 연어 요리를 먹었을 때에야 신이 나 춤을 췄다.

"기가 막혀. 입맛 까다로운 게 딱 제…."

그레이스는 혼잣말을 하다 말고 한숨을 내쉬었다.

그렇지만 그 남자, 과연 좋은 아버지일 수 있을까. 본거지 소탕 작전의 체스 말이자 그녀를 붙잡아 두는 닻으로 이용하려고 만든 아이일 뿐이다. 멀쩡한 애정을 느낄 리가.

그 남자, 애초에 멀쩡하게 사랑하는 법도 모르는데.

백작인 아버지의 밑에서 커 봤자 이 아이는 엄마 없는 사생아였다. 그리고 그 남자는 언젠가 그레이스를 포기하고 대공녀와 결혼할 테니 이 아이가 천덕꾸러기로 전락할 거야 불 보듯 뻔했다.

그럼 그냥 고아원으로 보낼까. 아니면 직접 좋은 가정을 찾아 주거나.

그레이스는 이제야 비로소 어머니의 마음을 조금은 이해하게 되었다.

"애를 고아원에 보냈어야 했는데…."

어머니는 딸이 싫거나 미워서 그런 말을 한 게 아니었다. 그녀가 평범하게 살길 어머니가 바라셨듯 그레이스도 아직 태어나지 않은 아이가 평범하게 자라길 바랐다.

멀쩡하게 사랑하는 법을 모르는 건 그레이스도 마찬가지였으니까.

세상엔 아이를 원하는 부부가 얼마나 많은데 원하지도 않는 제가 반쪽짜리 가정에서 키우는 건 못 할 짓 같았다.

돈이 있다고 해서 아이를 멀쩡하게 키울 수 있는 건 아니다. 그건 그 남자만 봐도 알 수 있다.

게다가 아이를 사랑할 수 있을 거란 자신이 전혀 없었다. 솔직히 부담스럽고 버겁다. 태동은 아직도 마음을 불편하게 할 정도였다.

태동?

그 찰나에야 그레이스는 깨달았다. 그러고 보니 열차에서 내려 호텔로 오는 길부터 지금까지 태동이 전혀 없었다.

왜 안 움직이지? 이렇게 오래 조용했던 적은 없었는데.

그레이스는 아이가 자주 발로 차는 자리를 꼭꼭 눌러 보았다.

"뭐 해?"

말까지 걸어 보았지만 아이는 전혀 반응이 없었다. 심장이 덜컥 내려앉았다.

그녀는 재빨리 몸을 일으켜 바닥에 아무렇게나 던져 놓았던 핸드백에서 초콜릿 상자를 꺼냈다. 초콜릿 하나를 집어 입에 넣고 맛을 느낄 새도 없이 급하게 씹어 넘겼다.

"왜 그래? 응?"

그래도 반응이 없었다. 설마 잘못되기라도 한 걸까.

"하아…. 뭐야."

괜한 걱정이었다. 초콜릿을 두 개째 먹자 아기가 발길질을 시작했다. 그레이스는 발에 차여 얼얼한 배꼽 주변을 문지르며 숨을 길게 내쉬었다.

그냥 자는 것뿐이었나. 나는 또 저를 두고 갈 생각을 하는 걸 알기라도 한 줄 알고 놀랐네.

그레이스는 초콜릿 상자를 협탁으로 치우고 다시 침대에 모로 누웠다. 발버둥이 멈추나 싶더니 배 속에서 톡, 톡, 톡 작고 규칙적인 태동이 시작됐다.

이게 딸꾹질이라는 걸 이제는 안다.

아직 태어나지 않은 아기도 딸꾹질을 한다는 게 웃겼다. 꼭 배 속에서 모스 부호를 보내는 것 같았다. 아기의 딸꾹질이 암호라며 해석해 보던 그레이스는 전혀 말이 안 되자 웃음을 터트렸다.

이불을 덮고 자세를 바꿔 누웠더니 딸꾹질이 잦아들었다. 그러다 또 잠이 드는지 잠잠해지는 배를 쓰다듬으며 그레이스는 타이르듯 아기에게 중얼거렸다.

"난 내 삶을 살 거야. 너도 네 삶을 살아."

넌 부모의 멍에를 지지 말고 자유롭게 살아. 비록 네 부모라는 사람들이 이토록 못났지만….

"그래도 살아."

❖ • ❖

제보자가 젊은 여자면 제보가 정확하다는 건 미신이 아니었다.

제보 기록에서 실제 검거로 이어졌던 건만 표시해 보았더니 정말로 제보자가 전부 젊은 여자였다.

당연하게도 제보자의 이름은 제각기였다. 거기다 접수자가 모두 달라 같은 목소리였는지는 확인할 수 없었다.

그럼에도 레온은 제1특수임무단의 '명예 단원'이 모두 같은 여자, 즉, 그레이스 리들일 거라고 확신했다.

제보 내용이 꽤 상세했다. 게다가 모든 접수자가 공통으로 느낀 게 있었다. 제보자는 항상 잔당의 지인이라거나 카페 웨이트리스라고 제 신원을 대면서도 제보했을 때 익명성이 보장되냐는 불안한 심기는 전혀 내비치지 않았다고 한다.

그 여자다.

현재까지 그 여자가 제보한 은신처의 위치를 지도에 표시해 분석해 보았으나 어떠한 경향성도 보이지 않았다. 어떤 식으로 은신처를 알아낸 건지는 모르지만 여자는 그저 제가 알게 된 순서대로 움직이는 것뿐인 듯했다.

혹시 그 여자의 제보를 바탕으로 잡힌 반군 중, 여자를 만난 자는 없을까? 캠벨을 각지의 수용소로 보내 그자들을 신문해 본 결과, 꽤나 흥미로운 이야기를 들었다.

선글라스를 쓴 임신부를 보면 며칠 안에 군이 들이닥친다.

수용소에서 이런 소문이 돈다는 것이다. 그들에게는 그 여자가 불운의 상징인 '흰옷을 입은 여인'이나 마찬가지였다.

불운의 상징은 무슨, 그 여자가 제보자인데.

그 여자, 직접 미행을 해서 은신처의 위치를 제 눈으로 확인한 후에야 제보 전화를 하는 듯했다.

위험천만하게.

"하…."

그 겁도 없는 여자. 잔당들 사이에선 그레이스 리들의 목에 현상금이 걸려 있을지도 모르는데 그런 짓을 하고 다니다니. 그 여자와 아이의 안전을 위해서라도 어서 잡아야만 했다.

제보를 받았던 지난 수요일, 은신처 소탕보다 제보자 추적을 우선적으로 진행했다. 전화를 추적해 여자가 던위치 시내의 어느 은행에서 전화를 걸었다는 사실을 알아냈지만 은행 직원들은 여자를 기억하지 못했다.

그래도 설마 길바닥에서 자진 않았을 테니 시내의 호텔을 빠짐없이 뒤졌고 제법 괜찮은 수확을 거뒀다.

던위치 메이플라워 호텔에서 5박. 혼자였음. 검은 머리. 수요일에 체크아웃해 오후에 택시를 타고 기차역으로 향했음.

그런데 거기서 끝이었다.

기차역에서 그 여자의 짐을 들어 주었다는 짐꾼을 찾았지만 여자의 행선지는 알지 못했다. 여자가 열차를 기다렸다는 플랫폼에서는 그 시간대에만 다섯 열차가 정차했고, 그 다섯 열차의 이후 정차 역을 모두 합하면 수십 곳이었다.

"빌어먹을…."

소파에 다리를 길게 뻗고 누운 레온이 욕설을 중얼거리자 사무실 한 구석의 책상에 정자세로 앉아 무언가를 끄적이고 있던 당직 사병이 어깨를 움찔 떨었다.

"닐스."

"네, 소령님."

"가서 자라고 했을 텐데."

"아닙니다, 소령님."

레온은 정면의 벽으로 시선을 던졌다. 창밖은 아직 캄캄했으나 시곗바늘은 새벽 6시 15분 전을 가리키고 있었다.

"하긴, 넌 곧 퇴근 시간이군. 난 퇴근이란 게 없지만."

그는 지난주 수요일 이후로 사령부를 떠나지 못했다.

"저도 오늘은…."

"됐어. 시간 되면 퇴근해."

레온은 쓸데없이 눈치를 보는 일병의 말을 끊으며 중얼거렸다.

"어차피 곧 다른 녀석들 출근할 텐데."

이렇게 또 하루가 지나갔다. 아무런 수확도 없이.

툭. 툭.

야구공이 천장에 닿을 듯 말 듯 아슬아슬한 높이까지 올랐다가 그의 손으로 떨어졌다. 레온은 소파에 누워 야구공을 던졌다가 받으며 다시 생각에 잠겼다.

그 여자 엉뚱한 데서, 아니, 가장 저다운 데서 과감한 생존 신고를 하고 있었는데 몰랐다니.

여태까지 제보는 총 네 건. 나흘에서 열흘 간격이었다.

마지막 전화는 지난주 수요일이었으니 금요일인 오늘은 9일 차였다.

또 전화할 때가 되고도 남았는데.

레온은 기계적으로 야구공을 던졌다 받으며 지난 며칠 지겹도록 되새긴 정보들을 다시 곱씹었다.

선글라스. 그래, 그것부터 샀겠지. 눈동자가 가장 결정적이니까.

반군과 어떻게든 엮어서 선글라스 금지령을 내려 볼까. 거기까지 생각이 미친 레온은 실소했다. 그런 건 독재자쯤은 되어야 할 수 있을 것이다.

그럼 염색약도 금지할 수 있겠지.

'검은 머리…. 검은 머리의 데이지…. 검은 머리의 그레이스 리들….'

상상해 보던 레온의 입꼬리가 슬며시 솟았다. 염색약은 금지할 필요 없을지도.

꽤나 뇌쇄적인 모습이었다. 눈앞에 있었더라면 참지 못하고 치마를 걷어 올리고 속옷을 찢었을 것이다. 그다음에 일어날 일이야 뻔하다.

"빌어먹을….”

덮치고 싶어지는 꼴로 사내가 득시글한 도시를 활보하다니. 그나마 주인이 있는 몸이라는 게 한눈에 보이는 건 다행이었다. 아무도 건드릴 엄두를 내지 못할 테니.

툭. 툭. 다시 의미 없는 소음이 시작됐다.

전국을 누비고 다니는 걸 보면 몸은 괜찮은 모양이군.

걱정이 다소 가시자 원망이 다시 고개를 들었다.

기가 막히는군.

그레이스 리들, 넌 나를 버렸잖아. 마지막 말 한마디도 없이.

전 약혼자에게는 마지막 말에 마지막 주먹질까지 남기는 여유를 부린 여자였다. 그런데 그에겐 개새끼라는 욕설 한마디 남기지 않고 사라졌다. 그럴 가치도 없다는 듯이.

그런데 내 사무실로는 뻔질나게 전화해?

잔인하기 짝이 없었다.

다시 보긴 싫지만 나를 계속 이용해 먹긴 하겠다는 거군.

그건 더욱더 잔인했다.

손등에서 힘줄과 핏줄이 불거지도록 야구공을 꽉 움켜쥐는 찰나였다.

따르릉.

전화가 울렸다. 요란하게 벨 소리를 내는 건 잔당 제보 접수용 전화기였다.

전화기 앞에 앉은 일병이 초조한 눈으로 그를 바라보자 레온은 소파에서 다급히 몸을 일으키며 지시했다.

"정해 둔 대로 해."

"네."

일병이 마른침을 삼키며 수화기를 집어 들었다.

"제1특수임무단입니다. 무엇을 도와 드릴까요?"

일병은 전화를 받자마자 고개를 번쩍 들더니 옆으로 다가온 레온에게 고개를 크게 끄덕였다. 전화를 건 사람이 젊은 여자라는 뜻이었다. 레온은 곧바로 수화기를 건네받았다.

[…제보를 받는 데가 맞나요?]

목이 조금 잠긴 듯한 소리였다. 아침이면 들었던 그 익숙한 목소리 말이다.

그 여자의 목소리가 파고드는 귓가부터 전신으로 미세한 전율이 퍼져 나갔다. 온몸의 세포가 깨어나는 기분이었다. 그는 지금 어디냐고 당장 묻고 싶은 충동을 이를 악물어 가며 참아야 했다.

레온은 책상 위를 뒹구는 연필을 집어 일병이 내미는 노트에 휘갈겼다.

네, 맞습니다. 어디시죠?

여자가 한 말을 알 리 없는 일병은 전화기에 달린 송화기에 대고 그가 써 준 말을 그대로 읊었다.

"네, 맞습니다. 어디시죠?"

[여긴 캠든의 빌포드예요.]

레온은 이를 더욱 악물어 실소를 참아야 했다. 캠든이라니. 게다가 빌포드는 여기서 차로 겨우 네 시간 거리였다.

그 여자, 겁도 없이 그의 땅에 발을 들였다. 이 또한 잔인하기 짝이 없는 조롱으로 느껴졌다.

[같은 골목에 사는 사람이 아무래도 반군인 것 같아서….]

그는 여자가 제보를 하는 사이 노트에 휘갈겼다.

캠든 빌포드. 추적해.

일병이 곧바로 자리에서 일어서더니 그의 눈짓을 따라 보좌관실로 들어가 문을 닫았다. 녀석은 이제 전화 회사에 연락해 이 전화를 연결한 윈스포드 쪽 교환수를 수소문할 것이다. 그렇게 역으로 추적하다 보면 전화를 건 위치의 범위를 좁혀 나갈 수 있었다.

[뉴턴 가와 벨몬트 가의 교차점에서 남쪽으로 가다가….]

레온은 일병이 앉았던 자리에 앉아 멋도 모르고 조잘조잘 떠드는 여자의 목소리를 가만히 듣다가 한숨을 내쉬었다.

[매디슨….]

그 순간 여자의 목소리가 뚝 멎었다. 소리 없는 언쟁이 오가는 것만 같은 팽팽한 긴장감 속에서 여자의 침묵에 귀를 기울이던 레온이 먼저 말문을 열었다.

"안녕, 자기야."

속에 차오를 대로 차올라 울컥 넘쳐 나려는 감정을 억눌러 가며 뱉은 말인 탓에 목소리가 평소보다도 한층 낮았다.

여자는 그의 목소리를 듣고도 한참을 침묵하더니 돌연 웃음을 터트렸다.

[안녕. 꽤 일찍 출근했네?]

"이젠 네가 일어날 때까지 기다릴 필요가 없어서."

[이런, 내가 너무 게으르다는 소린가?]

"그럴 리가. 오히려 그 반대라 탈이지."

두 사람은 모르는 이가 들었더라면 오랜만에 연락이 닿은 과거의 연인으로 착각하고도 남을 만큼 태연한 척하며 안부를 주고받았다.

"아침은 먹었어?"

[먹었지.]

"잘했어. 그나저나 우리 아이는 잘 있고? 아빠가 무척이나 보고 싶어 한다고 전해 줘."

수화기 너머에서 픽 비웃는 소리가 들렸다. 레온은 추적 시간을 벌기 위해 통화를 최대한 길게 끌면서도 슬슬 본론으로 들어갔다.

"우리 자기 이 추운 겨울에 따뜻한 내 품을 두고 어디를 헤매는 거야. 응? 걱정되잖아."

[안 헤매. 네가 없는 따뜻하고 안락한 곳에서 아주 잘 지내고 있어.]

"어, 그건 아주 잘 알아."

제 행적을 알아냈다는 말이 뭐가 그렇게 우스운지 여자는 키득댔다. 한숨을 내쉰 레온은 목소리에서 가식적인 장난기를 걷어 냈다.

"이젠 우리 제발 이성적으로…."

[아, 맞다! 축하해!]

여자는 그의 말을 듣지도 않고 대뜸 축하를 퍼부었다.

[이젠 백작 각하라고 불러야 해, 소령님이라고 불러야 해?]

"흠, 내 소식을 들었을 줄은 몰랐군."

[그럼, 당연하지. 아주 지겨워 죽겠어. 네게서 벗어나고도 붙잡혀 있는 기분이라니까?]

"그럴 거면 차라리 붙잡히는 게….."

[이거 다 내 덕인 거 알지? 평생 고마워해.]

"알아. 그러니까 평생 빚을 갚을….."

아직도 굳게 닫혀 있는 보좌관실 문을 노려보며 대화를 질질 끄는데 여자가 갑작스러운 화제를 꺼냈다.

[아, 맞아. 네게 해야 할 고백이 있어.]

"…무슨 고백?"

[나 네게 거짓말했어.]

"용서해 줄게. 그러니까 돌아와."

여자는 무슨 거짓말인지 듣지도 않았으면서 너그러운 척한다고 투덜대더니 레온이 요구하지도 않은 고해 성사를 했다.

[사실 그날 밤 네 아버지의 일에 가담한 사람은 세 명이 아니라 네 명이야.]

"뭐?"

[프레드 윌킨스 기억나? 그 죽어 마땅한 배신자.]

"어, 그래서 내가 죽여 줬잖아."

[그 녀석의 아버지인 데이비드 윌킨스도 그날 밤 그 별장에 있었어.]

수용소에 수감된 수뇌부의 명단에서 그 이름을 본 기억을 떠올리는 순간 레온은 연필을 부러트릴 듯 움켜쥐었다.

[그 사람이 치명적인 실수를 했다고 들었어. 무슨 실수인지는 나도 몰라. 조나단 리들 시니어가 데이브 아저씨를 위로하는 걸 내가 봤어.]

레온은 이를 악문 채 물었다.

"여태 숨기다 이제야 알려 주는 이유는 뭐야?"

[왜겠어? 예전엔 아니었지만 이젠 너나 나나 같은 원수를 둔 사이잖아? 서로 돕는 거지.]

"내가 널 이용해 복수를 하는 건지, 네가 나를 이용해 복수를 하는 건지."

레온은 중얼거리다 긴 한숨을 내쉬었다.

[왜? 그 사람 못 잡았어?]

"수용소에 있어."

[그런데 뭐가 문제야?]

"여우 같은 네가 문제야."

다른 일도 아니고 아버지의 죽음을 두고 거짓말을 했던 걸 간접적으로 비난하자 여자가 발끈했다.

[와, 기껏 알려 줬더니 그런 식으로 나를 매도하면 내가 앞으로 잘도 너를 도와….]

저도 양심의 가책을 느껴서 이러는 건지 뭔지. 흥분해 쏘아붙이는 여자의 목소리에 뜻밖의 소음이 섞여 드는 순간 연필을 쥐고 있던 손이 바쁘게 움직였다.

희미하게 들리는 저음은 기차의 기적 소리. 이 날카로운 음은 분명 발차를 알리는 호루라기 소리.

여자는 기차역의 공중전화 부스에 있었다.

메모를 끝내자마자 레온은 야구공을 보좌관실 문으로 던졌다.

쾅.

얇은 문짝에 거미줄 같은 금이 쩍 갔다. 공이 바닥으로 떨어지고 정확히 3초 후 일병이 슬그머니 문을 열고 틈으로 내다보았다. 레온은 노트를 잘 보이도록 들어 내밀었다.

빌포드 중앙역, 서부역으로 경찰 당장.

일병은 고개를 끄덕이더니 문을 닫았다. 이제 미리 정해 둔 각본대로 경찰에게 협조 요청을 할 것이다.

[…무슨 소리였어?]

문이 부서지는 소리를 들었는지 여자가 멈칫하다 물었다.

"이런, 손에서 뭐가 미끄러졌네."

[성질 좀 죽여.]

여자는 그가 책상을 주먹으로 내려쳤다고 생각하는 모양이었다.

"아, 그래서 도망간 건가? 내가 우리 자기한테 화낼까 봐 무서워서? 화 안 낼 테니까 돌아와, 응?"

빌포드에는 역이 둘이었다. 어느 쪽이든 경관이 도착해 여자를 찾을 때까지 시간을 끄는 게 지금부터 레온의 목표였다. 입이 벌써 바짝 마르기 시작했다.

[그러니까 네 말은 미끼로서의 내 임무는 끝났으니 덫으로 돌아오라는 거야? 잘 생각해 봐. 너라면 그 모든 굴욕을 안겨 줬던 남자에게 제 발로 돌아가고 싶겠어? 넌 네 욕망에 날 이용한 개새끼일 뿐인데 내가 왜 돌아가.]

"내 욕망 때문에 널 이용한 게 아니라 네 세뇌를 풀어 주려고 한 거야. 넌 내가 아무리 진실을 말해 줘도 믿지 않았잖아. 네가 직접 겪고 보게 하는 수밖에 없었어. 상식과 거리가 먼 과격한 방법인 건 알지만, 내 아이가 없었더라면 넌 네게 미인계를 지시했던 그 악마의 밑으로 또 들어가 똑같이 이용당했겠지."

[훌륭해. 자기 변론인지 변명인지. 군을 관두면 변호사를 해 봐.]

"뭐든, 내 방법이 결국은 통했잖아. 이건 너도 부인 못 해. 넌 내 덕에 진실에 눈을 떴어."

[아, 그래. 고마워서 눈물이 다 나네. 그 대가로 고작 내가 네 아이를 낳아 주고 평생 네게 묶여 사는 것만 요구하다니 넌 정말 밑지는 장사를 하는군. 어머, 각하! 이러다 백작가가 망하겠어요.]

여자는 신랄하게 빈정대더니 목소리를 무겁게 가라앉히고 딱 잘라 말했다.

[나는 복수를 하고 너는 작위를 얻고. 우리 거랜 여기서 끝이야.]

"착각하는데, 네 복수는 아직 끝나지 않았어. 그래서 그 몸으로 수고스럽게 전국을 떠도는 거잖아. 그럴 필요 없이 네가 손가락만 까딱해도 내가 알아서 녀석들을 박멸해 줄 테니 돌아와."

[넌 돌아오란 말밖에 못 해? 벌써 지루하네. 끊을게.]

여자가 전화를 끊으려 하자 레온은 급히 다른 화제를 쏟아 냈다.

"아직 모르나 본데 너를 노리는 건 내가 전부가 아니야."

[내가 모르는 걸 좀 말해 봐.]

"내가 과연 반군을 말한 걸까?"

뜻밖의 소리인지 여자는 침묵했다.

"왕당파도 너를 노려."

[…왕당파가 왜?]

"별채로 너를 찾으러 감찰관이 찾아왔던 걸 기억하겠지. 그 배후에는 국왕과 대공이 있어. 싱클레어 건으로 날 압박하려고 약점을 캐내다 네 존재를 알게 된 거지."

[…넌 그런데도 날 풀어 주지 않고 계속 가둬 뒀어?]

여자가 미친놈이라고 중얼거렸다.

"왕실과 대공가에서도 네 뒤를 쫓고 있어. 내 힘이 더 강해진 만큼 약점은 더욱 절실할 테니."

여자는 충격을 받았는지 말이 없었다. 레온의 예상대로였다.

사실 왕실과 대공가에서도 여자를 찾으려 한다는 건, 현재까진 레온의 추측일 뿐이었다. 물론 그것까진 저 여자가 알 필요 없었다.

"심지어 네 생부도 너를 찾으려고 혈안이 되어 있어. 네가 그자를 단번에 무너뜨릴 비밀을 알고 있으니까."

동요하는 기색이 수화기 너머로도 역력히 느껴지는 가운데 레온은 쐐기를 박았다.

"너를 지킬 수 있는 사람은 나밖에 없다는 거 네가 더 잘 알잖아. 살고 싶거든 돌아와."

여자는 한숨을 내쉬더니 중얼거렸다.

[돌아가면 다들 날 노린단 핑계로 감금하겠지.]

"감금이라니. 넌 이미 내 계획 알잖아."

[그럼….]

잠시 침묵하던 여자가 대뜸 요구했다.

[내게 빌어 봐.]

레오ㄴ은 말문이 막혔다. 여자가 빌라고 요구하는 의도가 빤히 보였으니. 하지만 그에겐 다른 선택지가 없었다.

"돌아와."

[그게 비는 거야? 제대로 빌어.]

살면서 그 누구에게도 빌어 본 적 없는 레온은 턱 끝까지 차오르는 쓰디쓴 굴욕감을 삼키며 한숨 같은 한마디를 어렵게 뱉었다.

"…제발."

여자는 뭐가 그렇게 우스운지 귀가 따갑도록 폭소하더니 갑작스레 웃음기를 걷어 내며 그를 질타했다.

[중요한 게 빠졌잖아.]

레온은 한 손으로 얼굴을 감싸 쥔 채 신음하다 다시 말문을 열었다.

"미안해. 내가 잘못했어. 그러니까 제발 돌아와."

빈다기보다는 타이르는 투였다. 그걸 눈치 빠른 여자가 놓칠 리 없었다.

[사과를 너무 쉽게 하잖아? 반성의 기미가 전혀 안 느껴져.]

"전화로 들으니까 안 느껴지겠지."

[벌써 비는 태도가 불량해. 그리고 위대하신 윈스턴 대위님께서 그렇게 말씀하시지 않으셨어? 빌 때는 무얼 어떻게 해 주길 바라는지 확실히 하라고.]

여자는 그가 예상한 의도대로 움직였다. 제가 겪었던 굴욕을 레온에게 똑같이 안겨 주려 했다. 그는 연필을 책상에 두드리며 고민하다 머릿속으로 정리한 말을 하나씩 꺼냈다.

"네게 가혹하게 굴었던 거, 너를 증오했던 거, 모두 과했고 다시는 그러지 않을 거야. 네가 내게 한 짓도 용서할게. 난 모든 과거를 깨끗하게 정리하고 너와 다시 시작하고 싶어. 그러니까 한 번만 기회를 줘."

여자는 대답이 없었다.

"제발."

그가 또다시 빌고서야 돌아온 답은 싸늘하기 짝이 없었다.

[빈다고 다 들어주진 않아, 레온 윈스턴.]

레온의 손에 쥐어 있던 연필이 우두둑 소리를 내며 부러졌다. 그가 지금 부러뜨리고 싶은 건 저딴 말들을 여자에게 했던 자신의 목이었다.

저 여자, 내가 저질렀던 짓들을 모조리 갚아 주려고 사라진 건가. 레온은 묵묵히 받아들일 수밖에 없었다. 모든 과거를 깨끗하게 정리하려면 필요한 과정으로 느껴졌으니.

"네가 겪은 수모를 다 갚아 주고 싶으면 와서 직접 해."

픽, 여자가 코웃음 쳤다.

[착각이 심한데, 난 이제 네게 아무런 원망도 관심도 없어.]

그 순간 레온의 속에서 무언가가 덜컥 추락했다.

[아무튼 진실을 알게 해 줘서 고마워. 이제 나라는 오점은 네 완벽한 인생에서 사라져 줄게.]

"내가 언제 널 오점이라고…."

[아, 이런 네가 보낸 여자 배달부들이 저 멀리 보이네? 난 이만 가 봐야겠어.]

"그…."

다급히 이름을 부르려는 찰나였다. 여자가 먼저 그를 불렀다.

[레온.]

"응?"

[나를 여전히 사랑해?]

레온은 눈을 질끈 감았다.

"…그래."

[그래서 불행해?]

"…."

그의 말문이 막힌 사이 여자가 전화를 뚝 끊어 버렸다. 비웃음만을 남긴 채.

"그레이스!"

뒤늦게 불러 봐야 그 여자는 듣지 못했다.

❖ · ❖

끝내 그 여자를 잡지 못했다.

아니, 잡긴 했다. 거의.

여자는 빌포드 중앙역에 출동한 경관들에게 붙잡혔다. 문제는 경관들이 그 여자가 얼마나 교활한지를 몰랐다는 점이었다.

진통을 느끼는 척하는 여자에게 그들은 깜빡 속아 넘어가 경찰서가 아닌 병원으로 갔고, 그들이 한눈판 사이 여자는 혼잡한 병원에서 자취를 감췄다.

그렇게 그가 빌포드로 달려가는 사이 여자는 다시 사라졌다.

그로부터 일주일 후, 제1특임단 본부에 레온의 앞으로 편지 한 통이 도착했다. 발신인의 이름은 뻔뻔스럽게도 '데이지 애빙턴'이었다.

안에 든 걸 확인한 레온은 낙담을 금치 못했다.

내용물은 신문 광고에서 블랜차드 반군의 메시지를 찾는 법과 암호를 해독하는 방법을 설명한 메모지였다.

더는 제보를 하지 않겠다는 의사의 표현이었다.

레온은 그래도 일말의 희망을 버리지 못했다. 그 여자가 알려 준 방법대로 찾은 잔당의 은신처와 접선지 주변에 병력을 잠복시켰다. 그 여자, 여전히 복수하겠단 생각을 떨치지 못하고 잔당을 추적할지도 모르니.

심지어는 잔당인 척 신문에 가짜 광고를 내어 미끼를 던져 보기도 했다.

그러나 한 달이 되어 가도록 접선지에도 은신처에도 '선글라스를 쓴 임신부'는 나타나지 않았다. 엉뚱하게 쥐새끼들만 꼬였을 뿐이었다.

여자의 안위와 행방을 확인할 방법이 생기자마자 그렇게 또 사라졌다. 그쯤 되자 레온은 더는 인내하지 못하고 마지막 덫을 제 손으로 헐어 버렸다.

"신문에서 내 얼굴을 봤을 테니 소개는 필요 없겠지."

레온은 허름한 테이블 앞에 다리를 꼬고 앉아 시가를 꺼내어 물었다.

"반가워, 찰스 헨더슨. 아니지, 조나단 리들 주니어."

눈꼬리를 휘어 웃어 주는 찰나 테이블 너머에 서서 조용히 그를 노려보던 남자가 주먹을 움켜쥐었다. 남자의 등 뒤에 숨은 여자는 아기를 품에 안고 오들오들 떨고 있었다. 여자의 치맛자락을 쥐고 선 두세 살 정도 되어 보이는 사내아이는 집 안을 뒤지는 군인들을 커다란 눈으로 좇았다.

레드힐 농장 구석에 처박힌, 다 쓰러져 가는 일꾼용 주택을 10여 명의 사병들이 샅샅이 뒤집어엎고 있었다. 밖에서는 또 그만큼의 인원이 수색을 벌이는 중이었다.

사실 그 여자를 찾으려는 건 아니었다.

그 여자가 여기 없는 건 이미 안다. 여자가 사라지기 전부터 이곳을 감시해 왔으니.

수색의 목적은 두 가지였다. 그 여자를 추적하는 데 실마리가 될 만한 무언가를 찾는 것, 그리고 가족에게 겁을 주어 조나단 리들 주니어를 압박하는 것.

"흑, 조…."

여자가 훌쩍이며 남편의 소매를 당기는 것만 봐도 두 번째 목적은 이미 달성한 듯했다.

"이런…. 부인께서 꽤나 놀라신 모양인데, 미리 연락이라도 하고 올걸 그랬군."

레온이 의자에 느긋하게 몸을 기대며 비소를 짓는 순간 조나단 리들 주니어 또한 입매를 비틀었다.

"느려. 두 달이라니. 그레이스는 늦어도 한 달 안에 그쪽이 들이닥칠 거라고 했거든."

불을 붙인 시가를 입으로 가져가던 레온의 손이 멈칫했다.

그 여자, 그때부터 도주 계획을 다 정해 두었군.

시가를 물기도 전에 입 안에 쓴맛이 돌았다. 체스터필드역으로 돌아왔던 순간 붙잡았어야만 했다는 쓰디쓴 후회를 레온은 다시금 억누르며 멈췄던 손을 움직였다. 시가 끝으로 이가 파고들었다.

"그 여자가 보기보다 나를 잘 모르거든."

내가 그 여자를 모르듯이.

"캠벨."

레온이 눈짓하자 등 뒤에 서 있던 캠벨이 줄곧 손에 들고 있던 서류철을 펼쳐 읽기 시작했다.

"오클리 우편 열차 습격 주도, 국왕 즉위 20주년 기념식 퍼레이드 경로에 폭탄을 설치해 국왕 암살 기도, 신병으로 군부대 잠입 후 방화, 신분증 및 공문서 위조…."

레온이 왼손을 들어 올리자 낭송회가 멎었다. 그는 조금 전보다 잿빛이 된 조나단 리들 주니어의 얼굴을 바라보며 눈꼬리를 휘었다.

"부인하지 않는군."

그럴 수밖에. 이건 모두 그 범죄 행위에 함께 가담한 이들의 증언을 바탕으로 했으니.

"당장 수용소로 끌려가고도 남을 죄상이지."

남편의 소매를 움켜쥔 여자의 손이 눈에 띄게 떨리고, 억누르지 못한 흐느낌이 터져 나온 순간 레온은 여자에게 웃어 주며 덧붙였다.
"아, 이 중 일부에는 부인도 가담하셨던데…."
그제야 조나단 리들 주니어가 이를 악문 채 그가 원하는 대답을 내어놓았다.
"궁금한 게 있으면 모두 대답해 줄 테니 아내와 아이들은 건들지 마."
레온은 캠벨에게 눈짓했다. 곧바로 거실과 부엌을 뒤지던 병사들이 밖으로 나갔다. 여자와 아이들을 데리고 나가려 하자 남자가 막아섰다.
"걱정 마. 난 조용히 대화하고 싶은 것뿐이니까."
어수선하던 실내가 곧 조용해졌다. 조는 마사와 아이들이 군인들에게 이끌려 농장 주인의 집으로 향하는 모습을 창으로 지켜보다 앉으라는 종용에 마지못해 악마와 마주 앉았다.
악마가 테이블에 올려 둔 시가 케이스에서 시가 하나를 꺼내 건넸으나 조는 고개를 저어 거절했다.
그 후로 윈스턴은 소탕의 전말을 알고 있느냐고 물었다. 라디오에서 들은 이야기가 전부인 데에다 그날 후로 블랜차드 쪽 사람들의 접근이 전혀 없었던 터라 조는 알 리가 없었다. 윈스턴의 '친절한' 설명을 들은 조의 표정이 일그러졌다.
"아직 할 일이 있어."
빌어먹을. 그 말이 이 말이었나.
'블랙번 함락'에 그레이스가 어떤 역할을 했는지를 알게 된 조는 잠시 말을 잃었다가 가까스로 정신을 차리고 물었다.
"그래서, 뭐가 궁금한 거지?"
사실 뭘 물으려 할지는 이미 알고 있었다. 그레이스를 어디 숨겨 두었냐고 추궁하겠지.

하지만 윈스턴이 던진 질문은 첫 질문부터 그의 예상을 벗어났다.

"그 여자가 널 뭐라고 부르지?"

조의 미간이 구겨졌다. 대체 무슨 속셈인지. 잠시 윈스턴을 노려보던 그가 퉁명스럽게 대답했다.

"조."

"그래, 조. 동생과 사이는 좋았나."

조는 망설임 없이 고개를 끄덕였다.

"흠… 하긴, 내게서 돈을 갈취해 부활절 선물로 줬을 정도면 사이가 좋긴 하겠군."

그레이스에게서 작년 부활절에 거금을 받기는 했다만 저자의 돈이었는지는 전혀 몰랐던 조의 얼굴이 일그러졌다.

멋모르고 하녀의 꽁무니나 쫓던 그때가 좋을 때였지. 레온은 쓸데없는 서론을 관두고 본론으로 들어갔다.

"작년 12월 23일 밤에서 24일 새벽 사이에 그 여자가 찾아왔을 거야. 무슨 대화를 나눴지?"

여자의 세뇌가 풀리면 복수심이 생길 거야 예측한 바였다. 하지만 소탕 당일 여자의 행동에서는 예상보다 강한 배신감과 울분이 느껴졌다.

레온은 믿었다. 저자와의 대화에서 여자는 뭔가를 알아낸 게 틀림없다고. 그는 알지 못하는 뭔가를 말이다.

"그레이스는 내게 묻고 싶은 게 있다고 했어. 제가 아버지의 아이가 맞는지…."

조나단 리들 주니어의 말을 잠자코 듣던 레온은 석연치 않은 기분을 느꼈다. 가장 중요한 것이 빠진 느낌이었다.

"그게 다야."

"아니, 그게 다가 아니야."

한숨과 함께 흰 연기가 쏟아져 나왔다. 레온은 치미는 화를 죽이며 같잖은 잔머리를 굴리는 놈에게 경고했다.

"내가 누군지 잘 모르나 보군. 난 너희 동지들의 거짓말을 판별하는 일을 10년 동안 해 온 사람이야. 그리고 내 경험에 따르면 넌 지금 거짓말을 하고 있어. 어설프게 속일 생각 마."

그 여자의 혈육이 맞긴 맞는 건지, 놈은 고집을 꺾지 않고 딴소리만 했다.

"이젠 동지가 아니야."

"맞아. 수용소에서 너와 같은 감방을 쓸 놈들도 그렇게 생각하고 있겠지. 넌 동지가 아니라 배신자라고."

솔직히 털어놓지 않으면 수용소로 보낸다는 협박에 조는 흔들렸다. 그레이스의 배신 탓에 붙잡힌 녀석들이 득시글한 곳이다. 그자들은 분명 그와 가족들에게 보복할 것이다.

빌어먹을. 조는 같은 말만 계속해서 속으로 삼켰다.

그날 붙잡았어야 했어.

뭔가 저지를 것 같더라니. 자기 자신이 아니라 가해자들에게 화살을 돌린 건 천만다행이나 본거지의 위치만 알려 줄 것이지 직접 얼굴을 들이밀며 복수를 할 줄이야.

톡. 톡.

손톱이 반듯하게 깎인 검지 끝이 테이블을 일정한 박자로 두드리기 시작하자 조의 상념이 뚝 멎었다.

그는 숨긴 걸 어서 털어놓으라고 무언의 압박을 가하는 윈스턴을 물끄러미 바라보았다. 당혹스러웠다. 본거지 소탕에 부친의 복수라는 제 목적을 달성했으면 그만일 텐데 왜 여기까지 찾아와 뭘 더 내놓으라고 요구하는지 이해할 수 없었다.

"대체 뭘 알고 싶은 거지? 그레이스의 행방이라면 난 몰라. 그건 누구보다도 내가 알고 싶어."

그 말에 윈스턴의 눈빛이 험악해졌다.

"난 무슨 대화를 나눴냐고 물었어."

"그걸 왜 알아야 하는 거야. 그건 우리 남매 사이의 사적인 일이야. 반군과는 전혀 상관없어."

"거짓말은 집어치우라고 했을 텐데."

레온은 시가를 낡은 테이블에 비벼 끄자마자 놈의 멱살을 낚아챘다.

"윽…."

이 빌어먹을 쥐새끼. 그 여자와 사이만 나빴어도 당장에 다른 쥐새끼들처럼 입을 열게 만들어 줬을 것이다. 레온은 놈의 목덜미를 당겨 헤이즐빛 눈동자를 코앞에서 노려보며 윽박질렀다.

"그 여자에게 뭘 알려 줬는지 내게 전부 말하라고 했어."

레온은 아직도 고집을 부리는 놈의 멱살을 던지듯 놓아주며 케이스에서 새 시가를 꺼내 들었다.

"이걸 다 피울 때까진 고민할 시간을 주지. 그 시간이 지나면 너와 네 아내는 수용소로, 아이들은 고아원으로 가는 거야."

희뿌연 연기 너머로 보이는 조나단 리들 주니어의 얼굴이 꽤나 괴로워 보였다. 대체 뭘, 왜 숨겨야만 하는 건지. 놈은 아내와 자식 중 누구를 죽일지 택하라는 요구라도 받은 것처럼 치열하게 고민하더니 시가가 엄지 길이 만큼밖에 남지 않고서야 자리에서 벌떡 일어났다.

부엌 찬장 속을 뒤지다 온 놈이 레온의 앞에 놓은 건 귀퉁이가 다 마모된 일기장이었다. 겉장을 넘기자 정자로 쓴 이름 하나가 눈에 들어왔다.

"아, 그 악명 높은 여우의 일기장이군."

조는 어머니의 일기장을 넘겨 보기 시작하는 윈스턴을 노려보다 얼굴을 거칠게 쓸어내렸다.

젠장할. 젠장할. 정말 죄송해요, 어머니.

그에게도, 돌아가신 어머니에게도 굴욕스럽기 짝이 없는 순간이었다. 저 악마는 분명 제 원수인 어머니의 치부를 들춰 보며 즐거워할 것이다.

그러나 조의 예상과 달리 윈스턴의 낯빛은 페이지가 넘어갈수록 창백해졌다.

"…."

시간이 얼마나 흘렀을까. 텅 빈 마지막 페이지를 응시하던 레온은 짧아질 대로 짧아진 시가에 손을 데고서야 정신을 차렸다.

"이걸… 그 여자가 본 건가?"

조가 고개를 끄덕이자 레온은 한 손으로 이마를 감싸 쥐고 눈을 감았다.

"빌어먹을…."

제 오빠에게서 출생과 미인계를 둘러싼 진실을 확인하라고 보냈더니 여자는 더욱더 끔찍한 진실까지 맞닥뜨렸다. 그 자리에서 목숨을 끊지 않은 게 대단할 정도로 끔찍하기 짝이 없는 진실이었다.

체스터필드로 돌아왔을 때 작전을 포기하고 데려왔어야 했다는 후회를 이번에는 억누르지 못했다. 여자의 세뇌가 풀린 건 이미 알았으면서 동지를 배신하게 만들겠다, 저 혼자만 여자의 세상에 남기겠다는 욕심에 눈이 멀어 보지 못했다. 여자가 그 순간 극심한 고통을 겪고 있었다는 걸.

레온은 뒤늦게야 그 여자가 겪었을 충격 속에서 신음했다. 그녀의 하숙방에서 그런 의문을 품었었다.

'넌 대체 어떤 삶을 살았던 거야?'

그리고 이제야 그 의문이 완전히 풀렸다.

멸시, 냉대, 차별, 그리고 거짓말.

그레이스 리들은 한마디로 추악한 악의 속에서 살았다.

그리고 여자는 바닷속의 물고기가 물을 느끼지 못하듯 저를 둘러싼 악의를 모르고 자랐다. 그걸 깨달은 후 고향을 바라본 여자의 눈에는 천국이 아닌 지옥이 보였을 것이다.

그 역겨운 악마들. 고작 적의 피를 받았다는 이유만으로 비열한 목적을 갖고 어린아이를 마을에 가둬 키우며 조직적으로 세뇌했다.

개가 개를 잡아먹고 돼지가 돼지를 잡아먹게 하는 작전이라니.

어쩌면 처음부터 그런 목적으로 키웠기에 반군 수뇌부가 그 여자에게 그를 유혹하라는 명령을 내렸을지도 모른다. 그자들에게는 아버지를 몸으로 유혹해 죽인 여자의 딸이 똑같은 방식으로 아들을 죽이는 꼴이 꽤나 통쾌한 한 편의 영화였을 테니.

레온은 그들의 변태적인 유희에 자신 또한 이용당했다는 모멸감을 떨칠 수 없었다.

"넌 몰랐나."

그는 당혹스러운 기색이 가득한 눈으로 저를 관찰하는 조에게 추궁하듯이 물었다.

"나도 몇 년 전에야 알았어. 알자마자 손을 씻었지."

레온은 일기장을 다시 거둬 가려는 조를 막았다. 페이지를 앞으로 넘기다 애빙턴 비치라는 글자가 나오는 순간 멈췄다.

『저 아이가 이대로 사라져 버렸으면. 애빙턴 비치에 휴양하러 온 어느 마음씨 좋은 가족이 저 아이를 데려가 버렸으면.』

아버지를 고문해 살해했던 그 임무에 가담시킬 목적으로 여자를 데려왔던 게 아니라는 뜻이었다. 안젤라 리들이 언젠가 그가 볼 걸 예상하고 거짓을 일기에 썼을 리도 없으니 이건 의심의 여지 없는 진실이었다.

『그레이스가 변했다. 맹목적으로.』

레온은 이 두 구절을 가리키며 조에게 물었다.

"그 여자가 애빙턴 비치에서 돌아온 후에 맹목적으로 변하기까지 무슨 일이 있었던 거지?"

조는 잠시 기억을 더듬어 보다 대답했다.

"감기를 심하게 앓았어. 열이 끓어서 헛소리도 가끔 하고…."

"헛소리?"

"어…. 죽일 테니까 버리지 말아 달라는 소릴 했었지."

"…."

"누구를 죽인다고 한 건지는 나도 몰라."

여자의 오빠가 덧붙인 말은 들리지 않았다. 레온은 지금 여기 없었으니. 그는 왕국 반대편에 있는 그의 별채 지하에 있었다.

제프리 싱클레어의 가짜 자백서에 서명을 하라는 압박을 무시하고 휴기를 냈던 날 밤으로 기억한다.

그저 평소와 똑같은 밤이었다. 격한 정사 끝에 지쳐 잠들어 버린 여자의 몸을 닦이고 담요를 덮어 주고는 불을 껐다. 하지만 그날은 그의 침실로 돌아가지 않았다.

어둠 속에서 위스키 잔을 기울이며 잠든 여자의 숨소리를 감상하던 때였다.

"흑…."

여자가 흐느끼기 시작했다.

레온은 제 귀를 선뜻 믿지 못했다. 포로 주제에 그의 머리 꼭대기에서 놀던 여자이자, 그즈음엔 그가 무슨 짓을 해도 울 줄을 모르던 여자가 울다니.

혹시 내가 떠난 줄 안 건가, 혼자 남으면 이렇게 우는 건가 싶었던 것도 잠시였다.

"죽일게요…. 버리지 마세요…."

잠꼬대였다.

무슨 잠꼬대를 이렇게 해?

악몽이라도 꾸는 건가. 별 이상한 잠버릇도 다 있다며 그저 웃고 넘겼었다.

이제 보니 그건 악몽이 아니라 현실이었다.

"대체 그 작자들이 데이…, 어린 소녀에게 무슨 짓을 강요했던 거지?"

레온의 추궁에 조는 고개를 저었다.

"그레이스는 그 일에 전혀 가담하지 않았어."

"거기 없었으면서 어떻게 확신하는 거야?"

조는 한숨을 푹 내쉬곤 어렵게 털어놓았다.

"어른들이 그날 밤의 일을 두고 가끔 떠들었거든. 그레이스는 이름조차 안 나왔어. 그리고 그 애는 겨우 열한 살이었다고. 그것도 꼬마들이나 타는 회전목마나 소꿉놀이에 환장했을 정도로 제 나이에 비해 어렸단 말이야."

"그건 나도 알아."

알면서도 의심했다. 그 여자의 사과와 해명을 듣고도 끝까지 믿어 주지 않고 의심했다.

그 여자도 결국은 피해자였는데. 나와 다를 바 없이.

눈을 지그시 감은 채 누구에게 먼저 돌려야 좋을지 모를 살의를 억누르는데 여자의 오빠가 의심하는 기색이 역력한 투로 물었다.

"이런 건 왜 물어보는 거지?"

눈을 뜨자 상대가 그를 이상하다는 눈으로 응시하고 있었다. 어릴 적부터 그 여자와 인연이 있었다는 걸 모르는 눈치였다.

"알 거 없어."

"그레이스를 찾으려는 건가?"

더는 시시콜콜한 대화를 할 기분이 아니었으나 레온은 이 말만은 무시할 수 없었다. 그 여자를 찾는 데 도움을 줄 사람이 절실했으니.

"맞아."

상대는 도저히 이해할 수 없다는 듯 눈매를 좁히며 물었다.

"왜?"

그 여자를 왜 찾아야만 하는가. 그 단순한 의문 하나에 단순한 것부터 복잡한 것까지 모든 이유가 한꺼번에 날카롭게 날을 세우며 심장을 짓이기자 레온은 잠시 말을 잃었다.

다시금 정신을 차리고, 그 또한 네가 알 바 아니라고 대답하려던 찰나였다.

"혹시 내 동생을 그 꼴로 만든 게…."

그 꼴이라니.

"이 역겨운 짐승 새끼가!"

레온이 미간을 구기는 순간 테이블 너머에서 주먹이 날아왔다.

퍽. 조나단 리들 주니어의 주먹이 레온 윈스턴의 왼쪽 턱을 가격했다.

그 찰나 상관의 뒤에 서 있다 다급히 달려가던 캠벨이 멈칫했다.

'왜?'

저 정도 주먹은 소령 혼자서도 충분히 피하거나 막을 수 있었을 것이다.

'왜 피하지 않았지?'

목격한 이도, 심지어는 때린 자마저도 충격으로 얼이 빠진 사이, 정작 맞은 사람은 아무렇지 않아 보였다. 그는 홀로 무언가를 곰곰이 생각하더니 영문 모를 소리를 중얼거렸다.

"아니야."

소령이 불만스러운 한숨을 내쉰 때에야 정신을 차린 캠벨이 조나단 리들 주니어를 제압해 수갑을 채웠다.

"소령님, 괜찮으십니까."

뒤늦게 다가가 물었지만 상관은 엉뚱한 소리를 했다.

"느낌이 비슷할 줄 알았는데…. 여동생보다도 주먹이 약하군."

아쉬워하는 투였다. 마치 사라진 그 여자에게 맞고 싶었다는 말로 들려 캠벨은 겸연쩍어졌다.

"뭐, 주먹은 안 닮았지만 제 처지도 모르고 덤비는 건 닮았어."

레온이 조소하며 시가를 무는 사이 여자의 오빠는 결박당한 채로 악을 썼다.

"내 동생은 아무 죄 없어! 죄라면 내 부모님이 지었지! 그런데 왜 그레이스에게 앙갚음해! 그 애가 뭘 했다고!"

복수심으로 한 짓이 아니었다. 아니, 한두 번쯤은 그랬을지도. 어쩌면 더 자주. 이젠 그 여자를 재는 저울에서 증오보다 애정으로 바늘이 기울었다 해서 그런 일이 없었다고 부인하는 건 우스운 일이었다.

"아니지. 그쪽은 원래부터 이름난 악마인데 뭘 기대해. 악마에게 내 동생을 보낸 놈들을 탓해야지."

조는 얼굴을 일그러뜨리고 악문 잇새로 욕설을 거듭 뱉어 냈다.

"젠장할…. 어머니는 그레이스가 같은 운명을 되풀이하지 않길 바라셨는데…."

그 찰나 시가에 불을 붙이던 레온의 눈빛이 언짢아졌다. 비참한 삶을 살다 죽은 안젤라 리들과 내 여자를 비교하다니. 조나단 리들이라는 이름의 포주 따위와 저를 같은 선상에 놓는 발언이라 한층 더 불쾌해졌다.

레온은 시가를 꽉 문 잇새로 단언했다.

"되풀이하지 않아."

그는 그 여자를 착취하지 않을 테니. 그것도 모자라 그가 가진 모든 것을 바칠 생각은 여전히 변함없었다.

"네가 내게 협조만 한다면 그럴 일 없어."

테이블 끝에 머리를 박고 있던 조가 하, 코웃음을 치더니 고개를 들며 따져 물었다.

"미치지 않고서야 내가 왜?"

"네 동생을 안전하게 지킬 수 있는 사람은 나뿐이니까."

"지키다니…. 하하…."

조롱기가 다분한 웃음이었다.

"도둑에게 보석을 맡기라는 거군. 말이 되는 소리를 해야지. 아, 그런데 말이야. 그레이스는 그쪽의 보호 따위 필요 없어."

단순한 거부 이상의 뜻이 담겨 있는 걸 악마가 알아챘는지 눈매가 날카로워졌다. 어차피 말해 줘도 저자는 어쩔 수 없는 일이다. 조는 순순히 털어놓는 척하며 상대를 조롱하기로 했다.

"…그 돈이면 누구의 도움도 필요 없을 거야. 어쩌면 이미 멀리 떠났을

지도 모르지. 그러니까 보복은 적당히 하고 그 애를 그냥 내버려 둬."

어머니가 그레이스에게 거액의 유산을 남겼다는 말을 해 주자 악마가 보인 반응은 예상 밖이었다.

"빌어먹을…."

좌절이라니.

악마가 괴로운 기색이 역력한 얼굴을 한 손에 묻고 좌절했다.

보복 삼아 유린했던 적이 복수까지 완벽히 도와주고 영영 사라졌다면 저자에겐 행운 아닌가.

'그런데 대체 왜 찾으려고 혈안이 된 거야?'

저자가 그레이스의 이야기를 꺼냈던 순간부터 싹 텄던 말도 안 되는 의심이 서서히 확신으로 자라났다.

일기장은 그레이스가 본 후에 태워 버렸어야 했다. 조는 어머니의 유품을 증거품 압수라는 말도 안 되는 명목으로 빼앗아 간 윈스턴의 뒤통수를 노려보았다.

놈은 군인들이 집 수색을 마무리하는 사이 흙길에 주차된 검은 세단에 기대어 서 있었다. 들판 저 먼 곳을 응시하는 걸로 보아 생각에 잠겨 있는 듯했다. 길 잃은 사람 같았다.

"그건 나도 알아."

조는 문득 저자가 조금 전 퉁명스럽게 던졌던 한마디를 떠올렸다. 듣기 싫은 소리에 하는 상투적인 대답이 아니었다. 윈스턴은 그레이스의 어릴 적을 아는 것처럼 굴었다.

현관 옆의 낡아 빠진 흔들의자에 앉아 있던 조는 담배 한 개비를 빼서 물며 윈스턴에게 어슬렁어슬렁 다가갔다.

"용건을 말해."

앞에서 담배를 피우며 동물원의 원숭이라도 구경하는 양 서성댔더니 놈이 성가시다는 듯이 불쑥 내뱉었다. 조는 그제야 의심을 확신으로 완전히 바꿔 줄 질문을 던졌다.

"어릴 적에 그레이스와 만난 적이 있나 보지?"

윈스턴은 대답 대신 그를 잠시 노려보다 다시 들판으로 시선을 돌렸다. 부인하지 않았다는 건 곧 시인이었다.

"애빙턴 비치에 다녀온 후에 대해 물었으니 거기서? 어쩌다가? 설마 어른들끼리 애들을 데리고 밀회를 가졌을 리는 없고."

역겨운 이야기를 아무렇지 않게도 하는군. 레온은 눈매를 좁힌 채 퉁명스럽게 대꾸했다.

"그때만 해도 그 여자, 바깥세상의 규범을 몰랐거든. 남의 별장 해변에 들어와서 놀지 않나 나무 위에 앉아서 내 얼굴을 훔쳐보질 않나."

"아⋯. 그 녀석이 봐줄 만하게 생긴 금발 남자에 약하긴 하지."

굳이 '봐줄 만하다'로 깎아내리는 게 우스워 레온은 짤막한 실소를 흘렸다.

"그러다 하필이면 쫓아다닌 게 공작 대상의 아들이었단 거군. 하여튼 그 녀석⋯."

여자의 오빠는 혼자 중얼거리더니 지독한 냄새를 풍기는 저질 담배를 입에 물며 웃었다.

"그래서, 잊지 못할 첫사랑이다. 이건가?"

우스꽝스러운 투였다. 마치 묻는 저도 이건 터무니없다는 듯이.

왜 터무니가 없어.

극히 사적인 일을 당당히 캐내는 무례한 태도부터 도저히 믿기지 않는다는 듯 비웃는 태도까지 모두 불쾌하기 짝이 없었다.

"하, 왜 적이자 원수의 딸인 내 동생에게 이렇게나 집착하나 했더니 그런 사연이 있었네. 그래서 이미 망한 첫사랑을 복수로 더 망치셨나? 정말 안타까워."

레온은 빈정대는 놈을 노려보다 눈을 지그시 감고 지끈거리는 관자놀이를 손으로 짓눌렀다.

"너희 남매는 내 신경을 긁는 재주 하난 정말 뛰어나."

거기다가 그가 저를 해치지 못한다는 걸 눈치채는 즉시 태도를 바꿔 건방지게 구는 것 또한 남매가 아주 똑같았다.

"첫사랑이고 뭐고 그쪽이 아까 말했듯이 내 알 바 아니니까 솔직히 말하자면 죽여 버리고 싶은데 말이야."

계속해서 이죽거리던 놈이 본심을 드러내는 순간 레온은 눈을 떴다. 놈의 턱이 분노로 미세하게 떨리고 있었다. 이제 그가 비웃어 줄 차례였다.

딸린 식구가 있는 도망자 주제에 잘도.

"네 자식들을 고아로, 그리고 하나뿐인 조카를 아비 없는 사생아로 만들고 싶다면 좋을 대로."

여유롭게 눈꼬리를 휘어 웃어 주자마자 놈이 정곡을 찔렀다.

"책임지고 싶은 모양이지? 그런데 그레이스는 그쪽이 책임지는 여자 따위가 될 바에야 사생아 딸린 미혼모가 되고 싶다는 거고."

"원탁에서도 입을 그따위로 놀렸나? 원로들이 조나단 리들의 아들을 끔찍하게 싫어했다는 첩보를 이렇게 증명해 주는군."

"아, 그 노인네들…."

놈은 입에 담기도 더럽다는 듯 침을 퉤 뱉었다.

"일이 이렇게 된 덴 반군도 나도 잘못이 있지만 그쪽 잘못도 만만치 않아."

레온의 힐난에 여자의 오빠가 인상을 구겼다.

"정말 아낀다면 떠날 때 동생도 데려갔어야 하는 거 아닌가?"

놈은 한숨을 푹 내쉬며 담배꽁초를 바닥에 던져 짓이겼다.

"변명처럼 들리겠지만 안 한 게 아니라 못 한 거야. 그레이스는 꽉 막힌 데가 있는 성격이거든."

"아, 그거야 잘 알지."

"머리는 좋은데 융통성이 조금⋯ 아니, 많이 부족한 편이지. 그 마을에서 큰 아이들이 거의 그렇긴 했지만 세상을 흑과 백으로 나눠서 보는 건 그레이스가 유독 심했어. 그것도 알고 보니 어른들이 그렇게 키운 거였지만⋯."

"세뇌."

레온의 말에 조가 고개를 끄덕였다.

"지독하더군. 세뇌를 벗기려고 온갖 시도를 다 했지만 하나도 통하지 않았어. 그래서 직접 제 손으로 벗어 보라고 풀어 준 거지."

그렇게 알을 깨고 다시 태어나면 그에게 각인할 줄 알았으나 여자는 접혀 있던 날개를 펼쳐 날아가 버렸다.

누구에게 보내는지 모를 조소를 짓다가 관두는 윈스턴을 조는 의아한 눈으로 응시했다. 순전히 복수와 출세를 위해 그레이스를 이용한 줄 알았더니 아닌 걸로 보였다. 정말인 건지, 벌써 제게 노안이 온 건지.

"그나저나 가진 돈이 꽤 되던데⋯."

얼이 빠져 있는데 윈스턴이 눈꼬리를 휘며 느닷없는 화제를 입에 올렸다.

"가난뱅이 일꾼으로 위장하고 사는 건 언제 관둘 생각이지?"

그의 속을 빤히 들여다보며 하는 듯한 말에 조는 잠시 당황했다.

아니야. 그저 넘겨짚기일지도.

"…위장이라니. 정말 그런 거면 좋겠네, 젠장할."

일부러 씁쓸한 척 담배를 다시 빼 물었지만 통하지 않았다.

"이민을 준비 중이지 않나."

"…."

"여긴 옛 '동지'들과 너를 잡으려고 혈안이 된 군이 득시글하니 평범한 삶은 이미 글러 먹은 건 당연하고."

조의 얼굴을 관찰하듯 응시하던 윈스턴이 픽, 코웃음을 쳤다.

"맞아. 여태 널 감시하던 사람은 바로 나야."

"…어째서지?"

"어째서냐니. 내 아버지를 죽인 여자의 자손들이 평화롭고 행복하게 살 게 둘 수 없는 건 당연한 거 아닌가? 대대손손 지옥의 구렁텅이로 밀어 넣어 줘야지. 너도, 그리고 그때만 해도 정체를 몰랐던 네 동생도. 그렇게 만들어 줄 생각이었지."

조는 애써 충격받지 않은 척했다.

"그런데 이젠 그러려면 네 자식을 지옥으로 밀어 넣어야 하게 생겼군."

"그러게. 네겐 다행인 줄 알아. 그 아이에게 평생 고마워하라고."

입매를 비틀어 웃으면서도 속을 알 수 없는 눈으로 그를 집요하게 응시하던 악마가 또 한마디를 던지는 순간 조는 또 한 번 충격을 받았다.

"어디로 가려는지는 네 동생이 말해 줬어. 컬럼비아에 부유한 이모가 산다면서."

그 여자는 당연히 그런 말을 한 적 없었다. 여자의 일기장과 편지에서 본 것을 짜 맞춰 넘겨짚은 것뿐이었으나 여자의 오빠가 아주 적나라한 표정으로 확인시켜 주었다.

"찰스 헨더슨 씨, 이민은 보류야."

"…."

"어차피 타국으로 도망쳐 봐야 내 손안이야. 네 이모란 사람 또한 내가 고용한 탐정이 감시 중이니까."

상대의 낯빛이 한층 창백해지자 레온은 눈꼬리를 휘어 웃었다.

"걱정 마. 언젠간 보내 줄 테니. 그 전에 이사부터 해야겠군. 윈스포드로."

"하…."

그제야 얼어붙어 있던 놈이 코웃음을 쳤다.

"결국 그거군. 가족을 인질로 삼아 그레이스를 압박하겠다는 거잖아."

"인질이라니. 보호해 주는 것뿐인데 섭섭해."

"웃기시네."

"넌 어차피 갈 데가 없어. 군이 들이닥쳤으니 농장주가 당장 쫓아내겠지. 새로 거처를 구하기엔…."

레온은 현관의 낡은 소파에 옹기종기 모여 앉아 불안한 눈으로 군인들을 지켜보는 여자와 아이들을 눈짓했다.

"리들이라면 다 잡아 죽이려 할 잔당들이 득시글거리는 세상은 위험하고. 내 밑이 가장 안전한 건 그 여자도 그쪽도 마찬가지야."

상대가 반박하지 못하는 사이, 레온은 명함을 꺼내어 낡은 오버올의 주머니에 꽂아 넣어 주었다.

"가장으로서, 잘 생각해 봐."

수색을 마친 군인들이 아무런 수확도 없이 군용 트럭에 오르기 시작했다. 검은 세단 안으로 윈스턴의 번드르르한 낯짝이 사라지고도 계속해서 그쪽을 노려보던 조는 운전수가 시동을 거는 순간 참지 못하고 차로 다가갔다.

"이봐."

뒷좌석의 창문을 두드리자 윈스턴이 창을 내리더니 한쪽 눈썹을 들어올리며 용건을 물었다.

"부탁이 있어."

"부탁?"

"지미, 그 죽여도 시원치 않을 개자식을 한 대만. 아니, 살아 있는 걸 후회할 만큼만 두들겨 패 줘."

윈스턴은 웃는 것도, 언짢은 것도 아닌 미묘한 표정으로 조를 응시했다.

"내가 네 밑에 있는 깡패로 보이나?"

"왜? 쉬운 부탁 아닌가?"

능청스럽게 웃었더니 윈스턴이 코웃음을 쳤다. 어쨌거나 거절은 아니니 차의 지붕을 격려라도 하듯 툭툭 치며 물러나는 찰나였다.

"그 여자가 받은 유산, 금괴겠지?"

그걸 어떻게 알아냈지? 뜻밖의, 그것도 정확한 발언에 조가 멍해진 사이 그의 생각을 읽은 윈스턴이 묻기도 전에 대답을 내어놓았다.

"어떻게 알아냈긴. 아이가 태어날 때마다 금괴를 팔더군. 일꾼의 품삯으로 병원비를 대는 건 무리일 테니 어쩔 수 없었겠지."

"…"

"그게 유산이었던 건 오늘에야 알았어. 네 덕분에. 그 말은 그 여자도 금괴를 받았다는 소리겠지. 네가 판 금괴는 모두 로열 헤리티지 은행에서 주조되었고 일련번호가 이어졌어. 네 모친이란 자는 분명 비슷한 시기에 금괴를 매입했을 테고, 네가 팔았던 것과 그 여자가 가진 것의 일련번호가 꽤 가깝겠군."

윈스턴은 혼자 재빠르게 머리를 굴리더니 또 혼자 결론을 내렸다.

"아, 금괴로 그 여자를 추적하면 되는 건가?"

놈이 웃었다. 이번에는 진심으로 기뻐 보였다.

"좋아. 새 실마리가 생겼군. 고마워."

창밖으로 검은 장갑을 낀 손이 불쑥 나오더니 얼빠진 조의 어깨를 격려라도 하듯 툭툭 쳤다. 조가 무어라 한마디 하기도 전에 창문이 위로 올라가고 차가 움직이기 시작했다.

언덕 너머로 사라지는 차의 뒤꽁무니를 멍하니 바라보던 조는 뒤늦게 혀를 찼다.

저 지독한 악마.

언젠가 동생을 만나면 반드시 물어볼 것이다.

그레이스, 대체 무슨 짓을 했길래 저 악마가 네게 집착하는 거야?

거듭 울리는 자동차 경적과 주말 인파의 소음을 덮고자 틀어 둔 라디오에서 경쾌한 노래가 끝없이 흘러나왔다. 그러나 호텔 침대에 목욕 가운 차림으로 앉은 그레이스의 기분은 전혀 경쾌하지 않았다.

이 짓도 더는 못 해 먹겠다.

그게 그레이스가 도주 2개월 만에 내린 결론이었다.

"후우…."

신문을 넘기는 소리에 한숨이 섞여 들었다. 괜찮은 곳을 찾기가 왜 이렇게 어려운지. 부동산 임대 광고를 손끝으로 훑어 내려가며 그레이스는 거듭 한숨을 쉬었다.

별 소득 없이 보던 걸 접고 다른 신문을 펼치던 때였다. 라디오에서 길게 이어지던 전주가 끝나더니 노랫말이 나왔다.

[우리 자기는 어디로 간 걸까.]

그 순간 그레이스는 저도 모르게 웃음을 터트려 버렸다. 경쾌한 멜로디와 전혀 어울리지 않는 간절한 노랫말이라니.

"우리 자기 이 추운 겨울에 따뜻한 내 품을 두고 어디를 헤매는 거야. 응? 걱정되잖아."

애타는 속내를 능글맞고 가볍게 포장해 뱉던 그 남자의 목소리가 절로 떠올랐다.

[오늘 밤 우리 자기는 어디 있는 걸까.]

어디긴. 네 자기는 웨이크필드 시 프레이저 호텔 1115호에 있어.

"그나저나 우리 아이는 잘 있고?"

너무 잘 있어서 탈이야.

그레이스는 협탁에 올려 둔 케이크를 작게 떠서 먹자마자 진저에일을 한 모금 마셨다. 배 속의 무단 거주자가 요즘 부쩍 커진 탓인지 소화가 잘 되지 않아 진저에일을 입에 달고 살아야만 했다.

무단 거주자의 퇴거까지 이제 10주 남았다.

욕조를 쓰는 것도 버거워서 못 할 만큼 무거운 몸으로 이곳저곳을 전전하는 건 무리였다. 게다가 호텔 방에서 아이를 낳을 수도 없었다.

분명 그 남자, 온 왕국의 병원에 수배령을 내려 놨을 거다. 10주 후면 쥐가 알아서 덫으로 걸어 들어올 줄 알고 기대에 차 있겠지.

내가 그렇게 멍청한 줄 알아?

그레이스는 생활 정보면에서 어느 광고를 톡톡 두드리다 옆에 엎어 둔 지도책을 뒤적였다.

"흐음….”

위치도 가격도 적당했다.

[경비원 24시간 대기, 컨시어지 서비스.]

거기다 안전하다. 심부름을 해 줄 사람이 상시 대기하고 있으니 나갈 필요도 없고. 하지만 문제는….

[활발한 입주자 교류.]

달리 말하자면 파티 같은 입주자 친목 행사를 정기적으로 연다는 뜻이었다. 교류가 활발하면 소문도 잘 돌게 마련이다. 분명 새로 이사 온 여자의 집에 남편이 드나드는 걸 본 적이 없다는 둥, 수상쩍다는 둥 그레이스를 두고 소문이 돌 것이다.

그러다 전단 속의 여자가 나라는 결론까지 가는 건 시간문제겠지.

"하아… 정말, 어디로 가야 해?”

하루 벌어 하루 사느라 바빠 남에게 호기심을 가질 여유가 없는 빈민가나 이곳 말을 잘하지 못해 전단을 읽지 못하고 전화 통화나 공권력을 무서워하는 사람이 많은 이민자 지구로 가는 게 그 남자의 추적을 따돌리긴 가장 좋을 것이다.

그런 데선 의식주부터 신변의 안전까지, 도와줄 사람 없이 혼자서 많은 걸 해결해야 했다. 홀몸이었으면 거뜬했겠지만 이런 몸으론 무리였다.

그러니 그런 곳은 최후의 보루로 남겨 두고 적당한 곳을 찾아 며칠째 신문을 뒤적이는 그레이스에게 그 남자가 자꾸만 말을 걸었다.

"네게 가혹하게 굴었던 거, 너를 증오했던 거, 모두 과했고 다시는 그러지 않을 거야. 네가 내게 한 짓도 용서할게. 난 모든 과거를 깨끗하게 정리하고 너와 다시 시작하고 싶어. 그러니까 한 번만 기회를 줘."

연필로 신문지를 멍하니 두드리던 그레이스는 한참 후에야 중얼거리며 광고로 다시 시선을 돌렸다.

"…웃기지 마."

다시 잡아 가두려면 무슨 말인들 못 하겠어. 그 오만한 인간의 입에서 사과가 그토록 쉽게 나오는 것도 사람을 얕잡아 보는 것 같아 불쾌했다. 진심으로 반성하고 하는 사과도 아닌 주제에. 그건 기만이지.

비열한 개자식. 두고 봐.

그레이스는 눈에 띄게 들썩이는 배를 내려다보며 이를 악물었다.

10주 후면 내게서 네 흔적을 완전히 지울 테니까.

신문 세 개를 더 뒤지고서야 적당한 아파트를 딱 한 곳 찾았다.

'내일 전화해 봐야지.'

군용 단검으로 광고를 오려 내던 그레이스는 임대료를 보며 앓는 소리를 냈다.

'지금 가진 현금으론 안 될 텐데.'

곧 시선은 화장대에 올려 둔 핸드백으로 향했다.

'금괴를 몇 개 팔아야겠네.'

지미는 악마를 떨리는 눈으로 지켜보았다. 테이블 없이 두 발짝 거리에 마주 앉아 있자니 맹수 앞에 벌거벗겨진 채 내던져진 심정이었다.

그러나 테이블이 사이에 있다 해도 저 악마의 광기 어린 폭력을 피할 수 없는 건 이미 잘 안다. 팔걸이에 묶인 손에 '사형수'라는 문신이 아직도 선명히 남아 있는 것이 그 증거였다.

　북부에서 서부의 새 수용소로 옮겨 온 지 정확히는 몰라도 한 달은 넘은 듯했다. 동지들이 주로 수감되는 거번 수용소로 갈 줄 알았으나 수뇌부는 윈스포드 근교의 감옥에 세워진 임시 수용소로 옮겨졌다. 사령부의 가까이에 두고 계속 신문하겠다는 뜻으로 보였다.

　하지만 그런 추측이 무색하도록 꽤 오래 아무도 그를 찾지 않았다. 독방에 갇혀 미쳐 가기 직전일 즈음에야 윈스턴이 찾아왔다. 그렇다고 반가울 리 없었다.

　왜 갑자기 온 거지?

　갑작스럽지 않은 건 질문의 내용뿐이었다.

　"그 여자를 내 밑에 잠입시키게 된 경위, 빠짐없이 말해."

　또 그레이스에 관한 질문이었다.

　다만 행방과 전혀 상관없는 질문을 던지는 건 뜻밖이었다.

　저자가 중간중간 끼어들며 던지는 질문을 따라 그레이스를 윈스턴 저에 하녀로 잠입시키게 된 과정을 설명할수록 상대의 얼굴이 딱딱하게 굳어 갔다.

　"아, 그러고 보니 어릴 때 그쪽과 마주친 적이 있었다고 했어."

　잠시 침묵하던 윈스턴이 멋대로 결론을 내렸다.

　"그러니까 그 여잔 잠입하겠다고 한 적 없는 거군. 네가 강요했을 뿐이지."

　지미의 미간이 일그러졌다. 강요라니. 싫다는 사람을 억지로 밀어 넣은 건 아니었다. 설득을 다소 했을 뿐, 결국 잠입하는 쪽을 선택한 건 그레이스였다.

　"강요가 아니라 설득이야."

"설득?"

몸을 앞으로 기울여 무릎에 팔꿈치를 얹고 깍지 낀 두 손에 턱을 괸 채 생각에 잠겨 있던 윈스턴이 코웃음 쳤다.

"그 설득을 어떻게 했을지 안 봐도 뻔하군. 그 여자의 머릿속을 휘저어서 세뇌하는 데는 도가 텄을 텐데. 친애하는 블랜차드 씨, 수업 시간에 존 모양인데 그런 걸 강요라고 정의하는 거야."

그러더니 윈스턴은 미인계를 지시하게 된 과정과 그 당시 그레이스의 반응을 집요하게 캐물었다.

"결국 그 여자 말이 맞았잖아…."

홀로 중얼거리는 윈스턴의 낯빛이 순식간에 험악해졌다. 어째서 격노한 얼굴인지. 지미는 제가 한 말을 곱씹어 보았지만 무엇이 저자를 자극했는지 알 수 없었다.

사고와 행동을 전혀 예측할 수 없는 악마의 밑에서 그레이스는 어떻게 살아남은 걸까.

젠장할.

그 배만 봐도 뻔한 이야기였다. 눈앞에 어른거리는 그레이스의 마지막 모습을 떨치려 고개를 젓던 찰나였다.

드르륵. 의자를 끄는 소리가 났다. 고개를 들어 보니 윈스턴이 일어서서 문을 향해 몸을 돌리고 있었다.

이대로 끝인가.

안도감 탓에 지미는 잠시 잊었다. 저 악마의 사고와 행동은 예측할 수 없다는 사실을.

문으로 향하던 윈스턴이 돌연 멈춰 섰다.

"아, 맞아. 선물을 가져왔는데 잊을 뻔했군."

놈이 순식간에 권총집을 열더니 총을 뽑아 들자마자 슬라이드를 당겼다.

탕.

"으악!"

미처 피해 볼 겨를도 없이 으스러지는 듯한 통증이 발등을 관통했다. 피를 흘리며 비명을 지르는 지미를 한심하다는 눈으로 내려다보던 윈스턴이 밖으로 나가며 한마디 툭 던졌다.

"이건 내가 아니라 조가 주는 선물이야."

오늘 밤도 그의 침실은 주인 없는 방으로 보였다.

푸르스름한 달빛이 가로지르는 침대의 앞에는 오늘 밤도 그렇게 여자의 슬리퍼가 가지런히, 너무도 가지런히 놓여 있었다. 레온은 눈을 질끈 감으며 겨우 열었던 문을 닫았다.

그렇게 등을 돌려 향한 곳이 고문실이라니. 여기도 주인이 없는 건 마찬가지인데.

조소가 나올 법한 일이었지만 커다란 테이블 앞에 앉아 텅 빈 침대를 응시하는 그의 얼굴에는 희미한 웃음기조차 없었다.

주인이라니.

이 고문실의 주인은 그인데 그 여자더러 주인이라니. 그레이스 리들은 그의 고문실에 수감된 죄수였을 뿐이었다.

죄수라니.

모든 진실을 알고 나니 제게 다시 묻게 되었다. 그 여자, 과연 죄수라 할 만큼 죄를 지었나.

그때는.

그때의 시선으로 보자면 여자는 명백한 죄수였다. 군 시설이자 군 장교의 사저에 불순한 목적을 가지고 불법 잠입한 반군이었으니.

죄의 경중은 상관없었다. 육욕이 앞서 그 여자를 이곳에 가둘 핑계만 찾던 차였으니까. 거기에 눈먼 복수심도 한몫했다.

하지만 눈을 뜨고 나자 비로소 보였다.

그의 재킷조차도 버티기 버거워 고문실의 차디찬 바닥에 힘없이 엎드린 채 굴욕감을 토하듯 거듭 구역질을 하며 흐느끼던 여자.

저를 배신한 아군을 묵묵히 살렸으나 그 누구의 구원도 받지 못한 외로운 여자.

제가 저지르지 않은 죄까지 모조리 뒤집어쓰고 과도한 벌을 받아야 했던 억울한 여자.

"빌어먹을…."

잘못된 믿음에 맹목적으로 매달렸던 건 그도 마찬가지였다.

『개가 개를 잡아먹고 돼지가 돼지를 잡아먹게 하는 작전이라니 곱씹을수록 역겹다.』

그 여자는 혁명군의 기득권이 아니었다.

"강요가 아니라 설득이야."

그 여자는 그의 저택에 잠입하지 않으려 했다.

"그레이스는 그 일에 전혀 가담하지 않았어."

그 여자는 그날 밤 애빙턴 비치에서 일어날 비극을 까맣게 몰랐다.

머릿속에서 세 목소리가 엉키며 레온의 잘못된 믿음을 조목조목 반박했다.

알아. 알고 있다고 했잖아.

은연중에 느끼고 있으면서도 부인했다. 뒤늦게야 눈을 뜬 대가인 텅 빈 침대에서 레온은 공허한 눈을 떼지 못했다.

애빙턴 비치에서의 비극 후, 그 여자는 다른 사람이 되었다. 그가 다른 사람이 되었듯.

그 일이 아물지 않는 상흔을 오로지 제게만 남겼다고 믿었으나 그 또한 자만이었다.

"정말 미안해. 네게 그런 나쁜 말을 해서, 날 좋아하게 만들고는 비겁하게 도망쳐서, 그래서 널 괴롭게 해서 미안해. 나도 너를 진심으로…."

여자의 울먹이는 얼굴이 눈앞에 어른거렸다. 저도 모르게 환영을 향해 들어 올린 손끝이 미세하게 떨렸다.

"좋아했어."

넌 진심이었는데.

난 그때 네 눈물을 닦아 줬어야 했어. 사과를 받아 주었어야 했는데. 그랬더라면 좋아했었다는 말이 '좋아한다'가 될 수도 있었을까.

그때의 그는 제 아픔에만 빠져 여자의 아픔은 전혀 느끼지 못했다. 이제야 뒤늦게 느껴지는 아픔이 망령처럼 그를 괴롭혔다.

"난 네가 윈스턴인지 몰랐어. 네 아버지를 죽이려는지도 몰랐단 말이야."

"그때의 난 내 이름 외엔 거짓말을 한 게 없어."

"넌 그렇게 믿고 싶겠지만, 난 네 아버지의 죽음에 책임이 없어."

그래, 넌 진실만 말했는데 난 이딴 폭언이나….

"내가 좋아했던 여잔 순수하고 솔직했던 데이지야. 거짓뿐인 그레이스 리들이 아니라고. 알겠어?"

그 여잔 내게 거짓말을 하고 싶어서 한 게 아니었어.

"여태 입 다물고 있었던 너도 공범이야."

아니, 전혀. 그 여자에겐 입을 다물어야 하는 이유가 있었어.

"네가 내게 진심으로 미안했다면 이곳에 오지 말았어야 해! 적어도 내 밑에 뻔뻔스럽게 잠입하지는 말았어야지!"

그 여자 뜻이 아니었잖아.

그 여자는 이곳에 오지 않으려고 했다. 그를 속이고 또 속이며 조롱했다 믿었지만 제가 원해서 속인 적도, 조롱했던 적도 없었다.

결국 그 여자도 피해자였다. 그와 다를 바 없이. 그것도 멍청하게 모든 걸 혼자 다 뒤집어쓴 피해자였다.

과정이야 어찌 되었건 그의 밑으로 잠입한 범죄자이다. 반란군의 일원으로서 흉악한 범죄를 수도 없이 저지른 것 또한 사실이다.

그러니 세상은 그 여자를 죄인이라 부를지도 모른다. 그러나 레온 윈스턴에게 그레이스 리들은 이제 희생양일 뿐이었다.

맹목적인 믿음 하나가 무너진 빈자리를 그는 또 다른 믿음으로 채웠다.

넌 무죄야. 네 말대로 그때의 우리는 적이었어. 넌 반군의 일이 옳다고 믿었던 것뿐이야. 너도 어쩔 수 없었던 거잖아. 죄는 너를 속인 이들에게 있어.

언젠가 다가올 최후의 날, 그레이스 리들이 천국과 지옥을 가르는 심판장에 섰을 때 가장 목소리를 드높여 변호할 이는 한때 원수이자 적이자 버림받은 연인이었던 레온 윈스턴일 것이다.

양심의 자리에 오로지 욕심만을 채운 윈스턴다운 선택이었다.

너는 누구에게도 잘못한 적이 없는데….

"네가 내게 한 짓도 용서할게."

머저리. 레온은 여자와의 통화에서 그딴 소리를 한 자신의 혀를 자르고 싶어졌다.

건방지기 짝이 없는 소리였다. 용서할 일이 전혀 없는데, 네가 얼마나 기가 막혔겠어.

반성해야 할 일이 이토록 많은데 깨닫기도 전에 사과부터 했으니 그 여자가 그를 믿지 못하는 건 당연했다.

테이블 위에 놓인 안젤라 리들의 일기장을 내려다보던 레온은 지끈거리는 관자놀이를 짚었다.

완전히 착각에 빠져 있었다. 그 여자를 창녀에 노예도 모자라 개라고 모욕하길 서슴지 않은 데에는 혁명군의 기득권으로 태어나 대접과 특혜를 누리며 자랐을 것이란 가정이 은연중에 자리 잡고 있었다.

하지만 여자는 정말 개처럼 평생을 철저히 이용과 착취만 당했다.

"너는 이제 개야."

빌어먹을. 여자를 개 취급했던 일이 머릿속에서 되풀이되자 꽉 다물린 입매 사이로 괴로운 신음이 새어 나왔다.

아니야. 너를 이용하려고 그딴 소릴 했던 게 아니야.

원수이자 적인 네게 내 마음이 흔들리는 게 무서워서. 아무것도 하지 않고도 나를 쥐고 흔들 수 있는 네가 너무도 무서워서, 나도 모르게 놓으려는 주도권을 움켜쥐려고 그랬을 뿐이야.

『괴물은 아이가 아니라 그들이었다.』

반군 수뇌부가 그 여자를 아군으로 둔 목적이 적힌 페이지를 응시하던 레온은 여자가 체스터필드로 돌아왔던 때의 살벌했던 표정을 다시금 떠올려 보았다. 그 순간 그 여자가 지옥으로 보내고 싶었던 자들의 기나긴 명부에는 레온 윈스턴이라는 이름 또한 있었을 것이다.

아니야. 난 이런 건 몰랐어. 전혀.

레온은 그 여자에게는 닿을 수 없는 해명을 뒤늦게 쏟아 냈다.

내가 널 수단으로 여겼던 건 변명의 여지 없는 사실이야. 그렇지만 난 저 괴물들과 달라. 너를 오직 수단으로만 여긴 적 없어.

복수부터 사회적인 성공까지, 모든 걸 이뤄 낸 레온에게 지금의 그레이스 리들은 쓸모없는 여자였다. 그리고 그는 여자가 쓸모없어지기만을 바란 사람이었다.

그렇게 그의 소원대로 수단으로서의 의미가 사라진 여자는 이제 그에겐 온전한 목적일 뿐이었다.

하지만 그 목적지가 지금 어디에 있는지 몰라 길을 잃었다.

헤매다 헤매다 그가 향한 곳은 고작 그 여자가 쓰던 침대였다. 이른 아침, 그리고 늦은 밤 고문실 문을 열 때면 여자는 어김없이 이 침대에 누워 있었다. 어둠 속에서, 담요 한 장을 몸에 감은 채로.

그 여자의 시선을 느껴 보고 싶어서 같은 자리에 누웠다. 하지만 그가 느낀 건 그 여자의 외로움뿐이었다.

새카만 천장을 올려다보던 레온은 머릿속의 여자에게 뒤늦게야 물었다.

이곳에서 넌 얼마나 외로웠을까.

누구도 너를 구해 주지 않고, 누구도 너를 믿어 주지 않는 이곳에서.

"…그레이스."

항상 죄책감이 목구멍을 틀어막아 쉽게 부르지 못했던 그 이름을 불러 보았지만 이름의 주인은 들을 수 없었다.

정작 그 여자가 눈앞에 있었을 땐 이름을 부르고 싶어지는 순간마다 죄책감이 아버지의 목소리로 그를 꾸짖었다.

넌 저 이름을 증오해야 해.

사랑은 허락되지 않으니 증오를 빌미로 삼아서라도 그 여자를 갖고 싶었다. 그래서 가둬 두고 통제하고 세뇌하려 했다.

레온이 블랜차드의 악마들과 달랐던 건 동기뿐. 그도 똑같은 악마였다. 그토록 비틀렸던 욕망이 짧디짧았던 밀월기에 송두리째 변했다. 기만뿐이었던 그 시간에 말이다.

여자가 사랑을 흉내 내기 시작했다. 또 그의 심장을 부수려는 게 괘씸해 그럼 너도 한번 당해 보라고 똑같은 짓을 했다. 똑같이 가짜 사랑을 아낌없이 바쳤다.

사랑이 뭔지는 잘 몰랐다. 십수 년 전부터 퇴적되어 온 그 감정에서 어느 순간에 선을 긋고 사랑이라 정의해야 하는 건지는 아직도 모르겠다. 하지만 이제 한 가지는 안다. 그가 바친 건 가짜가 아니었다는 사실을. 가짜를 주고 속이 이토록 쓰라리고 허전할 리 없으니.

그리고 또 한 가지. 이젠 왜 그 여자가 그를 사랑하는 척했는지도 안다. 도망치기 위해 그를 방심하게 만들려 했다는 건 완벽한 착각이었다. 그걸 그 여자와의 통화 후에야 깨달았다.

[레온, 나를 여전히 사랑해? 그래서 불행해?]

그래.

그랬던 거였나. 목마른 내게 네 달콤한 사랑을 한 모금이나마 맛보게 하고, 그렇게 중독되도록, 없이는 못 살도록 만들어 놓고 영영 빼앗아 갔구나. 넌 내가 불행하길 바라 행복을 맛보게 했던 거였어.

넌 똑똑하니까. 단 한 번도 가지지 못한 것보다 가졌다가 영원히 잃는 것이 더욱 견디기 힘들다는 걸 잘 알았겠지. 난 머저리라 상상조차 못 했거든. 겪어 보고서야 알았어.

균열은 그 여자의 세상에만 생긴 것이 아니었다. 절대 무너지지 않을 것처럼 단단히 버티고 있던 증오라는 둑에 그 여자가 균열을 남기고 사라졌다. 그 증오가 무너지니 그 뒤에서 겁 없이 불어나던 사랑이 터져 나와 해일처럼 그를 덮치는 걸 막을 도리가 없었다.

그렇게 수단으로서의 의미가 사라진 자리에는 목적만이, 증오가 사라진 자리에는 사랑만이 남았다.

그리고 레온이 길을 잃었듯 그의 사랑 또한 갈 곳을 잃었다.

그 여자의 사랑 따위 없어도 그만이라고 믿은 건 비겁함의 발로였다. 애초에 그 여잔 그에게 사랑을 줄 생각이 없는데 먼저 거부하는 척하며 금이 가는 자존심을 억지로 이어 붙였다.

그 여자는 듣지도 못할 변명을 하자면 다른 남자가 이미 차지한 사랑은 못 될 테니 무엇이라도 되고 싶어 증오를 심었다. 사랑은 쉽게 식지만 증오는 그렇지 않다고 믿었으니.

그러나 그의 증오는 사랑보다 일찍 식어 버렸다.

여자에게 사랑을 말해야 할 때마다 망설였던 것 또한 죄책감이 아버지의 목소리로 혀를 찼기 때문이었다.

네 아비를 죽인 여자의 딸을 사랑해? 한심하고 몰염치하기 짝이 없구나.

하지만 아버지, 빌어먹을, 그레이스는 아무 잘못이 없단 말입니다.

부친은 양심이 없다고 그를 힐난할지도 모르지만 어차피 윈스턴이란 하나같이 양심이 없는 족속이었다.

그는 제 의무를 다했으니 부친의 망령을 떨칠 자격이 있었다.

"그레이스…"

자유의 몸이 된 레온은 진심을 거리낌 없이 말할 수 있게 되었다.

미안하다. 너를 오해했다. 네가 받아 마땅하지 않은 증오를 퍼부었다. 나를 용서하지 못해도 이해한다.

그래도 사랑한다. 염치없게도.

하지만 그 진심을 어디로 전해야 좋을지 몰랐다. 그렇게 또 길 잃은 제 모습만 확인했다.

"그레이스."

그는 새로운 말을 배워 연습하는 아이처럼 같은 이름을 소리 내 되뇌고 또 되뇌었다. 그러다 눈을 지그시 감았다. 상상 속의 그는 지금 이 자리에 있었다.

"죽일게요…. 버리지 마세요…."

그레이스가 훌쩍이며 잠꼬대를 하자 쥐고 있던 술잔을 놓았다. 픽 웃고 넘기는 대신 레온은 그녀를 안아 주며 이름을 불렀다.

그레이스, 괜찮아. 아무도 죽이지 않아도 돼. 난 널 버리지 않아.

하지만 그날의 그는 그러지 못했고, 결국은 이곳에 홀로 버려졌다.

지금 아는 걸 그때도 알았더라면. 아니, 적어도 그 여자를 믿어 주었더라면. 그는 부질없는 후회를 하며 시간을 되짚어 갔다.

그레이스의 목소리를 마지막으로 들었던 날로, 그레이스가 체스터필드역으로 되돌아왔던 순간으로. 그렇게 돌아가고 싶다는 생각을 하다 끝내는 해변의 소년과 소녀로 처음 만났던 순간까지 거슬러 가 후회했다. 우스운 일이었다. 열세 살 소년에게 무슨 힘이 있을까.

돌아가고 싶다. 돌아올 거야. 돌아와.

같은 말을 하고 또 하고. 그렇게 길을 잃고 같은 자리만 맴도는 지리멸렬한 후회 속에서 레온은 똑같은 이름만을 불렀다.

그레이스. 그레이스. 그레이스.

제 이름 대신 그녀의 이름만이 메아리쳐 되돌아오는 이곳은 무저갱이었다.

이름 없는 아이

VENGEANCE NAMED LOVE

화창하던 하늘이 갑자기 변덕을 부리며 천둥과 비를 쏟아 내기 시작했다.

"4월답군."

사령관은 잠시 창밖으로 향했던 시선을 다시 책상으로 돌렸다. 부활절 휴가 후 첫 출근이라 책상에는 골치 아픈 일들이 쌓여 있었다.

의회에 제출할 감사 관련 자료를 넘겨 보던 때였다. 문밖에서 비서가 소란을 떨었다.

"잠시만 기다려 주세요, 소령님! 그러시면 안….'

소령? 무슨 일이지. 나가 보려는 마음을 먹기도 전에 집무실의 문이 벌컥 열렸다. 약속도, 예고도, 심지어는 노크도 없이 집무실로 쳐들어온 무례한 자는 윈스턴 소령이었다. 누구보다 예의범절을 잘 알지만 그걸 당당하게 무시할 만큼 오만한 자다운 행동이었다.

"소령, 무슨 일인가."

소령의 왼손에 뒷덜미를 잡혀 개처럼 끌려 온 장교만 봐도 무슨 일인지는 이미 알았다. 시치미를 떼며 물은 걸 물론 상대도 알았을 것이다. 소령은 싸늘한 눈으로 그를 노려보더니 장교를 집무실 안으로 내던지듯이 밀쳤다.

"잃어버리신 개를 제가 손수 찾아왔습니다. 아니지. 첩자라고 해야 맞겠군요."

무척이나 정중하고도 친근한 투에서 살벌한 기운이 느껴졌다.

"이 녀석이 사령관님의 개라는 건 바쁘신 분의 시간을 아끼고자 비서가 증언해 주었으니 괜한 부인으로 시간 낭비 마시죠."

저 망할 것. 사령관은 문간에 서서 눈만 깜빡이다 제가 화제로 오르자 도망치듯 시야 밖으로 뛰어가 버린 비서를 속으로 질책했다. 윈스턴 소령을 부르라거나 대면 일정을 잡으라고 할 때마다 얼굴에 화색이 돌더니만 저 겉만 번드르르한 미치광이에 혹해서 유도 신문에 넘어간 모양이었다.

"그나저나 훈련을 더 철저히 시키셔야겠습니다. 흔적을 남기고, 목격자를 만들고. 부주의한 구석이 한둘이 아니었던지라 말이죠."

지금 두 사람의 사이에 엉거주춤 서서 궁지에 몰린 쥐처럼 안절부절못하는 소위는 소령의 보좌관인 캠벨 중위에게서 정보를 얻어 내라고 보낸 자였다.

그 아이에 관한 정보를.

실종자 제보는 오직 캠벨 중위와 그가 지정한 당직 사병만이 수집했다. 다들 하나같이 입이 무거운 자들이라 그간 어떤 제보가 수집됐는지 알 수 없었다.

그럼 캠벨 중위의 책상을 뒤지든지 해서 뭐라도 알아내 보라고 했더니 부주의하게 들킨 것이다.

"죄, 죄송합니다, 사령관님."

소위가 고개를 푹 수그리며 울먹였다.

"나가."

으르렁거리는 듯한 목소리로 명령하자 녀석이 밖으로 도망쳤다. 언제 달려들지 모를 맹수라도 피하듯 빙 돌아 지나가며 소령에게 기어들어 가는 목소리로 죄송하다는 사과를 하는 꼴에 말문이 막혔다.

하필 골라도 저딴 걸 골랐다니.

그가 탄식하는 사이 소령이 문을 쾅, 소리 나게 닫더니 책상 앞으로 성큼 걸어왔다. 사령관은 위계를 잊고 하극상을 벌이는 소령을 매섭게 노려보았다.

다른 장교였더라면 징계나 문책으로, 아니, 질책만으로도 기를 단숨에 꺾어 놓았을 것이다. 아니다. 다른 장교였더라면 애초에 사령관에게 덤빌 수도 없었을 것이다. 그에게 말 한마디조차 제대로 못 하는 젊은 장교들이 수두룩했다.

"이건 또 뭔가."

소령이 그가 보던 서류의 한가운데에 무례하게 놓은 건 신문지 조각이었다. 그 내용이 눈에 들어오자 사령관은 괜한 질문을 던졌다는 걸 깨달았다.

5월에서 6월 사이 태어날 아이를 입양한다는 광고였다. 이건 그가 사립 탐정을 통해 낸 것으로 의미를 알 수 없는 숫자에는 '그 남자에게서 널 숨겨 줄 사람은 네 혈육뿐'이라는 메시지가 암호로 숨겨져 있었다.

그 아이가 제1특임단에 알려 주었던 반군의 암호로 말이다.

"그레이스 리들의 두 혈육 중 누가 범인인지 몰랐는데 이렇게 자수를 하시는군요."

변명의 여지도, 변명의 필요성도 없었다. 그는 그저 태연한 척하며 온갖 신문을 뒤져 이 광고를 찾아냈을 지독한 인간을 응시했다.

"이게 얼마나 위험한 짓인지 알기나 하십니까. 반군의 쥐새끼들 중에 배신자가 저 밖을 떠돌고 있는 걸 아는 놈들이 몇이나 됐을 것 같습니까. 거기에 대고 저들의 암호로 광고라니. 생각이 짧은 생부를 둔 덕분에 이제 그 여자의 목숨을 노리는 자들이 더 늘었겠군요."

소령은 그의 코앞에서 이를 악물고 힐난을 쏟아붓더니 돌연 입매를 비틀었다.

"그레이스를 죽이려 하신 거겠죠. 아주 훌륭한 전술입니다."

"소령, 그런 게 아니네. 내가 내 딸을 왜 죽이겠어."

딸이라는 말까지 입에 올리며 적극 부인했지만 소령의 눈동자에서 번뜩이는 광기는 전혀 가라앉지 않았다.

"사령관님의 실수는 거기서 끝이 아닙니다. 저들에게 우리가 암호 해독 방법을 알고 있다는 걸 광고해 주신 셈이죠."

"이 광고를 내가 낸 걸 알 리가…."

"그건 모르더라도 동지가 아닌 누군가가 아군의 암호를 쓴다면 암호가 유출됐다고 보는 게 상식 아닙니까. 이제 길거리를 떠도는 쥐새끼 녀석들이 이 암호를 더는 쓰지 않겠군요. 군의 반군 소탕 핵심 전술을 단숨에 백지로 만드시다니 정말 대단하십니다. 이쯤 되면 사령관님이야말로 반군의 첩자가 아니신가 의심이 드는군요."

정도를 넘는 발언에 순간 화가 치밀었지만 사령관은 인정할 수밖에 없었다.

"그건 내가 생각이 짧았네."

그는 한숨을 길게 내쉬고 항복하듯 두 손을 들었다.

"좋아. 나도 자네도 손 떼도록 하지."

그 찰나 소령의 미간에 깊은 골이 팼다.

"그 아이를 놓아주자는 말일세."

그 아이가 저 미치광이를 감당할 수 없을 것 같았다. 저러다 최악의 경우에는 저도 그 아이도 죽여 버리는 게 아닌가 싶을 정도였다. 설령 감당할 수 있더라도 둘을 붙여 놓는다면 재앙이 일어날 것만 같은 불길한 예감이 들었다. 그래서 떼어 놓으려는 것뿐이라고 해명한들 윈스턴이 납득할 리가 없었다.

역시나, 눈먼 미치광이는 그를 노려보며 이를 갈았다.

"손은 그레이스에게 아무것도 아닌 그쪽이 떼야지."

"소령, 내가 저번에도 말했지만 잃은 것 고작 하나 때문에 가진 것 모두를 잃지는 말게."

하나라니.

레온은 주먹을 아프도록 움켜쥐었다.

잃은 것 하나가 그에겐 전부였다.

그런데 고작 하나라니.

그는 숨을 깊이 들이켜며 끓어오르는 분노를 가까스로 억눌렀다.

"착각하시는데 따님 덕분에 가진 것 모두를 잃을 사람은 제가 아닙니다."

"다시 말하지만 난 그 애가 내 비밀을 알든 말든 죽일 생각이 없어."

"죽이든 빼돌리든 제겐 다를 게 없죠."

사령관은 지친 한숨을 내쉬었다. 그 아이를 향한 윈스턴의 집착과 광기는 날이 갈수록 심해졌다. 겨우 넉 달째가 이러면 앞으로는 어떻게 될지 눈앞이 깜깜했다.

이런 미치광이인 것을 다른 이들은 꿈에도 모르고 그를 부러워했다. 윈스턴을 발탁해 소탕 작전의 지휘권을 준 그의 안목이 뛰어나다는 찬사를 들을 때마다 진실을 말하고 싶어 입이 얼마나 근질근질한지 아무도 모를 것이다.

얼굴을 거칠게 쓸어내리고 보니 눈앞에 사진 한 장이 놓여 있었다.

"이건…."

신분증을 찍은 사진이었다. 노라 왓슨이라는 이름이 적힌 신분증, 즉 안젤라 리들이 그의 밑에 잠입할 때 썼던 가짜 신분증이었다.

"약속과 다르지 않나."

사령관은 분개했다. 소탕 작전의 지휘권을 윈스턴이 가져가는 대신 선왕 시해 작전의 기록과 증거 중에서 그와 직간접적으로 관련된 것은 모조리 그에게 넘기기로 합의하지 않았던가.

"무슨 말씀이신지 모르겠군요."

여태 이를 갈던 놈이 태도를 단숨에 바꿔 능글맞게 굴기 시작했다. 비열하기 짝이 없었다.

"사령관님께서 요구하신 것 중에 안젤라 리들의 소지품은 없었던 걸로 압니다만."

"이래서야 내가 자네를 어떻게 믿겠나. 자네와 나 사이의 신뢰에 벌써 금이 가지 않은가."

"사령관님께서 제 밑에 첩자를 심으셨을 때에는 신뢰 관계가 멀쩡했습니까? 애초에 이 관계가 신뢰에서 시작된 건 아닌 걸로 압니다만. 잊으신 것 같아 상기시켜 드리자면 협박과 강요로 시작됐죠."

윈스턴은 딱하다는 듯 내려다보며 빈정대더니 그를 한 번 더 궁지로 몰아넣었다.

"이것 말고도 제겐 안젤라 리들의 일기장이 있습니다. 그 안에 무엇이 적혀 있는지는 굳이 말씀드리지 않아도 되겠죠."

사령관은 이미 이 대결에서 얻어맞을 대로 얻어맞아 링 밖으로 나가 떨어진 상태였으나 집요한 미치광이는 멈추지 않았다.

"'내가 살해당하면 이 안에 든 걸 폭로하시오.' 이런 이름의 금고가 윈스턴가에 있다는 사실, 잊지 않으셨길 바랍니다."

둘 다 거기 넣어 두었다는 소리인가. 사령관이 사색이 되었다.

"물론 제가 아니라 그레이스가 살해당해도 폭로되는 겁니다."

"좋아. 이 일에서 난 완전히 손 떼지. 자네는 정신 나간 레밍 떼처럼 낭떠러지로 질주하든 말든 마음대로 하게!"

낭떠러지 아래라도 그레이스가 있다면 기꺼이.

레온은 호통이 채 끝나기도 전에 등을 돌려 나왔다.

"이래서 위험하다고 한 건데, 그 망할 여자…."

제1특임단 본부로 돌아와 책상 앞에 앉았지만 일이 손에 잡힐 리 없었다. 폭우가 내려치는 창문을 등진 채 서류에서 같은 자리만 읽고 또 읽다 포기하고 자리에서 일어서는 순간이었다.

"소령님."

캠벨이 집무실의 문을 두드렸다.

"들어와."

캠벨의 손에는 메모 한 장이 들려 있었다. 무엇에 관한 메모인지 알게 된 순간 레온은 다시 자리에 앉을 수밖에 없었다.

"웨이크필드에서 연락이 왔습니다."

그가 여자를 추적하기 위해 고용한 탐정이 무언가를 찾았다는 뜻이었다.

[3월 초중순 15박. 혼자 장기 투숙. 프레이저 호텔. 검은 머리. 방문객 없었음. 건강해 보임. 임신 중. 자발적으로 체크아웃함. 이후 목적지는 말하지 않았음. 이후 웨이크필드 지역 내 다른 호텔에서는 투숙 기록 없음.]

메모에 적힌 건 결정적인 실마리는 아니었지만 뻣뻣하게 당기던 레온의 뒷덜미를 느슨히 풀어 주는 데는 한몫했다.

적어도 무사하다는 건 확인했으니.

남중부에 있는 웨이크필드 지역으로 추적 범위를 좁힐 수 있었던 건 금괴 덕분이었다. 3월 초, 조나단 리들 주니어가 그간 팔았던 금괴의 일련번호를 감시 기록에서 확인해 그 번호와 가까운 번호가 각인된 금괴의 수배령을 금을 매입하는 곳마다 내렸다.

그리고 일주일 전, 그의 추론이 맞았다는 걸 확인했다. 웨이크필드의 한 은행에서 선글라스를 낀 임신부가 3월 7일에 1트로이온스짜리 금괴 두 개를 팔았다고 신고해 왔다.

비록 신고가 오기까지 시간이 걸렸지만 그간 몇 달째 비어 있던 행방의 공백을 메웠다는 것만으로도 만족스러운 수확이었다.

그 여자는 금괴를 두 개나 팔았다. 임대료 혹은 출산 비용이 목적이라는 게 레온의 추론이었다. 어느 쪽이 되었든 그레이스는 웨이크필드에서 아이를 낳을 생각이란 뜻이었다.

"병원과 조산원 계속 주시하라고 전해."

"네, 이미 그렇게 지시했습니다."

"좋아. 나가 보도록."

은행의 제보를 받은 즉시 웨이크필드 및 근교의 병원과 조산원에 수배령을 집중적으로 내렸다. 물론, 예측이 틀릴 가능성도 있는 법이었다. 그래서 전국의 병원과 조산원에도 전단을 배포해 두었다.

청록색 눈동자를 가진 산모. 선글라스를 벗지 않으려는 산모. 가족 없이 홀로 온 산모.

어떤 특징이든 흔치 않으니 의료진과 산파의 눈에 쉽게 띌 것이다.

아무리 생각해도 아이를 갖게 한 건 훌륭한 전략이었다. 그녀가 그의 덫으로 걸어 들어오는 건 이제 시간문제일 테니.

출산 예정일까지 남은 시간은 이제 고작 4주.

그럼 곧 그레이스도, 아이도 안아 볼 수 있을 것이다.

돌연 비가 멎고 구름이 걷혔다. 창을 넘어 쏟아져 내리는 햇빛 속에서 레온은 회심의 미소를 지었다.

지옥과 천국을 오가는 그의 심기만큼이나 변덕스러운 4월이었다.

울음소리는 멎을 줄을 몰랐다. 아이는 태어나기 전부터 단잠을 방해하더니 그 습관을 그레이스의 배 속에 버리지 못하고 나온 듯했다. 사람을 집요하게 괴롭히는 것이 어떻게 보아도 그 남자의 아이였다.

"그 빌어먹을 개자식….

"쉿, 아기가 듣잖아."

아기 울음소리에 익숙한 목소리가 섞여 들었다.

"아이 앞에서 아버지를 헐뜯는 건 교육상 좋지 않아."

그 순간 그레이스는 온몸을 관통하는 예리한 전율 속에서 눈을 번쩍 떴다. 어스름한 새벽빛이 드는 창을 등진 검은 인영 또한 목소리만큼이나 익숙했다.

"불과 얼음을 섞으면 뭐가 될지 궁금했는데…."

남자는 아기를 품에 안은 채 내려다보고 있었다.

"뭐든, 예쁘네."

눈빛은 보이지 않았으나 그의 심경은 애틋한 목소리만으로도 충분히 느낄 수 있었다. 역겹기 짝이 없었다.

"아니, 아름다워."

남자는 칭얼대는 아기의 이마에 입을 맞추며 속삭였다. 그 모습을 멍하니 바라보던 그레이스는 부들부들 떨리는 주먹을 움켜쥐었다.

어째서. 어째서. 새하얗게 변한 머릿속에서는 같은 말만 반복됐다.

저 남자에게 붙잡히지 않기 위해 할 수 있는 일은 다 했다. 한두 달여 전 숨기에 적당한 아파트를 찾았다. 그러자마자 집 안 곳곳을 사용한 흔적이 있는 남자 물건으로 채웠다. 누가 들어와 보면 남편이 잠시 부재중인 줄 알도록.

물론 산파를 속이려고 한 수고였다. 어제 낮, 예정일을 나흘이나 넘기고서야 진통이 시작되고 예약해 둔 산파가 왔을 땐 때마침 남편이 출장을 간 척했다.

거기다 일부러 커튼을 치고 방을 어둡게 했다. 조명은 붉은 기가 강한 전구만을 써서 눈동자가 청록색이 아닌 다른 색으로 보이게 했다.

산파는 아무런 의심도 하지 않는 듯했다. 그저 홀로 아이를 낳는 그레이스와 아이의 탄생을 놓친 '남편'을 딱하게 여겼을 뿐.

그런데 어째서 이렇게 된 걸까.

산파가 끝내 나를 알아보고 제보한 걸까. 좌절하는 순간 아기를 어르던 남자가 느닷없이 웃음을 터트렸다.

"나만 닮지 않으면 된다더니…. 내가 뭐랬어? 그런 소원은 함부로 비는 게 아니라니까."

그는 저를 노려보는 그레이스는 안중에도 없이 아이의 머리칼을 만지작거리며 흡족한 미소를 지었다.

"그래도 네겐 정말 잘됐군. 내 겉모습만은 좋아했으니. 적어도 성격은 닮지 않길 기도해 봐."

내 알 바 아니야! 난 여길 떠날 거야. 내 모든 과거를 버리고. 거기엔 물론 너와 네 아이도 있어.

외치고 싶었으나 목소리가 나오지 않았다.

"그나저나, 생각보다 고문실에 요람이 잘 어울리는군."

고문실? 그 말에 놀란 그레이스는 그제야 남자에게서 시선을 떼고 주변을 둘러보았다. 검은 천장, 검은 벽에 박혀 아가리를 쩍 벌리고 있는 족쇄와 수갑, 모서리가 빛을 받아 날카롭게 번뜩이는 철제 테이블.

'이게 어떻게 된 거지?'

그레이스는 고문실에 있었다.

잘그락. 손발을 움직여 본 그레이스는 잔인하도록 익숙한 소음과 무게감에 탄식했다. 그녀는 족쇄와 쇠사슬이 사지에 감긴 채 고문실의 침대에 묶여 있었다.

"대체 언제…. 당장 풀어! 풀어 줘! 응? 제발!"

결국엔 애걸까지 했지만 남자는 울음을 그치지 않는 아기만 어를 뿐 그레이스에겐 눈길조차 주지 않았다.

"약속과 다르잖아! 이젠 가두지 않는다며?"

"그 약속은 네가 순순히 돌아올 때만 유효한 거였지."

"네가 언제 그런 말을 했어?"

지옥에나 떨어져 버려! 이 비열한….

"개…자식…. 헉!"

그레이스는 눈을 번쩍 떴다. 천장의 야자수 무늬 벽지가 시야에 들어오는 순간 안도의 한숨을 내쉬었다. 여긴 아파트였다. 고문실이 아니라.

그걸 확인하고도 방 안을 조마조마한 눈으로 훑었다. 다행히도, 아니,

어쩌면 당연하게도 그 남자는 보이지 않았다. 안전하다는 걸 확인하고도 턱 끝까지 찬 숨을 가라앉히는 데에는 한참이 걸렸다.

"꿈에서도 지독한 그 개자식…."

악몽이 얼마나 지독했는지 잠옷이 축축했다. 그레이스는 머리칼이 땀에 젖어 달라붙은 이마를 쓸어 올리다 발치로 시선을 내렸다.

아기 침대에서는 여전히 울음이 터져 나오고 있었다. 흰 천을 가장자리에 둘러 둔 탓에 아기가 전혀 보이지 않는 침대를 물끄러미 바라보던 그레이스는 천천히 몸을 일으켰다. 어젯밤 아이를 낳은 직후만 해도 온몸이 얼어맞은 것처럼 욱신거리더니 한숨 푹 자고 나자 한결 가뿐해졌다.

그녀는 침대로 다가가 안을 들여다보며 물었다.

"왜 그래?"

아이는 저도 힘들었는지 밤새 죽은 듯 잠만 자더니 지금은 기력을 회복한 건지 발을 힘껏 차며 목청껏 울고 있었다. 기저귀를 확인해 봤지만 젖어 있지 않았다.

'배고플 때도 됐지.'

그레이스는 주방으로 가 젖병에 분유를 조금 타 왔다. 지치지도 않고 우는 아이를 침대에서 꺼내 창문 앞의 안락의자로 갔다. 아이를 안는다기보다는 허벅지 위에 눕혀 두고 머리만 살짝 들어 젖병을 물려 주었다.

"아니… 왜 그래? 뭐가 문제야?"

아이는 젖병을 물려 줘도 젖꼭지를 뱉어 내고 빨지 않았다. 굶겨서 짜증이 날 대로 났는지 발버둥에 손까지 휘저으며 얼굴이 새빨개지도록 울어 댔다.

"그래, 늦게 줘서 미안해. 그만 짜증 내고 먹어, 응?"

울음을 좀 그치면 먹을까 싶어 젖병을 치우고 안아서 달래 주었지만 별 소용이 없었다. 한참을 고전하던 그녀는 정말 하기 싫던 짓을 자포자기하는 심정으로 시도했다.

"하… 너 정말 웃긴다."

그레이스는 제 가슴 끝을 물자마자 얌전해진 아기를 내려다보며 허탈한 한숨을 내쉬었다.

"나오지도 않는데…."

어젯밤에는 산파의 눈치가 보여 억지로 젖을 물렸었다. 하지만 모유는 거의 나오지 않았고 젖을 물리는 기분은 썩 좋지 않았다. 그래서 서로 좋자고 분유를 타 왔더니….

"벌써 까다롭네."

등 뒤에서는 희미한 파도 소리가 들려오고, 품 안에서는 자그마한 입술로 힘주어 젖을 쪽쪽 빠는 소리가 이어졌다. 아기를 물끄러미 관찰하던 그레이스는 긴 한숨을 내쉬었다.

"왜 이렇게 작니?"

배 속에서 그녀를 짓눌렀던 무게에 비해 아기는 너무나도 작고 가벼웠다.

그레이스는 제게 매달리다시피 하며 젖을 빠는 자그마한 생명을 좀 더 성의껏 안아 주었다.

"네게 무슨 죄가 있겠어."

태어난 건 죄가 아니다. 탄생은 언제나 타의에 의해 일어나니.

죄라면 이 아이를 이기적인 목적으로 만든 그 남자에게, 애초에 범죄에 가담해 붙잡힌 저에게, 그리고 그녀를 속여 범죄에 가담하게 만든 그들에게 있을 것이다.

그러니 그레이스가 이 아이에게 거리를 두는 건 미운 탓이 아니었다.

미안한 탓이었지. 그녀는 어머니의 일기장에 담겨 있던 그 수많은 고뇌와 갈등의 대부분을 벌써 이해하게 되었다.

"너를 어떻게 하면 좋니…."

그 남자에게 잡히지 않고 무사히 낳는 일에만 온통 신경을 쓰느라 아이를 어떻게 할지는 아직 정하지 못했다.

그저 어딘가에 줘 버리면 된다. 쉬운 일 같으면서도 쉽지 않았다.

이 아이에게 밝고 평범한 미래를 보장해 주는 게 제가 그나마 할 수 있는 속죄 같아 그러고 싶었다. 하지만 문제는 어느 길로 가야 그런 미래가 아이를 기다리고 있는지를 모른다는 사실이었다.

길은 단 세 갈래뿐이다. 그 남자에게 보내는 것, 고아원에 주는 것, 또는 손수 적당한 가정에 입양시키는 것.

그 남자에게 주는 건 여전히 확신이 없었다. 오로지 그녀를 묶어 두기 위해 만든 아이이다. 제 역할을 하지 못하는 아이를 그 남자가 어떻게 취급할지 걱정스러웠다.

고아원에 보내는 건 그녀로선 가장 손쉽지만 아이에겐 위험할 수도 있는 선택지였다.

말랑한 뺨을 손끝으로 간질였더니 아이가 눈을 떴다.

어두운 파랑.

아이의 눈동자 색을 다시 한번 확인한 그레이스는 한숨을 쉬었다. 저도 갓 태어났을 때엔 이런 눈이었다는 걸 어머니의 일기장에서 읽었다. 그 말은 이 아이의 눈동자 또한 저처럼 청록색으로 변할 수 있다는 뜻이었다.

고아원에 아직도 블랜차드의 잔당들이 손을 뻗치고 있다면, 그래서 이 아이가 잔당의 손에 들어간다면? 생각만으로도 끔찍했다.

그들은 눈동자만 봐도 이 아이가 그녀와 윈스턴의 아이란 걸 알아챌 것이다. 그 남자에게 복수하거나 왕당파와 협상을 하는 데 아이를 이용하려 할 수도 있었다.

게다가 하필 남자아이도 아니고 여자아이라니. 이 아이마저 저와 같은 운명이 되게 둘 순 없었다.

"정말 널 어쩌지? 응? 말해 봐. 넌 어디로 가고 싶어?"

그레이스는 초점 없는 눈으로 저를 물끄러미 바라보는 아기에게 덧없이 물었다. 아기는 이토록 가벼운데 그녀의 가슴을 짓누르는 근심은 너무도 무거웠다.

"그래, 네가 뭘 알겠어."

그나마 현명한 답을 아는 건 그레이스뿐이었다.

좋은 부모가 되어 줄 사람을 손수 찾아 준다.

아이의 눈이 설령 청록색으로 변하더라도 이 왕국의 수많은 가정 중 하나에 숨은 아이를 그 남자든, 반군이든 찾아내긴 쉽지 않을 것이다. 그리고 아이는 제가 증오와 계략의 산물이라는 진실을 평생 모르고 평범한 가정에서 사랑받으며 살 수 있을 것이다.

아마도.

적어도 다른 길보다는 나을 거야.

그레이스는 품속의 아이를 다독이며 같은 말을 되뇌었다.

"이게 최선이야."

누군가를 설득하듯 구는 그레이스를 머릿속의 그 남자가 힐난했다.

"*넌 이미 내 계획 알잖아.*"

닥쳐. 넌 불행해야 해.

❖ · ❖

차가운 금속 테이블 위에는 시신이 놓여 있었다. 온몸이 흰 천에 가려져 보이지는 않았으나 체구와 어렴풋이 드러나는 윤곽으로 보아 여자인 게 분명했다.

시신의 주위를 둘러선 남자들이 모두 침묵하는 가운데 안치소의 직원으로 보이는 자가 불편한 정적을 깼다.

"오늘 낮에 산욕열로 사망한 산모입니다. 남편도 가족도 없는지 혼자 병원에 왔다는 데다가 실종자 전단에 적힌 인상착의와 맞아떨어져서 연락을 드렸는데…."

직원이 설명을 하다 말고 말끝을 흐렸다. 또다시 불편한 정적이 이어졌다. 흰 천으로 감싸인 시신을 눈으로 가볍게 훑어본 레온은 고개를 들자마자 입매를 비틀었다. 안치소의 직원도, 캠벨도 모두 암담한 얼굴을 하고 있었다. 마치 그에게 시한부 선고를 내리러 온 의사처럼.

보기도 전에 왜 벌써 저런 얼굴을 하는지.

그는 피식, 코웃음을 치곤 직원에게 고개를 끄덕였다. 얼굴을 가린 천을 걷으라는 지시였으나 직원은 머뭇대며 그를 힐끔거렸다. 딱하다는 눈으로.

"왜 그런 눈으로 보는 거야? 이 천 아래의 여자는…."

내 여자가 아닐 텐데. 인내심이 바닥난 레온이 스스로 천을 걷은 순간, 시한부 선고는 사망 선고가 되었다.

"…그레이스."

그레이스의 삶이 끝났다는 것을 두 눈으로 확인하는 순간 그의 삶도 끝이 났으니.

이건 말도 안 돼.

청록빛 눈동자가 저토록 혼탁한 건 생명의 빛이 완전히 꺼졌기 때문이다. 그걸 알면서도 믿지 못하고 핏기가 완전히 가시다 못해 푸른빛이 어렴풋이 도는 얼굴에서 놀란 시선을 떼지 못하는 사이, 캠벨이 직원을 데리고 밖으로 사라졌다.

홀로 남겨지고도 오래도록 굳어 있던 레온이 돌연 피식 웃었다.

"재미없는 장난은 적당히 해, 자기야."

장난일 거다. 이 여자가 여태 썼던 깜찍한 속임수와 계략의 하나일 뿐이다. 나를 불행하게 만들어야 하기에 죽은 척하는 것뿐이다.

"당장 일어나지 않으면 베어 버릴 거야."

그는 발치의 작은 테이블에서 부검용 칼을 집어 들었다. 번뜩이는 칼날을 창백한 얼굴 위로 위협하듯 들었으나 담이 큰 여자답게 그레이스는 눈 한번 깜빡이지 않았다.

마치 죽은 사람처럼.

"…정말 할 거야. 후회하지 마."

레온은 칼날을 창백한 살갗을 향해 기울였다. 악문 잇새로 뱉은 목소리만큼 칼날도 크게 떨리고 있었다.

쨍그랑.

바닥으로 내던져진 칼이 기슬리는 쇳소리를 내지미지 욱 설이 억눌린 흐느낌과 함께 터져 나왔다.

"빌어먹을…."

이딴 장난질은 적당히 하라고 머리가 핑 돌 때까지 흔들어 줄 생각이었다. 그러나 그레이스의 두 뺨을 움켜쥐자마자 레온은 불에 덴 사람처럼 손을 뗐다.

세상에 이토록 차가운 불도 있을까.

세상에 이토록 차가운 사람이 있는 건 잘 안다.

죽은 사람.

그제야 레온은 더는 부인할 수 없는 현실로 무너졌다. 그는 그레이스의 주검을 끌어안으며 절망했다.

마음은 그에게 늘 차가워도 몸만은 뜨거웠던 여자가 몸마저 차갑게 식었다. 이 여자가 더는 그를 밀어내지 않는다는 게 이토록 고통스러운 일일 줄이야. 그레이스의 뺨이 축축하게 젖어 가는 게 오로지 제 탓이란 것 또한 못 견디게 괴로웠다.

"왜 이런 곳에 있는 거야?"

그녀를 찾길 매 순간 간절히 바랐지만 이런 곳에서 찾길 바란 적 없었다.

"내게 왔더라면 이럴 일 없었잖아."

습관처럼 그레이스를 탓하자마자 그는 또 한 번 무너졌다.

널 비참한 죽음으로 내몬 사람은 나야. 네게 용서를 구하고 내가 저지른 그 수많은 잘못을 만회할 기회를 놓친 것도, 우리가 결국 비극으로 끝나게 된 것도 모두 내 탓이야.

"미안해."

진심뿐이라 한들 닿지 못하는 사과는 아무런 쓸모가 없었다. 반성과 사과의 끝에는 용서와 함께 이런 말이 그를 기다리고 있길 염치없게도 고대했다.

다음부터는 그러지 말아.

그러나 이제 두 사람에게는 다음이 없다. 여기서 끝이었다.

"그레이스."

레온은 차가운 뺨을 쓰다듬으며 눈을 마주한 채 여자의 이름을 마음껏 부르고 또 불렀다. 증오를 완전히 걷어 내고 오로지 애정만을 담아. 처음으로. 숨을 거두고 나서야.

"그레이스…."

그렇게 마지막 순간까지도 후회할 일은 늘어만 갔다.

후드득 떨어진 눈물이 건조한 청록빛 눈동자를 적셨다. 레온은 핏기 없는 입술에 마지막 키스를 남기고 비틀린 미소를 지었다.

"그레이스, 나를 죽이고 싶다고 했잖아. 그거 알아? 나도 마찬가지야."

그는 그레이스의 왼손을 들어 올려 허전한 약지에 키스를 새겼다.

"죽을 거면 네 손에 죽고 싶어."

뻣뻣하게 굳은 손가락을 구부려 방아쇠에 걸었다. 권총의 총구가 향한 곳은 그의 턱 아래였다. 그는 사랑하는 여자의 약지에 방아쇠울을 반지처럼 끼우고 차가운 손을 주저 없이 감싸 쥐었다.

탕.

몸이 흔들리는 순간 레온은 눈을 번쩍 떴다.

"도착했습니다."

이마를 짚고 있던 손을 치우자 보이는 건 그를 돌아보는 택시 기사의 얼굴이었다.

"하이…."

레온은 얼굴을 거칠게 쓸어내렸다. 기차역에서 이곳까지 오는 그 찰나에 잠이 든 모양이었다. 그 짧은 순간마저도 불길한 꿈에 시달리다니.

제정신이 아니군.

아직도 심장이 거세게 질주했다. 잠시 호흡을 고르며 평정을 되찾으려 했지만 잘되지 않았다. 결국 포기하고 캠벨과 함께 택시 밖으로 나오며 기사에게 지시했다.

"잠시 대기하도록."

그리 오래 걸리지 않을 테니. 아마도.

레온은 사람들이 그를 알아볼 수 없도록 선글라스를 쓰고서야 건물의 안으로 발을 들였다.

병원 지하는 6월에도 냉기가 감돌았다. 저벅저벅, 복도를 울리는 발소리가 스산하게 들릴 정도였다. 레온의 걸음이 곧 어느 문 앞에서 멎었다. 문에는 '시체 안치소'라는 팻말이 붙어 있었다.

잠시 상관의 안색을 살핀 캠벨이 조심스럽게 문을 두드렸다.

"네, 들어오시죠."

안에서 목소리가 들렸다. 문을 열자 안치소 한구석의 책상 앞에 앉아 있던 중년의 남자가 일어섰다. 솔리테어를 하던 중이었는지 책상에는 카드가 여러 줄로 쌓여 있었다.

"전화를 받고 오신 겁니까?"

안치실의 직원은 한쪽 벽의 코르크 보드를 가리켰다. 이런저런 안내문과 수칙이 붙어 있는 가운데 구석에는 실종자 전단이 몇 달째 매달려 빛이 바래어 가고 있었다. 어쩌면 오늘부로 저 전단은 사라질지도 모른다. 직원은 그게 기쁜 일일지 슬픈 일일지 섣불리 정의할 수 없었다.

"네, 맞습니다."

20대 중반쯤으로 보이는 어두운 금발의 남자가 대답하자 직원은 책상을 빙 돌아 시체 보관함으로 향했다.

"전화번호를 보니 서부던데 전화를 받자마자 달려오신 모양이군요."

여긴 윈스포드에서 기차로 다섯 시간 거리였다. 다음 날에나 올 줄 알았더니 바로 달려온 걸 보면 꽤 마음이 간절했던 모양이었다.

딱한 마음이 들던 찰나였다. 청년이 문을 활짝 열고 안으로 들어오더니 옆으로 물러섰다. 누군가에게 자리를 비켜 주듯이.

여자를 찾는 사람은 저 청년이 아니었던 건가.

장신의 젊은 신사가 안으로 성큼 들어오는 순간 그의 눈이 휘둥그레졌다. 단정한 용모부터 고급스러운 정장까지, 남자는 언뜻 봐도 매우 부유해 보였다.

죽은 여자는 가난해 보이던데 말이다. 혹시 도망친 정부인 건가. 중년의 남자는 식상한 추측을 하며 멍하니 눈을 깜빡였다.

젊은 신사는 안치실 한가운데에 멈춰 섰다. 선글라스를 쓰고 있어 눈이 잘 보이지 않았으나 시체 보관함의 굳게 닫힌 문마다 시선을 던지는 것이 느껴졌다. 마치 실종된 여자를 찾듯이.

"이쪽입니다."

직원은 왼쪽으로 남자를 안내했다. 2B 칸의 잠금장치를 열며 그는 바싹 마른 입술을 초조하게 잘근댔다.

맞으면 어쩌나.

죽은 실종자는 찾아도, 찾지 못해도 비극이었다. 다들 같은 생각인지 안치소 안에는 긴장감이 감돌았다. 침착해 보이는 장신의 남자도 굳은 입매의 가장자리가 미세하게 떨리는 것으로 보아 긴장한 듯했다.

'이런 일은 몇 번을 해도 익숙해지지 않는단 말이지.'

직원은 문을 열고 보관대를 밖으로 꺼내며 속으로 탄식했다. 흰 천으로 덮인 시신의 실루엣을 눈으로 훑는 젊은 남자의 낯빛이 어두워졌다.

얼굴을 덮은 천을 걷어야 할지 말아야 할지, 망설인 지 얼마나 됐을까. 초조한 초침 소리와 이따금 누군가가 목을 가다듬는 소리만 들리던 가운데 홀로 시간이 멈춘 듯하던 남자가 고개를 들었다.

'왜 그런 얼굴로 보는 거야?'

레온은 이를 악물었다. 직원은 딱하다는 눈으로 그를 바라보고 있었다. 조금 전의 악몽처럼.

그러나 이번에는 코웃음을 치며 이 천 아래의 여자는 내 여자가 아닐 거란 장담을 하지 못했다.

그는 시선을 피하며 고개를 짧게 끄덕였다. 직원이 그를 힐끔거리면서 얼굴을 가린 천으로 머뭇머뭇 손을 뻗었다.

조금 전의 악몽처럼 불길하기 짝이 없었다.

심장은 악몽 속에서 그 여자의 얼굴을 처음으로 마주했던 순간처럼 질주했다. 아니, 더욱 거칠게 뛰었다. 온몸의 말초에서 박동이 느껴질 정도였다.

그러다 천이 걷히는 순간이었다. 심장이 멎었다.

"…."

엄숙한 마음으로 남자의 반응을 기다리던 직원의 눈이 휘둥그레졌다.

"하…."

웃었다. 남자는 시신의 얼굴을 보고 웃음을 터트리더니 그에게 수고했다며 지폐 한 장을 내밀고 밖으로 나갔다.

"아니네요. 다음에 또 제보 부탁드립니다."

캠벨은 어리둥절한 얼굴로 닫힌 문을 바라보는 직원에게 인사와 당부를 남기고 소령을 따라나섰다. 병원 밖의 캄캄한 어둠 속으로 들어서자마자 소령이 선글라스를 벗으며 그에게 물었다.

"그 악착같은 여자가 죽었을 리 없잖아. 안 그래?"

"네, 그럴 리 없죠."

새파란 혈관이 도드라지도록 마른 손으로 시가를 꺼내던 소령이 위태로운 미소를 지었다.

곧바로 대기하고 있던 택시에 올라타 다시 기차역으로 향했다. 이곳으로 오는 데는 여섯 시간이 걸렸으나 머문 시간은 20분도 채 안 될 것이다.

택시 뒷좌석에서 레온은 눈을 지그시 감은 채 손으로 이마를 짚었다.

이 일도 벌써 세 번째였다.

출산 예정일이 점점 다가오는 가운데 제보가 오기만을 기다렸다. 하지만 전화는 울리지 않았다.

그사이 날짜는 훌쩍 지났다. 기다리다 못해 레온은 수배령을 확대했다. 병원과 조산원에서 시체 안치소로. 아이를 낳다 잘못되었을지도 모르니. 그 후로는 전화가 울리는 게 무턱대고 반갑지 않았다.

그러니까 낭떠러지 앞에서 한 발을 뗐다가 뒤로 주춤 물러서는 이 짓이 세 번째라는 뜻이다. 그러다 결국 물러서지 못하는 날이 다가오면 어떻게 해야 하는 걸까.

악몽 속의 총성이 귓가를 울리자 레온은 조용히 한숨을 삼켰다.

기차역에 도착하자마자 윈스포드로 돌아가는 야간열차에 올랐다. 맞은편의 플랫폼에는 남부로 가는 야간열차가 서 있었다. 열린 문과 창으로 보이는 열차 안은 벌써 파티 분위기를 물씬 풍겼다. 그러나 여름 휴양과는 대체로 거리가 먼 서부로 향하는 열차는 한산하기 짝이 없었다.

열차에 오른 레온은 일등석 침대칸의 문을 열며 캠벨에게 가 보라고 눈짓했다.

"이만 휴식 취하도록."

"네, 소령님도…."

그 여자가 사라진 후 캠벨은 인사를 할 때마다 이렇게 머뭇댔다. 무슨 말을 해야 좋을지 모르는 것이다. 그에게 좋은 밤, 평안한 밤 같은 건 이제 없으니.

"…내일을 생각해서 푹 쉬십시오."

고개를 끄덕이며 객실로 들어간 레온은 닫힌 문에 몸을 기대곤 지끈거리는 이마를 손으로 눌렀다.

내일을 생각해서.

그는 웃었다. 흐느낌 같기도 한 실소였다.

항상 내일은 무언가가 있으리라는 기대를 품는다. 오늘의 좌절로 이어질 걸 알면서도.

침대칸을 빌린 건 쓸데없는 짓이었다. 결국 침대에 한번 눕지도 않고 라운지로 향했으니.

늦은 밤, 라운지 칸은 텅 비어 있었다. 레온은 홀로 위스키 잔을 기울이고 케이스가 빌 때까지 시가를 피우며 신문을 뒤적였다.

[네 조카들이 널 보고 싶어 해.]

익숙한 광고가 눈에 들어오는 순간 그는 시가 연기를 한숨과 함께 뱉어 냈다. 대체 어디에 있는 건지. 웨이크필드는 주변까지 샅샅이 뒤졌지만 그레이스의 목격담조차 얻을 수 없었다.

예정일은 5월 중순이었으나 지금은 벌써 한여름인 7월 중순이었다. 논리적으로 따지자면 그레이스가 이미 아이를 낳아 몸을 회복하고도 남았을 시기였다. 그러니 아직 시신으로 돌아오지 않았다는 건 아이를 낳다 잘못되었을 가능성이 낮다는 뜻이다.

그러나 그 여자가 무사하다는 걸 눈으로 확인하기 전까지 레온은 아무것도 확신할 수 없었다.

개인 입양 광고란을 또 무심결에 뒤적이던 그는 시가를 든 손으로 위스키 잔을 기울이다 말고 허탈한 웃음을 흘렸다.

이런 데서 아이를 찾을 수 있을 리가.

레온이 아이에 관해 아는 정보는 대략적인 출생 시기뿐이었다. 머리 색도, 홍채 색도, 성별도, 그 어떠한 사소한 특징조차 그는 알지 못했다. 그러니 이런 광고를 보든 전국의 고아원을 뒤지든 그는 제 아이를 알아볼 길이 없었다.

그런데도 신문을 뒤지고 또 뒤지다니. 자신이 광적인 강박에 빠진 정신병자로 느껴질 정도였다.

앞으로 신문을 넘기던 레온의 손이 사회면에서 멈칫했다. 어느 시골의 도랑에서 영아의 시신이 발견되었다는 기사가 눈에 들어오는 순간 악에 받칠 대로 받친 목소리가 그의 머릿속에서 외쳤다.

"네 새끼가 나를 엄마라고 부르기 전에 네 눈앞에서 죽여 버릴 테니까."

그럴 거면 적어도 네 다짐대로 내 눈앞에서 해. 내가 미치는 걸 보고 싶을 거 아니야. 내가 네게 목말라 죽어 가는 꼴도 보고 싶잖아. 그럼 보러 오란 말이야.

레온은 시가를 쥔 손에 이마를 기대고 지친 한숨을 내쉬었다.

정말 내게서 모든 원망과 관심을 버린 걸까.

철커덕거리는 열차의 소음 사이로 여자가 거듭 같은 질문을 던졌다.

"불행해?"

그래. 그래서 넌 행복해?

아니, 살아 있기는 해?

하지만 여자는 대답 대신 같은 말만 거듭했다.

불행해?

"하암…."

하품 소리가 재밌는지 아이가 꺅 웃었다.

"놀이 시간 아니야. 얼른 먹어."

"헤… 으우…."

이 새벽에 배가 고프다며 사람을 깨우더니 먹지는 않고 놀기나 하다니. 그레이스는 옹알거리기 시작하는 아이에게 억지로 가슴 끝을 물렸다.

아이가 얌전히 젖을 빨기 시작하자 하다 만 돈 계산을 다시 머릿속에서 바쁘게 이어 갔다. 현금이 슬슬 바닥나려 했다.

'금을 또 팔아야 하나.'

그레이스는 옷장으로 시선을 던졌다. 저 안의 금고에는 그녀의 전 재산이 들어 있었다. 다이아몬드는 그대로지만 금괴는 세 개가 줄었다.

'중개인에게 또 살 생각 있냐고 물어볼까.'

금괴 중 두 개는 은행에서 팔았지만 마지막 하나는 이 아파트를 소개해 준 부동산 중개인에게 팔았다. 사실 팔았다기보다는 좀 독특한 거래였다.

"아, 혹시 이 근처에 금값을 잘 쳐주는 곳이 있나요? 은행이든, 보석상이든. 전당포도 좋아요."

계약을 앞두고 중개인에게서 이 주변의 상점가나 괜찮은 레스토랑을 추천받다가 문득 생각나 물었다.

"금 말입니까?"

"네, 1트로이온스짜리 금괴를 현금으로 바꿔야 하는데…."

가방 안에 이미 임대료를 치를 현금은 있는데 중개인이 오해를 한 모양이었다.
"1트로이온스라…. 그럼 지금 시세론 대충 다섯 달 반까지 임대료 지불이 가능하군요. 몸도 무거우실 텐데 번거롭게 멀리 가실 것 없이 현물로 내시죠."

가구까지 포함한 6개월 치 임대료를 금괴 하나로 받겠다는 것이었다. 지금 시세론 다섯 달 반이니 밑지는 거 아니냐고 했더니 중개인은 씨익 웃었다.

아무래도 집주인에겐 제 돈으로 임대료를 미리 지불하고 금괴는 제가 가질 모양이었다. 그러다 요즘 추세를 따라 금값이 더 오르면 시세 차익을 보려는 생각인 게 얼굴에 빤하게 쓰여 있었다. 그레이스도 딱히 손해 볼 것 없었기에 금괴로 임대료를 냈다.

그 덕에 현금이 두둑하게 남았으니 떠날 때까지 충분할 줄 알았다. 그런데 알고 보니 아기란 우유가 아니라 돈을 먹고 크는 존재였다.

분유는 거의 먹지 않으니 돈을 아꼈다 해도, 모유는 공짜로 나오는 게 아니다.

거기다 식비만 드는 것도 아니었다. 빨랫감이 얼마나 순식간에 쌓이는지. 혼자 다 감당하긴 힘들어서 청소와 빨래를 해 줄 하녀를 고용해야 했다. 매일 오후에 잠깐 올 뿐인데도 주급으로 돈이 훅훅 나갔다.

아이를 키우는 데 드는 돈이니 그 개자식이 준 바지를 팔아 양육비로 삼는 게 가장 이치에 맞는 것 같다만 그럴 순 없었다. 보석상과 전당포에 수배령을 내려 놓았을 테니.

그러니까 마지막 날 하녀가 기를 쓰며 손에 끼워 준 거겠지. 이럴 때를 대비해 독특한 디자인으로 주문했을 게 뻔했다.

'어쨌거나 얘를 얼른 보내야겠어.'

이런 고뇌를 전혀 모르는 아기는 가슴에 뽀얗고 자그마한 손을 얹은 채 젖을 빨며 순진무구한 눈을 그녀에게서 떼지 않았다. 짙푸른 눈동자에 세상에서 가장 신기하고도 대단한 존재라도 보는 듯한 경이감이 깃들어 있었다.

"그렇게 보지 마."

그레이스는 무거운 한숨을 푹 내쉬곤 협탁에 놓아둔 신문을 펼쳤다.

이 아파트의 계약은 9월 말에 끝난다. 그레이스는 그 전에 좋은 가정을 찾아 아이를 보내고 곧바로 컬럼비아로 떠나기로 마음먹었다. 그 시기를 놓쳐 겨울이 오면 대양 횡단선이 끊긴다. 내년 봄까지 여기에 발 묶여 그 남자에게 쫓겨 다니는 건 사절이었다.

신문을 뭉텅 집어 생활 광고 면으로 바로 넘긴 그레이스는 입양할 아이를 구한다는 광고를 찾아 지면을 훑다 돌연 눈살을 찌푸렸다.

[데이지에게, 네 조카들이 널 보고 싶어 해. 오빠가.]

그 남자, 이 신물 나는 광고를 아직도 내고 있었다.

"돈을 허공에 마구 뿌리고 다니는군."

윈스턴이 조와 그 가족들을 인질로 잡고 있다는 뜻이었지만 그레이스는 눈 하나 깜짝하지 않았다. 조는 지미처럼 물렁물렁한 사람이 아니었다. 그러니 알아서 잘할 것이다.

게다가 조의 가족에게 해를 끼치면 그레이스와는 영영 끝이라는 걸 그 남자가 모르지 않을 것이다.

"펜트하우스도 남아돌 텐데 내 조카들 대접 잘해, 이 머저리, 아!"

광고를 보느라 고개를 숙인 채 빈정대는데 갑자기 뭔가가 휙 날아와 그레이스의 코를 때렸다. 그녀의 허를 찌른 주먹은 아무 일 없었다는 듯 가슴 위로 돌아갔다.

"아, 진짜 아파."

그레이스는 코를 문지르며 신음했다. 배 속에서도 그렇게 발길질과 주먹질을 해 대더니.

"8주밖에 안 된 아기가 왜 이렇게 힘이 세?"

어처구니가 없어서 웃었더니 아기가 젖꼭지를 물고 있던 입을 헤, 벌리며 따라 웃었다.

"뭐든, 예쁘네."

그레이스의 미소가 순식간에 시들었다.

곧 배가 부른지 졸기 시작하는 아이를 세워 안고 트림을 시켜 주었다. 그러는 내내 아이는 자그마한 팔을 그레이스의 몸에 감고 매달렸다. 이럴 때면 그녀가 저를 떠날 생각이란 걸 아는 것만 같아 마음이 무거워졌다.

"괜찮아. 세상엔 나보다 더 좋은…."

엄마라는 말이 혀끝에서 떨어지지 않았다.

"…사람이 많아. 이게 네겐 더 나은 길이야."

아이는 트림을 하고도 품에 달라붙어서 떨어지질 않았다. 떼어 놓으려 할 때마다 칭얼대는 바람에 깊이 잠들 때까지 안고 있자니 벌써 창밖에선 동이 트고 있었다. 그레이스는 저 멀리 건물 사이로 보이는 붉은 바다에 시선을 고정했다.

이 아이가 나를 기억하게 되기 전에 보내야 해. 이 아이가 엄마라는 말을 할 수 있을 즈음이면 난 저 바다 너머에 있어야 해. 홀로.

"난 내 삶을 살 거야. 너도 네 삶을 살아."

그레이스는 잠든 아이를 토닥이며 주문처럼 같은 말을 중얼거렸다.

❖ • ❖

열차는 칼날처럼 쏟아져 내리는 아침 햇살을 가르며 윈스포드 중앙역으로 진입했다. 복도에 미리 나와 서 있던 캠벨은 열차가 완전히 멈춰 서자 침대칸의 문을 두드렸다.

"…."

문이 열리자마자 아침 인사를 하려다 관뒀다. 밖으로 걸어 나오는 소령은 전혀 쉬지 못한 얼굴이었다. 저러다 과로사라도 하는 게 아닌가 걱정이 될 정도였다.

두 장교는 역 밖으로 나가자마자 택시를 탔다.

"헤일우드의…."

캠벨이 기사에게 윈스턴 저로 가자고 하려던 찰나였다. 소령이 고개를 젓더니 목적지를 정정했다.

"윈스포드 임시 수용소."

"오늘은 어느 걸 골라 볼까."

마구간에서 말이라도 고르듯 경쾌한 말투였다. 그러나 윈스턴이 손에 든 승마용 채찍으로 하나씩 가리킨 건 말이 아니라 인간이었다.

사슬과 족쇄로 손발이 묶인 채 흙바닥에 한 줄로 무릎 꿇은 이들은 한때 혁명군을 이끌었던 간부들이었다.

해가 뜨기 무섭게 형장으로 끌려온 이들은 악마와 눈이 마주칠까 무서워 모두 놈의 반질반질한 갈색 구두만 응시했다. 윈스턴은 어째서인지 장교복 대신 정장을 입고 왔다. 뒷짐을 진 채 채찍을 까딱이며 간부들의 앞을 느긋하게 왔다 갔다 하던 악마가 불현듯 물었다.

"자원자는 없나?"

아무도 대답하지 않았다. 총살형을 자발적으로 당하고 싶은 사람은 없으니.

악마의 조롱이 극에 달하면 어떤 일이 일어나는지 이제는 너무도 잘 아는 이들이 눈에 띄게 몸을 떨기 시작했다.

그중 두 사람은 떨지 않았다. 자신이 오늘 죽지 않을 걸 이미 알고 있었으니. 그럼에도 역력히 긴장한 얼굴이었다. 모든 동지의 죽음을 지켜본 후 가장 마지막에 저 형장 끝의 기둥에 묶이는 것으로 운명이 정해진 이들이기 때문이었다.

"자원자가 없어? 이런…."

한 달여 전만 해도 형장에 집합된 사람은 여덟 명이었다. 그러나 이젠 다섯밖에 남지 않았다. 즉 오늘 이 자리에 모인 셋 중 하나는 죽을 운명이란 뜻이었다.

늦봄 즈음부터 윈스턴이 더욱더 잔혹해졌다. 그 전에는 저자를 통해 인간의 잔혹성이 어디까지 갈 수 있는지를 보았다면 지금은 잔혹성 그 자체가 인간의 껍데기를 뒤집어쓴 채 미물을 가지고 노는 기분이었다.

지미는 직감했다. 이건 분풀이다. 우리가 한 일에 대한 분풀이가 아니라 다른 사람이 저자에게 한 일의 분풀이를 우리에게 하는 거다. 그 다른 사람이 그레이스인 건 뻔했다.

그레이스의 잘못 때문에 억울하게 희생당해야 한다니. 하나둘 덜덜 떨리는 이를 악물고 울분을 참는 가운데 조롱하듯 앞을 서성이던 윈스턴이 돌연 우뚝 멈춰 섰다.

"그럼 어쩔 수 없군."

저번에는 제비뽑기로 처형 대상을 정했다. 이번엔 대체 어떤 정신 나간 짓으로 뽑으려는 걸까. 다들 숨을 죽이고 마른침만 삼키던 때였다.

"돌아가며 자신이 아닌 다른 사람이 죽어야 하는 이유를 말해 봐. 나를 설득하는 데 성공한 둘은 살려 주지."

리틀 지미와 데이비드 윌킨스를 제외한 셋이 고개를 번쩍 들더니 당황한 기색이 역력한 눈으로 서로를 바라보았다. 이내 그들의 눈이 당혹감 대신 망설이는 기색을 내비치기 시작하고, 그중 하나가 먼저 입을 여는 순간 모든 게 변했다.

"소, 소령님, 저 둘이 일전에…."

결국 추악한 폭로전이 시작되었다.

"리, 리틀 양을 두고 나, 남자에 미쳐서 동지를 팔아먹었다고…."

"그만둬!"

"자네는 안 했나? 자네도 목에 핏대를 세우며 떠들더니. 이 더러운 변절자!"

"내가 언제 그랬나. 생사람 잡지 말게!"

끝내는 셋 모두 얼굴을 벌겋게 달군 채 욕설과 저주를 주고받았다. 죽음의 공포가 수십 년을 함께했던 동지애를 짓밟은 순간이었다.

"올해 본 쇼 중에서 단연 최고야."

그 넌더리 나는 꼴을 지켜보며 윈스턴은 코미디 영화라도 보듯이 폭소했다.

"이봐, 애쓰는 동지들을 위해서라도 좀 웃어 봐."

그는 새하얗게 질려 침묵하는 지미와 데이브를 부추기며 반응을 강요하기까지 했다.

"너희 둘은 떨지도 않는군."

둘을 내려다보던 윈스턴이 비소를 지었다. 그 순간 불길한 예감이 든 두 사람은 숨을 죽였다.

"이봐, 이쪽을 봐."

놈이 외치자 서로 눈물과 침을 튀겨 가며 욕설을 주고받던 세 사람이 지미와 데이브를 돌아보았다.

"우열을 가리기 어렵군. 그래서 오늘 죽지 않을 이 둘이 오늘 죽을 사람을 고르기로 했어."

참혹한 삶과 더욱 참혹한 죽음의 경계에 선 이들은 윈스턴의 질 낮은 이간질에 쉽게 넘어갔다. 지미와 데이브에게 사정사정하면서도 눈빛에는 그 둘을 향한 경멸과 원망이 서려 있었다.

그러다 결국 한 사람이 포기했다.

"그냥 날 죽여…. 당장 죽여…."

어차피 언젠간 죽을 운명이었다. 매일 공포에 떠느니 하루라도 먼저 겪는 게 낫다는 결론에 이른 것이었다. 그렇다고 해서 지미와 데이브가 그 사람에게 선뜻 형 집행 선고를 내릴 수도 없는 노릇이었다.

"죽여…. 제발 죽여 주게…."

넋을 놓고 같은 말을 중얼거리는 자와 오늘 죽지 않을 두 쥐새끼를 조용히 지켜보던 레온이 쯧, 혀를 찼다.

"못 하겠나? 하여튼, 제대로 하는 게 뭔지. 좋아, 오늘은 특별히 내가 고르지."

어쩔 수 없이 제가 고른다는 식으로 굴었지만 레온은 사실 처형 대상을 정해 두었다. 사형수 셋을 이런저런 위기로 몰아넣으며 행동을 집요하게 관찰한 끝에 그가 고른 사람은 가장 먼저 살려고 기를 쓴 자도, 가장 먼저 죽겠다고 나선 자도 아니었다.

"먼저 배신하지도 못했고 먼저 포기하지도 못했던, 가장 우유부단한 사람."

레온이 죄수 하나를 채찍 끝으로 가리키자 놈이 얼굴을 일그러뜨리며 벌벌 떨었다.

"난 우유부단한 인간들이 싫거든."

위험을 무릅쓰지 않으려 하는 태도, 용기 없고 비겁한 게 딱 질색이야. 그렇게 오늘의 사형수를 고른 사유를 읊던 레온이 돌연 멈칫했다.

"잠깐, 이게 누구야."

그는 반가운 지인의 얼굴이라도 알아본 듯이 두 손을 벌리며 감탄했다.

"이토록 우유부단하면서도 그레이스에게 명예로운 죽음을 내리라는 소리는 가장 먼저 꺼냈던 자군."

놈이 한층 사색이 되더니 동지들을 원망 가득한 눈으로 돌아보았다. 당시 그 자리에 있었던 누군가가 모두 불었다는 뜻이니.

"그게, 제가 지시를 내린 게 아니라…. 이봐, 다들 그렇게 생각했잖아! 맞잖아! 말해, 다들!"

하지만 동지들은 외면하거나 레온의 눈치만 보았다.

"제발 살려만 주십쇼."

레온은 개죽음을 목전에 두고 흙바닥을 기는 남자를 향해 몸을 숙였다. 채찍 끝이 그자의 턱을 밀어 올렸다.

"이런, 그쪽도 청산가리를 삼키고 명예롭게 죽지 그랬나. 그럼 오늘의 불명예스러운 죽음은 피할 수 있었을 텐데."

"제발, 잘못했습니다."

"너희가 그 여자를 키운 이유를 이젠 나도 알아. 기가 막히더군. 조커를 손에 쥐고도 쓸 줄을 몰라서 도리어 그 조커에 당한 등신들이라니."

레온은 혀를 차며 몸을 똑바로 세웠다.

"그쪽이 죽었단 이야기를 똑똑히 전해 들어야 할 텐데."

누가 이 소식을 듣기를 원하는지는 굳이 말할 필요 없었다. 뒤를 돌아보자 캠벨이 수첩을 손에 든 채 고개를 끄덕였다. 내일 자 신문에는 저자의 처형 소식이 오를 것이다.

잘 봐. 내가 이렇게 네 복수에 최선을 다하잖아.

레온은 손바닥 끝으로 미간을 짚은 채 한숨을 내쉬며 명령했다.

"끌고 가."

대기하고 있던 사병이 오늘의 사형수를 형장 끝의 기둥으로 끌고 갔다. 다리의 힘이 풀린 놈이 질질 끌려가며 의미 없는 발버둥을 치고 악다구니를 썼다.

"저 괴물의 아비는 네가 죽였잖아! 데이브! 여기 서야 하는 건 너야!"

놈이 기둥에 묶이며 외치자 데이비드 윌킨스가 고개를 휙 돌렸다.

"윽!"

채찍 끝이 죄수복 밖으로 드러난 놈의 목덜미를 후려쳤다. 놈이 그대로 쓰러져 일어나지 못하고 버둥거렸다. 이자는 블랙번 작전 때 지하 통로로 도망치려다 그레이스가 저지른 폭발에 휘말리는 바람에 다리 한쪽을 쓰지 못했다. 레온이 눈짓하자 뒤에 서 있던 사병 하나가 놈을 일으켜 앉혔다.

"내가 각별히 로열석에 앉혀 줬으면 그에 걸맞은 성의를 보여야 할 거 아냐."

이번에는 채찍 끝이 시선을 피하는 제임스 블랜차드 주니어의 뺨으로 파고들었다.

"똑바로 봐."

리틀 지미는 그나마 순종적인 편이었으나 윌킨스는 끝내 말을 듣지 않고 자꾸만 고개를 숙였다. 레온은 캠벨에게서 검은 장갑을 받아 끼고 놈의 머리채를 움켜쥐었다.

"잘 보란 말이야. 네 새끼들이 어떻게 죽었는지. 그리고 남은 새끼와 네가 어떻게 죽게 될지를."

그가 여태 한 일과 앞으로 할 일을 상기시켜 주자 놈은 역겨운 눈물이 그득하게 고인 눈을 질끈 감으며 이를 악물었다. 턱이 부들부들 떨리는 게 선명하게 보일 정도였다.

이자와의 첫 대면은 몇 달이 지난 지금도 생생했다.

그때 놈은 감방의 벽에 걸린 십자가를 올려다보며 기도를 하는 중이었다. 무슨 기도를 했냐고 물었더니 윌킨스는 제 아들의 영원한 안식을 빌었다며 조용히 이를 갈았다. 제가 첩자 프레드의 부친이란 사실을, 그리고 그레이스가 알려 준 또 하나의 진실을 레온이 알고 있다는 걸 모르는 눈치였다.

"신이시여 부디 그 불쌍한 아이를 굽어살펴 주소서."

"내 아버지를 위해서도 그런 기도를 하는지 궁금하군."

그제야 그가 찾아온 이유를 깨달았는지 놈이 새하얗게 질렸다.

"아쉬워. 네가 내 아버지를 죽인 원수인 줄 알았더라면 프레드를 그렇게 편하게 보내 주진 않는 건데. 적어도 네 눈앞에서 죽여 줬을 텐데 말이지."

놈은 그제야 자신이 아들보다 고통스럽게 죽게 될 것을 예감했는지 비굴하게 나왔다.

"리처드 윈스턴 소령의 일은 정말 미안합니다. 그러려던 게 절대 아니었습니다."

"사과로 무마될 일이라고 생각하는 걸 보니 불쾌하군."

"그런 것이 아니라…."

"목숨엔 목숨으로."

그의 말에 놈이 손을 떨기 시작했다.

"그, 그래서 이미 프레드를 그렇게…."

"아, 네 목숨 대신 자식의 목숨으로 갚았다는 건가? 이런… 프레드, 금방 네 아비가 한 말을 들었나?"

레온은 감옥 바닥을 향해 물으며 지옥에 있는 프레드를 조롱했다.

"좋아. 네 자식의 목숨으로 네 목숨을 부지하고 싶다면 그렇게 해 주지."

상대의 눈동자에서 희망의 불씨가 붙자마자 꺼지는 모습을 지켜보는 건 레온이 가장 즐기는 유희였다.

"넌 당장 죽이지 않을 거야. 네 자식을 하나씩 끌고 와 눈앞에서 죽여 준 후에야 이 모든 원한을 털고 가벼운 마음으로 보내 주지. 그리고 보니 넌 자식이 꽤 많더군. 도망친 낸시까지 포함해서. 달리 말하면 그 여자를 잡아 죽일 때까진 살려 두겠단 소리야. 자식 덕에 목숨을 부지하다니 보람되겠군."

그리고 레온은 오늘날까지 그 약속을 착실히 지켰다.

"앤지! 그년도 공범이야!"

어느 날인가 놈은 싸늘하게 식어 가는 자식 앞에서 오열하다 악에 받쳐 그에게 외쳤다.

"죽일 거면 안젤라 리들의 새끼들도 죽이란 말이야!"

"그건 절대 안 되지."

그러려면 내 새끼도 죽여야 하거든.

어딘가에 분명히 살아 있을 내 새끼를.

레온은 눈을 질끈 감았다.

"소령님?"

얼마나 눈을 감고 있었던 걸까. 저를 부르는 소리에 눈을 뜨자 그를 의아하게 바라보는 얼굴들이 보였다.

"형을 집행할 준비가 되었습니다."

준비가 다 되고도 명령을 내리지 않는 그에게 사병 하나가 다시 상황을 전했다. 그제야 레온은 틀어쥐고 있던 윌킨스의 머리를 던지듯이 놓고 소총을 견착한 사병의 뒤로 갔다.

"조준."

흐느끼던 사형수가 그 소리에 다시 울부짖기 시작했다. 다른 사형수들에게는 눈을 가려 주는 자비 정도는 베풀었으나 그의 여자를 개돼지 취급한 반군 수뇌부에게는 사치였다. 사병은 미리 지시받은 대로 치명적인 부위를 피해 조준선을 맞췄다.

"발포."

손에 채찍을 들고 뒷짐을 진 채 여유롭게 걷다 명령을 내린 찰나였다. 절규가 총성과 함께 형장에 울려 퍼졌다.

"그레이스 리들, 그 더러운 창녀!"

레온의 얼굴에서 웃음기가 삽시간에 사라졌다.

이글거리는 한여름의 태양 아래에서 모두가 싸늘하게 얼어붙은 가운데 총성과 절규의 울림이 서서히 잦아들다 완전히 사라졌다. 그 후로 숨 막히는 정적만이 이어졌다.

눈을 지그시 감고 이를 악물고 있던 레온이 픽, 실소하며 눈을 떴다. 그는 다음 지시를 기다리는 사병에게 손을 가볍게 저었다. 사병이 소총을 아래로 내리며 옆으로 물러섰다.

저벅저벅. 건조한 흙을 밟는 소리가 형장을 느릿하게 가로질렀다. 허벅지에서 전신으로 번지는 말 못 할 고통에 흐느끼던 사내는 발소리가 앞에서 멈추고 인기척이 느껴지자 눈을 떴다.

그 순간 그는 아직 죽지 않은 것을 후회했다.

"허억!"

상처 속으로 채찍의 두꺼운 끝이 파고들었다. 캠든의 흡혈귀가 목을 물어뜯을 듯 새하얀 이를 사납게 드러내며 그에게 물었다.

"뭐라고 했지?"

"흐억!"

사내는 극심한 고통 속에서 흰자가 보이도록 눈을 까뒤집고 숨을 꺽꺽거렸다.

"지금 누구더러 창녀라고 했냐고 내가 물었잖아."

윈스턴은 가죽 장갑을 낀 손으로 그의 턱을 틀어쥐어 시선을 억지로 맞추게 하더니 한 자 한 자 짓씹어 뱉었다.

"그레이스는 성녀야."

서늘한 목소리가 소름 끼쳤다.

"지옥에서도 잊지 마. 내 여자는 성녀야."

채찍이 물러나는 순간 사내는 숨을 몰아쉬었다. 마지막 숨이 되길 바랐으나 형장의 신은 자비를 몰랐다.

"이대로 죽게 둬."

"제발, 제발 죽여 줘…."

레온은 절규를 감미로운 음악이라도 되는 양 감상하며 구두에 묻은 흙먼지를 손수건으로 느긋하게 닦아 냈다. 새파랗게 질린 쥐새끼 네 마리의 앞에 더러워진 손수건과 함께 명령이 떨어졌다.

"네 녀석들은 끝까지 지켜보도록."

감히 내 여자를 모욕한 자의 최후가 어떤지를.

그는 형장 밖으로 나가며 이를 악문 채 거듭 되뇌었다.

그 죄 없는 여자는 성녀다. 자신을 희생해 악을 처단한, 누구보다도 순결한 성녀이다.

순결이란 말을 떠올리자마자 그는 질 나쁜 실소를 저도 모르게 흘렸다. 물론, 그 여자가 침대에서 보이는 저속함은 오로지 신인 그만이 아는 비밀이었다.

고로 이 세상의 미물들에게 그 여자는 성녀이다.

다만 살아 있는 성녀여야 했다.

"애빙턴 비치. 다음 역은 애빙턴 비치."

전차 운전수가 외치는 순간 그레이스는 화들짝 놀라 눈을 떴다. 언제 잠들었던 걸까. 요즘은 머리만 대면 자는 게 아니라 자리에 앉기만 해도 잠이 쏟아졌다.

품을 내려다보니 아이는 다행히 입에 쪽쪽이를 물고 얌전히 잠들어 있었다. 지금 이 순간 천사와 다름없는 이 아이는 사실 작은 악마였다.

'제발 깨지 마.'

한숨을 내쉬며 고개를 든 순간 그레이스는 멈칫했다. 탐스러운 오렌지가 주렁주렁 매달린 가로수 사이로 청록빛 바다와 금빛 모래사장이 펼쳐져 있었다. 익숙한 풍경이었다.

"눈에 바다가 담겨 있어."

닥쳐. 제발, 닥쳐.

그녀의 눈동자를 닮은 바다에 그 남자의 머리칼처럼 밝은 햇살이 쏟아져 내리는 걸 저도 모르게 멍하니 바라보던 그레이스는 안으로 급히 고개를 돌렸다.

하지만 전차는 4면이 창문이었다. 사방에서 익숙한 풍경이 펼쳐지다 결국 카니발의 입구까지 보이는 순간 그레이스는 도망치듯 잠든 아이에게로 시선을 내렸다. 그래 봐야 그 남자에게선 벗어날 수 없었다.

"하… 망할…."

사나운 말을 조용히 중얼거리며 눈을 질끈 감았다.

그때는 없었던 노면 전차가 생겼을 정도로 16년 사이 많은 게 변했으면서 왜 스쳐 지나가는 그 짧은 찰나에 변하지 않은 것들만 눈에 들어오는지.

이곳으로 오고 싶지 않았다. 웨이크필드에서 아파트를 계약하기 직전까지 갔다가 집주인이 마음을 바꾸는 바람에 실패한 후로 머물 곳을 찾다 찾다 계속 남쪽으로 내려오게 됐다.

이성적으로 생각했을 땐 나쁘지 않은 선택이었다. 해안가에는 별장이 많아 6개월 정도의 단기 임대 아파트를 다른 지역보다 찾기 쉬운 편이었다. 게다가 여름철 관광지라 항상 선글라스를 쓰고 다녀도 아무도 이상하게 생각하지 않을 것이다. 이방인이 자주 드나드는 곳이라 타인에 대한 관심도 덜하다.

그리고 그 남자의 사고에서 허점을 노리기에 애빙턴 비치만 한 곳도 없었다. 그 남자는 분명 그녀가 죄책감이든 뭐든 감정의 찌꺼기가 남은 애빙턴 비치에는 숨지 않을 거라 예상할 테니. 그럼 그런 사고를 역으로 이용해 애빙턴 비치에 숨는 것도 좋은 생각이었다.

하지만 결국엔 그러지 않았다. 그 남자의 예상대로, 감정의 찌꺼기가 남아 애빙턴 비치는 이름만 들어도 마음이 불편해졌으니까.

그래서 결국엔 애빙턴 비치와 전차로 20분 정도 떨어진 곳에 자리를 잡았다.

그 후론 외출할 일이 생겨도 이쪽으로는 절대 오지 않았지만 오늘은 어쩔 수 없었다. 아이를 데려가겠다는 가족이 이 전차 노선의 끝에 살고 있었다.

찾아와 데리고 가라고 할 수도 있었다. 보통은 그렇게 입양을 보내는 모양이었다. 하지만 그레이스는 이 무더운 여름, 무거운 아이를 안고 직접 가는 길을 택했다. 어떤 사람들, 어떤 집인지 보고 싶었다.

'네게 좋은 가정을 찾아 주는 게 내 의무니까.'

이게 영원한 마지막이 될 줄은 모르고 곤히 자는 아이를 물끄러미 지켜보는 사이 전차는 애빙턴 비치를 지나 계속해서 달렸다. 어느새 해변은 보이지 않고 크고 작은 마을이 이어지다 어느 대도시의 근교에 접어들었다.

"뉴헤이븐. 다음 역은 뉴헤이븐."

그레이스가 내려야 하는 곳이었다. 전차 소리가 자장가처럼 들리는지 아직도 단잠에 빠진 아이를 세워 안았다.

"으… 무거워."

아이는 3개월에 접어들면서 체중과 몸집이 언덕을 구르는 눈덩이처럼 삽시간에 불었다. 이렇게 무거운 아이를 데리고 다니려면 유모차가 절실했지만 사지 않았다.

곧 보낼 건데 유모차는 무슨.

더워서 풀어 뒀던 커다란 숄을 아이와 제 몸에 칭칭 감아 안았다. 꿀맛 같은 잠을 방해받은 아이가 얼굴을 찡그리며 칭얼대기 시작했다.

"너 너무 힘들어. 진짜 이번 주에는 보낼 거야."

그레이스는 전차에서 내려 주택가로 걸어 들어가는 내내 짜증을 내는 아기를 달래다 한숨을 푹 내쉬었다.

이 아이를 키우는 게 이렇게 힘들 줄은 몰랐다. 10대 때 마을 탁아소에서 아기들과 꼬마들을 돌봐 주며 용돈을 벌었던지라 아이를 돌보는 법은 잘 안다고 자부했었다.

심지어는 그렇게 쌓은 경험을 바탕으로 스물두 살 즈음엔 어느 장교의 집에 보모로 잠입해서 기밀 서류를 훔친 적도 있었다. 그녀가 보모가 아니란 건 노련한 육아 실력 덕에 아무도 눈치채지 못했다.

그래서 이 아이도 만만하게 봤는데 아이의 아빠가 만만한 인간이 아니란 걸 간과했다.

아이는 잠투정이 긴 것도 모자라 잠귀가 밝았다. 거기다 기저귀가 아주 약간만 젖어도 변기통에 빠진 것처럼 울어 댔다. 또 요즘은 먹는 양이 늘어서 분유를 같이 주기 시작했는데 분유 맛에도 어찌나 민감하신지. 제 입맛에 안 맞는 건 한 입만 빨고 뱉었다.

"이 악마 정말…. 예민하고 까탈스러운 게 딱 제 아빠네."

이러다 보니 너무 까탈스럽고 손이 많이 가서 파양 당하는 건 아닌가 벌써 걱정스러웠다.

그즈음 난 이미 여기를 뜨고 없을 텐데.

"그러니까 좀 잘해 보란 말이야."

그레이스는 아이를 입양하겠다는 가족의 집이 보이자 멈춰 섰다.

"제발 저기 가선 예쁘게 방긋방긋 웃기만 해, 알았지?"

"이이잉—."

그렇지만 그 악명 높은 윈스턴 백작가의 아가씨는 또 무엇이 그토록 마음에 안 드시는지 몸을 뒤틀며 울음보에 시동을 걸기 시작했다.

"아가, 날 봐."

손가락을 딱딱 튕겨서 아기의 관심을 끌었다. 그래도 눈에 눈물을 그렁그렁 매달고 입술을 삐죽 내민 채 울먹이길래 먼저 시범을 보여 주었다.
"응? 이렇게 웃는 거야."
입꼬리를 활짝 끌어 올려 웃었다. 말도 안 통하는 3개월짜리 아기에게 웃는 법을 가르치다니. 제가 생각해도 어처구니가 없는데 푸른 눈망울을 반짝이며 그레이스를 물끄러미 바라보던 아이가 느닷없이 헤, 하고 웃었다.
"그래, 그렇게. 예쁘네."
저도 모르게 이마에 입을 맞췄더니 아이가 이번에는 까르르 웃음을 터트렸다. 그레이스는 잠시 멈칫하다 아무 일 없었던 척 입술을 떼며 아이에게 다시 당부했다.
"저 안에서도 이렇게 웃는 거야."

그레이스는 송골송골 맺힌 땀 탓에 콧잔등에서 자꾸만 미끄러지는 선글라스를 밀어 올리며 거실 안을 둘러보았다. 바깥만큼이나 안도 꽤나 깔끔하고 멋진 집이었다.
"더운데 이 먼 곳까지 아이를 안고 오다니 힘드셨겠어요. 목마르실 텐데 어서 사양 말고 드세요."
커피 테이블을 사이에 두고 그레이스와 마주 앉은 여자가 크리스털 저그에 그득하게 담긴 아이스티를 긴 잔에 따라 내밀었다.
"감사합니다."
그레이스는 시원한 아이스티를 마시며 이번엔 테이블 위를 살펴보았다. 긴 마호가니 테이블의 구석에는 전화기가 놓여 있었고 그 옆에는 백화점의 카탈로그가 차곡차곡 쌓여 있었다.
사실 부유한 가족이란 건 손에 든 잔 속의 얼음만 봐도 알 수 있었다.

'집에 냉장고가 있나 보네.'

금괴를 두 개나 팔아야 살 수 있는 그 값비싼 물건이 집에 있다니. 거기다 들어올 때 보니 차고 앞에 신형 세단이 세워져 있었다. 그러니 재산 면에서는 벌써 합격이었다.

사실 다른 것도 이미 합격으로 보였다.

뒤뜰에서 커다란 개와 뛰어 노는 남자아이 둘의 신이 난 목소리가 반쯤 열린 창을 이따금 넘어왔다.

"이것도 드셔 보세요."

여자가 분명 직접 구웠을 체리 타르트를 잘라 그레이스에게 주었다. 그러곤 옆에 앉은 제 남편에게도 한 조각을 주자 남자가 디저트 접시를 받으며 아내의 뺨에 가벼운 키스를 했다.

낯선 손님이 눈앞에 있는데도 거리낌 없는 것으로 보아 몸에 오래 익은 습관인 듯했다. 아름다운 부인의 어깨에 팔을 두르는 30대 후반의 남자는 언뜻 보아도 사회적으로도 가정적으로도 성공한 사람 같았다.

한마디로 광고지에 나올 법한 이상적인 중산층 가정이었다.

제대로 골랐구나.

지금 제 무릎에 앉아 주변을 두리번거리는 아이가 이 완벽한 가정의 일원이 되는 모습을 그레이스는 상상해 보았다. 그러니까 이 낯선 곳을 제집으로 알고 저 부부를 제 부모로 알고 크는 모습을 말이다.

"언제나 딸을 갖고 싶었는데 우린 아들만 둘이랍니다. 그런데 더는 못 낳게 되어서…."

여자아이를 입양하게 된 사연을 설명하는 여자의 눈이 쪽쪽이 대신 그레이스의 손가락을 빨며 노는 아기에게서 떨어지지 않았다.

"안아 보시겠어요?"

그레이스는 아이를 넘겨주며 속으로 외쳤다.

울지 마. 울지 마. 예쁘게 웃어.

다행히 아이는 낯선 여자의 품에서도 울지 않았다. 큰 눈망울을 이리저리 굴리며 처음 보는 사람들을 구경하는 아이를 여자는 능숙하게 어르더니 감탄했다.

"아이, 예뻐라. 세상에, 천사가 따로 없구나."

그 순간 그레이스는 타르트를 먹다 사레가 들릴 뻔했다.

"아이의 이름이…."

여자가 묻자 그레이스는 없다는 뜻으로 고개를 저었다.

"아…."

괜한 걸 물었다는 듯 여자가 아랫입술을 살짝 깨물었다. 그러더니 바로 화제를 바꿔 버렸다.

"그나저나 정말로 예쁜 금발이네요."

여자가 아이의 매끄럽고 윤기 나는 금발을 손으로 쓸어 올리고 내리며 거듭 감탄했다.

그래, 나도 처음엔 저 금발에 혹했지.

16년 전에 말이다. 그레이스는 디저트 접시를 내려놓으며 씁쓸한 미소를 지었다.

밝디밝은 빛의 금발은 흔치 않다. 부모 중 하나의 머리 색이 어둡다면 더욱 타고나기 어려운 빛깔이었다. 그런데 아이는 그레이스의 다갈색 머리를 두고 굳이 그 갖기 어려운 금발을 물려받았다.

"이렇게 밝은색이 나오기도 쉽지 않지."

아이를 내려다보던 남자가 그레이스의 생각을 읽기라도 한 듯한 소릴 하더니 그녀를 흘끔 보았다. 그는 무언가를 말하려다 멈칫하더니 곧바로 입을 다물고 겸연쩍은 듯 뒷머리를 긁적였다.

　무슨 말을 하려 했는지 그레이스는 알 것 같았다. 요즘 여유가 없어 염색을 다시 하지 못했더니 그녀의 머리칼은 원래의 다갈색으로 돌아와 있었다.

　그러니 이런 생각이 자연히 들 수밖에 없겠지.

　아이의 아빠가 금발이구나.

　그 별것 아닌 말을 남자가 하려다 만 건 그레이스가 거짓으로 댄 사정 때문이었다.

　임신 중에 남편이 사고로 요절했다. 아이를 키우고 싶지만 이미 위로 아이가 둘이나 있어 홀로 키울 여력이 되지 않는다. 그래서 이 아이를 보내려 한다. 그게 그레이스가 댄 딱한 사연이었다.

　"어쩜 이렇게 예쁜지."

　여자는 벌써 사랑에 빠진 눈으로 그레이스의 아이를 내려다보았다. 어째서인지 쓰디쓴 맛이 입 안에 감도는 걸 아이스티로 씻어 내리고 그녀는 애써 웃었다.

　그래, 저런 눈으로 봐 주는 엄마가 있는 게 저 아이에게도 낫겠지.

　아이의 배를 간질이며 놀아 주던 여자가 사랑스러워 어쩔 줄 모르겠다는 얼굴을 한 채로 그레이스를 바라보았다.

　"사실은 입양을 알아보면서 정말 많은 아이를 봤거든요. 그런데 이렇게나 인형 같은 아기는 처음이에요."

　"크면 엄청난 미인이 되겠군."

　"엄마가 엄청난 미인이니 그럴 수밖에요."

　여자는 같은 엄마로서 그레이스가 안타까운지 조금은 미안한 얼굴을 하고 그녀를 추켜세워 주었다. 그레이스는 아무렇지 않은 척 웃으며 속으로 한탄했다.

실은 내가 아니라 아이 아빠가 엄청난 미인이라서.

아이는 어떻게 보아도 그 남자 그대로였다. 머리칼부터 얼굴 생김새 같은 외양도 모자라 성향까지 제 아빠를 닮았다. 그녀가 싫어해 마지않는 남자를.

그럴 거면 눈동자도 그 남자를 닮았으면.

다른 여자의 무릎 위에 앉아 있는 아기의 짙푸른 눈을 물끄러미 바라보는데 아기가 그녀를 보며 꺅 웃었다.

"이렇게 예쁜 아긴데 남 주기 아깝지도 않아요?"

매일 와서 빨래를 돕는 하녀가 그런 말을 했었다. 그렇긴 하지. 까다로운 아이라 너무도 힘들지만 저렇게 웃을 때면 묘한 만족감이 들기도 했다.

그렇지만 그 남자를 닮은 아이를 내가 원할 리가 없잖아. 그럴 리가 없잖아.

물끄러미 서로를 바라보는 사이 아기의 눈이 점점 동그래지더니 햇살 같던 미소가 서서히 식었다.

아이가 쥐고 있던 쪽쪽이가 손에서 떨어지는 찰나 남자가 잽싸게 받았다. 다시 쪽쪽이를 입에 물려 주고 받아 무는 그 모습이 벌써 친부녀처럼 자연스러웠다.

"크면 배우를 시켜야겠어."

남자가 아이와 눈을 마주한 채 웃으며 말했다. 예쁘다는 찬사이지만 그레이스는 어째서인지 기분이 상했다.

주겠다고 한 적 없는데 벌써 자기 아이인 양 구는 부부도, 이 완벽한 집도 갑자기 달라 보이기 시작했다.

저 남자 인상이 조금 마음에 안 들어. 장식장에는 술병이 많네. 몇 개는 반쯤 비어 있잖아. 설마 알코올 중독인가? 어쩌면 저 여자가 마시는 걸지도.

그렇게 근거가 전혀 없는 트집을 느닷없이 잡기 시작하다 결론을 내렸다.

어쩌면 이 화목하고 완벽한 중산층 가정의 모습은 연출한 걸지도 몰라. 말도 안 되는 결론인 걸 그레이스가 모를 리 없었다. 한심했다.

"아이쿠, 벌써 무겁구나."

"어쩜, 낯선 사람에게도 이렇게 잘 웃어 주는지."

남자가 아이를 두 손으로 번쩍 들어 올려 놓아 주었다. 그레이스는 한 번도 해 준 적 없는 놀이가 재밌는지 아이가 까르르 웃음을 연신 터트렸다.

그래, 시킨 대로 잘 웃네. 정말 착해. 그래….

아이는 다른 사람의 품에서 무척이나 행복해 보였다. 그녀가 없어도 저렇게 웃을 수 있다니. 정말, 정말 잘된 일이었다.

"아가, 네 방을 보러 갈까?"

여자가 소파에서 일어서더니 남편에게서 아이를 받아 안았다. 그러곤 망설임 없이 계단으로 향했다.

이젠 널 떠나보내야 할 때가 온 걸까.

자리에 앉아 멍하니 멀어지는 뒷모습을 바라보던 때였다. 여자의 어깨를 사이에 두고 주위를 두리번거리던 아이와 눈이 마주쳤다. 그녀를 찾는 거란 기대가 맞았는지 아이가 울먹울먹 울상을 짓더니 그레이스에게로 손을 뻗으며 울음을 터트렸다.

그 찰나 그레이스의 심장이 두근거리기 시작했다.

"아가, 왜 그러니? 어디 불편해?"

여자는 달래려 한참 애를 쓰고서야 아이가 뭘 원하는지를 깨달았다. 아이를 넘겨주고 넘겨받는 사이 두 여자의 희비가 뒤집혔다. 예상대로 아이는 그레이스에게 안기자마자 울음을 그쳤다.

우느라 빠져 버린 쪽쪽이를 다시 물려 주고 눈가에 그렁그렁 매달린 눈물을 손으로 훔쳐 주었다. 아기는 눈물이 마르고도 그레이스의 옷깃을 자그마한 손에 꼭 그러쥔 채 못난 입술을 삐죽대며 울먹였다. 그레이스는 아이의 등을 토닥여 주며 조용히 타일렀다.

"울면 안 된다니까. 왜 울었어? 응?"

꾸지람과는 거리가 먼 목소리였다.

"아기가 벌써 엄마를 알아보는 모양이구나."

멀찍이 서서 모녀를 지켜보던 여자가 씁쓸한 목소리로 중얼거렸다. 그레이스는 예의를 차리려고 겉으로는 씁쓸하게 웃었지만 속으로는 우쭐대는 마음이 드는 걸 어쩔 수 없었다.

미련한 짓이었다.

그러면서 아이에게 모진 소리를 하는 것도 미련하기 짝이 없는 짓이었다.

"나한테 웃지 마. 정들어."

돌아가는 길, 결국 도중에 전차에서 내렸다.

목이 말라서. 그런 허술한 핑계를 누가 묻지도 않았는데 홀로 대며 그레이스는 길을 건너 해변으로 향했다.

간이매점은 아직 그 자리에 있었다. 다만 그 무뚝뚝한 아저씨가 서 있던 자리에는 여드름이 난 청년이 있었다.

"샬레, 한 병."

탄산수를 샀다. 아기까지 안은 어른이 딸기 아이스크림을 사는 건 볼썽사나울 테니까. 게다가 이미 퇴색된 추억 따위 되짚어 봐야 뭐 하나 싶었다. 그러나 그렇게 생각할 거면 애초에 애빙턴 비치에서 내리지 말았어야 했다.

목이 말라서. 그런 핑계였지만 탄산수는 가방에 넣어 버리고 샌들을 벗어 든 채 바다를 향해 걸었다.

고운 모래의 감촉이 생소했다. 그날 후로 처음 밟아 보는 걸지도 모른다. 발이 푹푹 빠지고 걸음이 무거워지는 게 꼭 늪으로 들어가는 기분이었다. 아마 그 남자의 별장 해변으로 멋도 모르고 들어갔던 때에도 이런 느낌이었을 텐데. 그땐 그게 늪인지 몰랐다.

그저 그 해변 끝에 서 있던 소년이 여태 본 그 어떤 것보다도 아름답다는 황홀경, 아니, 이제 보니 착각에 빠져 있었을 뿐.

해변의 왼쪽 끝을 물끄러미 바라보던 그레이스는 문득 고개를 숙였다. 시원한 바람이 불어오며 동그란 이마를 덮은 금빛 머리칼이 깃털처럼 나부끼고 있었다.

결국 나중에 연락을 주겠다고 말하고 도망치듯 아이를 데리고 나왔다. 좋은 집이라면 그 자리에서 그냥 줘 버리겠다는 각오를 하고 간 건데 말이다. 정말 그만큼 좋은 집도 없는데 왜 망설이는 걸까.

물거품이 이는 자리에 이르고서야 멈춰 섰다. 밀려왔다 쓸려 가는 바닷물에 발가락을 담그고 서서 바다 저 멀리 떠 있는 커다란 여객선이 점이 될 때까지 지켜보다 아기에게 말을 걸었다.

"신기해? 나도 처음엔 신기했어."

아기는 바다와 모래사장이 신기한지 연신 고개를 두리번거리고 있었다. 헝클어진 머리를 가지런히 빗어 넘겨주곤 아기의 눈높이에서 바다를 손으로 가리켰다.

"잘 봐. 저게 바다야."

"아우아―."

아이는 그레이스가 하는 말을 따라 하듯이 옹알거렸다. 어리둥절하게 눈을 반짝이는 아이를 내려다보고 있으니 문득 궁금해졌다.

열세 살인 네 얼굴은 그 남자의 얼굴일까.

아마 그녀는 모를 것이다. 몰라야 했다.

네가 열세 살일 때 나는 이미 저 바다 너머에 있을 거야.

길가의 벤치에 앉아 바다를 바라보다 보니 결국 목이 마른 때가 오긴 했다.

"으… 쓰기만 한 건 왜 마시는지…."

탄산수를 따서 한 모금 마시자마자 그레이스는 얼굴을 잔뜩 찡그렸다. 무릎 위에 앉은 아기가 호기심 어린 얼굴로 그녀의 얼굴을 보더니 연푸른색의 탄산수 병을 뚫어져라 바라보았다.

"왜? 너도 마셔 볼래?"

조그만 입술에 병 주둥이를 대고 탄산수를 아주 조금 흘려 넣어 주었더니 아기가 곧바로 몸을 움츠리며 얼굴을 잔뜩 찡그렸다. 입맛은 그 남자의 입맛이 아닌 모양이었다.

"흐앙―."

"그렇지? 이렇게 맛없는 걸 매일 마신다니까? 진짜 이해할 수 없는 인간이야."

아기가 뱉어 낸 탄산수를 턱받이로 닦으며 혼자 말하고 혼자 웃던 그레이스의 얼굴이 불현듯 굳었다.

"아이 앞에서 아버지를 헐뜯는 건 교육상 좋지 않아."

닥쳐. 제발 닥치란 말이야.

요즘은 온종일 그녀의 머릿속에서 그 남자가 말을 걸었다. 별채에 갇힌 후로 소통할 인간이라곤 그 남자뿐이었다. 탈출한 후에도 고립되어 살다시피 하느라 타인과 제대로 된 대화를 해 본 적이 없었다.

그러니까 지난 1년 4개월여간 그레이스의 대화 상대는 오로지 그 남자뿐이었던 셈이다.

말을 하고 싶어도 할 사람이 없으니 자꾸만 머릿속의 그 남자와 대화를 주고받다 흠칫 놀라 관두기 일쑤였다. 그런데 그 남자, 머릿속에서도 정말 집요하기 짝이 없었다.

"그레이스 리들."

왜.

"네가 아닌 삶을 상상해 본 적 있어?"

그래, 이젠 그레이스 리들이 아닌 삶을 살 거야. 평범하게. 저 사람들처럼 평범하게.

그레이스는 석양으로 붉게 물든 모래사장 위에서 아장아장 걷는 아기의 손을 하나씩 붙잡고 나란히 선 어느 젊은 부부를 물끄러미 응시했다.

평범한 삶이 뭔지는 모르지만 저런 모습일 것 같았다. 저 자리에 제가 시 있는 모습을 상상하며 그레이스는 남자와 아이의 모습을 애써 그리지 않으려 했다. 그런 그녀에게 머릿속의 남자가 성가시게 속삭였다.

"난 레온 윈스턴이 아닌 삶이 궁금해졌어."

분명 이 말을 들었던 순간에는 지친 기색이 가득하던 그 목소리가 지금은 간교한 뱀의 달콤한 속삭임처럼 들렸다. 그레이스는 이를 악물었다.

그걸 왜 내게 말해? 그러든 말든, 네 삶에 나를 욱여넣을 생각 마.

그 남자와 저, 그리고 이 아이, 그렇게 셋이라면 평범한 삶은 요원했다.

만약 그 일이 없었더라면 넌 지금보다 나은 어른일 수 있었을까. 그 일이 없었더라면 우린 함께 행복할 수 있었을까. 그런 생각을 했던 순간을 떠올리면 우스웠다.

만약은 부질없고 일어난 일은 돌이킬 수 없다.

그 일이 끝내 일어났기에 두 사람은 못난 어른으로 자랐고 결국 각자의 불행 속에서 아이라는 무고한 피해자만 남겼다.

둘이 붙으면 항상 불꽃이 튀고 그 불꽃이 번져 주변을 잿더미로 만든다. 이 죄 없는 아이가 그 화마에 휘말리게 둘 순 없었다.

그러니 셋 모두 평범한 행복을 이루려면 각각이 떨어져서 이루는 수밖에 없다고 믿었다.

그런데 난 지금 뭘 하는 걸까.

그레이스는 조개껍데기로 채운 빈 병을 흔들어 주자 세상에서 가장 행복한 얼굴로 웃는 아기를 지켜보다 한숨을 내쉬었다.

지금의 이 소박한 행복은 찰나의 사치일 뿐이다. 함께 불행해지기 전에 난 너를 보내야 하는데 뭘 하는 걸까.

"하….”

그것도, 이곳에 널 데려오다니. 애틋한 사랑의 결실이라도 이룬 걸 자랑하듯이.

이 아이는 그 다정한 소년의 아이가 아니다. 애빙턴 비치의 소년은 죽은 지 오래다. 그러니 데이지도 죽었어야 하건만. 그녀는 그레이스 리들조차 아직 죽지 못한 채 모든 것이 시작된 자리로 돌아왔다.

아니야. 나를 죽일 거야. 나를 버리고 떠날 거야.

그레이스는 졸리는지 품으로 파고드는 아이를 안으며 중얼거렸다.

너만 보내면 떠날 거야.

❖ · ❖

가을과 겨울의 경계에 접어드는 11월임에도 남쪽은 트렌치코트가 두껍게 느껴질 정도로 따뜻했다. 창을 열자 선선하고 습한 공기가 바다 내음과 함께 택시 안으로 쏟아져 들어왔다.

기차역 부근을 벗어난 택시가 상점가와 해변을 가르는 도로를 질주하기 시작했다. 성수기에는 자정이 넘도록 북적이는 번화가이지만 비수기인 지금은 을씨년스러울 정도였다.

창밖을 가라앉은 눈으로 응시하던 레온은 카니발의 입구가 눈앞을 스쳐 지나가자 고개를 들었다. 곧 검은 하늘로 우뚝 솟은 대관람차가 시야에 들어왔다.

아직도 저 자리에 있다니.

불이 모두 꺼진 채 멈춰 선 모습은 마치 시간이 영원히 멈춘 것 같았다. 그 시절 그 순간에 말이다.

추억이란 저런 것일지도 모른다. 폐장한 카니발처럼 불을 끄고 잠들어 있다가 추억을 찾는 순간 불이 켜지며 다시 살아 움직이는 것이다.

그렇게 추억의 스위치가 딸깍, 올리기는 순간이었다.

대관람차의 꼭대기에 앉아 소녀에게 키스를 하던 소년이 돌연 이쪽으로 고개를 돌리더니 원망 어린 눈으로 그를 노려보았다. 소리 없는 외침이 곧 그의 귓가를 울렸다.

머저리.

내가 모르는 걸 말하랬잖아.

차창에 팔을 기대고 손에 얼굴을 묻고 있는 사이 택시는 언덕을 두어 개 넘어 흰 벽돌로 된 어느 건물 앞에 멈춰 섰다. 레온은 정장 재킷의 앞주머니에 꽂아 두었던 선글라스를 썼다.

"넌 여기 있도록."

피어스를 택시에 두고 캠벨과 함께 건물의 입구로 향했다. 캠벨이 정문의 벨을 누르자마자 문이 열리더니 중년의 사내가 두 사람에게 초조한 미소를 지었다.

"호퍼 씨?"

"네, 맞습니다. 들어오시죠."

부동산 중개인이 두 사람을 3층으로 안내하며 땀이 맺힌 이마를 손수건으로 연신 눌렀다.

"저는 그 금괴가 수배된 건지 전혀 모르고…."

"범죄에 연루된 건 전혀 아니니 걱정하지 않으셔도 됩니다."

장교복을 입은 젊은 남자의 말에 호퍼는 그제야 안도의 한숨을 크게 내쉬었다. 지난봄에 임차인에게서 임대료로 받은 금괴 하나와 여름에 추가로 샀던 두 개를 일주일 전 은행에 팔았다가 오늘 군에서 전화를 받은 후로 온종일 불길한 상상만 하고 있던 차였다.

그는 303호 앞에서 멈춰 서곤 주머니에서 열쇠를 꺼냈다. 곧 천천히 문이 열리고, 가구와 집기가 깔끔하게 정돈된 실내가 눈에 들어왔다. 사람이 사는 흔적과 온기는 전혀 느껴지지 않았다.

"2개월 전 떠났다고 했나."

여태 입을 다물고 있던 남자가 안으로 성큼 들어서며 고압적인 투로 물었다.

"네."

기껏해야 조카뻘로 보이는 청년이 오만하게 굴었지만 호퍼는 공손히 대답할 수밖에 없었다. 사복을 입고 있어 신분이나 직위는 모르겠으나 온몸에서 풍기는 위압적인 분위기와 태도만 봐도 군의 고위 간부로 보였다.

"왜?"

"사실 베이커 부인이…."

설명하려는 순간 남자가 픽, 코웃음을 쳤다.

"그 여자, 혹시 제 이름을 메리 베이커라고 했나?"

"네, 맞습니다."

레온은 숨을 크게 들이켜며 치미는 부아를 삭였다. 그 여자, 마치 그가 이곳을 추적해 낼 걸 예상하기라도 한 듯 친절하게 조롱의 메시지를 남겨 두었다.

"계속해."

"네, 실은 부인이 계약을 한두 달 정도 더 연장하고 싶어 했지만 집주인이 그렇게 짧은 계약은 여름철에만 가능하다며 퇴짜를 놓았죠."

그 후로 아파트는 계약이 되지 않아 줄곧 비어 있는 상태였다.

레온은 또 한 번 화를 삭여야 했다. 계약이 연장되기만 했어도 지금 이 순간 그는 그레이스와 아이를 되찾아 1년이 가까워져 가는 추적을 끝냈을 것이다.

그래도 절망스럽기만 한 건 아니었다. 반년의 고통은 끝이 난 셈이었으니. 그레이스도, 아이도 살아 있다. 고작 그 한 가지를 알아내는 데 지난 반년을 바쳤다고 해도 과언이 아니었다.

"여자는 혼자 살았나?"

"제가 알기론 그렇습니다."

"퇴거할 때 아이를 데리고 갔겠지?"

중개인은 그런 당연한 걸 묻는 영문을 모르겠다는 눈을 하고 고개를 끄덕였다.

"하…."

또 한 가지를 더 알아냈다. 그레이스는 그의 아이를 버리지 않았다. 그 여자를 또다시 아슬아슬하게 놓치고도 웃음이 나오는 건 그 덕이었다.

역시, 그 외로운 여자는 자신과 다를 바 없는 아이를 버리지 못하는 것이다. 그에게서 도망치더라도 아이라는 족쇄를 바닥에 질질 끌고 다닐 것이고, 시간이 지날수록 그 족쇄는 무거워진다. 그러다 결국 잡히게 되겠지.

레온은 절망 속에서 희망을 보았다.

"어디로 갔는지는 모르나."

"그건 모릅니다. 제가 근처의 다른 집을 소개해 주겠다고 했지만 베이커 부인은 마음이 바뀌었다고 하더군요."

어디로 갔을까.

최종 목적지는 안다. 컬럼비아에 있는 이모에게 가려 할 것이다. 모든 항구의 출입국 사무소를 정기적으로 확인하고 있으나 수배된 여자가 나타났다는 신고는 아직 없었다.

그 여자, 대체 언제 출국하려는 건지. 레온은 작년 성탄절 즈음 별채에 검진을 하러 왔던 의사의 말을 되짚어 보았다. 지금은 의사가 말한 4개월을 넘어 생후 6개월이다. 그렇다는 건 배를 타고 장거리 여행을 해도 될 시기였다.

슬슬 그 여자가 덫으로 들어올 때가 다가오는 건가.

질문을 몇 가지 더 던졌지만 중개인은 아는 것이 거의 없었다. 계약이나 금괴 매입을 위해 몇 번 본 것이 전부였다고 하니 그럴 법도 했다. 레온은 중개인을 내보내고 캠벨에게 명령했다.

"가서 이웃들 탐문해."

남의 집 문을 두드리기에는 늦은 시각이었지만 모두 장교복을 보는 순간 찡그렸던 얼굴을 펴고 묻는 말에 순순히 답했다.

"혼자 살았으며 거의 대화를 나눠 본 적이 없다고 합니다. 가끔 아이를 안고 외출하는 걸 본 적은 있으나 성별이나 이름 같은 건 알지 못한답니다. 맞은편 집에 사는 여자가 말하길 매일 하녀가 드나들었다니 하녀는 알고 있을지도 모르겠습니다."

"넌 여기 남아서 하녀를 찾도록. 또 한 가지, 해가 뜨면 등록소로 가 베이커라는 성으로 지난 5월 이후 출생 신고가 된 아이는 없는지 확인해."

그러나 그 여자가 조롱조로 쓴 성을 아이에게 붙이지 않았을 수도 있었다.

"다른 성에 안젤라라는 이름으로 등록된 여아가 있는지도 알아보도록."

그레이스라면 존경했던 제 모친의 이름을 따서 여자아이의 이름을 지었을 거란 추측이었다. 다만 남자아이라면 어떤 이름을 붙였을지는 전혀 짐작이 되지 않았다. 오랜 관습대로 그 여자가 첫아들에게 그의 이름을 붙이는 건, 물론 꽤나 감격스럽지만 상상조차 되지 않는 일이다.

한편으론 출생 신고를 하지 않았을 가능성도 있으나 조사해서 손해 볼 것도 없었다.

지시를 마친 레온은 그의 아이와 여자가 살았던 빈집을 천천히 둘러보았다. 새 입주자를 맞이하기 위해 대청소를 해 둔 공간에는 여자의 흔적이 전혀 남아 있지 않았다.

내내 굳어 있던 그의 입매가 침실 문을 여는 순간 부드러워졌다.

작은 침실에는 침대가 두 개였다. 2인용 침대, 그리고 난간이 달린 아기 침대. 문을 연 순간 아기 냄새가 희미하게 느껴진 건 착각이 아니었다.

아기 침대로 다가가는 레온의 입꼬리가 서서히 휘어 올라갔다. 그는 침대의 난간이 아이라도 되는 양 맨손으로 쓰다듬으며 텅 빈 매트리스를 내려다보았다.

이곳에 내 아이가 있었다.

그는 돌연 뒤돌아 침대로 시선을 던졌다.

그리고 저곳에서 내 아이가 태어났겠지.

레온은 초라하기 짝이 없어 보이는 침대에 걸터앉았다. 먼지가 내려앉은 매트리스를 쓰다듬으며 그는 모르는 순간들을 그려 보고 있자니 여전히 남아 있을 리 없는 온기가 느껴졌다.

가슴속에서 낯선 감정이 벅차올랐다. 간질간질한 전율 같던 것이 곧 채찍으로 변해 심장을 거칠게 후려쳤다.

"하….”

감정은 그대로 심장을 휘감고 옥죄어 오더니 욱신거릴 정도로 쥐어짰다. 분명 아파야 하는데, 웃음만 거듭 터져 나오려 하다니. 나쁘지 않았다.

레온은 눈을 감고 상상해 보았다.

나와 그레이스의 아이는 어떻게 생겼을까.

아이가 사랑하는 여자를 닮는 것도 좋지만 레온은 그를 빼닮은 아이를 그려 보았다. 그레이스가 이 침대에 기대어 앉아 있다. 그녀의 품에서는 그의 외양을 그대로 물려받은 아이가 곤히 잠들어 있었다.

묘한 희열이 느껴졌다.

그나 다름없는 존재를 그 여자가 품에서 떼어 놓지 못하다니. 어쩌면 그레이스의 가슴속에서 아이를 사랑하는 마음이 자라나 그를 사랑하는 마음의 씨앗을 뿌려 줄지도 모른다. 비겁한 희망이 싹트는 기분이었다.

달콤하면서도 쓰디쓴 상상의 수면 아래에 잠겨 있던 레온은 어렴풋이 들려오는 소리에 눈을 번쩍 떴다.

파도다.

창가로 다가가 커튼을 걷었다. 길 건너의 건물 너머로 검푸른 바다가 보였다. 그리고 그 너머 멀디먼 곳에서는 자욱한 물안개 위로 드문드문 불이 밝혀진 언덕이 어렴풋이 떠올라 있었다.

애빙턴 비치의 별장 지대였다.

수없는 감정이 순식간에 치솟아 한데 얽히는 가운데 그는 어디로 던져야 하는지 모르는 물음을 떠올렸다.

그레이스, 우리가 처음 만났던 곳이 보이는 집에서 우리 아이를 키우며 무슨 생각을 했어?

어쩌면 아무런 생각이 없었을지도 모른다. 그저 그 여자는 오로지 머리로만 판단해 이 드넓은 왕국에서 그 많은 곳을 두고 이곳을 골랐을 것이다. 그럴 만한 합리적, 논리적, 이성적인 이유들이 목소리를 키우며 그의 한심한 기대를 짓뭉갰다.

침대 끄트머리에 다시 우두커니 앉아 텅 빈 아기 침대를 응시하길 얼마나 했을까. 등 뒤에서 목을 가다듬는 소리가 들렸다.

"저, 각하…."

피어스였다. 그가 주인 없는 아파트의 침실에 앉아 있는 영문을 모르겠다는 얼굴이었다. 레온의 개인 수행원은 그가 왕도로 향하는 일정을 급히 변경해 이곳으로 온 이유를 몰랐다.

"죄송하지만 가셔야 할 시간입니다."

작위에는 귀족원 의석이라는 성가신 자리까지 따라왔다. 내일 있을 중요한 의회 표결에 늦지 않으려면 왕도행 마지막 기차를 타야만 했다.

정치만큼이나 그 여자가 없는 집에 우두커니 앉아 있는 것도 시간 낭비였다. 침실에서 나와 밖으로 향하던 그는 거실에 선 캠벨을 지나치며 명령했다.

"이곳의 매입 또한 알아보도록."

그렇게 나날이 그 여자의 유물만 늘어 갔다.

새벽 5시가 가까워져 오는 시각, 귀족들의 거처가 자리한 왕도의 타운 하우스 지구는 순찰대의 호루라기 소리만 이따금 들릴 뿐, 인적이 없었다. 그레이스의 예상대로였다.

낮이 제법 쌀쌀하다 싶더니 새벽엔 겨울이라 해도 좋을 만큼 기온이 떨어졌다. 공기 중으로 흩어지는 하얀 입김을 바라보던 그레이스는 무심결에 고개를 들었다.

먹구름이 잔뜩 낀 하늘로 헐벗은 가로수가 앙상한 가지를 뻗고 있었다. 그 모습이 마치 신의 구원을 요구하며 절규하는 인간을 닮아 있었다.

이딴 감상에나 빠져 있을 때가 아니었다. 그레이스는 유모차를 더욱 힘주어 밀며 하나씩 깜빡이다 꺼져 가는 가로등 밑을 재빠르게 지나쳤다.

'이런…. 거의 다 왔는데.'

길 저 끝에서 야간 순찰을 도는 경관이 막 모퉁이를 돌아 나타났다. 아기 엄마를 도둑으로 의심할 리는 없겠지만 아기 엄마라서 목적지까지 안내해 주겠다고 친절하게 굴어도 곤란했다. 그녀는 어느 타운 하우스의 울타리 사이 샛길로 방향을 틀었다.

고요한 골목길에 유모차의 바퀴 소리가 유난히 크게 울렸다. 그레이스는 아무도 없는 골목 곳곳을 곁눈질하며 선글라스가 이미 반을 가린 얼굴 위로 스카프를 끌어 올렸다.

'여기네.'

세 번째 건물 앞에서 멈춰 섰다. 건물의 뒤뜰을 둘러싼 쇠 울타리에는 백작가의 문장이 청동으로 아주 친절하게 박혀 있었다.

아직 모두 잠들어 있는지 불이 켜진 창은 없었다. 그레이스는 울타리의 문을 조심스럽게 열고 안으로 유모차를 밀고 들어갔다. 고용인 전용 출입문의 계단 앞에 유모차를 세우곤 팔에 걸고 있던 핸드백을 열었다.

그레이스가 꺼내어 든 물건이 어스름한 새벽빛 속에서도 영롱하게 반짝였다. 그러나 그걸 바라보는 그녀의 눈빛은 흐려지기만 했다.

"넌 대체…."

이 반지를 처음 보았을 때 든 의문은 사그라들기는커녕 지금 이 순간까지도 그레이스를 괴롭혔다.

'넌 대체 무슨 생각으로 이런 걸 내게….'

뒤늦게야 알았다. 반지의 안쪽에는 이름 두 개가 나란히 새겨져 있었다. 하나는 레온, 그리고 나머지는 그레이스.

데이지도 아닌, 그레이스.

네가 그럴 리가 없는데….

그레이스는 각인을 저도 모르게 만지작거리다 새벽 5시를 알리는 종소리가 멀고 먼 교회에서 들려오는 순간에야 화들짝 정신을 차렸다.

뭐 하는 거야. 이럴 시간 없어.

남부로 가는 기차는 중앙역에서 대략 40분 후 출발이었다. 그레이스는 가방에서 편지가 든 봉투를 꺼내 반지를 넣고 봉했다. 그러곤 계단을 올라가 출입문 옆의 우편함으로 봉투를 밀어 넣었다.
탁. 우편함 속으로 묵직한 봉투가 떨어지는 소리에 잠시 심장이 덜컥했다.
곧바로 계단을 내려와 유모차 하단의 선반에서 네모진 갈색 짐 가방을 꺼내어 서리가 내린 돌바닥에 놓았다.
그러곤 유모차 안을 들여다보았다. 아이는 새하얗고 폭신한 담요를 덮은 채 곤히 잠들어 있었다. 정말 잘 때만은 천사가 따로 없었다.
"착해."
오는 길에 칭얼대지도 깨지도 않았다. 그럴 법도 한 게, 유모차를 타면 유난히 잘 자는 아이였다. 잠투정이 긴 이 아이를 재우려고 밤마다 유모차를 미느라 얼마나 힘들었는지.
그 성가신 산책도 지금이 마지막이다.
그레이스는 잠든 아기의 도톰한 코끝에 아쉬우리만치 짧고 가볍게 입을 맞추곤 목소리를 낮춰 속삭였다.
"아가, 난 널 미워해서 보내려는 게 아니야."
살포시 감긴 눈꺼풀을 그녀는 물끄러미 응시했다. 요즘 아이의 짙푸른 눈동자에서 녹색 빛이 어렴풋이 돌기 시작했다. 이러다 머지않아 그레이스처럼 또렷한 청록빛을 띠게 될 것이다.
넌 하필이면 왜 내 멍에를 물려받았니.
그래도 평범한 가정으로 보내면 그 남자와 블랜차드 잔당의 눈에 띄지 않고 숨어 살 수 있을지도 모른다. 그런데 왜 그렇게 할 용기가 도저히 나지 않는 걸까. 좋은 집을 알아보고도 이런저런 트집을 잡으며 발걸음을 돌리는 짓을 지난 반년 동안 몇 번이나 했는지 모른다.
그러다 결국 올해의 마지막 대양 횡단선이 떠나기 전날에 이르고서야 결단을 내렸다.

난 내 의무 이상을 했어. 나머지 의무는 그 남자가 져야 해.

적어도 저를 빼닮은 아이이니 자기애가 강한 그 남자가 모질게 굴진 못할 것이다. 어쩌면 잔당의 검은 손에서 이 아이를 지켜 줄 수 있는 유일한 사람일지도 모른다.

윈스턴이니까.

"아버지가 레온 윈스턴이니까 아이의 앞날은 대낮처럼 밝아. 걱정하지 마."

그 말을 믿고 맡기는 거야. 어기지 마. 다른 건 어기더라도 그 말만은 절대 어기지 마.

곧 고용인들이 일어나 우유를 가지러 저 문밖으로 나올 것이다. 그럼 아이를 안으로 데려가겠지. 편지를 발견하면 그 남자에게 연락할 것이다.

그걸 알면서도 유모차 앞에서 발이 떨어지지 않았다. 데이지와 그레이스 리들을 죽이고자 그 남자의 마지막 흔적을 하나씩 떨치는 중이었으나 아이는 반지보다 보내기 어려웠다.

밖으로 나온 오른손을 담요 속으로 넣어 주던 그레이스는 베개로 떨어진 쪽쪽이를 입에 다시 물려 주려다 말고 물끄러미 보다가 제 주머니에 넣었다.

발갛게 익은 뺨을 보니 추운 건가 싶어 목에 감고 있던 스카프를 풀어 아기의 보닛 위에 여러 겹 감아 주었다. 우중충한 하늘을 보니 비가 올지도 몰라 유모차의 차양을 내려 주던 찰나였다.

희미한 노란 빛이 유모차 위로 내려앉았다. 고개를 들자 고용인들이 지내는 다락 층의 어느 창문에 불이 켜져 있는 게 보였다. 그레이스는 그제야 비로소 유모차에서 손을 떼고 가방을 덥석 집어 올려 뒷걸음질 쳤다.

뒷문에 다다를 때까지 뜰 가운데에 덩그러니 남겨진 유모차에서 눈을 떼지 못하던 그레이스는 무언가를 억누르듯 숨을 크게 들이켰다. 그러곤 돌연 뒤돌아 밖으로 도망쳤다.

텅 빈 골목에 발소리가 메아리쳤다. 오직 발소리만이 메아리쳤다.

미안해. 잘 살아.

난 내 삶을 살 거야. 너도 네 삶을 살아.

날카로운 면도날이 턱선을 따라 부드럽게 미끄러졌다. 이발사는 흔들리는 기차에서도 한 치의 실수 없이 날을 다룰 정도로 실력이 뛰어났다.

의자에 느긋하게 기대어 앉은 레온은 이발사가 면도 크림을 닦아 낼 수건을 가지러 간 사이 창밖으로 시선을 돌렸다. 서서히 동이 트는지 조금 전보다 하늘이 밝아져 있었다. 소매 끝을 젖혀 손목시계를 확인했다. 왕도의 중앙역에 도착하기까진 20분가량이 남아 있었다.

그사이 뭘 하면 좋을까.

어젯밤의 수확 덕일까. 오랜만에 악몽을 꾸지 않고 잔 덕에 레온은 맑은 정신으로 지금부터 할 일을 짚어 보았다.

그가 지금 당장 하고 싶은 일은 전화였다. 하지만 가장 쓸모없는 일이기도 했다. 아직 해도 뜨지 않았는데 캠벨이 간밤에 새로운 정보를 입수했을 리가 없었으니.

그럼 식당 칸으로 갈까 생각하다 관뒀다.

아침 식사는 타운 하우스에서 할 예정이었다. 오전에는 잠시 휴식을 취하며 오늘 표결에 부쳐질 안건을 살펴볼 것이다. 점심에는 다른 의원들과 식사 약속이 있었다. 그리고 오후에 내내 의회에 갇혀 있어야 하는 운명이었다.

저 멀리 밝아져 가는 지평선을 응시하던 그는 못마땅한 신음을 나직이 흘리며 이마를 한 손으로 짚었다. 쉰 것이 무색하게 어느새 피로감이 몰려왔다.

"벌써 지루하군."

레온은 그렇게 믿었다. 지루하기 짝이 없는 하루가 그를 기다리고 있을 것이라고.

첫차의 출발 시각이 다가오는 기차역은 길거리와는 달리 제법 북적였다. 멍하니 안으로 들어선 그레이스는 벽에 걸린 시계가 눈에 들어오자 매표소로 향했다. 짐을 덜었으니 발걸음이 가벼워야만 하는데, 무겁기만 했다.

여객선이 출항하는 뉴포트행 삼등석 표를 한 장 샀다. 곧장 플랫폼으로 향하던 그녀는 전화 부스 앞에서 멈칫했다.

문 앞에 있으니까 데리고 들어가라고 할까.

추운 곳에 오래 있다가 감기에 걸릴지도 몰랐다. 어쩌면 고용인들은 그 남자에게 보내는 편지를 뜯어 보지 않을 테니 그저 누가 버리고 간 고아인 줄 알고 그 아이를 고아원에 보내 버릴지도 모른다. 아니, 혹시 지나가던 도둑이 아이를 훔쳐 가 버린다면….

온갖 불길하고 말도 안 되는 상상을 하다 한숨을 푹 내쉬며 고개를 돌렸다. 그 남자가 알아서 할 것이다. 버리고 온 순간부터 아이는 그레이스의 것이 아니었다.

아니야. 그 아이는 처음부터 내 것이었던 적 없어.

제 소관이 아니라고 이를 악물었지만 죄지은 사람처럼 고개를 푹 숙이고 걸었다. 플랫폼에 이르러 고개를 들어 보니 뉴포트행 열차는 이미 대기 중이었다. 출발까지 남은 시간은 10분이었다.

삼등석 객차 앞까지 걸어간 그레이스는 활짝 열린 문 앞에서 저도 모르게 멈춰 섰다. 손은 주머니에 든 쪽쪽이를 무심결에 만지작거렸다.

"앗!"

"이런, 죄송합니다."

"아, 아니에요."

그러다 결국엔 인파에 휩쓸려 휘청댔다. 제 꼴이 너무도 한심해 얼굴이 달아올랐다. 그레이스는 그제야 도망치듯 열차에 올랐다.

일등실이나 이등실과 달리 객실이 나뉘어 있지 않은 삼등실 객차에는 이미 승객들이 띄엄띄엄 자리를 차지하고 있었다. 그레이스는 문과 가까운 자리 아래에 짐 가방을 밀어 넣고 창가의 좌석에 앉았다.

그러곤 지금부터의 계획을 되짚어 보았다. 새로운 삶을 살더라도 다시는 아이를 낳지도 키우지도 않을 거란 예감이 들었다. 자꾸만 주머니 속으로 되돌아가려는 손을 빼며 출국 사무소를 통과하는 작전을 머릿속으로 연습하던 때였다.

"아바바—."

아기 목소리가 들리자 그레이스는 소리가 나는 곳을 향해 습관적으로 고개를 돌렸다. 뒤쪽의 문으로 젊은 부부가 들어오고 있었다. 여자의 품에는 아기가 안겨 있었다.

그사이 열차 안이 꽤 혼잡해져 있었던지라 부부는 멀리 가지 못하고 그레이스와 마주 보는 자리에 앉았다.

"좋은 아침이에요."

"네, 좋은 아침이네요."

애써 입꼬리를 올리는 그녀의 시선이 아기에게서 떨어지지 않았다.

"도로시, 너도 인사해야지. 좋은 아침이에요."

여자가 아기의 손을 쥐고 인사하듯 흔들었다.

"…안녕, 도로시. 정말 예쁘구나."

어리둥절한 눈으로 그녀를 쳐다보는 아이는 그레이스의 딸과 비슷한 월령으로 보였다.

아니지. 내 딸은 발육이 훨씬 빨랐으니까 저 아긴 7, 8개월쯤 됐으려나.

옆에 앉은 남자가 가방에서 사과 한 알을 꺼내 아내에게 넘겨주었다. 그러자 아기가 그걸 자꾸만 빼앗아 가려고 끙끙대며 자그마한 손을 휘저었다.

내 딸도 저렇게 예쁜 짓을 곧잘 하는데.

문득 그런 생각을 하는 찰나, 그레이스의 심장이 덜컥 내려앉았다.

내 딸이라니….

무슨 소리야. 난 딸이 없어. 그레이스는 이를 악물며 눈을 질끈 감았다. 그러나 귀는 막을 수 없었다.

"아브아—."

그칠 줄 모르는 낯선 아기의 옹알이는 그녀의 머릿속에서 익숙한 목소리로 점차 변해 갔다.

"아부부—."

불과 몇 시간 전, 밤새 뒤척이다 겨우 잠들었을 즈음이었다. 저를 부르는 소리를 듣고 눈을 떠 보니 커튼 너머로 스민 어렴풋한 가로등 빛 속에서 아이가 아기 침대의 난간을 붙잡은 채 서 있었다. 저 혼자 일어선 건 처음이었다.

"뿌우—."

아기는 엄마라는 말을 몰랐다. 그래서 그녀를 부르고 싶을 땐 체리 알보다도 작은 입을 동그랗게 오므려 뿌우 소리를 어설프게 냈다. 그렇게 입으로 침방울을 만들어 터트리고 놀면 그레이스가 달려와서 입을 닦아 주니까. 목청껏 우는 것이 아니라면 그게 가장 관심을 잘 끄는 소리라는 걸 벌써 알고 있을 정도로 똑똑한 아이였다.

"꺄아!"

눈이 마주치자 아이가 소리를 지르며 활짝 웃었다. 토끼 같은 아랫니 두 개를 드러내면서.

평소라면 일어나 안아 주었겠지만 오늘 아침에는 그러지 않았다. 저 혼자 일어서는 대단한 일을 했는데도 그레이스는 침대에 죽은 듯 널브러져 모질디모진 질문만 던졌다.

"…넌 내가 좋아?"

네가 의지할 사람은 나뿐이잖아. 적어도 지금까진. 그래서 그런 거야. 넌 내가 좋은 게 아니야. 그러니까….

"좋아하지 마."

넌 이제 날 잊을 거야. 나보다 훨씬 부유하고 강한 아빠가 생길 테니까. 애정도 힘도 집도 없는 빈털터리인 나 따윈 금세 잊을 거야.

이 아이, 제 아빠의 외모와 성향을 닮은 것도 모자라 그레이스의 마음을 힘들게 하는 점까지 그대로 빼닮아 있었다.

난 네가 그 남자처럼 버거워.

그 남자가 저를 좋아하는 마음을 숨기지 못하고 티를 낼 때마다 느끼던 부담감과 죄책감을 그레이스는 아기에게서 느껴야 했다.

난 널 버릴 궁리만 하는데도 넌 내 품이 세상에서 가장 아늑한 곳인 것처럼 파고들었지. 그래서 난 네가 얼마나, 얼마나 버거웠는데.

네가 없어지면 그 버거운 마음 또한 사라질 줄 알았더니.

질끈 감은 눈꺼풀 아래에서 아기의 얼굴이 자꾸만 성가시게 어른거렸다. 그레이스는 이를 더욱 힘주어 악물었다.

저 통통한 연분홍빛 볼의 말랑한 감촉이 얼마나 싫었는데. 햇살처럼 포근한 아기 냄새도, 그리고 해맑게 웃는 얼굴도, 우느라 못나게 일그러진 얼굴도 끔찍하게 싫었어. 너를 품에 안고 있을 때면 느껴지는 그 온기, 그 안온함이 얼마나 괴로웠는지 알아?

그래서 난 네게 돌아가지 않아. 절대로.

난 내 삶을 살 거야. 난 내 삶을 살 거야.

이를 악문 채 조용히 되뇌는 때였다.

삐익─.

플랫폼에서 호루라기 소리가 들려왔다. 사람들이 열차 안으로 우르르 몰려 들어오더니 곧 문이 쾅, 쾅 닫히는 소리가 이어졌다.

"으아앙!"

맞은편에 앉아 있던 아기가 그 굉음에 놀라 울음을 터트린 순간이었다.

"흑…"

그레이스도 아이처럼 울음을 터트려 버렸다. 눈을 번쩍 떴지만 눈물이 눈앞을 가려 아무것도 보이지 않았다.

정말, 이젠 눈에 보이는 게 없었다.

그레이스는 다급히 일어나 좌석 아래에 둔 가방을 거칠게 빼내고 통로에 선 사람들을 밀치며 문으로 향했다.

문을 활짝 열고 플랫폼으로 뛰어내리다시피 하는 찰나 열차가 출발했다. 분명 사람들이 저를 미친 여자 보듯 하고 있을 테지만 알 바 아니었다. 그레이스는 플랫폼을 가득 메운 인파를 헤치며 정신없이 달렸다.

삐이익─.

기적이 길게 울리더니 맞은편의 플랫폼에서 검은 기관차가 증기를 내뿜으며 역으로 진입했다. 남부에서 온 야간열차가 멈춰 섰을 때 그레이스는 이미 기차역 밖에 있었다.

"윈스턴 백작가의 타운 하우스로 빨리, 빨리 좀 가 주세요."

아무 택시나 잡아타고 외쳤다. 기사가 차를 몰며 그녀를 자꾸 흘끔댔지만 그레이스는 눈물이 주룩주룩 흐르는 눈으로 앞만 바라보았다.

"빨리, 빨리요."

자꾸만 초조하게 몸을 들썩이며 기사를 재촉하는데 이성이 그녀를 나무랐다.

그레이스, 넌 모든 과거를 뒤로하고 네 삶을 살아야 해.

내 삶이란 게 대체 뭔데?

그레이스는 이제야 가장 중요한 물음을 던졌다.

그게 무엇이든 그 아이와의 추억을, 오로지 추억만을 가진 채론 온전히 제 삶을 살 수 없을 것이 분명했다.

그녀는 울먹이며 이를 갈았다.

레온 윈스턴, 이 빌어먹을 개자식. 네 뜻대로 돼서 좋겠어.

이런 속셈이었다면 아주 훌륭하게 성공했어. 천재야. 내가 끝까지 네 흔적을 놓지 못하게 하다니.

그레이스는 눈앞을 가리는 눈물을 소매로 닦아 내며 흐느꼈다.

이럴 거면 진작에 줄걸, 왜 여태 데리고 있었을까. 이런 걸 난 몰랐어야 하는데.

아기는 그토록 까탈스러우면서도 웃음만은 후했다. 꺄아 소리를 목청껏 지르며 함박웃음을 터트릴 때마다 그레이스는 모진 소리를 했다.

웃지 마. 난 너를 좋아하지 않아. 그 남자를 닮은 네가 좋을 리 없어.

실은 그레이스가 웃으니 아이는 따라 웃었을 뿐이었다. 어렴풋이 알면서도 애써 그런 적 없다고 스스로를 속이고 아이 탓을 했다.

남의 아기에게는 쉽게 나오는 예쁘다는 말이 네게는 왜 그리도 나오지 않는지. 세상 어느 아기보다도 사랑스러운 아이에게 예쁘단 말조차 제대로 해 준 적 없었다. 게다가 태어난 지 반년이 넘도록 아이는 이름이 없었다.

눈물이 또 울컥 쏟아졌다.

네게 무슨 죄가 있기에 난 그런 몹쓸 짓을 했는지.

죄 없는 너를 미워하고 버거워했던, 그 어른스럽지 못했던 시간이 후회되는구나.

어머니가 남긴 편지의 한 구절이 자꾸만 머릿속을 맴돌았다. 너는 후회할 일을 저지르지 말라는 어머니의 꾸지람처럼 들렸다.

네게 사랑한다는 말을 뻔뻔스럽게 할 수 있을 만큼 염치없지는 않아.

어머니는 자신을 염치없다고 비난해야만 사랑한다는 말을 할 수 있었다. 이미 어머니의 운명을 되풀이했건만 딸에게 사랑한다는 말을 떳떳이 하지 못하는 운명까지 되풀이하고 싶지는 않았다.

택시가 타운 하우스 지구로 들어섰다. 얼마 지나지 않아 저 멀리 윈스턴가의 건물이 보이기 시작했다. 창문에는 띄엄띄엄 불이 들어와 있었다.

아직 늦지 않았으면, 네가 제발 거기 그대로 있었으면.

택시가 멈추자마자 그레이스는 돈을 던지다시피 하고 밖으로 뛰쳐나갔다.

아가, 제발 거기 있어.

울타리를 빙 돌아 뒷문을 향해 뛰며 그레이스는 울먹이는 목소리로 같은 말을 기도문처럼 되뇌었다. 심장이 입 밖으로 튀어나올 것만 같았다.

"흑…."

모퉁이를 돌아 낮은 관목 너머로 검은 유모차의 차양이 보이는 순간 그레이스는 울음 같은 웃음을 터트렸다.

있다. 아직 있어.

뒤뜰에는 아무도 없었다. 문 앞의 우유 바구니가 그대로인 걸로 보아 아직 아무도 나와 보지 않은 듯했다. 그레이스는 울타리 밖에 짐 가방을 던지듯 놓고 안으로 뛰어 들어갔다.

"내 딸⋯."

차양을 걷어 냈다. 얌전히 잠든 아기 천사가 눈에 들어오자 그레이스는 더는 참지 못했다.

"아가, 미안해. 엄마가 미안해."

더 늦기 전에 제가 이 아이의 엄마라는 걸 제 입으로 인정했다. 그제야 그녀를 오래도록 짓누르던 버거움이 허무하리만치 쉽게 사라졌다.

"이잉—."

난데없는 소란에 아이가 잠에서 깼다. 주먹 쥔 두 손을 위로 쭉 뻗어 기지개를 켜며 짜증을 내던 아이는 엄마와 눈이 마주치는 순간 언제 투정을 부렸냐는 듯 방긋 웃었다. 그레이스도 활짝 웃자 눈에 그득히 차 있던 눈물방울이 후드득 떨어져 내렸다.

그때에야 그레이스는 딸에게서 제 모습을 보았다. 그녀는 항상 어머니에게 무한하고 절대적인 애정을 품었다. 그 모습이 고작 난 지 6개월 된 아이에게서 보였다. 어릴 적 어머니의 애정을 받을 때면 성탄절이라도 온 것처럼 신이 나곤 했다. 고작 엄마가 눈앞에 있다는 이유만으로 세상에서 가장 행복하게 웃는 이 아이도 그런 기분일 것이다.

넌 나를 닮았어.

아이의 뺨에 입을 맞추며 속삭였다.

그레이스는 유모차를 울타리 밖으로 끌고 나왔다. 내던져 두었던 짐을 선반에 넣고 골목길을 따라 유모차를 밀며 제게 다시 물었다.

그래서 내 삶이란 뭘까.

엄지를 빨기 시작하는 딸에게 그레이스는 주머니에 든 쪽쪽이를 물려주며 스스로 정답을 정했다.

내가 하고 싶은 일을 하고 사는 거라면, 그렇다면 아가, 난 너와 살고 싶어.

이 아이에게 주어진 길은 세 갈래가 아닌 네 갈래였다. 처음부터 외면했던 길을 끝내 택한 그레이스는 딸과 함께 동이 트는 길을 따라 걸었다.

이른 아침, 왕도의 중심가는 한산했다. 텅 빈 도로를 거침없이 달리는 세단은 웅장한 의회 건물을 지나쳐 타운 하우스로 향했다.

레온은 차창 밖에 무의미한 시선을 둔 채 생각에 잠겨 있었다. 교차로에서 차가 갑자기 멈춰 서는 순간에야 그의 눈동자에 초점이 돌아왔다.

교차로 너머의 건널목을 누군가가 건너고 있었다. 우편배달부가 검은 수레를 밀고 있는 줄 알았으나 자세히 보니 유모차였다.

"이런 시간에 아이를 데리고 산책을 하는 엄마라니."

운전수가 별일 다 있다는 듯 굴자 조수석의 피어스가 어깨를 으쓱거렸다. 여자가 길 건너편의 보도로 오르고 차가 다시 출발하자 시선을 떼려던 레온은 문득 든 기시감에 왼쪽으로 고개를 돌렸다.

걸음걸이가 낯익은 듯했다.

레드와인색 모자를 푹 눌러쓰고 빠르게 걷는 여자를 응시했지만 차가 순식간에 교차로를 건너며 여자의 모습은 그의 시야에서 사라졌다. 확신을 갖기에는 너무도 짧은 시간이었다.

레온은 고개를 정면으로 돌렸다. 어쩌면 착각일지도 모른다. 실은 이미 길 가던 여자를 그레이스로 착각한 전적이 몇 번 있었다. 꼴사나운 짓이었다.

연푸른 눈동자에서 다시 초점이 사라졌다.

그레이스도 저렇게 유모차를 끌고 다닐까.

그는 다시 상상 속에서 헤맸다. 그런 가정적인 모습, 그 과격한 여자와는 어울리지 않았다. 하지만 한편으론 꽤 귀여울 것 같다고 생각하는 찰나 차가 타운 하우스 앞에서 멈춰 섰다.

"각하, 어서 오십시오. 평안한 여행길이었는지요."

미리 문밖에서 대기하던 집사가 차 문을 열었다. 레온은 고개를 짧게 끄덕이는 것으로 대답을 대신하고 건물 안으로 들어갔다.

아침 식사부터 준비하겠다는 집사에게 고개를 젓고 2층으로 향했다. 열차 여행이 남긴 불결한 느낌을 샤워로 씻어 내고서야 그는 식탁 앞에 앉았다.

그의 기호대로 가벼운 아침 식사가 차려진 식탁에서 레온이 가장 먼저 들어 올린 건 커피 잔이었다. 그는 커피를 마시며 식탁 한 귀퉁이에 반듯하게 놓인 신문과 편지 더미에 눈길을 던졌다.

무얼 먼저 봐야 할지. 훑어보던 시선이 귀퉁이가 이상한 모양으로 솟은 편지 봉투에서 멈췄다. 그 수상한 봉투에는 우체국의 소인이 없었다.

덜컥.

데이지 애빙턴이라는 이름이 보이는 순간 커피 잔이 받침에 거칠게 내려앉았다. 레온이 편지를 덥석 집어 열어 보는 사이 식당 안은 시간이 멈춘 듯했다. 시중을 들던 고용인들이 그를 놀란 눈으로 바라보는 가운데, 시간이 흘러가는 걸 보여 주는 건 새하얀 테이블보 위로 번지는 커피의 얼룩뿐이었다.

"하…."

봉투에서 약혼반지를 꺼내어 든 레온은 탄식했다. 그레이스가 이곳으로 왔다는 건 희소식이나 반지를 돌려준 건 비보였다.

그 여자, 반지를 수배 중이란 걸 알고 있었다. 돈은 필요 없을 테니 팔아야 할 이유도 없었을 것이다.

그레이스를 추적할 실마리 하나를 잃은 것 때문에 총알이 심장을 관통한 듯한 고통을 느낄 리 없었다. 레온의 시선은 반지의 안쪽에 나란히 새겨진 이름에 머물렀다.

이건 확인 사살이다.

너와의 미래는 필요 없어.

그 여자의 외침이 귓가를 맴도는 듯했다.

그레이스 리들은 말 한마디 없이도 레온 윈스턴을 죽일 수 있는 유일한 여자였다.

그는 또다시 버림받은 굴욕감을 억누르며 당황한 눈치인 집사에게 물었다.

"이 편지, 언제 도착했지?"

"조금 전 우편함에서 꺼내 왔습니다."

"그 전에 마지막으로 우편함을 확인한 시각은."

"어제저녁 6시경이었을 겁니다."

그럼 그 여자는 그 열두 시간 사이에 이곳에 왔다 갔다. 정확한 시각을 알 수 있는 실마리는 없을까. 레온은 안에 든 편지를 펼쳐 보았다. 편지의 첫 문장은 어떠한 서두도 없이 본론부터 꺼내었다.

[네가 만든 아이 끝까지 책임지고 키워, 이 개자식아.]

아이라니. 레온은 곧바로 집사에게 시선을 던졌다.

"아이는 어디 있지?"

집사는 영문을 모르겠다는 눈을 했다. 답답해진 그는 성마르게 대답을 재촉했다.

"누가 여기에 아기를 두고 가진 않았냐는 거야."

"그런 말은 듣지 못했습니다만 제가 곧바로 알아보고 오겠습니다."

집사가 허둥지둥 식당 밖으로 나가려던 때였다. 커피 잔을 치우던 하녀가 눈치를 보며 조심스레 입을 열었다.

"혹시 6시쯤에 벤이 본 걸 말씀하시는 게 아닐지."

"자세히 말해."

"그게…."

새벽 6시 경, 타운 하우스의 뒤뜰이 내려다보이는 방에서 커튼을 걷던 하인이 이상한 광경을 목격했다. 백작가의 부지인 뒤뜰에 레드와인색 모자를 쓴 여자와 검은 유모차가 서 있었다는 것이다. 미친 여자인가 싶어 창문을 열고 나가라고 외치려 했으나 여자가 곧바로 유모차를 밀고 가 버리기에 아무런 말도 하지 않았다고 했다.

자초지종을 들은 레온은 자리를 박차고 일어섰다.

"당장 운전수를 불러."

타운 하우스로 오던 길, 교차로에서 본 여자가 바로 그레이스였다. 도중에 마음을 바꿔 아이를 다시 찾아간 것이다.

그는 곧장 밖으로 향하며 손목시계를 확인했다.

빌어먹을. 벌써 40분이나 지났다.

중앙 홀에 이르는 찰나 운전수가 고용인 전용 구역의 문을 열고 뛰어왔다. 그때 문득 운전수가 했던 말이 떠올랐다.

"이런 시간에 아이를 데리고 산책을 하는 엄마라니."

아니, 그건 산책이 아니야.

레온은 기억을 다시 되짚어 보았다. 유모차 아래의 선반에는 분명 커다란 짐 가방이 놓여 있었다. 조금 전에는 대수롭지 않게 보았던 물건이 단숨에 결정적인 단서가 되었다.

완전히 떠나려는 거다. 그래서 여태 품고 있던 아이를 주려고 했겠지.

어디로 떠나려는지야 뻔했다. 컬럼비아로 가는 여객선을 타려면 지금즈음이 올해의 마지막 기회였다. 왕도에서 항구로 가는 수단은 기차밖에 없었다.

기차역. 그레이스는 기차역으로 갔을 것이다.

현관 밖으로 나가려던 레온은 급히 돌아서 집사에게 지시했다.

"경호원들 또한 부르도록."

그의 개인 경호를 담당하는 자들이 단숨에 중앙 홀에 집합했다.

"왕도 내 모든 기차역으로 흩어져 검은 유모차 혹은 생후 6개월가량의 아기를 데리고 있는 젊은 여자를 찾도록. 여자의 특징은 20대 중후반에 청록색 눈동자, 붉은색의 모자. 남부행 열차를 탈 가능성이 높으니 살살이 뒤지고 수소문해. 당장."

레온은 명령을 내리자마자 대기 중인 차에 올라탔다. 그레이스가 걸어갔던 방향으로 달리는 차 안에서 조금 전 본 그 모습을 찾아 창밖을 살살이 훑는 그의 심장이 거칠게 질주했다.

그레이스를 보았다. 먼발치에서 얼굴조차 보지 못했지만 거의 1년 만에 그레이스가 내 앞에 나타났다.

빌어먹을. 감을 믿었어야 했는데.

후회 속에서도 레온은 일말의 환희를 느꼈다.

그레이스가 아이를 다시 찾아갔다. 아이를 보지 못한 건 아쉽기 그지없는 일이나 그 여자가 그의 아이를 품에서 놓지 못한다는 건 기쁜 일이었다.

그레이스에 관한 수많은 바람 중 적어도 하나는 그의 뜻대로 된 셈이니.

창밖을 계속해서 살피던 레온은 문득 눈매를 날카롭게 좁혔다. 그런데 그 여자 왜 이쪽으로 간 걸까. 이 방향으로 가면 중앙역이 나오지 않는다. 남쪽으로 가는 길이니 남부역으로 갔다고 추측해 볼 수도 있지만, 해답이 되긴커녕 의문만 더했다.

가까운 중앙역을 두고 굳이 먼 곳으로 가는 이유는 뭘까.

아침 8시, 업무 시간이 되자 등록소 정문의 자물쇠를 연 경비원은 소스라치게 놀랐다. 열쇠를 넣고 돌리자마자 문이 활짝 열린 것이다.

"조, 좋은 아침입니다."

얼떨결에 인사를 하고 물러서자 젊은 여자가 검은 유모차를 밀고 들어왔다. 비장한 각오라도 한 얼굴이었다.

경비원의 생각은 틀리지 않았다. 그레이스는 정말로 비장한 각오를 한 끝에 딸의 출생을 신고하러 등록소로 왔으니.

"출생 신고를 하러 왔는데요. 어떻게 해야 하나요?"

카운터 뒤에 앉은 직원 중 그나마 덜 깐깐해 보이는 중년의 여직원에게로 다가가 물었다. 커피를 홀짝이던 여자가 카운터 위로 고개를 쭉 빼더니 유모차에 앉아 두리번거리는 아기에게 눈길이 닿는 순간 황홀한 미소를 지으며 감탄했다.

"어머, 예뻐라."

그레이스는 이젠 모든 마음의 짐을 털어 버린 덕에 당당하게 뿌듯한 미소를 지었다. 그녀에게로 시선을 돌린 여자는 표정을 공무원답게 딱딱하게 고치더니 물었다.

"혼인 증명서는 가져왔나요."

"어… 그런 건 없는데요."

여태 등록소에 와 본 건 가짜 신분증을 만드는 데 필요한 물건을 훔치려고 청소부인 척 잠입했을 때뿐이었다. 그러니 출생 신고에 무엇이 필요한지 알 리가 없었다.

없다는 말에 이게 무슨 말도 안 되는 소리냐는 듯 여자가 눈을 깜빡이자 그레이스는 급히 핑계를 만들어 냈다.

"시골에서 결혼식을 했는데 목사님께서 그런 건 안 주시던걸요."

그럴듯한 핑계였는지 여자가 한숨을 푹 내쉬며 시골의 행정을 중얼중얼 비난했다.

"이런… 그러면 출생 등록이 안 되는데…."

그레이스는 눈썹을 축 늘어뜨리며 혼자 잘 놀고 있는 딸을 안아 올렸다.

"어떡해, 아가. 등록이 안 된대. 오늘은 꼭 해 주려 했는데."

어리둥절한 아기를 꼭 끌어안고 훌쩍였다. 직원의 얼굴에 곤란한 기색이 비치자 그레이스는 중년의 기혼녀라면 공감힐 하소연을 쏟아 내며 있지도 않은 남편을 헐뜯었다.

"가장이란 남자가 얼마나 게으른지 딸이 태어난 지 여덟 달이 되도록 출생 신고도 하지 않은 거 있죠?"

"저런, 사내들이 참 그런 일엔 게을러요. 그러면서 맥주가 다 떨어지면 나더러 게으르다고 욕하지."

"그 맥주를 다 누가 마신 건데 말이죠."

"맞아, 맞아."

"그 남자, 분명 출생 신고를 했다길래 전 그런 줄 감쪽같이 속고 있다가 어제야 알았던 거죠."

"세상에 거짓말까지…."

"정말 세상에 무슨 이런 아버지가 다 있는지 모르겠어요. 난 왜 그 무책임한 남자랑 결혼을 해서…. 아니야, 아가. 그래도 널 만나서 기뻐."

아기가 왜 우냐고 묻는 듯 눈을 똥그랗게 뜨고 그레이스의 뺨에 작은 손을 서툴게 문댔다. 눈물을 닦아 주려는 것 같았지만 힘 조절이 엉성한 탓에 뺨을 맞는 기분이었다.

"아니야, 아가. 엄만 괜찮아."

그녀는 아기를 토닥거리며 불쌍한 눈으로 직원을 바라보았다. 여자의 얼굴에서 비치던 곤란하다는 기색이 벌써 '딱하다'로 변해 있었다. 거의 다 넘어왔단 뜻이었다.

"어제 하숙집이 떠나가라 싸우고 저라도 우리 딸을 등록해 주겠다고 새벽부터 와서 밖에 앉아 기다린 건데… 흑…."

"어쩌면 좋아. 이 추운 날에…."

여자가 카운터 너머로 손을 뻗어 두꺼운 기저귀 탓에 빵빵한 아기 엉덩이를 안타깝다는 듯 두드리더니 중얼거렸다.

"아휴… 여기서 혼인 신고도 할 수는 있지만 원랜 남편을 데려와야 하는데…."

"그 인간은 밤새 술을 마셨으니 지금 코를 골면서 자고 있을 거예요."

소매 끝으로 가짜 눈물을 훔친 그레이스는 갑자기 뭔가 생각난 척 핸드백 안을 뒤적이며 물었다.

"남편 신분증은 있는데 그걸로 어떻게 안 될까요?"

어떻게 되고도 남는 일이었다. 그레이스의 연기에 넘어온 직원이 혼인 신고용 양식을 만년필과 함께 내어 주었다.

그레이스는 신부와 신랑의 정보를 채워 직원에게 신분증 두 개와 함께 돌려주었다. 신부는 그녀가 내일 출국을 시도할 때 쓸 가짜 신원이었으며, 신랑은 원래 출국 때 쓰려던 가짜 신원이었다.

그러니까 원래는 남자로 변장해 출국할 생각이었다. 하지만 아이를 데려가기로 결심하면서 남장은 포기해야 했다. 남자 혼자 아기를 데리고 여행하는 건 수상해 보일 테니.

남자처럼 짧게 자른 머리를 모자챙 아래에서 만지작거리며 직원의 눈치를 살피던 그레이스는 가볍게 웃었다.

나 자신과 결혼하는 셈이라니.

그녀는 유모차에 앉아 이 낯선 곳의 구석구석으로 커다란 눈을 굴리는 아기에게 웃어 주며 다짐했다.

내가 엄마도, 아빠도 해 줄게.

아직 그레이스의 실력은 죽지 않았다. 신분증이 감쪽같았는지 직원은 전혀 눈치채지 못하고 혼인 증명서에 등록소의 스탬프를 찍었다. 신부의 신분증에 줄을 긋고 성을 남편의 성으로 고치는 것도 잊지 않더니 증명서와 신분증 두 개를 카운터에 놓았다.

그다음은 이곳에 온 목적인 출생 신고를 할 차례였다. 신고 양식의 빈칸을 채워 나가던 그레이스는 제일 위에 있는 칸 하나를 채우지 못하고 망설이다 직원에게 물었다.

"요즘 가장 흔한 이름이 뭔가요?"

"엘리자베스."

"아…."

올해 초 그레이스의 딸보다 두 달 먼저 태어난 공주의 이름이었다.

"그건 피하도록 해요. 너무 흔해서 4, 5년 후에 탁아소에서 엘리자베스라고 외치면 스무 명은 돌아볼걸요?"

그레이스는 고개를 끄덕이고 마지막 빈칸을 주저 없이 채웠다.

"…."

빠짐없이 채운 신고서를 받아 든 직원의 눈썹이 우스꽝스럽게 구겨졌다.

"…엘리자베스."

흔하디흔해 피하라는 이름을 굳이 하나뿐인 딸에게 붙인 영문을 알 수가 없다는 태도였다.

그야 가장 흔하니까.

그레이스도 물론 예쁘고 특별한 이름을 딸에게 지어 주고 싶은 마음이 간절했다. 그렇지만 지금도, 그리고 아마 신대륙에서도 두 사람은 그 남자에게 쫓기는 신세일 것이다. 저야 이름을 바꿔 가며 사는 데 익숙하지만 아이는 그렇지 않다. 이름이 자주 바뀌면 혼란스러워할 테니 일부러 가장 흔해 빠진 이름을 고른 것이었다.

그리고 적어도 저처럼 이름이 여러 개인 삶을 살게 하고 싶진 않았다.

"흠, 아이 엄마 마음에 든다면야."

직원이 출생증명서를 발급하는 모습을 지켜보던 그레이스는 문득 든 깨달음에 실소했다.

'엘리자베스라니, 그 남자 모친의 이름이잖아?'

이걸 미처 생각하지 못했다.

윈스턴 부인을 그다지 좋아하지 않았기에 아래로 처지던 그레이스의 입꼬리가 곧 다시 휘어 올라갔다.

곰곰이 생각해 보니 나쁘지 않은 역발상이자 교란 작전이었던 것이다. 그 남자, 그레이스가 제 모친의 이름을 아이에게 절대로 붙일 리 없을 거라 믿을 테니.

"자, 여기 있어요."

직원이 보람된 일을 했다는 미소를 크게 지으며 종이를 내밀었다. 출생 증명서를 받아 읽어 본 그레이스는 아이에게 새삼 미안한 마음이 들었다.

기껏 여태 외면했던 엄마로서의 의무를 다하겠다고 출생 신고를 했지만 이름도, 성도 모두 도망 다니기 편한 대로만 정했다.

심지어 생일마저 그 남자에게 편지로 알려 줘 버린 탓에 엉뚱한 걸 써내야 했다. 그것도 모자라 추적을 피하기 쉬워지라고 두 달이나 앞당겼다.

벌써 몹쓸 엄마가 된 기분이었다.

'아니야. 그 남자가 몹쓸 아빠인 거지.'

밖으로 나온 그레이스는 멈춰 섰다.

"헤―."

물끄러미 보았더니 등록소 직원이 준 사과 한 조각을 빨아 먹던 아이가 활짝 웃었다.

엘리자베스.

부르기에는 너무 길다. 그레이스는 골똘히 생각했다.

뭐라고 줄이면 좋을까. 엘리자, 베스, 베티, 리지, 리사…. 그레이스는 몸을 숙이고 눈높이를 맞춘 채 애칭을 하나씩 불러 보았다.

"엘리?"

내내 사과에만 정신이 팔려 있던 아이가 문득 고개를 들었다.

"엘리가 마음에 들어?"

"으응—."

침 범벅이 된 사과를 엄마의 입으로 내미는 걸 보니 알아듣고 한 대답은 전혀 아니었지만 눈도 귀도 이 아이에게 멀어 버린 그레이스에게는 그렇게만 들렸다.

"엘리."

귀엽지만 너무 유치하지도 않은 애칭이었다. 훨씬 컸을 때도 괜찮을 듯했다.

"네 이름이야. 마음에 들어?"

그레이스는 아기의 입에 사과를 다시 물려 주며 1년여 전의 일을 떠올렸다.

"…얼마나 커야 장거리 여행이 가능하지?"

정확히는 소탕 작전 직전, 마지막 검진 때 그 남자와 의사가 나누었던 대화를.

"장거리 여행이라 하시면…."

"배를 타고 멀리 갈 수 있을 정도로."

"그 정도라면 생후 4개월 즈음부터…."

그레이스는 엘리의 이마에 입을 맞추며 속삭였다.

"엘리, 넌 엄마와 함께 여길 떠나는 거야."

"히잉—."

"울 거면…."

그레이스는 눈썹을 축 늘어뜨리며 떼를 쓰기 시작하는 딸을 향해 몸을 숙이곤 손가락으로 옆을 가리켰다.

"저기 앞에서 울어 줄래?"

둘의 앞에는 막막할 정도로 긴 줄이 뱀처럼 구불구불 이어져 있었다. 인파에 가려 잘 보이지도 않는 그 끝의 출국 심사대에는 거북이가 앉아 있는 게 분명했다.

"엘리는 유모차 타서 좋겠다. 부러워라."

줄은 몇 분째 움직이지 않았다. 그레이스는 유모차 선반에 넣어 둔 가방을 꺼내 바닥에 세웠다. 가방이 부서지면 귀찮아지니 엉덩이만 살짝 걸치고 앉아 손에 든 걸 다시 입으로 가져가는데 또 투정이 시작됐다.

"이이잉—."

엘리는 조금 전부터 그레이스를 향해 손을 휘젓고 있었다. 정확히는 그레이스가 늦은 아침으로 먹고 있는 스콘으로 말이다.

요즘 엘리는 그레이스가 먹는 건 다 따라 먹어야만 했다. 6개월령에 먹어도 되는 거라면 괜찮지만 그런 게 아니라면 잘 때 몰래 먹어야 할 정도였다.

아무것도 바르지 않은 스콘은 괜찮겠지.

손에 쥘 수 있을 만큼 작지만 꿀꺽 삼킬 순 없을 만큼 크게 떼어 쥐여 주자 앞으로 삐죽 나와 있던 입술이 활짝 벌어졌다.

"꺄아!"

그레이스는 스콘을 곧장 입으로 가져가는 아이의 말랑말랑한 뺨을 꾹 눌렀다.

"욕심쟁이."

엘리의 앞에 세워진 커다란 젖병에는 줄을 서기 전 타서 준 분유가 아직도 그득히 남아 있었다.

"응? 넌 내가 먹는 거면 다 먹고 싶지?"

"아우우—."

엘리가 입에 스콘 조각을 문 채로 옹알거렸다.

아이는 윗면이 갈색으로 먹음직스럽게 익은 노란 스콘을 쪽쪽 빨다가 헤, 웃더니 입맛을 다셨다. 맛있는데 감질나는 모양이었다.

그레이스는 아이가 쥔 스콘에서 한 조각을 작게 떼었다. 제게 주려는 걸 안 건지, 아니면 그저 너무 먹고 싶단 뜻인지 엘리가 아, 하고 입을 벌렸다. 아기 새처럼 벌린 입에 자그마한 조각을 넣어 주자 엘리가 오물대다 웃었다.

"맛있어?"

"헤—."

아이는 신이 나서 스콘을 쥔 손을 흔들었다. 그레이스는 담요 위로 떨어진 부스러기를 털고 큰 건 제 입에 집어넣은 후 스콘을 빠는 엘리의 이마에 입을 맞췄다.

"엘리. 우리 예쁜 엘리."

"마아—."

"엄마야. 엄마, 해 봐"

엘리의 정신은 침으로 촉촉하게 젖은 스콘에만 온통 팔려 있었다.

"응? 해 봐."

"뿌우—."

"뿌우가 아니라 엄마라니까?"

아기는 또 침으로 방울을 불며 놀기 시작했다. 턱받이로 입을 닦아 주며 얼굴을 찡그렸더니 엘리가 방긋 웃었다.

이게 뭐가 그렇게 좋은지.

"넌 내가 좋아?"

하루 전에 물었던 질문과 다를 바 없었다. 하지만 그 속에 담긴 마음은 불과 하루 만에 달라져 있었다.

끝까지 부정하고 싶던 마음을 인정하고 나니 이 아이에겐 제가 세상의 전부라는 사실이 부담스럽긴커녕 감격스럽게만 다가왔다.

"엄마도 엘리가 좋아."

그레이스는 아이를 유모차에서 꺼내어 품에 안았다.

"우리 행복하게 살자."

네 아빠만큼 부유하진 못해도 엄마가 남부럽지 않게 해 줄 순 있어. 그레이스는 아이의 등을 토닥이며 다짐했다.

행렬이 움직이기 시작하자 아이를 다시 유모차에 앉히고 가방을 선반으로 밀어 넣었다. 조금씩 조금씩 출국 심사대에 가까워질수록 가슴이 두근거렸다.

왕도에서 뉴포트까지, 그리고 뉴포트에서 항구까지 오는 길에 수상한 낌새는 전혀 없었다. 타운 하우스에 두고 온 편지는 헤일우드로 보내야 할 테니 아직 그 남자에게 닿지 못했을 것이다.

내가 이곳에 있는 줄은 꿈에도 모르겠지.

그레이스는 직원들의 얼굴이 보이기 시작하는 출국 심사대를 바라보며 초조하게 입술을 짓씹었다. 이제 저곳만 무사히 통과하면 그 남자의 손아귀에서 완전히 벗어나는 거다.

앞에 선 사람이 네 명으로 줄어들자 그레이스는 핸드백을 열어 여권을 꺼냈다. 물론, 위조 여권이었다.

어제 등록소에서 나온 후 급하게 아무 호텔에나 들어갔다. 남장은 포기해야 했으니 여자의 신원으로 새 여권을 만들어야 했다. 재료도, 도구도 쓸 데가 있겠지 싶어 버리지 않았던 게 정말 다행이었다.

엘리의 여권은 만들 필요 없었다. 어린아이는 부모의 여권에 이름과 생년월일을 한 줄 추가하면 그만이었으니까.

그레이스는 여권에 붙은 사진을 보다 조용히 웃었다. 사진 속에서 엘리를 안고 있는 자신은 차마 웃는다고는 할 수 없는 표정을 짓고 있었다.

얼마 전 여권에 필요한 사진을 찍으려다 충동적으로 찍은 사진이었다. 그래도 아이의 사진 한 장 정도는 갖고 싶어서.

아기 사진이라 엄마가 안고 찍어야만 해서 얼떨결에 같이 찍게 되었다. 그땐 내키지 않았는데 지금 보니 다행이었다.

앞으론 더 많이 찍어야지.

그땐 마지막 사진이 될 줄 알았지만 이젠 아니다.

어느새 앞에 겨우 두 사람만 남았다. 그사이 엘리는 스콘을 다 녹여 먹고 신이 나 옹알거리고 있었다. 그레이스는 턱받이로 침과 부스러기 범벅이 된 손을 닦아 주곤 유모차 한구석에 곱게 개어 두었던 보닛을 집어 들었다.

"그런데 너 정말 네 아빠를 너무 많이 닮았어."

얼굴이 틀로 찍어 동글동글하게 빚은 것처럼 그대로인데 머리까지 남자아이처럼 짧으니 사랑하는 딸에게서 미워하는 그 남자가 자꾸만 보였다.

"앞으론 나를 더 닮기로 해. 약속."

엘리는 엄마의 말을 알아듣지 못하고 어리둥절하게 눈만 깜빡였다. 그레이스는 끝에 굵은 리본이 달리고 커다란 프릴로 장식된 보닛을 아이의 머리에 씌웠다.

"흐음…."

턱 아래에 매듭을 크게 지어 리본을 매어 주고 물러선 그레이스의 입에서 못마땅한 소리가 새어 나왔다. 늘 하는 생각이지만 여자아이처럼 꾸며 줘 봤자 프릴과 리본을 머리에 맨 그 남자가 보여 기분이 이상해졌다.

그렇지만 굳이 씌워 둔 데는 그래야만 하는 이유가 있기 때문이었다.

"흐이잉―."

엘리가 자꾸만 보닛을 당겨 벗으려 했다.

"안 돼, 엘리. 쓰고 있어."

거의 벗은 걸 다시 씌우고, 또 씌우다 보니 출국 심사대 앞에 드디어 섰을 땐 엘리의 짜증이 극에 달해 있었다.

"으아앙!"

출국장이 떠나가라 악을 쓰며 우는 아기를 달래는 척만 하며 그레이스는 책상 위의 서류꽂이를 흘끔거렸다. 아마 저 속에는 그녀의 인상착의를 상세히 담은 수배 전단이 있을 것이다.

제발 보지 마. 제발 기억하지 마.

조심스러운 시선은 그레이스의 여권을 받아 든 젊은 남자에게로 옮겨 갔다. 남자가 시선을 들어 그녀의 얼굴을 확인하려는 순간 그레이스는 딸을 한껏 올려 안으며 눈을 질끈 감고 눈물을 짜냈다. 아이를 어찌할 줄 몰라 당황한 초보 엄마처럼.

"엘리, 제발 그만 울어, 흐흑…."

엘리, 계속 울어.

"흐아앙!"

그래. 잘한다, 내 딸.

"추, 출생증명서 좀…."

실눈을 떠 보니 직원이 넋이 나간 얼굴로 손을 내밀고 있었다. 다른 손에는 벌써 스탬프를 들고 있는 걸 보니 얼른 출국 허가를 내리고 보내고 싶은 모양이었다.

통했다.

그레이스는 출국 허가 도장과 날짜가 찍힌 여권을 뿌듯하게 내려다보다 탁 접어 핸드백에 쑤셔 넣었다.

곧바로 출국장을 통과해 부두로 나가는 통로를 따라갔다. 일부러 울린 게 미안해 아이는 팔이 떨어질 것만 같은 데도 안고 걸었다. 모퉁이를 돌자 벌써 코끝에 희미한 바다 내음이 스쳤다.

"엘리 이제 바다 실컷 보겠네."

그레이스는 아이의 기다란 속눈썹과 눈가에 아직도 글썽글썽 맺힌 눈물을 손으로 훔쳐 주었다.

"좋아?"

"우웅―."

대답이 아닐뿐더러, 그렇다 해도 바다가 좋다는 뜻은 더더욱 아닐 거다. 엘리는 어느새 울음을 뚝 그치고 손에 쥐어 준 스콘 한 조각에만 정신이 팔려 있었다. 여전히 쓰고 있는 보닛은 안중에도 없었다.

계속해서 걷다 보니 어둑어둑하던 통로가 점점 밝아졌다. 햇볕이 쏟아져 들어오는 문밖으로 나서자마자 눈앞에 펼쳐진 광경에 그레이스는 말을 잃었다.

"와…."

웅장한 여객선 앞에 서자 나오는 건 감탄사뿐이었다.

부두에 정박한 여객선은 마천루 하나를 통째로 눕혀 놓은 것처럼 길고 길었다. 높기는 또 얼마나 높은지. 20층 높이의 건물을 올려다볼 때처럼 고개를 뒤로 꺾어야 붉은색으로 칠한 굴뚝의 끝이 보일 정도였다. 그

압도적인 크기를 보고 있자니 기가 질릴 정도였다.

"엘리, 저것 좀 봐."

엄마의 손가락이 가리키는 곳으로 아이가 고개를 들었다.

하늘 높이 치솟은 거대한 굴뚝의 끝에서 검은 연기가 피어올라 맑은 늦가을의 하늘로 흩어졌다. 굴뚝 주변을 갈매기들이 유유히 맴돌고, 그 아래 갑판의 난간에 기대어 선 승객들은 부두 끝, 펜스가 쳐진 구역에 모인 환송객들에게 손을 흔들고 있었다.

출구에 멈춰 선 그녀의 옆을 가족 단위의 승객들이 무거운 짐 가방을 실은 카트를 밀며 지나치고 또 지나쳤다. 그레이스처럼 이민을 가는 게 분명한 이들의 얼굴은 잔뜩 들떠 있었다. 새로운 미래를 고대하는 이들의 희열과 설렘이 그레이스에게도 고스란히 전해졌다.

"멋있지 않아?"

이 벅찬 광경을 아이는 너무 어려 기억하지 못할 거라니 아쉬웠다.

그녀는 시끌벅적한 소음이 나는 쪽으로 고개를 돌렸다. 부두의 반대쪽 끝에는 거대한 창고가 자리 잡고 있었다. 화물 창고인지 짐꾼들이 카트를 요란하게 밀며 분주히 오갔다.

출국장과 창고 사이의 공터에는 고급 세단이 줄지어 정차되어 있었다. 부유한 일등실 승객들은 고되게 줄을 설 필요 없이 부두까지 차를 몰고 와 출국부터 승선까지 간단하게 끝내는 모양이었다.

마침 세단에서 내려 선원의 안내를 받으며 배로 향하는 어느 부호를 보자 자연스레 그 남자가 떠올랐다. 그 순간 그레이스는 이곳에 없는 남자에게 비소를 지어 주었다.

레온 윈스턴, 넌 이것밖에 안 돼.

정말 나를 잡고 싶었으면 출국장에 내 얼굴을 아는 별채 사병들이라도 배치해 두지 그랬어?

픽, 비웃음이 새어 나온 지 얼마 지나지 않아 비소가 서서히 사라졌다.

정말 나를 잡고 싶은 게 맞아?

지난 반년간 그 남자는 너무도 조용했다.

"어, 어디로 가야 하지?"

그레이스는 괜스레 혼잣말을 하며 기다란 여객선을 선미부터 후미까지 눈으로 훑었다. 입구는 총 여섯 군데였다. 부두에서 입구로 이어지는 경사로마다 선원들이 등석의 이름이 크게 적힌 팻말을 높이 들고 서서 목청껏 외쳤다.

"이등실 승객은 이쪽으로!"

외침이 들려온 쪽으로 유모차를 밀며 그레이스는 엘리의 귓가에 속삭였다.

"우리 이제 저 배에 타는 거야."

그리고 이 지옥 같은 땅을 떠나는 거야. 영원히. 우린 새로운 삶을 살 거야.

그레이스는 상쾌한 바닷바람에 모든 미련을 내맡기고 시원스럽게 걸음을 내디뎠다.

이등실 입구의 경사로 앞에서 팻말을 들고 서 있던 선원이 손을 내밀자 그레이스가 승선권을 건네주었다.

선원이 승선권을 확인하는 사이 그녀는 유모차에 아이를 앉혔다. 그러곤 담요로 보이는 걸 덮어 주며 아이에게 무어라 말을 거는 듯 작은 입술을 쉴 새 없이 움직였다.

무슨 말을 하는 걸까.

마지막으로 들었던 순간이 까마득한 그 목소리가 귓가를 맴도는 듯했다.

승선권을 돌려받은 그레이스가 다시 움직이기 시작했다. 유모차를 미는 게 어울리지 않을 거란 생각은 착각이었다. 물론 귀여울 거란 예상은 정확했다.

그레이스는 앞서가던 선원의 도움을 받아 유모차를 경사로 위로 밀어 올렸다. 아기는 항상 그를 등지고 있었던 탓에 얼굴을 보지 못했다. 아쉬움을 달래 주듯, 활짝 웃는 그레이스의 얼굴만은 푹 눌러쓴 모자 아래에서도 똑똑히 보였다.

웃다니. 저 배가 탈출구로 보이나 보군. 거대한 덫인 줄은 모르고.

그레이스가 주저 없이 덫 속으로 사라지자 레온은 그제야 쌍안경을 캠벨에게로 넘기며 픽, 웃었다.

"전혀 의심 못 하는 눈치군."

그레이스의 시야를 차단하도록 세워진 빈 세단의 뒤에 레온은 기대어 서서 정장 재킷 안쪽의 주머니를 뒤졌다. 곧 시가 케이스가 손에 딸려 나오고 그는 느긋하게 시가 하나를 꺼내 커터로 끝을 잘라 캠벨에게 주었다. 캠벨은 상관이 다른 시가를 잘라 입에 물기를 기다려 그 끝에 라이터로 불을 붙이고서야 제 것에 불을 붙였다.

"대반란전 10년 경력에 어떠한 거물도 이토록 치밀하게 검거해 본 적 없어."

상관이 피식 웃으며 농담을 했다. 1년여 만이었다.

요즘 들어 더욱 마른 볼이 더더욱 움푹 패도록 시가를 한 모금 빨아들인 소령이 숨을 쏟아 내듯이 내쉬었다. 흰 연기가 바닷바람에 휩쓸려 삽시간에 흩어졌다.

이건 축포가 아니다. 때를 기다리며 긴장을 푸는 의식일 뿐. 느긋해 보이는 건 소령의 겉모습뿐이란 걸 캠벨은 잘 알았다.

어제 오전, 당장 컬럼비아행 마지막 배가 출항하는 뉴포트로 이동하란 전화를 받고서야 여자가 왕도에 나타났었다는 걸 알았다. 그리고 어제 오후 소령은 왕도에서의 모든 일정을 취소하고 뉴포트로 내려왔다.

정작 배를 타야 하는 여자는 이곳에 가장 늦게 등장했다. 대체 어디서 열차를 탄 건지. 왕도의 어느 역에서도 행적이 확인되지 않았던 여자가 마법이라도 부린 것처럼 어느 야간열차에서 이른 아침에 내렸다.

기나긴 추적 끝에 드디어 눈앞에 나타난 것이다. 하지만 그대로 지켜볼 수밖에 없었다. 무거운 몸으로도 기차역에서 쉽게 도망친 전례가 있는 여자니까.

"덫의 문이 닫히기 전까진 건드리지 마."

여자가 승선하고 여객선이 출항한 후에야 접근하겠단 뜻이었다. 망망대해 한가운데에 고립된 배에선 도망칠 방법이 없으니.

출국 심사대에는 여자의 출국을 허가하라고 지시를 내렸다. 여자가 도중에 알아채고 도주할 경우를 대비해 출국 심사장부터 여자가 예약한 이등실 구역까지 인원 또한 촘촘히 배치해 두었다.

그사이 소령이 미리 배에 오르지 않은 건 역시나 만일을 대비해야 하는 탓이었다. 한 번 배에 오르면 이변이 생겼을 때 재빠르게 빠져나가기도, 보고를 받기도 어려웠다.

이미 여러 차례 놓친 전적이 있기에 모든 이변을 철저히 계산하고 대비해 두었다. 그러나 그 수많은 우려가 무색하도록 여자는 아무런 의심 없이 배에 올랐다.

이등실과 일등실은 구역이 엄격히 나뉘어 있지만 상대는 그 여자다.

이동 중에 마주쳐선 안 되니 시차를 두려고 피운 시가가 1년여의 추적처럼 드디어 끝을 보이던 때였다.

삑. 삐익.

어느 갑판에서 호루라기 소리가 짧게 한 번, 길게 한 번 울렸다. 여자가 객실로 들어갔다는 뜻이었다.

레온은 입에 물고 있던 시가를 곧바로 바닥으로 버리곤 정장 재킷의 앞주머니에 꽂혀 있던 선글라스를 꺼내 썼다. 그것도 모자라 페도라를 앞으로 기울여 얼굴을 가리고서야 그는 정박된 배를 향해 걸었다.

트렌치코트의 자락이 바닷바람에 휘날리고, 주머니 속으로 깊이 찔러 넣은 손이 반지를 거듭 만지작거렸다. 레온은 그의 손안에서 어느새 습기를 머금은 승선권을 선원에게 내밀며 결심을 되새겼다.

이 덫에 함께 갇힌 채, 그레이스가 그토록 원하는 자유의 땅으로 갈 것이다.

덫이라니.

레온은 가볍게 실소했다. 일등석 승객용 출입구로 오르던 그의 눈에도 이 배가 탈출구로 보이기 시작했다.

객실 문을 연 그레이스의 입가에 미소가 걸렸다.

"생각보다 괜찮잖아."

기대했던 것보다 훨씬 쾌적하고 고급스러운 방이었다. 선내는 복도만 멋있는 줄 알았더니 객실도 잘 꾸며져 있었다. 정면에 놓인 세면대를 사이에 두고 붉은 기를 띠는 짙은 갈색의 침대와 은빛 자수가 새겨진 진녹색 소파가 마주 자리했다.

그레이스는 문 옆의 스위치를 올려 전등을 켜고 안으로 유모차를 밀고 들어갔다. 1인실이라 작긴 하지만 아기와 둘이 며칠을 지내기엔 무리 없을 거다.

"아기 침대는 없는지 물어볼까."

그레이스는 둘이 자기엔 무리인 1인용 침대에 앉으며 중얼거렸다. 침대가 꽤 폭신했다. 주먹을 빨며 옹알거리는 엘리를 번쩍 들어 올려 유모차에서 침대 위로 옮겨 주었다.

"폭신하지?"

하지만 아기는 새 침대 따위 관심 없다는 듯 그레이스에게 기어와 찰싹 달라붙었다.

"아우아우아—."

그러곤 눈썹을 축 늘어뜨린 채 혼자 하소연이라도 하듯이 옹알이를 쏟아 냈다.

'엄마가 어떻게 나한테 그럴 수 있어!'

이런 뜻인 게 뻔했다.

"이런, 내 딸 섭섭했어?"

그레이스는 품에 매달리는 엘리를 안았다. 울상인 아이와 달리 엄마는 웃는 얼굴이었다.

아이는 엘리베이터를 유독 싫어했다. 방이 큰 소리를 내며 덜커덩 흔들리는 게 무서운 모양이었다. 몸이 위로 붕 뜨다가 갑자기 쿵 가라앉는 느낌도 이상할 만했다.

그렇지만 출입구가 있는 F층에서 C층까지 유모차를 들고 계단을 걸어서 오를 수도 없는 노릇 아닐까. 그래서 엘리베이터를 탔더니 엘리는 역시나 울음을 터트렸고 내리고서도 객실로 오는 복도에서 내내 꿍얼거렸다.

"우웅—. 아부우—."

그 무서운 괴물의 아가리 속으로 믿었던 엄마가 저를 데려갔다 나와서 너무 속상하다는 투로 옹알거리는 아기를 토닥이며 그레이스는 웃음을 꾹 참았다.

"그래, 무서웠어? 엘리베이터가 나빴네."

엄마는 안 나빠.

어쨌든 엘리는 제대로 토라졌는지 기분을 쉽게 풀지 않았다. 밖을 보여 주면 기분이 좀 나아지려나 싶었지만 객실에는 창문이 없었다.

"엘리, 우리도 가서 사람들한테 손을 흔들어 줄까?"

그러고 보니 문득 어릴 적이 생각났다. 마을 옆의 강을 건너는 철교의 근처에서 놀다가 기차가 지나가면 떠나는 사람들에게 손을 흔들어 주었다. 그땐 더욱 큰 세상으로 나아가는 사람들이 신기하고도 부러웠다.

새삼 코끝이 찡해졌다. 먼 길을 돌고 돌아 그레이스는 제가 부러워하던 그런 어른이 되어 있었다.

"가자."

유모차에서 담요를 꺼내 엘리를 품에 동여맸다. 먹다 말고 베개에 떨어트려 둔 스콘을 아기의 손에 다시 쥐어 주었다. 그렇게 엘리의 정신이 팔린 사이 엘리베이터에서 짜증을 내며 벗은 보닛을 다시 씌워 주었다. 밖은 바람이 거셀 테니까.

그레이스는 엘리를 안고 핸드백만 어깨에 사선으로 멘 채 복도로 나왔다.

어디로 가면 좋을까.

복도의 중앙 홀로 가 보니 벽에 안내도가 붙어 있었다. 여객선 내부는 객실과 식당만이 아니라 산책용 갑판도 등실별로 엄격히 나뉘어 있었다.

이등실 갑판 중에서 가장 높은 S층으로 가기로 한 그레이스는 계단을 오르기 시작했다. 그러며 머릿속으로 제게 물었다.

'컬럼비아에 도착하면 어디에 묵지?'

고비 하나를 무사히 넘겼으니 다음 고비를 생각할 차례였다. 이런저런 수를 고민하는데 주소 하나가 뜬금없이 머릿속을 스쳐 지나갔다.

별채에서 보낸 마지막 밤, 그 남자가 건넨 펜트하우스 카탈로그에 적혀 있던 주소. 컬럼비아 합중국으로 끝나던 그 주소가.

"하…. 네가 잘도…."

실컷 비웃어 주려 했지만 비소는 금세 시들고, 그레이스는 이를 악물었다.

알 게 뭐야. 그쪽으론 절대 발도 안 들일 거야.

처음엔 호텔에 묵는 수밖에 없을 거다. 그 남자, 분명 플로렌스 이모를 감시하고 있을 테니 이모에게 갈 순 없었다.

적어도 한 달 안에는 살 곳을 구해야 할 텐데.

또 신문을 수없이 뒤적여야 하는 건가. 부디 그 큰 땅덩어리를 종횡무진 오갈 일만은 없길 바라며 계단참을 돌던 그레이스의 눈빛이 날카로워졌다.

'저 사람은 왜 여기 있지?'

조금 전 중앙 홀의 안락의자에 앉아 신문을 보던 젊은 남자가 아래층에서 계단을 올라오고 있었다. 남자와 눈이 마주치는 순간 온몸에서 솜털이 바짝 섰다.

설마 나를 미행하는 건가.

남자는 눈을 피하지 않았다. 도리어 눈인사를 슬쩍 하더니 계단을 계속해서 올라왔다. 경계심이 날을 세우자 그레이스는 그 자리에 멈춰 서며 코트 주머니에 오른손을 넣었다.

"좋은 아침입니다, 부인."

그러나 육감을 믿은 것이 부끄럽게도 남자는 모자챙을 살짝 들어 인사를 하더니 그녀를 그대로 지나쳐 계단을 올라가 버렸다. 연회색 정장을 입은 남자의 뒷모습을 바라보며 그레이스는 맥 빠진 웃음을 흘렸다.

근거 없는 경계심이었나.

지난 한 해, 모든 걸 의심하는 삶을 살았더니 의심이 몸에 자연스럽게 배었다. 이런 습관을 버리는 덴 아마 꽤나 오랜 시간이 걸릴 것이다.

"하아…. 무거워."

다음 층까지 오른 그레이스는 난간을 붙잡으며 비틀거렸다. 숨이 턱 끝까지 차오르고 허벅지와 배는 당겼으며 아이는 말도 못 하게 무거웠다.

"엘리, 미안하지만 안 되겠어."

주변을 둘러보았지만 엘리베이터는 보이지 않았다. 벽에 붙은 안내도를 확인한 그레이스는 한숨을 내쉬었다. 가장 가까운 엘리베이터가 하필이면 갈 수 없는 곳에 있는 게 뭘까.

등 뒤로 시선을 던졌다. 계단 왼쪽 복도는 고풍스러운 문으로 막혀 있었다. 일등실 구역으로 향하는 저 문만 넘으면 엘리베이터였다. 그 앞을 지키고 선 선원을 흘끔거려 본 그레이스는 할 수 있는 한 불쌍한 표정을 지으며 다가갔다.

"저기…."

"네, 부인."

선원이 정중하게 모자를 들어 올렸다.

"엘리베이터를 타고 S층 갑판으로 가고 싶은데요…."

이등실 전용 엘리베이터가 있는 반대쪽 복도의 끝을 손으로 가리키려던 선원이 그레이스가 곤란한 얼굴을 하자 멈칫했다.

"아기가 너무 무거워서, 하아, 도저히 저기까진 못 가겠네요."

잠시 고민하던 선원은 친절히 문을 열어 주며 속삭였다.

"다른 곳으론 가지 마시고 엘리베이터만 타셔야 합니다."

"네, 정말 고마워요."

안으로 들어간 그레이스는 몇 걸음 떨어지지 않은 엘리베이터 앞에 멈춰 섰다. 일등실 구역은 벌써 눈을 떼기 어려울 정도로 휘황찬란했다. 그녀는 구경하고 싶은 호기심을 억누르며 엘리베이터로 시선을 돌렸다.

아래에서 덜커덩 소리가 났다. 스콘에 정신이 팔려 있던 엘리가 담요 밖으로 고개를 쏙 내밀더니 엘리베이터의 격자문을 알아보곤 옹알거리기 시작했다. 왜 또 이곳으로 데려왔냐고 따지는 듯한 목소리였다.

"미안. 딱 한 번만 타자."

아래층에서 엘리베이터가 올라오기 시작했다. 탈 자리가 있었으면 좋겠다고 생각하며 불만을 끝없이 옹알대는 아이를 어르던 때였다.

반쯤 올라온 엘리베이터의 한가운데에 선 남자에게서 묘한 기시감이 느껴졌다. 페도라의 넓은 챙과 선글라스로 가려진 얼굴은 그녀의 허리 높이에 있어 잘 보이지도 않는데 말이다.

또 망가진 육감이 아무 남자에게나 경보를 울리는구나. 멋쩍게 웃으며 근거 없는 경계를 늦추는 찰나였다.

남자의 얼굴이 그녀의 눈높이까지 올라왔다. 격자문을 사이에 두고 남자와 눈이 마주쳤다. 그 순간 그레이스의 심장이 철렁 내려앉았다.

"…젠장할."

남자 또한 그녀를 알아보았다. 철컹. 그의 손이 격자문을 움켜쥐자마자 정신을 차린 그레이스는 얼어붙어 있던 발을 뗐다.

아이를 감싸 안으며 이등실 쪽 문을 향해 뛰자마자 등 뒤에서 엘리베이터의 문을 억지로 여는 소리가 거칠게 울리더니….

"그레이스!"

윈스턴이 그녀를 불렀다. 그레이스는 멈추지 않고 문을 열어젖히고 어리둥절한 선원을 밀치다시피 하며 이등실 구역으로 뛰어 들어왔다. 그대로 앞으로 뛰어가려던 그레이스는 멈칫했다. 조금 전 계단을 올라갔던 연회색 정장을 입은 남자가 복도에서 무언가를 찾듯이 두리번거리고 있었다.

"망할…."

감을 믿었어야지.

그레이스는 복도로 가려다 말고 계단으로 방향을 틀었다.

"따라붙어 있지 않고 뭘 한 거야!"

레온은 상황을 파악하지 못하고 허둥대는 부하에게 소리쳤다. 성가신 선글라스와 페도라를 벗어 복도에 던진 그는 그레이스를 따라 계단을 뛰어 내려가며 뒤따라오는 캠벨에게 명령했다.

"부두로 향하는 모든 출입문 당장 폐쇄하라고 지시해!"

그 말에 그레이스는 계단을 두 칸씩 뛰어 내려가기 시작했다.

빌어먹을. 나 왜 이렇게 멍청했지?

도망칠 길을 재빠르게 물색하는 동시에 스스로를 끝없이 자책했다.

그래, 쉬울 리가. 그래, 네가 날 포기할 리가.

헛웃음이 절로 나왔다.

요즘 포위망을 아슬아슬하게 스치는 적이 없었다. 그래서 잘나신 백작 각하가 반군 출신 정부와 사생아 따위 없는 안락한 삶에 익숙해지셨는지 추적을 포기한 걸지도 모른다는 생각까지 했다. 안일한 생각이었지.

난간을 세게 움켜쥐고 다른 팔로는 아이를 감싼 채 계단참을 급히 도는 찰나였다. 층계 위에서 윈스턴의 외침이 들렸다.
"대체 왜 내게서 도망쳐야 하는 거야?"
"그걸 내가 말해 줘야 해, 이 개새끼야?"
"이젠 그런 짓 하지 않아!"
"하하!"

그레이스는 잘 들으란 듯 위를 향해 크게 웃었다. 그러면서도 계단을 뛰어 내려가는 발은 멈추지 않았다.

"못 본 사이에 유머 감각이 좋아졌어! 전역하면 코미디언을 해 보지 그래?"

두꺼운 카펫이 깔린 게 무색하도록 계단을 급히 뛰어 내려가는 두 사람의 발소리가 계단 통을 요란하게 울렸다. 둔탁한 발소리가 점점 그레이스와 가까워졌다. 익숙한 목소리 또한, 이젠 목청껏 외치지 않는데도 똑똑히 들렸다.

"우리 아이를 아버지 없는 아이로 만들어야 직성이 풀리겠어?"
"아버지 없는 아이라고 누가 그래? 만들어 줄 거야! 너보다 훨씬 좋은 아빠 후보가 세상엔 넘쳐나거든?"
"기회도 한번 주지 않고 내가 어떤 아빠인지 네가 어떻게 알아."
"네가 글러 먹은 남자인 건 이미 잘 알아."

그레이스는 계단참을 재빠르게 돌며 위로 흘긋 시선을 던졌다. 남자는 굴욕감이 심장을 한바탕 할퀴고 간 얼굴을 하고 있었다. 스치는 찰나에 보아도 티가 날 정도라니, 가슴이 벅차올랐다.

그제야 그레이스는 문득 깨달았다.

자신이 저 남자를 괴롭히며 느끼는 뒤틀린 희열은 그가 저를 고문하며 느끼던 희열과 다르지 않을 것이다.

그 순간 자신은 똑같은 괴물이, 저 남자는 이해할 수 있는 괴물이 되어 버리자 그레이스의 손에서 식은땀이 나기 시작했다.

아니야, 난 똑같지 않아. 난 당한 일을 갚아 주는 것뿐이야.

난간을 꽉 붙들며 어느 층의 계단참을 휙 도는 때였다.

"그레이스, 제발!"

목소리가 바로 뒤에서 들린다 싶더니 남자의 손끝이 그녀의 손목을 아슬아슬하게 스쳤다. 화들짝 놀라 난간에서 손을 떼는 순간 그레이스는 중심을 잃었다.

"헉!"

안 돼.

아이를 감싸며 계단 아래로 곤두박질치는 찰나 그녀의 손목을 윈스턴이 낚아채듯이 움켜쥐었다. 안도하자마자 붙들린 손목에서 통증이 느껴졌다.

"아, 아파…."

아픔이 곧바로 사라지더니 익숙한 향수 냄새가 숨길로 쏟아져 들어오며 눈앞이 깜깜해졌다.

"그러다 다쳐."

남자는 그레이스를 당겨 품에 안고 귓가에 타이르듯이 속삭였다. 가쁜 숨소리에서 희열이 느껴졌다.

"아이까지 위험하게."

그는 시선을 아래로 내렸다. 두 사람의 사이에 낀 아이가 담요 아래에서 옹알대며 꼼지락거렸다.

"정신이 있는 건지."

뻔뻔스럽기 짝이 없는 소리. 남자를 노려보던 그레이스는 악문 잇새로 사납게 씹어뱉었다.

"내가 안 미치게 생겼어?"

"나도 미치겠어."

미치겠다는 남자가 입꼬리를 크게 올려 웃고 있었다. 어떻게 보아도 좋아 미치는 얼굴이었다.

그녀의 뒷덜미를 쥐고 있던 손이 느슨해지더니 모자 속으로 들어왔다. 머리칼 사이를 파고드는 부드러운 손길에 그레이스는 칼에 찔린 것처럼 몸을 움찔 들썩였다.

"짧아. 남장이라도 하려 한 건가?"

나직한 웃음이 그녀의 귓가에 내려앉았다. 남자가 고개를 들더니 열기가 이글거리는 눈으로 그레이스를 내려다보았다.

"이 얼굴, 이 몸매로 남장이라니. 누가 속아 넘어갈지."

팔꿈치를 쥐고 있던 다른 손이 팔을 천천히 더듬어 올라왔다. 세 겹의 천도 소용없었다. 손길이 스친 자리에 소름이 아스스하게 돋아났다. 그레이스는 가쁜 숨을 죽이며 남자를 노려보았다.

"네가 나를 벌레라도 보는 눈으로 바라보는데 난 그것마저 좋은 걸 보면…."

선이 날카로운 남자의 턱 아래에서 굵게 도드라진 목울대가 크게 들썩이는 순간 그레이스의 심장도 들썩였다.

"난 네게 제대로 미친 거지."

"…."

다행이네. 그게 내가 바라던 바야.

목이 메어 소리가 나오지 않았다.

하지만 그건 내 복수의 절반일 뿐이야. 영원히 사라지지 못하면 복수는 완성될 수 없었다.

복수가 여전히 미완이라는 증거가 바로 눈앞에 있었다. 빛이 난다고 해도 과언이 아닐 정도로 밝디밝은 안색에, 1년 전과 다를 바 없이 완벽한 모습만 봐도 이 남자가 그간 진심으로 괴로워하긴 했는지 의문이었다. 사람을 쫓는 일을 무엇보다도 즐기는 이 미치광이에겐 그녀를 쫓는 일이 흥미진진한 게임에 불과했을지도 모른다.

온몸이 땀투성이에 머리는 남자처럼 짧게 자르고, 블라우스는 아이가 남긴 얼룩과 주름으로 엉망인 제가 더 비참한 꼴이었다.

결국 예전과 달라진 게 전혀 없잖아. 실망을 넘어 화가 나려 했다.

그레이스가 코트 주머니 속에서 주먹을 말아 쥐는 사이 남자는 의도가 다분한 짓을 멈추지 않았다. 아니, 도리어 노골적으로 굴기 시작했다. 부드러운 손끝이 식은땀으로 끈적하게 젖은 목덜미를 아슬아슬하게 스치며 올라오더니 뜨거운 손바닥이 뺨을 뒤덮으며 엄지가 그레이스의 아랫입술을 짓눌렀다.

남자가 마른 입술을 혀끝으로 적셨다. 맹수가 입맛을 다시자 그레이스는 숨을 크게 들이켰다.

새빨간 입술이 뜨거운 숨을 토해 냈다. 레온의 손에 맞닿은 살갗은 따뜻하고 촉촉했다. 그레이스의 몸이 뜨겁다. 꿈속의 차가운 몸이 아니었다.

악몽 속에서 죽은 여자만을 만지다 마침내 살아 있는 여자를 만진다. 지금이 도리어 꿈처럼 느껴졌다.

레온은 달콤한 숨을 쉴 새 없이 뱉는 입술로 고개를 숙였다. 꿈같았다. 뜨거운 살점 대신 차가운 금속이 닿았으니. 정말 꿈처럼.

"당장 놔."

그레이스는 총구를 남자의 입술에 짓누르며 위협했다. 그는 시선을 권총으로 잠시 내렸다가 올리더니 그레이스의 눈을 들여다보며 씨익 웃었다.

'넌 날 못 죽여. 아니, 죽일 생각도 없잖아.'

조롱기 어린 목소리가 똑똑히 들리는 듯했다. 과연 그럴까. 잘 보라는 듯 그립을 쥐고 있던 엄지를 슬라이드 아래의 안전장치로 가져가던 때였다.

미친놈.

남자의 입술이 벌어지더니 새하얀 이가 총열의 끝을 물었다. 그는 눈꼬리를 휘어 웃으며 혀끝으로 그녀의 몸을 애무할 때처럼 총구를 핥아 올렸다. 그 찰나 저 부드럽고 끈적한 살점이 제 몸을 훑고 지나가는 익숙한 감각이 되살아나자 그레이스는 움찔, 숨을 멈췄다. 그 모습을 모두 지켜본 남자가 입매를 비틀어 웃으며 지그시 눈을 감았다.

미친 새끼.

거칠게 몰아쉬는 숨소리만 이어지던 때였다.

"아우―."

엘리의 목소리가 들려오는 순간 정신을 번쩍 차린 그레이스는 총구를 남자의 입에서 뽑아냈다.

이것 봐. 넌 날 못 죽여.

레온이 눈을 뜨는 찰나였다. 권총 그립의 바닥이 그의 눈을 향해 날아오고 있었다. 안면을 후려치려는 그립을 피해 고개를 뒤로 젖혔다. 그레이스는 그 틈에 그의 손아귀에서 빠져나가려고 꾀를 부린 모양이지만 레온은 도리어 총을 쥔 손목을 낚아채 안쪽을 엄지로 세게 눌렀다.

"아얏!"

손이 저절로 벌어지며 권총이 바닥으로 툭 떨어지자마자 레온은 그걸 옆으로 걷어찼다. 권총이 둔탁한 소리를 내며 카펫 위로 미끄러지더니 계단 옆 복도의 한가운데에서 멈췄다.

"아프다고 했잖아, 이 개자식아!"

"그래. 나도 사랑해, 자기야."

남자는 그레이스의 손목을 던지듯 놓아주자마자 중심을 잃고 휘청하는 그녀의 허리를 휘감아 안았다. 곧바로 다른 손이 치마 속으로 파고들어 왔다.

"미친놈, 사람들 지나다니는 데서 뭐 하는 거야?"

"무장 해제. 제발 전쟁은 관두고 평화적으로 해결하자는 뜻이지."

때마침 복도를 지나던 청소부가 경악에 찬 눈으로 두 사람을 보더니 입을 틀어막으며 황급히 사라졌다. 경비원을 부르려는 걸까. 그래 봤자 이 남자의 신분을 알면 간섭하지 않는 걸 넘어 도리어 그레이스를 이 남자의 객실에 집어넣어 버릴지도 몰랐다.

그사이 남자는 그레이스가 주먹질을 하든 할퀴든 신음 한번 내지 않고 그녀의 허벅지를 더듬더니 기어코 군용 단검의 홀스터를 풀어 계단 아래로 던졌다.

"몸속도 수색해 봐야겠군."

"훗…."

블루머 속으로 손이 들어오는 순간 그레이스는 얼어붙었다.

"물론 그건 침대에서."

다행히 손은 들어오자마자 빠져나갔다. 치마 밖으로 나온 손이 턱을 밀어 올리자 그레이스는 남자와 억지로 눈을 맞출 수밖에 없었다. 조금 전의 정염은 거짓이었던 것처럼 레온 윈스턴은 벼랑 끝에 선 눈을 하고 있었다.

덕분에 지금 벼랑 끝에 선 사람이 누구인데. 부아가 치밀었다.

"대화부터 해."

"대화 같은 소리 집어치워."

남자가 한숨을 짧게 토해 내더니 막막한 눈으로 그레이스를 응시하다 물었다.

"그럼 한 가지만 말해 줘. 네 용서를 받으려면 내가 뭘 해야 하는지."

"…뭐?"

그레이스는 잠시 말을 잃었다.

"하, 용서라니 꿈도 커. 그리고 잊지 마. 난 네게 관심도 원망도 없어."

코웃음을 치는 그레이스를 길 잃은 눈으로 바라보며 침묵하던 남자가 체념한 듯 중얼거렸다.

"네가 없는 것보단 낫지."

팔이 허리를 옥죄어 왔다. 남자가 그레이스를 끌어안고 어루만지기 시작하고, 그녀의 귓가를 안도의 한숨이 스쳤다.

이제 저항할 수단이 하나도 남지 않았다. 꼼짝없이 이 남자의 객실로 끌려가게 되었다고 절망하는 때에 구세주가 나타났다.

"으아아앙!"

"미쳤어? 아기 숨 막혀!"

남자가 삽시간에 사색이 되어 떨어져 나가는 순간 그레이스는 그의 다리 사이로 왼쪽 무릎을 찍어 올렸다. 맞히는 데는 실패했지만 남자가 한 걸음 뒤로 물러서게 만드는 데는 성공했다.

그가 틈을 보이자마자 그레이스는 복도로 뛰어가 권총을 집어 들었다.

"하…."

레온이 지친 한숨을 내쉬며 한 발짝 다가가려 하자마자 철컥, 슬라이드가 뒤로 젖혀졌다. 그레이스는 오지 말란 경고 한번 없이 방아쇠를 당겼다.

탕.

총알이 레온의 머리 위에 매달린 샹들리에를 스치며 부서진 크리스털 장식이 쏟아져 내렸다.

"이, 미…."

미친 여자란 소린 차마 입 밖에 내지 못했다. 화를 삼킨 레온은 복도 끝으로 뒷걸음질 치는 여자를 뒤쫓아 가며 외쳤다.

"아이 앞에서 총을 쏘다니 생각이 있는 거야?"

그가 뭐라고 비난하든 말든, 그레이스는 담요로 덮인 아기의 머리를 한 손으로 감싸 귀를 막은 채 계속해서 그의 주변으로 총을 난사해 댔다.

알고 보니 그레이스 리들은 명사수였다. 하나같이 빗맞았으니. 여자는 심지어 총알이 천장이나 바닥을 맞고 튕겨 나가도 그를 스칠 수 없는 각도로만 조준했다.

이것 봐. 넌 나를 죽일 생각이 없어.

겁 많은 다람쥐에게 접근하듯 침착하고 조심스럽게 다가가던 때에 그레이스가 돌연 뒤로 돌더니 복도 끝의 문을 열고 후미의 갑판으로 뛰쳐나갔다.

탕!

"꺄아악!"

갑판 위에서의 추격전은 오래가지 못했다. 저 정신 나간 여자가 그를 따돌리겠다고 허공에 대고 총질을 했다. 혼비백산한 승객들이 안으로 도망치려 하며 그를 향해 우르르 몰려왔다. 인파를 모두 헤치고 보니 그레이스는 신데렐라처럼 구두 한 짝만 남기고 온데간데없이 사라졌다.

"하….."

아이라는 족쇄를 채워 두었더니 무거운 족쇄를 끌어안고 도망가는 저 독한 여자.

레온은 덩그러니 남겨진 적갈색 구두를 집어 들며 허탈한 한숨을 내쉬었다. 예전이었더라면 분노가 치밀었을 상황에 헛웃음만 나왔다.

건강하냐는 안부는 묻지 않아도 되겠군.

레온은 그레이스가 도망쳤을 만한 방향을 물색하다 갑판 난간 아래를 내려다보았다. 조금 전만 해도 꽤나 한산했던 부두는 개미 떼처럼 몰려든 승객으로 발 디딜 틈이 없었다.

승선이 중단된 탓이라 믿고 싶었지만 닫힌 문은 겨우 세 곳뿐. 나머지 세 곳으론 아직도 승객들이 줄지어 들어오고 있었다.

"소령님!"

마침 근처에 있다 총성을 들었는지 갑판 가운데의 계단을 뛰어 올라오는 캠벨에게 레온은 외쳤다.

"당장 문 닫아!"

"하아….."

어디인지 모를 복도를 정신없이 뛰어가던 그레이스는 안내도가 보이자 멈춰 섰다.

출구. 여기서 제일 가까운 출구가 어디 있지.

안내도를 훑는 시선이 이따금 복도의 좌우를 초조하게 흘끔거렸다. 이대로 다시 잡힐 수 없는 건 복수 때문만이 아니었다.

대화 좋아하시네. 연기력이 늘었어.

지금은 정상인인 척하는 저 미치광이는 분명 그녀를 붙잡으면 다시

가둘 것이다. 어쩌면 도망치지 못하게 하려고 또다시 아이를 배게 만들지도 모른다. 그보다 더 끔찍한 건 이미 정을 붙여 버린 아이를 빼앗아 갈 수도 있단 사실이었다. 그레이스를 길들일 수 있는 유일한 수단일 테니.

그건 안 돼. 절대로.

가쁘게 숨을 몰아쉬며 아기를 어르듯 흔들었다. 담요 아래에서는 손가락이라도 빠는지 쪽쪽 소리만 이어졌다.

한 층 더 내려가서 왼쪽으로….

가까운 출구를 파악하자마자 그레이스는 계단이 있는 왼쪽으로 향하다 픽 웃었다.

멍청이.

별것 아닌 수작에 속다니, 실소가 나왔다.

한편으로는 뜻밖이었다. 권총으로 위협해도, 주먹질을 해도 놓아주느니 죽겠다는 각오로 붙들고 있던 남자가 아기가 숨을 못 쉰다고 외치자마자 곧바로 떨어져 나가다니.

아이에게 애정이 있기라도 한 건가.

그레이스는 계단 홀로 이어지는 모퉁이 뒤를 확인하다 코웃음 쳤다.

한번 보지도 못했는데 무슨. 애초에 수단으로 만든 아이다. 그걸 광고라도 하듯이 그 남자, 그레이스를 잡고도 아이를 보려 하기보단 키스부터 하려 했다.

엘리에게 애정이 어딨어. 내게 욕정이나 했겠지. 그러면서 좋은 아버지인 척을 하다니.

"아이 앞에서 총을 쏘다니 생각이 있는 거야?"

아무것도 한 게 없는 주제에 배 속에서부터 15개월이나 이 아이를 혼자 키운 내게 어디서 감히 설교야.

"그럼 한 가지만 말해 줘. 네 용서를 받으려면 내가 뭘 해야 하는지."

게다가 감히 용서를 원하다니. 뻔뻔스러운 것이 윈스턴답다 싶으면서도 저 오만한 남자가 애초에 '용서'라는 걸 원하다니. 세상에, 귀가 어떻게 된 줄 알았다.

이를 악물며 계단을 내려가던 때였다. 아래층에서 뛰어 올라오던 남자와 눈이 마주쳤다. 객실 앞에서부터 그레이스를 감시하던 그 남자의 부하였다.

"다가오지 마!"

그레이스는 주머니에서 잽싸게 권총을 꺼내 제 턱 아래에 겨누었다. 그때나 지금이나 저들의 약점은 똑같을 것이란 계산이었다.

"구석으로. 뒤돌아."

남자는 걸음을 멈추긴 했지만 계단참의 구석에 뒤돌아서라는 그레이스의 지시에는 전혀 따르지 않았다. 낯빛에 당황한 기색이 전혀 없는 걸 보니 그녀가 아이 앞에서 고작 이런 일로 자살할 리 없다고 생각하는 모양이었다. 정확한 생각이었다.

그렇다고 고작 이런 일로 저 사람을 쏠 수도 없다. 아무리 잽싸게 머리를 굴려도 빠져나갈 방법이 보이지 않아 그레이스는 조바심만 태웠다.

"소란 일으키지 말고 얌전히 가시죠."

남자가 한심하다는 투로 말하며 주머니에서 수갑을 꺼내 들었다. 기회가 눈앞에서 번뜩였다.

"정말, 하하, 운도 없지….'

그레이스는 포기한 척 권총을 남자에게로 내밀었다. 남자는 아무 의심 없이 다가와 총을 빼앗아 제 바지 뒷주머니에 꽂더니 그녀에게 다가왔다.

철컥.

오른 손목에 수갑 한쪽이 채워지는 찰나 그레이스는 방심한 놈의 얼굴에 주먹을 휘둘렀다.

"윽⋯."

남자는 주먹도 모자라 손목에서 달랑거리던 수갑 반대쪽에도 얻어맞았다. 놈이 두 눈을 질끈 감자마자 그레이스는 정강이로 놈의 다리 사이를 걷어찼다.

"악!"

남자가 외마디 비명을 지르며 가랑이를 두 손으로 뒤늦게 감싸더니 바닥으로 주저앉았다.

그래, 아기 엄마는 만만해 보이지?

그레이스는 놈의 바지 주머니에서 권총을 잽싸게 뽑아 계단 아래로 뛰어 내려갔다. 왼쪽으로 돌아 복도 끝의 문을 활짝 열어젖히자 칼질 소리와 음식 냄새가 쏟아져 나왔다.

"어, 여기 들어오시는 건 곤란합니다."

주저 없이 뛰어 들어갔더니 가까운 조리대에서 양파를 썰던 요리 보조가 외쳤다.

"죄송해요! 아기가 아파서요!"

의사를 왜 주방에서 찾나 싶겠지만 이렇게 외치면 보통은 아무도 그녀를 막지 않는다. 그레이스는 지름길을 단숨에 지나 복도로 나갔다.

출입구가 코앞인지 복도가 짐꾼과 승객들로 북적였다. 사람들 사이를 요리조리 빠져나가다 모퉁이를 돈 그레이스는 안도했다. 활짝 열린 문이 고작 열 걸음 앞에 있었다.

그러나 그레이스는 세 걸음도 미처 못 가 붙잡혔다. 뒤에서 불쑥 튀어나온 손에.

뒤를 돌아보니 정장을 입은 낯선 남자가 그녀의 왼손을 붙든 채 주머니에서 수갑을 꺼내고 있었다.

그래, 그 남자가 문 앞에 군인을 안 됐을 리가.

오른손에 이어 왼손에까지 수갑이 채워졌다. 남자가 오른손을 내놓으라는 뜻으로 손을 내밀자 그레이스는 분부대로 순순히 손을 내밀었다.

그 순간 남자의 눈이 흔들렸다. 그레이스의 오른손에도 이미 수갑이 채워져 있는 걸 보고 당황한 것이다.

그레이스는 남자가 잠시 주춤하는 찰나를 놓치지 않았다. 오른 손목에서 달랑거리던 수갑 한쪽을 너클처럼 손가락에 끼고 놈의 눈을 가격했다. 물론, 눈을 때릴 생각은 없었다.

"이걸 채운 놈이 왜 반대쪽은 채우지 못했을까? 응?"

"윽!"

놈은 반사적으로 눈을 감자마자 제 동료와 같은 운명이 되어 바닥으로 주저앉았다.

"지금 어딜 만지는 거야?"

그레이스는 사람들의 시선이 쏠리자 남자를 치한으로 몰고 문으로 달려갔다.

"아, 네! 당장 닫겠습니다!"

때마침 문 옆에 걸린 전화를 붙들고 서 있던 선원이 이렇게 대답하며 전화를 끊자 그레이스는 다급하게 외쳤다.

"잠깐만요!"

선원은 그레이스의 외침을 못 들었는지 경사로를 올라 들어오려는 사람들을 막으며 육중한 철문을 닫기 시작했다.

"나갈게요! 아기가 아파요!"

그제야 문을 반쯤 닫은 남자가 멈칫했다. 그레이스는 그를 밀치다시피 하며 문틈을 비집고 밖으로 나갔다. 부두로 이어지는 경사로에는 승선하려는 승객들이 빽빽하게 줄을 서 있었지만 아기가 아프다고 외치자 다들 옆으로 비켜서서 그레이스가 지나갈 자리를 만들어 주었다.

이제 그 남자에게서 거의 도망쳤다고 생각한 때였다. 경사로의 중간쯤에서 부두를 내려다보다 누군가와 눈이 마주치곤 아직 어림도 없다는 걸 깨달았다.

출국장 입구에서 담배를 피우던 남자가 그레이스를 보더니 멈칫하며 눈을 휘둥그렇게 떴다. 곧바로 담배를 벽에 짓이겨 끄고 바글바글한 인파를 헤치며 이쪽으로 오기 시작하는 걸 보니 윈스턴의 부하일 거란 예감은 정확했다.

그레이스는 경사로를 달려 내려가자마자 눈에 띄는 색인 모자를 벗고 빽빽한 인파 속에 섞여 들었다. 추적자의 눈에 띄지 않도록 머리를 숙인 채 속으로 빌었다.

'엘리, 제발 조용히 하자. 착하지.'

엘리가 큰 소리를 내는 순간 끝장이었다. 일부러 사람이 촘촘히 모인 곳만 골라 인파를 조심스레 헤치고 화물 창고 쪽으로 향하던 그레이스는 삐뚤빼뚤하게 주차된 차들 사이로 뛰어들었다.

어느 세단의 뒤에 잠시 웅크리고 있다가 창틀 위로 고개를 빼꼼히 내밀었다. 남자는 경사로 앞에 서서 선원에게 무언가를 묻더니 위로 발돋움을 하며 주변을 둘러보기 시작했다. 남자가 이쪽으로 머리를 돌리는 순간 그녀는 고개를 푹 숙였다.

"아, 힘들어."

그레이스는 차의 후면에 매달린 바퀴에 팔과 머리를 기댄 채 잠시 숨을 돌렸다. 온몸이 땀으로 푹 젖어 있었다. 아이가 달라붙어 있는 쪽은 스웨터까지 축축할 정도였다.

"넌 안 덥니?"

아이를 덮은 코트 옷깃을 벌리며 담요를 젖히려다 문득 든 생각에 심장이 덜컥했다. 소리를 내지 않은 건 고맙지만 조용해도 너무 조용했다.

"아가, 괜찮…."

다급히 제 어깨를 누르는 담요 매듭을 아래로 젖혔다. 품에 고개를 박고 있던 엘리가 머리를 천천히 드는 순간 그레이스는 말문이 막혔다.

왜? 무슨 일 있었어?

희미한 녹색 빛이 도는 짙푸른 눈동자가 그렇게 물었다. 엘리는 위로 동그랗게 치켜떴던 눈을 곧 무심하게 내리더니 손에 쥔 스콘을 쪽쪽 빨아 먹는 데 다시 몰두하기 시작했다.

"하, 진짜…."

말문이 막히는데 웃음은 터졌다.

"엘리베이터는 무서운데 총소리는 아무렇지 않아?"

뽀얀 얼굴에는 울었다거나 놀란 기색 하나 없었다. 엄마가 거대한 여객선 안을 종횡무진 뛰어다니며 난투극에 탈출극까지 찍는 사이 딸은 혼자 평화롭게 만찬을 즐기다니. 어처구니가 없으면서도 기특했다.

"하… 너 정말…."

대체 누굴 닮은 건지. 이 조마조마한 때에 거듭 웃음이 터져 나왔다.

엘리는 벌써 제 엄지 첫 마디만큼 작아진 스콘 조각을 입에 쏙 밀어 넣더니 자그마한 입술을 야무지게 다물고 오물거렸다. 그레이스는 침과 부스러기로 엉망이 된 입과 손을 턱받이로 닦아 주고 가방을 뒤졌다.

엘리의 기저귀를 여밀 때 쓰는 커다란 옷핀으로 양손의 수갑을 풀고 다시 출국장 쪽을 염탐했다. 조금 전의 그 남자는 보이지 않았다. 어쩌면 그녀가 부두로 빠져나갔다는 사실을 윈스턴에게 알리러 여객선으로 간 걸지도 몰랐다.

휴식은 이제 끝이다. 그레이스는 손에 쥐고 있던 모자를 푹 눌러썼다.

자동차 사이를 징검다리 건너듯 요리조리 뛰어다니다 마침내 마지막 차까지 왔다. 그레이스는 화물 창고의 외벽에 늘어선 드럼통과 거대한 밧줄 더미 사이에 숨어 탈출로를 확인했다.

전방에는 경비원이 지키고 선 게이트가 있었다. 화물 창고부터 게이트까지의 공터에는 트럭 몇 대뿐, 너무 휑해서 이대로 달리다간 눈에 띌 게 분명했다.

'게다가….'

그레이스는 구두를 한쪽만 신은 제 발을 내려다보았다. 이 수상한 꼴로 걸어 나가면 경비원의 눈에도 단박에 띌 것이고 설령 저길 무사히 통과하더라도 얼마 못 가서 붙잡힐 것이다.

'어쩌지….'

동태를 살피러 잠시 뒤로 고개를 돌린 그레이스의 입꼬리가 서서히 올라갔다.

레온은 손끝으로 난간을 두드리며 거친 말을 입 속에서 조용히 중얼거리고 또 중얼거렸다.

승선에 차질이 빚어지니 문을 모두 닫을 순 없다며 캠벨에게는 막무가내로 굴던 사무장은 레온이 직접 나타나 한마디 하고서야 순순히 말을 들었다.

그새 빠져나가지 않았길 바라며 상갑판의 후미로 올라와 부두를 내려다보다 선미까지 걸어왔을 때였다. 부두에 주차된 검은 세단으로 향하던 여자와 눈이 마주쳤다.

그 순간 레온은 그 자리에서 돌이 되어 버리기라도 한 듯 움직일 수도, 숨을 쉴 수도 없었다.

침몰하는 배에 탄 기분이 이런 걸까. 아니, 차라리 당장 침몰해 버리면 기쁠지도. 저 홀로 갇힌 이 덫에서 벗어나 그레이스를 붙잡으러 갈 수 있을 테니.

절망 속에서 레온은 부두 한가운데로 시선을 돌렸다. 빌어먹을. 인파 속에 사복 차림으로 섞여 있는 사병들을 그가 알아볼 수 있을 리가 없었다.

다시 시선을 정면으로 돌렸을 때, 그의 얼굴에서 낭패의 기색을 읽은 그레이스는 웃고 있었다.

그녀가 눈을 똑바로 마주한 채 잘 보라는 듯이 운전석의 문을 열어젖히는 순간 레온은 지푸라기처럼 쥐고 있던 것을 위로 들어 올렸다.

제 구두를 본 그레이스가 입매를 비트는 것이 어렴풋이 보였다. 그녀가 달라는 듯 손을 내밀자 레온은 직접 와서 가져가란 뜻으로 손가락을 까딱이며 한쪽 입꼬리를 올렸다. 저 여자가 서 있는 곳에서는 그의 입꼬리가 경련하는 것이 보이지 않기를 바랐다.

여자는 어쩔 수 없다는 듯 어깨를 크게 으쓱대더니 한 발 뒤로 물러섰다. 찰나나마 차에 타지 않으려는 건가 기대를 했던 건 어리석었다. 그레이스는 양손으로 치맛자락을 살짝 잡아 들더니 왼발을 뒤로 물리고 우아하게 무릎을 굽혔다.

귀족에게 정중히 작별 인사를 하듯이.

조금 전 능청스럽게 까딱였던 그의 손끝이 눈에 띄게 떨리던 순간이었다. 그레이스의 품에 안겨 있던 아기가 손을 불시에 위로 휘둘렀다. 하마터면 얼굴을 맞을 뻔한 그레이스가 놀라 휘청하며 일어서고, 레온은 저도 모르게 웃음을 터트렸다.

아이가 누구를 닮았는가 하는 의문이 풀렸다. 아직 얼굴 한번 보지 못했지만 저 주먹질만 봐도 알 수 있었다.

제 엄마 그대로잖아.

그렇게 생각하는 찰나 아이가 제 손으로 보닛을 거칠게 당겨 벗었다. 정오의 강렬한 햇살 속에서 반짝이는 머리칼이 눈에 들어오자 폭소가 멎었다.

아이는 나를 닮았다. 아니, 우리를 닮았다.

누구도 부정할 수 없는 증거를 제 눈으로 확인하자 형언할 수 없는 감정이 벅차올랐다.

절대 못 놓쳐.

희열에 찬 미소가 순식간에 사라지고 레온의 낯은 각오만큼이나 굳어졌다. 주변을 급히 돌아본 그의 눈이 번뜩였다. 레온은 갑판 끝으로 달려가 어느 선원의 손에서 확성기를 빼앗아 부두 끝의 게이트를 향해 외쳤다.

"당장 게이트 닫아!"

망할. 저 남자나 한가롭게 놀리고 있을 때가 아니었다. 그레이스는 잽싸게 담요를 풀어 엘리를 조수석에 눕히고 계기판 아래의 스위치를 돌렸다. 그러곤 왼쪽의 주차용 브레이크 레버를 풀고 핸들 좌우에 달린 스파크 레버와 스로틀 레버도 순식간에 조절한 후 차의 앞쪽으로 뛰어갔다.

"목표물이 차량을 탈취해 화물용 게이트로 도주하려 한다. 모두 당장 막아!"

레온이 외치는 순간 부두 곳곳에 흩어져 있던 부하들이 차량 쪽으로 우르르 이동하기 시작했다.

"빌어먹을…."

그레이스는 전조등 아래의 쇠고리를 당기며 전면부의 아래쪽 가운데에 달린 크랭크를 몇 번 돌렸다. 그러곤 운전석으로 돌아가 스위치를 반대 방향으로 트는데 윈스턴의 부하들이 인파를 헤치고 이쪽으로 뛰어왔다.

"다가오면 쏜다!"

그녀는 주머니에서 총을 뽑아 하늘로 경고 사격을 갈기며 욕설도 함께 퍼부었다.

"이 빌어먹을 구형 모델!"

하지만 빌어먹게 복잡한 구형 세단을 고른 건 열쇠가 없어도 시동을 걸 수 있기 때문이었다.

그레이스는 군인들이 다가오지 못하게 총을 겨누고 앞으로 걸어가 크랭크를 거칠게 당겨 올렸다. 그제야 차가 덜덜덜 소리를 내며 시동이 걸렸다. 그녀는 좌우로 총을 겨누며 뒷걸음질 쳐 운전석에 올라탔다.

이대로 잡히면 이름을 그레이스에서 역사상 최악의 멍청이로 개명할 줄 알아.

군인 몇이 벌써 어느 차에 시동을 걸기 시작하는 걸 노려보며 이를 악물고 후진용 페달을 밟았다.

"젠장할…."

선미의 난간에 선 레온 또한 이를 악물었다. 그레이스가 시동을 걸려 할 때부터 권총을 뽑아 엔진룸을 겨눴지만 방아쇠를 당기지 못했다. 그의 시선은 조수석에 누워 버둥대는 아기에게 있었다.

결국 차가 후진하기 시작하자 레온은 권총을 쥔 두 손을 내릴 수밖에 없었다. 그는 어느새 땀으로 젖은 권총을 권총집에 욱여넣고 확성기를 대신 잡았다.

"게이트! 당장 닫으라고 했잖아!"

그레이스가 계속 총을 쏘며 병사들이 문으로 뛰어가는 걸 막은 탓에 경비원 혼자 커다란 철문을 밀고 있었다. 이제 고작 절반이 닫혔을 뿐이다. 이 속도라면 그레이스는 저 틈을 충분히 통과하고도 남았다.

"차량으로 당장 막아!"

어떤 경우든 사격 및 물리력 행사를 금지한다는 명령을 받은 부하들이 쓸 수 있는 수단은 얼마 없었다. 저 여자를 궁지로 몰아넣고 언젠가 총알이 떨어져 스스로 나오게 하는 게 실은 전부였다.

혹시 모를 추격에 대비해 차에 올라탄 부하들에게 당장 게이트를 막으라는 명령을 내리자마자 그레이스는 차의 방향을 돌려 게이트를 향해 달리기 시작했다. 그러며 말도 안 되는 짓을 했다.

창밖으로 잠시 고개를 내밀더니 손끝에 키스를 해 레온에게로 날린 것이다.

"하…."

그의 말문이 턱 막힌 사이 여자의 차는 속력을 높여 게이트로 질주했다.

"비켜! 멈춰요, 멈춰!"

그레이스는 철문을 닫는 경비원에게 외치다 못해 클랙슨까지 요란하게 울렸다. 그래도 말을 듣지 않던 경비원은 그녀의 손에 들린 권총이 똑똑히 보일 정도로 가까워지고서야 펄쩍 뛰어오르며 도망쳤다.

절반만 닫힌 게이트 밖으로 빠져나가는 거야 엘리의 손에서 먹을 걸 뺏는 것보다 쉬웠다. 뒤에서 윈스턴의 부하들이 탄 차가 계속해서 쫓아왔지만 미로 같은 항구를 몇 번 빙빙 돌아 줬더니 결국 그녀를 놓치고 떨어져 나갔다.

"엘리 잘 봐. 운전은 이렇게 하는 거야. 엄마 잘하지?"

그레이스는 그녀의 허벅지에 기대어 앉아 노는 아기에게로 시선을 내렸다. 언제 벗었는지 양말은 바닥에 떨어져 있고, 엘리는 발가락을 열심히 맛보는 중이었다. 흐뭇하게 웃으며 아침 햇살 같은 머리칼을 쓰다듬던 그레이스의 눈이 돌연 가늘어졌다.

"엘리, 너…."

"헤, 우으…."

"보닛은 어쨌어?"

"꺄아─!"

"어휴…."

항구 밖으로 빠져나가 시가지로 들어서는 차 안에서 모녀는 웃음을 터트렸다.

"군 기밀이니 보도로 인해 작전에 차질이 빚어질 시에는 그쪽도 여러모로 곤란해질 거라고 전해."

커피 테이블 위는 엉망이었다. 재떨이에는 시가의 재와 꽁초가 수북했다. 반 넘게 빈 위스키 병의 옆에 놓인 잔은 하나뿐이었다. 그리고 수화기를 거는 자리가 텅 빈 전화기의 앞에는 엉뚱하게도 여성용 구두 한 짝이 덩그러니 놓여 있었다.

"그래, 그렇게 하도록."

레온은 통화가 끝나자마자 수화기를 고리에 거칠게 놓으며 지친 한숨을 내쉬었다. 그레이스가 배 안팎에서 총을 쏘면서 대대적으로 광고를 하고 다닌 덕분에 언론이 꼬였다. 현지 신문의 기자가 현장을 들쑤시고 다닌다는 보고에 머리가 지끈거렸다.

추적은 끝나지 않았고 이번 사건의 뒷수습은 이제야 시작이었다.

사건이라.

1년여 만의 재회는 모든 희망과 기대를 무참히 부수며 사건이 되었다.

"하…."

레온은 가슴속에서 울컥 터져 나올 것 같은 무언가를 힘겹게 억누르며 실소만 대신 터트렸다. 손에 들고 있던 시가를 잿더미 속에 거칠게 박아 넣고 자리에서 일어서는 순간 소파에 아무렇게나 던져두었던 넥타이가 미끄러져 바닥으로 떨어졌다.

그 거슬리는 광경을 잠시 노려보던 레온은 넥타이를 줍지 않고 걸음을 옮겼다. 이 호텔 방부터 그의 삶까지 모든 것이 이미 엉망진창이다. 흠이 하나 더 늘든 줄든 달라지는 건 없었다.

창문을 활짝 열었다. 싸늘한 바람이 불어 들어왔으나 속은 전혀 시원해지지 않았다.

창은 하필이면 항구를 향해 있었다. 오늘 아침, 인파로 발 디딜 틈 없었던 부두는 텅 빈 채 짙은 어둠에 잠겨 있었다. 함께 탔어야 하는 배는 이미 떠난 지 오래였다.

의미가 없는 일인 걸 알면서도 머릿속에선 오늘의 일을 되짚고 또 되짚었다. 이랬더라면, 저랬더라면. 이런 후회 속에서 거듭 물었다.

어디서 잘못됐을까.

하지만 결국 그러다 보면 처음부터 잘못되었던 탓이란 달갑지 않은 결론만 다시 마주했다.

레온은 항구 너머, 불빛이 화려하게 밝혀진 도시로 시선을 옮겼다. 열

시간 가까이 이어진 수색은 소득이 전혀 없었다. 그레이스가 도주에 쓴 차량도 아직 발견되지 않았다.

백화점이며 온갖 상점도 수소문했으나 구두를 한쪽만 신은 채로 구두점에 들렀다거나 아기 물건을 대량으로 사 간 젊은 여자가 있다는 증언 또한 없었다.

말도 안 되는 일이었다. 그 여자는 몰라도 아이는 필요한 게 한둘이 아닐 텐데 말이다.

레온은 카펫 위에 덩그러니 펼쳐진 짐 가방을 응시했다. 안에는 여자와 아이의 옷가지 따위가 차곡차곡 쌓여 있었다.

모두 팔아 버린 건지 가방에 금괴는 없었다. 가짜 신분증이 두세 개 나왔지만 모두 그레이스의 것이었다.

아이의 이름을 알려 주는 물건은 전혀 없었다.

출국 심사를 맡았던 자를 찾아 물었지만 그자는 여자의 가짜 여권에 적혀 있던 아이의 정보를 거의 기억하지 못했다. 설령 기억하더라도 그마저 가짜일지 몰랐다.

결국 옷가지와 증언을 바탕으로 여자아이라고 추측하는 게 전부였다.

리본과 레이스, 꽃무늬 자수로 장식된 알록달록한 옷을 그늘진 눈으로 응시하던 레온은 문득 자신에게 맥 빠진 조소를 보냈다.

추적에 도움이 될 만한 실마리를 찾고자 저 가방을 처음 뒤졌을 때에는 옷을 마구잡이로 펼쳐 쌓아 두었다. 그러다 여자와 아이의 옷에 없던 주름이 져 가는 걸 보니 참을 수가 없어 원래의 모양대로 일일이 개어 놓은 것이다.

유물을 본래의 상태로 보존하듯이.

아기의 옷더미 가장 위에 반듯하게 놓여 있던 보닛이 바람에 날려 굴러떨어지는 찰나, 레온의 낯에서 비틀린 미소가 사라졌다. 그는 곧바로 창문을 닫고 카펫에 떨어진 보닛을 집어 들었다.

오늘 낮, 부두에서 처음 주웠을 때처럼.

레온은 흰 천을 손에 쥔 채 소파에 앉았다. 아이가 버리고 간 보닛에는 그레이스의 체취와 아기 냄새가 진하게 배어 있었다. 알아서 그리운 향기와 알지 못해 그리운 향기가 한데 뒤섞여 숨길로 쏟아져 들어오자 심장이 기분 좋게 두근거리면서도 아프도록 조여 왔다.

육지를 코앞에 두고 침몰한 심정이었다. 바다에 빠져 허우적대는 사이 육지는 그새 안개에 가려 사라졌다. 이제 어디로 헤엄쳐야 하는지 모르는 레온은 이대로 바다에 수장될 운명일지도 몰랐다.

단 한 번도 가지지 못한 것보다 가졌다가 영원히 잃는 것이 더욱 견디기 힘들다는 건 이제 잘 안다. 하지만 차라리 영원히 잃는 것이 되찾을 수 있다는 헛된 희망만 남는 것보다 낫다는 건 이제야 깨달았다.

테이블에 놓인 그레이스의 편지에는 이런 말이 적혀 있다.

데이지도, 샐리도, 그레이스 리들도 죽었어. 네가 죽였어.

그러니 잊어.

너는 다 끝났으니 잊으라 하면서 내 심장을 흔드는 짓만 골라 하지. 그레이스 리들은 그에게 숙녀처럼 우아한 작별 인사와 요부처럼 도발적인 키스를 남기고 사라졌다. 그 자잘한 짓마저도 그 여자는 잊고 싶지 않을 정도로 사랑스럽게 자행했다. 분명 의도적이었다.

넌 나를 고문하는 거야.

희망으로.

그레이스가 기회를 주지 않는 줄 알았다. 이제 보니 쫓을 기회는 굶주린 개에게 뼈다귀를 던지듯이 이따금 던져 댔다. 그러나 붙잡을 기회만은 주지 않는다. 살점 하나 붙지 않은 뼈다귀를 던지듯이 그렇게 가망 없는 희망만을 던진다.

못됐어.

레온은 보닛을 매만지며 허무한 웃음을 흘렸다.

그레이스, 정말 못됐어.

웃음소리가 점점 커져 가는 가운데, 레온은 돌연 보닛을 펼쳐 든 두 손에 얼굴을 묻었다.

어깨가 들썩이기 시작했다. 그렇게 그 여자와 아이의 흔적뿐이던 천에 그의 슬픔이 배어 갔다.

어느 하루

VENGEANCE NAMED LOVE

아가, 제발 거기 있어.

동이 트기 시작하는 새벽길을 내달리며 그레이스는 간절히 빌었다. 어째서인지 택시는 모두 문을 굳게 걸어 잠그고 그녀를 태워 주지 않았다. 그 개자식이 사주라도 한 걸까.

"하아…."

숨이 턱 끝까지 차오르고 다리가 아파 주저앉고 싶었지만 멈출 수 없었다.

늦으면 엘리를 빼앗길 텐데.

모퉁이를 도는 순간 불이 켜진 타운 하우스가 보이자 그레이스는 단숨에 달려가 문을 활짝 열어젖혔다.

"우리 자기, 왔어?"

너무 늦었다. 그레이스는 엘리를 품에 안고 있는 남자를 맞닥뜨리는 순간 절망했다.

"마아—."

한참을 울었는지 코가 빨개진 엘리가 그녀에게 손을 내밀었다.

"엘리, 엄마가 미안해."

단숨에 달려간 그레이스가 아이를 안으려는 때였다. 남자가 몸을 틀어 아이를 숨겼다.

"이리 줘."

그레이스는 달려들어 엘리를 빼앗으려 했지만 무슨 수를 써도 그를 이길 수 없었다. 그녀는 모든 걸 다 가진 이 남자 앞에서 언제나 이토록 무력했다.

"내 딸 내놓으랬잖아!"

"네 딸?"

남자가 코웃음을 쳤다.

"버린 주제에 뻔뻔하군."

죄책감에 잠시 말문이 막혔던 그레이스가 다시 덤벼들며 따졌다.

"지금 누구더러 뻔뻔스럽다는 거야? 이 아이를 여태 키운 건 나야! 나 혼자!"

"혼자? 생색이라도 내는 건가. 누가 혼자 키우랬지? 그레이스, 난 이 아이를 위해 모든 걸 준비해 뒀어. 그런데도 내가 아버지의 의무를 다할 수 없었던 건 전부 네 탓이야."

그녀는 부아가 치밀어 주먹을 움켜쥐었지만 차마 휘두를 순 없었다. 소란에 놀란 엘리가 울기 시작하자 그레이스는 이를 악물고 한 걸음 물러섰다.

"빌어먹을 개자식."

욕설에도 남자의 낯빛은 나빠지지 않았다. 도리어 입꼬리가 비틀려 올라가며 비열한 미소를 그렸다.

코트가 바닥에 내던져졌다. 그 위로 스웨터에 이어 블라우스와 치마가 차례로 떨어졌다. 그레이스가 스스로 나신을 드러내는 사이 남자는 정복욕이 번뜩이는 눈으로 지켜보기만 했다. 욕심으로 빚어진 남자는 모든 걸 다 가지고도 가장 보잘것없는 존재인 그녀마저 가지고자 온갖 더러운 술수를 썼다.

"결국 네 뜻대로 됐군. 축하해."

그녀는 브래지어를 풀며 악문 잇새로 사납게 중얼거렸다. 속옷을 벗어 던지자 서늘한 빛이던 남자의 눈동자가 뜨거워지기 시작했다. 크게 들썩이는 목울대를 그레이스는 노려보며 스타킹 밴드를 고정한 가터를 풀고 블루머를 주저 없이 내려 하반신을 드러냈다.

"거기까지."

남자는 스타킹만 남고서야 그레이스를 제지하더니 유유히 다가왔다.

"아이 앞에서 벗다니. 천박해."

그는 어깨에 걸치고 있던 트렌치코트를 벗어 그레이스에게 입히더니 그녀를 제 침실로 끌고 갔다.

문이 열리는 순간 그레이스는 흠칫했다. 창문에 쇠창살이 쳐져 있었다.

"여긴…."

어째서인지 타운 하우스가 아니라 별채의 침실이었다.

"들어가."

남자는 그녀를 익숙한 침대로 끌고 가 거칠게 밀어뜨리더니 엘리를 침대에 조심스럽게 내려놓았다. 침대에 쓰러진 그레이스를 발치에 서서 내려다보던 남자가 먹잇감을 눈앞에 둔 사자처럼 군침을 삼켰다. 그는 셔츠 소매 끝의 커프스를 풀며 그레이스에게 명령했다.

"벌려."

그녀는 죽일 듯 노려보면서도 순순히 다리를 벌렸다. 남자는 셔츠의 소매를 걷더니 정장 차림으로 그레이스의 위에 올라탔다.

"흡…."
남자의 입술이 그녀의 입술을 덮고, 두꺼운 혀가 안으로 파고들어 와 질척거렸다. 그사이 남자의 손은 허벅지를 더듬어 댔다.
"아이 앞에서 무기를 차고 있다니. 위험하기 짝이 없어."
잘그락. 툭. 두 허벅지에 매여 있던 홀스터가 하나씩 풀려나가 방 저편으로 던져졌다.
"이 안도 수색해야겠군."
"훗…."
굵다란 손가락이 불시에 안으로 밀고 들어오자 그레이스는 몸을 뻣뻣이 굳혔다.
"으응… 거긴, 아홋, 아무것도 안, 숨겼어… 제발…."
숨겨 둔 무기를 찾듯이 기다란 손가락이 속살을 휘저었다. 그것도 모자라 손가락이 하나 더 들어오더니 가위질을 하듯이 빠듯하게 조여드는 살을 벌려 대고 열이 오른 내벽을 손끝으로 쿡쿡 쳐올렸다. 수색과는 상관없는 짓이었다. 익숙한 손길에 하체가 기껍게 반응하며 젖어 들어갔다.
"아홍… 그, 그만…."
질컥질컥 소리가 나기 시작하는 가운데 그레이스는 남자의 어깨를 두 손으로 힘겹게 쥐고 온몸을 파들파들 떨었다. 아이를 낳은 후 한 번도 건드린 적 없는 몸이었다. 무감각해졌을 줄 알았더니, 예전보다 훨씬 예민해진 것이 온몸으로 느껴져 깜짝 놀랐다.
"아, 아흐…. 조금만, 더…."
몸이 뜨거워지자 애걸의 내용이 순식간에 바뀌었다. 쾌락에 몽롱하게 취해 수치심을 잊고 저도 모르게 남자의 손가락을 따라 내벽을 조이고 푸는 것도 모자라 스스로 엉덩이를 흔들기까지 했다. 고작 손가락에 대고.

심지어는 이 저질스러운 수색이 영원히 끝나지 않길 바라기까지 했다.

"하아… 으응, 거기….'

쑤걱쑤걱, 살 틈을 쑤시는 손놀림이 한층 집요해지자 그레이스는 정신을 차리지 못하고 엉덩이를 들썩였다. 곱아든 발끝이 시트 위로 미끄러지고 남자가 커다란 손으로 받쳐 든 등허리가 잘게 떨리기 시작했다.

"헉!"

손가락이 열점을 거칠게 쳐올리며 숨이 턱 막혔다. 드디어 눈앞에 천국의 새하얀 빛이 보이던 순간이었다.

"네 말대로 비었군."

손가락이 쑥 빠져나갔다. 그와 동시에 그레이스는 너무도 허무하게 현실로 추락해 버렸다.

"이런…."

남자가 흥건히 젖은 손가락을 손수건으로 닦으며 물었다.

"비어서 허전한 얼굴이야."

그레이스는 반박하지 못하고 열이 발갛게 오른 얼굴을 코트의 소매로 가리며 고개를 돌려 버렸다.

"네 허전한 몸을 채워 주는 건 언제나 내 일이었지."

그러더니 그는 트렌치코트의 허리끈을 풀곤 초콜릿의 포장을 벗기듯 그레이스의 몸을 감싼 천을 벌렸다. 다리 사이에서 벨트 버클을 푸는 소리가 들리고서야 그녀는 불현듯 정신을 차렸다.

"안 돼."

바지의 앞섶을 벌리고 구릿빛 성기를 꺼내 드는 남자를 다급히 말리며 옆을 눈짓했다. 그녀의 머리맡에선 엘리가 두 사람을 등진 채 기어 다니고 있었다.

"미쳤어? 우리가 짐승이야?"

"짐승이라니. 이건 교미가 아니야."

남자가 불쾌하다는 듯 미간을 구기더니 돌연 비스듬한 미소를 지으며 덧붙였다.

"동생이 탄생하는 감격스러운 순간이지."

그레이스의 심장이 덜컥 내려앉았다.

"안 돼…. 안, 아흑!"

도망치려 하자마자 발목을 붙잡혔다. 힘주어 오므린 다리가 활짝 벌어지며 드러난 질구에 아기 주먹만 한 성기 끝이 콱 박혔다.

기다란 살덩이가 배 속으로 꾸역꾸역 파고들어 왔다. 결국엔 성기가 내벽 끝까지 기어들어 와 박히고, 그 뭉툭한 끝이 자궁구에 맞닿았다.

"여기도 비어서 허전하잖아. 아, 물론 내가."

남자는 그곳을 어루만지듯 허리를 부드럽게 돌리더니 저항하는 그레이스의 손을 떼어 내 침대에 짓눌렀다. 곧바로 허리 짓이 시작되고, 마찰열이 온몸을 달구었다. 그렇게 몸은 수없이 천국을 오갔으나 마음은 지옥으로 추락했다.

"하웃, 아, 안에는 하지 마. 제발!"

"그레이스."

남자가 그녀의 왼손 약지에 반지를 끼우며 귓가에 소름 끼치는 사랑의 맹세를 속삭였다.

"네 배 속에 평생 내 아이가 들어 있게 만들어 줄게. 낳으면 임신시키고 또 시키는 거지. 그 아이들을 모두 안고 도망칠 순 없을 테니."

그는 납작한 배를 손으로 훑으며 희열 어린 미소를 지었다.

"꺼지자마자 다시 불러오면 볼만하겠어."

그렇게 남자는 아기의 앞에서 짐승처럼 그녀를 범했다. 고문실에 그녀를 가둬 두고 제 변태적인 욕구를 풀던 때처럼 낯 뜨겁고 야만스러운 짓을 서슴없이 벌였다. 그레이스는 아기가 허리 아래에서 벌어지는 천박한 짓을 보지 못하도록 끌어안았지만 얼굴을 마주하고 있자니 죄책감과 수치심이 몰려왔다.

"아, 아흑!"

그리고 그 두 감정에 극도로 흥분하도록 길들여진 몸이 자제력을 놓은 순간 아기가 그레이스의 팔에서 빠져나가 침대 가장자리로 기어갔다.

"헉, 엘리! 안 돼!"

엘리가 침대 아래로 떨어지려는 찰나 남자가 한 손을 뻗어 아이를 붙잡았다.

"흐잉—."

"떨어지면 아프잖아. 네가 아프면 내 마음이 아프고. 그러니 조심해야지."

그는 아이를 덥석 들더니 품에 안고 어르기 시작했다. 그렇게 가증을 떠는 내내 그레이스의 음부를 치받는 허리 아래는 단 한순간도 멈추지 않았다.

"아, 아흐흑!"

"마아—."

"착하지, 우리 딸. 엄마는 가게 두자."

남자가 기진맥진한 그레이스의 옆에 아이를 내려놓았다. 아기는 곧바로 엄마의 가슴을 덥석 쥐더니 빳빳하게 솟아오른 젖꼭지를 입에 물었다. 아기가 젖을 빠는 모습을 못마땅한 눈으로 지켜보던 남자가 한숨을 내쉬며 중얼거렸다.

"아깝지만 배고픈 딸을 위해 아버지가 양보해야겠지."

"훗!"

"어쩌면 아빠와 아이가 나눠 쓰라고 신께서 젖을 두 쪽으로 만드셨는지도 모르겠군."

그는 불경한 소리를 하며 그레이스의 가슴 한쪽을 움켜쥐었다. 제 커다란 손에서 넘치는 살을 한데 모아 쥐려 이리저리 굴려 보더니 결국엔 웃었다.

"원래의 크기로 돌아갈 일은 없겠군."

남자가 마른 입술을 혀끝으로 적시자마자 손가락 사이로 삐져나온 젖꼭지를 향해 먹잇감을 습격하듯 고개를 숙였다.

"하웃!"

그는 유륜까지 욕심껏 문 채로 가슴 끝을 깊이 빨아 당겼다. 젖이 빨려 나가는 아릿한 감각에 그레이스가 허리를 비트는 찰나 꿀꺽, 다 큰 남자가 젖을 삼키는 변태적인 소리가 그의 목을 울렸다.

"젖이 마를 일도 없을 거야."

세차게 빤 탓에 입이 떨어져 나가고도 젖꼭지에선 젖이 줄줄 흘러내렸다. 남자는 손등을 적신 것을 핥더니 열기가 차오른 눈을 번뜩이며 다시 젖꼭지를 덥석 물었다.

"하아… 제발, 그만…."

부녀에게 젖을 먹이며 신음하는 그레이스야말로 가장 불경한 자일지도 몰랐다.

"아흡…."

아기는 젖을 배불리 먹고 사납게 흔들리는 침대를 요람 삼아 곤히 잠들었다. 그런 딸의 옆에서 그레이스는 입을 틀어막고 눈물을 흘리며 온

몸을 들썩였다.

좋아. 미치게 좋아. 나 정말 미쳤나 봐.

그렇지만 어째서인지 만족스럽지가 않았다. 절정을 느끼고 또 느꼈지만 예전에 이 남자와 몸을 섞을 때 저를 육욕에 눈이 먼 짐승으로 만들던 그 쾌감은 없었다. 아무래도 그걸 느끼게 하던 가장 중요한 것이 빠진 것만 같았다.

"저기… 이거, 아, 아닌 것, 같아…."

"그레이스, 조용히. 아기 깨잖아."

무언가 이상하다고 했지만 남자는 멈추지 않았다. 그녀는 늘 그렇듯 쐐기처럼 굵고 단단한 성기에 꿰뚫린 채 거칠게 흔들릴 수밖에 없었다. 남자가 불현듯 살 기둥을 질 끝까지 콱 박아 넣으며 허리 짓을 멈추는, 그 끔찍하게 익숙한 찰나에도 별다른 감흥 없이 누워 있던 그레이스가 돌연 비명을 질렀다.

"아아악!"

남자가 사정하자마자 그녀의 배가 순식간에 부풀어 오른 것이었다.

말도 안 돼. 이건 꿈이야.

눈을 질끈 감았다가 번쩍 뜬 그레이스는 이불을 쓸어내려 보곤 안도했다. 배가 납작했다.

그래, 꿈이었어.

분명 그래야 하는데 어째서일까. 그 남자가 아직도 그레이스를 내려다보고 있었다. 청록색 눈동자에는 언짢은 기색이 가득했다.

청록색?

그제야 잠에서 완전히 깬 그레이스는 엘리를 끌어안으며 한숨을 내쉬었다.

"엄마아—."

"…."

"어엄마!"

엘리는 엄마라는 말에서 강세를 바꿔 가며 그레이스를 자꾸만 불러대더니 품에서 벗어나려 꼼지락거리기 시작했다.

"엄! 마!"

결국 스타카토 창법까지 오자 그레이스는 베개에 파묻었던 고개를 살짝 들고 협탁의 시계에 졸린 시선을 던졌다. 엘리는 오늘 아침도 어김없이 자명종보다 빨랐다.

"30분만 더 자자."

"그치만 빵! 엘리 빵!"

"우리 공주, 베이커리는 아직 안 열었단다."

그래도 여전히 '빵! 빠앙!'을 외치며 버둥거리는 엘리를 안고 "30분만."을 소곤거리다 눈을 감았다.

"엄마는 잠재이야."

"잠꾸러기겠지."

저를 늘 욕심쟁이라고 놀렸더니 잠이 많은 사람은 잠쟁이라고 부르는 줄 아는 모양이었다.

"엄마, 그만 자아아—!"

사실 잠은 이미 완전히 달아났다. 그러니 일어나지 못하는 이유는 따로 있었다.

왜 이딴 꿈을 계속 꾸는 거야?

베개에 파묻은 얼굴이 뜨거웠다.

"그레이스."

꿈속에서 그 남자가 애정의 상징과 욕정의 상징을 그녀의 몸에 한꺼번에 끼우며 귓가에 애무하듯이 쏟아 낸 속삭임이 집요하게 뇌리를 맴돌았다.

네가 언제부터 나를 그레이스라고 불렀다고 당당하게 불러 대는 거야?

2년 전 여객선에서 마주친 후로 그 남자는 꿈에서 그녀를 그레이스라고 부르기 시작했다. 이따금 그때 잡혔더라면, 하는 꿈을 꿨다. 가장 불안했던 때였으니 그럴 법도 하다 싶었지만 요즘 갈수록 꿈이 음란해지는 이유는 뭘까.

욕구 불만인가?

제게 그런 욕구는 없는 줄 알았는데 말이다. 인간이라면 모두 가진 원초적인 욕구라고 생각했을 때 야릇한 꿈을 꾸는 건 정상이라고 친다 해도 조금 전 꾼 건 절대 정상이 아니었다.

"어쩌면 아빠와 아이가 나눠 쓰라고 신께서 젖을 두 쪽으로 만드셨는지도 모르겠군."

심지어 이 변태적인 말은 그 남자가 실제로 한 적도 없었다. 순전히 그레이스의 머릿속에서 나온 말이란 뜻이다.

"으아…."

그녀는 머리를 쥐어뜯었다.

아니야. 난 그런 변태가 아니야. 그냥 그 남자가 하고도 남을 말이라서 꿈에 나온 것뿐이라니까? 내가 그 남자를 쓸데없이 잘 아는 것뿐이라서 그래.

"엄마 모 해?"

괴로워하는데 그녀의 품에 코를 박고 킁킁대던 엘리가 고개를 불쑥 들려 했다. 그레이스는 아이가 고개를 들지 못하게 감싸 안으며 한숨을 내쉬었다.

"30분만."

부끄러워서 엘리의 얼굴을 도저히 볼 수가 없었다.

"…데이지."

아니, 네 이름은 그레이스야.

"더, 더러운 돼지 새끼!"

가지 마!

레온은 도망치려는 그레이스의 손목을 붙들었다. 그러곤 강렬한 헤드라이트 불빛 너머 검게만 보이는 아버지의 실루엣을 향해 외쳤다.

당장 돌아가요!

하지만 아무것도 바뀌지 않았다.

"샐리 브리스톨이라고 합니다."

네 이름은 그레이스라고 몇 번을 말해. 그리고 넌 하녀가 아닌 첩자야.

"너 설마 나를 좋아해?"

그래, 좋아해. 아니, 사랑해.

레온은 그레이스의 가느다란 목에 감긴 올가미를 걷어 냈다.

넌 고문실에 어울리지 않아. 우리 함께 네 오빠에게 찾아가. 네가 모친의 일기를 읽고 진실에 눈을 떠 복수를 하는 그 모든 순간, 난 네 손을 놓지 않을 거야.

그리고 우리의 어깨를 짓누르는 그 모든 굴레를 마침내 벗어던지는 날, 우리가 처음 만났던 그날처럼 석양이 지는 해변에서 나를 기다려 줘.

우리 딸과 나란히.

하지만 그레이스는 사라졌다.

모든 실수를 되돌아보며 다른 선택을 했으나 결과는 달라지지 않았다. 이건 현실이 아니었으니.

그나마 이 꿈을 수없이 반복한 게 완전히 헛되지는 않았는지 그레이스와의 마지막 순간만은 그가 원하던 결과로 바꿀 수 있었다.

결국 배에서 도망치지 못한 그레이스가 제 발로 그의 객실에 찾아왔다. 발코니 밖에서는 검푸른 바다에 흰 물거품이 거칠게 일고, 침실에선 눈물이 끊이지 않았다.

"흐흑…."

난 네가 없으면 끝난 인생인데 넌 내가 있어서 인생이 끝난 것처럼 운다.

레온은 아이를 안은 채 서럽게 우는 그레이스를 바라보며 물었다. 이것이 과연 내가 원하던 결과가 맞는 걸까.

언젠가 그런 결심을 했었다. 이 여자가 다시 제 앞에서 우는 날, 비웃지 않고 안아 주리라고. 하지만 레온은 그러지 못했다. 그레이스를 울게 만든 건 자신이었으니.

어떠한 말도, 손길도 건네지 못하고 지켜만 보는 그에게….

"아우—."

얼굴이 보이지 않는 아기가 손을 내밀었다.

"…."

불러 보고 싶었으나 레온은 그러지 못했다.

안녕, 내 딸. 이름이 뭐야?

그렇게 물었지만 아이는 대답하지 않았다. 포동포동한 손이라도 이번에는 잡아 보려던 찰나였다.

"…."

손이 닿기 직전 잠에서 깨어 버렸다.

레온은 한숨을 내쉬며 고개를 옆으로 돌렸다. 술에 취한 것처럼 몽롱한 시야 속의 창문 너머는 푸르스름했다. 새가 지저귀는 소리조차 들리지 않는, 이르디이른 아침이었다.

왜 벌써 깬 건지. 용량을 늘려야 하나.

이르건 아니건, 예전의 그는 눈을 뜨면 곧바로 침대 밖으로 나갔다. 하지만 언제부터인가 살아 있는 인간의 구실을 하는 것이 어려워졌다.

손에 닿는 시트가 싸늘했다. 저도 모르게 옆의 빈자리에 손을 얹고 있었다는 걸 깨닫자 레온은 냉기에 화상을 입은 사람처럼 손을 뗐다. 습관적으로 침대 한쪽을 비워 두는 자신이 우스웠으나 웃음은 나오지 않았다. 그를 비웃는 건 그 여자의 몫이었으니.

비웃을 거면 내 앞에서 비웃어.

조롱 어린 키스를 날리던 그 모습이 다시금 떠오르자 오기가 생겨 물먹은 솜처럼 무거운 몸을 일으켰다. 조롱이라도 한 번 더 받으려면 무슨 일이든 해야 했다.

욕실로 들어서고도 이 모든 것이 꿈같은 몽롱한 느낌은 가시지 않았다.

언제 튼 거지?

레온은 세면대 속으로 쏟아지는 물줄기를 물끄러미 바라보다 불현듯 정신을 차렸다.

빌어먹을.

그는 세면대 위의 선반에 놓인 유리병을 노려보았다. '바르비탈'이라는 라벨이 붙은 약병에는 하얀 알약이 들어 있었다. 새 병을 딴 지 얼마 되지 않은 것 같은데 벌써 바닥이 보였다.

인간은 왜 잠이 필요한 건지.

이젠 수면제 없이 잠들지 못했다. 그리고 이 빌어먹을 바르비탈 탓에 그는 매일 밤 꿈을 꾸었다. 악몽이든 행복한 꿈이든, 깨고 나면 고통스러운 건 마찬가지였다.

찰그락. 약병을 낚아채자 속에 든 알약들이 거슬리는 비명을 질렀다. 욕실 구석의 쓰레기통 속으로 병을 내던지려 손을 든 자세 그대로 레온은 움직이지 못했다.

그 못된 여자가 사랑스럽게 물었다.

"불행해?"

꿈에선 행복했어.

달칵. 약병은 다시 선반으로 되돌아갔다.

이 빌어먹을 바르비탈이 없으면 매일 밤 꿈을 꾸지 못한다. 악몽이든 행복한 꿈이든, 그는 꿈이 아니면 그 여자와 아이를 만날 수 없었다.

정말 운이 좋은 날에는 마지막으로 행복했던 순간을 꿈에서 되풀이했다. 2년 전 항구에서 그레이스와 아이를 놓쳤던 그날 말이다.

결과가 불행한데 과정이, 그 여자와 아이를 안았던 그 단 한순간이 행복했었기에 그날은 우습게도 그의 생에 행복했던 날로 남았다.

체취와 온기, 모습, 그리고 목소리까지. 시간이 지날수록 그때의 모든 감각이 현실에서는 희미해졌으나 약 기운에 취해 꿈을 꿀 때에는 그 순간이 현실처럼 생생했다. 그래서 저 저주받은 약을 레온은 오늘도 끊지 못했다.

그리고 오늘 아침의 꿈도 제법 행복한 축에 들었다.

행복했다니. 그레이스가 우는 모습을 본 걸로 행복한 꿈이었다고 정의하다니.

흐르는 물로 얼굴을 씻어 내린 레온은 조소하며 고개를 들었다. 하지만 무너져 반밖에 남지 않은 거울 속의 그는 웃고 있지 않았다.

녹이 슬고 금이 간 얼굴에서 얼음처럼 차가운 물이 뚝뚝 떨어졌다. 표정이 없어 살아 있는 시체 같았다.

그 여자가 아직 죽지 않아 죽을 수 없지만 그 여자가 곁에 없어 산 것도 아닌 자신은 살아 있는 시체나 다름이 없었다.

엘리는 유독 아침잠이 없었다.
"엄마, 이러나아!"
"그럼 딱 5분만."
"안 대."
'30분만'을 '10분만'으로 줄이고, '10분만'을 '5분만'으로 줄였지만 상대는 타협을 몰랐다. 고집도 세고 자비도 없는 게 딱 제 아빠라는 말이 목구멍 끝까지 차올랐지만 참아야만 했다.
"엄마도 일어나고 싶은데 이불 속이 너무 따뜻해서 엄마가 녹아 버렸어."
그레이스도 아침잠이 없는 편이다만 자의로 일찍 일어나는 것과 타의로 일어나야 하는 건 달랐다. 늦가을의 포근한 침대 속은 늪이었다. 계속 뭉그적댔더니 엘리가 일어서며 비장하게 말했다.
"그럼 엄마는 집 지켜. 엘리가 가따 오께."
"으응?"
그레이스는 깜짝 놀라 이불 밖으로 빼꼼히 눈을 내밀었다. 엄마에게 찰싹 붙어서 떨어지지 않으려던 아이가 두 살 반 정도가 되자 슬슬 독립심이 생기기 시작했다.

아니, 아무리 그래도 벌써 저런 소릴 하는 거야?

엘리는 토끼 인형을 품에 안은 채 침대 아래로 영차영차 내려가더니 방문을 열고 거실로 도도도 뛰어갔다. 정말 혼자 나갈 생각인지 다시 침실로 돌아온 아이는 목에 목도리를 칭칭 감고 외투를 손에 들고 있었다.

"입혀죠."

참 나, 어디까지 하나 보자. 픽 웃으며 잠옷 위에 외투를 입히고 단추를 여며 주었더니 엘리가 협탁으로 몸을 돌렸다.

"엄마는 무슨 빵 머그 꺼야?"

"어? 엘리 지금 뭐 해?"

"돈."

빵을 사려면 돈이 있어야 한다는 걸 아는 아이가 협탁에 놓인 핸드백에서 지갑을 꺼내어 가자 그레이스는 백기를 들며 일어날 수밖에 없었다.

욕실에서 머리를 대충 빗고 젖은 속옷만 갈아입고 나왔더니 엘리는 이미 나갈 준비를 마치고 현관문 앞에서 엄마를 기다리고 있었다.

그레이스가 벽에 걸려 있던 외투를 입는 사이 엘리는 장난감 수레에 옹기종기 태운 인형 다섯 개에 담요를 꼼꼼히 덮어 주었다. 엄마의 말투까지 야무지게 따라 하면서.

"추워. 이러고 나가몬 감기 걸린다?"

구운 지 하루가 지난 빵은 절대 먹지 않는 엘리 때문에 길 건너의 베이커리에 빵을 사러 가는 것이 모녀의 매일 아침 첫 일과였다. 그럴 때마다 엘리는 유모차에 아기를 태우고 산책하는 엄마처럼 장난감 수레에 아끼는 인형들을 앉혀 데려갔다.

"가자."

현관문이 열리고 작은 수레를 달달달 끄는 소리가 아파트 복도를 울렸다. 엘리베이터를 타고 1층으로 내려가며 그레이스는 털모자를 쓴 자그마한 머리를 내려다보다 흐뭇하게 웃었다.

2년 전만 해도 엘리베이터가 무섭다고 세상이 떠나가라 울던 아이가 이젠 제가 당길 거라고 레버로 발돋움을 했다.

"아기 때는 엄청 무섭다며 울었는데."

그러곤 하소연하듯이 옹알대는 게 얼마나 귀여웠는데. 옛 추억 속에서 사는 노인처럼 오늘도 이 말을 꺼냈더니 엘리가 고개를 번쩍 들며 심통을 부렸다.

"안 우러써어!"

"정말? 안 울었어? 그럼 그때 울었던 아기는 누구였지?"

그레이스는 발을 동동동 구르는 아이의 볼을 꼬집으며 더 놀려 댔다.

"엘리 이제 아기 아니야."

"정말? 엘리 아기 아니야?"

"아니야아. 아기는 여기짜나."

엘리가 입술을 삐죽 내밀며 수레에 다닥다닥 붙어 앉은 인형들을 가리켰다.

"아쉬워라. 엄마는 다 큰 엘리도 좋지만 아기 엘리도 좋았는데."

이번엔 그레이스가 입술을 삐죽 내밀고 중얼거렸다. 그 찰나 그녀를 올려다보는 청록빛 눈동자가 흔들리더니 엘리가 그레이스의 다리를 덥석 끌어안고 매달렸다.

"엘리는 다 큰 아기야."

그레이스는 아기라기엔 너무도 크고 무거운 30개월짜리 딸을 안아 올렸다. 그러곤 아기 때처럼 등을 토닥이며 속삭였다.

"우리 아가, 너무 빨리 크지 마."

홀로 빵을 사 오겠다고 씩씩하게 나서는 모습이 기특하면서도 슬펐다. 어릴 적 제 모습이 보여서. 과한 걱정인 건 알지만 어른들의 사랑을 받고 싶어 너무 일찍 커 버렸던 자신의 전철을 딸이 밟지는 않을까 덜컥 겁이 났다.

그레이스는 엘리의 보들보들한 볼에 제 뺨을 맞대며 주문처럼 되뇌었다.

너는 이대로 아기로 남아. 그래도 사랑하니까.

"안냐세요."

오늘도 한 손에는 장난감 수레를, 다른 손에는 엄마의 손을 쥔 꼬마가 베이커리로 들어섰다. 마침 갓 구운 빵을 오븐에서 꺼내던 주인아주머니가 웃으며 모녀를 맞이했다.

"꼬마 아가씨가 오늘도 첫 손님이구나."

늘 그렇듯 아주머니는 진열장에서 설탕과 계피에 졸인 아몬드를 한 움큼 집어 엘리에게 선물로 주었다.

"이 아몬드처럼 달콤한 하루를 보내렴."

"와아―."

"감사합니다, 해야지."

"감샵니다."

엘리는 자그마한 손에 한가득 쥔 아몬드 중에서 제일 커 보이는 걸 고르더니 그레이스에게 내밀었다.

"엄마, 아―."

엄마가 먹는 건 무조건 뺏어 먹으려던 아기가 어느새 제 걸 엄마의 입에 넣어 주는 아이로 컸다.

오늘도 갓 구운 브리오시와 소프트롤, 그리고 크루아상을 두 개씩 샀다. 따끈따끈한 종이봉투를 품에 안은 채 엘리와 나란히 손을 잡고 집으로 가려는데 마침 베이커리 안으로 처음 보는 노파가 지팡이를 짚으며 들어오더니 아이를 보곤 눈을 휘어 웃었다.

"어머나, 예뻐라. 인형인 줄 알았어."

걸어 다니는 인형이라는 말을 질리도록 듣지만 한 번도 질린 적 없었다. 그레이스는 뿌듯하게 웃으며 인사했다.

"감사합니다."

그녀를 올려다본 노파가 분명 별생각 없이 한 말에 그레이스의 얼굴에서 미소가 사그라들었다.

"꼬마 천사는 아빠를 많이 닮았나 보구나."

그 순간 엘리가 고개를 갸웃거렸다. 그레이스는 아이의 손을 잡아끌며 얼른 인사를 하고 나왔다.

"그럼 좋은 하루 보내세요."

"그나저나 못 보던 얼굴이네?"

문이 닫히기 전 노파가 중얼거리고, 곧바로 닫힌 문 너머로 주인이 늦봄에 이사 온 모녀인데 이제야 처음 봤냐며 되묻는 소리가 희미하게 들렸다.

중부의 대도시 근교로 이사 온 지 이제 반년이었다. 그 전에는 남부 어느 항구 도시의 이민자 지구에 그 남자를 피해 숨어 살았다.

빈민가에다 우범지대였지만 나쁘지 않았다. 이곳 말을 잘하지 못하는 이웃 여자들을 도와주면서 그레이스도 이런저런 도움을 받은 덕에 혼자서도 엘리를 무사히 키울 수 있었다.

하지만 이만큼이나 커 버린 딸을 싸우는 소리가 매일같이 들리는 동네에서 계속 키울 순 없었다. 집에서 육아만 하자니 심심해서 동네 아주머니들과 시간을 자주 보냈더니 엘리가 모국어와 외국어를 섞어 말하기 시작한 것도 문제였다.

"만델 하나바께 안 나마써, 힝. 엄마 머거."

"우리나라 말로는 만델이 아니라 아몬드야. 그리고 엄만 됐으니까 엘리 먹어."

게다가 두 살이 넘었으니 탁아소에 보내도 좋을 때라고 생각했다. 엄마 말고도 다른 사람을 사귀게 해 엘리의 작은 세상을 크게 키울 필요가 있었으니까.

그래서 치안이 좋고 우수한 학교도 있는 대도시의 교외로 반년 전에 이사 왔다. 이곳은 조용하고 가까운 곳에 공원도 있어 아이를 키우기에 최적이었다.

게다가 전차로 30분 거리에 직장도 있었다.

4개월 전부터 일을 하기 시작한 건, 물론 돈이 가장 큰 이유였다. 금괴를 판 돈은 진작에 다 동났고 다이아몬드까지 하나 팔아야 했다.

이렇게 야금야금 돈을 까먹을 거면 집을 사서 정착하는 게 좋겠지만 여전히 도망자 신세라 그럴 수 없었다. 그렇게 도망만 다니다 어머니가 남겨 주신 유산을 탕진할 순 없으니 돈을 벌기로 한 것이다.

정착은 신대륙으로 탈출한 후에나 가능하겠지. 정말, 언제 떠나지?

그레이스는 아파트 건물로 들어서며 한숨을 내쉬었다.

뉴포트항에서 있었던 일로 질릴 대로 질려서 이젠 시도할 엄두조차 나지 않았다. 그녀의 허리까지 오는 아이를 안고 도망치는 건 무리였다.

거기다 왜 도망치냐고, 저 아저씨는 누구냐고 물으면 난 뭐라고 대답해야 하는 걸까.

❖ · ❖

"하녀 방 욕실에선 뜨거운 물이 잘 나오지 않는 거 알아? 난 그저 얼음장 같은 찬물을 뒤집어쓰고 싶지 않았을 뿐이야."

오늘도 얼음장 같은 찬물을 뒤집어쓰는 내내 그 여자의 시답잖은 환청이 그의 머릿속을 잔인하게 헤집어 댔다.

"하…."

레온은 수도를 잠그고 샤워 부스 밖으로 나오며 속으로 다짐했다.

오늘 밤부터는 본관의 침실로 갈 것이다.

약을 끊겠다는 다짐만큼이나 헛된 소리였다. 침실 한구석에 세워져 있는 유모차를 치우겠다는 다짐도 마찬가지였다.

곧장 드레스 룸으로 향했다. 10년 넘게 밴 습관을 따라 몸이 저절로 움직이고, 정신을 차려 보니 거울 속에선 곧 바스러질 것처럼 말라비틀어진 시체가 아니라 강인한 군인이 레온을 응시하고 있었다.

적어도 겉모습만은 그렇게 보였다.

그는 서랍의 맨 위 칸을 열고 흰 천 꾸러미를 꺼냈다. 아무런 향수도 뿌리지 않은 손수건을 젖히자 드러난 건 아기 보닛이었다. 레온은 오늘 아침에도 어김없이 보닛을 물끄러미 내려다보다 코를 묻고 숨을 크게 들이쉬었다.

환취라고 해도 좋을 만큼 희미한 체취들이 그의 숨길로 쏟아져 들어왔다.

모르는 사람이 본다면 마약이라도 흡입하는 줄 알 것이다. 어쩌면 틀리지 않은 말일지도 모른다. 그레이스와 아이의 체취는 그에게 마약이었다. 찰나의 황홀경에 이어 지독한 상실감이 몰려오는 것이 마약 아니던가. 금단 증상이 찾아와 이 미련한 짓을 끊을 수 없는 것도 마약이나 다름없었다.

레온은 보닛을 다시 반듯하게 접고 손수건으로 감싸 재킷의 안주머니에 넣었다. 심장과 맞닿은 곳이었다.

다시 거울 속의 자신과 눈이 마주치는 순간 닳도록 읽다 못해 토씨 하나, 구두점 하나까지 외워 버린 편지의 한 구절이 떠올랐다.

생일은 5월 21일이야. 널 닮아서 예민하고 까다로우니까 고생 좀 해 봐.

날 닮았어?

이 대목에선 항상 웃음이 나왔다.

얼마나? 얼굴도 닮았어?

레온은 거울 속 제 얼굴에서 단 한 번도 보지 못한 딸의 얼굴을 상상해 보려 애썼지만 오늘도 허사였다. 그는 그레이스를 품에 안았던 순간을 떠올리며 제 가슴팍으로 시선을 내렸다.

정말 이만큼 가까웠는데. 먼저 안아 볼걸 그랬어.

얼굴은 제대로 보지 못했지만 볼이 통통했던 건 기억난다. 그것만으로도 사랑스러웠다.

고생해 보라니. 네가 말하는 그 고생, 난 기꺼이 할 텐데.

블랜차드 놈들 손에 들어가지 않게 잘 지켜. 원래 양심이 없는 인간인 건 잘 알지만 네가 그래도 일말의 양심이 있다면 아이에게 잘해.

그럼 그럴 기회를 줘.

제발.

그는 오늘도 쳇바퀴에 갇힌 쥐처럼 헛된 후회만 되짚으며 새로운 하루를 시작했다. 그렇게 제자리에서 하루 더 죽어 갔다.

❖ · ❖

"식사는 까다로우신 공주님 마음에 들었으면 좋겠군요."
아침 식사를 식탁에 올리는 찰나면 어김없이 머릿속의 남자가 이렇게 빈정댔다. 달리 반박할 말이 없는 것이, 엘리는 정말 공주님이 따로 없었다.
엘리는 자리에 앉자마자 반으로 가르고 버터를 발라 팬에 구운 브리오슈에 얹어 둔 달걀프라이를 포크로 쿡쿡 찔렀다. 아침으로 먹는 달걀프라이는 노른자를 반숙으로 익혀 줘야 했다. 노른자가 흘러서는 안 되며 포슬포슬하게 익어도 안 됐다.
"합격?"
그레이스가 묻자 엘리가 고개를 진지하게 끄덕이더니 브리오시를 두 손으로 들고 와앙, 크게 베어 물었다.
제가 좋아하는 건 이렇게 열성적으로 먹어 치우면서 싫어하는 건 깨작거리는 수고조차 하지 않는 아이였다.
"이것도 빵에 얹어서 먹어 보자."
"시러."
일부러 잘게 썰어 바삭하게 볶은 양송이버섯을 먹어 보라고 했더니 엘리가 인상을 팍 구겼다.
"엘리가 좋아하는 버터에 볶은 거야."
"그래두 시져."
"딱 한 입만."
억지로 빵에 올리면 빵조차 안 먹는 아이라 말로 권하기만 했다. 요즘 그래도 다른 건 말로 타이르고 설득하면 잘 듣는데 먹는 일엔 어림도 없었다. 엘리는 입을 두 손으로 틀어막기까지 하더니 고개를 도리도리 저었다.

"주는 대로 먹어."

그 남자가 했던 말이 턱 끝까지 차올랐다.

이건 누굴 닮은 거야?

그레이스는 어릴 적부터 가리는 것 없이 모두 잘 먹었다. 그 남자 또한 입맛이 까다롭긴 해도 편식은 하지 않던데 이 아이는 왜 이럴까.

까다로운 입맛은 집 안팎을 가리지 않았다. 탁아소에서 주는 점심과 간식을 잘 먹지 않는 아이라 크루아상 샌드위치와 한입 크기로 자른 과일을 동화가 예쁘게 그려진 철제 도시락 가방에 넣어 주고 그레이스가 먹을 점심도 쌌다. 그러곤 설거지를 하는데 옆을 알짱거리던 아이가 물었다.

"엘리가 도와주까?"

"정말? 그럼 엘리는 식탁 닦을까?"

"죠아."

엘리는 요즘 들어 '도와줄까.'와 '내가 할 수 있어.'라는 말을 자주 했다. 그렇게 좁은 집 안 곳곳으로 졸졸 따라오는 아이와 함께 정리 정돈을 하고 나갈 준비를 시작했다. 화장대 앞에 엘리를 앉히고 머리를 빗겨 주던 때였다.

[왕실이 그간의 전통을 깨고 엘리자베스 공주님을 유치원에 입학시켜 정규 교육을….]

라디오 뉴스를 듣던 엘리가 소리쳤다.

"엄마! 나보구 공주님이래."

"맞아, 엘리는 공주야."

그레이스는 실크처럼 매끄러운 금발에 입을 맞추며 애틋한 미소를 지었다. 그러다 문득 거울 속 아이와 제 얼굴을 응시했다.

아이는 그녀를 닮았다. 닮지 말아야 할 사람을 닮았다는 점에서.

그녀는 그 남자를 닮은 얼굴을 보면서도 미소를 지우지 않았다.

누구를 닮았건 이 아이는 내 공주님이야. 내 딸은 태어나지 말았어야 하는 금지된 존재가 아니야. 괴물도, 증오와 계략의 부산물도 아니야.

그러니까 나도 아니야.

결국 그레이스는 제 청록빛 눈동자를 직시하다 미소 지으며 딸을 끌어안았다.

"엄마도, 엘리도 세상에서 가장 귀해."

"그럼 공주님 머리 해죠."

"어… 공주님 머리는 뭘까?"

"요로케 요로케 마라서…."

결국 말을 잘못 꺼냈다가 바쁜 아침에 헤어드라이어와 컬링 아이언까지 꺼내 머리를 동글동글하게 말아 줘야 했다.

"다 됐어."

"요고는?"

아이가 제 정수리를 손가락으로 가리키며 물었다.

"요고?"

그레이스가 알아듣지 못하자 아이는 동화책을 가져왔다. 표지에 그려진 공주님을 보고서야 그녀는 딸이 뭘 원하는지 깨달았다.

"왕관?"

엘리가 고개를 크게 끄덕였다.

"없는데…."

"힝…."

"오늘은 리본을 매고 왕관은 엄마랑 일요일에 백화점에 가서 사자."

"죠아."

결국 드레스와 같은 색인 하늘색 리본을 왕관처럼 커다랗게 매어 주는 걸로 타협을 보았다. 의자에서 뛰어내린 아이가 전신 거울 앞에 서서 제 모습을 감상하더니 탁아소에서 배운 예법에 따라 치마를 펼치며 왼발을 뒤로 빼고 무릎을 굽혔다. 인형이 따로 없었다.

"*예쁘네.*"

그래, 예쁘지?

감탄이 나오도록 예쁜 거, 그 남잔 모를 거다. 속이 꽤나 타겠지.

아니지, 속이 탈 리가. 이토록 사랑스러운 걸 모를 테니까.

"오늘 오후 3시에는 잡지사와 저택 본관에서 인터뷰 일정이⋯."

조수석에 앉은 피어스의 보고를 듣는 내내 흐리기만 하던 눈동자에 돌연 초점이 돌아왔다. 레온의 시선은 어느 젊은 여자의 손을 잡고 길을 건는 아이에게 있었다. 두세 살 정도로 보이는 아이는 하필이면 금발이었다.

레온은 차가 스쳐 지나가는 찰나 아이의 얼굴을 덧없이 확인하며 머릿속에서 닳도록 외운 정보를 오늘도 되짚어 보았다.

5월 21일생. 그러니까 이젠 두 살 반. 저 아이처럼 탁아소에 갈 나이. 저 아이처럼 금발.

하지만 저 아이는 내 아이가 아니다.

갓난아기일 적 가까이서 보았던 하녀를 통해 얻은 귀한 정보에 따르면 그레이스와 그의 아이는 여아였다.

여자아이. 짙푸른 눈동자를 가진 여자아이. 그레이스처럼 청록색으로 변했을지도.

지금은 두 살 반, 이미 말을 하고 뛰어다닐 나이였다. 어쩌면 지금 그레이스의 손을 저렇게 잡고 탁아소로 가고 있을지도 모른다.

대체 어디에서.

사령부로 향하는 출근길 내내 차창 밖을 지나는 아이들에게서 눈을 떼지 못하던 레온은 문득 그레이스가 남긴 편지의 마지막 구절을 떠올렸다.

네가 산지옥에서 영원히 고통받기를 기원하며.

또다시 해가 밝아 왔다. 그러나 그의 산지옥에는 오늘도 해가 뜨지 않았다.

"공주는 경망스럽게 뛰지 않아."

저 멀리 탁아소가 보이자 도시락 가방이 달칵달칵 울릴 정도로 뛰어가던 엘리가 엄마의 말에 우뚝 멈춰 섰다. 경망스럽다는 게 무슨 말인지는 몰라도 다른 건 다 알아들은 모양이었다.

"맞쟈. 엘리는 공주쟈나."

아이는 다시 그레이스에게로 천천히 걸어오기 시작했다. 제 나름은 공주처럼 우아한 걸음이라고 생각하는지 몰라도 그레이스의 눈에는 아장아장 아기 걸음이었다.

모녀는 다시 손을 잡고 걷기 시작했다. 그레이스가 왼손 약지에 낀 가짜 결혼반지를 장난감처럼 만지작대던 엘리가 고개를 번쩍 들더니 물었다.

"근데 엄마는 왜 리본 안 해써?"

"엄마는 모자 써야 하잖아."

"치이…."

"대신 엘리랑 똑같이 하늘색 입었잖아."

'엄마랑 엘리랑 똑같이!'를 외치는 딸 때문에 그레이스는 머리를 금발로 물들이기까지 했다. 그것도 모자라 오늘 아침에는 똑같이 머리에 커다란 리본을 달고 회사에 출근하라고 해서 진땀을 어찌나 뺐는지.

"좋은 아침이에요."

"네, 좋은 아침이에요."

탁아소 입구에서 마주친 학부모들에게 인사를 하고 건물 안으로 들어갔다. 엘리의 반으로 가서 외투를 벗겨 벽에 걸고 신발을 갈아 신겨 주는데 보육 교사가 다가왔다.

"안녕, 엘리. 오늘은 아주 커다란 리본을 했구나. 멀리서도 엘리인 걸 알아보겠는걸."

"근데 엄마는 안 해써."

엘리가 속상하다는 투로 선생님에게 고자질을 하자 그레이스는 웃을 수밖에 없었다.

"우리 공주, 그럼 오늘도 재밌게 놀고 선생님 말씀 잘 듣고 이따가 보자."

"안 대애. 엄마 가지 마아. 엘리랑 놀쟈. 으응?"

오늘도 엘리는 커다란 눈망울을 글썽이며 그레이스에게 매달렸다. 이럴 때마다 안쓰럽지만 막상 그레이스가 가고 나면 언제 이랬냐는 듯 잘 논다는 걸 이미 교사들에게서 들어 알고 있었다.

"엄마랑은 저녁때 놀자."

그레이스는 무릎을 굽혀 아이와 눈높이를 맞췄다.

"엘리, 사랑해. 뽀뽀."

엘리는 입술을 삐죽삐죽하며 울 것처럼 굴더니 통하지 않을 걸 알곤 곧 포기했다. 그레이스의 두 뺨을 자그마한 손이 감싸 쥐었다. 곧 사탕의 단내가 나는 입술이 쪽 붙었다 떨어졌다.

"엄마 사랑해."

"흠…."

출근길에 전차를 기다리다 지루해지면 자연스레 정거장 옆의 신문 가판대로 시선이 갔다. 오늘도 가판대에 꽂힌 신문과 잡지를 훑어보던 그레이스의 눈빛이 뾰족해졌다.

[윈스턴 백작과 앨드리치 대공녀 결혼 임박!]

알 게 뭐야.

도로 끝에서 다가오기 시작하는 전차로 시선을 휙 돌렸다. 하지만 얼마 가지 못해 다시 슬그머니 가판대를 흘끔댔다. 어느 타블로이드지의 1면에 그 남자와 대공녀의 사진이 얇은 사선 하나를 사이에 두고 나란히 배치되어 있었다.

그러고 보니 오늘 새 잡지를 들여야 하는 날이었지?

그러니까 이건 업무다. 그레이스는 가판대에서 잡지 두 개와 타블로이드지 하나를 잽싸게 골라 사고 막 도착한 전차에 올랐다.

잡지와 신문은 보지도 않고 말아 핸드백에 쑤셔 넣었다. 그러곤 빈자리에 앉아 창밖으로 고개를 돌렸다.

차창에 비친 여자를 보고 그레이스는 픽 웃었다. 금발에, 입술을 붉게 칠하고 아이라인을 진하게 그린 제 모습은 여전히 다른 사람 같았다.

뭐, 그래도 예쁘네.

주말에 백화점에 가면 새 귀걸이도 사 볼까?

그레이스는 귓불 아래로 늘어진 물방울 모양의 진주 귀걸이를 창문에 비춰 보며 속으로 중얼거렸다. 좀 더 화려하고 큰 걸 시도해 보는 것도 재밌겠다.

선글라스는 쓰지 않았다. 눈을 가리고 일할 수도 없는 노릇이니까. 그러다 이젠 직장 밖에서도 쓰지 않게 됐다. 어차피 사시사철 선글라스를 끼고 다니는 게 더 수상쩍을 거다.

그 남자와 마주치지 않은 지 2년이 넘어가니 아무래도 느슨해졌다. 요즘은 실종자 전단도 보이지 않았다.

이젠 진짜 포기했나? 그래, 저번에 질릴 만도 했지.

손끝이 핸드백에서 삐져나온 신문지를 초조하게 두드렸다.

결혼 임박이라.

결혼하려는 걸 보면 날 더는 쫓지 않겠다는 뜻이겠지? 그럼 난 엘리를 데리고 떠날 거야. 얼른 결혼해 버려.

전차는 벌판 한가운데의 거대한 영화 세트장 앞에서 멈춰 섰다. 영화사에서 일하는 사람들이 우르르 빠져나가고, 그레이스도 전차에서 내려 가장 높은 건물로 들어갔다.

최상층까지 엘리베이터를 타고 올라가 고풍스러운 문을 열자 먼저 와 있던 상사가 책상 뒤에서 커피 잔을 기울이며 인사했다.

"좋은 아침, 애나."

"좋은 아침이에요, 테이트 부인."

그레이스는 방 한가운데의 손님용 소파로 곧장 다가가 핸드백을 열었다. 오는 길에 산 잡지와 타블로이드지를 꺼내 커피 테이블에 가지런히 놓는데 때마침 출근한 다른 사무원이 고개를 갸웃했다.

"어? 애나가 잡지를 사 오는 차례가 아닐 텐데?"

"어… 그냥 겸사겸사…."

"가십지?"

테이트 부인이 그레이스의 손에 들린 타블로이드를 보더니 의미심장하게 웃었다.

"애나가 읽고 싶었나 봐."

"그건 아니고, 하하…."

그레이스는 멋쩍게 웃었다. 그 남자의 얼굴이 보이지 않게 타블로이드지를 접어 테이블에 올려 두고 잽싸게 제 책상 앞에 앉았다.

책상에는 어젯밤 사장이 남기고 간 듯한 메모가 있었다. 이 편지를 타이핑해 오전 중으로 보내라는 지시가 맨 끝에 굵게 휘갈겨 쓰여 있자 그레이스는 영화사 로고가 금박으로 멋들어지게 새겨진 고급 종이를 꺼내 타자기에 끼워 넣었다.

그레이스가 일하는 곳은 영화사였다. 원래는 저 밑의 2층에서 일하는 타이피스트로 취직했다. 그런데 한 달 전 어쩌다 사장 비서인 테이트 부인의 눈에 들어서 사장 비서실의 사무 보조로 발탁된 것이었다.

벌이가 훨씬 좋아 거절하지 않았다. 비서 보조 따위가 그 남자와 마주칠 리도 없을 테고.

돈만 벌고자 하는 순수한 목적으로 직장을 가져 본 건 처음이지만 역시나 불순하게 가명을 써야 했다. 혹시 모르니 사는 곳도 엉뚱하게 댔다.

[블랙번의 영웅: 최후의 승자]

그 이유인 영화 포스터를 그레이스는 잠시 노려보다 타자기로 시선을 내렸다.

[윈스턴 백작과의 티타임]

그레이스는 휴게실 테이블에 마주 앉은 테이트 부인의 손에 들린 잡지 표지를 노려보며 찻잔을 기울였다. 저 잡지 기자가 어떻다고 날조해 놓았는지는 읽어 보지 않아 모르겠다만 그 남자와 티타임을 강제로 수도 없이 가져 본 사람으로서 별로 추천할 만한 시간은 아니었다.

저게 도색 잡지였으면 사실에 가장 가깝겠지.

속으로 빈정대는데 점심을 먹는 둥 마는 둥 하며 잡지를 보던 테이트 부인이 감탄했다.

"정말이지, 멋있어. 타고난 영화 주인공 감이라니까?"

타고난 주인공이라니. 타고난 악역이면 몰라도.

그레이스는 또 빈정대며 샌드위치를 한입 베어 먹었다.

블랙번 소탕 작전을 바탕으로 한 영화가 개봉을 앞두고 있었다. 빈민가에 숨어 육아만 하느라 세상 돌아가는 걸 잘 몰랐던 그레이스는 고용 계약서에 서명하고서야 제가 하필이면 그 영화의 제작사에 취직했다는 걸 알았다.

'악연도 참 질기지.'

세상 돌아가는 걸 모르고 살 때가 좋았다. 그땐 신문 가판대와 라디오에서 저 남자를 매일같이 보고 들을 필요가 없었으니까. '블랙번의 영웅'이 된 지 3년이 다 되어 가는데 왜 아직도 화제를 몰고 다니는지. 군인이면 맡은 임무나 조용히 할 것이지 왜 언론과 노닥대는 걸까. 성가시기 짝이 없었다.

"젊은데도 어쩜 이렇게 능력이 뛰어난지 몰라."

테이트 부인이 또 그 개자식에게 찬사를 퍼붓자 그레이스는 사과를 크게 베어 물고 와작와작 씹었다.

소탕에 성공한 게 다 누구 능력 덕인데.

하지만 또 어떻게 보면 그 남자의 능력 덕이기도 했다. 그레이스가 평생을 가족이라고 여기고 헌신했던 이들을 단번에 배신하게 만든 건 결국 그 남자였으니.

"거기다 잘생기기까지 했잖아요."

다른 여사무원의 말에 테이트 부인이 손사래를 쳤다.

"그냥 잘생겼다, 이 정도가 아니야. 사진보다…."

부인은 잡지를 돌려 굳이 그레이스가 이미 잘 아는 얼굴을 보여 주더니 벽에 걸린 영화 포스터를 가리켰다.

"심지어는 본인 역을 맡은 배우보다도 훨씬 잘생겼다니까? 보고 있으면 숨이 멎을 정도야."

숨이 멎기는 하지.

그레이스의 얼굴이 심드렁한 이유를 오해한 상사가 덧붙였다.

"애나가 실물을 못 봐서 그래."

그 남자의 실물을 나체까지 빠짐없이 본 유일한 사람은 그저 입술을 꾹 깨물며 실소를 참았다.

2년여 전 영화 제작 논의가 오가던 때에 사장을 수행하다 그 남자를 만난 적이 있는 테이트 부인은 오늘도 볼을 붉히며 찬사를 넘어 찬양을 시작했다.

"타고난 기품이 있어. 태도가 가벼운 듯하면서도 무게감이 있는 데다 언변도 굉장히 뛰어나더라니까? 세련되고 우아해, 정말."

겉은 고귀한 그 남자가 제 앞에서만은 어떻게 천박한 짐승으로 돌변하는지를 너무도 잘 아는 그레이스의 속이 뒤틀렸다.

"매력이 철철 넘친단 말이지. 그날부로 내 사전에서 매력의 정의는 레온 윈스턴 백작이잖아."

입맛이 떨어진 그레이스는 먹던 사과를 놓았다. 울렁대는 속을 가라앉히려고 차를 한 모금 넘기던 순간이었다.

"금욕적인 군인이어서 도리어 야한 남자야."

"푸웁…."

마시던 차를 뿜어 버렸다.

"괜찮아?"

"응, 으응."

옆자리의 동료가 냅킨을 내밀고, 테이트 부인의 눈이 동그래졌다. 그레이스는 입가를 얼른 닦고 찻잔을 챙겨 일어섰다.

금욕적…. 뭐, 겉보기엔 그렇지.

싱크대에서 찻잔을 헹구는데 테이트 부인이 멋도 모르고 그녀를 놀렸다.

"어머, 애나는 아이도 있으면서 아직 모르나 봐. 금욕의 화신인 남자가 침대에서 절제를 모르는 짐승으로 돌변하는 그 순간이 얼마나 위험한데."

안다. 너무 잘 알아서 문제인 거다.

초조하게 입술을 짓씹으며 티 타월로 찻잔을 닦는 그레이스의 머릿속에서 오늘 아침의 꿈이 되풀이됐다.

미쳤어, 정말.

"죽기 전에 한 번쯤은 그런 남자의 권총에…."

테이트 부인은 권총이란 말을 은밀하게 속삭이며 장난기 많은 10대

소녀처럼 웃었다.

"맞아 봐야 하는데."

테이트 부인이 말하는 '권총'부터 진짜 권총까지. 그 남자가 그녀에게 휘둘렀던 그 모든 게 떠오르자 무릎 뒤가 찌르르하게 저렸다. 그레이스는 인상을 팍 구긴 채 찻잔 위로 찻주전자를 기울였다.

진짜, 그 저질스러운 미치광이….

테이트 부인이 쓸데없이 권총이란 소리를 하는 바람에 마지막으로 마주쳤던 순간이 떠올랐다.

그 남자는 그레이스가 겨눈 권총의 끝을 물고선 눈꼬리를 휘어 웃으며 혀끝으로 총구를 핥아 올렸다. 그녀의 몸을 애무할 때처럼.

망할….

그때처럼 또 다리 사이가 찌릿했다.

나 정말 왜 이러는 거야.

눈을 질끈 감고 이마를 짚는데 뒤에서 동료가 소리쳤다.

"애나! 넘쳐!"

"아, 헉!"

찻잔에서 콸콸 넘친 차가 싱크대 배수구까지 줄줄 흐르고 있었다.

"오늘 왜 이렇게 나사가 빠졌어? 으응?"

"아… 딸이 꼭두새벽부터 깨워서요, 하하."

그레이스는 결국 차를 마시는 걸 포기하고 빈손으로 테이블에 앉았다.

"그나저나 난 시사회 때 윈스턴 백작의 실물을 또 보게 생겼지."

"부러워라."

테이트 부인의 자랑에 동료가 시무룩해졌다. 그레이스는 태연하게 먹던 걸 정리했다. 한 달 후 열리는 시사회에 보조 사무원은 필요 없어 다행이었다.

"대공녀랑 오겠죠? 정말이지 어울리지 않는 한 쌍이지 않나요?"

동료가 앞에 놓인 타블로이드지를 펼치는 바람에 1면의 사진과 눈이 마주친 그레이스는 불에 덴 사람처럼 시선을 돌렸다.

"백작과 비교하자면 대공녀는 너무 평범한 얼굴이긴 하지. 그래도 애정 없는 정략결혼에 외모가 중요할까."

"그렇지만 애정 없이 하는 결혼이 아닌 것 같던걸요."

테이블에 떨어진 빵 부스러기를 쓸어 모으던 그레이스의 손이 뚝 멎었다.

"…그게 무슨 소리야?"

여태 윈스턴 백작의 이야기에 시큰둥하기만 하던 '애나'가 처음으로 관심을 보였다는 걸 두 여자는 전혀 눈치채지 못한 듯했다.

"전에 그랜트 씨께 들었는데 말이죠."

사장실 옆에 딸린 휴게실에는 셋뿐인데 동료가 목소리를 낮춰 소곤거렸다. 출처가 가십지도 아니고 사장이라니. 제법 신빙성이 있는 정보가 나올 듯하자 그레이스는 숨을 죽였다.

"파티에서 버지니아 로쉬가 백작의 앞에서 호텔 방 열쇠를 떨어트렸는데 줍지 않더래요."

"그 로쉬의 호텔 방 열쇠를?"

버지니아 로쉬는 당대 최고의 여배우로, 관능미의 상징이나 마찬가지였다. 영화사에 있다 보면 배우들의 가십을 듣기 싫어도 듣게 되는데 로쉬는 한번 목표로 한 남자를 침대로 끌어들이는 일에 실패한 적이 없단다. 그도 그럴 것이, 엄청난 미인이었으니까.

동료의 말인즉슨, 그날 밤 내내 로쉬가 더더욱 몸이 달아서 유혹을 펴부었지만 그 남자는 내내 모른 척하다 결국엔 정중하게 거절했단다. 이런 말을 하며.

"평생토록 오직 한 여자에게만 충성하겠다 했대요."

"어머나, 타고난 기품에 낭만까지."

"그 여자가 대공녀가 아니면 누구겠어요."

그레이스는 다시 빵 부스러기를 모으며 조용히 웃었다. 대공녀가 아니면 누구긴.

대공녀는 제롬 윈스턴과 내연 관계라고 들었다. 혹시 그사이에 변한 건가 싶었지만 역시 말도 안 되지.

오직 한 여자에게만… 충성? 웃기고 있어. 내 충성을 원하는 주제에.

그리고 충성이라는 말 자체도 어폐가 있었다. 그 남자가 그레이스에게 바치는 건 충성이 아니라 집착이었으니까.

"아내가 될 사람에게 정절을 지키겠다고 그 버지니아 로쉬와의 뜨거운 밤을 거절하다니. 남자들이 좀 본받았으면 좋겠어."

그레이스는 상관의 말에 속으로 조소했다.

넌 오로지 내게만 남자 구실을 할 수 있으니까 거절해야 했겠지. 그나저나 여배우가 오는 파티에 가다니. 살 만한가 봐?

"애나."

타블로이드 1면의 사진을 노려보던 그레이스는 상사가 부르자 화들짝 놀라 시선을 뗐다.

"네?"

"애나는 주말에 뭘 할 생각이지?"

"아, 저는 딸이랑 백화점에 가려고요. 공주님 왕관이 갖고 싶대요."

"흠, 그래…."

아이가 없는 상사와 동료는 그레이스의 말에 시큰둥했다. 딸의 이름이 뭐냐고 물을 정도의 관심조차 없는 건 다행이지만, 육아의 기쁨과 어려움부터 아이 자랑까지 함께 나눌 사람이 없는 건 아쉬웠다.

"이번 주말도 딸과 보내는 거야? 데이트도 해 봐, 애나."

"맞아. 딸이 몇 살이랬지?"

"두 살 반이에요."

"이제 슬슬 아빠가 필요할 나이이지 않아?"

상사가 왜 애초에 주말 계획을 물어봤는지 깨달은 그레이스는 멋쩍게 웃었다. 테이트 부인은 사장의 홍보 담당자인 노먼과 그레이스를 자꾸만 엮으려 했다. 상사 홀로 중매쟁이 역에 심취한 거라면 그러려니 하겠지만 문제는 노먼도 그레이스에게 관심을 보인다는 사실이었다.

"아, 그러고 보니 오늘 중으로 파라무어 극장에 보내야 하는 게 있는데 잊고 있었어요."

그레이스는 도망치듯이 휴게실에서 나왔다. 내일 보내도 좋은 물품을 상자에 싸서 1층의 우편실에 주고 왔더니 그녀의 책상에 잡지가 여러 개 올려져 있었다.

"저번 달 잡지 전부 애나가 챙겨 가. 어차피 버리는 건데."

뒤에서 상사가 그렇게 말하니 거절할 수도, 버릴 수도 없었다. 그레이스는 감사하다는 빈말을 하며 그 남자의 이름이 한 귀퉁이에 적힌 잡지 더미를 책상 구석으로 치우고 앉았다.

"이번 주 내로 시사회 초대장 보내는 거 잊지 말고."

"네, 테이트 부인."

그레이스는 서류꽂이에서 '블랙번의 영웅: 시사회 및 파티 참석자'라고 겉장에 적힌 서류철을 꺼냈다. 참석자들에게 시사회 날짜는 통보한

지 오래였고, 이젠 정식 초대장을 보내야 할 때였다.

고급 카드지와 봉투 묶음을 꺼내고 만년필의 뚜껑을 열었다. 서류철 맨 앞의 귀빈 목록에서 가장 위에 있는 이름을 그레이스는 잠시 노려보다 카드에 첫 문구를 천천히 써 넣었다.

친애하는 레온 윈스턴 백작님께.

친애는 무슨.

일부러 획을 길게 늘어뜨리고 우아하게 굴렸다. 별채에서 이런 필체는 쓴 적이 없으니 그 남자가 이 초대장을 보더라도 알아보지 못할 것이다.

초대장을 끝까지 쓰고 들어 올렸다. 잉크가 잘 마르도록 카드를 편 채로 흔들던 그레이스는 남자와 눈이 마주쳤다. 다른 사무원이 타블로이드지를 커피 테이블에 다시 올려놓으며 사진과 헤드라인이 보이도록 올려 둔 탓이었다.

[윈스턴 백작과 앨드리치 대공녀 결혼 임박!]

시사회에는 대공녀를 데려오겠지.

동반 참석자 확인 및 호텔 예약은 다른 사무원이 담당하는 바람에 그레이스는 알지 못했다. 알고 싶지도 않았다.

행복한 미소를 짓는 얼굴을 노려보고 있자니 손이 근질근질했다.

네가 감히 나를 잊고 네 삶을 살려 해?

추적당할 위험만 없었으면 이미 전화나 편지로 속을 들쑤셔 놓고도 남았을 거다. 그레이스는 초대장 봉투의 안쪽에 '자기야, 결혼 축하해.'라고 써 주고 싶은 충동을 억누르며 잉크가 마른 카드를 봉투에 넣었다.

나도 이젠 결혼할 거야.

내년 4월이면 그레이스도 서른이었다. 어릴 적엔 막연히 서른 즈음이면 남편도 아이도 있을 거라고 상상하곤 했다. 이미 아이는 있으니 남편만 있으면 그레이스가 상상하던 단란한 가족이 완성되는 것이다.

엘리와 단둘이 사는 것도 행복하지만 가끔은 스스럼없이, 솔직하게 대화를 나눌 사람이 필요했다. 엘리도 아빠가 있으면 좋을 것이다.

그리고 슬슬 어린이가 되어 가는 엘리를 보고 있자니 아쉬워서 아기를 하나 더 갖고 싶다는 마음마저 생겼다.

그 지옥 같았던 입덧을 다시 겪고 싶진 않지만 다음번은 다를지도 모른다. 어쩌면 그 지독한 남자의 아이라서, 아이를 갖기 싫었기에 나타난 거부 반응이었는지도 모른다.

'그리고 어쩌면….'

다른 남자가 생긴다면 그 남자의 꿈을 더는 꾸지 않게 될까.

그레이스의 몸이 아는 남자는 그 남자뿐이다. 그녀가 아는 정사의 방식도 오로지 그 남자의 방식뿐이었다.

레온 윈스턴을 그레이스가 몸을 섞어 본 유일한 남자에서 그런 남자 중 하나로 전락시키면, 그 남자와의 정사를 그저 수많은 정사 중 하나로 희석해 버리면 몸이 가진 그 남자의 기억을 완전히 지울 수 있을지도 모른다.

"첫 경험은 잊지 못한다던데. 오늘 밤이 잊고 싶어도 평생 잊을 수 없는 기억이 되도록 최선을 다하겠습니다."

그레이스는 그 남자가 처음 그녀를 범하며 했던 말이 떠오르자 찻잔을 기울이다 웃었다.

충격적이었던 그 첫 경험의 기억은 사실 이미 무뎌졌다. 그 남자에게 그보다 더한 짓을 수없이 당하고 돌아보자니 그날 당한 건 우습게도 별것 아닌 것으로 보였다. 첫날은 세상이 끝나고 땅이 무너지는 기분이었지만 어쨌거나 그레이스는 멀쩡히 살아남았고 도망쳐서 지금은 한가롭게 차나 마시며 그날을 되돌아보고 있다.

어쨌거나 최후의 승자는 그녀였으니.

게다가 그날 정말 지쳐 나가떨어지도록 하는 바람에 드문드문 기억이 없었다. 오로지 저를 내려다보던 그 짐승의 눈빛만 또렷이 기억날 뿐이었다.

저도 모르게 숨을 크게 들이켜던 찰나였다.

"샐리."

문이 열리며 남자의 목소리가 들리자마자 그레이스의 심장이 철렁 내려앉았다.

"네, 그랜트 씨."

문을 열고 들어온 사람은 영화사의 사장인 로저 그랜트였다. 50대에 갓 접어든 남자는 그레이스의 옆 책상에 앉은 동료에게로 곧장 다가가 무언가를 물었다. 하필 다른 사무원의 이름이 샐리였다.

그 남자가 그녀를 범하기 직전에 부르곤 했던 이름 말이다.

"샐리."

"대위님 밑에서 오래오래 박히고 싶어요."

젠장할. 왜 또….

종소리에 침을 흘리도록 훈련된 개나 다름없었다.

"내 미래의 스타는 왜 홍당무가 되어 있는 거지?"

멍해져 있던 그레이스는 사장이 갑자기 다가와 말을 걸고서야 정신을 차렸다.

"그런 야릇한 표정은 내 사무실이 아닌 카메라 앞에서 짓길 바라."

사장이 또 실없는 이야기를 꺼내자 그레이스는 멋쩍게 웃으며 말을 돌렸다.

"서신은 마이어스 사에 오전 중으로 보냈습니다."

"좋아."

사장이 사장실로 향하자 멀찍이 서서 그레이스를 물끄러미 바라보던 남자가 이쪽으로 다가왔다.

"안녕, 애나."

"안녕하세요."

30대 초반의 남자는 책상 앞에 서더니 오늘도 엉뚱한 소리를 했다.

"제가 어제 퇴근하자마자 출근을 고대했단 걸 애나는 꿈에도 모르겠죠."

그런 고백은 사장에게 해야 하는 거 아닐까. 그레이스는 고개를 숙인 채 시사회 초대장을 쓰며 픽 웃기만 했다.

"그렇게 오늘 아침에 애나의 눈부신 얼굴을 볼 생각에 들떠 뜬눈으로 밤을 지새웠는데 그랜트 씨가 스튜디오로 출근하라고 해서 얼마나 낙심했는지도 모를 거예요."

"매일 똑같은 얼굴인걸요."

"똑같이 예쁜 얼굴이죠."

남자가 정장 재킷의 안주머니를 뒤지더니 뮤지컬 티켓 두 장을 꺼내 그레이스의 눈앞에서 흔들었다.

"주말에도 이토록 예쁠지 궁금한데, 알아볼 영광스러운 기회를 주시겠습니까."

"죄송하지만 주말에는 선약이 있어요."

등 뒤에서 "딸과의 선약이잖아."라는 테이트 부인의 핀잔이 들리는 듯도 했다.

그레이스를 좋아하는 남자는 이미 몇 번이나 데이트 신청을 거절당하고도 포기할 줄을 몰랐다. 아마 지금은 비 맞은 강아지 같은 표정을 지으며 후퇴하지만 내일 아침에 또 그레이스에게 추파를 던질 것이다.

"노먼, 내 스타에게 그만 집적대고 이리 와!"

반쯤 열린 사장실 문 뒤에서 사장이 외치자 노먼은 중절모를 들어 작별 인사를 하며 돌아섰다.

그는 엄청난 미남이라고 하긴 힘들지만 친근한 인상으로, 그 남자와 정반대의 분위기를 풍겼다. 거기다 능력도, 수입도 좋은 홍보 담당자이다. 여러모로 좋은 남편이자 아버지감으로 보였다. 그러나 결혼에 관심이 없었던 그레이스는 자연히 남자에게도 관심이 없었다.

결혼에 관심이 없었던 때에는 말이다.

"노먼."

"네?"

사장실로 가던 노먼이 돌아보자 그레이스는 충동적으로 외쳤다.

"오늘 저녁엔 선약이 없어요."

천장까지 높이 치솟은 창으로 오후의 나른한 햇볕이 쏟아져 들어왔다. 물 흐르듯 이어지는 대화의 사이로 달그락, 찻잔을 놓는 소리와 간드러진 웃음이 이따금 끼어들었다.

취재가 한창 진행 중인 응접실의 분위기는 더할 나위 없이 화기애애했다.

"성탄절의 영웅이 되신 지도 어느덧 3년이 되어 가는군요."

백작과 비슷한 나이대로 보이는 여기자가 눈매를 요염하게 휘어 웃었다.

"기자로서 저도 늘 느끼는 바이지만 각하의 인기가 정말 식을 줄을 모르네요. 심지어 피어스 씨에게 듣기로는 여전히 백작 저에 전국에서 러브레터가 쇄도하고 있다고 하던데요."

회색 정장 차림으로 안락의자에 다리를 꼬고 앉아 있던 백작이 겸연쩍다는 미소를 슬며시 짓자 마주 앉은 기자의 입꼬리가 한층 솟았다.

"전 러브 레터라기보다는 응원의 편지라고 생각합니다."

"이런, 그 말을 들으면 팬들이 섭섭해할걸요?"

"팬이라니…."

백작이 미간을 살짝 찡그리며 곤란하다는 신음을 냈다. 저 남자, 침대에서도 저렇게 야한 소리를 낼까? 기자는 목을 옥죈 블라우스의 단추를 하나 풀어 내리며 손에 든 수첩을 부채처럼 흔들었다.

"저는 일개 군인이자 가문의 수장일 뿐이라 팬이란 말은 어울리지 않는 것 같군요."

"그래도 웬만한 영화배우보다도 인기가 많으신걸요."

기자는 핸드백에서 잡지의 10월호를 꺼내어 펼쳤다.

"저희 모던 레이디에서는 계절마다 독자를 대상으로 인기투표를 여는데 말이죠. 이번 가을 투표에선 각하께서 가장 매력적인 남자로 뽑히셨어요."

그 외에도 결혼하고 싶은 남자, 키스하고 싶은 남자, 밤을 보내고 싶은 남자 등등, 온갖 인기투표의 최상위권에 '레온 윈스턴 백작'이 올라 있는 걸 기자는 일일이 보여 주었다. 그러는 내내 곤란하다는 듯 이마를 손으로 짚은 채 비스듬한 시선으로 그녀를 응시하던 백작이 눈매를 찡그리며 말문을 열었다.

"영광입니다만 저는 오직 한 여자에게만 1위이고 싶습니다."

"어머나…."

기자가 한 손으로 입을 가리며 볼을 붉혔다.

"제 가슴이 다 마구 두근대네요. 그 한 여자는 분명 앨드…."

"아무튼, 평생 한 여자에게만 충성한다는 게 제 신조이죠."

기자가 백작의 말을 재빨리 수첩에 받아 적더니 꿈이라도 꾸는 양 두 손을 모으고 감탄했다.

"한 여자에게만 평생 충성할 남자라니. 역시 충성심 높은 군인다우시군요. 이러시면 러브 레터가 더 쇄도할 텐데 말이죠. 여자의 마음을 흔들 줄 아시는 분이세요. 그나저나 이토록 설레게 하시면서 평생 한 명뿐이라니, 그건 또 짓궂으시군요."

발그레한 얼굴로 조잘조잘 떠드는 기자와 끝없이 이어지는 낯 뜨거운 찬양을 차분하게 들어 주는 백작이라니. 구석에 앉아 지켜보는 피어스의 표정이 우스꽝스러웠다.

'왜 저러시지?'

기자와 웃고 떠들다니. 게다가 저렇게 수다스럽고 교태를 쉴 새 없이 부리는 여자라면 더더욱 질색하던 백작 아닌가.

'다른 사람이 되셨나.'

작년 초부터인가, 백작은 느닷없이 앞서 거절했던 언론 취재를 다시 수락하란 지시를 내렸다. 그것도 모자라 기사의 방향을 직접 정하기까지 했다.

군인이라 그런지 언론 노출과 대중의 관심을 극도로 꺼리던 백작이었다. 하지만 한번 전국적인 유명세를 맛본 후 새로운 것에 눈을 뜨시기라도 한 걸까.

그런 탓인지는 몰라도 무조건 전국으로 송출되는 라디오 방송이나 전국으로 배포되는 신문 및 잡지의 취재만 선별하라고 그에게 지시했다.

아무래도 가문의 위상이 이젠 완전히 달라졌으니 언론의 질을 따지는 건가 싶었다. 그렇지만 타블로이드지의 취재 요청도 전국에 배포만 된다면 응하라는 명령이 내려오자 피어스는 도저히 갈피를 잡을 수가 없었다.

'게다가 여성 잡지는 왜?'

오늘 취재 일정이 잡힌 언론사는 여성을 대상으로 하는 잡지사였다. 기차역의 매점이나 식료품점의 가판대 1열에 전시되는 그런 시답잖은 여성지 말이다.

아무튼 2년이 다 되어 가도록 피어스에겐 윈스턴 백작이 가장 어려운 수수께끼였다.

"아, 이런…."

왼쪽 손목을 가린 흰 소매 끝을 살짝 젖혀 시계를 확인한 백작이 아쉽다는 듯이 탄식했다.

"계속 이야기를 나누고 싶지만 다음 일정이 있군요."

다음 일정은 없었다. 백작은 아마 곧장 별채로 돌아가 내일 아침까지 나타나지 않을 것이다.

"아, 그럼 가시기 전에 잡지에 실을 사진을 몇 장 찍어도…."

백작이 흔쾌히 고개를 끄덕이자 기자가 옆에 앉은 사진사에게 눈짓을 했다. 곧바로 촬영이 시작됐다. 창가며 피아노 앞이며, 적절한 구도와 조명을 찾는다며 응접실 안에서 사진사가 장소를 이리저리 옮기는데도 백작은 싫은 소리 없이 상냥하게 응했다.

그 모습을 피어스는 얼빠진 눈으로 지켜보았다.

"각하, 카메라를 봐 주십쇼."

레온은 카메라를 응시하며 속으로 되뇌었다. 저 렌즈가 바로 그 여자의 눈이다. 그레이스가 이 사진을 볼 것이다. 그렇게 생각하니 미소가 너무도 쉽게 지어졌다.

잘 봐, 그레이스. 내가 웃고 있잖아. 부아가 치밀지 않아? 당장 전화해서 내 속을 긁어 봐. 제발.

그렇게 고문 같던 취재가 끝나고 드디어 기자를 쫓아낼 시간이었다.

"실물로 보니 더 매력적이신데 그 매력을 사진이나 글로는 다 전달하지 못하는 게 아쉬울 따름이에요. 곧 개봉될 영화도, 이런 말씀 좀 그렇지만 각하의 실물을 보고 나니 벌써 아쉬워질 정도랍니다."

레온은 쓸데없이 작별 인사를 질질 끄는 기자와 눈을 마주한 채 미소 지었다. 그렇게 기자가 방심한 사이 손에서 자연스럽게 취재 수첩을 가져갔다.

"이 발언과 관련해 부탁드릴 게 있군요."

레온의 손가락이 '한 여자에게만 평생 충성하는 남자'라는 메모를 두드렸다.

"네, 뭐든 말씀만 하세요."

"기사를 실을 때 한 여자를 앨드리치 대공녀로 한정 짓거나 대공녀를 직접 언급하지 않으셨으면 합니다."

기자가 의아한 얼굴을 하자 레온은 곤란하다는 듯 눈을 가볍게 찡그렸다.

"아무래도 숙녀의 이름이 언론에 계속 오르내리는 건 사교계 내에서 대공녀의 평판에 좋지 않을 듯싶군요."

"어머나. 그렇게 깊은 뜻이 있었군요."

기자가 손으로 입을 가리며 감탄했다. 실은 멍청한 언론이 그가 평생 충성하고 싶은 여자는 대공녀라는 헛소리를 퍼트려서 그레이스가 오해하는 건 싫기 때문이란 사실은 꿈에도 모를 것이다.

"역시나 신사적이세요. 위대한 영웅이시지, 게다가 백작에다 대부호이신데 이토록 마음이 넓고 깊으시다니. 이런 말 무례할지도 모르지만 외모까지. 정말 모든 걸 가진 사나이시네요."

모든 걸 가졌다니. 치미는 울화를 억누르며 억지로 끌어 올리는 입꼬리가 경련했다.

"취재에 응해 주셔서 감사해요. 정말이지 행복한 시간이었네요."

"저도 정말 즐거운 시간이었습니다."

그레이스가 이 기사를 볼 거라고 생각하니 즐거운 것뿐이다. 그게 아니면 이건 구역질 나는 시간 낭비였다.

[레온 윈스턴, 모든 걸 가진 사나이]

기자가 선물이라며 주고 간 잡지 표지에 적힌 문구가 그를 조롱했다.

이런, 기사를 정정해야겠군.

레온은 한 걸음 떨어져 선 피어스의 손에서 만년필을 빼앗았다. '모든 걸 가진 사나이'의 가운데를 쫙 긋고 아래에 갈겨썼다.

빈털터리.

레온 윈스턴은 모든 걸 가졌으나 그레이스 리들만은 갖지 못했다. 그러므로 가진 것이 없는 빈털터리였다.

그는 그렇게 바로잡은 잡지를 곧바로 활활 타는 벽난로에 던져 넣고 만년필을 피어스에게 돌려주었다. 본관의 정문을 향해 걸음을 옮기며 레온은 비웃었다. 하지만 창문에 비친 그는 웃고 있지 않았다.

사람들은 그더러 모든 걸 가졌다고 한다. 고귀한 귀족이자 존경받는 귀족원 의원, 위대한 영웅, 막대한 권한을 가진 군 지휘관, 그리고 유능한 사업가. 남자가 사회에서 추구할 수 있는 성공을 젊은 나이에 모조리 이루었으니.

그러나 그런 것은 달성하려는 목표이지 가지려는 목적이 아니다. 기나긴 여정의 경유지처럼 달성하는 순간 의미가 없어지는 것들이었다. 그의 삶에서 의미 있는 종착지는 따로 있었다.

본관의 정문 밖으로 나선 레온은 고개를 들었다. 서늘한 바람이 불어오며 구름 한 점 없이 푸른 하늘에 붉고 노란 낙엽이 흩날렸다.

가을이다.

그 여자가 지독한 입덧을 겪으며 무너졌던, 그를 사랑하는 척 깜찍하고도 잔인한 짓을 했던, 그리고 숙녀와 요부의 두 얼굴로 도망쳤던 가을이 돌아왔다.

고문의 계절이었다.

그는 종소리에 침을 흘리도록 훈련된 개처럼 가을의 냄새를 맡으며 그레이스의 새로운 고문을 기다렸다.

굶주린 개에게 뼈다귀를 던지듯이 쫓을 기회는 던져 대나 붙잡을 기회만은 주지 않는다고 원망했던 과거의 자신이 부러웠다. 이젠 그 살점 하나 없는 뼈다귀마저 받지 못해 그는 말라 죽어 가고 있었다.

그레이스, 어서 뼈다귀를 던져. 어디든 좋아. 던지기만 해. 미친개가 쫓아가는 걸 지켜보며 비웃고 싶을 거 아니야.

같은 말을 되뇌는 사이 그의 걸음은 자연스레 별채로 향했다.

그 여자가 도망친 후 나눴던 대화를 수없이 곱씹은 끝에 레온은 한 가지 일관된 심리를 포착해 냈다.

난 이제 네게 아무런 원망도 관심도 없어.

그 언젠가의 통화에서 여자는 그러더니 마지막에는 이런 소리를 했다.

나를 여전히 사랑해? 그래서 불행해?

비웃음까지 곁들여.

원망이 없다더니 원망을 가득 담은 편지를 남기기도 했다. 마지막이라며 편지를 남겼다는 사실부터 그를 떨치지 못했단 증거였다.

데이지도, 샐리도, 그레이스 리들도 죽었어. 네가 죽였어.

그러니 잊어.

잊으라더니 그가 죽였다고 원망했다.

네가 웃다가도 문득 나를 떠올리며 아파하길, 그렇게 평생 네 속에 내가 못처럼 박혀 빠지지 않기를.

잊으라며 잊지 말라고 했다.

내가 곧 너의 불행이라니 난 행복해.

정신 분열증 환자의 편지처럼 말의 앞뒤가 맞지 않았다. 저를 잊으라며 저를 못 잊어 불행하길 바라다니.

돌아보면 뉴포트항에서도 그랬다. 그에게서 도망치는 게 급하면서도 멈춰 서서 그에게 상처를 줄 법한 말과 행동을 퍼부어 댔다.

난 이제 네게 아무런 원망도 관심도 없어.

웃기지 마. 네게서 원망과 관심의 냄새가 지독하리만치 진동하는데.

그레이스는 그에게 미련이 있다.

그것이 레온이 포착한 심리였다.

그 본질이 애정이 아닌 증오라 한들 상관없었다. 무엇도 아닐 바에야 증오라도 심어 두어 다행이다. 레온이 이제 희망을 걸고 매달릴 유일한 것은 바로 그 여자의 마음에서 지우고 싶던 감정이었다.

그레이스, 내가 너를 놓지 못하길 바라?

너도 나를 놓지 못하게 해 줄게. 어디에 있든 넌 내게서 절대로 벗어나지 못해.

그래서 택한 수단이 언론이었다.

이 왕국 어딘가에 있는 그레이스가 라디오를 켤 때마다, 길을 걸을 때마다 그의 얼굴을 끝없이 보고 그의 소식을 끝없이 들을 수밖에 없도록.

그가 고통받는 모습을 보고 싶어 하는 여자에게 오로지 행복한 모습만 보여 준다. 그를 악당이라고 믿는 여자의 앞에서 언론이 그를 영웅이라 찬양한다. 얼마나 속이 뒤틀릴지 보지 않아도 뻔했다.

네가 참지 못하고 나타나 날 괴롭힐 때까지 난 널 괴롭힐 거야.

이제 나라는 오점은 네 완벽한 인생에서 사라져 줄게.

웃기는군. 내가 널 잊지 못하듯 너도 날 잊지 못해.

노먼이 예약한 레스토랑은 스튜디오에서 차로 15분 거리인 프레스콧 시에 있었다. 다음 달에 시사회가 열릴 파라무어 극장과는 고작 한 블록 떨어진, 번화가의 식당이었다.

"더 좋은 곳으로 데려오고 싶었는데 갑작스레 예약하느라…."

작은 테이블을 사이에 두고 마주 앉은 노먼이 이런 소리를 하자 레스토랑을 구경하던 그레이스가 그에게로 시선을 돌리며 손사래를 쳤다.

"아니에요. 여기도 좋은걸요. 잘못이 있다면 갑자기 저녁을 먹자고 한 제 잘못이죠."

"잘못이라뇨. 갑작스럽게라도 애나와 데이트를 할 수 있어 저는 기쁜걸요."

생글생글 웃는 남자에게 마주 웃어 주며 그레이스는 테이블 아래에서 허전한 왼손 약지를 만지작거렸다. 퇴근하려 할 때 테이트 부인이 반지는 좀 빼고 가라며 어찌나 잔소리를 하던지. 거기다 상사가 홀로 신이 나 가슴이 푹 파인 드레스를 빌려준다는 걸 거절하느라 오후 내내 진땀을 뺐다.

"애나는 어디 살아요?"

"그린필드에 살아요."

실은 스튜디오에서 그린필드로 가는 길에 있는 헤이즐 브룩에 살았다.

"갈 때 제 차로 데려다줄게요."

"아, 그렇게까지는 안 하셔도 돼요."

"그럼 늦은 시각에 혼자 전차를 타고 가려고요?"

습관적으로 제가 사는 곳을 거짓으로 대어 버리고 곤란해졌다. 그레이스는 짧은 실랑이 후 말을 돌려 버렸다.

"노먼은 몇 살이라고 했었죠?"

"서른하나예요."

그 남자와 같은 나이였다.

"혹시 결혼해 본 적은 있나요?"

"아뇨. 성공만 노리고 달리다 보니 결혼에 눈 돌릴 여유가 없었네요. 이젠 성공을 이뤘으니 결혼을 생각할 때죠."

"그렇구나."

"애나는 사별했다고 그랬죠?"

"네."

"이런, 마음이 아프네요."

그다지 마음 아파 보이는 얼굴은 아니었다. 남자가 테이블 너머로 손을 내밀자 그레이스는 엉겁결에 손을 내어 주었다. 낯선 감촉과 체온에 기분이 이상해졌지만 버텼다.

그러다 저 멀리서 웨이터가 요리를 가져오는 게 보이자마자 손을 뺐다. 그 후론 식사를 하느라 대화가 끊겼다. 수프 그릇에서 김이 모락모락 나는 클램 차우더를 한 스푼 뜨던 그레이스는 마주 앉은 남자를 힐끔대다 문득 그런 생각을 했다.

어쩌면 남자와 함께 출국하면 붙잡히지 않을지도 모른다. 그렇게 생각하고야 깨달았다. 아주 중요한 걸 아직 확인하지 않았다.

"노먼."

"네?"

"혹시… 이곳 말고 다른 곳에 정착하고 싶다는 생각 해 본 적 있나요?"

"어… 어디를 말하는 걸까요?"

그러고 보니 첫 데이트에서 꺼내기에는 이른 감이 있는 화제였다. 잠시 망설이던 그레이스는 적당히 이야기를 꾸며서 꺼냈다.

"컬럼비아에 이모가 있어요. 금광 개발에 성공해서 큰 부자가 됐죠. 마천루도 있대요. 이모네 부부가 아이가 없으셔서 마침 혼자가 된 제게 계속 컬럼비아로 오라고 하시는데 딸이 조금 더 크면 거기로 가서 살까 싶어요."

역시 첫 데이트에서 꺼낼 소리는 아니었는지 남자는 당황한 낯을 하더니 곧바로 표정을 가다듬고 웃었다.

"꿈과 희망이 가득한 신대륙에서 새 출발이라. 좋은 선택이군요."

"…그렇죠."

실은 선택이 아닌 필수다. 윈스턴이 설령 그레이스를 포기하더라도 이곳에서 살 순 없었다.

반군의 잔당이 거의 뿌리 뽑혔다고는 하지만 아직도 간간이 범죄를 저질렀다거나 근거지가 소탕됐다는 기사가 신문에 오르곤 했다. 거기다 죄질이 나쁘지 않은 이들은 수용소에서 몇 년만 살다 사회로 나올 것이다. 그들이 완전히 손을 씻었건 아니건, 그레이스는 그자들의 배신자였다.

그러니 결혼을 하려면 이곳을 떠날 생각이 있는 남자를 만나야 했다.

차라리 컬럼비아에 가서 결혼할 남자를 찾을걸 그랬나?

충동적으로 데이트 신청을 한 게 슬슬 후회되기 시작했다.

"제가 너무 이르게 말을 꺼냈네요. 잊어 주세요."

"아, 아닙니다. 앞날은 어떻게 될지 모르는 거니까요. 바다 건너에도 유능한 홍보 전문가를 필요로 하는 회사는 많을 테고요."

남자는 화제를 자연스레 제 경력으로 옮겨 갔다.

"자랑 같지만 홍보 일을 10년 넘게 하고 나니 이젠 어디서든 모셔 가려고 하더군요."

"자랑이 아니라 사실이겠죠. 그랜트 씨가 가장 아끼는 홍보 담당자시잖아요. 그나저나 여기서 오래 일하셨나 봐요."

"여긴 이제 3년밖에 안 됐네요. 원래는 싱클레어 자동차 사에서 일했었는데…."

싱클레어? 낯익은 이름이었다.

"그 일이 있곤 싱클레어가의 회사가 줄줄이 도산 위기를 맞는 바람에 그랜트 픽처스로 옮겼죠."

그제야 그레이스는 떠올렸다. 언젠가 고문실에 그 남자가 이상한 수사 기록을 가져와 물었었다. 존경받는 기업가 가문인 싱클레어가가 블랜차드의 무리와 한패인지를 말이다.

그러곤 그 모략 건에 시달린 남자가 한동안 고문실에 술을 가져오더니 급기야 고문실에 스스로를 감금하기까지 했었다.

정말이지 그레이스가 알던 탐욕스러운 악마, 레온 윈스턴답지 않은 행동이었다.

"애나?"

"…네?"

부르는 소리에 시선을 들어 보니 노먼이 그녀를 어리둥절한 눈으로 보고 있었다.

"아, 잠깐 놀라서."

무슨 생각을 그렇게 골똘히 했냐고 물으면 할 말이 없어 아무거나 핑계로 대었다.

"싱클레어 사가 모두 도산한 줄은 몰랐네요."

"전부 도산한 건 아니에요. 제프리 싱클레어 씨가 사장이었던 화약은 그러고 곧바로 문을 닫았고…."

제프리 싱클레어의 체포 이후로 은행은 대출을 해 주지 않고 사업 파트너들은 등을 돌리니, 몇몇 기업은 도산하고 나머지만 남아 근근이 명맥을 이어 가고 있단다.

싱클레어가는 그렇게 예전의 위상과 명망을 잃은 듯했다. 왕의 은밀한 사업에 몇 차례 걸림돌이 되었다는 죄 아닌 죄로.

혁명군에 대한 생각이 바뀐 후에도 왕실에 대한 그레이스의 생각은 전혀 바뀌지 않았다. 모두 똑같이 더럽다. 혁명군이 무너졌듯 왕실도 무너졌으면 했다.

"제프리 싱클레어는 어떻게 됐죠?"

"아직도 수용소에 수감되어 있다는군요."

"아…."

"아, 저는 반군 활동에 가담하지 않았으니 걱정하지 마세요."

노먼이 갑자기 손사래를 치며 농담을 했다. 그레이스에게는 전혀 웃기지 않은 농담이었다.

"그래도 살아는 있다니 다행이다."

저도 모르게 중얼거리곤 남자가 놀란 얼굴을 하는 순간 정신을 차렸다. 진실을 모르는 이들에게 제프리 싱클레어는 반역자이다. 그런 사람을 걱정한다는 티를 냈으니 얼마나 이상해 보일까.

"아니, 저는 그냥…."

"저도 그렇게 생각해요."

"네?"

남자는 화색을 띤 채 고개를 끄덕이더니 목소리를 낮춰 말했다.

"아직도 싱클레어가가 사업을 하는 걸 보고 국가에서 막아야 하는 것 아니냐, 그 가문 모두가 반군과 한패가 아니냐고 생각하는 사람이 대부분이긴 하죠. 선처를 내린 국왕이 관대하다는 게 보통 사람의 생각이기도 하고요."

"그래요?"

"그렇지만 제 생각엔 아니에요. 제가 싱클레어가 사람들을 가까이서 모셔 봐서 알아요. 인간을 기계 부품으로만 보는 여느 사업가들과는 달랐죠. 부패한 왕실에 우호적이진 않았지만 반정부 집단을 후원할 사람들은 아닌데…."

당신 생각이 맞아요. 블랜차드 반군은 싱클레어와 아무런 관련이 없어요.

그레이스는 할 수 없는 말을 삼키고 물었다.

"그럼 어쩌다 그렇게 됐을까요."

단순히 상대에게 호응해 주기 위해 던진 말이었다.

"그런 소문 혹시 들어 봤는지 모르겠지만…."

그런데 남자가 정답을 내어놓으며 그레이스는 허를 찔렸다. 브리아 다이아몬드 광의 채굴권 입찰, 입찰에 참여한 대공가와 남작가 합작 기업의 실소유주. 이런 말이 남자의 입에서 나온 것이다.

"노먼은 어떻게 알았어요?"

"금융업 쪽에서 일하는 친구들에게서 들었죠. 한때 금융가에 소문이 파다했거든요. 그러다 얼마 전에는 제프리 싱클레어의 체포가 그 입찰과 관련된 게 아니냐는 소문이 돌았죠. 하필이면 싱클레어가도 입찰에 참여했었거든요."

대중에 이미 사실이 뜬소문을 가장해 은근히 퍼져 있었던 모양이었다. 대체 어떻게 새어 나간 걸까. 관련자가 적지 않을 테니 다른 사람에게서 새어 나갔을 수도 있지만 그레이스는 윈스턴을 떠올렸다.

그 남자가 퍼트렸다면 분명 뚜렷한 목적이 있을 것이다. 대체 왜? 하지만 아무리 생각해 봐도 말이 되지 않았다. 그 일에 연루된 그 남자가 왜 제게 손해가 되는 짓을 하겠나.

"제가 이런 이야기를 하면 황당무계한 소리를 하는 실없는 사람으로 보는 분들이 있는데…."

남자가 조마조마한 얼굴을 하곤 데이트 중에 괜한 이야기를 꺼냈다는 듯 굴었다.

"아니에요. 제 귀에도 그럴듯하게 들리네요."

그레이스는 겸연쩍게 웃으며 수프를 스푼으로 저었다. 황당무계한 소리가 아닌 진실이라 문제였다.

"그나저나 여기 음식이 맛있네요."

말을 돌리려 한 소리였지만 진심이었다.

내일은 클램 차우더를 해 볼까? 조개는 비리다며 싫어하지만 크림수프는 좋아하니까 엘리의 입맛에도 맞을 텐데.

맛있는 걸 먹을 때면 늘 그렇듯 딸이 생각났다.

저녁은 먹었겠지? 뭘 먹었으려나.

엘리는 같은 건물에 사는 이웃이 맡아 주었다. 잘 놀고 있으려나. 딸 생각에 잠긴 그레이스에게 남자가 불현듯 말을 건넸다.

"애나를 볼 때마다 하는 생각이지만 정말 예쁜 금발이에요."

"염색한 거예요."

"아….'

"원랜 노먼처럼 갈색 머리예요."

"그렇군요. 그것도 궁금하네요. 지금도 물론 잘 어울리지만 말이죠."

"아, 사실 제 딸은 금발을 타고났는데 정말 예쁜 빛깔이거든요. 염색한 가짜와는 비교도 안 될 정도로 반짝반짝 빛이 나요. 거기다 화관을 만들어서 씌워 주면 요정이 따로 없죠."

"애나를 닮아 예쁜가 보군요."

"그, 그럼요. 아, 물론 예쁘기만 한 게 아니라 또래보다 똑똑해서 탁아소 선생님들이 얼마나…."

신이 나 떠들던 그레이스는 데이트 상대의 표정을 뒤늦게 알아차리고 말을 멈췄다. 남자는 웃고 있기는 했으나 어떻게 반응해야 좋을지 몰라 난감해하는 얼굴이었다.

"아….'

"듣고 있으니 계속해요."

하지만 지루하겠지.

늘 이런 식이다. 혼자 신이 나 저도 모르게 딸 자랑을 하다가 뒤늦게 정신을 차리는 것이다.

"노먼은 아이가 없죠?"

그는 없다는 뜻으로 고개를 저었다.

"그렇지만 언젠간 아버지가 되고 싶어요."

이런, 10점 만점에 4점.

내 마음을 얻고 싶으면 내 딸의 아버지가 되고 싶다고 해야지.

이 남자, 말은 혀에 기름이라도 바른 것처럼 잘하지만 어딘가 모자랐다. 10점을 기대하고 던지는 말에 계속해서 3~7점 정도의 대답을 내어놓는다. 애매하게.

덕분에 지루한 건 그레이스도 마찬가지였다.

겉도는 대화를 억지로 이어 가며 메인 요리까지 비우자 남자가 물었다.

"디저트?"

그레이스는 고개를 저었다.

결국 디저트를 먹지 않고 식사를 마무리했다. 남자의 팔에 손을 얹고 밖으로 걸어 나가는데 그가 그레이스의 손에 제 손을 얹었다.

"이제 애나는 딸이 기다리는 집으로 가야 하는 건가요?"

도로까지 나오자 남자가 아쉬운 얼굴로 물었다. 그레이스는 말없이 길 건너편을 눈짓했다. 호텔의 네온사인이 밤거리를 환하게 밝히고 있었다.

식탁 앞에선 재미없어도 침대에서는 또 모르지.

그레이스는 노먼에게 팔짱을 낀 채 호텔 복도를 걸으며 혼자 주문처럼 되뇌었다. 그러다 모퉁이를 돌며 노먼과 눈이 마주쳤다. 잠깐의 어색한 침묵 후에 남자가 물었다.

"술은 없어도 되겠어요?"

"저 오래 머무르지는 못해요."

"아, 그렇죠."

다시 침묵이 시작되고, 그레이스는 빌린 방으로 걸어가며 남자의 팔에 얹은 제 손을 내려다보았다. 손을 잡을 때마다 만지작거리는 느낌이 심상치 않았다. 아무래도 그녀와 자고 싶어 하는 것 같다는 느낌을 받았는데 틀리지 않은 모양이었다.

역시나.

호텔 방의 문을 열고 들어가자마자 남자는 돌변했다.

"애나… 하아…."

남자가 그레이스를 끌어안으며 몸을 밀착했다. 다리에 닿는 남자의 하반신이 벌써 단단했다. 손이 블라우스 위로 등허리를 더듬기 시작하자 소름이 돋아 올랐다.

남자의 입술이 다가오는 찰나 그레이스는 저도 모르게 고개를 옆으로 돌렸다. 그녀는 입술 대신 목덜미를 내어 주며 생각에 잠겼다.

'그나저나 나 오늘 무슨 속옷을 입었더라?'

아침에 엘리를 챙기느라 정신이 없어서 뭘 주워 입었는지 기억이 나지 않았다. 그렇게 잡생각에 빠진 사이 남자가 그레이스를 침대에 눕혔다. 그는 곧바로 중절모를 벗어 의자로 던지곤 트렌치코트도 벗어 던졌다. 옷자락에서 짙은 담배 냄새를 맡는 순간 가슴이 두근거리기 시작했다.

이젠 정장의 재킷을 벗어 벽에 걸고 셔츠 목깃의 핀을 뽑아 테이블에 단정히 놓겠지.

그런데 노먼은 핀을 했던가?

어쨌든 겉으론 그렇게 여유를 부릴 것이다. 속은 전혀 그렇지 못하면서. 그 모습을 지켜봐야 하는 그레이스도 긴장하게 마련이었다.

하지만 눈앞의 남자는 겉도 속도 제대로 안달이 나 옷을 마구 벗어 던졌다. 화장실이 급한 사람처럼 보이기 시작하자 찬물을 맞은 것처럼 흥분이 식었다.

잠깐. 왜 이래, 정말?

그제야 그레이스는 제가 데이트 상대를 그 빌어먹을 색정광과 비교하고 있었다는 사실을 깨닫고 흠칫 놀랐다. 심지어는 저도 모르게 노먼의 얼굴에 그 남자의 얼굴을 덧씌운 순간도 있었다.

뭐 하는 거야, 지금. 나 저 남자랑 잘 거야. 방해하지 마. 여기에 끼고 싶거든 저 구석에 얌전히 앉아 구경하다 울기나 해, 레온 윈스턴.

그 남자에게 반항이라도 하듯이 블라우스의 단추를 풀던 그레이스가 멈칫했다.

'아, 그러고 보니….'

속옷을 걱정할 때가 아니었다. 다리 사이에 있는 권총을 빼야 한다. 윈스턴이 처음 그녀를 덮치려다 권총을 발견했던 그날을 여기서 재현하고 싶진 않았다.

"아, 노먼. 잠깐, 잠깐만요."

그녀가 옷을 벗기 시작하자 제 옷을 다 벗지도 않고 침대로 올라오기 시작한 노먼을 그레이스가 구두 끝으로 밀었다.

"보모에게 전화부터 해 봐야 할 것 같아요. 늦어진다는 말은 해야 해서…."

"아, 그렇죠."

"그럼 그 사이에 먼저 씻고 올래요?"

"아… 그러죠."

마음이 급해 씻지도 않고 덤비려 했다는 걸 깨달은 노먼이 뒷머리를 긁으며 욕실로 향했다. 욕실 문이 닫히고 물소리가 들리기 시작하자 그레이스는 스타킹 밴드에 감아 둔 권총집을 풀어 바닥에 떨어진 핸드백 속에 넣었다.

"후우…."

한숨이 작은 호텔 방을 울렸다. 침대 가장자리에 걸터앉은 채 단추가 두어 개 풀려 나간 블라우스를 내려다본 그레이스는 손을 들었다. 하지만 잠그지도 더 풀지도 못하고 손을 내리며 또 한숨을 내쉬었다.

안 내켜.

나쁜 짓을 하는 기분이었지만 두근두근 설레는 나쁜 짓이 아니었다.

그렇지만 그 남자에겐 좋은 복수가….

아니야. 내가 왜 그 남자에게 복수하려고 딴 남자와 자야 해? 내가 자고 싶어서 자야 하는 거잖아.

요즘 성욕이 주체할 수 없을 정도로 끓는 걸 보면 남자와 자 보고 싶은 건 맞는 듯했다. 노먼은 키도 크고 외모도 매력적인 편에, 몸도 탄탄해 보였다. 하룻밤을 보내기에 나쁘지 않은 상대란 거다.

그런데 내키지 않는다.

한번 눈 딱 감고 해 보면 괜찮을지도 몰라. 자 본 남자가 그 남자뿐이라서 그래.

창밖의 붉은 네온사인 빛으로 물든 침대에 앉아 그레이스는 그렇게 스스로를 설득하려 애썼다. 밖에서는 재즈를 연주하는 소리와 이따금 자동차의 경적 소리가 희미하게 들려왔다. 화려하고 시끌벅적한 거리와는 달리 어두운 호텔 방에서는 샤워 소리와 그레이스의 숨소리만 들릴 뿐이었다.

또다시 어렴풋한 담배 냄새를 맡는 순간, 그레이스는 흠칫 놀라 고개를 들었다. 불빛이 닿지 못하는 어느 모퉁이에 그 남자가 기대어 서 있었다.

그래, 거기서 얌전히 내가 다른 남자와 헐떡이는 꼴이나 구경해.

하지만 남자는 아무런 말도 없었다.

짙은 어둠 속에 선 남자의 표정은 보이지 않았다. 남자의 손에 들린 시가의 불빛만 보일 뿐이었다. 시가의 끝은 이따금 붉게 타오르며 흰 연기 한 줄기를 피워 올렸다. 그러다 검게 사그라들고 또다시 붉게 타오르길 거듭했다.

초조하게 깜빡이는 네온 빛 속에서 그레이스는 숨죽인 채 미동도 하지 않았다. 이따금 마른침을 삼키는 것조차 조심스러웠다.

결국 불편한 침묵을 견디지 못했다. 그레이스는 네온사인이 꺼지는 순간 하이힐의 굽으로 카펫을 찍으며 침대 위로 몸을 물렸다.

그 찰나 발목을 덥석 잡혔다. 움직이는 낌새도 전혀 없이 침대로 다가와 발목을 감싸 쥔 남자는 조금도 동요하는 기색 없이 입에 문 시가를 다른 손으로 옮겨 연기를 길게 내뱉더니 침묵을 깼다.

"그레이스."

꺼졌던 네온사인이 다시 켜졌다. 버림받은 소년의 연푸른 눈동자를 마주하는 순간 숨이 멎었다.

빠앙!

때마침 창밖에서 경적이 크게 울리자 불현듯 정신을 차렸다.

꺼져.

그레이스는 두 손에 얼굴을 묻고 소리 없이 외쳤다.

내 호텔 방에서 제발 나가, 레온 윈스턴.

그 남자가 차지한 곳은 사실 그녀의 머릿속이었다.

"애나?"

저를, 아니, 제 가명을 부르는 소리에 그레이스는 고개를 번쩍 들었다. 언제 나온 건지 노먼이 샤워 가운을 입은 채 그녀의 앞에 서 있었다.

"무슨 일 있어요?"

걱정의 기색이 가득한 얼굴을 올려다보다 그레이스는 숨을 크게 들이켰다.

"노먼…."

"이맘때면, 마을 아이들끼리 가, 강가의 숲에서 밤을 줍거나 버섯을 채집하곤, 했어."

제 목소리가 볼품없이 떨리는 것을 지미도 똑똑히 들었으나 어쩔 도리가 없었다.

"가끔…."

금속 테이블을 사이에 두고 마주 앉은 악마가 손을 뻗는 찰나 지미는 움찔하며 말을 잇지 못했다. 윈스턴은 테이블 가운데에 놓인 재떨이에 시가를 대수롭지 않게 털더니 겁에 질려 숨죽인 지미에게 명령했다.

"계속해."

"가, 가끔은…."

입을 열자마자 또 목소리가 떨렸다. 테이블 아래로 숨긴 손도 그만큼이나 떨리고 있었다. 그레이스에게 광기로 빚어진 저 악마를 손에 넣으라고 시켰던 일이 후회되었다. 지난 3년, 레온 윈스턴을 직접 겪어 보고 나니 알게 되었다. 그건 처음부터 누구에게나 불가능한 일이었다.

수녀부의 모두가 선악을 모르는 어린아이 앞의 개미처럼 잔학한 괴롭힘과 고문을 당하다 죽은 지 오래였다. 가장 마지막에 죽이겠다던 둘은 아직도 숨이 붙어 있었다.

데이브는 낸시가 잡힐 때까지 목숨을 보장받았으나 지미는 그러지 못했다. 언제 저 악마의 변덕이나 정세의 변화에 따라 처형될지 모르는 그는 살아도 산 게 아닌 삶을 이어 가고 있었다.

"…낚시를 하기도 했어."

오늘 이 자리에서 어떤 말을 잘못해 처형당할지 두려우면서도 한편으로는 차라리 어서 죽어 버리고 싶다는 생각마저 했다. 어차피 죽을 운명이니.

그럴 거면 저 악마도 죽여 버리고 싶으나 그에겐 그럴 힘이 없었다. 저자가 아직 그레이스를 찾지 못했다는 것만이 유일한 위안이었다.

"그레이스도?"

역시나. 윈스턴은 재를 턴 시가를 다시 입에 물며 그레이스에 관해서만 집요하게 물었다. 지미가 고개를 끄덕였더니 윈스턴이 탐탁지 않다는 듯 미간을 구기며 되물었다.

"그레이스도 지렁이 같은 미끼를 만졌다는 건가."

그런 건 왜 묻는지 모르겠으나 지미는 고개를 끄덕였다.

"그런 건 남자가 해 줘야 하는 거 아닌가?"

"그, 그땐 그저 소꿉친구였으니까…."

"숙녀를 배려할 줄 모르는군."

숙녀라기엔 그때의 그레이스는 어린아이였다.

"계속해."

윈스턴은 늦은 밤 그를 조사실로 불러 독대하곤 했다. 그럴 때면 항상 술에 취해 있었다. 행동도 말투도 흐트러진 구석이 전혀 없었으나 독주의 냄새가 진동하니 모를 수가 없었다.

그러곤 이것저것 물었지만 신문은 아니었다. 그레이스에 관한 시시콜콜한 추억만 듣다가 가는 게 다였으니.

"그…."

그레이스라는 이름을 입에 올릴 뻔한 지미는 잠시 멈칫했다. 다시 그 이름을 입에 올리면 혀를 잘라 버리겠다던 협박을 하마터면 잊을 뻔했다.

"…그 녀석은 참을성이 별로 없어서 다 낚은 고기를 놓치기 일쑤였지."

악마가 나직이 웃었다.

"그 여자, 성질 급한 구석이 있지."

그러더니 흰 연기를 길게 뱉어 내며 물었다.

"나무는 언제부터 탔지?"

시답지 않기 짝이 없어서 답하기 어려운 질문이었다.

"글쎄…. 너무 어릴 적이라. 마을 아이들은, 다, 다들 숲에서 뛰어놀다 보면, 자연스럽게 배웠거든."

윈스턴은 대답이 마음에 들지 않는다는 듯 짧게 신음하더니 재떨이에 시가를 털었다. 그러곤 뭔가를 떠올리는지 희미한 미소를 띤 얼굴로 회색 벽을 응시하다 느닷없이 말문을 열었다.

"난 여자아이가 나무를 타는 건 난생처음 봤어."

그러곤 옛 추억이라도 떠올리는 양 회색 벽을 응시한 채 픽, 웃었다.

"그러다 내 품으로 떨어졌지."

"…."

"지금도 그렇지만 정말 예뻤어."

악마가 천국 속을 거니는 듯한 표정을 지었다. 위화감에 소름이 돋은 팔을 조용히 문지르는 그에게 윈스턴이 돌연 물었다.

"우리의 역사가 오래된 건 알고 있나."

역사라니. 또 한 번의 위화감에 지미는 눈을 멍하니 깜빡이다 대꾸했다.

"어릴 때 마주쳤다는 건 알고 있어."

"그레이스가 뭐라고 했었는지 말해."

"그날 같이 어울려 놀았다고…."

"하…."

윈스턴이 실소하는 찰나 지미는 입을 다물고 숨을 죽였다. 악마가 이를 악무는지 턱에서 힘줄이 솟는 것이 똑똑히 보였다. 시가를 쥔 채 미간을 짓누른 마른 손에서도 힘줄과 핏줄이 불거졌다.

"놀았다."

"…."

"소꿉놀이를 한 걸 놀았다고 하지, 키스를 한 걸 놀았다고 하는 사람이 어디 있어."

"나, 난 그, 그 녀석의 말을 그대로 전한 것뿐이야."

레온도 알고 있었다. 언젠가 그 여자가 제 입으로 이런 소리를 했었으니.

"너와 논 걸 들키면 부모님께 혼날까 봐 무서워서 그런 소릴 했어."

어떻게 그걸 놀았다고 말해.

"나도 너를 진심으로… 좋아했어."

그러면서 어떻게 나를 진심으로 좋아했었다는 거야. 도대체 그레이스가 말하는 '좋아한다'의 깊이는 어느 정도인 걸까. 그 여자는 이제 그 얕은 물에 담그고 있던 발끝조차 뺐을지도 모르나 레온은 홀로 심해 깊이, 더욱 깊이 잠겨 갔다.

그는 눈을 질끈 감았다가 떴다. 그러곤 시가 연기를 한 모금 길게 빨아

들여 입 안에서 굴리다 물었다.

"그레이스의 첫 키스 상대가 나인 건 알고 있나."

"…몰랐…어."

얼굴에 뼈와 가죽만 남아 유독 퀭해 보이는 눈에 당황의 기색이 어리자 레온은 그제야 웃었다.

"네가 그때까지도 그레이스에게 키스를 하지 않았다니. 그때부터 소심했군."

간헐적인 웃음이 연기와 함께 뱉어져 나왔다.

"잘 들어. 망설이면 나 같은 남자에게 다 빼앗기는 거야."

첫 경험까지도.

거기까지 생각이 미치며 불현듯 기억해 낸 레온이 물었다.

"내가 보낸 선물은 어떻게 했지?"

"…선물?"

"프레드 윌킨스의 편에 보냈던 것 말이야."

그 순간 지미의 표정이 변했다. 역겨움을 참는 듯한 낯이었다.

"이젠 기억이 났나 보군. 그래서, 어떻게 했냐고 물었어."

"…태웠어."

"우리 초야의 증거를 감히 네가 멋대로?"

삽시간에 하얗게 질린 상대를 죽일 듯 노려보았으나 실은 안도했다.

과오의 흔적이 사라져 다행이라고.

그 여자의 머릿속에 깊이 박혀 있을 흔적도 모조리 태워 버릴 수 있다면 좋으련만.

"첫 경험은 잊지 못한다던데. 오늘 밤이 잊고 싶어도 평생 잊을 수 없는 기억이 되도록 최선을 다하겠습니다."

나는 왜 이런 소리를 했던 걸까. 그날 밤은 결국 그에게마저 잊고 싶지만 평생 잊을 수 없는 기억이 되어 버렸다.

눈물과 정액이 말라붙어 있던 그 여자의 뺨이 새하얗게 질렸었다. 레온은 피와 정액으로 젖은 속옷을 제발 제 약혼자에게 보내지 말라 애걸하며 여자가 했던 말을 떠올렸다.

"대체 나를 그렇게까지 짓밟아서 뭘 얻고 싶은 거야?"

짓밟혔던 내 자존심.

그렇게 자존심을 얻고 첫사랑을 잃었다.

그때의 레온은 분노와 배신감에 눈이 멀어 있었다. 그는 첫사랑에서 아직도 헤어 나오지 못했으나 첫사랑은 그를 잊고 다른 남자와 결혼을 약속했다. 그것도 모자라 그를 이용할 대상으로만 보았다. 블랜차드와 그레이스가 작당해 저를 모욕했다고 착각했다.

저자는 몰라도 그레이스는 그럴 의도가 없었으니 그건 착각이었다.

넌 억지로 잠입한 거잖아.

"나도 너를 진심으로… 좋아했어."

맞아. 넌 나를 진심으로 좋아했잖아.

'좋아한다.'도 아니고 '좋아했다.'

레온은 어찌 보면 절망스러운 그 말에서 희망을 찾아 맹목적으로 매달릴 수밖에 없었다.

"이봐, 궁금한 게 있어."

레온은 어느덧 재 덩어리가 손톱만큼 매달린 시가를 재떨이에 털며 늘 궁금했던 점을 입에 올렸다.

"그레이스는 왜 너 같은 놈과 약혼했을까."

놈의 얼굴이 또 한 번 창백해졌다. 아마 또 시건방지게 그레이스와의 약혼을 후회하고 있으려나.

"…그건, 나도 몰라."

"난 알 것 같은데."

레온은 제임스 블랜차드 주니어의 얼굴을 응시하다 한쪽 입꼬리를 올렸다.

검은 머리, 갈색 눈, 그리고 노동자 계급의 분위기를 풍기는 평범하기 짝이 없는 얼굴 생김새.

저자는 모든 면에서 레온과 너무도 다르게 생겼다.

"금발을 좋아한다더니 흑발을 골랐군. 금발이 좋아서 흑발을 고른 거지."

그 여자, 스스로 인지했든 못 했든 그가 좋아서 저놈을 고른 게 분명했다. 그를 잊고 싶어서. 그날의 일로부터 도망치고 싶어서. 제 마음을 부정하고 싶어서. 일부러 그와 정반대인 남자를 고른 것이다.

"결국 그레이스가 나를 못 잊었던 거지."

무슨 뜻인지 갈피를 잡지 못하고 시선을 돌리는 지미를 향해 레온이 몸을 기울였다.

"사실 내가 정말 궁금한 건 네가 왜 그레이스와 약혼을 했냐는 거야."

놈은 그 간단한 질문에도 긴장해 답을 하지 못했다.

"그럼 내가 맞혀 볼까? 목줄을 채워 두고 손쉽게 조종하기 위해."

"…그, 그런 게 아니야."

"그럼 사랑했으니까, 라는 뻔한 거짓말이라도 하려는 건가?"

사색이 되는 걸 보니 정답이었다. 레온은 시가를 든 손으로 미간을 문지르며 실소했다.

"사랑? 기가 막히는군. 사전에서 사랑의 정의를 찾아 읽어 줘야 하나?"

사랑을 잘 안다고 자부하지는 못하지만 사랑하면 가장 좋은 걸 해 주고 싶은 마음이 든다는 것 정도는 그도 알았다.

"사랑해서 비좁고 곰팡이가 핀 낡은 하숙집에 살게 했나?"

"그건…."

"사랑해서 과자를 사면 나오는 장난감 반지보다도 보잘것없는 걸 약혼반지라고 해 줬나 보지?"

저자의 집에서 그레이스의 이름이 새겨진 반지를 발견했던 때처럼 레온은 이를 악물고 실소했다.

"사치는 해악이니까."

"그래, 그렇지만 고급 요트를 사는 건 사치가 아니고."

"그건 긴급히 탈출해야 할 때를 위해 마련해 두었던 것뿐이야."

그리고 그걸 그레이스가 탈출할 때 썼다. 두 남자 모두 입이 써지는 순간이었다.

"핑계 좋군. 이미 비위의 증거가 캐비닛 열 개의 분량으로 쌓여 있는데 아직도 스스로가 검소하고 청렴하다고 믿다니."

"난 대의를 위해 살았어."

그 후로 지미는 그의 눈치를 보면서도 변명을 늘어놓았다.

"나도 그, 그 녀석을 희생시키고 싶지는 않았지만…. 하지만 그 자리에 있다 보면…."

그 자리? 아, 허수아비 왕의 자리 말인가.

저자는 그 비열한 쥐새끼들의 허수아비 왕일 뿐이었다. 그건 처형장에 수뇌부를 모아 두었을 때, 저자의 기가 눌린 듯한 태도만 보아도 알 수 있었다. 리틀 지미는 레온만이 아니라 다른 간부들의 눈치도 보았다.

리틀 지미. 우두머리를 어린아이에게나 붙일 법한 별칭으로 부른 것만 봐도 두목이 아닌 종으로 여겼다는 건 분명했다.

허수아비의 자기변명을 듣다 지루해진 레온이 시가를 털며 끼어들었다.

"네 지위, 네 의무, 네 명예, 그딴 것이 먼저면서 사랑 좋아하시네."

"…."

"네가 가진 걸 버려야 할 때에 그 여자를 버린 게 어떻게 사랑이야. 너처럼 비겁한 녀석은 사랑 같은 걸 할 자격이 없어."

비겁하다는 말이 보잘것없는 자존심이라도 건드렸는지 놈이 조용히 이를 악물고 있다가 중얼거렸다.

"당신은 뭐가 달라."

"글쎄, 두고 보면 알겠지."

시가의 불붙은 끝을 아래로 향한 채 손을 뻗자 놈이 흠칫하며 겁을 집어먹었다. 레온은 비웃어 주며 시가를 재떨이에 짓이겨 껐다.

"아, 애석하게도 넌 못 보겠군. 그때까지 살아 있을 리가 없으니."

비좁은 엘리베이터가 덜커덩 흔들리더니 위로 올라가기 시작했다. 격자문 너머로 스쳐 지나가는 풍경은 매일같이 보는 아파트 복도였다.

그레이스는 한숨을 크게 내쉬었다. 안도인지, 후회인지, 어쩌면 둘 다인지 모를 한숨이었다.

결국 노먼에게는 집에 전화해 봤더니 아이가 아프더라는 핑계를 대고 호텔 방에서 도망치듯이 나왔다. 아마 그도 거짓말이란 걸 눈치챘을 거다.

다신 데이트 신청 따위 안 하겠지.

그런데 왜 그게 홀가분하기만 할까.

식사도, 하룻밤도 제가 먼저 제안하고는 억지로 끌려온 사람처럼 굴었으니 노먼에게 미안한 마음이 한편으론 들기도 했다.

내일 제대로 사과하는 게 좋을까?

이런 일이 처음인 그레이스는 어떻게 대처해야 좋을지 몰랐다. 앞으로 직장에서 계속 봐야만 할 텐데 이제 껄끄러워질 게 뻔했다.

난 왜 그랬을까.

다신 이런 충동적인 짓 하지 말아야지. 그럴 시간에 엘리에게 맛있는 저녁이나 해 줄걸.

후회하며 엘리베이터에서 내려 집 앞까지 가는 내내 눈앞에 딸의 얼굴이 아른거렸다.

"엘리, 엄마 왔어!"

그레이스는 열쇠로 문을 따고 들어가며 외쳤다. 그러나 기대했던 환영식은 없었다.

거실 소파에 앉아 이웃에 사는 열여덟 살 소녀인 루시와 놀던 엘리는 그레이스를 흘끔 보더니 등을 돌려 앉았다. 평소에는 "엄마 와따!"를 외치며 달려와 품에 안기는 아이였다. 그런데 오늘은 본 척도 하지 않다니.

단단히 토라졌구나.

다른 사람에게 맡길 때는 적어도 하루 전에 엘리에게 미리 말해 주었다. 그런데 이번엔 미리 말도 없이 루시가 탁아소에 데리러 가게 해서 그런 모양이었다.

그레이스는 루시와 인사를 나누고는 엘리에게 다가가 물었다.

"우리 딸, 저녁은 먹었어?"

"아니."

엘리가 여전히 등을 매몰차게 돌린 채로 퉁명스럽게 대꾸하는 순간 루시가 놀라 손사래를 쳤다.

"아니에요. 탁아소에서 데려오자마자 바로 먹였어요. 너 왜 잘 먹고 거짓말을 하고 그래."

그레이스는 오해를 살까 봐 안절부절못하는 루시의 어깨에 손을 얹고는 웃으며 고개를 끄덕였다. 다 안다는 뜻이었다.

엘리가 혼자 있을 때는 씩씩하다가도 엄마의 앞에서만 어리광쟁이가 되는 걸 그레이스는 누구보다도 잘 알았다. 지금도 그저 저를 두고 늦게 온 엄마에게 심통과 어리광을 부리는 것뿐이었다.

조금 전까지만 해도 함께 인형 놀이를 하며 저녁 내내 잘 놀았다는 루시의 말대로 소파와 카펫 위에는 장난감이 여기저기 흩어져 있었다. 그레이스는 수고했다는 말과 함께 지갑에서 수고비를 꺼내 주었다. 루시가 나가자 그녀는 외투를 벗지도 않고 엘리의 옆에 앉았다.

"엘리, 엄마 보고 싶었어? 엄마도 우리 아가 너무너무 보고 싶었어."

"냄새나."

끌어안았더니 아이는 그레이스를 밀치며 이런 소리를 했다.

외투와 블라우스에 코를 대어 본 그녀는 엘리가 거짓말을 한 게 아니란 걸 인정할 수밖에 없었다. 아무래도 노먼의 향수와 담배 냄새가 옮은 듯했다.

"엄마 목욕하고 올게."

그레이스는 얼른 욕실로 가 욕조에 물을 받고 옷을 모두 벗어 빨래 바구니에 넣었다. 어린 딸을 집에 두고 남자와 호텔 침대 위를 뒹굴려 했다니. 따뜻한 물 속에 몸을 담그고 앉아 부끄러워하고 있는데 반쯤 열어 두었던 문틈으로 엘리가 들어왔다.

품에는 장난감 하나가 안겨 있었다. 아이는 아직도 심통이 잔뜩 난 얼굴이었다. 욕실로 들어오다 눈이 마주치는 순간 그레이스가 웃었더니 인상을 더욱 쓰며 바닥으로 시선을 휙 내리기까지 했다.

어휴, 정말 제대로 토라졌네.

엘리는 욕조 앞에 깔아 둔 러그에 이번에도 등을 돌린 채로 앉았다. 그러곤 장난감을 바닥에 놓길래 그레이스는 물었다.

"왜? 그새 엄마가 보고 싶었어?"

"아니."

"진짜?"

"…."

"목욕은 했어?"

금빛 뒤통수가 크게 끄덕거렸다. 아니! 라고 했다가 목욕을 또 하게 될까 봐 이것만 솔직하게 대답하다니. 참 나. 그레이스는 웃음을 힘껏 참았다.

내가 보고 싶었던 거 맞잖아.

그 잠시를 못 참고 여기까지 따라왔으니 말이다.

엘리 속마음 다 보여.

이렇게 놀렸다가는 화내겠지. 죄인인 그레이스는 입을 다물고 장난감을 쥔 손을 열심히 꼼지락대는 아이를 지켜보았다. 엘리가 가져온 건 그녀가 나무 촛대와 철사, 털실 따위로 만들어 준 전화기였다.

"따르릉."

아이가 종으로 만든 수화기를 들더니 귀에 대며 따르릉 소리를 제 입으로 냈다. 그레이스는 제 눈앞에 투명한 전화기가 있는 척 수화기를 들어 귀에 대는 시늉을 했다.

"따르릉, 따르릉."

"네, 교환수입니다. 누구세요?"

"엘리예요."

"어머, 엘리 씨군요. 오늘은 어디로 연결해 드릴까요."

"엄마 바까 쥬세요."

"엄마 바꿨어요. 무슨 용건이세요?"

"엘리 화나떠요. 오느른 뽀뽀 업써!"

"헉!"

엘리의 폭탄선언에 웃어야 할지, 울어야 할지. 그레이스는 결국 둘 다를 택했다.

"안 돼. 흑흑. 엄마 슬퍼요. 우리 엘리 뽀뽀가 없으면 엄마는 한숨도 못 자요."

"그럼 모짜요!"

정말이지 이 아이는 자비가 없다.

"엘리, 엄마 좀 봐 줘. 응?"

잠자리에 들고도 엘리가 화를 풀지 않자 그레이스는 진심으로 조마조마해졌다. 아이가 나쁜 감정을 안고 잠드는 건 싫은데 말이다.

"으응, 엘리?"

토끼 인형을 안고 돌아누운 엘리의 어깨를 노크라도 하듯이 손끝으로 톡톡 두드리길 몇 번이나 했을까. 여태 말이 없던 아이가 시무룩한 목소리로 물었다.

"엄마는 엘리보다 일이 죠아?"

"아니, 그럴 리가 없잖아."

일을 하느라 늦은 것도 아니어서 그레이스는 더욱 미안해졌다. 그러고 보니 아이와 탁아소에서 헤어지며 저녁때 놀자는 말을 했었다. 매일 하는 말이라 대수롭지 않게 여겼는데 아이에겐 소중한 약속이었을지도 모른다는 생각이 이제야 들었다.

"엄마가 약속 어겨서 미안해. 대신에 다음 주 월요일엔 엄마 회사 안 갈게. 엘리도 탁아소에 가지 말고 엄마랑 하루 내내 놀자, 응? 동물원에서 코끼리랑 기린도 보고 엘리가 좋아하는 조랑말도 타고 오는 거야. 어때?"

진지하게 사과하며 어긴 약속을 만회하겠다는 제안까지 했지만 엘리는 여전히 뒤통수만 보여 주고 있었다. 고작 어린아이가 토라진 것뿐인데도 그레이스의 심장이 덜컥 내려앉았다.

"엘리… 이제 엄마 싫어?"

"…아니."

그제야 아이가 대꾸하더니 뒤로 획 돌아 그레이스의 뺨을 자그마한 두 손으로 움켜쥐곤….

쪽.

오늘은 없다던 뽀뽀를 해 주었다.

"사랑해."

엘리는 무뚝뚝한 사랑 고백까지 덤으로 얹어 주고는 또다시 돌아눕더니 그녀의 품으로 슬금슬금 다가왔다. 아직 화가 덜 풀렸지만 엄마는 좋다는 뜻인 듯했다.

"엄마도 엘리 사랑해."

그레이스는 아이를 바짝 당겨 두 팔로 휘감아 안으며 사랑한다는 말을 자장가처럼 속삭였다. 누군가에게 이토록 순수한 사랑만을 느껴 본 적 없었다. 저를 향한 엘리의 사랑도 같기를, 그레이스는 욕심냈다.

예전에는 사랑이란 굳건한 바위 같은 것이라 믿었다. 하지만 이제 바위는 싫다. 바다 같은 사랑을 원했다.

세월과 풍파에 마모되고 금이 가는 바위 같은 사랑이 아니라 때때로 거친 풍파에 시달리더라도 변치 않으며 시간이 흐를수록 깊어져만 가는, 그런 바다 같은 사랑을 하고 싶었다.

그녀가 과거에 느꼈던 사랑은 모두 미움과 실망, 그리고 아픔으로 변질되었다. 엘리의 무한하고 순수한 사랑마저 없다면 그레이스는 아무것도 없는 빈털터리였다.

너와의 사랑만은 지킬 거야.

그레이스는 샴푸 냄새가 폴폴 나는 아이의 머리에 입을 맞추며 다짐했다.

"그러엄…."

"응?"

"코끼리 보러 가는 거야?"

"응, 당연하지."

"그러엄…."

"응."

"장난감도 사러 가는 거야?"

욕심쟁이. 그레이스는 풋 웃으며 고개를 끄덕였다.

"그래, 그래."

정말이지 이 아이는 어딜 가든 손해는 안 보고 살겠다.

"엄마, 근데…."

이번에는 또 뭘 내놓으라고 하려나. 드레스?

"아빠가 모야?"

여태 애써 피하던 단어를 엘리가 입에 올렸다. 그 순간 그레이스는 딸이 아빠를 달라고 하기라도 한 것처럼 얼어붙었다.

"루시도 아빠가 인는데 이러어케 뚱뚱하대. 에디 아빠는 맨날 자고, 베티 아빠는 집에 돈을 마니마니 가져온대."

아침에 베이커리에서 마을 할머니가 했던 말을 똑똑히 기억하고 있었던 모양이었다. 그러곤 오늘 종일 보는 사람마다 아빠가 뭔지 물어봤나 보다.

이젠 때가 된 걸까. 아니, 늦었지.

그레이스는 아빠라는 게 뭔지 찬찬히 설명해 주기 시작했다.

"아빠란 엄마 같은 사람이야."

"이뽀?"

엄마 같다는 말에 첫마디로 그럼 예쁘냐는 소리가 되돌아오자 그레이스는 웃으며 엘리에게 뽀뽀를 퍼부었다.

"그런 말이 아니라 아빠 하나, 엄마 하나, 이렇게 둘이서 아기를 만드는 거야."

"아기를 만드러?"

"응."

"왜 만드러?"

어떻게 만드냐고 물을 줄 알고 잔뜩 긴장했는데 의외로 쉬운 질문이 나왔다.

"사랑해서."

교과서적인 답이었다.

"그럼 아빠는 어떠케 생겨써?"

너처럼.

그레이스가 답을 하지 못하고 망설이는 사이 엘리가 토끼 인형의 귀를 만지작거리며 종알거렸다.

"루시 아빠는 남자래."

그제야 깨달았다. 아이는 제 아빠가 아니라 아빠라는 역할을 어떤 사람이 맡는지를 물어본 것뿐이었다.

"아빠는 다 남자야. 엄마는 여자고."

"그럼 남자는 다 아빠야?"

그레이스는 엘리가 던진 질문에 깜짝 놀랐다. 두 살 반이면 다들 이런 복잡한 생각을 할 줄 아는 건가?

"아니. 남자와 여자 중에서 원하는 사람끼리 만나서 아빠랑 엄마가 되는 거야."

어려운 이야기였는지 엘리는 미간에 주름을 잡고 한참을 골똘히 생각하더니 물었다.

"엄마도 아빠가 이써?"

"어? 어…."

"그럼 엘리도 아빠 이써?"

이건 더욱 대답하기 어려운 질문이었다.

"모든 사람에겐 아빠가 있어."

그래서 이번에도 원론적인 대답을 내어놓고 잘 넘겼다고 생각했다.

"루시는 아빠가 집에 이때."

"맞아."

"에디도, 베티도, 빌리도 다 집에 아빠 이때. 근데 엘리 집에는 왜 업써?"

"어…."

끝내 엘리가 가장 어려운 질문을 던졌다. 조금 전은 난처한 것도 아니었다.

"엘리 아빠는 천국에 있어."

지옥에 어울리는 악마이지만.

"왜애? 엘리 아빠는 왜 천국에 이써?"

레온 윈스턴, 이 개자식아, 살려 줘.

이거야말로 고문이었다. 언젠가 이런 날이 올 때를 대비해 나름의 소설을 써 두었지만 막상 아이에게 거짓말을 하려니 머릿속이 새하얘지며 아무것도 떠오르지 않았다. 마음 같아서는 이 사태를 만든 주범을 끌고 와서 네가 설명하라고 하고 싶었다.

"천국에 이쓰면 못 와?"

"못 와."

아이가 눈에 띄게 시무룩해지는 걸 보니 가슴이 미어졌다.

"베티는 산타 하라버지 오는 날에 아빠가 강아지 사 준대."

"엄마가 아빠 몫까지 선물 두 개 사 줄게. 산타 할아버지가 주시는 것까지 세 개 받겠다. 와, 신난다. 좋지? 응?"

욕심쟁이의 욕심을 자극해 가며 말을 돌렸지만 통하지 않았다. 한번 말문이 터지면 닫지 않고 한번 호기심이 생기면 끝까지 파헤쳐야만 직성이 풀리는 아이였다.

"그럼 엄마랑 아빠랑도 사랑해?"

"…뭐?"

조금 전 아기는 사랑해서 만든다는 말을 했던 걸 새겨들었던 모양이었다. 딸아이가 유달리 똑똑한 것이 축복이 아니라 저주처럼 느껴진 건 오늘이 처음이었다.

"…엄마랑 아빠랑 서로 사랑하는지가 궁금해?"

그레이스는 문득 자신도 엘리처럼 진실을 전혀 모른 채 어머니에게 비슷한 질문을 던진 적이 있다는 사실을 깨달았다.

적을 무너뜨리는 가장 잔인한 방법은 사랑이라는 말을 어머니가 했었던 밤이었다. 그 말을 웃어넘기는 그레이스에게 어머니는 이런 말 또한 했었다.

"남자들은 사랑에 빠지면 바보가 된단다."

"그럼 아버지도 바본가요?"

농담처럼 던진 그 질문에 어머니의 얼굴이 어째서 딱딱하게 굳었는지 이제는 안다.

"아니. 그자는 날 사랑하지 않아. 이 세상 모든 남자가 날 사랑한다 해도 그자는 그러지 않을 작자야."

그 순간을 되돌아보자니 눈앞이 깜깜해졌다. 진실을 알고 나서야 깨닫는다. 제가 던진 질문이 얼마나 잔인했는지를 말이다. 눈물이 날 것만 같았다.

임무 중 사고로 가지게 된 적의 딸을 키우는 심정 또한 어느새 깨닫게 되었다. 딸을 사랑할 때, 적어도 어머니와는 달리 그 누구의 눈치도 볼 필요 없다는 건 크나큰 행운이었다.

그레이스도 엘리처럼 문득 궁금해졌다.

어머니는 내 생부에게 애정이 있긴 했을까. 아니면 애증이라도.

서글퍼진다. 제가 단순히 불운하고 부주의한 실수의 산물일 뿐이라고 생각하면 한없이 서글퍼졌다.

나는 지금 누구를 안아 주는 걸까. 그레이스는 딸을 더욱 감싸 안으며 서글픈 생각에 잠겼다.

엘리, 적어도 넌 실수로 태어난 게 아니야.

어떠한 의도였든 그 남자가 제 의지로 만들었으니 이 아이는 절대로 실수의 산물이 아니었다.

그녀는 고개를 들고 대답을 기다리는 아이와 눈을 맞췄다.

"아빠는 엄마를 사랑한대."

진실이었다. 그 본질은 모르지만. 여전한지도 이젠 알 수 없지만.

"엄마도 네 아빠를…."

그레이스는 입술만 달싹일 뿐 말을 잇지 못했다. 어렵다. 실은 이것이 가장 어려운 질문이었다. 그 남자와 닮은 얼굴을 울적한 심정으로 바라보며 그레이스는 답을 구했다.

레온 윈스턴, 난 네게 어떤 마음인 거야?

"엄마도 네 아빠를…."

오래도록 망설이던 그레이스는 결국 이미 지난 시간 속에 묻어 두었던 케케묵은 진실을 꺼내어 왔다.

"사랑했었어."

첫사랑이었던 건 사실이니까. 이미 끝났다 하더라도.

편리하고도 비겁한 대답이었다.

엘리가 잠들자 그레이스는 조용히 거실로 나왔다. 부엌 장 어딘가에서 잊혀 가던 레드 와인을 꺼내 한 잔 가득 따라 소파에 앉았다.

엘리와 제 사진이 든 액자가 겹겹이 세워진 협탁을 물끄러미 바라보던 그녀는 와인 잔을 내려놓고 액자 앞에 아무렇게나 놓아두었던 핸드백으로 손을 뻗었다. 핸드백에선 잡지 여러 개와 신문 하나가 삐져나와 있었다.

결국 지난달 잡지를 몰래 버리지 않고 모두 가져왔다. 퇴근하는 길, 오늘 자의 타블로이드지 또한 가져와 버렸다.

이건 그 남자의 동향을 확인하는 것뿐이야.

적의 동태를 파악하는 건 기본 중의 기본이니까. 가장 먼저 펼친 건 결혼 임박이라는 헤드라인이 크게 박힌 타블로이드지였다.

그래서, 정말 결혼하는 건가?

아니었다. 자극적인 헤드라인에 또 속았다. 대공가가 최근에 성을 사들인 게 결혼식과 무슨 상관인지. 시답잖고 근거도 없는 추측성 기사일 뿐이었다.

애초에 사실보다는 흥미 위주인 가십지에 뭘 기대한 걸까. 이 짓도 몇 번을 반복하고 나니 짜증이 난다.

그러니 결혼할 거면 어서 해 버리란 말이야.

1면의 환한 미소를 볼 때마다 부아가 치밀었다.

행복해? 나도 너 없이 행복해.

그렇지만 넌 행복해선 안 되는 거야. 어떻게 나 없이, 엘리 없이 행복할 수가 있어?

사진을 찢어 버렸다. 구겨진 신문지 뭉치가 내던져져 스토브 앞을 나뒹굴었다.

불행해. 제발 불행하란 말이야.

얼굴을 두 손으로 쓸어내리자마자 소파에 널브러진 잡지 더미에서 문구 하나가 시선을 사로잡았다.

[레온 윈스턴, 모든 걸 가진 사나이]

모든 걸 가졌다니. 웃기지 마. 나는 못 가졌잖아.

그레이스는 잡지를 집어 들며 머릿속의 그 남자에게 물었다.

나를 아직도 가지고 싶지? 그렇지?

모던 레이디 10월호에는 그 남자와의 인터뷰가 든 것도 아니었다. 시시하기 짝이 없는 순위의 상위권에 레온 윈스턴이 이름을 올렸을 뿐이었다. 왕국의 수많은 여자들이 그 개자식을 흠모한다니 부아가 더욱 치밀었다.

나를 여전히 쫓는 거야, 관둔 거야? 확실히 해.

평생 잊지 못하고 쫓기를 바란다. 그렇지만 쫓지 않기를 바란다. 도망치는 삶은 이제 지겨우니까. 그레이스는 저도 갈피를 잡지 못하는 주제에 그 남자를 나무랐다.

아무런 영양가도 없는 이야기뿐인 잡지를 뒤적이던 그레이스는 돌연 일어서서 주방으로 향했다. 스토브를 켜고 손에 든 잡지와 신문 뭉치에 불을 붙여 싱크대에 던졌다.

그 남자가 불꽃을 일으키다 한 줌의 재가 되었다. 정말 레온 윈스턴답지 않은 짓의 흔적을 지켜보던 그레이스가 물었다.

넌 대체 무슨 생각이야?

제게 물어야 할 질문이었다.

[지미는 정말 착해.]

"아니야, 그레이스. 그 자식은 결국 너를 배신해."

레온은 협탁 위의 열한 살 소녀를 타이르곤 소녀의 일기장에 만년필로 줄을 쫙 그었다.

[지미는 정말 착해. 개새끼]

그렇게 그레이스가 열한 살이던 시절 쓴 일기를 침대에 기대어 앉아 읽던 레온은 하필이면 5월 21일에 쓴 일기에서 오래도록 시선을 떼지 못했다.

[나만 왜 금발이 아니지? 크면 꼭 금발인 남자랑 결혼할 거야. 예쁜 금발을 가진 아기를 많이많이 낳아야지.]

"우리 자기 소원 이뤘네, 내 덕에."

'많이'는 이제 포기해야겠지만.

그는 다시 협탁으로 시선을 돌려 그레이스에게 말을 걸었다. 애빙턴 비치 기차역의 앞에 선 그녀가 환하게 웃어 주었지만 액자 유리에 비친 레온의 반쪽짜리 미소는 금세 시들었다.

"왜 거기선 일기를 쓰지 않았어?"

일기장을 가져가지 않았던 건지. 두 사람이 애빙턴 비치에서 만났던 즈음은 일기가 없었다. 그를 처음으로 만났던 날부터 매일같이 훔쳐보던 날들, 그리고 함께 하늘로 오르고 추락했던 그 마지막 날까지 그레이스의 속마음을 알고 싶은데 말이다.

그 2주 정도의 허전한 공백을 응시하던 레온은 어렵사리 시선을 떼고 일기장을 닫았다. 협탁의 서랍을 열어 시간순으로 정렬된 그레이스의 일기장 사이의 빈자리에 일기를 꽂아 넣었다.

역설적이게도 레온은 그레이스가 없는 사이 그녀를 더욱 잘 알게 되었다.

스콘은 딸기잼을 먼저 바르고 그 위에 클로티드 크림을 두껍게 얹어 먹는다. 레온과 반대였다.

잡지를 읽는 걸 좋아한다. 잘된 일이었다.

차를 운전하는 법은 제 빌어먹을 오빠에게서 배웠다. 그걸 알게 된 날 레온은 조나단 리틀 주니어를 그가 가진 사업체 중 한 곳의 트럭 운전수로 취직시키고 그자의 가족에게 가는 예산을 대폭 삭감했다.

레온은 정렬된 것 중 가장 마지막 일기장을 꺼냈다. 열여섯 살 후로는 작전에 동원되는 일이 잦았는지 일기에 공백이 많았다. 마지막 일기는 그의 밑에 잠입하기 며칠 전에 쓴 것이었다.

[잠이 오지 않는다.]

"나도."

레온은 매일 밤 그러듯 그레이스의 마지막 일기에서 몇 장을 더 넘겨 빈 페이지에 만년필로 제 일기를 썼다.

너는 오늘 뭘 했어? 우리 딸은? 좋은 하루 보냈어? 나는 오늘도 그러지 못했어. 기쁘지?

그 위로 매일같이 갈겨 둔 일기가 빼곡했다. 날짜만 다를 뿐 구절은 늘 비슷비슷했다. 그 여자가 이걸 본다면 레온이야말로 정신 분열증 환자라고 할지도 모른다.

일기장을 다시 넣고 협탁 위에 꺼내 두었던 액자도 서랍 안에 넣었다. 그러다 서랍 바닥에 깔린 전단에 시선이 닿았다.

왜 제보가 없을까.

아이가 갓 태어났을 적 허드렛일을 도왔던 하녀의 말에 따르면 그 여자, 아이를 남에게 주려고 했단다. 그러다 결국엔 그에게 버리려 했으나 그마저도 하지 못하고 마음을 바꿔 아이를 데려갔다. 그러니 지금도 분명 그의 아이를 떼어 놓지 못하고 키우고 있을 것이다.

그래서 그레이스와 아이의 정보를 담은 전단을 전국의 경찰서와 소아과에 배포해 두었다. 아이가 있으면 소아과에 갈 일이 생기게 마련이니.

예전처럼 온 거리를 전단으로 도배하는 건 참았다. 자칫하다 그 여자를 노리는 이들이 아이에게까지 손을 뻗을지도 모르니까.

그러나 여태 그럴듯한 제보는 없었다.

대체 어디서 어떻게 사는 건지. 제 모친에게서 금괴를 한 궤짝으로 받은 게 아니라면 현재까지 유산만으로 도주하는 건 불가능하다.

어떻게 돈을 마련하는 걸까. 여자 홀로 어린아이를 키우며 돈을 번다는 건, 그는 잘 몰라도 고생스럽기 짝이 없는 일일 것이다.

포기할 것이지. 돌아오기만 하면 원하는 건 모두 줄 텐데. 옆에만 있어 주면 내게 어떠한 복수를 해도 달게 받을 텐데.

물론 그 여자는 곁에 없는 것을 복수로 여기니 제 발로 돌아오지 않을 것이다.

설마 다른 남자와 결혼한 건 아니겠지. 그래서 이젠 내게 아무런 미련도 없어서, 그래서 도발에도 아무런 반응이 없는 건가.

그 여자가 그에겐 속삭였던 적 없는 사랑을 다른 남자에게 속삭이고, 그의 아이가 다른 남자를 아빠라고 부른다. 여자도, 아이도 그가 아닌 다른 남자의 품에 안겨 행복하게 웃는다. 상상하는 순간 눈앞이 깜깜해지며 숨이 가빠졌다.

때가 되었다.

오늘 밤도 그 여자의 무관심 속에서 굶주려 죽어 가는 개는 욕실로 향했다. 입에 쓴 약을 털어 넣고 돌아와 전등을 끄고 침대에 누웠다. 오늘 밤도 그 여자의 자리를 비워 두었다.

곧 술에 더욱 취한 것처럼 어지러워지더니 형언할 수 없는 도취감이 느껴지기 시작했다. 거짓된 행복 속에서 레온은 그레이스와 이 침대에서 보냈던 마지막 순간을 떠올렸다.

"더 세게, 더 빠르게 해 줘."

"괜찮겠어?"

"해 줘, 제발."

그 여자와의 마지막 정사는 아이들 장난 같았다. 아무리 생각해도 시시하기 짝이 없으나 아무리 곱씹어도 물리지 않는다.

레온이 가장 즐겨 곱씹는 순간은 정해져 있었다.

웃는다. 그레이스가 웃는다.

그가 좋아 미소 지을 일은 영영 없을 줄 알았던 여자가 그가 좋다며 미소 지었다. 설령 거짓이라 해도.

심장이 조여 오도록 사랑스럽게 웃었다. 그러더니 그에게 손을 뻗는다. 얼굴을 내어 주자 그의 뺨을 감싸며 눈을 반짝인다. 그 여자의 눈동자에서 증오도 경멸도, 회한마저도 비치지 않은 건 다시 만난 후 아마 그 순간이 처음이었으리라.

순수한 애정만이 넘실거리는 그 청록빛 바다에 레온은 영원히 수장되고 싶었다.

"레온."

웃으며 시시하기 짝이 없는 연인 사이인 것처럼 그의 이름을 불러 주었다. 이젠 제 입에 재갈이 물려 있지 않으니 레온은 당당하게 이름을 불렀다.

"…그레이스."

그러나 제 귀에 들리는 목소리는 당당하기는커녕 초라하고 비참하기 짝이 없었다. 짧디짧은 황홀경의 끝에서 다시 불행해지려 하자 그는 행복했던 다른 순간을 떠올렸다.

그레이스의 자리로 고개를 돌렸다. 푸르스름한 새벽빛 속에서 그 여자는 그의 팔을 베고 곤히 잠들어 있었다. 그날 무슨 일이 벌어질지 예감조차 못 한, 평화로운 얼굴이었다.

이 순간에는 평범한 연인 같았다.

그레이스의 머리칼이 어떤 느낌이었더라. 잠든 얼굴과 배를 쓰다듬듯이 허공을 더듬던 그는 그때는 소리 내 할 수 없었던 말을 중얼거렸다.

"가지 마…."

아니, 보내지 마. 난 너를 보내지 말았어야 했어.

그렇게, 행복한 추억은 슬픈 악몽으로 돌변하게 마련이었다. 미동도 하지 않는 그레이스의 환영을 바라보던 그의 시선이 그 너머 창문으로 문득 향했다. 그 여자를 가두려고 쳐 두었던 창살은 여전히 그 자리에 있었다.

결국 갇힌 사람은 그였다. 레온 윈스턴이야말로 그레이스 리들과의 과거에 무기한 갇혀 살아야 하는 무기 징역수였다.

그렇게 또 아무런 일 없이 수감 1,053일째의 하루가 저물어 갔다.

쇠사슬이 잘그락거리는 소리가 고문실에 메아리쳤다.

"아, 아훗!"

사지가 묶인 채 강제로 절정에 오르는 그녀의 귀를 이로 잘근대던 남자가 속삭였다.

"벨라, 그거 알아? 남자들 중엔 양말로 자위하는 사람도 있어."

"하아, 너도 제발 양말이나 써 줄래?"

그런데 저 남자에게 그런 게 있던가. 하녀로 일하던 시절, 윈스턴의 침실과 욕실에서 그런 걸 본 적은 없었다. 그런 역겨운 양말이 따로 있을 것 같지 않다는 예감은 물론 적중했다.

"지금 쓰고 있잖아."

그런 소리를 하며 그는 잠시 멈췄던 허리를 흔들었다. 굵다란 성기가 정액으로 젖은 내벽을 마구잡이로 문댔다. 그러니까, 남자는 그레이스를 자위용 양말이라고 불렀다.

"하아…."

남자는 돌연 성기를 쩍 소리가 나도록 거칠게 뽑아내더니 협탁에서 손거울을 꺼내어 들었다. 그러곤 그레이스의 다리 사이를 비추었다.

"누가 보아도 내가 험하게 쓴 물건이지 않나? 잘 봐. 넌 내가 쓰던 걸 네 약혼자에게 주려 했던 거야."

질구는 남자의 모양대로 벌어져 닫히지 않았다. 숨이라도 쉬듯이 저절로 벌어졌다 오므라들길 거듭하는 구멍에서 정액과 애액이 줄줄 흘러나오고 있었다.

"벨라, 남이 쓰던 양말은 아무도 원하지 않아."

그레이스는 이를 악물며 시선을 들어 남자와 눈을 마주했다.

"남이 쓰던 당근도 아무도 원하지 않아."

너도 내 자위용 당근일 뿐이야. 그렇게 모욕했을 때 분명 그 남자는 재미있다는 듯이 웃었다.

그런데 어째서 지금은 저토록 애처로운 얼굴일까.

"너만 원하면 돼."

하지 마.

"그레이스, 한 번만 기회를 줘."

닥쳐. 내가 처음으로 탈출하려다 붙잡혔을 때, 그때 네가 했던 말을 그대로 하란 말이야! 끝까지 욕정에 미친 괴물처럼 굴어!

꿈속에서 미친 여자처럼 악을 쓰다 잠에서 깼다. 깨어 보니 기가 막히게도 다리 사이가 축축했다. 눈가까지 축축한 건 더욱 기가 막혔다.

"빌어먹을…."

그레이스는 욕설을 나직이 중얼거리며 몸을 일으켰다. 밤새 이불을 찬 엘리에게 이불을 덮어 주고 조용히 욕실로 향했다.

물소리가 욕실 벽을 울렸다. 그리고 곧이어 억눌린 신음이 물소리를 뒤따랐다.

"하아, 흣…."

그레이스는 욕조에 다리를 활짝 벌리고 앉아 제 다리 사이를 손으로 문질렀다. 얼굴이 빨갛게 달아올랐으나 표정은 악에 받친 사람에 가까웠다. 몸을 달래는 손놀림 또한 거칠기 짝이 없어 욕정보다는 역정을 달래고 있었다.

"하웃, 정말…."

빌어먹을 성욕 때문에 계속해서 그 남자의 꿈에 시달리느니 제 손으로라도 해소해서 멈춰 보겠다고 마음먹었다.

"미쳤어…."

차라리 꿈에서 마지막 정사를 다시 겪는다면 일말의 이해라도 할 것이다.

"왜 하필이면…. 정말, 아흑, 미쳤, 어. 아흡."

손가락을 돌기에 튕기는 순간 쾌감이 치솟으며 절정이 찾아오자 그레이스는 급히 입을 틀어막았다. 문은 잠갔지만 잠귀 예민한 엘리가 깰지도 몰랐다.

"하아…."

쾌감이 썰물처럼 빠져나가 버리자 그레이스는 욕조의 턱에 머리를 기대고 한숨을 길게 내쉬었다. 막상 해 보니 생각만큼 해소되지 않았다.

뭔가가 모자랐다.

그렇게 생각하는 순간 오늘 아침 꿈에서 그 남자가 한 말이 머릿속에서 되풀이됐다.

"네 허전한 몸을 채워 주는 건 언제나 내 일이었지."

닥쳐. 아무리 허전해도 네겐 안 가.

그레이스는 다시 제 다리 사이로 손을 내렸다. 이번엔 꿈만으로 흥건히 젖어 버린 안을 손가락으로 쑤석이기까지 했다.

"하, 나 정말, 웃, 미친 걸까."

고문실에 갇혀 살 때 그런 생각을 했었다. 피할 수 없으니 지금은 저를 감금한 악마와의 정사를 즐기고 뒤늦게 몰려올 죄책감이란 폭풍은 미래의 자신이 맞게 두자고.

그러나 그 미래가 찾아오자 몰려온 건 죄책감이 아니라 발정이라는 이름의 폭풍이었다.

이제 와 생각해 보자면 그런 의문이 들곤 했다.

대체 나는 누구에게 죄책감을 느껴야 했던 거지?

그레이스는 죄인이 아니다. 죄를 지은 자는 따로 있으며 죄책감은 죄지은 자의 몫이었다.

그러니 그 시간을 되돌아볼 때 죄책감을 느끼지 않는 건 이해할 만하지만, 성욕을 느끼는 건 전혀 그렇지 않았다. 그것도 그 남자를 욕정의 대상으로 삼다니 말이다.

"내가, 하아, 정말 사는 게 편하구나…."

어쩌면 제겐 너무도 거대하고 강한 존재였던 남자를 하찮은 자위용 당근 취급하는 건 나쁘지 않을지도 모른다. 기억이 무뎌질 테니.

"당근 주제에, 하하…."

조금 전 꿈에서 본 일도 이젠 되돌아보니 우습기만 했다. 양말 취급하더니. 이젠 아끼던 양말을 잃어버리고는 밤마다 거길 쥐고 울고 있으려나?

웃음을 터트리던 그레이스는 곧 짜증 섞인 한숨을 내쉬며 다리 사이에 박혀 있던 손가락을 빼냈다.

이 느낌이 아닌데.

"왜? 내 물건이 그리울 것 같아? 박제라도 해서 밤마다 외로운 구멍을 쑤시게?"

"그래. 이건 그립겠지만…."

그 남자의 물건만은 그리울 거란 말은 그저 도발일 뿐이었는데, 진심이 되어 버렸다는 걸 이젠 인정할 수밖에 없었다.

정말로 잘라 올걸 그랬어.

정신 나간 생각에 풋 웃어 버렸다.

"넌 안 그리울 거야."

하지만 이어진 말에 남자가 지었던 표정이 눈앞에 어른거리는 순간 웃음이 멎었다.

엘리는 그새 또 이불을 찼다. 그레이스는 딸의 옆에 누워 이불을 끌어올려 주며 속으로 한탄했다.

'엘리, 엄마가 미쳤나 봐. 맙소사… 넌 또 왜 그 남자를 이렇게나 닮아서….'

엘리의 얼굴이 보이지 않게 눈을 질끈 감았으나 그래도 뒤척이며 잠들지 못했다. 새카만 시야 속에서는 자꾸만 오늘 저녁, 호텔에서의 일이 어른거렸다.

정확히는 상상 속 그 남자의 눈빛이 뇌리를 떠나지 않았다.

눈빛에서 분노나 욕망이 이글거리고 있었더라면 그레이스는 반항심과 복수심에 노먼과 자 버렸을지도 모른다. 그런데 왜 하필 애빙턴 비치에서 내가 저를 더러운 돼지 새끼라고 불렀던 그 순간의 눈을 했던 걸까.

아니다. 나는 왜 그 눈빛을 떠올린 걸까.

그레이스는 제 상상 속의 남자에게 물었다.

레온 윈스턴, 난 네게 어떤 마음인 거야?

제게 물어야 할 질문이었다.

3권에서 계속

내게 빌어봐 2

초판 1쇄 발행 2024년 8월 23일

지은이 리베나
펴낸이 안병현 김상훈
본부장 이승은 **총괄** 박동옥
책임편집 박윤희 **디자인** 김지연
마케팅 신대섭 배태욱 김수연 김하은 **제작** 조화연

펴낸곳 주식회사 교보문고
등록 제406-2008-000090호(2008년 12월 5일)
주소 경기도 파주시 문발로 249
전화 대표전화 1544-1900 **주문** 02)3156-3665 **팩스** 0502)987-5725

ISBN 979-11-7061-165-3(04810)
　　　979-11-7061-163-9(세트)
- 책값은 표지에 있습니다.

- 이 책의 내용에 대한 재사용은 저작권자와 교보문고의 서면 동의를 받아야만 가능합니다.
- 잘못된 책은 구입하신 곳에서 바꾸어 드립니다